Harry Potter

ハリー・ポッターと炎のゴブレット

下

J.K.ローリング
松岡佑子＝訳

Harry Potter and the Goblet of Fire

静山社

ハリー・ポッターと炎のゴブレット　下

J・K・ローリング
松岡佑子＝訳

Harry Potter and the Goblet of Fire

静山社

ハリー・ポッターと炎のゴブレット　下　✴　目次

主な登場人物

✶ハリー・ポッター
主人公。ホグワーツ魔法魔術学校《まほうまじゅつがっこう》の四年生。
緑の目に黒い髪《かみ》、額《ひたい》には稲妻形《いなずまがた》の傷《きず》

✶ロン・ウィーズリー
ハリーの親友。大家族の末息子《すえむすこ》で、一緒《いっしょ》にホグワーツに通う兄妹《きょうだい》は、
双子《ふたご》でいたずら好きのフレッドとジョージ、妹のジニーがいる

✶ハーマイオニー・グレンジャー
ハリーの親友。マグル（人間）の子なのに、魔法学校《まほうがっこう》の優等生《ゆうとうせい》

✶ドラコ・マルフォイ
スリザリン寮《りょう》の生徒。ハリーのライバル

✶セドリック・ディゴリー
ハッフルパフ寮《りょう》の監督生《かんとくせい》でクィディッチのシーカー

✶ビクトール・クラム
クィディッチ・ブルガリア代表のシーカーで、
ダームストラング校の代表選手

✶フラー・デラクール
ボーバトン魔法《まほう》アカデミーの代表選手

✶イゴール・カルカロフ
ダームストラング校の校長先生

✦マダム・マクシーム　ボーバトン魔法《まほう》アカデミーの校長先生

✦マッドーアイ・ムーディ　「闇《やみ》の魔術《まじゅつ》に対《たい》する防衛術《ぼうえいじゅつ》」の新しい先生。元闇払《もとやみばら》い

✦コーネリウス・ファッジ　魔法大臣《まほうだいじん》

✦バーテミウス・クラウチ　魔法省国際魔法協力部《まほうしょうこくさいまほうきょうりょくぶ》部長。ロンの兄パーシーが敬愛《けいあい》する上司

✦ルード・バグマン　魔法省魔法《まほうしょうまほう》ゲーム・スポーツ部部長。元クィディッチ選手で、人気チームの名ビーターだった

✦ウィンキー　元クラウチ家の屋敷《やしき》しもべ妖精《ようせい》だったが、今はドビーと一緒《いっしょ》にホグワーツの厨房《ちゅうぼう》にいる

✦ルシウス・マルフォイ　ドラコの父親

✦死喰《しく》い人《びと》（デス・イーター）　ヴォルデモート卿《きょう》に忠誠《ちゅうせい》を誓《ちか》った魔法使《まほうつか》いと魔女《まじょ》の呼《よ》び名

✦ヴォルデモート（例のあの人）　最強の闇《やみ》の魔法使《まほうつか》い。多くの魔法使《まほうつか》いや魔女《まじょ》を殺した

To Peter Rowling
in memory of Mr. Ridley
and to Susan Sladden,
who helped Harry out of his cupboard

ロナルド・リドリー氏の追悼のために、
父、ピーター・ローリングに。
そして、ハリーを物置から引っ張り出してくれた
スーザン・スラドンに

Original Title: HARRY POTTER AND THE GOBLET OF FIRE

First published in Great Britain in 2000
by Bloomsbury Publishing Plc, 50 Bedford Square, London WC1B 3DP

Japanese edition first published in 2002

This book is published in Japan by arrangement with
the author through The Blair Partnership

第二十一章

屋《や》敷《しき》しもべ妖《よう》精《せい》 解《かい》放《ほう》戦《せん》線《せん》

ハリー、ロン、ハーマイオニーはその晩《ばん》、ピッグウィジョンを探《さが》しにふくろう小屋に行った。シリウスに手紙を送り、ハリーが、対決したドラゴンを出《だ》し抜《ぬ》き、しかも無傷《むきず》だったことを知らせるためだった。道々ハリーは、久《ひさ》しぶりで話すロンに、シリウスがカルカロフについて言ったことを一部始終話して聞かせた。カルカロフが死喰《しく》い人《びと》《デス・イーター》だったと聞かされて、最初はショックを受けたロンも、ふくろう小屋に着いたときには、はじめからそれを疑《うたが》ってかかるべきだったと言うようになっていた。

「つじつまが合うじゃないか？」ロンが言った。

「マルフォイが汽車の中で言ってたこと、覚えてるか？　あいつの父親がカルカロフと友達だって。あいつらがどこで知り合ったか、これでもうわかったぞ。ワールドカップじゃ、きっと二人一《いっ》

緒《しょ》に、仮面《かめん》をかぶって暗躍《あんやく》してたんだ……。これだけは言えるぞ、ハリー。もし**カルカロフが**ゴブレットに君の名前を入れたんだったら、きっといまごろ、ばかを見たと思ってるさ。うまくいかなかった、だろ？　君はかすり傷《きず》だけだった！　どいて——僕《ぼく》が捕《つか》まえるよ——」

ピッグウィジョンは、手紙を運ばせてもらえそうなので大興奮《だいこうふん》し、ホッホッとひっきりなしに鳴きながら、ハリーの頭上をぐるぐる飛び回っていた。ロンがピッグウィジョンをヒョイと空中でつかみ、ハリーが手紙を脚《あし》にくくりつける間、動かないように押《お》さえていた。

「ほかの課題は、絶対《ぜったい》あんなに危険《きけん》じゃないよ。だって、ありえないだろ？」

ピッグウィジョンを窓際《まどぎわ》に運びながらロンがしゃべり続けた。

「あのさあ、僕《ぼく》、この試合で君が優勝《ゆうしょう》できると思う。ハリー、僕《ぼく》、マジでそう思う」

ロンが、この数週間の態度《たいど》の埋《う》め合《あ》わせをするためにそう言っているだけだと、ハリーにはわかっていた。それでもうれしかった。しかし、ハーマイオニーは、ふくろう小屋の壁《かべ》に寄《よ》りかかり、腕組《うでぐ》みをして、しかめっ面《つら》でロンを見た。

「この試合が終わるまで、ハリーにとってまだ先は長いのよ」

ハーマイオニーは真剣《しんけん》だ。

「あれが第一の課題なら、次は何がくるやら、考えるのもいや」

「君って、太陽のように明るい人だね」ロンが言った。「君とトレローニー先生と、いい勝負だよ」

ロンは窓《まど》からピッグウィジョンを放した。ピッグウィジョンはとたんに四、五メートル墜落《ついらく》して、それからやっとなんとか舞《ま》い上《あ》がった。脚《あし》にくくりつけられた手紙は、いつもよりずっと長い、重い手紙だった――ハリーは、シリウスにくわしく話したいという気持ちを抑《おさ》えきれずに、ホーンテールをどんなふうにさけ、回《まわ》り込《こ》み、かわしたのか、一撃一撃《いちげきいちげき》をくわしく書きたかったのだ。

三人はピッグウィジョンが闇《やみ》に消えていくのを見送った。それから、ロンが言った。

「さあ、ハリー、下に行って、君のびっくりパーティに出なきゃ――フレッドとジョージが、いまごろはもう厨房《ちゅうぼう》から食べ物をどっさりくすねてきてるはずだ」

まさに、そのとおりだった。グリフィンドールの談話室に入ると、歓声《かんせい》と叫《さけ》び声《ごえ》が再《ふたた》び爆発《ばくはつ》した。山のようなケーキ、大瓶《おおびん》入《い》りのかぼちゃジュースやバタービールが、どこもかしこもびっしりだった。リー・ジョーダンが「ドクター・フィリバスターの長々花火《ながながはなび》」を破裂《はれつ》させたあとだったので、周り中に星や火花が散っていた。絵の上手なディーン・トーマスが、見事な新しい旗を何枚《なんまい》か作っていたが、そのほとんどが、ファイアボルトでホーンテールの頭上をブンブン飛び回るハリーを描《えが》いていた。ほんの二、三枚《まい》だけが、頭に火がついたセドリックの絵だった。

まともな空腹感《くうふくかん》がどんなものか、ハリーはその時までほとんど忘《わす》れていた。ハリーは食べ物を取って、ロンやハーマイオニーと一緒《いっしょ》に座《すわ》った。信じられないくらい幸せだった。ロンが自分の味方に戻《もど》ってきてくれた。第一の課題をクリアしたし、第二の課題までは、まだ三か月もある。

「おっどろき。これ、重いや」

リー・ジョーダンが、ハリーがテーブルに置いておいた金の卵《たまご》を持ち上げ、手で重みを量りながら言った。

「開けてみろよ、ハリー、さあ！　中に何があるか見ようぜ！」

「ハリーは自分一人でヒントを見つけることになってるのよ」

すかさずハーマイオニーが言った。

「試合のルールで決まっているとおり……」

「ドラゴンを出《だ》し抜《ぬ》く方法も、自分一人で見つけることになってたんだけど」

ハリーが、ハーマイオニーにだけ聞こえるようにつぶやくと、ハーマイオニーはバツが悪そうに笑った。

「そうだ、そうだ。ハリー、開けろよ！」何人かが同調した。

リーがハリーに卵《たまご》を渡《わた》し、ハリーは卵《たまご》の周りにぐるりとついている溝《みぞ》に爪《つめ》を立ててこじ開けた。

からっぽだ。きれいさっぱりからっぽだった――しかし、ハリーが開けたとたん、世にも恐《おそ》ろしい、大きなキーキー声のむせび泣きのような音が、部屋中に響《ひび》き渡《わた》った。ハリーが聞いたことがある音の中でこれに一番近いのは、「ほとんど首無しニック」の「絶命日《ぜつめいび》パーティ」でのゴースト・オーケストラの演奏《えんそう》で、奏者全員《そうしゃぜんいん》がのこぎりを弾《ひ》いていたときの音だ。

「だまらせろ！」フレッドが両手で耳を覆《おお》って叫《さけ》んだ。

「いまのはなんだ？」

ハリーがバチンと閉めた卵《たまご》をまじまじと見つめながら、シェーマス・フィネガンが言った。

「バンシー妖怪《ようかい》の声みたいだったな……もしかしたら、次にやっつけなきゃいけないのはそれだぞ、ハリー！」

「誰《だれ》かが拷問《ごうもん》を受けてた！」

ネビルはソーセージ・ロールをバラバラと床《ゆか》に落として、真っ青になっていた。

「君は『磔《はりつけ》の呪文《じゅもん》』と戦わなくちゃならないんだ！」

「バカ言うなよ、ネビル。あれは違法《いほう》だぜ」ジョージが言った。

「代表選手に『磔《はりつけ》の呪文《じゅもん》』をかけたりするもんか。俺《おれ》が思うに、ありゃ、パーシーの歌声にちょっと似《に》てたな……もしかしたら、やつがシャワーを浴びてるときに襲《おそ》わないといけないのかもしれないぜ、ハリー」

「ハーマイオニー、ジャム・タルト、食べるかい？」フレッドが勧《すす》めた。

ハーマイオニーはフレッドが差し出した皿を疑《うたが》わしげに見た。フレッドがニヤッと笑った。

「大丈夫《だいじょうぶ》。こっちにはなんにもしてないよ。クリームサンド・ビスケットのほうはご用心さ――」

ちょうどビスケットにかぶりついたネビルが、むせて吐《は》き出《だ》した。

フレッドが笑いだした。

「ほんの冗談《じょうだん》さ、ネビル……」

ハーマイオニーがジャム・タルトを取った。

「これ、全部厨房《ちゅうぼう》から持ってきたの？　フレッド？」ハーマイオニーが聞いた。

「ウン」フレッドがハーマイオニーを見て、ニヤッと笑った。

「旦那《だんな》さま、なんでも差し上げます。なんでもどうぞ！」

屋敷《やしき》しもべのかん高いキーキー声で、フレッドが言った。

「連中はほんとうに役に立つ……俺《おれ》がちょっと腹《はら》が空《す》いてるって言ったら、雄牛《おうし》の丸焼きだって持ってくるぜ」

「どうやってそこに入るの？」

ハーマイオニーはさりげない、なんの下心もなさそうな声で聞いた。

「簡単《かんたん》さ」フレッドが答えた。

「果物が盛《も》ってある器《うつわ》の絵の裏《うら》に、隠《かく》し戸《ど》がある。梨《なし》をくすぐればいいのさ。するとクスクス笑う。そこで――」

フレッドは口を閉《と》じて、疑《うたが》うようにハーマイオニーを見た。

「なんで聞くんだ？」

「別に」ハーマイオニーが口早に答えた。

「屋敷《やしき》しもべを率《ひき》いてストライキをやらかそうっていうのかい？」ジョージが言った。

「ビラまきとかなんとかあきらめて、連中をたきつけて反乱《はんらん》か？」

何人かがおもしろそうに笑ったが、ハーマイオニーは何も言わなかった。

「連中をそっとしておけ。服や給料をもらうべきだなんて、連中に言うんじゃないぞ！」

フレッドが忠告《ちゅうこく》した。

「料理に集中できなくなっちまうからな！」

ちょうどその時、ネビルが大きなカナリアに変身してしまい、みんなの注意がそれた。

「あ――ネビル、ごめん！」

みんながゲラゲラ笑う中で、フレッドが叫《さけ》んだ。

「忘《わす》れてた――俺《おれ》たち、**やっぱり**クリームサンドに呪《のろ》いをかけてたんだ――」

一分もたたないうちに、ネビルの羽根が抜《ぬ》けはじめ、全部抜《ぬ》け落《お》ちると、いつもとまったく変わらない姿《すがた》のネビルが再《ふた》び現《あらわ》れた。ネビル自身もみんなと一緒《いっしょ》に笑った。

「カナリア・クリーム！」

興奮《こうふん》しやすくなっている生徒たちに向かって、フレッドが声を張《は》り上《あ》げた。

「ジョージと僕《ぼく》とで発明したんだ――一個《こ》七シックル。お買い得だよ！」

ハリーがやっと寝室《しんしつ》に戻《もど》ったのは、夜中の一時近くだった。ロン、ネビル、シェーマス、ディーンと一緒《いっしょ》だった。四本柱のベッドのカーテンを引く前に、ハリーはベッド脇《わき》の小机《こづくえ》にハンガリー・ホーンテールのミニチュアを置いた。するとミニチュアはあくびをし、体を丸めて目を閉《と》じた。ほんとだ――ベッドのカーテンを閉《し》めながら、ハリーは思った――ハグリッドの言うとおりだ……悪くないよ、ドラゴンって……。

十二月が、風とみぞれを連れてホグワーツにやってきた。冬になると、ホグワーツ城《じょう》は確《たし》かにすきま風だらけだったが、湖に浮《う》かぶダームストラングの船のそばを通るたびに、ハリーは城《しろ》の暖炉《だんろ》に燃《も》える火や、厚《あつ》い壁《かべ》をありがたく思った。船は強い風に揺《ゆ》れ、黒い帆《ほ》が暗い空にうねっていた。ボーバトンの馬車もずいぶん寒いだろうと、ハリーは思った。ハグリッドがマダム・マクシームの馬たちに、好物のシングルモルト・ウィスキーをたっぷり飲ませていることにも、ハリーは気づいていた。放牧場の隅《すみ》に置かれた桶《おけ》から漂《ただよ》ってくる酒気だけで、「魔法生物飼育学《まほうせいぶつしいくがく》」のクラス全員が酔《よ》っ払《ばら》いそうだった。これには弱った。何しろ、恐《おそ》ろしいスクリュートの世話を続けていたので、気を確《たし》かに持たなければならなかったのだ。

「こいつらが冬眠《とうみん》するかどうかわからねえ」

吹《ふ》きっさらしのかぼちゃ畑での授業《じゅぎょう》で、震《ふる》えている生徒たちにハグリッドが言った。

「ひと眠《ねむ》りしてえかどうか、ちぃと試《ため》してみようかと思ってな……この箱にこいつらをちょっくら寝《ね》かせてみて……」

スクリュートはあと十匹《ぴき》しか残っていない。どうやら、連中の殺し合い願望は、運動させても収まらないようだった。いまやそれぞれが二メートル近くに育っている。灰色《はいいろ》のぶ厚《あつ》い甲殻《こうかく》、強力で動きの速い肢《あし》、火を噴射《ふんしゃ》する尾《お》、とげと吸盤《きゅうばん》など、全部あいまって、スクリュートはハリーがこれまで見た中で、一番気持ちの悪いものだった。クラス全員が、ハグリッドの持ってきた巨大《きょだい》な箱を見てしょげ込《こ》んだ。箱には枕《まくら》が置かれ、ふわふわの毛布《もうふ》が敷《し》きつめられていた。

「あいつらをここに連れてこいや」ハグリッドが言った。

「そんでもって、ふたをして様子を見るんだ」

しかし、スクリュートは**冬眠《とうみん》しない**ということが、結果的にはっきりした。枕《まくら》を敷《し》きつめた箱に押《お》し込《こ》められていたこともお気に召《め》さなかった。まもなくハグリッドが叫《さけ》んだ。

「落ち着け、みんな、落ち着くんだ！」

スクリュートはかぼちゃ畑で暴《あば》れ回《まわ》り、畑にはバラバラになった箱の残骸《ざんがい》が煙《けむり》を上げて散らばっていた。生徒のほとんどが——マルフォイ、クラッブ、ゴイルを先頭に——ハグリッドの小屋に裏《うら》木戸《きど》から逃《に》げ込《こ》み、バリケードを築《きず》いて立てこもっていた。しかし、ハリー、ロン、ハーマイオニーをはじめ何人かは、残ってハグリッドを助けようとした。力を合わせ、なんとかみんなで九匹《ひき》までは取《と》り押《お》さえてお縄《なわ》にした。おかげで火傷《やけど》や切《き》り傷《きず》だらけになった。残るは一匹《ぴき》だけ。

「脅《おど》かすんじゃねえぞ、ええか！」

ハグリッドが叫《さけ》んだ。その時ロンとハリーは、二人に向かってくるスクリュートに、杖《つえ》を使って火花を噴射《ふんしゃ》したところだった。背中《せなか》のとげが弓なりに反り、ビリビリ震《ふる》え、スクリュートは脅《おど》すように二人に迫《せま》ってきた。

「とげン所に縄《なわ》をかけろ。そいつがほかのスクリュートを傷《きず》つけねえように！」

「ああ、ごもっともなお言葉だ！」

ロンが怒《おこ》ったように叫《さけ》んだ。ロンとハリーは、スクリュートを火花で遠ざけながら、ハグリッドの小屋の壁《かべ》まであとずさりしていた。

「おーや、おや、おや……これは**とっても**おもしろそうざんすね」

リータ・スキーターがハグリッドの庭の柵《さく》に寄《よ》りかかり、騒《さわ》ぎを眺《なが》めていた。今日は、紫《むらさき》の毛皮のえりがついた、赤紫色《あかむらさきいろ》の厚《あつ》いマントを着込《きこ》み、ワニ革《がわ》のバッグを腕《うで》にかけていた。

ハグリッドが、ハリーとロンを追いつめたスクリュートに飛びかかり、上からねじ伏《ふ》せた。しっぽから噴射《ふんしゃ》された火で、その付近のかぼちゃの葉や茎《くき》がしなびてしまった。

「あんた、誰《だれ》だね？」

スクリュートのとげの周りに輪にした縄《なわ》をかけ、きつくしめながら、ハグリッドが聞いた。

「リータ・スキーター。『日刊予言者新聞《にっかんよげんしゃしんぶん》』の記者ざんすわ」

リータはハグリッドにニッコリ笑いかけながら答えた。金歯がキラリと光った。

「ダンブルドアが、あんたはもう校内に入ってはならねえと言いなすったはずだが?」

少しひしゃげたスクリュートから降《お》りながら、ハグリッドはちょっと顔をしかめ、スクリュートを仲間の所へ引いていった。

リータはハグリッドの言ったことが聞こえなかったかのように振《ふ》る舞《ま》った。

「この魅力的《みりょくてき》な生き物はなんて言うざんすの?」ますますニッコリしながらリータが聞いた。

「『尻尾爆発《しっぽばくはつ》スクリュート』だ」ハグリッドがぶすっとして答えた。

「あらそう?」

どうやら興味津々《きょうみしんしん》のリータが言った。

「こんなの見たことないざんすわ……どこから来たのかしら?」

ハリーはハグリッドの黒いもじゃもじゃひげの奥《おく》でじわっと顔が赤くなったのに気づき、ドキリとした。ハグリッドは**いったい**どこからスクリュートを手に入れたのだろう?

どうやらハリーと同じことを考えていたらしいハーマイオニーが、急いで口をはさんだ。

「ほんとにおもしろい生き物よね?　ね、ハリー?」

「え?　あ、うん……痛《いた》っ……おもしろいね」

ハーマイオニーに足を踏《ふ》まれながら、ハリーが答えた。

「まっ、ハリー、**君**、ここにいたの!」

リータ・スキーターが振《ふ》り返《かえ》って言った。

「それじゃ、『魔法生物飼育学《まほうせいぶつしいくがく》』が好きなの? お気に入りの科目の一つかな?」

「はい」

ハリーはしっかり答えた。ハグリッドがうれしそうにハリーに笑いかけた。

「すてきざんすわ」リータが言った。

「ほんと、すてきざんすわ。長く教えてるの?」今度はハグリッドに尋《たず》ねた。

リータの目が次から次へと移《うつ》っていくのにハリーは気づいた。ディーン(ほおにかなりの切《き》り傷《きず》があった)、ラベンダー(ローブがひどく焼《や》け焦《こ》げていた)、シェーマス(火傷《やけど》した数本の指をかばっていた)、それから小屋の窓《まど》へ――そこには、クラスの大多数の生徒が、窓《まど》ガラスに鼻を押《お》しつけて、外はもう安全かとうかがっていた。

「まだ今年で二年目だ」ハグリッドが答えた。

「すてきざんすわ……インタビューさせていただけないざんす? あなたの魔法生物《まほうせいぶつ》のご経験《けいけん》を、少し話してもらえない? 『予言者』では、毎週水曜に動物学のコラムがありましてね。ご存《ぞん》じざんしょ。特集が組めるわ。この――えーと――尻尾《しっぽ》バンバンスクートの」

「『尻尾爆発《しっぽばくはつ》スクリュート』だ」ハグリッドが熱を込《こ》めて言った。

「あー――ウン。かまわねえ」

ハリーは、これはまずいと思った。しかし、リータに気づかれないようにハグリッドに知らせる方法がなかった。ハグリッドとリータ・スキーターが、今週中のいつか別の日に、「三本の箒《ほうき》」で、じっくりインタビューをすると約束するのを、ハリーはだまって見ているほかなかった。その時、城《しろ》からの鐘《かね》が聞こえ、授業《じゅぎょう》の終わりを告《つ》げた。

「じゃあね、さよなら、ハリー！」

ロン、ハーマイオニーと一緒《いっしょ》に帰りかけたハリーに、リータ・スキーターが陽気に声をかけた。

「じゃ、金曜の夜に。ハグリッド！」

「あの人、ハグリッドの言うこと、みんなねじ曲げるよ」ハリーが声をひそめて言った。

「スクリュートを不法輸入《ふほうゆにゅう》とかしていなければいいんだけど」ハーマイオニーも深刻《しんこく》な声だった。

二人は顔を見合わせた――それこそ、ハグリッドがまさにやりそうなことだった。

「ハグリッドはいままでも山ほど面倒《めんどう》を起こしたけど、ダンブルドアは絶対《ぜったい》クビにしなかったよ」

ロンがなぐさめるように言った。

「最悪の場合、ハグリッドはスクリュートを始末しなきゃならないだけだろ。あ、失礼……僕《ぼく》、最悪って言った？　最善《さいぜん》のまちがい」

ハリーもハーマイオニーも笑った。そして、少し元気が出て、昼食に向かった。

その午後、ハリーは「占い学《うらながく》」の二時限続《じげんつづ》きの授業《じゅぎょう》を充分《じゅうぶん》楽しんだ。中身は相変わらず星座表《せいざひょう》や予言だったが、ロンとの友情《ゆうじょう》が元《もと》に戻ったので、何もかもがまたおもしろくなった。ハリーとロンが、自らの恐《おそ》ろしい死を予測《よそく》したことでとても機嫌《きげん》のよかったトレローニー先生は、冥王星《めいおうせい》が日常《にちじょう》生活《せいかつ》を乱《みだ》すさまざまな例を説明している間、二人がクスクス笑っていたことでたちまちいらいらしだした。

「あたくし、**こう思いますのよ**」

神秘的《しんぴてき》なささやくような声を出しても、トレローニー先生の機嫌《きげん》の悪さは隠《かく》せなかった。

「あたくしたちの中の**誰《だれ》か**が」——先生はさも意味ありげな目でハリーを見つめた——「あたくしが昨夜、水晶玉《すいしょうだま》で見たものを、ご自分の目でごらんになれば、それほど**不真面目**ではいられないかもしれませんわ。あたくし、ここに座《すわ》って、刺繍《ししゅう》に没頭《ぼっとう》しておりましたとき、水晶玉《すいしょうだま》に聞かなければという思いにかられまして立ち上がりましたの。玉の前に座《すわ》り、水晶《すいしょう》の底の底をのぞきましたら……あたくしを見つめ返していたものはなんだったとお思い？」

「でっかいめがねをかけた醜《みにく》い年寄《としよ》りのコウモリ？」ロンが息を殺してつぶやいた。

ハリーはまじめな顔を崩《くず》さないよう必死でこらえた。

「**死**ですのよ」

パーバティとラベンダーが、二人ともゾクッとしたように、両手でパッと口を押《お》さえた。

「そうなのです」

トレローニー先生がもったいぶってうなずいた。

「それはやってくる。ますます身近に、それはハゲタカのごとく輪を描《えが》き、だんだん低く……城《しろ》の上に、ますます低く……」

トレローニー先生はしっかりハリーを見すえた。ハリーはあからさまに大きなあくびをした。

「もう八十回も同じことを言ってなけりゃ、少しはパンチが効《き》いたかもしれないけど」

トレローニー先生の部屋から下りる階段《かいだん》で、やっと新鮮《しんせん》な空気を取《と》り戻《もど》したとき、ハリーが言った。

「だけど、僕《ぼく》が死ぬって先生が言うたびに、いちいち死んでたら、僕《ぼく》は医学上の奇跡《きせき》になっちゃうよ」

「超濃縮《ちょうのうしゅく》ゴーストってとこかな」

ロンもおもしろそうに笑った。ちょうど「血みどろ男爵《だんしゃく》」が不吉《ふきつ》な目をぎょろぎょろさせながら二人とすれちがうところだった。

「宿題が出なかっただけよかったよ。ベクトル先生がハーマイオニーに、どっさり宿題を出してるといいな。あいつが宿題やってるとき、こっちがやることがないってのがいいねえ……」

しかし、ハーマイオニーは夕食の席にいなかった。そのあと二人で図書館に探《さが》しにいったが、やっぱりいなかった。ビクトール・クラムしかいなかった。ロンは、しばらく書棚《しょだな》の陰《かげ》をうろうろしながらクラムを眺《なが》め、サインを頼《たの》むべきかどうかハリーに小声で相談していた――しかしその時、六、七人の女子学生が隣《となり》の書棚《しょだな》の陰《かげ》にひそんで、まったく同じことを相談しているのに気づき、ロンはやる気をなくした。

「あいつ、どこ行っちゃったのかなあ？」

二人でグリフィンドール塔《とう》に戻《もど》りながら、ロンが言った。

「さあな……太わごと《ボールダーダッシュ》」

ところが、「太った婦人《レディ》」が開くか開かないうちに、二人の背後《はいご》にバタバタと走ってくる音が聞こえた。ハーマイオニーのご到着《とうちゃく》だ。

「ハリー！」

ハリーの脇《わき》で急停止《きゅうていし》し、息を切らしながらハーマイオニーが呼《よ》びかけた（「太った婦人《レディ》」が眉《まゆ》を吊《つ》り上《あ》げてハーマイオニーを見下ろした）。

「ハリー、一緒《いっしょ》に来て――来なきゃ**ダメ**。とってもすごいことが起こったんだから――お願い――」

ハーマイオニーはハリーの腕《うで》をつかみ、廊下《ろうか》のほうに引《ひ》き戻《もど》そうとした。

「いったいどうしたの？」ハリーが聞いた。

「着いてから見せてあげるから——ああ、早く来て——」

ハリーはロンのほうを振《ふ》り返《かえ》った。ロンもいったいなんだろうという顔でハリーを見た。

「オッケー」

ハリーはハーマイオニーと一緒《いっしょ》に廊下《ろうか》を戻《もど》りはじめ、ロンが急いであとを追った。

「いいのよ、気にしなくて！」

「太った婦人《レディ》」が後ろからいらいらと声をかけた。

「私《わたし》に面倒《めんどう》をかけたことを、謝《あやま》らなくてもいいですとも！　私《わたし》はみなさんが帰ってくるまで、ここにこうしてパックリ開いたまま引っかかっていればいいというわけね？」

「そうだよ、ありがと」ロンが振《ふ》り向《む》きざま答えた。

ハーマイオニーは七階から一階まで二人を引《ひ》っ張《ぱ》っていった。

「ハーマイオニー、どこに行くんだい？」

玄関《げんかん》ホールに続く大理石の階段《かいだん》を下りはじめたとき、ハリーが聞いた。

「いまにわかるわ。もうすぐよ！」ハーマイオニーは興奮《こうふん》していた。

階段《かいだん》を下りきった所で、左に折れるとドアが見えた。「炎《ほのお》のゴブレット」がセドリックとハリーの名前を吐《は》き出《だ》したあの夜、セドリックが通っていったあのドアだ。ハーマイオニーは急いでドアに向かった。ハリーはいままでここを通ったことがなかった。二人がハーマイオニーのあとについて石段《いしだん》を下りると、そこは、スネイプの地下牢《ちかろう》に続く陰気《いんき》な地下通路とはちがって、明々《あかあか》と松明《たいまつ》に照らされた広い石の廊下《ろうか》だった。主に食べ物を描《えが》いた、楽しげな絵が飾《かざ》ってある。

「あっ、待てよ……」

廊下《ろうか》の中ほどまで来たとき、ハリーが何か考えながら言った。

「ちょっと待って、ハーマイオニー……」

「えっ？」ハーマイオニーはハリーを振《ふ》り返《かえ》った。顔中がワクワクしている。

「なんだかわかったぞ」ハリーが言った。

ハリーはロンをこづいて、ハーマイオニーのすぐ後ろにある絵を指差した。巨大《きょだい》な銀の器《うつわ》に果物を盛《も》った絵だ。

「ハーマイオニー！」ロンもハッと気づいた。

「僕《ぼく》たちを、また『S・P・E・W《スピュー》（反吐《へど》）』なんかに巻《ま》き込《こ》むつもりだろ！」

「ちがう、ちがう。そうじゃないの！」

ハーマイオニーがあわてて言った。

「それに、『**スピュー**（反吐《へど》）』って呼《よ》ぶんじゃないわよ。ロンったら――」

「名前を変えたとでもいうのか？」

ロンがしかめっ面《つら》でハーマイオニーを見た。

「それじゃ、今度は、何になったんだい？　屋敷《やしき》しもべ妖精解放戦線《ようせいかいほうせんせん》か？　厨房《ちゅうぼう》に押《お》し入《い》って、あいつらに働くのをやめさせるなんて、そんなの、僕《ぼく》はごめんだ――」

「そんなこと、頼《たの》みやしないわ！」

ハーマイオニーはもどかしげに言った。

「私《わたし》、ついさっき、みんなと話すのにここに来たの。そしたら、見つけたのよ――ああ、**とにかく**来てよ、ハリー。あなたに見せたいの！」

ハーマイオニーはまたハリーの腕《うで》をつかまえ、巨大《きょだい》な果物皿の絵の前まで引《ひ》っ張《ぱ》ってくると、人差し指を伸《の》ばして大きな緑色の梨《なし》をくすぐった。梨《なし》はクスクス笑いながら身をよじり、急に大きな緑色のドアの取っ手に変わった。ハーマイオニーは取っ手をつかみ、ドアを開け、ハリーの背中《せなか》をぐいと押《お》して、中に押《お》し込《こ》んだ。

天井《てんじょう》の高い巨大《きょだい》な部屋が、ほんの一瞬《いっしゅん》だけ見えた。上の階にある大広間と同じくらい広く、石壁《いしかべ》の前にずらりと、ピカピカの真鍮《しんちゅう》の鍋《なべ》やフライパンが山積みになっている。部屋の奥《おく》には大きなれんがの暖炉《だんろ》があった。次の瞬間《しゅんかん》、部屋の真ん中から、何か小さなものが、ハリーに向かって駆《か》けてきた。キーキー声で叫《さけ》んでいる。

「ハリー・ポッター様！　**ハリー・ポッター！**」

キーキー声のしもべ妖精《ようせい》が勢《いきお》いよくみずおちにぶつかり、ハリーは息が止まりそうだった。しもべ妖精《ようせい》は、ハリーの肋骨《ろっこつ》が折れるかと思うほど強く抱《だ》きしめた。

「ド、ドビー？」ハリーは絶句《ぜっく》した。

「はい、**ドビーめ**でございます！」

へそのあたりでキーキー声が答えた。

「ドビーはハリー・ポッター様に会いたくて、会いたくて。そうしたら、ハリー・ポッターはドビーめに会いにきてくださいました！」

ドビーはハリーから離《はな》れ、二、三歩下がってハリーを見上げ、ニッコリした。巨大《きょだい》な、テニスボールのような緑の目が、うれし涙《なみだ》でいっぱいだった。ドビーはハリーの記憶《きおく》にあるとおりの姿《すがた》をしていた。えんぴつのような鼻、コウモリのような耳、長い手足の指——ただ、衣服だけはまったくちがっていた。

ドビーがマルフォイ家で働いていたときは、いつも同じ、汚《よご》れた枕《まくら》カバーを着ていた。しかしいまは、ハリーが見たこともないような、へんてこな組み合わせの衣装《いしょう》だ。ワールドカップでの魔法《まほう》使《つか》いたちのマグル衣装《いしょう》よりさらに悪かった。帽子《ぼうし》がわりにティーポット・カバーをかぶり、それにキラキラしたバッジをたくさんとめつけていたし、裸《はだか》の上半身に、馬蹄模様《ばていもよう》のネクタイをしめ、子《こ》供《ども》のサッカー用パンツのようなものをはき、ちぐはぐな靴下《くつした》をはいていた。その片方《かたほう》には、見覚えがあった。ハリーが昔はいていた靴下《くつした》だ。ハリーはその黒い靴下《くつした》を脱《ぬ》ぎ、マルフォイ氏がそれをドビーに与《あた》えるように計略《けいりゃく》をしかけ、ドビーを自由の身にしたのだ。もう片方《かたほう》は、ピンクとオレンジの縞模様《しまもよう》だ。

「ドビー、どうしてここに？」ハリーが驚《おどろ》いて尋《たず》ねた。

「ドビーはホグワーツに働きにきたのでございます！」

ドビーは興奮《こうふん》してキーキー言った。

「ダンブルドア校長が、ドビーとウィンキーに仕事をくださったのでございます！」

「ウィンキー？　ウィンキーもここにいるの？」ハリーが聞いた。

「さようでございますとも！」

ドビーはハリーの手を取り、四つの長い木のテーブルの間を引《ひ》っ張《ぱ》って厨房《ちゅうぼう》の奥《おく》に連れていった。テーブルの脇《わき》を通りながら、それぞれがちょうど、大広間の各寮《かくりょう》のテーブルの真下に置かれていることにハリーは気づいた。いまは夕食も終わったので、どのテーブルにも食べ物はなかった。しかし、一時間前は食べ物の皿がぎっしり置かれ、天井《てんじょう》からそれぞれの寮《りょう》のテーブルに送られたのだろう。

ドビーがハリーを連れてそばを通ると、少なくとも百人の小さなしもべ妖精《ようせい》が、厨房《ちゅうぼう》のあちこちで会釈《えしゃく》したり、頭を下げたり、ひざをちょんと折って宮廷風《きゅうていふう》の挨拶《あいさつ》をしたりした。全員が同じ格好《かっこう》をしている。ホグワーツの紋章《もんしょう》が入ったキッチンタオルを、ウィンキーが以前に着ていたように、トーガ風に巻《ま》きつけて結んでいるのだ。

ドビーはれんが造《づく》りの暖炉《だんろ》の前で立ち止まり、指差しながら言った。

「ウィンキーでございます！」

ウィンキーは暖炉脇《だんろわき》の丸椅子《まるいす》に座《すわ》っていた。ウィンキーはドビーとちがって、洋服あさりをしなかったらしい。しゃれた小さなスカートにブラウス姿《すがた》で、それに合ったブルーの帽子《ぼうし》をかぶっている。耳が出るように帽子《ぼうし》には穴《あな》が開いていた。しかし、ドビーの珍妙《ちんみょう》なごた混《ま》ぜの服は清潔《せいけつ》で手入れが行《ゆ》き届《とど》き、新品のように見えるのに、ウィンキーのほうは、まったく洋服の手入れをしていない。ブラウスの前はスープのしみだらけで、スカートには焼《や》け焦《こ》げがあった。

「やあ、ウィンキー」

ハリーが声をかけた。ウィンキーは唇《くちびる》を震《ふる》わせた。そして泣きだした。クィディッチ・ワールドカップのときと同じように、大きな茶色の目から涙《なみだ》があふれ、滝《たき》のように流れ落ちた。

「かわいそうに」

ロンと一緒《いっしょ》にハリーとドビーについて厨房《ちゅうぼう》の奥《おく》までやってきたハーマイオニーが言った。

「ウィンキー、泣かないで。お願いだから……」

しかし、ウィンキーはいっそう激《はげ》しく泣きだした。ドビーのほうは、逆《ぎゃく》にハリーにニッコリ笑いかけた。

「ハリー・ポッターは紅茶《こうちゃ》を一杯《ぱい》お飲みになりますか？」

ウィンキーの泣き声に負けない大きなキーキー声で、ドビーが聞いた。

「あ――うん。オッケー」ハリーが答えた。

たちまち、六人ぐらいのしもべ妖精《ようせい》がハリーの背後《はいご》から小走りにやってきた。ハリー、ロン、ハーマイオニーのために、大きな銀の盆《ぼん》にのせて、ティーポット、三人分のティーカップ、ミルク入れ、大皿に盛《も》ったビスケットを持ってきたのだ。

「サービスがいいなぁ！」

ロンが感心したように言った。ハーマイオニーはロンをにらんだが、しもべ妖精《ようせい》たちは全員うれしそうで、深々と頭を下げながら退《しりぞ》いた。

「ドビー、いつからここにいるの？」

ドビーが紅茶《こうちゃ》の給仕を始めたとき、ハリーが聞いた。

「ほんの一週間前でございます、ハリー・ポッター様！」

ドビーがうれしそうに答えた。

「ドビーはダンブルドア校長先生の所に来たのでございます。おわかりいただけると存《ぞん》じますが、解雇《かいこ》されたしもべ妖精《ようせい》が新しい職《しょく》を得《え》るのは、とても難《むずか》しいのでございます。ほんとうに難《むずか》しいので――」

ここでウィンキーの泣き声が一段《いちだん》と激《はげ》しくなった。つぶれたトマトのような鼻から鼻水がボタボタ垂《た》れたが、止めようともしない。

「ドビーは丸二年間、仕事を探《さが》して国中を旅したのでございます!」

ドビーはキーキー話し続けた。

「でも、仕事は見つからなかったのでございます。なぜなら、ドビーはお給料が欲《ほ》しかったからです!」

興味津々《きょうみしんしん》で見つめ、聞き入っていた厨房中《ちゅうぼうじゅう》のしもべ妖精《ようせい》が、この言葉で全員顔を背《そむ》けた。ドビーが、何か無作法で恥《は》ずかしいことを口にしたかのようだった。

しかし、ハーマイオニーは、「そのとおりだわ、ドビー!」と言った。

「お嬢《じょう》さま、ありがとうございます!」

ドビーがニカーッと歯を見せてハーマイオニーに笑いかけた。

「ですが、お嬢《じょう》さま、大多数の魔法使《まほうつか》いは、給料を要求する屋敷《やしき》しもべ妖精《ようせい》を欲《ほ》しがりません。『それじゃ屋敷《やしき》しもべにならない』とおっしゃるのです。そして、ドビーの鼻先でドアをピシャリと閉《し》めるのです! ドビーは働くのが好きです。でもドビーは服を着たいし、給料をもらいたい。ハリー・ポッター……ドビーめは自由が好きです!」

ホグワーツのしもべ妖精《ようせい》たちは、まるでドビーが何か伝染病《でんせんびょう》でも持っているかのように、じりじりとドビーから離《はな》れはじめた。ウィンキーはその場から動かなかった。ただし、明らかに泣き声のボリュームが上がった。

「そして、ハリー・ポッター、ドビーはその時ウィンキーを訪《たず》ね、ウィンキーも自由になったことがわかったのでございます!」ドビーがうれしそうに言った。

その言葉に、ウィンキーは椅子《いす》から身を投げ出し、石畳《いしだたみ》の床《ゆか》に突《つ》っ伏《ぷ》し、小さな拳《こぶし》で床《ゆか》をたたきながら、みじめさに打ちひしがれて泣《な》き叫《さけ》んだ。

ハーマイオニーが急いでウィンキーの横にひざをつき、なぐさめようとしたが、何を言ってもまったくむだだった。

ウィンキーのピーピーという泣き声をしのぐかん高い声を張《は》り上《あ》げ、ドビーの物語は続いた。

「そして、その時、ドビーは思いついたのでございます、ハリー・ポッター様!『ドビーとウィンキーと一緒《いっしょ》の仕事を見つけたら?』と、ドビーが言います。『しもべ妖精《ようせい》が、二人も働けるほど仕事がある所がありますか?』と、ウィンキーが言います。そこでドビーが考えます。そしてドビーは思いついたのでございます! **ホグワーツ!** そしてドビーとウィンキーはダンブルドア校長先生に会いにきたのでございます。そしてダンブルドア校長先生がわたくしたちをおやといくださいました!」

ドビーはニッコリと、ほんとうに明るく笑い、その日にうれし涙《なみだ》がまたあふれた。

「そしてダンブルドア校長先生は、ドビーがそう望むなら、お給料を支払《しはら》うとおっしゃいました！　こうしてドビーは自由な屋敷妖精《やしきようせい》になったのでございます。そしてドビーは、一週間に一ガリオンと、一か月に一日のお休みをいただくのです！」

「それじゃ少ないわ！」

ハーマイオニーが床《ゆか》に座《すわ》ったままで、ウィンキーがわめき続ける声や、拳《こぶし》で床《ゆか》を打つ音にも負けない声で、怒《おこ》ったように言った。

「ダンブルドア校長はドビーめに、週十ガリオンと週末を休日にするとおっしゃいました」

ドビーは、そんなにひまや金ができたら恐《おそ》ろしいとでもいうように、急にブルッと震《ふる》えた。

「でも、ドビーはお給料を値切《ねぎ》ったのでございます。お嬢《じょう》さま……。ドビーは自由が好きでございます。でもドビーはそんなにたくさん欲《ほ》しくはないのでございます。お嬢《じょう》さま。ドビーは働くほうが好きなのでございます」

「それで、ウィンキー、ダンブルドア校長先生は、**あなたには**いくら払《はら》っているの？」

ハーマイオニーがやさしく聞いた。

ハーマイオニーがウィンキーを元気づけるために聞いたつもりだったとしたら、とんでもない見《み》込《こ》みちがいだった。ウィンキーは泣きやんだ。しかし、顔中ぐしょぐしょにしながら、床《ゆか》に座《すわ》りなおし、巨大《きょだい》な茶色の目でハーマイオニーをにらみ、急に怒《おこ》りだした。

「ウィンキーは不名誉《ふめいよ》なしもべ妖精《ようせい》でございます。でも、ウィンキーはまだ、お給料をいただくようなことはしておりません！」

ウィンキーはキーキー声を上げた。

「ウィンキーはそこまで落ちぶれてはいらっしゃいません！　ウィンキーは自由になったことをきちんと恥《は》じております！」

「恥《は》じる？」ハーマイオニーはあっけにとられた。

「でも――ウィンキー、しっかりしてよ！　恥《は》じるのはクラウチさんのほうよ。あなたじゃない！　あなたはなんにも悪いことをしてないし、あの人はほんとに、あなたに対してひどいことを――」

しかし、この言葉を聞くと、ウィンキーは帽子《ぼうし》の穴《あな》から出ている耳を両手でぴったり押《お》さえつけ、一言も聞こえないようにして叫《さけ》んだ。

「あたしのご主人さまを、あなたさまは侮辱《ぶじょく》なさらないのです！　クラウチさまを、あなたさまは侮辱《ぶじょく》なさらない、い、いのです！　お嬢《じょう》さま、クラウチさまはよい魔法使《まほうつか》いでございます。クラウチさまは悪いウィンキーをクビにするのが正しいのでございます！」

「ウィンキーはなかなか適応《てきおう》できないのでございます。ハリー・ポッター」

ドビーはハリーに打ち明けるようにキーキー言った。

「ウィンキーは、もうクラウチさんに縛《しば》られていないということを忘《わす》れるのでございます。なんでも言いたいことを言ってもいいのに、ウィンキーはそうしないのでございます」

「屋敷《やしき》しもべは、それじゃ、ご主人様のことで、言いたいことが言えないの？」

ハリーが聞いた。

「言えませんとも。とんでもございません」ドビーは急に真顔になった。

「それが、屋敷《やしき》しもべ妖精制度《ようせいせいど》の一部でございます。わたくしどもはご主人様の秘密《ひみつ》を守り、沈黙《ちんもく》を守るのでございます。主君の家族の名誉《めいよ》を支《ささ》え、けっしてその悪口を言わないのでございます――でもダンブルドア校長先生はドビーに、そんなことにこだわらないとおっしゃいました。ダンブルドア校長先生は、わたくしどもに――あの――」

ドビーは急にそわそわして、ハリーにもっと近くに来るように合図した。ハリーが身をかがめた。

ドビーがささやいた。

「ダンブルドア様は、わたくしどもがそう呼《よ》びたければ――老いぼれ偏屈《へんくつ》じじいと呼《よ》んでもいいとおっしゃったのでございます！」

ドビーは畏《おそ》れ多《おお》いという顔でクスッと笑った。

「でも、ドビーはそんなことはしたくないのでございます、ハリー・ポッター」

ドビーの声が元に戻《もど》り、耳がパタパタするほど強く首を横に振《ふ》った。

「ドビーはダンブルドア校長先生がとても好きでございます。校長先生のために秘密《ひみつ》を守るのは誇《ほこ》りでございます」

「でも、マルフォイ一家については、もう何を言ってもいいんだね？」

ハリーはニヤッと笑いながら聞いた。

ドビーの巨大《きょだい》な目に、ちらりと恐怖《きょうふ》の色が浮《う》かんだ。

「ドビーは――ドビーはそうだと思います」

自信のない言い方だった。そして小さな肩《かた》を怒《いか》らせ、こう言った。

「ドビーはハリー・ポッターに、このことをお話しできます。ドビーの昔のご主人様たちは――ご主人様たちは――**悪い闇《やみ》の魔法使《まほうつか》いでした！**」

ドビーは自分の大胆《だいたん》さに恐《おそ》れをなして、全身震《ふる》えながらその場に一瞬《いっしゅん》立ちすくんだ――それから一番近くのテーブルに駆《か》けていき、思いきり頭を打ちつけながら、キーキー声で叫《さけ》んだ。

「**ドビーは悪い子！　ドビーは悪い子！**」

ハリーはドビーのネクタイの首根っこの所をつかみ、テーブルから引《ひ》き離《はな》した。

「ありがとうございます、ハリー・ポッター。ありがとうございます」

ドビーは頭をなでながら、息もつかずに言った。

「ちょっと練習する必要があるだけだよ」ハリーが言った。

ませ〜ん！」

「練習ですって！」

ウィンキーが怒《おこ》ったようにキーキー声を上げた。

「ご主人さまのことをあんなふうに言うなんて、ドビー、あなたは恥《はじ》をお知りにならなければなりません！」

「あの人たちは、ウィンキー、もう私《わたし》のご主人ではおありになりません！」

ドビーは挑戦《ちょうせん》するように言った。

「ドビーはもう、あの人たちがどう思おうと気にしないのです！」

「まあ、ドビー、あなたは悪いしもべ妖精《ようせい》でいらっしゃいます！」

ウィンキーがうめいた。涙《なみだ》がまた顔をぬらしていた。

「あたしのおかわいそうなクラウチさま。ウィンキーがいなくて、どうしていらっしゃるのでしょう？　クラウチさまはウィンキーが必要です。あたしの助けが必要です！　あたしはずっとクラウチ家のお世話をしていらっしゃいました。あたしの母はあたしの前に、あたしのおばあさんはその前に、お世話していますの……ああ、あの二人は、ウィンキーが自由になったことを知ったら、どうおっしゃるでしょう？　ああ、恥《は》ずかしい。情《なさ》けない！」

ウィンキーはスカートに顔をうずめ、また泣《な》き叫《さけ》んだ。

「ウィンキー」ハーマイオニーがきっぱりと言った。

「クラウチさんは、あなたがいなくたって、ちゃんとやっているわよ。私《わたし》たち、最近お会いしたけど――」

「あなたさまはあたしのご主人さまにお会いに？」

ウィンキーは息をのんで、涙《なみだ》で汚《よご》れた顔をスカートから上げ、ハーマイオニーをじろじろ見た。

「あなたさまは、あたしのご主人さまにホグワーツでお目にかかったのですか？」

「そうよ」ハーマイオニーが答えた。

「クラウチさんとバグマンさんは、三校対抗試合《たいこうじあい》の審査員《しんさいん》なの」

「バグマンさまもいらっしゃる？」

ウィンキーがキーキー叫《さけ》んだ。ウィンキーがまた怒《おこ》った顔をしたので、ハリーはびっくりした（ロンもハーマイオニーも驚《おどろ》いたらしいことは、二人の表情《ひょうじょう》でわかった）。

「バグマンさまは悪い魔法使《まほうつか》い！　とても悪い魔法使《まほうつか》い！　あたしのご主人さまはあの人がお好きではない。ええ、そうですとも。全然お好きではありません！」

「バグマンが――悪い？」ハリーが聞き返した。

「ええ、そうでございます」

ウィンキーが激《はげ》しく頭《かぶり》を振《ふ》りながら答えた。

「あたしのご主人さまがウィンキーにお話しになったことがあります。でも、でもウィンキーは言わないのです……。ウィンキーは——ウィンキーはご主人さまの秘密《ひみつ》を守ります……」

ウィンキーはまたまた涙《なみだ》にかき暮《く》れた。スカートに顔をうずめてすすり泣く声が聞こえた。

「かわいそうな、かわいそうなご主人さま。ご主人さまを助けるウィンキーがもういない！」

それ以上はウィンキーの口から、ちゃんとした言葉は一言も聞けなかった。みんな、ウィンキーを泣くがままにして、紅茶《こうちゃ》を飲み終えた。ドビーは、その間、自由な屋敷妖精《やしきようせい》の生活や、給料をどうするつもりかの計画を楽しそうに語り続けた。

「ドビーはこの次にセーターを買うつもりです。ハリー・ポッター！」

ドビーは裸《はだか》の胸《むね》を指差しながら、幸せそうに言った。

「ねえ、ドビー」

ロンはこの屋敷妖精《やしきようせい》がとても気に入った様子だ。

「ママが今年のクリスマスに僕《ぼく》に編《あ》んでくれるヤツ、君にあげるよ。僕《ぼく》、毎年一着もらうんだ。君、栗色《くりいろ》は嫌《きら》いじゃないだろう？」

ドビーは大喜びだった。

「ちょっと縮《ちぢ》めないと君には大きすぎるかもしれないけど」ロンが言った。

「でも、君のティーポット・カバーとよく合うと思うよ」

帰《かえ》り支度《じたく》を始めると、周りのしもべ妖精《ようせい》がたくさん寄《よ》ってきて、寮《りょう》に持ち帰ってくださいとスナックを押《お》しつけた。ハーマイオニーは、しもべ妖精《ようせい》たちが引っきりなしにおじぎをしたり、ひざを折って挨拶《あいさつ》したりする様子を、苦痛《くつう》そうに見ながら断《ことわ》ったが、ハリーとロンは、クリームケーキやパイをポケットいっぱいに詰《つ》め込《こ》んだ。

「どうもありがとう！」

ドアの周りに集まっておやすみなさいを言うしもべ妖精《ようせい》たちに、ハリーは礼を言った。

「ドビー、またね！」

「ハリー・ポッター……ドビーがいつかあなた様をお訪《たず》ねしてもよろしいでしょうか？」

ドビーがためらいながら言った。

「もちろんさ」ハリーが答えると、ドビーはニッコリした。

「あのさ」

ロン、ハーマイオニー、ハリーが厨房《ちゅうぼう》をあとにし、玄関《げんかん》ホールへの階段《かいだん》を上りはじめたとき、ロンが言った。

「僕《ぼく》、これまでずーっと、フレッドとジョージのこと、ほんとうにすごいと思ってたんだ。厨房《ちゅうぼう》から食べ物をくすねてくるなんてさ――でも、そんなに難《むずか》しいことじゃなかったんだよね？　しもべ妖精《ようせい》たち、差し出したくてうずうずしてるんだ！」

「これは、あの妖精《ようせい》たちにとって、最高のことが起こったと言えるんじゃないかしら」

大理石の階段《かいだん》に戻《もど》る道を先頭に立って歩きながら、ハーマイオニーが言った。

「つまり、ドビーがここに働きにきたということが。ほかの妖精《ようせい》たちは、ドビーが自由の身になって、どんなに幸せかを見て、自分たちも自由になりたいと徐々《じょじょ》に気づくんだわ！」

「ウィンキーのことをあんまりよく見なければいいけど」ハリーが言った。

「あら、あの子は元気になるわ」

そうは言ったものの、ハーマイオニーは少し自信がなさそうだった。

「いったんショックがやわらげば、ホグワーツにも慣《な》れるでしょうし、あんなクラウチなんて人、いないほうがどんなにいいかわかるわよ」

「ウィンキーはクラウチのこと好きみたいだな」

ロンがもごもご言った（ちょうどクリームケーキをほお張《ば》ったところだった）。

「でも、バグマンのことはあんまりよく思ってないみたいだね？」ハリーが言った。

「クラウチは家の中ではバグマンのことをなんて言ってるのかなぁ？」

「きっと、あんまりいい部長じゃない、とか言ってるんでしょ……はっきり言って……それ、当たってるわよね？」

「僕《ぼく》は、クラウチなんかの下で働くより、バグマンのほうがまだいいな」ロンが言った。

「少なくとも、バグマンにはユーモアのセンスってもんがある」

「それ、パーシーには言わないほうがいいわよ」

ハーマイオニーがちょっとほほえみながら言った。

「うん。まあね、パーシーは、ユーモアのわかる人の下なんかで働きたくないだろうな」

今度はチョコレート・エクレアに取りかかりながら、ロンが言った。

「ユーモアってやつが、ドビーのティーポット・カバーをかぶって目の前で裸《はだか》で踊《おど》ったって、パーシーは気がつきゃしないよ」

第二十二章　予期せぬ課題

「ポッター！　ウィーズリー！　**こちらに注目なさい！**」

木曜の「変身術《へんしんじゅつ》」のクラスで、マクゴナガル先生のいらいらした声が、鞭《むち》のようにビシッと教室中に響《ひび》いた。ハリーとロンが飛び上がって先生のほうを見た。

授業《じゅぎょう》も終わろうとしていた。二人はもう課題をやり終えていた。ホロホロ鳥から変身させたモルモットは、マクゴナガル先生の机《つくえ》の上に置かれた大きなかごに閉《と》じ込《こ》められていた（ネビルのモルモットはまだ羽が生えていたが）。黒板に書かれた宿題も写し終わっていた（「取《と》り替《か》え呪文《じゅもん》」で「異種間《いしゅかん》取《と》り替《か》え」を行う場合、呪文《じゅもん》をどのように調整しなければならないか、例を挙げて説明せよ）。終業のベルがいまにも鳴ろうというときだ。ハリーとロンは、フレッド、ジョージの「だまし杖《づえ》」を二本持って、教室の後ろのほうでちゃんばらをやっていたのだ。ロンはブリキのオウムを手に、ハリーはゴムの鱈《たら》を持ったまま、驚《おどろ》いて先生を見上げた。

「さあ、ポッターもウィーズリーも、年相応《としそうおう》な振《ふ》る舞《ま》いをしていただきたいものです」

マクゴナガル先生は、二人組を怖《こわ》い目でにらんだ。ちょうど、ハリーの鱈《たら》の頭がだらりと垂《た》れ下《さ》がり、音もなく床《ゆか》に落ちたところだった——一瞬前《いっしゅんまえ》にロンのオウムのくちばしが、鱈《たら》の頭を切り落としたのだ——「みなさんにお話があります」

「クリスマス・ダンスパーティが近づきました——三大魔法学校対抗試合《まほうがっこうたいこうじあい》の伝統《でんとう》でもあり、外国からのお客様と知り合う機会でもあります。さて、ダンスパーティは四年生以上が参加を許《ゆる》されます——下級生を招待《しょうたい》することは可能《かのう》ですが——」

ラベンダー・ブラウンがかん高い声でクックックッと笑った。パーバティ・パチルは自分もクスクス笑いしたいのを顔をゆがめて必死でこらえながら、ラベンダーの脇腹《わきばら》をこづいた。二人ともハリーを振《ふ》り返《かえ》ったのにマクゴナガル先生が二人を無視《むし》したので、ハリーは絶対《ぜったい》不公平だと思った。ハリーとロンのことはいま叱《しか》ったばかりなのに。

「パーティ用のドレスローブを着用なさい」

マクゴナガル先生の話が続いた。

「ダンスパーティは、大広間で、クリスマスの夜八時から始まり、夜中の十二時に終わります。ところで——」

マクゴナガル先生はことさらに念を入れて、クラス全員を見回した。

「クリスマス・ダンスパーティは私《わたくし》たち全員にとって、もちろん——コホン——髪《かみ》を解《と》き放《はな》ち、はめをはずすチャンスです」しぶしぶ認《みと》めるという声だ。

ラベンダーのクスクス笑いがさらに激《はげ》しくなり、手で口を押《お》さえて笑い声を押《お》し殺《ころ》していた。今度はハリーにも、何がおかしいのかわかった。マクゴナガル先生の髪《かみ》はきっちりした髷《まげ》に結《ゆ》い上《あ》げてあり、どんなときでも髪《かみ》を解《と》き放《はな》ったことなど一度もないように見えた。

「しかし、だからと言って」先生はあとを続けた。「**けっして**ホグワーツの生徒に期待される行動基準《きじゅん》をゆるめるわけではありません。グリフィンドール生が、どんな形にせよ、学校に屈辱《くつじょく》を与《あた》えるようなことがあれば、私《わたくし》としては大変遺憾《いかん》に思います」

ベルが鳴った。みんなが鞄《かばん》に教材を詰《つ》め込《こ》んだり、肩《かた》にかけたり、いつものあわただしいガヤガヤが始まった。その騒音《そうおん》をしのぐ声で、マクゴナガル先生が呼《よ》びかけた。

「ポッター——ちょっと話があります」

頭をちょん切られたゴムの鱈《たら》と関係があるのだろうと、ハリーは暗い気持ちで先生の机《つくえ》の前に進んだ。

マクゴナガル先生は、ほかの生徒が全員いなくなるまで待って、こう言った。

「ポッター、代表選手とそのパートナーは——」

「なんのパートナーですか？」ハリーが聞いた。

マクゴナガル先生は、ハリーが冗談《じょうだん》を言っているのではないかと疑《うたが》うような目つきをした。

「ポッター、クリスマス・ダンスパーティの代表選手たちのお相手のことです」

先生は冷たく言い放った。

「あなたたちの**ダンスのお相手です**」

ハリーは内臓《ないぞう》が丸まってしなびるような気がした。

「ダンスのパートナー？」

ハリーは顔が赤くなるのを感じた。

「僕《ぼく》、ダンスしません」と急いで言った。

「いいえ、するのです」

マクゴナガル先生はいらいら声になった。

「はっきり言っておきます。伝統《でんとう》に従《したが》い、代表選手とそのパートナーが、ダンスパーティの最初に踊《おど》るのです」

突然《とつぜん》ハリーの頭の中に、シルクハットに燕尾服《えんびふく》の自分の姿《すがた》が浮《う》かんだ。ペチュニアおばさんがバーノンおじさんの仕事のパーティでいつも着るような、ひらひらしたドレスを着た女の子を連れている。

「僕《ぼく》、ダンスするつもりはありません」ハリーが言った。

「伝統《でんとう》です」マクゴナガル先生がきっぱり言った。

「あなたはホグワーツの代表選手なのですから、学校代表として、しなければならないことをするのです。ポッター、必ずパートナーを連れてきなさい」

「でも――僕《ぼく》には――」

「わかりましたね、ポッター」

マクゴナガル先生は、問答無用という口調で言った。


一週間前だったら、ハンガリー・ホーンテールに立ち向かうことに比《くら》べれば、ダンスのパートナーを見つけることなんかお安い御用《ごよう》だと思ったことだろう。しかし、ホーンテールが片《かた》づいたいま、女の子をダンスパーティに誘《さそ》うという課題をぶつけられると、もう一度ホーンテールと戦うほうがまだましだとハリーは思った。

クリスマスにホグワーツに残る希望者リストに、こんなに大勢《おおぜい》の名前が書《か》き込《こ》まれるのを、ハリーははじめて見た。もちろんハリーはいままでも必ず名前を書いていた。そうでなければプリベット通りに帰るしかなかったからだ。しかし、これまではハリーはいつも少数派《しょうすうは》だった。ところが今年は、四年生以上は全員残るようだった。しかも、全員がダンスパーティのことで頭がいっぱいのように見えた――少なくとも女子学生は全員そうだった。ホグワーツにこんなにたくさんの女子学生がいるなんて、ハリーはいままでまったく気づかなかった。廊下《ろうか》でクスクス笑ったり、ヒソヒソささやいたり、男子学生がそばを通《とお》り過《す》ぎるとキャアキャア笑い声を上げたり、クリスマスの夜に何を着ていくかを夢中《むちゅう》で情報交換《じょうほうこうかん》していたり……。

「どうしてみんな、固まって動かなきゃならないんだ？」

十二、三人の女子学生がクスクス笑いながらハリーを見つめて通《とお》り過《す》ぎたとき、ハリーがロンに問いかけた。

「一人でいるところを捕《と》らえて申《もう》し込《こ》むなんて、どうやったらいいんだろう？」

「投《な》げ縄《なわ》はどうだ？」ロンが提案《ていあん》した。

「誰《だれ》かねらいたい子がいるかい？」

ハリーは答えなかった。誰《だれ》を**誘《さそ》いたいか**は自分でよくわかっていたが、その勇気があるかどうかは別問題だ……チョウはハリーより一年上だ。とてもかわいい。クィディッチのいい選手だ。しかも、とても人気がある。

ロンにはハリーの頭の中で起こっていることがわかっているようだった。

「いいか。君は苦労しない。代表選手じゃないか。ハンガリー・ホーンテールもやっつけたばかりだ。みんな行列して君と行きたがるよ」

最近回復《かいふく》したばかりの友情《ゆうじょう》の証《あかし》に、ロンはできるだけいやみに聞こえないような声でそう言った。しかも、ハリーが驚《おどろ》いたことに、ロンの言うとおりの展開《てんかい》になった。

早速《さっそく》その翌日《よくじつ》、ハッフルパフ寮《りょう》の三年生で、巻《ま》き毛《げ》の女の子が、ハリーがこれまで一度も口をきいたこともないのに、パーティに一緒《いっしょ》に行かないかと誘《さそ》ってきた。ハリーはびっくり仰天《ぎょうてん》し、考える間もなく「ノー」と言っていた。女の子はかなり傷《きず》ついた様子で立ち去った。そのあとの「魔法《まほう》史《し》」の授業中《じゅぎょうちゅう》ずっと、ハリーは、ディーン、シェーマス、ロンの冷やかしにたえるはめになった。次の日、また二人の女の子が誘《さそ》ってきた。二年生の子と、なんと（恐《おそ》ろしいことに）五年生の女の子で、五年生は、ハリーが断《ことわ》ったらノックアウトをかましそうな様子だった。

「ルックスはなかなかだったじゃないか」

さんざん笑ったあと、ロンが公正な意見を述《の》べた。

「僕《ぼく》より三十センチも背《せ》が高かった」

ハリーはまだショックが収《おさ》まらなかった。

「考えてもみて。僕《ぼく》があの人と踊《おど》ろうとしたらどんなふうに見えるか」

ハーマイオニーがクラムについて言った言葉が、しきりに思い出された。

「みんな、あの人が有名だからチヤホヤしてるだけよ！」

パートナーになりたいと、これまで申《もう》し込《こ》んできた女の子たちは、自分が代表選手でなかったらはたして一緒《いっしょ》にパーティに行きたいと思ったかどうか疑《うたが》わしい、とハリーは思った。しかし、申《もう》し込《こ》んだのがチョウだったら、自分はそんなことを気にするだろうか、とも思った。

ダンスパーティで最初に踊《おど》るという、なんともバツの悪いことが待ち受けてはいたが、全体的に見れば、第一の課題を突破《とっぱ》して以来、状況《じょうきょう》がぐんと改善《かいぜん》した。ハリーもそれは認《みと》めざるをえなかった。廊下《ろうか》でのいやがらせも、以前ほどひどくはなくなった。

セドリックのおかげが大きいのではないかとハリーは思った——ハリーがドラゴンのことをこっそりセドリックに教えたお返しに、セドリックがハッフルパフ生に、ハリーをかまうな、と言ったのではないかと考えたのだ。「**セドリック・ディゴリーを応援《おうえん》しよう**」バッジもあまり見かけなくなった。もちろん、ドラコ・マルフォイは、相変わらず、事あるごとにリータ・スキーターの記事を持ち出していたが、それを笑う生徒もだんだん少なくなってきていた——その上、「日刊予言《にっかんよげん》者新聞《しゃしんぶん》」にハグリッドの記事がまったく出ないのも、ハリーの幸せ気分をいっそう高めていた。

「あの女は、あんまり魔法生物《まほうせいぶつ》に関心があるようには見えんかったな。正直言うと」

学期最後の「魔法生物飼育学《まほうせいぶつしいくがく》」のクラスで、ハリー、ロン、ハーマイオニーが、リータ・スキーターのインタビューはどうだったと聞くと、ハグリッドがそう答えた。いまやハグリッドはスクリュートと直接触《ちょくせつふ》れ合《あ》うことをあきらめていたので、みんなホッとしていた。今日の授業《じゅぎょう》は、ハグリッドの丸太小屋の陰《かげ》に隠《かく》れ、簡易《かんい》テーブルの周りに腰《こし》かけ、スクリュートが好みそうな新手の餌《えさ》を用意するだけだった。

「あの女はな、ハリー、俺《おれ》におまえさんのことばっかり話させようとした」

ハグリッドが低い声で話し続けた。

「まあ、俺《おれ》は、おまえさんとはダーズリーの所から連れ出してからずっと友達だって話した。『四年間で一度も叱《しか》ったことはないの?』って聞いてな。『授業中《じゅぎょうちゅう》にあなたをいらいらさせたりしなかった?』ってな。俺《おれ》が『ねえ』って言ってやったら、あの女、気に入らねえようだったな。おまえさんのことをな、ハリー、とんでもねえヤツだって、俺《おれ》にそう言わせたかったみてえだ」

「そのとおりさ」

ハリーはそう言いながら、大きな金属《きんぞく》ボウルにドラゴンのレバーを切った塊《かたまり》をいくつか投げ入れ、もう少し切ろうとナイフを取り上げた。

「いつまでも僕《ぼく》のことを、小さな悲劇《ひげき》のヒーロー扱《あつか》いで書いてるわけにいかないもの。それじゃ、つまんなくなってくるし」

「ハグリッド、あいつ、新しい切り口が欲《ほ》しいのさ」

火トカゲ《サラマンダー》の卵《たまご》の殻《から》をむきながら、ロンがわかったような口をきいた。

「ハグリッドは、『ハリーは狂《くる》った非行少年《ひこうしょうねん》です』って言わなきゃいけなかったんだ」

「ハリーがそんなわけねえだろう!」

ハグリッドはまともにショックを受けたような顔をした。

「あの人、スネイプにインタビューすればよかったんだ」ハリーが不快《ふかい》そうに言った。

「スネイプなら、いつでも僕《ぼく》に関するおいしい情報《じょうほう》を提供《ていきょう》するだろうに。『**本校に来て以来、ポッターはずっと規則《きそく》破《やぶ》りを続けておる……**』とかね」

「そんなこと、スネイプが言ったのか？」

ロンとハーマイオニーは笑っていたが、ハグリッドは驚《おどろ》いていた。

「そりゃ、ハリー、おまえさんは規則《きそく》の二つ、三つ曲げたかもしれんが、そんでも、おまえさんはまともだろうが、え？」

「ありがとう、ハグリッド」ハリーがニッコリした。

「クリスマスに、あのダンスなんとかっていうやつに来るの？　ハグリッド？」ロンが聞いた。

「ちょっとのぞいてみるかと思っちょる。ウン」ハグリッドがぶっきらぼうに言った。

「ええパーティのはずだぞ。おまえさん、最初に踊《おど》るんだろうが、え？　ハリー？　誰《だれ》を誘《さそ》うんだ？」

「まだ、誰《だれ》も」

ハリーは、また顔が赤くなるのを感じた。ハグリッドはそれ以上追及《ついきゅう》しなかった。

学期最後の週は、日を追って騒《さわ》がしくなった。クリスマス・ダンスパーティのうわさが周り中に飛《と》び交《か》っていたが、ハリーはその半分は眉《まゆ》つばだと思った――たとえば、ダンブルドアがマダム・ロスメルタから蜂蜜酒《はちみつしゅ》を八百樽買《たるか》い込《こ》んだとかだ。ただ、ダンブルドアが「妖女《ようじょ》シスターズ」の出《しゅつ》演《えん》を予約したというのはほんとうらしかった。「妖女《ようじょ》シスターズ」がいったい誰《だれ》で、何をするのか、魔法《まほう》ラジオを聞く機会がなかったハリーは、はっきりとは知らなかったが、WWN魔法《まほう》ラジオネットワークを聞いて育ったほかの生徒たちの異常《いじょう》な興奮《こうふん》ぶりからすると、きっとても有名なバンドなのだろうと思った。

何人かの先生方は——小さなフリットウィック先生もその一人だったが——生徒がまったく上の空なので、しっかり教《おし》え込《こ》むのは無理だとあきらめてしまった。フリットウィック先生は水曜の授《じゅ》業《ぎょう》で、生徒にゲームをして遊んでよいと言い、自分はほとんどずっと、対抗試合《たいこうじあい》の第一の課題でハリーが使った完璧《かんぺき》な「呼《よ》び寄《よ》せ呪文《じゅもん》」についてハリーと話《はな》し込《こ》んだ。

ほかの先生は、そこまで甘《あま》くはなかった。たとえばビンズ先生だが、天地がひっくり返っても、この先生は「小鬼《ゴブリン》の反乱《はんらん》」のノートを延々《えんえん》と読み上げるだろう——自分が死んでも授業《じゅぎょう》を続けるさまたげにならなかったビンズ先生のことだ。たかがクリスマスごときでおたおたするタマではないと、みんなそう思った。血なまぐさい、凄惨《せいさん》な小鬼《ゴブリン》の反乱《はんらん》でさえ、ビンズ先生の手にかかれば、パーシーの「鍋底《なべぞこ》に関する報告書《ほうこくしょ》」と同じようにたいくつなものになってしまうのは驚《おど》くべきことだった。

マクゴナガル先生、ムーディ先生の二人は、最後の一秒まできっちり授業《じゅぎょう》を続けたし、スネイプももちろん、クラスで生徒にゲームをして遊ばせるくらいなら、むしろハリーを養子にしただろう。生徒全員を意地悪くじろりと見渡《みわた》しながら、スネイプは、学期最後の授業《じゅぎょう》で解毒剤《げどくざい》のテストをすると言《い》い渡《わた》した。

「ワルだよ、あいつ」

その夜、グリフィンドールの談話室で、ロンが苦々しげに言った。

「急に最後の授業《じゅぎょう》にテストを持ちだすなんて。山ほど勉強させて、学期末をだいなしにする気だ」

「うーん……でも、あなた、あんまり山ほど勉強しているように見えないけど？」

ハーマイオニーは「魔法薬学《まほうやくがく》」のノートから顔を上げて、ロンを見た。ロンは「爆発《ばくはつ》スナップ・ゲーム」のカードを積んで城《しろ》を作るのに夢中《むちゅう》だった。カードの城《しろ》がいつなんどきいっぺんに爆発《ばくはつ》するかわからないので、マグルのカードを使う遊びよりずっとおもしろい。

「クリスマスじゃないか、ハーマイオニー」

ハリーがけだるそうに言った。暖炉《だんろ》のそばで、ひじかけ椅子《いす》に座《すわ》り、『**キャノンズと飛ぼう**』をもうこれで十回も読んでいるところだった。

ハーマイオニーはハリーにも厳《きび》しい目を向けた。

「解毒剤《げどくざい》のほうは勉強したくないにしても、ハリー、あなた、何か建設的《けんせつてき》なことをやるべきじゃないの！」

「たとえば？」

ちょうどキャノンズのジョーイ・ジェンキンズがバリキャッスル・バッツのチェイサーにブラッジャーを打《う》ち込《こ》む場面を眺《なが》めながら、ハリーが聞いた。

「あの卵《たまご》よ！」ハーマイオニーは怒《おこ》ったように低い声で言った。

「そんなぁ。ハーマイオニー、二月二十四日までまだ日があるよ」ハリーが言った。

金の卵《たまご》は上階の寝室《しんしつ》のトランクにしまい込《こ》んであり、ハリーは最初の課題のあとのお祝いパーティ以来一度も開けていなかった。あのけたたましいむせび泣きのような音が何を意味するのかを解明《かいめい》するのに、とにかくまだ二か月半もあるのだ。

「でも、解明《かいめい》するのに何週間もかかるかもしれないわ！」ハーマイオニーが言った。「ほかの人が全部次の課題を知っているのに、あなただけ知らなかったら、まぬけ面《づら》もいいとこでしょ！」

「ほっといてやれよ、ハーマイオニー。休息してもいいだけのものを勝ち取ったんだ」

ロンはそう言いながら、最後の二枚《まい》のカードを城《しろ》のてっぺんに置いた。とたんに全部が爆発《ばくはつ》して、ロンの眉毛《まゆげ》が焦《こ》げた。

「男前になったぞ、ロン……おまえのドレスローブにぴったりだ。きっと」

フレッドとジョージだった。ロンが眉《まゆ》の焦《こ》げ具合《ぐあい》をさわって調べていると、二人はテーブルに来て、ロン、ハーマイオニーと一緒《いっしょ》に座《すわ》った。

「ロン、ピッグウィジョンを借りてもいいか？」ジョージが聞いた。

「だめ。いま、手紙の配達に出てる」ロンが言った。「でも、どうして？」

「ジョージがピッグをダンスパーティに誘《さそ》いたいからさ」フレッドが皮肉った。

「**俺《おれ》たちが**手紙を出したいからに決まってるだろ。バカチン」ジョージが言った。

「二人でそんなに次々と、誰《だれ》に手紙を出してるんだ、ん？」ロンが聞いた。

「くちばしを突《つ》っ込《こ》むな。さもないとそれも焦《こ》がしてやるぞ」

フレッドが脅《おど》すように杖《つえ》を振《ふ》った。

「で……みんな、ダンスパーティの相手を見つけたか？」

「まーだ」ロンが言った。

「なら、急げよ、兄弟。さもないと、いいのは全部取られっちまうぞ」フレッドが言った。

「それじゃ、そっちこそ誰《だれ》と行くんだ？」ロンが聞いた。

「アンジェリーナ」フレッドはまったく照れもせず、すぐに答えた。

「え？」ロンは面食らった。「もう申《もう》し込《こ》んだの？」

「いい質問《しつもん》だ」

そう言いながら、ふいに後ろを振《ふ》り向《む》き、フレッドは談話室のむこうに声をかけた。

「おーい！　アンジェリーナ！」

暖炉《だんろ》のそばでアリシア・スピネットとしゃべっていたアンジェリーナが、フレッドのほうを振《ふ》り向《む》いた。

「何？」声が返ってきた。

「俺《おれ》とダンスパーティに行くかい？」

アンジェリーナは品定めするようにフレッドを見た。

「いいわよ」

アンジェリーナはそう言うと、またアリシアのほうを向いておしゃべりを続けた。口元がかすかに笑っていた。

「こんなもんだ」フレッドがハリーとロンに言った。「かーんたん」

フレッドはあくびをしながら立ち上がった。

「学校のふくろうを使ったほうがよさそうだな。ジョージ、行こうか……」

二人がいなくなった。ロンは眉《まゆ》をさわるのをやめ、くすぶっているカードの城《しろ》の残骸《ざんがい》のむこう側からハリーを見た。

「僕《ぼく》たち、**行動開始すべき**だぞ……誰《だれ》かに申《もう》し込《こ》もう。フレッドの言うとおりだ。残るはトロール二匹《ひき》、じゃ困《こま》るぞ」

ハーマイオニーはしゃくくにさわったように聞き返した。

「ちょっとおうかがいしますけど、二匹《ひき》の……**なんですって？**」

「あのさ――ほら」ロンが肩《かた》をすくめた。

「一人で行くほうがましだろ？　――たとえば、エロイーズ・ミジョンと行くくらいなら」

「あの子のにきび、このごろずっとよくなったわ――それにとってもいい子だわ！」

「鼻が真ん中からズレてる」ロンが言った。

「ええ、わかりましたよ」

ハーマイオニーがチクチク言った。

「それじゃ、基本的《きほんてき》に、あなたは、お顔のいい順に申《もう》し込《こ》んで、最初にオーケーしてくれる子と行くわけね。めちゃめちゃいやな子でも？」

「あ――ウン。そんなとこだ」ロンが言った。

「私《わたし》、もう寝《ね》るわ」

ハーマイオニーはそれ以上一言も言わずに、サッと女子寮《じょしりょう》への階段《かいだん》に消えた。

ホグワーツの教職員《きょうしょくいん》は、ボーバトンとダームストラングの客人を、引き続きあっと言わせたいとの願いを込《こ》め、クリスマスには城《しろ》を最高の状態《じょうたい》で見せようと決意したようだった。飾《かざ》りつけができ上がると、それは、ハリーがこれまでホグワーツ城《じょう》で見た中でも最高にすばらしいものだった。大理石の階段《かいだん》の手すりには万年氷のつららが下がっていたし、十二本のクリスマスツリーがいつものように大広間に並《なら》び、飾《かざ》りは赤く輝《かがや》く柊《ひいらぎ》の実から、本物のホーホー鳴く金色のふくろうまで、盛《も》りだくさんだった。鎧兜には全部魔法がかけられ、誰かがそばを通るたびにクリスマス・キャロルを歌った。中がからっぽの兜《かぶと》が、歌詞《かし》を半分しか知らないのに、「神の御子《みこ》は今宵《こよい》しも」と歌うのは、なかなかのものだった。ピーブズは鎧《よろい》に隠《かく》れるのが気に入り、抜《ぬ》けた歌詞《かし》のところで勝手に自分で作った合いの手を入れ、それが全部下品な歌詞《かし》だったので、管理人のフィルチは、鎧《よろい》の中から何度もピーブズを引きずり出さなければならなかった。

それなのに、ハリーはまだチョウにダンスパーティの申《もう》し込《こ》みをしていなかった。ハリーもロンも、いまやだいぶ心配になってきた。しかし、ハリーの指摘《してき》するように、ロンの場合、相手がいなくてもハリーほどまぬけには見えないだろう。ハリーの場合は、何しろほかの代表選手と一緒《いっしょ》に、最初のダンスをしなければならないのだ。

「いざとなれば『嘆《なげ》きのマートル』がいるさ」

ハリーは憂鬱《ゆううつ》な気持ちで、三階の女子トイレに取《と》り憑《つ》いているゴーストのことを口にした。

「ハリー――我々《われわれ》は歯を食いしばって、やらねばならぬ」

金曜の朝に、難攻不落《なんこうふらく》の砦《とりで》に攻《せ》め入《い》る計画を練っているかのように、ロンが言った。

「今夜、談話室に戻《もど》るときには、我々《われわれ》は二人ともパートナーを獲得《かくとく》している――いいな?」

「あー……オッケー」ハリーが言った。

しかしその日、チョウを見かけるたび――休み時間や昼食時間、一度は「魔法史《まほうし》」に行く途《と》中《ちゅう》――チョウは友達に囲まれていた。**一体全体**、一人でどこかに行くことはあるのか？　トイレに入る直前を待《ま》ち伏《ぶ》せしてはどうか？　いや、しかし――そこへ行くときさえ、チョウは四、五人の女の子と連れ立っていた。それでも、ハリーがなんとかしてすぐに申《もう》し込《こ》まないと、チョウはきっと誰《だれ》かに申《もう》し込《こ》まれてしまう。

ハリーは、スネイプの解毒剤《げどくざい》のテストに身が入らなかった。その結果、大事な材料を一つ加えるのを忘《わす》れた――ベゾアール石、山羊《やぎ》の結石《けっせき》――これで点数は最低だった。しかし、そんなことはどうでもよかった。これからやろうとしていることに、勇気を振《ふ》りしぼるのに精《せい》いっぱいだった。ベルが鳴ったとき、ハリーは鞄《かばん》を引っつかみ、地下牢教室《ちかろうきょうしつ》の出口へと突進《とっしん》した。

「夕食のとき会おう」

ハリーはロンとハーマイオニーにそう言うと、階段《かいだん》を駆《か》け上《のぼ》った。

チョウに、二人だけで少し話がしたいと言うしかない……ハリーはチョウを探《さが》しながら、混《こ》み合《あ》った廊下《ろうか》を急いで通《とお》り抜《ぬ》けた。そして、（思ったより早く）チョウを見つけた。「闇《やみ》の魔術《まじゅつ》に対《たい》する防衛術《ぼうえいじゅつ》」の教室から出てくるところだった。

「あの――チョウ？　ちょっと二人だけで話せる？」

チョウと一緒《いっしょ》の女の子たちがクスクス笑いはじめた。ハリーは腹《はら》が立って、クスクス笑いは法律《ほうりつ》で禁《きん》じるべきだと思った。しかし、チョウは笑わなかった。「いいわよ」と言って、クラスメートに声が聞こえない所まで、ハリーについてきた。

ハリーはチョウのほうに向きなおった。まるで階段《かいだん》を下りるとき一段踏《だんふ》みはずしたように、胃《い》が奇妙《きみょう》に揺《ゆ》れた。

「あの」ハリーが言った。

だめだ。チョウに申《もう》し込《こ》むなんてできない。でもやらなければ。チョウは、そこに立ったまま

「何かしら?」という顔でハリーを見ていた。

舌《した》がまだ充分《じゅうぶん》整わないうちに、言葉が出てしまった。

「ぼくダンパティいたい?」

「え?」チョウが聞き返した。

「よかったら――よかったら、僕《ぼく》とダンスパーティに行かない?」

ハリーは言った。どうしていま、僕《ぼく》は赤くならなきゃならないんだ? **どうして?**

「まあ!」チョウも赤くなった。

「まあ、ハリー。ほんとうに、ごめんなさい」

チョウはほんとうに残念そうな顔をした。

「もう、ほかの人と行くってしまったの」

「そう」ハリーが言った。

変な気持ちだ。いまのいままで、ハリーの内臓《ないぞう》は蛇《へび》のようにのたうっていたのに、急に腹《はら》の中がからっぽになったような気がした。

「そう。オッケー」ハリーは言った。「それならいいんだ」

「ほんとうに、ごめんなさい」チョウがまた謝《あやま》った。

「いいんだ」

二人は見つめ合ったままそこに立っていた。やがて、チョウが言った。

「それじゃ――」

「ああ」ハリーが言った。

「それじゃ、さよなら」チョウは、まだ顔を赤らめたままそう言うと、歩きはじめた。

ハリーは、思わず後ろからチョウを呼《よ》び止《と》めた。

「誰《だれ》と行くの？」

「あの――セドリック」チョウが答えた。「セドリック・ディゴリーよ」

「わかった」ハリーが言った。

ハリーの内臓《ないぞう》が戻《もど》ってきた。いなくなっていた間に、どこかで鉛《なまり》でも詰《つ》め込《こ》んできたような感じだ。

夕食のことなどすっかり忘《わす》れて、ハリーはグリフィンドール塔《とう》にのろのろと戻《もど》っていった。一歩歩くごとに、チョウの声が耳の中でこだました。

「**セドリック——セドリック・ディゴリーよ**」

ハリーはセドリックが好きになりかけていた。一度クィディッチでハリーを破《やぶ》ったことも、ハンサムなことも、人気があることも、ほとんど全校生が代表選手としてセドリックを応援《おうえん》していることも、大目に見ようと思いはじめていた。いま、突然《とつぜん》、ハリーは気づいた。セドリックは、役にも立たない、かわいいだけの、頭は鳥の脳《のう》みそぐらいしかないやつだ。

「フェアリー・ライト、豆電球」

ハリーはのろのろと言った。合言葉はきのうから変わっていた。

「そのとおりよ、坊《ぼう》や！」

「太った婦人《レディ》」は歌うように言いながら、真新しいティンセルのヘアバンドをきちんと直し、パッと開いてハリーを通した。

談話室に入り、ハリーはぐるりと見回した。驚《おどろ》いたことに、ロンが隅《すみ》っこで、血の気のない顔をして座《すわ》り込《こ》んでいた。ジニーがそばに座《すわ》って、低い声で、なぐさめるように話しかけていた。

「ロン、どうした？」ハリーは二人のそばに行った。

ロンは、恐怖《きょうふ》の表情《ひょうじょう》でぼうぜんとハリーを見上げた。

「僕《ぼく》、どうしてあんなことやっちゃったんだろう?」ロンは興奮《こうふん》していた。「どうしてあんなことをする気になったのか、わからない!」

「何を?」ハリーが聞いた。

「ロンは――あの――フラー・デラクールに、一緒《いっしょ》にダンスパーティに行こうって誘《さそ》ったの」

ジニーが答えた。つい口元がゆるみそうになるのを必死でこらえているようだったが、それでも、ロンの腕《うで》をなぐさめるようになでていた。

「**なんだって?**」ハリーが聞き返した。

「どうしてあんなことをしたのか、わかんないよ!」ロンがまた絶句《ぜっく》した。

「いったい何を考えてたんだろう? たくさん人がいて――みんな周りにいて――僕《ぼく》、どうかしてたんだ――みんなが見てた! 僕《ぼく》、玄関《げんかん》ホールでフラーとすれちがったんだ――フラーはあそこに立って、ディゴリーと話してた――そしたら、急に僕《ぼく》、取《と》り憑《つ》かれたみたいになって――あの子に申《もう》し込《こ》んだんだ!」

ロンはうめき、両手に顔をうずめた。言葉がよく聞き取れなかったが、ロンはしゃべり続けた。

「フラーはぼくのこと、ナマコか何か見るような目で見たんだ。答えもしなかった。そしたら――なんだか――僕《ぼく》、正気に戻《もど》って、逃《に》げ出《だ》した」

「あの子にはヴィーラの血が入ってるんだ」ハリーが言った。

「君の言ったことが当たってた――おばあさんがヴィーラだったんだ。君のせいじゃない。きっと、フラーがディゴリーに魅力《みりょく》を振《ふ》りまいていたとき、君が通りかかったんだ。そしてその魅力《みりょく》にあたったんだ――だけど、フラーは骨折《ほねお》り損《ぞん》だよ。ディゴリーはチョウ・チャンと行く」

ロンが顔を上げた。

「たったいま、僕《ぼく》、チョウに申《もう》し込《こ》んだんだ」ハリーは気が抜《ぬ》けたように言った。

「そしたら、チョウが教えてくれた」

ジニーが急に真顔になった。

「冗談《じょうだん》じゃない」ロンが言った。

「相手がいないのは、僕《ぼく》たちだけだ――まあ、ネビルは別として。あっ――ネビルが誰《だれ》に申《もう》し込《こ》んだと思う？　**ハーマイオニーだ！**」

「**エーッ！**」

衝撃《しょうげき》のニュースで、ハリーはすっかりそちらに気を取られてしまった。

「そうなんだよ！」

ロンが笑いだし、顔に少し血の気が戻《もど》ってきた。

「『魔法薬学《まほうやくがく》』のクラスのあとで、ネビルが話してくれたんだ！　あの人はいつもとってもやさしくて、僕《ぼく》の宿題とか手伝ってくれてって言うんだよ――でもハーマイオニーはもう誰《だれ》かと行くことになってるからとネビルに言ったんだって。ヘン！ まさか！ ただネビルと行きたくなかっただけなんだ……だって、誰《だれ》があいつなんかと？」

「やめて！」ジニーが当惑《とうわく》したように言った。「笑うのはやめて――」

ちょうどその時、ハーマイオニーが肖像画《しょうぞうが》の穴《あな》を這《は》い上《あ》がってきた。

「二人とも、どうして夕食に来なかったの？」

そう言いながら、ハーマイオニーも仲間に加わった。

「なぜかっていうとね――ねえ、やめてよ、二人とも。笑うのは――なぜかっていうと、二人ともダンスパーティに誘《さそ》った女の子に、断《ことわ》られたばかりだからよ！」ジニーが言った。

その言葉でハリーもロンも笑うのをやめた。

「ジニー、大いにありがとよ」ロンがむっとしたように言った。

「かわいい子はみんな予約済《よやくず》みってわけ？ ロン？」

ハーマイオニーがツンツンしながら言った。

「エロイーズ・ミジョンが、いまはちょっとかわいく見えてきたでしょ？ ま、きっと、**どこかには**、お二人を受け入れてくれる誰《だれ》かさんがいるでしょうよ」

しかし、ロンはハーマイオニーをまじまじと見ていた。急にハーマイオニーが別人に見えたような目つきだ。

「ハーマイオニー、ネビルの言うとおりだ――君は、**れっきとした**女の子だ……」

「まあ、よくお気づきになりましたこと」ハーマイオニーが辛辣《しんらつ》に言った。

「そうだ――君が僕《ぼく》たち二人のどっちかと来ればいい！」

「おあいにくさま」ハーマイオニーがピシャリと言った。

「ねえ、そう言わずに」ロンがもどかしそうに言った。

「僕《ぼく》たち、パートナーが必要なんだ。ほかの子は全部いるのに、僕《ぼく》たちだけ誰《だれ》もいなかったら、ほんとにまぬけに見えるじゃないか……」

「私《わたし》、一緒《いっしょ》には行けないわ」

ハーマイオニーが今度は赤くなった。

「だって、もう、ほかの人と行くことになってるの」

「そんなはずないよ！」ロンが言った。

「そんなこと、ネビルを追《お》い払《はら》うために言ったんだよ！」

「あら、**そうかしら？**」ハーマイオニーの目が危険《きけん》な輝《かがや》きを放った。

「**あなたは**、三年もかかってやっとお気づきになられたようですけどね、ロン、だからと言って、**ほかの誰《だれ》も**私《わたし》が女の子だと気づかなかったわけじゃないわ！」

ロンはハーマイオニーをじっと見た。それからまたニヤッと笑った。

「オッケー、オッケー。僕《ぼく》たち、君が女の子だと認《みと》める」ロンが言った。

「これでいいだろ？　さあ、僕《ぼく》たちと行くかい？」

「だから、言ったでしょ！」ハーマイオニーが本気で怒《おこ》った。「ほかの人と行くんです！」

そして、ハーマイオニーは女子寮《じょしりょう》のほうへさっさと行ってしまった。

「あいつ、うそついてる」ロンはその後《うし》ろ姿《すがた》を見ながらきっぱりと言った。

「うそじゃないわ」ジニーが静かに言った。

「じゃ、誰《だれ》と？」ロンが声をとがらせた。

「言わないわ。あたし、関係ないもの」ジニーが言った。

「よーし」ロンはかなり参っているようだった。「こんなこと、やってられないぜ。ジニー、**おまえが**ハリーと行けばいい。僕《ぼく》はただ――」

「あたし、だめなの」ジニーも真っ赤になった。

「あたし――あたし、ネビルと行くの。ハーマイオニーに断《ことわ》られたとき、あたしを誘《さそ》ったの。あたし……そうね……誘《さそ》いを受けないと、ダンスパーティには行けないと思ったの。まだ四年生になっていないし」

ジニーはとてもみじめそうだった。

「あたし、夕食を食べにいくわ」

そう言うと、ジニーは立ち上がって、うなだれたまま、肖像画《しょうぞうが》の穴《あな》のほうに歩いていった。

ロンは目を丸くしてハリーのほうを見た。

「あいつら、どうなっちゃってんだ？」ロンがハリーに問いかけた。

しかし、ハリーのほうはちょうど肖像画《しょうぞうが》の穴《あな》をくぐってきたパーバティとラベンダーを見つけたところだった。思いきって行動を起こすなら、いまだ。

「ここで、待ってて」

ロンにそう言うと、ハリーは立ち上がってまっすぐにパーバティの所に行き、聞いた。

「パーバティ？　僕《ぼく》とダンスパーティに行かない？」

パーバティはクスクス笑いの発作《ほっさ》に襲《おそ》われた。ハリーは、ローブのポケットに手を突《つ》っ込《こ》み、うまくいくように指でおまじないをしながら、笑いが収《おさ》まるのを待った。

「ええ、いいわよ」

パーバティはやっとそう言うと、見る見る真っ赤になった。

「ありがとう」ハリーはホッとした。「ラベンダー――ロンと一緒《いっしょ》に行かない？」

「ラベンダーはシェーマスと行くの」

パーバティが言った。そして二人でますますクスクス笑いをした。

ハリーはため息をついた。

「誰《だれ》か、ロンと行ってくれる人、知らない？」

ロンに聞こえないように声を落として、ハリーが聞いた。

「ハーマイオニー・グレンジャーは？」パーバティが言った。

「ほかの人と行くんだって」

パーバティは驚《おどろ》いた顔をした。

「へぇぇぇっ……**いったい誰《だれ》？**」パーバティは興味津々《きょうみしんしん》だ。

ハリーは肩《かた》をすぼめて言った。

「全然知らない。それで、ロンのことは？」

「そうね……」パーバティはちょっと考えた。

「私《わたし》の妹なら……パドマだけど……レイブンクローの。よかったら、聞いてみるけど」

「うん。そうしてくれたら助かる。結果を知らせてくれる？」ハリーが言った。

ハリーはロンの所に戻《もど》った。このダンスパーティは、それほどの価値《かち》もないのに、余計《よけい》な心配ばかりさせられると思った。そして、パドマ・パチルの鼻が、顔の真ん真ん中についていますようにと、心から願った。

第二十三章　クリスマス・ダンスパーティ

四年生には休暇中《きゅうかちゅう》にやるべき宿題がどっさり出されたが、学期が終わったとき、ハリーは勉強する気になれず、クリスマスまでの一週間、思いきり遊んだ。ほかの生徒も同じだった。グリフィンドール塔《とう》は学期中に負けず劣《おと》らず混《こ》み合《あ》っていた。寮生《りょうせい》がいつもより騒々《そうぞう》しいので、むしろ塔《とう》が少し縮《ちぢ》んだのではないかと思うくらいだった。

フレッドとジョージの「カナリア・クリーム」は大成功で、休暇《きゅうか》が始まってから二、三日は、あちこちで突然《とつぜん》ワッと羽の生える生徒が増《ふ》えた。しかし、まもなくグリフィンドール生も知恵《ちえ》がつき、食べ物の真ん中にカナリア・クリームが入ってはいないかと、他人からもらった食べ物には細心の注意を払《はら》うようになった。ジョージは、フレッドと二人でもうほかのものを開発中だと、ハリーに打ち明けた。これからは、フレッドやジョージからポテトチップ一枚《まい》たりとももらわないほうがいいと、ハリーは心に刻《きざ》んだ。ダドリーの「ベロベロ《トン・タン・タフィー》飴《あめ》」騒動《そうどう》を、ハリーはまだ忘《わす》れていなかった。

城《しろ》にも、校庭にも、しんしんと雪が降《ふ》っていた。ハグリッドの小屋は、砂糖《さとう》にくるまれたショウガクッキーのようで、その隣《となり》のボーバトンの薄青《うすあお》い馬車は、粉砂糖《こなざとう》のかかった巨大《きょだい》な冷えたかぼちゃのように見えた。ダームストラングの船窓《せんそう》は氷で曇《くも》り、帆《ほ》やロープは真っ白に霜《しも》で覆《おお》われていた。厨房《ちゅうぼう》のしもべ妖精《ようせい》たちは、いつにもまして大奮闘《だいふんとう》し、こってりした体の温まるシチューやピリッとした料理を次々と出した。フラー・デラクールだけが文句《もんく》を言った。

「オグワーツのたべもーのは、重すぎまーす」

ある晩《ばん》、大広間を出るとき、フラーが不機嫌《ふきげん》そうにブツブツ言うのが聞こえた（ロンは、フラーに見つからないよう、ハリーの陰《かげ》に隠《かく》れてこそこそ歩いていた）。

「わたし、ドレスローブが着られなくなりまーす！」

「あぁぁら、それは悲劇《ひげき》ですこと」

フラーが玄関《げんかん》ホールのほうに出ていくのを見ながら、ハーマイオニーがピシャリと言った。

「あの子、まったく、何様だと思ってるのかしら」

「ハーマイオニー――君、誰《だれ》と一緒《いっしょ》にパーティに行くんだい？」ロンが聞いた。

ハーマイオニーがまったく予期していないときに聞けば、驚《おどろ》いた拍子《ひょうし》に答えるのではないかと、ロンは何度も出《だ》し抜《ぬ》けにこの質問《しつもん》をしていた。しかし、ハーマイオニーはただしかめっ面《つら》をしてこう答えた。

「教えないわ。どうせあなた、私《わたし》をからかうだけだもの」

「冗談《じょうだん》だろう、ウィーズリー？」背後《はいご》でマルフォイの声がした。

「誰《だれ》かが、**あんなモノを**ダンスパーティに誘《さそ》った？　出っ歯の『穢《けが》れた血《ち》』を？」

ハリーもロンも、サッと振《ふ》り返《かえ》った。ところがハーマイオニーは、マルフォイの背後《はいご》の誰《だれ》かに向かって手を振《ふ》り、大声で言った。

「こんばんは、ムーディ先生！」

マルフォイは真っ青になって後ろに飛びのき、きょろきょろとムーディの姿《すがた》を探《さが》した。しかし、ムーディはまだ、教職員《きょうしょくいん》テーブルでシチューを食べているところだった。

「小さなイタチがピックピクだわね、マルフォイ？」

ハーマイオニーが痛烈《つうれつ》に言い放ち、ハリー、ロンと一緒《いっしょ》に、思いっきり笑いながら大理石の階段《かいだん》を上がった。

「ハーマイオニー」ロンが横目でハーマイオニーを見ながら、急に顔をしかめた。「君の歯……」

「歯がどうかした？」ハーマイオニーが聞き返した。

「うーん、なんだかちがうぞ……たったいま気がついたけど……」

「もちろん、ちがうわ――マルフォイのやつがくれた牙《きば》を、私《わたし》がそのままぶら下げているとでも思ったの？」

「ううん、そうじゃなくて、あいつが君に呪《のろ》いをかける前の歯となんだかちがう……つまり……まっすぐになって、そして、そして――そして、普通《ふつう》の大きさだ」

ハーマイオニーは突然《とつぜん》いたずらっぽくニッコリした。すると、ハリーも気がついた。ハリーの覚えているハーマイオニーのニッコリとは全然ちがう。

「そう……マダム・ポンフリーの所に歯を縮《ちぢ》めてもらいにいったとき、ポンフリー先生が鏡を持って、元の長さまで戻《もど》ったらストップと言いなさい、とおっしゃったの。そこで、私《わたし》、ただ……少しだけ余分《よぶん》にやらせてあげたの」

ハーマイオニーはさらに大きくニッコリした。

「パパやママはあんまり喜ばないでしょうね。もうずいぶん前から、私《わたし》が自分で短くするって、二人を説得《せっとく》してたんだけど、二人とも私《わたし》に歯列矯正《しれつきょうせい》のブレースを続けさせたがってたの。二人とも、ほら、歯医者じゃない？　魔法《まほう》で歯をどうにかなんて――あら！　ピッグウィジョンが戻《もど》ってきたわ！」

ロンの豆ふくろうが、つららの下がった階段《かいだん》の手すりのてっぺんでさえずりまくっていた。脚《あし》に、丸めた羊皮紙がくくりつけられていた。そばを通《とお》り過《す》ぎる生徒たちがピッグを指差しては笑っている。三年生の女子学生たちが立ち止まって言った。

「ねえ、あのちびっ子ふくろう、見て！　**かっわいいー！**」

「あのバカ羽《はね》っ子《こ》！」

ロンが歯がみして階段《かいだん》を駆《か》け上《あ》がり、ピッグウィジョンをパッとつかんだ。

「手紙は、受取人にまっすぐ届《とど》けるの！　ふらふらして見せびらかすんじゃないの！」

ピッグウィジョンはロンの握《にぎ》り拳《こぶし》の中から首を突《つ》き出《だ》して、うれしそうにホッホッと鳴いた。三年生の女子学生たちは、ショックを受けたような顔をして見ていた。

「早く行けよ！」

ロンが女子学生にかみつくように言い、ピッグウィジョンを握《にぎ》ったまま拳《こぶし》を振《ふ》り上《あ》げた。ピッグウィジョンは、「高い、高い」をしてもらったように、ますますうれしそうに鳴いた。

「ハリー、はい――受け取って」

ロンが声を低くして言った。三年生の女子学生たちは、憤慨《ふんがい》した顔で走り去った。ロンがピッグウィジョンの脚《あし》からはずしたシリウスの返事を、ハリーはポケットにしまい込《こ》んだ。それから三人は、手紙を読むために急いでグリフィンドール塔《とう》に戻《もど》った。

談話室ではみんなお祭り気分で盛《も》り上《あ》がり、ほかの人が何をしているかなど気にもとめない。ハリー、ロン、ハーマイオニーは、みんなから離《はな》れて窓《まど》のそばに座《すわ》った。窓《まど》はだんだん雪で覆《おお》われて暗くなっていく。ハリーが手紙を読みあげた。

ハリー
おめでとう。ホーンテールをうまくかわしたんだね。「炎《ほのお》のゴブレット」に君の名前を入れた誰《だれ》かさんは、きっといまごろがっかりしているだろう！　私《わたし》は「結膜炎《けつまくえん》の呪《のろ》い」を使えと言うつもりだった。ドラゴンの一番の弱点は目だからね――。

「クラムはそれをやったのよ！」ハーマイオニーがささやいた。


――だが、君のやり方のほうがよかった。感心したよ。

しかし、ハリー、これで満足してはいけない。まだ一つしか課題をこなしていないのだ。試合に君を参加させたのが誰《だれ》であれ、君を傷《きず》つけようとたくらんでいるなら、まだまだチャンスがあるわけだ。油断《ゆだん》せずに、しっかり目を開けて――特に私《わたし》たちが話題にしたあの人物が近くにいる間は――トラブルに巻《ま》き込《こ》まれないよう充分《じゅうぶん》気をつけなさい。

何か変わったことがあったら、必ず知らせなさい。連絡《れんらく》を絶《た》やさないように。

シリウスより

「ムーディにそっくりだ」

手紙をまたローブにしまい込《こ》みながら、ハリーがひっそりと言った。

「『油断大敵《ゆだんたいてき》!』って。まるで、僕《ぼく》が目をつぶったまま歩いて、壁《かべ》にぶつかるみたいじゃないか……」

「だけど、シリウスの言うとおりよ、ハリー」ハーマイオニーが言った。

「確《たし》かに、まだ二つも課題が**残ってる**わ。ほんと、あの卵《たまご》を調べるべきよ。ね。そしてあれがどういう意味なのか、考えはじめなきゃ……」

「ハーマイオニー、まだずーっと先じゃないか!」ロンがピシャリと言った。

「チェスしようか、ハリー?」

「うん、オーケー」

そう答えはしたが、ハーマイオニーの表情《ひょうじょう》を読み取って、ハリーが言った。

「いいじゃないか。こんなやかましい中で、どうやって集中できる? この騒《さわ》ぎじゃ、卵《たまご》の音だって聞こえやしないだろ」

「ええ、それもそうね」

ハーマイオニーはため息をつき、座《すわ》り込《こ》んで二人のチェスを観戦した。むこう見ずで勇敢《ゆうかん》なポーンをふた駒《こま》と、非常《ひじょう》に乱暴《らんぼう》なビショップをひと駒《こま》使ってロンが王手をかける、わくわくするようなチェックメイトで試合は最高潮《さいこうちょう》に達した。

クリスマスの朝、ハリーは突然《とつぜん》目が覚めた。なぜ突然《とつぜん》意識《いしき》がはっきりしたのだろうと不思議に思いながら、ハリーは目を開けた。すると、大きな丸い緑の目をした何かが、暗闇《くらやみ》の中からハリーを見つめ返していた。その何かが、あまりに近くにいたので、鼻と鼻がくっつきそうだった。

「**ドビー！**」

ハリーが叫《さけ》び声《ごえ》を上げた。あわてて妖精《ようせい》から離《はな》れようとした拍子《ひょうし》に、ハリーは危《あや》うくベッドから転げ落ちそうになった。

「**やめてよ**。びっくりするじゃないか！」

「ドビーはごめんなさいなのです！」

ドビーは長い指を口に当てて後ろに飛びのきながら、心配そうに言った。

「ドビーは、ただ、ハリー・ポッターに『クリスマスおめでとう』を言って、プレゼントを差し上げたかっただけなのでございます！　ハリー・ポッターは、ドビーがいつかハリー・ポッターに会いにきてもよいとおっしゃいました！」

「ああ、わかったよ」

心臓《しんぞう》のドキドキは元に戻《もど》ったが、ハリーはまだ息をはずませていた。

「ただ――ただ、これからは、つっついて起こすとかなんとかしてよね。あんなふうに僕《ぼく》をのぞき込《こ》まないで……」

ハリーは四本柱のベッドに張《は》りめぐらされたカーテンを開け、ベッド脇《わき》の小机《こづくえ》からめがねを取ってかけた。ハリーが叫《さけ》んだので、ロン、シェーマス、ディーン、ネビルも起こされてしまっていた。四人とも自分のベッドのカーテンのすきまから、どろんとした目、くしゃくしゃ頭でのぞいている。

「誰《だれ》かに襲《おそ》われたのか、ハリー?」シェーマスが眠《ねむ》そうに聞いた。

「ちがうよ。ドビーなんだ」ハリーがもごもご答えた。「まだ眠《ねむ》っててよ」

「ンー……プレゼントだ!」

シェーマスは自分のベッドの足元に大きな山ができているのを見つけた。ロン、ディーン、ネビルも、どうせ起きてしまったのだから、プレゼントを開けるのに取りかかろうということになった。ハリーはドビーのほうに向きなおった。ドビーは、ハリーを驚《おどろ》かせてしまったことがまだ気がかりだという顔で、今度はハリーのベッドの脇《わき》におどおどと立っていた。ティーポット・カバーを帽子《ぼうし》のようにかぶり、そのてっぺんの輪になった所に、クリスマス飾《かざ》りの小さな玉を結びつけている。

「ドビーは、ハリー・ポッターにプレゼントを差し上げてもよろしいでしょうか?」

ドビーはキーキー声でためらいがちに言った。

「もちろんさ」ハリーが答えた。「えーと……僕《ぼく》も君にあげるものがあるんだ」

うそだった。ドビーにはなんにも買ってはいなかった。しかし、急いでトランクを開け、くるくる丸めた飛びきり毛玉だらけの靴下《くつした》を一足引《ひ》っ張《ぱ》り出《だ》した。ハリーの靴下《くつした》の中でも一番古く、一番汚《きたな》らしい、からし色の靴下《くつした》で、かつてはバーノンおじさんのものだった。ことさらに毛玉が多いのは、ハリーがこの靴下《くつした》を一年以上「かくれん防止器《ぼうしき》」のクッション《スニーコスコープ》がわりに使っていたからだ。ハリーは中からかくれん防止器《ぼうしき》を引《ひ》っ張《ぱ》り出《だ》し、ドビーに靴下《くつした》を渡《わた》しながら言った。

「包むのを忘《わす》れてごめんね……」

ドビーは大喜びだった。

「ドビーはソックスが大好きです。大好きな衣服でございます！」

ドビーははいていた左右ちぐはぐな靴下《くつした》を急いで脱《ぬ》ぎ、バーノンおじさんの靴下《くつした》をはいた。

「ドビーはいま、七つも持っているのでございます……でも……」

ドビーはそう言うと目を見開いた。靴下《くつした》は引《ひ》っ張《ぱ》れるだけ引《ひ》っ張《ぱ》り上《あ》げられ、ドビーの半ズボンのすその下まで来ていた。

「お店の人がまちがえたでございます。ハリー・ポッター、二つともおんなじのをよこしたでございます！」

「ああ、ハリー、なんたること。それに気づかなかったなんて！」

ロンが自分のベッドからハリーのほうを見てニヤニヤしながら言った。ロンのベッドは包み紙だらけになっている。

「ドビー、こうしよう――ほら――こっちの二つもあげるよ。そしたら君が全部を好きなように組み合わせればいい。それから、前に約束してたセーターもあげるよ」

ロンは、いま、包みを開けたばかりのスミレ色の靴下《くつした》一足と、ウィーズリーおばさんが送ってよこした手編《てあ》みのセーターをドビーのほうに投げた。

ドビーは感激《かんげき》に打ちのめされた顔で、キーキー声で言った。

「旦那《だんな》さまは、なんてご親切な！」

大きな目にまた涙《なみだ》があふれそうになりながら、ドビーはロンに深々とおじぎした。

「ドビーは旦那《だんな》さまが偉大《いだい》な魔法使《まほうつか》いにちがいないと存《ぞん》じておりました。旦那《だんな》さまはハリー・ポッターの一番のお友達ですから。でも、ドビーは存《ぞん》じませんでした。旦那《だんな》さまがそれだけではなく、ハリー・ポッターと同じようにご親切で、気高くて、無欲《むよく》な方だとは――」

「たかが靴下《くつした》じゃないか」

ロンは耳元をかすかに赤らめたが、それでもまんざらでもない顔だった。

「わーっ、ハリー――」

ロンはハリーからのプレゼントを開けたところだった。チャドリー・キャノンズの帽子《ぼうし》だ。

「かっこいい！」

ロンは早速《さっそく》かぶった。赤毛と帽子《ぼうし》の色が恐《おそ》ろしく合わなかった。

今度はドビーがハリーに小さな包みを手渡《てわた》した。それは――靴下《くつした》だった。

「ドビーが自分で編《あ》んだのでございます！」

妖精《ようせい》はうれしそうに言った。

「ドビーはお給料で毛糸を買ったのでございます！」

左用の靴下《くつした》は鮮《あざ》やかな赤で、箒《ほうき》の模様《もよう》があり、右用の靴下《くつした》は緑色で、スニッチの模様《もよう》だった。

「これって……この靴下《くつした》って、ほんとに……うん、ありがとう、ドビー」

ハリーはそう言うなり靴下《くつした》をはいた。ドビーの目がまた幸せにうるんだ。

「ドビーはもう行かなければならないのでございます。厨房《ちゅうぼう》で、もうみんながクリスマス・ディナーを作っています！」

ドビーはそう言うと、ロンやほかのみんなにさようならと手を振《ふ》りながら、急いで寝室《しんしつ》を出ていった。

ハリーのほかのプレゼントは、ドビーのちぐはぐな靴下《くつした》よりはずっとましなものだった――ダーズリー一家からの、ティッシュペーパー一枚《まい》という史上最低記録《しじょうさいていきろく》をのぞけばだが――。まだ「ベロベロ飴《あめ》」のことを根に持っているのだろう、とハリーは思った。ハーマイオニーは『イギリスとアイルランドのクィディッチ・チーム』の本をくれたし、ロンは「クソ爆弾《ばくだん》」のぎっしり詰《つ》まった袋《ふくろ》、シリウスはペンナイフで、どんな錠《じょう》でも開ける道具とどんな結び目もほどく道具がついていた。ハグリッドは大きな菓子箱《かしばこ》で、ハリーの好物がいっぱい詰《つ》まっていた――バーティ・ボッツの「百味《ひゃくみ》ビーンズ」、「蛙《かえる》チョコレート」、どんどんふくらむ「ドルーブル風船ガム」、「フィフィ・フィズビー」などだ。もちろん、いつものウィーズリーおばさんからの包みがあった。新しいセーター（緑色でドラゴンの絵が編《あ》み込《こ》んであった――チャーリーがホーンテールのことをおばさんにいろいろ話したのだろう）、それにお手製《てせい》のクリスマス用ミンスパイがたくさん入っていた。

ハリーとロンは談話室でハーマイオニーと待ち合わせをして、三人で一緒《いっしょ》に朝食に下りていった。午前中は、グリフィンドール塔《とう》でほとんどを過《す》ごした。塔《とう》では誰《だれ》もがプレゼントを楽しんでいた。それから大広間に戻《もど》り、豪華《ごうか》な昼食。少なくとも百羽の七面鳥、クリスマス・プディング、そしてクリベッジの魔法《まほう》クラッカーが山ほどあった。

午後は三人で校庭に出た。まっさらな雪だ。ダームストラングやボーバトンの生徒たちが城《しろ》に行き帰りする道だけが深い溝《みぞ》になっていた。ハーマイオニーは、ハリーとウィーズリー兄弟の雪合戦には加わらずに眺《なが》めていた。五時になると、ハーマイオニーはパーティの支度《したく》があるので部屋に戻《もど》ると言った。

「エーッ、三時間もいるのかよ？」

ロンが信じられないという顔でハーマイオニーを見た。一瞬《いっしゅん》気を抜《ぬ》いたツケが回ってきた。ジョージが投げた大きな雪玉が、ロンの顔を横からバシッと強打した。

「誰《だれ》と行くんだよー？」

ハーマイオニーの後ろからロンが叫《さけ》んだが、ハーマイオニーはただ手を振《ふ》って、石段《いしだん》を上がり城《しろ》へと消えた。

今日はダンスパーティでごちそうが出るので、クリスマス・ティーはなかった。七時になると、もう雪玉のねらいを定めることもできなくなってきたので、みんな雪合戦をやめ、ぞろぞろと談話室に戻《もど》った。「太った婦人《レディ》」は下の階から来た友人のバイオレットと一緒《いっしょ》に額《がく》に収《おさ》まり、二人ともほろ酔《よ》い機嫌《きげん》だった。絵の下のほうに、からになったウィスキー・ボンボンの箱がたくさん散らばっていた。

「『レアリー・ファイト、電豆球』。そうだったわね！」

「太った婦人《レディ》」は合言葉を聞くと、クスクス笑ってパッと開き、みんなを中に入れた。

ハリー、ロン、シェーマス、ディーン、ネビルは、寝室《しんしつ》でドレスローブに着替《きが》え、みんな自意識《じいしき》過剰《かじょう》になって照れていたが、一番意識《いしき》していたのはロンだった。部屋の隅《すみ》の姿見《すがたみ》に映《うつ》る自分の姿《すがた》を眺《なが》めてぼうぜんとしていた。どう見ても、ロンのローブが女性《じょせい》のドレスに見えるのは、どうしようもない事実だった。少しでも男っぽく見せようと躍起《やっき》になって、ロンは襟《えり》とそで口のレースに「切《せつ》断《だん》の呪文《じゅもん》」をかけた。これがかなりうまくいき、少なくともロンは「レースなし」の姿《すがた》になった。

ただし、呪文《じゅもん》の詰《つ》めが甘《あま》く、襟《えり》やそで口がみじめにぼろぼろのまま、みんなと階下に下りていった。

「君たち二人とも、どうやって同学年一番の美女を獲得《かくとく》したのか、僕《ぼく》、いまだにわからないなぁ」

ディーンがボソボソ言った。

「動物的魅力《どうぶつてきみりょく》ってやつだよ」

ロンは、ぼろぼろのそで口の糸を引《ひ》っ張《ば》りながら、憂鬱《ゆううつ》そうに言った。

談話室は、いつもの黒いローブの群《む》れではなく、色とりどりの服装《ふくそう》であふれ返り、いつもとは様子がちがっていた。パーバティは寮《りょう》の階段下《かいだんした》でハリーを待っていた。とてもかわいい。ショッキング・ピンクのパーティドレスローブに、長い黒髪《くろかみ》を三《み》つ編《あ》みにして金の糸を編《あ》み込《こ》み、両方の手首には金のブレスレットが輝《かがや》いていた。クスクス笑いをしていないので、ハリーはホッとした。

「君――あの――すてきだよ」ハリーはぎこちなくほめた。

「ありがとう」

パーバティが言った。それから、「パドマが玄関《げんかん》ホールで待ってるわ」とロンに言った。

「うん」

ロンはきょろきょろしながら言った。

「ハーマイオニーはどこだろう?」

パーバティは、知らないわとばかり肩《かた》をすくめた。

「それじゃ、下に行きましょうか、ハリー?」

「オーケー」

そう答えながら、ハリーは、このまま談話室に残っていられたらいいのに、と思った。肖像画《しょうぞうが》の穴《あな》から出る途中《とちゅう》、フレッドがハリーを追《お》い越《こ》しながらウィンクした。

玄関《げんかん》ホールも生徒でごった返していた。大広間のドアが開放される八時を待って、みんなうろうろしている。自分とちがう寮《りょう》のパートナーと組む生徒は、お互《たが》いを探《さが》して、人混《ひとご》みの中を縫《ぬ》うように歩いていた。パーバティは妹のパドマを見つけて、ハリーとロンの所へ連れてきた。

「こんばんは」

明るいトルコ石色のローブを着たパドマは、パーバティに負けないくらいかわいい。しかし、ロンをパートナーにすることにはあまり興味《きょうみ》がないように見えた。パドマの黒い瞳《ひとみ》が、ロンを上から下まで眺《なが》め回《まわ》したあげく、ぼろぼろの襟《えり》とそで口をじっと見た。

「やあ」

ロンは挨拶《あいさつ》したが、パドマには目もくれず、人混《ひとご》みをじっと見回していた。

「あっ、まずい……」

ロンはひざを少しかがめてハリーの陰《かげ》に隠《かく》れた。フラー・デラクールが通《とお》り過《す》ぎるところだった。シルバーグレーのサテンのパーティドレスローブを着たフラーは輝くばかりで、レイブンクローのクィディッチ・キャプテン、ロジャー・デイビースを従えていた。二人の姿が見えなくなってから、ロンはやっとまっすぐ立ち、みんなの頭の上から人混《ひとご》みを眺《なが》め回《まわ》した。

「ハーマイオニーは**いったい**どこだろう？」ロンがまた言った。

スリザリンの一群《いちぐん》が地下牢《ちかろう》の寮《りょう》の談話室から階段《かいだん》を上がって現《あらわ》れた。マルフォイが先頭だ。黒いビロードの詰め襟《えり》ローブを着たマルフォイは、英国国教会の牧師《ぼくし》のようだとハリーは思った。パンジー・パーキンソンが、フリルだらけの淡《あわ》いピンクのパーティドレスローブを着て、マルフォイの腕《うで》にしがみついていた。クラッブとゴイルは、二人ともグリーンのローブで、苔《こけ》むした大岩のようだった。どちらもパートナーが見つからなかったらしく、ハリーはちょっといい気分になった。

正面玄関《しょうめんげんかん》の樫《かし》の扉《とびら》が開いた。ダームストラングの生徒が、カルカロフ校長と一緒《いっしょ》に入ってくるのをみんなが振《ふ》り返《かえ》って見た。一行の先頭はクラムで、ブルーのローブを着た、ハリーの知らないかわいい女の子を連れている。一行の頭越《ご》しに、外の芝生《しばふ》がハリーの目に入った。城《しろ》のすぐ前の芝生《しばふ》が魔法《まほう》で洞窟《どうくつ》のようになり、中に豆電球《フェアリー・ライト》ならぬ妖精《フェアリー》の光《ライト》が満ちていた——何百という生きた妖精《ようせい》が、魔法《まほう》で作られたバラの園《その》に座《すわ》ったり、サンタクロースとトナカイのような形をした石像《せきぞう》の上をひらひら飛び回ったりしている。

するとマクゴナガル先生の声が響《ひび》いた。

「代表選手はこちらへ！」

パーバティはニッコリしながら腕輪《うでわ》をはめなおした。パーバティとハリーは、ロンとパドマに「またあとでね」と声をかけて前に進み出た。ペチャクチャしゃべっていた人垣《ひとがき》が割《わ》れて、二人に道をあけた。

マクゴナガル先生は赤いタータンチェックのドレスローブを着て、帽子《ぼうし》の縁《ふち》には、かなり見栄《みば》えの悪いアザミの花輪を飾《かざ》っていた。先生は代表選手に、ほかの生徒が全部入場するまで、ドアの脇《わき》で待つように指示《しじ》した。代表選手は、生徒が全部着席してから列を作って大広間に入場することになっていた。フラー・デラクールとロジャー・デイビースはドアに一番近い所に陣取《じんど》った。デイビースはフラーをパートナーにできた幸運にくらくらして、目がフラーに釘《くぎ》づけになっていた。セドリックとチョウもハリーの近くにいたが、ハリーは二人と話をしないですむように目をそらしていた。その目が、ふとクラムの隣《となり》にいる女の子をとらえた。ハリーの口があんぐり開いた。

ハーマイオニーだった。

しかしまったくハーマイオニーには見えない。髪《かみ》をどうにかしたらしく、ぼさぼさと広がった髪《かみ》ではなく、つやつやとなめらかな髪《かみ》だ。頭の後ろでねじり、優雅《ゆうが》なシニョンに結《ゆ》い上《あ》げてある。ふんわりした薄青色《うすあおいろ》の布地《ぬのじ》のローブで、立《た》ち居振《いふ》る舞《ま》いもどこかちがっていた——たぶん、いつも背《せ》負《お》っている二十冊《さつ》くらいの本がないのでちがって見えるだけかもしれない。それに、ほほえんでいる――緊張気味《きんちょうぎみ》のほほえみ方なのは確《たし》かだが――しかし、前歯が小さくなっているのがますますはっきりわかった。どうしていままで気づかなかったのか、ハリーはわからなかった。

「こんばんは、ハリー！　こんばんは、パーバティ！」ハーマイオニーが挨拶《あいさつ》した。

パーバティはあからさまに信じられないという顔で、ハーマイオニーを見つめていた。パーバティだけではない。大広間の扉《とびら》が開くと、図書館でクラムをつけ回していたファンたちは、ハーマイオニーを恨《うら》みがましい目で見ながら、ツンツンして前を通《とお》り過《す》ぎた。パンジー・パーキンソンは、マルフォイと一緒《いっしょ》に前を通《とお》り過《す》ぎるとき、ハーマイオニーを穴《あな》の開くほど見つめたし、マルフォイでさえ、ハーマイオニーを侮辱《ぶじょく》する言葉が一言も見つからないようだった。しかし、ロンは、ハーマイオニーの顔も見ずに前を通《とお》り過《す》ぎた。

みんなが大広間の席に落ち着くと、マクゴナガル先生が代表選手とパートナーたちに、それぞれ組になって並《なら》び、先生のあとについてくるようにと言った。指示《しじ》に従《したが》って大広間に入ると、みんなが拍手《はくしゅ》で迎《むか》えた。代表選手たちは、大広間の一番奥《おく》に置かれた、審査員《しんさいん》が座《すわ》っている大きな丸テーブルに向かって歩いた。

大広間の壁《かべ》はキラキラと銀色に輝《かがや》く霜《しも》で覆《おお》われ、星の瞬《また》く黒い天井《てんじょう》の下には、何百という宿木《やどりぎ》や蔦《つた》の花綱《はなづな》がからんでいた。各寮《かくりょう》のテーブルは消えてなくなり、かわりに、ランタンのほのかな灯《あか》りに照らされた、十人ほどが座《すわ》れる小さなテーブルが、百あまり置かれていた。

ハリーは自分の足につまずかないよう必死だった。パーバティはうきうきと楽しそうで、一人一人に笑いかけた。パーバティがぐいぐい引《ひ》っ張《ば》っていくので、ハリーは、まるで自分がドッグショーの犬になって、パーバティに引き回されているような気がした。審査員《しんさいん》テーブルに近づいたとき、ロンとパドマの姿《すがた》が目に入った。ロンはハーマイオニーが通《とお》り過《す》ぎるのを、目をすぼめて見ていた。パドマはふくれっ面《つら》だった。

代表選手たちが審査員《しんさいん》テーブルに近づくと、ダンブルドアはうれしそうにほほえんだが、カルカロフはクラムとハーマイオニーが近づくのを見て、驚《おどろ》くほどロンとそっくりの表情《ひょうじょう》を見せた。ルード・バグマンは、今夜は鮮《あざ》やかな紫《むらさき》に大きな黄色の星を散らしたローブを着込《きこ》み、生徒たちと一緒《いっ》《しょ》になって、夢中《むちゅう》で拍手《はくしゅ》していた。マダム・マクシームは、いつもの黒い繻子《しゅす》のドレスではなく、ラベンダー色の流れるような絹《きぬ》のガウンをまとい、上品に拍手《はくしゅ》していた。しかし、クラウチ氏は――ハリーは突然《とつぜん》気づいた――いない。審査員《しんさいん》テーブルの五人目の席には、パーシー・ウィーズリーが座《すわ》っていた。

代表選手がそれぞれのパートナーとともに審査員《しんさいん》のテーブルまで来ると、パーシーは自分の隣《となり》の椅子《いす》を引いて、ハリーに目配せした。ハリーはその意味を悟《さと》って、パーシーの隣《となり》に座《すわ》った。パーシーは真新しい濃紺《のうこん》のドレスローブを着て、鼻高々の様子だった。

「昇進《しょうしん》したんだ」

ハリーに聞く間も与《あた》えず、パーシーが言った。その声の調子は、「宇宙《うちゅう》の最高統治者《さいこうとうちしゃ》」に選ばれたとでも発表したかのようだった。

「クラウチ氏個人《こじん》の補佐官《ほさかん》だ。僕《ぼく》は、クラウチ氏の代理でここにいるんですよ」

「あの人、どうして来ないの？」

ハリーが聞いた。宴会《えんかい》の間中、鍋底《なべぞこ》の講義《こうぎ》をされたらたまらないと思った。

「クラウチ氏は、残念ながら体調がよくない。まったくよくない。ワールドカップ以来ずっと調子がおかしい。それも当然――働きすぎですね。もう若《わか》くはない――もちろん、まださえているし、昔と変わらないすばらしい頭脳《ずのう》だ。しかし、ワールドカップは魔法省全体《まほうしょうぜんたい》にとっての一大不祥事《ふしょうじ》だったし、クラウチ氏個人《こじん》も、あのブリンキーとかなんとかいう屋敷《やしき》しもべ妖精《ようせい》の不始末で、大きなショックを受けられた。当然、クラウチ氏はそのあとすぐ、しもべを解雇《かいこ》しましたが。しかし――まあ、なんですよ、クラウチ氏は年を取ってきてるわけだし、世話をする人が必要だ。しもべがいなくなってから、家の中のことは確実《かくじつ》に快適《かいてき》ではなくなったと、クラウチ氏も気がついただろうね。それに、この対抗試合《たいこうじあい》の準備《じゅんび》はあるし、ワールドカップのあとのごたごたの始末をつけないといけなかったし――あのスキーターっていういやな女がうるさくかぎ回ってるし――ああ、お気の毒に。クラウチ氏はいま、静かにクリスマスを過《す》ごしていらっしゃる。当然の権利《けんり》ですよ。自分の代理を務《つと》める信頼《しんらい》できる者がいることをご存《ぞん》じなのが、僕《ぼく》としてはうれしいですね」

ハリーは、クラウチ氏がパーシーを「ウェーザビー」と呼《よ》ばなくなったかどうか聞いてみたくてたまらなかったが、なんとか思いとどまった。

金色に輝《かがや》く皿には、まだなんのごちそうもなかったが、小さなメニューが一人一人の前に置かれていた。ハリーは、どうしていいかはっきりわからないまま、メニューを取り上げて周りを見回した。ウェイターはいなかった。しかし、ダンブルドアは、自分のメニューをじっくり眺《なが》め、自分の皿に向かって、はっきりと、「ポークチョップ！」と言った。

すると、ポークチョップが現《あらわ》れた。そうか、と合点して、同じテーブルに座《すわ》った者は、それぞれ自分の皿に向かって注文を出した。この新しい、より複雑《ふくざつ》な食事の仕方を、ハーマイオニーはどう思うだろうかと、ハリーはちらりとハーマイオニーを見た――屋敷《やしき》しもべ妖精《ようせい》にとっては、これはずいぶん余分《よぶん》な労力がいるはずだが？――しかし、ハーマイオニーはこの時にかぎってS・P・E・Wのことを考えていないようだった。ビクトール・クラムとすっかり話《はな》し込《こ》んでいて、自分が何を食べているのかさえ気がつかないようだった。

そういえば、ハリーは、クラムが話すのを実際《じっさい》に聞いたことはなかった。しかし、いまは確《たし》かに話している。しかも、夢中《むちゅう》になって。

「ええ、ヴぉくたちの所にも城《しろ》があります。こんなに大きくはないし、こんなに居心地《いごこち》よくないです、と思います」

クラムはハーマイオニーに話していた。

「ヴぉくたちの所は四階建てです。そして、魔法《まほう》を使う目的だけに火をおこします。しかし、ヴぉくたちの校庭はここよりも広いです――でも冬には、ヴぉくたちの所はヴぉとんど日光がないので、ヴぉくたちは楽しんでいないです。しかし、夏には、ヴぉくたちは毎日飛んでいます。湖や山の上を――」

「これ、これ、ビクトール！」

カルカロフは笑いながら言ったが、冷たい目は笑っていない。

「それ以上は、もう明かしてはいけないよ。さもないと、君のチャーミングなお友達に、私《わたし》たちの居場所《いばしょ》がはっきりわかってしまう！」

ダンブルドアがほほえんだ。目がキラキラしている。

「イゴール、そんなに秘密主義《ひみつしゅぎ》じゃと……誰《だれ》も客に来てほしくないのかと思ってしまうじゃろうが」

「はて、ダンブルドア」

カルカロフは黄色い歯をむき出せるだけむき出して言った。

「我々《われわれ》は、それぞれ、自らの領地《りょうち》を守ろうとするのではないですかな？　我々《われわれ》に託《たく》された学びの殿《でん》堂《どう》を、意固地なまでにガードしているのでは？　我々《われわれ》のみが自らの学校の秘密《ひみつ》を知っているという誇《ほこ》りを持ち、それを守ろうとするのは、正しいことではないですかな？」

「おお、わしはホグワーツの秘密《ひみつ》のすべてを知っておるなどと、夢《ゆめ》にも思わんぞ、イゴール」

ダンブルドアは和気藹々《わきあいあい》と話した。

「たとえば、つい今朝のことじゃがの、トイレに行く途中《とちゅう》、曲がる所をまちがえての、これまでに見たこともない、見事に均整《きんせい》の取れた部屋に迷《まよ》い込《こ》んでしもうた。そこにはほんにすばらしい、おまるのコレクションがあっての。もっとくわしく調べようと、もう一度行ってみると、その部屋は跡形《あとかた》もなかったのじゃ。しかし、わしは、これからも見逃《みのが》さぬよう気をつけようと思うておる。もしかすると、朝の五時半にのみ近づけるのかもしれんて。さもなければ、上弦《じょうげん》、下弦《かげん》の月のときのみ現《あらわ》れるのか――いや、求める者の膀胱《ぼうこう》が、ことさらに満ちているときかもしれんのう」

ハリーは食べかけのグラーシュシチューの皿に、プーッと噴《ふ》き出《だ》してしまった。パーシーは顔をしかめたが、まちがいなく――とハリーは思った――ダンブルドアがハリーに向かってちょこんとウィンクした。

一方、フラー・デラクールはロジャー・デイビースに向かって、ホグワーツの飾《かざ》りつけをけなしていた。

「こんなの、なーんでもありませーん」

大広間の輝《かがや》く壁《かべ》をぐるりと見回し、軽蔑《けいべつ》したようにフラーが言った。

「ボーバトンの宮殿《きゅうでん》では、クリースマスに、お食事のあいーだ、周りには、ぐるーりと氷の彫刻《ちょうこく》が立ちまーす。もちろーん、彫刻《ちょうこく》は、とけませーん……まるでおーきなダイヤモンドの彫刻《ちょうこく》のようで、ピーカピカ輝《かがや》いて、あたりを照らしていまーす。そして、お食事は、とーてもすばらしいでーす。そして、森のニンフの聖歌隊《せいかたい》がいて、お食事の間、歌を奏《かな》でまーす。こんな、見苦しーい鎧《よろい》など、わたーしたちの廊下《ろうか》にはありませーん。もしーも、ポルターガイストがボーバトンに紛《まぎ》れ込《こ》むようなことがあーれば、追い出されまーす。**コムサ**《こんなふうに》」

フラーはがまんならないというふうに、テーブルをピシャリとたたいた。

ロジャー・デイビースは、魂《たましい》を抜《ぬ》かれたような顔で、フラーが話すのを見つめていた。フォークを口に運んでも、ほおに当たってばかりいる。デイビースはフラーの顔を見つめるのに忙《いそが》しくて、フラーの話など一言もわかっていないのではないか、とハリーは思った。

「そのとおりだ」

デイビースはあわててそう言うと、フラーのまねをして、テーブルをピシャリとたたいた。

「**コムサ**。うん」

ハリーは大広間を見回した。ハグリッドが教職員《きょうしょくいん》テーブルの一つに座《すわ》っている。以前に着たことがある、あのやぼったい毛のもこもこした茶色の背広《せびろ》をまた着込《きこ》んでいる。そして、こちらの審査《しんさ》員《いん》テーブルをじっと見つめていた。ハグリッドが小さく手を振《ふ》るのが見えたので、ハリーはあたりを見回した。マダム・マクシームが手を振《ふ》り返《かえ》している。指のオパールがろうそくの光にきらめいた。

ハーマイオニーが、今度はクラムに自分の名前の正しい発音を教えていた。クラムは「ハーミィーオウン」と呼《よ》び続けていたのだ。

「ハー・マイ・オ・ニー」

ハーマイオニーがゆっくり、はっきり発音した。

「ハーム・オウン・ニニー」

「まあまあね」

ハリーが見ているのに気づいて、ハーマイオニーがニコッとしながら言った。

食事を食《た》べ尽《つ》くしてしまうと、ダンブルドアが立ち上がり、生徒たちにも立ち上がるようにうながした。そして、杖《つえ》をひと振《ふ》りすると、テーブルはズイーッと壁際《かべぎわ》に退《しりぞ》き、広いスペースができた。それから、ダンブルドアは右手の壁《かべ》に沿《そ》ってステージを立ち上げた。ドラム一式、ギター数本、リュート、チェロ、バグパイプがそこに設置《せっち》された。

いよいよ「妖女《ようじょ》シスターズ」が、熱狂的《ねっきょうてき》な拍手《はくしゅ》に迎《むか》えられてドヤドヤとステージに上がった。全員異常《いじょう》に毛深く、着ている黒いローブは、芸術的《げいじゅつてき》に破《やぶ》いたり、引《ひ》き裂《さ》いたりしてあった。それぞれが楽器を取り上げた。夢中《むちゅう》でシスターズに見入っていたハリーは、これからのことをほとんど忘《わす》れていたが、突然《とつぜん》、ほかのテーブルのランタンがいっせいに消え、代表選手たちが、パートナーと一緒《いっしょ》に立ち上がったのに気づいた。

「さあ！」

パーバティが声を殺してうながした。

「私《わたし》たち、踊《おど》らないと！」

ハリーは立ち上がりざま、自分のローブのすそを踏《ふ》んづけた。「妖女《ようじょ》シスターズ」は、スローな物悲しい曲を奏《かな》ではじめた。ハリーは、誰《だれ》の目も見ないようにしながら、煌々《こうこう》と照らされたダンスフロアに歩み出た（シェーマスとディーンがハリーに手を振《ふ》り、からかうように笑っているのが見えた）。次の瞬間《しゅんかん》、パーバティがハリーの両手をつかむや否《いな》や、片方《かたほう》の手を自分の腰《こし》に回し、もう一方の手をしっかり握《にぎ》りしめた。

その場でスローなターンをしながら（パーバティがリードしていた）、恐《おそ》れていたほどひどくはないな、とハリーは思った。ハリーは観客の頭の上のほうを見つめ続けた。まもなく、観客のほうも大勢《おおぜい》ダンスフロアに出てきたので、代表選手はもう注目の的ではなくなった。ネビルとジニーがすぐそばで踊《おど》っていた――ネビルが足を踏《ふ》むので、ジニーがしょっちゅう痛《いた》そうにすくむのが見えた――ダンブルドアはマダム・マクシームとワルツを踊《おど》っていた。まるで大人と子供《こども》で、ダンブルドアの三角帽子《さんかくぼうし》の先が、やっとマダム・マクシームのあごをくすぐる程度《ていど》だった。しかし、マダム・マクシームは巨大《きょだい》な体の割《わり》に、とても優雅《ゆうが》な動きだった。マッドーアイ・ムーディは、シニストラ先生と、ぎこちなく二拍子《びょうし》のステップを踏《ふ》んでいたが、シニストラ先生は義足《ぎそく》に踏《ふ》まれないように神経質《しんけいしつ》になっていた。

「いい靴下《くつした》だな、ポッター」

ムーディがすれちがいながら、「魔法《まほう》の目」でハリーのローブを透視《とうし》し、唸《うな》るように言った。

「あ――ええ、屋敷妖精《やしきようせい》のドビーが編《あ》んでくれたんです」ハリーが苦笑いした。

「あの人、**気味が悪い！**」

ムーディがコツコツ遠ざかってから、パーバティがヒソヒソ声で言った。

「あの目は、**許《ゆる》されるべきじゃない**と思うわ！」

バグパイプが最後の音を震《ふる》わせるのを聞いて、ハリーはホッとした。「妖女《ようじょ》シスターズ」が演奏《えんそう》を終え、大広間は再《ふたた》び拍手《はくしゅ》に包まれた。ハリーはパーバティをサッと離《はな》した。

「座《すわ》ろうか？」

「あら――でも――これ、とってもいい曲よ！」

パーバティが言った。「妖女《ようじょ》シスターズ」がずっと速いテンポの新しい曲を演奏《えんそう》しはじめていた。

「僕《ぼく》は好きじゃない」

ハリーはうそをついて、パーバティをダンスフロアから連れ出し、フレッドとアンジェリーナのそばを通って――この二人は元気を爆発《ばくはつ》させて踊《おど》っていたので、けがをさせられてはかなわないと、みんな遠巻《とおま》きにしていた――ロンとパドマの座《すわ》っているテーブルに行った。

「調子はどうだい？」

テーブルに座《すわ》ってバタービールの栓《せん》を抜《ぬ》きながら、ハリーがロンに聞いた。

ロンは答えない。近くで踊《おど》っているハーマイオニーとクラムを、ギラギラとにらんでいた。パドマは腕組《うでぐ》みし足を組んで座《すわ》っていたが、片方《かたほう》の足が音楽に合わせてヒョイヒョイ拍子《ひょうし》を取っていた。ときどきふてくされてロンを見たが、ロンはまったくパドマを無視《むし》していた。パーバティもハリーの隣《となり》に座《すわ》ったが、こっちも腕《うで》と足を組んだ。しかし、まもなくボーバトンの男の子がパーバティにダンスを申《もう》し込《こ》んだ。

「かまわないかしら？　ハリー？」パーバティが聞いた。

「え？」

ハリーはその時、チョウとセドリックを見ていた。

「なんでもないわ」

パーバティはプイとそう言うと、ボーバトンの男の子と行ってしまった。曲が終わっても、パーバティは戻《もど》ってこなかった。

ハーマイオニーがやってきて、パーバティが去ったあとの席に座《すわ》った。ダンスのせいで、ほのかに紅潮《こうちょう》していた。

「やあ」ハリーが言った。ロンは何も言わなかった。

「暑くない？」

ハーマイオニーは手で顔をあおぎながら言った。

「ビクトールが何か飲み物を取りにいったところよ」

ロンが、じろりとハーマイオニーをねめつけた。

「**ビクトールだって？**」ロンが言った。「**ビッキー**って呼《よ》んでくれって、まだ言わないのか？」

ハーマイオニーは驚《おどろ》いてロンを見た。

「どうかしたの？」ハーマイオニーが聞いた。

「そっちがわからないんなら」ロンが辛辣《しんらつ》な口調で言った。「こっちが教えるつもりはないね」

ハーマイオニーはロンをまじまじと見た。それからハリーを見た。ハリーは肩《かた》をすくめた。

「ロン、何が――？」

「あいつは、ダームストラングだ！」

ロンが吐《は》き捨《す》てるように言った。

「ハリーと張《は》り合《あ》ってる！　ホグワーツの敵《てき》だ！　君――君は――」

ロンは、明らかに、ハーマイオニーの罪《つみ》の重さを充分《じゅうぶん》言い表す言葉を探《さが》していた。

「**敵《てき》とべたべたしている**。君のやってることはそれなんだ！」

ハーマイオニーはぽかんと口を開けた。

「バカ言わないで！」

しばらくしてハーマイオニーが言った。

「**敵《てき》ですって！**　まったく――あの人が到着《とうちゃく》したとき、あんなに大騒《おおさわ》ぎしてたのはどこのどなたさん？　サインを欲《ほ》しがったのは誰《だれ》なの？　寮《りょう》にあの人のミニチュア人形を持ってる人は誰《だれ》？」

ロンは無視《むし》を決《き》め込《こ》んだ。

「二人で図書館にいるときにでも、お誘《さそ》いがあったんだろうね？」

「ええ、誘《さそ》われたわ」

ハーマイオニーのピンクのほおが、ますます紅《あか》くなった。

「それがどうしたっていうの？」

「何があったんだ？――あいつを『**反吐《へど》**』に入れようとでもしたのか？」

「そんなことしないわ！　**本気で**知りたいなら、あの人――あの人、毎日図書館に来ていたのは、私《わたし》と話がしたいからだった、と言ったの。だけど、そうする勇気がなかったって！」

ハーマイオニーはこれだけを一気に言い終えると、ますます真っ赤になり、パーバティのローブと同じ色になった。

「へー、そうかい――それがヤツの言い方ってわけだ」ロンがねちっこく言った。

「それって、どういう意味？」

「見え見えだろ？　あいつはカルカロフの生徒じゃないか？　君が誰《だれ》といつも一緒《いっしょ》か、知ってる……あいつはハリーに近づこうとしてるだけだ――ハリーの内部情報《ないぶじょうほう》をつかもうとしてるか――それとも、ハリーに充分《じゅうぶん》近づいて呪《のろ》いをかけようと――」

ハーマイオニーは、ロンに平手打ちを食らったような顔をした。口を開いたとき、声が震《ふる》えていた。

「言っとくけど、あの人は、私《わたし》に**ただの一言も**ハリーのことを聞いたりしなかったわ。ただの一言も――」

ロンは電光石火、矛先《ほこさき》を変えた。

「それじゃあいつは、あの卵《たまご》の謎《なぞ》を解《と》くのに、君の助けを借りたいと思ってるんだ！　図書館でイチャイチャしてるとき、君たち、知恵《ちえ》を出し合ってたんだろう――」

「私《わたし》、あの人が卵《たまご》の謎《なぞ》を考える手助けなんか、**絶対《ぜったい》に**しないわ！」

ハーマイオニーは烈火《れっか》のごとく怒《おこ》った。

「**絶対《ぜったい》によ**。よくもそんなことが言えるわね――私《わたし》、ハリーに試合に勝ってほしいのよ。そのことは、ハリーが知ってるわ。そうでしょう、ハリー？」

「それにしちゃ、おかしなやり方で応援《おうえん》してるじゃないか」ロンがあざけった。

「そもそも、この試合は、外国の魔法使《まほうつか》いと知り合いになって、友達になることが目的のはずよ！」

ハーマイオニーが激《はげ》しい口調で言った。

「ちがうね！」ロンが叫《さけ》んだ。「勝つことが目的さ！」

周囲の目が集まりはじめた。

「ロン」ハリーが静かに言った。「ハーマイオニーがクラムと一緒《いっしょ》に来たこと、僕《ぼく》、なんとも思っちゃいないよ――」

しかし、ロンはハリーの言うことも無視《むし》した。

「行けよ。ビッキーを探《さが》しにさ。君がどこにいるのか、あいつ、探《さが》してるだろうぜ」

ロンが言った。

「あの人をビッキーなんて呼《よ》ばないで！」

ハーマイオニーはパッと立ち上がり、憤然《ふんぜん》とダンスフロアを横切り、人混《ひとご》みの中に消えた。

ロンはハーマイオニーの後《うし》ろ姿《すがた》を、怒《いか》りと満足の入りまじった顔で見つめていた。

「私《わたし》とダンスする気があるの？」パドマがロンに聞いた。

「ない」

ロンは、ハーマイオニーの行ったあとをまだにらみつけていた。

「そう」

パドマはバシッと言うと、立ち上がってパーバティの所に行った。パーバティと一緒《いっしょ》にいたボーバトンの男の子は、あっという間に友達を一人調達してきた。その早業《はやわざ》。ハリーは、これはまちがいなく「呼《よ》び寄《よ》せ呪文《じゅもん》」で現《あらわ》れたにちがいないと思った。

「ハーム－オウン－ニニーはどこ？」声がした。

クラムがバタービールを二つつかんでハリーたちのテーブルに現《あらわ》れたところだった。

「さあね」

ロンがクラムを見上げながら、取りつく島もない言い方をした。

「見失ったのかい？」

クラムはいつものむっつりした表情《ひょうじょう》になった。

「でヴぁ、もし見かけたら、ヴぉくが飲み物を持っていると言ってください」

そう言うと、クラムは背中《せなか》を丸めて立ち去った。

「ビクトール・クラムと友達になったのか？　ロン？」

パーシーがもみ手しながら、いかにももったいぶった様子で、せかせかとやってきた。

「けっこう！　そう、それが大事なんだよ――国際魔法協力《こくさいまほうきょうりょく》が！」

ハリーの迷惑《めいわく》をよそに、パーシーはパドマの空いた席にサッと座《すわ》った。審査員《しんさいん》テーブルにはいまや誰《だれ》もいない。ダンブルドア校長はスプラウト先生と、ルード・バグマンはマクゴナガル先生と踊《おど》っていた。マダム・マクシームはハグリッドと二人、生徒たちの間をワルツで踊《おど》り抜《ぬ》け、ダンスフロアに幅広《はばひろ》く通り道を刻《きざ》んでいた。カルカロフはどこにも見当たらない。

曲が終わると、みんながまた拍手《はくしゅ》した。ハリーは、ルード・バグマンがマクゴナガル先生の手にキスして、人混《ひとご》みをかき分けて戻《もど》ってくるのを見た。その時、フレッドとジョージがバグマンに近づいて声をかけるのが見えた。

「あいつら何をやってるんだ？　魔法省《まほうしょう》の高官に、ご迷惑《めいわく》なのに」

パーシーはフレッドとジョージをいぶかしげに眺《なが》めながら、歯がみした。

「敬意《けいい》の**かけらも**……」

ルード・バグマンは、しかし、まもなくフレッドとジョージを振《ふ》り払《はら》い、ハリーを見つけると、手を振《ふ》ってテーブルにやってきた。

「弟たちがお邪魔《じゃま》をしませんでしたでしょうか、バグマンさん？」

パーシーが間髪《かんはつ》を容《い》れずに言った。

「え？　ああ、いやいや！」バグマンが言った。

「いや何、あの子たちは、ただ、自分たちが作った『だまし杖《づえ》』についてちょっと話してただけだ。販売方法《はんばいほうほう》について私《わたし》の助言がもらえないかとね。『ゾンコのいたずら専門店《せんもんてん》』の私《わたし》の知り合いに紹介《しょうかい》しようと、あの子たちに約束したが……」

パーシーはこれがまったく気に入らない様子だった。家に帰ったら、すぐさまウィーズリーおばさんにこのことを言いつけるだろう。絶対《ぜったい》そうだ、とハリーは思った。一般市場《いっぱんしじょう》に売り出すというのなら、どうやらフレッドとジョージの計画は、最近ますます大がかりになっているようだ。

バグマンはハリーに何か聞こうと口を開きかけたが、パーシーが横合いから口を出した。

「バグマンさん、対校試合《トーナメント》はどんな具合でしょう？　**私《わたくし》ども**の部では、かなり満足しております――『炎《ほのお》のゴブレット』のちょっとしたミスは」――パーシーはハリーをちらりと見た――「もちろん、やや残念ではありますが、しかし、それ以後はとても順調だと思いますが、いかがですか？」

「ああ、そうだね」バグマンは楽しげに言った。

「これまでとてもおもしろかった。バーティ殿《どの》はどうしているかね？　来られないとは残念至極《ざんねんしごく》」

「ああ、クラウチさんはすぐにも復帰《ふっき》なさると思いますよ」

パーシーはもったいぶって言った。

「まあ、それまでの間の穴埋《あなう》めを、僕《ぼく》が喜んで務《つと》めるつもりです。もちろん、ダンスパーティに出席するだけのことではありませんがね――」

パーシーは陽気に笑った。

「いやいや、それどころか、クラウチさんのお留守中《るすちゅう》、いろんなことが持ち上がりましてね。それを全部処理《しょり》しなければならなかったのですよ――アリ・バシールが空飛ぶじゅうたんを密輸入《みつゆにゅう》しようとして捕《つか》まったのはお聞きおよびでしょう？　それに、トランシルバニア国に『国際決闘禁止条《こくさいけっとうきんしじょう》約《やく》』への署名《しょめい》をするよう説得《せっとく》を続けていますしね。年明けにはむこうの魔法協力部長《まほうきょうりょくぶちょう》との会合がありますし――」

「ちょっと歩こうか」ロンがハリーにボソボソッと言った。

「パーシーから離《はな》れよう……」

飲み物を取りに行くふりをしてハリーとロンはテーブルを離《はな》れ、ダンスフロアの端《はし》を歩き、玄関《げんかん》ホールに抜《ぬ》け出《だ》した。正面の扉《とびら》が開けっ放しになっていた。正面の石段《いしだん》を下りていくと、バラの園《その》に飛び回る妖精《ようせい》の光が、瞬《また》き、きらめいた。石段《いしだん》を下りきると、そこは潅木《かんぼく》の茂《しげ》みに囲まれ、くねくねとした散歩道がいくつも延《の》び、大きな石の彫刻《ちょうこく》が立《た》ち並《なら》んでいた。ハリーの耳に、噴水《ふんすい》のような水音が聞こえてきた。あちらこちらに彫刻《ちょうこく》をほどこしたベンチが置かれ、人が座《すわ》っていた。ハリーとロンはバラの園《その》に延《の》びる小道の一つを歩きだしたが、あまり歩かないうちに、聞き覚えのある不快《ふかい》な声が聞こえてきた。

「イゴール……我輩《わがはい》は何も騒《さわ》ぐ必要はないと思うが」

「セブルス、何も起こっていないふりをすることはできまい！」

カルカロフが盗《ぬす》み聞《ぎ》きを恐《おそ》れるかのように、不安げな押《お》し殺《ころ》した声で言った。

「この数か月の間に、ますますはっきりしてきた。私《わたし》は真剣《しんけん》に心配している。否定《ひてい》できることではない――」

「なら、逃《に》げろ」スネイプがそっけなく言った。

「逃《に》げろ。我輩《わがはい》が言《い》い訳《わけ》を考えてやる。しかし、我輩《わがはい》はホグワーツに残る」

スネイプとカルカロフが曲がり角にさしかかった。スネイプは杖《つえ》を取り出していた。意地の悪い表情《ひょうじょう》をむき出しにして、スネイプはバラの茂《しげ》みをバラバラに吹《ふ》き飛《と》ばしていた。あちこちの茂《しげ》みから悲鳴が上がり、黒い影《かげ》が飛び出してきた。

「ハッフルパフ、一〇点減点《げんてん》だ、フォーセット！」

スネイプが唸《うな》った。女の子がスネイプの脇《わき》を走《はし》り抜《ぬ》けていくところだった。

「さらに、レイブンクローも一〇点減点《げんてん》だ、ステビンズ！」

男の子が女の子のあとを追って駆《か》けていくところだった。

「ところでおまえたち二人は何をしているのだ？」

小道の先にハリーとロンの姿《すがた》を見つけたスネイプが聞いた。カルカロフが、二人がそこに立っているのを見て、わずかに動揺《どうよう》したのを、ハリーは見逃《みのが》さなかった。カルカロフの手が神経質《しんけいしつ》に山羊《やぎ》ひげに伸《の》び、指に巻《ま》きつけはじめた。

「歩いています」ロンが短く答えた。「規則違反《きそくいはん》ではありませんね？」

「なら、歩き続けろ！」

スネイプは唸《うな》るように言うと、二人の脇《わき》をサッと通《とお》り過《す》ぎた。後《うし》ろ姿《すがた》に長い黒マントがひるがえっていた。カルカロフは急いでスネイプのあとに続いた。ハリーとロンは小道を歩き続けた。

「カルカロフはなんであんなに心配なんだ?」ロンがつぶやいた。

「それに、いつからあの二人は、イゴール、セブルスなんて、名前で呼《よ》び合《あ》うほど親しくなったんだ?」ハリーがいぶかった。

二人は大きなトナカイの石像《せきぞう》の前に出た。そのむこうに、噴水《ふんすい》が水しぶきを輝《かがや》かせて高々と上がっているのが見えた。石のベンチに、二つの巨大《きょだい》なシルエットが見えた。月明かりに噴水《ふんすい》を眺《なが》めている。そして、ハリーはハグリッドの声を聞いた。

「あなたを見たとたん、俺《おれ》にはわかった」

ハグリッドの声は変にかすれていた。

ハリーとロンはその場に立ちすくんだ。邪魔《じゃま》をしてはいけない場面のような気がする。なんとなく……。ハリーは小道を振《ふ》り返《かえ》った。すると、近くのバラの茂《しげ》みに半分隠《かく》されて、フラー・デラクールとロジャー・デイビースが立っているのが見えた。ハリーはロンの肩《かた》をつついて、あごで二人のほうを差した。その方向からなら、気づかれずにこっそり立ち去れるという意味だ(ハリーには、フラーとデイビースはお取《と》り込《こ》み中《ちゅう》のように見えた)。しかし、フラーの姿《すがた》にロンは恐怖《きょうふ》で目を見開き、頭をブルブルッと横に振《ふ》り、ハリーをトナカイの後ろの暗がりの奥深《おくふか》くに引《ひ》っ張《ぱ》り込《こ》んだ。

「何がわかったの。アグリッド?」

マダム・マクシームの低い声には、はっきりと甘《あま》えた響《ひび》きがあった。

ハリーは絶対《ぜったい》に聞きたくなかった。こんな状況《じょうきょう》を盗《ぬす》み聞《ぎ》きされたら、ハグリッドがいやがるだろうとわかっていた――僕《ぼく》なら絶対《ぜったい》いやだもの――できることなら、指で耳栓《みみせん》をして大声で鼻歌を歌いたい。しかし、それはとうていできない相談だ。かわりにハリーは、石のトナカイの背中《せなか》を這《は》っているコガネムシに意識《いしき》を集中しようとした。しかし、コガネムシでは、ハグリッドの次の言葉が耳に入らなくなるほどおもしろいとは言えなかった。

「わかったんだ……あなたが俺《おれ》とおんなじだって……あなたのおふくろさんですかい？　親父《おやじ》さんですかい？」

「わたくし――わたくし、なんのことかわかりませんわ、アグリッド……」

「俺《おれ》の場合はおふくろだ」ハグリッドは静かに言った。

「おふくろは、イギリスで最後の一人だった。もちろん、おふくろのこたぁ、あんまりよく覚えてはいねえが……。いなくなっちまったんだ。俺《おれ》が三つぐれえのとき。あんまり母親らしくはなかった。まあ……あの連中はそういう質《たち》ではねえんだろう。おふくろがどうなったのか、わからねえ……死んじまったのかもしれねえし……」

マダム・マクシームは何も言わない。そしてハリーは、思わずコガネムシから目を離《はな》し、トナカイの角のむこう側を見た。耳を傾《かたむ》けて……。ハリーはハグリッドが子供《こども》のころの話をするのを聞いたことがなかった。

「俺《おれ》の親父《おやじ》は、おふくろがいなくなると、胸《むね》が張《は》り裂《さ》けっちまってなあ。ちっぽけな親父《おやじ》だった。俺《おれ》が六つになるころにゃ、もう、親父《おやじ》が俺《おれ》にうるさく言ったりすっと、親父《おやじ》を持ち上げて、たんすのてっぺんに乗っけることができた。そうすっと、親父《おやじ》はいつも笑ったもんだ……」

ハグリッドの太い声がくぐもった。マダム・マクシームは、身じろぎもせず聞いていた。銀色の噴水《ふんすい》をじっと見つめているのだろう。

「親父《おやじ》が俺《おれ》を育ててくれた……でも死んじまったよ。ああ。俺《おれ》が学校に入ってまもなくだった。それからは、俺《おれ》は一人でなんとかやっていかにゃならんかった。ダンブルドアが、ほんによーくしてくれたよ。ああ。俺《おれ》に親切になあ……」

ハグリッドは大きな水玉の絹《きぬ》のハンカチを取り出し、ブーッと鼻をかんだ。

「そんで……とにかく……俺《おれ》のことはもういい。あなたはどうなんですかい？　どっち方なんで？」

しかし、マダム・マクシームは突然《とつぜん》立ち上がった。

「冷えるわ」と言った――しかし、天気がどうであれ、マダム・マクシームの声ほど冷たくはなかった。

「わたくし、もう、中にあいります」

「は？」ハグリッドが放心したように言った。

「いや、行かねえでくれ！　俺《おれ》は――俺《おれ》はこれまで俺《おれ》と同類の人に会ったことがねえ！」

「同類の**いったいなんだと**言いたいのでーすか？」

マダム・マクシームは氷のような声だ。

ハリーはハグリッドに答えないほうがいいと伝えたかった。無理な願いだとわかっても、言わないで、と心で叫《さけ》びながら、ハリーは暗がりに突《つ》っ立《た》ったままだった――願いはやはり通じなかった。

「同類の半巨人《はんきょじん》だ。そうだとも！」ハグリッドが言った。

「おお、なんということを！」

マダム・マクシームが叫《さけ》んだ。おだやかな夜の空気を破《やぶ》り、その声は霧笛《むてき》のように響《ひび》き渡《わた》った。

ハリーは背後《はいご》で、フラーとロジャーがバラの茂《しげ》みから飛び上がる音を聞いた。

「こーんなに侮辱《ぶじょく》されたことは、あじめてでーす！　あん巨人《きょじん》！　わたくしが？　わたくしは――わたくしは、おねがうといだけでーす！」

マダム・マクシームは荒々《あらあら》しく去っていった。怒《おこ》って茂《しげ》みをかき分けながら歩き去ったあとには、色とりどりの妖精《ようせい》の群《む》れがワッと空中に立《た》ち昇《のぼ》った。ハグリッドはそのあとを目で追いながらベンチに座《すわ》ったままだった。ハグリッドの表情《ひょうじょう》を見るには、あたりがあまりに暗かった。それから、一分ほどもたったろうか。ハグリッドは立ち上がり、大股《おおまた》に歩き去った。城《しろ》のほうにではなく、真っ暗な校庭を、自分の小屋の方向に向かって。

「行こう」

ハリーはロンに向かってそっと言った。

「さあ、行こう……」

しかし、ロンは動こうとしない。

「どうしたの？」ハリーはロンを見た。

ロンは振《ふ》り返《かえ》ってハリーを見た。深刻《しんこく》な表情《ひょうじょう》だった。

「知ってたか？」ロンがささやいた。「ハグリッドが半巨人《はんきょじん》だってこと？」

「ううん」ハリーは肩《かた》をすくめた。

「それがどうかした？」

ロンの表情《ひょうじょう》から、ハリーは、自分がどんなに魔法界《まほうかい》のことを知らないかがはっきりしたと、改めて思い知らされた。ダーズリー一家に育てられたので、魔法使《まほうつか》いならあたりまえのことでも、ハリーには驚《おどろ》くようなことがたくさんあった。そうした驚《おどろ》きも、学校で一年一年を過《す》ごすうちに少なくなってきていた。ところが、いままた、友達の母親が巨人《きょじん》だったと知ったときに、たいがいの魔《ま》法使《ほうつか》いなら「それがどうかした？」などと言わないのだとわかった。

「中に入って説明するよ」ロンが静かに言った。「行こうか……」

フラーとロジャー・デイビースはいなくなっていた。もっと二人きりになれる茂《しげ》みに移動《いどう》したのだろう。ハリーとロンは大広間に戻《もど》った。パーバティとパドマは、ボーバトンの男の子たちに囲まれて、いまはもう遠くのテーブルに座《すわ》っていたし、ハーマイオニーはクラムともう一度ダンスしていた。ハリーとロンはダンスフロアからずっと離《はな》れたテーブルに座《すわ》った。

「それで?」

ハリーがロンをうながした。

「巨人《きょじん》のどこが問題なの?」

「そりゃ、連中は……連中は……」

ロンは言葉に詰《つ》まってもたもたした。

「あんまりよくない」

ロンは中途半端《ちゅうとはんぱ》な言い方をした。

「気にすることないだろ?」ハリーが言った。

「ハグリッドはなんにも悪くない!」

「それはわかってる。でも……驚《おどろ》いたなぁ……ハグリッドがだまっていたのも無理ないよ」

ロンが首を振《ふ》りながら言った。

「僕《ぼく》、ハグリッドが子供《こども》のとき、たまたま悪質《あくしつ》な『肥《ふと》らせ呪文《じゅもん》』に当たるか何かしたんじゃないかって、そう思ってた。僕《ぼく》、そのこと言いたくなかったんだけど……」

「だけど、ハグリッドの母さんが巨人《きょじん》だと何が問題なの？」ハリーが聞いた。

「うーん……ハグリッドのことを知ってる人にはどうでもいいんだけど。だって、ハグリッドは危険《きけん》じゃないって知ってるから」

ロンが考えながら話した。

「だけど……ハリー、連中は、巨人《きょじん》は狂暴《きょうぼう》なんだ。ハグリッドも言ってたけど、そういう質《たち》なんだ。トロールと同じで……とにかく殺すのが好きでさ。それはみんな知ってる。ただ、もうイギリスにはいないけど」

「どうなったわけ？」

「うん。いずれにしても絶滅《ぜつめつ》しつつあったんだけど、それに闇祓《やみばら》い《オーラー》にずいぶん殺されたし。でも、外国には巨人《きょじん》がいるらしい……だいたい山に隠《かく》れて……」

「マクシームは、いったい誰《だれ》をごまかすつもりなのかなぁ」

審査員《しんさいん》のテーブルに一人つくねんと、醒《さ》めた表情《ひょうじょう》で座《すわ》っているマダム・マクシームを見ながら、ハリーが言った。

「ハグリッドが半巨人《はんきょじん》なら、あの人も絶対《ぜったい》そうだ。骨太《ほねぶと》だって……あの人より骨《ほね》が太いのは恐竜《きょうりゅう》ぐらいなもんだよ」

二人だけの片隅《かたすみ》で、ハリーとロンは、それからパーティが終わるまでずっと、巨人《きょじん》について語り合った。二人ともダンスをする気分にはなれなかった。ハリーはチョウとセドリックのほうをあまり見ないようにした。見れば何かを蹴飛《けと》ばしたい気持ちにかられるからだ。

「妖女《ようじょ》シスターズ」が演奏《えんそう》を終えたのは真夜中だった。みんなが最後に盛大《せいだい》な拍手《はくしゅ》を送り、玄関《げんかん》ホールへの道をたどりはじめた。ダンスパーティがもっと続けばいいのにという声があちこちから聞こえたが、ハリーはベッドに行けるのがとてもうれしかった。ハリーにとっては、今夜はあまり楽しい宵《よい》ではなかった。

二人が玄関《げんかん》ホールに出ると、クラムがダームストラングの船に戻《もど》る前に、ハーマイオニーがクラムにおやすみなさいを言っているのが見えた。ハーマイオニーはロンにひやりと冷たい視線《しせん》を浴びせ、一言も言わずにロンのそばを通《とお》り過《す》ぎ、大理石の階段《かいだん》を上っていった。ハリーとロンはそのあとをついていったが、階段《かいだん》の途中《とちゅう》で、ハリーは誰《だれ》かが呼《よ》ぶ声《こえ》を聞いた。

「おーい、ハリー！」

セドリック・ディゴリーだった。ハリーは、チョウが階段下《かいだんした》の玄関《げんかん》ホールでセドリックを待っているのを見た。

「うん？」

ハリーのほうに駆《か》け上《あ》がってくるセドリックに、ハリーは冷たい返事をした。

セドリックは何か言いたそうだったが、ロンのいる所では言いたくないように見えた。ロンは機《き》嫌《げん》の悪い顔で、肩《かた》をすくめ、一人で階段《かいだん》を上っていった。

「いいか……」

セドリックはロンがいなくなると、声を落として言った。

「君にはドラゴンのことを教えてもらった借りがある。あの金の卵《たまご》のことだけど、開けたとき、君の卵《たまご》はむせび泣くか？」

「ああ」ハリーが答えた。

「そうか……風呂《ふろ》に入れ、いいか？」

「えっ？」

「風呂《ふろ》に入れ。そして――えーと――卵《たまご》を持っていけ。そして――えーと――とにかくお湯の中でじっくり考えるんだ。そうすれば考える助けになる……信じてくれ」

ハリーはセドリックをまじまじと見た。

「こうしたらいい」セドリックが続けた。

「監督生《かんとくせい》の風呂場《ふろば》がある。六階の『ボケのボリス』の像《ぞう》の左側、四つ目のドアだ。合言葉は『パイン・フレッシュ、松の香《か》さわやか』だ。もう行かなきゃ……おやすみを言いたいからね――」

セドリックはハリーにニコッと笑い、急いで階段《かいだん》を下りてチョウの所に戻《もど》った。

ハリーはグリフィンドール塔《とう》に一人で戻《もど》った。とっても変な助言だったなあ。風呂《ふろ》がなんで泣《な》き卵《たまご》の謎《なぞ》を解《と》く助けになるんだろう? セドリックはからかっているんだろうか? チョウが、僕《ぼく》と比較《ひかく》してセドリックをさらに好きになるように、僕《ぼく》をまぬけに見せようとしているのだろうか?

「太った婦人《レディ》」と友達のバイが穴《あな》の前の肖像画《しょうぞうが》の中で寝息《ねいき》を立てていた。ハリーは二人を起こすため、「フェアリー・ライト、豆電球!」と叫《さけ》ばなければならなかった。それで起こされてしまった二人は、相当おかんむりだった。

談話室に上がっていくと、ロンとハーマイオニーが火花を散らして口論中《こうろんちゅう》だった。間を三メートルもあけて立ち、双方《そうほう》真っ赤な顔で叫《さけ》び合《あ》っている。

「ええ、ええ、お気に召《め》さないんでしたらね、解決法《かいけつほう》はわかってるでしょう?」

ハーマイオニーが叫《さけ》んだ。優雅《ゆうが》なシニョンはいまや垂《た》れ下《さ》がり、怒《いか》りで顔がゆがんでいる。

「ああ、そうかい?」ロンが叫《さけ》び返《かえ》した。

「言えよ。なんだい?」

「今度ダンスパーティがあったら、ほかの誰《だれ》かが私《わたし》に申《もう》し込《こ》む前に申《もう》し込《こ》みなさいよ。最後の手段《しゅだん》じゃなくって!」

ハーマイオニーがきびすを返し、女子寮《じょしりょう》の階段《かいだん》を荒々《あらあら》しく上っていく間、ロンは水から上がった金魚のように、口をパクパクさせていた。ロンが振《ふ》り返《かえ》ってハリーを見た。

「まあな」

ロンは雷《かみなり》に打たれたような顔でブツブツ言った。

「つまり——要するにだ——まったく的はずれもいいとこだ——」

ハリーは何も言わなかった。正直に言うことで、せっかく元どおりになった大切なロンとの仲を壊《こわ》したくはなかった——しかし、ハリーにはなぜか、ハーマイオニーのほうが、ロンより的を射《い》ているように思えた。

第二十四章

リータ・スキーターの特ダネ

クリスマスの翌日《よくじつ》は、みんな朝寝坊《あさねぼう》した。グリフィンドールの談話室はこれまでとは打って変わって静かだったし、けだるい会話もあくびでとぎれがちだった。ハーマイオニーの髪《かみ》はまた元に戻《もど》ってぼさぼさだった。ダンスパーティのために「スリーク・イージーの直毛薬《ちょくもうやく》」を大量に使ったのだと、ハーマイオニーはハリーに打ち明けた。

「だけど、面倒《めんどう》くさくって、とても毎日やる気にならないわ」

ゴロゴロのどを鳴らしているクルックシャンクスの耳の後ろをカリカリかきながら、ハーマイオニーは事もなげに言った。

ロンとハーマイオニーは、二人の争点には触《ふ》れないと、暗黙《あんもく》の了解《りょうかい》に達したようだった。お互《たが》いにばかていねいだったが、仲よくしていた。ハリーとロンは、偶然《ぐうぜん》耳にしたマダム・マクシームとハグリッドの会話を、すぐさまハーマイオニーに話して聞かせた。しかし、ハーマイオニーは、ハグリッドが半巨人《はんきょじん》だというニュースに、ロンほどショックを受けてはいなかった。

「まあね、そうだろうと思っていたわ」

ハーマイオニーは肩《かた》をすくめた。

「もちろん、純巨人《じゅんきょじん》でないことはわかってた。だって、ほんとの巨人《きょじん》なら、身長六メートルもあるもの。だけど、巨人《きょじん》のことになるとヒステリーになるなんて、どうかしてるわ。**全部が全部**恐《おそ》ろしいわけないのに……狼人間《おおかみにんげん》に対する偏見《へんけん》と同じことね……単なる思《おも》い込《こ》みだわ」

ロンは何か痛烈《つうれつ》に反撃《はんげき》したそうな顔をしたが、ハーマイオニーとまたひと悶着《もんちゃく》起こすのはごめんだと思ったらしく、ハーマイオニーが見ていないときに、「つき合いきれないよ」と頭《かぶり》を振《ふ》るだけで満足したようだった。

休暇《きゅうか》が始まってから一週間無視《むし》し続けていた宿題を、思い出す時が来た。クリスマスが終わってしまったいま、誰《だれ》もが気が抜《ぬ》けていた――ハリー以外は。ハリーは（これで二度目だが）少し不安になりはじめていた。

困《こま》ったことに、クリスマスを境《さかい》に、二月二十四日はぐっと間近に迫《せま》って見えた。それなのに、ハリーはまだ何も金の卵《たまご》の謎《なぞ》を解《と》き明《あ》かす努力をしていない。ハリーは、寮《りょう》の寝室《しんしつ》に上がるたびに、トランクから卵《たまご》を取り出し、開けて、何かわかるのではないかと願いながら一心にその音を聞くことにした。三十丁ののこぎり楽器が奏《かな》でる音以外に何か思いつかないかと、必死で考えたが、こんな音はいままで聞いたことがない。ハリーは卵《たまご》を閉《と》じ、勢《いきお》いよく振《ふ》って、何か音が変化しているかとまた開けてみるのだが、なんの変化もない。卵《たまご》に質問《しつもん》してみたり、泣き声に負けないくらい大声を出してみたりしたが、何も起こらない。ついには卵《たまご》を部屋のむこうに放り投げた——それでどうにかなると思ったわけではないが。

セドリックがくれたヒントを忘《わす》れたわけではなかった。しかし、いまは、セドリックに対して打《う》ち解《と》けない気持ちだ。できればセドリックの助けは借りたくないという思いが強かった。セドリックが本気でハリーに手を貸《か》したいのなら、もっとはっきり教えてくれたはずだ。僕《ぼく》は、セドリックに第一の課題そのものずばりを教えたじゃないか——セドリックの考える公正なお返しは、僕《ぼく》に「風呂《ふろ》に入れ」と言うだけなのか。いいとも。そんなくだらない助けなら僕《ぼく》はいらない——どっちにしろ、チョウと手をつないで廊下《ろうか》を歩いているやつの手助けなんか、いるもんか。

そうこうするうちに、新学期の一日目が始まり、ハリーは授業《じゅぎょう》に出かけた。教科書や羊皮紙、羽根ペンはいつものように重かったが、そればかりでなく、気がかりな卵《たまご》が胃《い》に重くのしかかり、まるで卵《たまご》までも持ち歩いているかのようだった。

校庭はまだ深々と雪に覆《おお》われ、温室の窓《まど》はびっしりと結露《けつろ》して、「薬草学」の授業中《じゅぎょうちゅう》、外が見えなかった。こんな天気に「魔法生物飼育学《まほうせいぶつしいくがく》」の授業《じゅぎょう》を受けるのは、誰《だれ》も気が進まなかった。しかし、ロンの言うとおり、スクリュートのおかげでみんな充分《じゅうぶん》に暖《あたた》かくなれるかもしれない。スクリュートに追いかけられるとか、激烈《げきれつ》な爆発《ばくはつ》でハグリッドの小屋が火事になるとか。

ハグリッドの小屋にたどり着いてみると、白髪《しらが》を短く刈《か》り込《こ》み、あごが突《つ》き出《だ》た老魔女《ろうまじょ》が、戸口に立っていた。

「さあ、お急ぎ。鐘《かね》はもう五分前に鳴ってるよ」

雪道でなかなか先に進まない生徒たちに、魔女《まじょ》が大声で呼《よ》びかけた。

「あなたは誰《だれ》ですか？」ロンが魔女《まじょ》を見つめた。

「ハグリッドはどこ？」

「わたしゃ、グラブリー-プランク先生」魔女《まじょ》は元気よく答えた。

「『魔法生物飼育学《まほうせいぶつしいくがく》』の代用教師《だいようきょうし》だよ」

「ハグリッドはどこなの？」ハリーも大声で同じことを聞いた。

「あの人は気分が悪くてね」魔女《まじょ》はそれしか言わなかった。

低い不ゆかいな笑い声がハリーの耳に入ってきた。振《ふ》り返《かえ》ると、ドラコ・マルフォイとスリザリン生が到着《とうちゃく》していた。どの顔も上機嫌《じょうきげん》で、グラブリー-プランク先生を見ても誰《だれ》も驚《おどろ》いていない。

「こっちへおいで」

グラブリー-プランク先生は、ボーバトンの巨大《きょだい》な馬たちが震《ふる》えている囲い地に沿《そ》って、ずんずん歩いていった。ハリー、ロン、ハーマイオニーは、魔女《まじょ》について歩きながら、ハグリッドの小屋を振《ふ》り返《かえ》った。カーテンが全部閉《し》まっている。ハグリッドは病気で、たった一人であそこにいるのだろうか？

「ハグリッドはどこが悪いのですか？」

ハリーは急いでグラブリー‐プランク先生に追いつき、聞いた。

「気にしなくていいよ」

余計《よけい》なお世話だとでも言いたげな答えだった。

「でも気になります」ハリーの声に熱がこもった。

「いったいどうしたのですか？」

グラブリー‐プランク先生は聞こえないふりをした。ボーバトンの馬が寒さに身を寄《よ》せ合《あ》って立っている囲い地を過《す》ぎ、禁《きん》じられた森《もり》の端《はし》に立つ一本の木の所へ、先生はみんなを連れてきた。その木には、大きな美しいユニコーンがつながれていた。

「おぉおぉおぉー！」

ユニコーンを見ると、大勢《おおぜい》の女子学生が思わず声を上げた。

「まあ、なんてきれいなんでしょう！」

ラベンダー・ブラウンがささやくように言った。

「あの先生、どうやって手に入れたのかしら？　捕《つか》まえるのはとっても難《むずか》しいはずよ！」

ユニコーンの輝《かがや》くような白さに、周りの雪さえも灰色《はいいろ》に見えるほどだった。ユニコーンは金色のひづめで神経質《しんけいしつ》に地をかき、角のある頭をのけぞらせていた。

「男の子は下がって！」

グラブリー‐プランク先生は腕《うで》をサッと伸《の》ばし、ハリーの胸《むね》のあたりでがっしり行く手をさえぎり、大声で言った。

「ユニコーンは女性《じょせい》の感触《かんしょく》のほうがいいんだよ。女の子は前へ。気をつけて近づくように。さあ、ゆっくりと……」

先生も女子学生もゆっくりとユニコーンに近づき、男の子は囲い地の柵《さく》のそばに立って眺《なが》めていた。

グラブリー‐プランク先生にこちらの声が届《とど》かなくなるとすぐ、ハリーがロンに言った。

「ハグリッドはどこが悪いんだと思う？　まさかスクリュートに――？」

「襲《おそ》われたと思ってるなら、ポッター、そうじゃないよ」

マルフォイがねっとりと言った。

「ただ、恥《は》ずかしくて、あのでかい醜《みにく》い顔が出せないだけさ」

「何が言いたいんだ？」ハリーが鋭《するど》い声で聞き返した。

マルフォイはローブのポケットに手を突《つ》っ込《こ》み、折りたたんだ新聞を一枚引《まいひ》っ張《ぱ》り出《だ》した。

「ほら」マルフォイが言った。

「こんなことを君に知らせたくはないけどね、ポッター……」

ハリーが新聞をひったくり、広げて読むのを、マルフォイはニタニタしながら見ていた。ロン、シェーマス、ディーン、ネビルは、ハリーの後ろから新聞をのぞき込《こ》んで一緒《いっしょ》に読んだ。新聞記事の冒頭《ぼうとう》に、いかにもうさんくさそうに見えるハグリッドの写真がのっていた。

ダンブルドアの「巨大《きょだい》な」過《あやま》ち

本紙の特派員《とくはいん》、リータ・スキーターは、「ホグワーツ魔法魔術学校《まほうまじゅつがっこう》の変人校長、アルバス・ダンブルドアは、常《つね》に、あえて問題のある人物を教職員《きょうしょくいん》に任命《にんめい》してきた」との記事を寄《よ》せた。

本年九月、校長は、「マッドーアイ」と呼《よ》ばれる、呪《のろ》い好《ず》きで悪名高い元闇祓《もとやみばら》いのアラスター・ムーディを、「闇《やみ》の魔術《まじゅつ》に対《たい》する防衛術《ぼうえいじゅつ》」の教師《きょうし》として迎《むか》えた。この人選は、魔《ま》法省《ほうしょう》の多くの役人の眉《まゆ》をひそめさせた。ムーディは身近で急に動く者があれば、誰《だれ》かれ見境《みさかい》なく攻撃《こうげき》する習性《しゅうせい》があるからだ。そのマッドーアイ・ムーディでさえ、ダンブルドアが「魔法生物飼育学《まほうせいぶつしいくがく》」の教師《きょうし》に任命《にんめい》した半ヒトに比《くら》べれば、まだ責任感《せきにんかん》のあるやさしい人物に見える。

三年生のときホグワーツを退校処分《たいこうしょぶん》になったと自ら認《みと》めるルビウス・ハグリッドは、それ以来、ダンブルドアが確保《かくほ》してくれた森番としての職《しょく》を享受《きょうじゅ》してきた。ところが、昨年、ハグリッドは、校長に対する不可思議《ふかしぎ》な影響力《えいきょうりょく》を行使し、あまたの適任候補《てきにんこうほ》を尻目《しりめ》に、「魔法生物飼育学《まほうせいぶつしいくがく》」の教師《きょうし》という座《ざ》まで射止《いと》めてしまった。

危険《きけん》を感じさせるまでに巨大《きょだい》で、獰猛《どうもう》な顔つきのハグリッドは、新たに手にした権力《けんりょく》を利用し、恐《おそ》ろしい生物を次々とくり出して、自分が担当《たんとう》する生徒を脅《おど》している。ダンブルドアの見て見ぬふりをよいことに、ハグリッドは、多くの生徒が「怖《こわ》いのなんのって」と認《みと》めるところの授業《じゅぎょう》で、何人かの生徒を負傷《ふしょう》させている。

「僕《ぼく》はヒッポグリフに襲《おそ》われましたし、友達のビンセント・クラッブは、レタス食い虫《フロバーワーム》にひどくかまれました」四年生のドラコ・マルフォイはそう言う。「僕《ぼく》たちはみんな、ハグリッドをとても嫌《きら》っています。でも怖《こわ》くて何も言えないのです」とも語った。

しかし、ハグリッドは威嚇作戦《いかくさくせん》の手をゆるめる気はさらさらない。先月、日刊予言者《にっかんよげんしゃ》新聞《しんぶん》の記者の取材に答えて、ハグリッドは、「尻尾爆発《しっぽばくはつ》スクリュート」と自ら命名した、マンティコアと火蟹《ひがに》《ファイア・クラブ》とをかけ合わせた危険極《きけんきわ》まりない生物を飼育《しいく》していると認《みと》めた。魔法生物《まほうせいぶつ》の新種を創《つく》り出《だ》すことは、周知のとおり「魔法生物規制管理部《まほうせいぶつきせいかんりぶ》」が常日頃《つねひごろ》厳しく監視《かんし》している行為《こうい》だ。どうやらハグリッドは、そんな些細《ささい》な規制《きせい》など自分には関わりなしと考えているらしい。

「俺《おれ》はただちょいと楽しんでいるだけだ」ハグリッドはそう言って、あわてて話題を変えた。

日刊予言者新聞《にっかんよげんしゃしんぶん》は、さらに、極《きわ》めつきの、ある事実をつかんでいる。ハグリッドは、純血《じゅんけつ》の魔法使《まほうつか》い――そのふりをしてきたが――ではなかった。しかも、純粋《じゅんすい》のヒトですらない。母親は、本紙のみがつかんだところによれば、なんと、女巨人《おんなきょじん》のフリドウルファで、その所在《しょざい》は、いま現在《げんざい》不明である。

血に飢《う》えた狂暴《きょうぼう》な巨人《きょじん》たちは、前世紀《ぜんせいき》に仲間内の戦争で互《たが》いに殺し合い、絶滅寸前《ぜつめつすんぜん》となった。生き残ったほんのひと握《にぎ》りの巨人《きょじん》たちは、「名前を言ってはいけないあの人」に与《くみ》し、恐怖支配時代《きょうふしはいじだい》に起きたマグル大量殺戮事件《たいりょうさつりくじけん》の中でも最悪の事件《じけん》にかかわっている。「名前を言ってはいけないあの人」に仕えた巨人《きょじん》の多くは、暗黒の勢力《せいりょく》と対決した闇祓《やみばら》いたちに殺されたが、フリドウルファはその中にはいなかった。海外の山岳地帯《さんがくちたい》にいまなお残る、巨人《きょじん》の集落に逃《のが》れたとも考えられる。「魔法生物飼育学《まほうせいぶつしいくがく》」の授業《じゅぎょう》での奇行《きこう》が何かを語っているとすれば、フリドウルファの息子《むすこ》は、母親の狂暴《きょうぼう》な質《たち》を受《う》け継《つ》いでいると言える。

運命のいたずらか、ハグリッドは、「例のあの人」を失墜《しっつい》させ、自分の母親をふくむ

「例のあの人」の支持者《しじしゃ》たちを日陰《ひかげ》の身に追いやった、あの男の子との親交を深めてきたとの評判《ひょうばん》である。おそらく、ハリー・ポッターは、巨大《きょだい》な友人に関する、不ゆかいな真実を知らないのだろう——しかし、アルバス・ダンブルドアは、ハリー・ポッター、ならびにそのほかの生徒たちに、半巨人《はんきょじん》と交わることの危険性《きけんせい》について警告《けいこく》する義務《ぎむ》があることは明白だ。

記事を読み終えたハリーは、ロンを見上げた。ロンはぽかんと口を開けていた。

「なんでわかったんだろう？」ロンがささやいた。

ハリーが気にしていたのは、そのことではなかった。

「『僕《ぼく》たちはみんな、ハグリッドをとても嫌《きら》っています』だって？　どういうつもりだ？」

ハリーはマルフォイに向かって吐《は》き捨《す》てるように言った。

「**こいつが**——」ハリーはクラッブを指差しながら言った。「——レタス食い虫にひどくかまれた？でたらめだ。あいつらには歯なんかないのに！」

クラッブはいかにも得意《とくい》げに、ニタニタ笑っていた。

「まあ、これでやっと、あのデカブツの教師生命《きょうしせいめい》もおしまいだな」

マルフォイの目がギラギラ光っていた。

「半巨人《はんきょじん》か……それなのに、僕《ぼく》なんか、あいつが小さいときに『骨生え薬《ほねはえぐすり》《スケレ・グロ》』をひと瓶《びん》飲《の》み干《ほ》したのかと思っていた……どこの親だって、これは絶対《ぜったい》気に入らないだろうな……ヤツが子供《こども》たちを食ってしまうと心配するだろうよ。ハ、ハ、ハ……」

「よくも――」

「そこの生徒、ちゃんと聞いてるの？」

グラブリー－プランク先生の声が、男子学生のほうに飛んできた。

女の子たちは、みんなユニコーンの周りに集まってなでていた。ハリーはユニコーンのほうに目を向けたが、何も見てはいなかった。怒《いか》りのあまり、「日刊予言者新聞《にっかんよげんしゃしんぶん》」を持った両手が震《ふる》えていた。グラブリー－プランク先生は、遠くの男子学生にも聞こえるように大声で、ユニコーンのさまざまな魔法特性《まほうとくせい》を列挙しているところだった。

「あの女の先生にずっといてほしいわ！」

授業《じゅぎょう》が終わり、昼食をとりにみんなで城《しろ》に向かう途中《とちゅう》、パーバティ・パチルが言った。

「『魔法生物飼育学《まほうせいぶつしいくがく》』はこんな感じだろうって、私《わたし》が思っていたのに近いわ……ユニコーンのようなちゃんとした生き物で、怪物《かいぶつ》なんかじゃなくって……」

「ハグリッドはどうなるんだい？」

城《しろ》への石段《いしだん》を上りながら、ハリーが怒《おこ》った。

「どうなるかですって？」パーバティが声を荒《あら》らげた。

「森番に変わりないでしょう？」

ダンスパーティ以来、パーバティはハリーにいやに冷淡《れいたん》だった。ハリーは、パーバティのことをもう少し気にかけてやるべきだったのだろうと思ったが、どっちにしろパーバティは楽しくやっていたようだ。この次、いつか週末にホグズミードに行くときには、ボーバトンの男の子と会う約束になっているのよと、チャンスさえあれば誰《だれ》かれなく吹聴《ふいちょう》していたのは確《たし》かだ。

「とってもいい授業《じゅぎょう》だったわ」

大広間に入るとき、ハーマイオニーが言った。

「ユニコーンについて、私《わたし》、グラブリー－プランク先生の教えてくださったことの半分も知らなかっ――」

「これ、見て！」

唸《うな》るようにそう言うと、ハリーは「日刊予言者新聞《にっかんよげんしゃしんぶん》」をハーマイオニーの鼻先に突《つ》きつけた。

記事を読みながら、ハーマイオニーはあんぐりと口を開けた。ロンの反応《はんのう》とそっくり同じだった。

「あのスキーターっていやな女、なんでわかったのかしら？　ハグリッドがあの女に**話した**と思う？」

「思わない」

ハリーは先に立ってグリフィンドールのテーブルのほうにどんどん進み、怒《いか》りに任《まか》せてドサッと腰《こし》を下ろした。

「僕《ぼく》たちにだって一度も話さなかったろ？　さんざん僕《ぼく》の悪口を聞きたかったのに、ハグリッドが言わなかったから、腹《はら》を立てて、ハグリッドに仕返しするつもりでかぎ回っていたんだろうな」

「ダンスパーティで、ハグリッドがマダム・マクシームに話しているのを聞いたのかもしれない」

ハーマイオニーが静かに言った。

「それだったら、僕《ぼく》たちがあの庭でスキーターを見てるはずだよ！」ロンが言った。

「とにかく、スキーターは、もう学校には入れないことになってるはずだ。ハグリッドが言ってた。ダンブルドアが禁止《きんし》したって……」

「スキーターは透明《とうめい》マントを持ってるのかもしれない」ハリーが言った。

チキン・キャセロールを鍋《なべ》から自分の皿に取り分けながら、ハリーは怒《いか》りで手が震《ふる》え、そこら中にこぼした。

「あの女のやりそうなことだ。草むらに隠《かく》れて盗《ぬす》み聞《ぎ》きするなんて」

「あなたやロンがやったと同じように？」ハーマイオニーが言った。

「僕《ぼく》らは盗《ぬす》み聞《ぎ》きしようと思ったわけじゃない！」ロンが憤慨《ふんがい》した。

「ほかにどうしようもなかっただけだ！　バカだよ、まったく。誰《だれ》が聞いているかわからないのに、自分の母親が巨人《きょじん》だって話すなんて！」

「ハグリッドに会いにいかなくちゃ！」ハリーが言った。

「今夜、『占い学《うらながく》』のあとだ。戻《もど》ってきてほしいって、ハグリッドに言うんだ……。君もハグリッドに戻《もど》ってほしいって、**そう思うだろう？**」

ハリーはキッとなってハーマイオニーを見た。

「私《わたし》――そりゃ、初めてきちんとした『魔法生物飼育学《まほうせいぶつしいくがく》』らしい授業《じゅぎょう》を受けて、新鮮《しんせん》に感じたことは確《たし》かだわ――でも、ハグリッドに戻《もど》ってほしい。もちろん、そう思うわ！」

ハリーの激《はげ》しい怒《いか》りの視線《しせん》にたじろぎ、ハーマイオニーはあわてて最後の言葉をつけ加えた。

そこで、その日の夕食後、三人はまた城《しろ》を出て、凍《い》てつく校庭を、ハグリッドの小屋へと向かった。小屋の戸をノックすると、ファングのとどろくような吠《ほ》え声《ごえ》が応《こた》えた。

「ハグリッド、僕《ぼく》たちだよ！」

ハリーはドンドンと戸をたたきながら叫《さけ》んだ。

「開けてよ！」

ハグリッドの応《こた》えはなかった。ファングが哀《あわ》れっぽく鼻を鳴らしながら、戸をガリガリ引っかく音が聞こえた。しかし、戸は開かない。それから十分ほど、三人は戸をガンガンたたいた。ロンは小屋を回《まわ》り込《こ》んで、窓《まど》をバンバンたたいた。それでもなんの反応《はんのう》もない。

「どうして**私**《わたし》**たちを**さけるの？」

ついにあきらめて、城《しろ》に向かって戻《もど》る道々、ハーマイオニーが言った。

「ハグリッドが半巨人《はんきょじん》だってこと、まさか、ハグリッドったら、私《わたし》たちがそれを気にしてると思ってるわけじゃないでしょうね？」

しかし、ハグリッドはそれを気にしているようだった。その週、ハグリッドの姿《すがた》はどこにも見当たらなかった。食事のときも教職員《きょうしょくいん》テーブルに姿《すがた》を見せず、校庭で森番の仕事をしている様子もなかった。「魔法生物飼育学《まほうせいぶつしいくがく》」は、グラブリー-プランク先生が続けて教えた。マルフォイは、事あるごとに満足げにほくそ笑《え》んだ。

「混血《こんけつ》の仲よしがいなくてさびしいのか？」

マルフォイは、ハリーが反撃《はんげき》できないように、誰《だれ》か先生が近くにいるときだけをねらってハリーにささやいた。

「エレファントマンに会いたいだろう？」

一月半ばにホグズミード行きが許《ゆる》された。ハリーが行くつもりだと言ったので、ハーマイオニーは驚《おどろ》いた。

「せっかく談話室が静かになるのよ。このチャンスを利用したらいいのにと思って」

ハーマイオニーが言った。

「あの卵《たまご》に真剣《しんけん》に取り組むチャンスよ」

「ああ。僕《ぼく》――僕《ぼく》、あれがどういうことなのか、もう相当いいとこまでわかってるんだ」

ハリーはうそをついた。

「ほんと？」ハーマイオニーは感心したように言った。

「すごいわ！」

ハリーは罪悪感《ざいあくかん》で内臓《ないぞう》がよじれる思いだったが、無視《むし》した。なんといっても、卵《たまご》のヒントを解《と》く時間はまだ五週間もある。まだまだ先だ……それに、ホグズミードに行けば、ハグリッドにばったり出会って、戻《もど》ってくれるように説得《せっとく》するチャンスもあるかもしれない。

土曜日が来た。ハリーはロン、ハーマイオニーと連れ立って城《しろ》を出、冷たい、湿《しめ》った校庭を、校門のほうへと歩いた。湖に停留《ていりゅう》しているダームストラングの船のそばを通るとき、ビクトール・クラムがデッキに現《あらわ》れるのが見えた。水泳パンツ一枚《まい》の姿《すがた》だ。やせてはいるが、見かけよりずっとタフらしい。船の縁《へり》によじ登り、両腕《りょううで》を伸《の》ばしたかと思うと、まっすぐ湖に飛《と》び込《こ》んだ。

「狂《くる》ってる！」

クラムの黒い頭髪《とうはつ》が湖の中央に浮《う》き沈《しず》みするのを見つめながら、ハリーが言った。

「凍《こご》えちゃう。一月だよ！」

「あの人はもっと寒い所から来ているの」ハーマイオニーが言った。

「あれでもけっこう暖《あたた》かいと感じてるんじゃないかしら」

「ああ、だけど、その上、大イカもいるしね」

ロンの声は、ちっとも心配そうではなかった——むしろ、何か期待しているようだった。ハーマイオニーはそれに気づいて顔をしかめた。

「あの人、ほんとにいい人よ」ハーマイオニーが言った。

「ダームストラング生だけど、あなたが考えているような人とはまったくちがうわ。ここのほうがずっと好きだって、私《わたし》にそう言ったの」

ロンはなんにも言わなかった。ダンスパーティ以来、ロンはビクトール・クラムの名を一度も口にしなかったが、クリスマスの翌日《よくじつ》、ハリーはベッドの下に小さな人形の腕《うで》が転がっているのを見つけた。ポッキリ折れた腕《うで》は、どう見ても、ブルガリアのクィディッチ・ユニフォームを着たミニチュア人形の腕《うで》だった。

雪でぬかるんだハイストリート通りを、ハリーは目を凝《こ》らしてハグリッドの姿《すがた》を探《さが》しながら歩いた。どの店にもハグリッドがいないことがわかると、ハリーは「三本の箒《ほうき》」に行こうと提案《ていあん》した。

パブは相変わらず混《こ》み合《あ》っていた。しかし、テーブルをひとわたり、ざっと見回しただけで、ハグリッドの姿《すがた》がないことがわかった。ハリーはがっくり消沈《しょうちん》して、ロン、ハーマイオニーと一緒《いっしょ》にカウンターに行き、マダム・ロスメルタにバタービールを注文した。こんなことなら、寮《りょう》に残って、卵《たまご》の泣きわめく声を聞いていたほうがましだったと、ハリーは暗い気持ちになった。

「あの人、**いったいいつ**、お役所で仕事をしてるの？」

突然《とつぜん》ハーマイオニーがヒソヒソ声で言った。

「見て！」

ハーマイオニーはカウンターの後ろにある鏡を指差していた。ハリーがのぞくと、ルード・バグマンが映《うつ》っていた。大勢《おおぜい》の小鬼《ゴブリン》に囲まれて、薄暗《うすぐら》い隅《すみ》のほうに座《すわ》っている。バグマンは小鬼《ゴブリン》に向かって、低い声で早口にまくしたてている。小鬼《ゴブリン》は全員腕組《うでぐ》みして、何やら恐《おそ》ろしげな雰囲気《ふんいき》だ。

確《たし》かにおかしい、とハリーは思った。今週は三校対抗試合《たいこうじあい》がないし、審査《しんさ》の必要もないのに、週末にバグマンが「三本の箒《ほうき》」にいる。ハリーは鏡のバグマンを見つめた。バグマンはまた緊張《きんちょう》している。あの夜、森に「闇《やみ》の印《しるし》」が現《あらわ》れる直前に見た、バグマンのあの緊張《きんちょう》ぶりと同じだ。しかしその時、ちらりとカウンターを見たバグマンが、ハリーを見つけて立ち上がった。

「すぐだ。すぐだから！」

ハリーは、バグマンが小鬼《ゴブリン》に向かってぶっきらぼうにそう言うのを聞いた。そして、バグマンは急いでハリーのほうにやってきた。少年のような笑顔《えがお》が戻《もど》っていた。

「ハリー！」バグマンが声をかけた。

「元気か？　君にばったり会えるといいと思っていたよ！　すべて順調かね？」

「はい。ありがとうございます」ハリーが答えた。

「ちょっと、二人だけで話したいんだが、どうかね、ハリー？」バグマンが頼《たの》み込《こ》んだ。

「君たち、お二人さん、ちょっとだけはずしてくれるかな？」

「アー――オッケー」

ロンはそう言うと、ハーマイオニーと二人でテーブルを探《さが》しにいった。

バグマンは、マダム・ロスメルタから一番遠いカウンターの隅《すみ》に、ハリーを引《ひ》っ張《ぱ》っていった。

「さーて、ハリー、ホーンテールとの対決は見事だった。まずはもう一度おめでとうだ」

バグマンが言った。

「実にすばらしかった」

「ありがとうございます」

バグマンはそんなことが言いたかったのではないと、ハリーにはわかった。お祝いを言うだけなら、ロンやハーマイオニーの前でもかまわないはずだ。しかし、バグマンは特に急いで手の内を明かすような気配ではなかった。カウンターの奥《おく》の鏡をちらりとのぞいて、小鬼《ゴブリン》を見ているようだ。

小鬼《ゴブリン》は全員、目尻《めじり》の吊《つ》り上《あ》がった暗い目で、だまってバグマンとハリーを見つめていた。

「まったく悪夢《あくむ》だ」

ハリーが小鬼《ゴブリン》を見つめているのに気づいたバグマンが、声をひそめて言った。

「連中の言葉ときたら、お粗末《そまつ》で……クィディッチ・ワールドカップでのブルガリア勢《ぜい》を思い出してしまうよ……。しかし**ブルガリア勢《ぜい》のほうは**、少なくともほかのヒト類にわかるような手話を使った。こいつらは、ちんぷんかんぷんのゴブルディグック語でべらべらまくし立てる……私《わたし》の知っているゴブルディグック語は『**ブラドヴァック**』の一語だけだ。『つるはし』だがね。連中の前でこの単語は使いたくない。脅迫《きょうはく》していると思われると困《こま》るからね」

バグマンは低音の効《き》いた声で短く笑った。

「小鬼《ゴブリン》はいったい何が望みなんですか？」

小鬼《ゴブリン》がまだバグマンをにらみ続けているのに気づいて、ハリーが聞いた。

「あー——それはだ……」

バグマンは急にそわそわしだした。

「あいつらは……あー……バーティ・クラウチを探《さが》しているんだ」

「どうしてこんな所で探《さが》すんですか？」ハリーが聞いた。

「クラウチさんは、ロンドンの魔法省《まほうしょう》でしょう？」

「あー……実は、どこにいるか、私《わたし》にはわからんのだ」

バグマンが言った。

「なんというか……仕事に出てこなくなったのだ。もう二、三週間欠勤《けっきん》している。助手のパーシーという若者《わかもの》は、病気だと言うんだがね。ふくろう便で指示《しじ》を送ってくるらしいが。だが、このことは、ハリー、誰《だれ》にも言わないでくれるかな？　何しろ、リータ・スキーターがまだあっちこっちかぎ回っているんでね。バーティの病気のことを知ったら、まちがいなく、何か不吉《ふきつ》な記事にでっち上げる。バーティがバーサ・ジョーキンズと同じに行方不明《ゆくえふめい》だとかなんとか」

「バーサ・ジョーキンズのことは、何かわかったのですか？」ハリーが聞いた。

「いや」

バグマンはまたこわばった顔をした。

「もちろん捜索《そうさく》させているが……」（遅《おそ》いぐらいだ、とハリーは思った）「しかし、不思議なこともあるものだ。バーサは確《たし》かにアルバニアに**到着《とうちゃく》している**。何せ、そこでまた、いとこに会っている。それから、またいとこの家を出て、おばさんに会いに南に向かった……そしてその途中《とちゅう》、影《かげ》も形もなく消えた。何が起こったやらさっぱりわからん……駆《か》け落《お》ちするタイプには見えないんだが。たとえばの話だが……いや、しかし……。なんだい、こりゃ？　小鬼《ゴブリン》とバーサの話などして。私《わたし》が聞きたかったのは」

バグマンは声を落とした。

「金の卵《たまご》はどうしてるかね？」

「あの……まあまあです」ハリーは言葉をにごした。

バグマンはハリーのごまかしを見抜《みぬ》いたようだった。

「いいかい、ハリー」

バグマンは（声を低めたまま）言った。

「私《わたし》は何もかも気の毒だと思っている……君はこの試合に引《ひ》きずり込《こ》まれた。自分から望んだわけでもないのに……もし、（バグマンの声がさらに低くなり、ハリーは耳を近づけないと聞き取れなかった）……もし私《わたし》に何かできるなら……君をちょっとだけ後押《あとお》ししてやれたら……私《わたし》は君が気に入ってね……あのドラゴンとの対決はどうだい！……さあ、一言言ってくれたら」

ハリーはバグマンのバラ色の丸顔や、大きい赤《あか》ん坊《ぼう》のような青い目を見上げた。

「自分一人の力で謎《なぞ》を解《と》くことになっているでしょう？」

ハリーは、「魔法《まほう》ゲーム・スポーツ部」の部長がルールを破《やぶ》っていると非難《ひなん》がましく聞こえないように気を配り、なにげない調子で言った。

「いや……それは、そうだが」

バグマンがじれったそうに言った。

「しかし――いいじゃないか、ハリー――みんなホグワーツに勝たせたいと思っているんだから」

「セドリックにも援助《えんじょ》を申し出られましたか？」ハリーが聞いた。

バグマンのつやつやした顔が、かすかにゆがんだ。

「いいや」バグマンが言った。

「私《わたし》は――ほら、さっきも言ったように、君が気に入ったんだ。だからちょっと助けてやりたいと……」

「ええ、ありがとうございます」ハリーが言った。

「でも、僕《ぼく》、卵《たまご》のことはほとんどわかりました……あと二、三日あれば、解決《かいけつ》です」

なぜバグマンの申し出を断《ことわ》るのか、ハリーにはよくわからなかった。ただ、バグマンはハリーにとって、まったく赤の他人といってもよい。だから、バグマンの助けを受けるのは、ロンや、ハーマイオニー、シリウスの忠告《ちゅうこく》を聞くことより、ずっと八百長《やおちょう》に近いような気がしただけだ。

バグマンは、ほとんど侮辱《ぶじょく》されたような顔をした。しかし、その時フレッドとジョージが現《あらわ》れたので、それ以上何も言えなくなった。

「こんにちは、バグマンさん」フレッドが明るい声で挨拶《あいさつ》した。

「僕《ぼく》たちから何かお飲み物を差し上げたいのですが？」

「あー……いや」

バグマンは残念そうな目つきで、もう一度ハリーを見た。

「せっかくだが、お二人さん……」

バグマンは、ハリーに手ひどく振《ふ》られたような顔でハリーを眺《なが》めていたが、フレッドとジョージも、バグマンと同じくらい残念そうな顔をしていた。

「さて、急いで行かないと」バグマンが言った。

「それじゃあ。ハリー、がんばれよ」

バグマンは急いでパブを出ていった。小鬼《ゴブリン》は全員椅子《いす》からスルリと下りて、バグマンのあとを追った。ハリーはロンとハーマイオニーの所へ戻《もど》った。

「なんの用だったんだい？」ハリーが椅子《いす》に座《すわ》るや否《いな》や、ロンが聞いた。

「金の卵《たまご》のことで、助けたいって言った」ハリーが答えた。

「そんなことしちゃいけないのに！」

ハーマイオニーはショックを受けたような顔をした。

「審査員《しんさいん》の一人じゃない！　どっちにしろ、ハリー、あなたもうわかったんでしょう？　――そうでしょう？」

「あ……まあね」ハリーが言った。

「バグマンが、あなたに八百長《やおちょう》を勧《すす》めてたなんて、ダンブルドアが知ったら、きっと気に入らないと思うわ！」

ハーマイオニーは、まだ、絶対《ぜったい》に納得《なっとく》できないという顔をしていた。

「バグマンが、セドリックもおんなじように助けたいって思っているならいいんだけど！」

「それが、ちがうんだ。僕《ぼく》も質問《しつもん》した」ハリーが言った。

「ディゴリーが援助《えんじょ》を受けているかいないかなんて、どうでもいいだろ？」

ロンが言った。ハリーも内心そう思った。

「あの小鬼《ゴブリン》たち、あんまり和気藹々《わきあいあい》の感じじゃなかったわね」

バタービールをすすりながら、ハーマイオニーが言った。

「こんな所で、何していたのかしら？」

「クラウチを探《さが》してる。バグマンはそう言ったけど」ハリーが言った。

「クラウチはまだ病気らしい。仕事に来てないんだって」

「パーシーが一服盛《も》ってるんじゃないか」ロンが言った。

「もしかしたら、クラウチが消えれば、自分が『国際魔法協力部《こくさいまほうきょうりょくぶ》』の部長に任命《にんめい》されるって思ってるんだ」

ハーマイオニーが、「そんなこと、冗談《じょうだん》にも言うもんじゃないわ」という目つきでロンをにらんだ。

「変ね。小鬼《ゴブリン》がクラウチさんを探《さが》すなんて……普通《ふつう》なら、あの連中は『魔法生物規制管理部《まほうせいぶつきせいかんりぶ》』の管轄《かんかつ》でしょうに」

「でも、クラウチはいろんな言葉がしゃべれるし」ハリーが言った。「通訳《つうやく》が必要なんじゃないかな」

「今度はかわいそうな『小鬼《ゴブリン》ちゃん』の心配かい？」

ロンがハーマイオニーに言った。

「S・P・U・Gか何か始めるのかい？　醜《みにく》い（U）小鬼《ゴブリン》（G）を守る会とか？」

「お・あ・い・に・く」

ハーマイオニーが皮肉たっぷりに言った。

「小鬼《ゴブリン》には保護《ほご》はいりません。ビンズ先生のおっしゃったことを聞いていなかったの？　小鬼《ゴブリン》の反乱《はんらん》のこと？」

「聞いてない」ハリーとロンが同時に答えた。

「つまり、小鬼《ゴブリン》たちは魔法使《まほうつか》いに太刀《たち》打ちできる能力《のうりょく》があるのよ」

ハーマイオニーがまたひと口バタービールをすすった。

「あの連中はとっても賢《かしこ》いの。自分たちのために立ち上がろうとしない屋敷《やしき》しもべ妖精《ようせい》とはちがってね」

「お、わ」ロンが入口を見つめて声を上げた。

リータ・スキーターが入ってきたところだった。今日はバナナ色のローブを着ている。長い爪《つめ》をショッキング・ピンクに染《そ》め、いつもの腹《はら》の出たカメラマンを従《したが》えている。飲み物を買い、カメラマンと二人でほかの客をかき分け、近くのテーブルにやってきた。近づいてくるリータ・スキーターを、ハリー、ロン、ハーマイオニーがギラギラとにらみつけた。

スキーターは何かとても満足げに、早口でしゃべっている。

「……あたしたちとあんまり話したくないようだったわねえ、ボゾ？　さーて、どうしてか、あんた、わかる？　あんなにぞろぞろ小鬼《ゴブリン》を引き連れて、何してたんざんしょ？　観光案内だとさ……バカ言ってるわ……あいつはまったくうそがへたなんだから。何かにおわない？　ちょっとほじくってみようか？**『魔法《まほう》ゲーム・スポーツ部、失脚《しっきゃく》した元部長、ルード・バグマンの不名誉《ふめいよ》』**……なかなか切れのいい見出しじゃないか、ボゾ――あとは、見出しに合う話を見つけるだけざんす――」

「また誰《だれ》かを破滅《はめつ》させるつもりか？」ハリーが大声を出した。

何人かが声のほうを振《ふ》り返《かえ》った。リータ・スキーターは、声の主を見つけると、宝石縁《ほうせきぶち》のめがねの奥《おく》で、目を見開いた。

「ハリー！」リータ・スキーターがニッコリした。

「すてきざんすわ！　こっちに来て一緒《いっしょ》に――」

「おまえなんか、いっさいかかわりたくない。三メートルの箒《ほうき》を中にはさんだっていやだ」

ハリーはカンカンに怒《おこ》っていた。

「いったいなんのためにに、ハグリッドにあんなことをしたんだ？」

リータ・スキーターは、眉《まゆ》ペンシルでどぎつく描《か》いた眉《まゆ》を吊《つ》り上《あ》げた。

「読者には真実を知る権利《けんり》があるのよ。ハリー、あたくしはただ自分の役目を——」

「ハグリッドが半巨人《はんきょじん》だって、それがどうだっていうんだ？」ハリーが叫《さけ》んだ。

「ハグリッドはなんにも悪くないのに！」

酒場中がしんとなっていた。マダム・ロスメルタはカウンターのむこうで目を凝《こ》らしていた。注いでいる蜂蜜酒《はちみつしゅ》が大だるま瓶《びん》からあふれているのにも気づいていないらしい。

リータ・スキーターの笑顔《えがお》がわずかに動揺《どうよう》したが、たちまち取りつくろって笑顔《えがお》に戻《もど》った。ワニ革《がわ》バッグの留《と》め金《がね》をパチンと開き、自動速記羽根ペンＱＱＱを取り出し、リータ・スキーターはこう言った。

「ハリー、**君の**知っているハグリッドについてインタビューさせてくれない？『筋骨隆々《きんこつりゅうりゅう》に隠《かく》された顔』ってのはどうざんす？　君の意外な友情《ゆうじょう》とその裏《うら》の事情《じじょう》についてざんすけど。君はハグリッドが父親がわりだと思う？」

突然《とつぜん》ハーマイオニーが立ち上がった。手にしたバタービールのジョッキを手榴弾《しゅりゅうだん》のように握《にぎ》りしめている。

「あなたって、最低の女よ」

ハーマイオニーは歯を食いしばって言った。

「記事のためなら、なんにも気にしないのね。誰《だれ》がどうなろうと。たとえルード・バグマンだって――」

「お座《すわ》りよ。バカな小娘《こむすめ》のくせして。わかりもしないのに、わかったような口をきくんじゃない」

ハーマイオニーをにらみつけ、リータ・スキーターは冷たく言った。

「ルード・バグマンについちゃ、あたしゃね、あんたの髪《かみ》の毛が縮《ちぢ》み上《あ》がるようなことをつかんでいるんだ……**もっとも**、もう縮《ちぢ》み上《あ》がっているようざんすけど――」

ハーマイオニーのぼさぼさ頭をちらりと見て、リータ・スキーターが捨《す》てゼリフを吐《は》いた。

「行きましょう」ハーマイオニーが言った。

「さあ、ハリー――ロン……」

三人は席を立った。大勢《おおぜい》の目が、三人の出ていくのを見つめていた。出口に近づいたとき、ハリーはちらりと振《ふ》り返《かえ》った。リータ・スキーターの自動速記羽根ペンQQが取り出され、テーブルに置かれた羊皮紙の上を、飛ぶように往《い》ったり来たりしていた。

「ハーマイオニー、あいつ、きっと次は君をねらうぜ」

急ぎ足で帰る道々、ロンが心配そうに低い声で言った。

「やるならやってみろだわ！」

ハーマイオニーは怒《いか》りに震《ふる》えながら、挑《いど》むように言った。

「目に物見せてやる！　バカな小娘《こむすめ》？　私《わたし》が？　絶対《ぜったい》にやっつけてやる。最初はハリー、次にハグリッド……」

「リータ・スキーターを刺激《しげき》するなよ」ロンが心配そうに言った。

「ハーマイオニー、僕《ぼく》、本気で言ってるんだ。あの女、君の弱みを突《つ》いてくるぜ――」

「私《わたし》の両親は『日刊予言者新聞《にっかんよげんしゃしんぶん》』を読まないから、私《わたし》は、あんな女に脅《おど》されて隠《かく》れたりしないわ！」

ハーマイオニーがどんどん早足で歩くので、ハリーとロンはついていくだけでやっとだった。ハリーにとって、ハーマイオニーがこんなに怒《おこ》ったのを見るのは、ドラコ・マルフォイの横面《よこつら》をピシャリと張《は》ったとき以来だった。

「それに、ハグリッドはもう逃《に》げ隠《かく》れしてちゃダメ！　あんな、ヒトのできそこないみたいな女のことでおたおたするなんて、絶対《ぜったい》ダメ！　**さあ**、行くわよ！」

ハーマイオニーは突然《とつぜん》走りだした。二人を従《したが》え、帰り道を走り続け、羽の生えたイノシシ像《ぞう》が一対《つい》立っている校門を駆《か》け抜《ぬ》け、校庭を突《つ》き抜《ぬ》けて、ハグリッドの小屋へと走った。

小屋のカーテンはまだ閉《し》まったままだった。三人が近づいたので、ファングが吠《ほ》える声が聞こえた。

「ハグリッド！」

玄関《げんかん》の戸をガンガンたたきながら、ハーマイオニーが叫《さけ》んだ。

「ハグリッド、いいかげんにして！　そこにいることはわかってるわ！　あなたのお母さんが巨人《きょじん》だろうとなんだろうと、誰《だれ》も気にしてないわ、ハグリッド！　リータみたいなくさった女にやられてちゃダメ！　ハグリッド、ここから出るのよ。こんなことしてちゃ」

ドアが開いた。ハーマイオニーは「ああ、やっと――！」と言いかけて、突然《とつぜん》口をつぐんだ。ハーマイオニーに面と向かって立っていたのは、ハグリッドではなく、アルバス・ダンブルドアだった。

「こんにちは」

ダンブルドアは三人にほほえみかけながら、心地《ここち》よく言った。

「私《わたし》たち――あの――ハグリッドに会いたくて」

ハーマイオニーの声が小さくなった。

「おお、わしもそうじゃろうと思いましたぞ」

ダンブルドアは目をキラキラさせながら言った。

「さあ、お入り」

「あ……あの……はい」ハーマイオニーが言った。

ハーマイオニー、ロン、ハリーの三人は、小屋に入った。ハリーが入るなり、ファングが飛びついて、めちゃめちゃ吠《ほ》えながらハリーの耳をなめようとした。ハリーはファングを受け止めながら、あたりを見回した。

ハグリッドは、大きなマグカップが二つ置かれたテーブルの前に座《すわ》っていた。ひどかった。顔は泣いてまだらになり、両目は腫《は》れ上《あ》がり、髪《かみ》の毛にいたっては、これまでの極端《きょくたん》から反対の極端《きょくたん》へと移《うつ》り、なでつけるどころか、いまや、からみ合った針金《はりがね》のかつらのように見えた。

「やあ、ハグリッド」ハリーが挨拶《あいさつ》した。

ハグリッドは目を上げた。

「よう」ハグリッドはしわがれた声を出した。

「もっと紅茶《こうちゃ》が必要じゃの」

ダンブルドアは三人が入ったあとで戸を閉《し》め、杖《つえ》を取り出してくるくるっと回した。空中に、紅《こう》茶《ちゃ》をのせた回転テーブルが現《あらわ》れ、ケーキをのせた皿も現《あらわ》れた。ダンブルドアはテーブルの上に回転テーブルをのせ、みんながテーブルに着いた。ちょっと間を置いてから、ダンブルドアが言った。

「ハグリッド、ひょっとして、ミス・グレンジャーが叫《さけ》んでいたことが聞こえたかね？」

ハーマイオニーはちょっと赤くなったが、ダンブルドアはハーマイオニーにほほえみかけて言葉を続けた。

「ハーマイオニーもハリーもロンも、ドアを破《やぶ》りそうなあの勢《いきお》いから察するに、いまでもおまえと親しくしたいと思っているようじゃ」

「もちろん、僕《ぼく》たち、いまでもハグリッドと友達でいたいと思ってるよ！」

ハリーがハグリッドを見つめながら言った。

「あんなブスのスキーターばばぁの言うことなんか――すみません。先生」

ハリーはあわてて謝《あやま》り、ダンブルドアの顔を見た。

「急に耳が聞こえなくなってのう、ハリー、いまなんと言うたか、さっぱりわからん」

ダンブルドアは天井《てんじょう》を見つめ、手を組んで親指をくるくるもてあそびながら言った。

「あの――えーと――」

ハリーはおずおずと言った。

「僕《ぼく》が言いたかったのは――ハグリッド、あんな――女が――ハグリッドのことをなんて書こうと、僕《ぼく》たちが気にするわけないだろう？」

コガネムシのような真っ黒なハグリッドの目から、大粒《おおつぶ》の涙《なみだ》がふた粒《つぶ》あふれ、もじゃもじゃひげをゆっくりと伝って落ちた。

「わしが言ったことの生きた証拠《しょうこ》じゃな、ハグリッド」

ダンブルドアはまだじっと天井《てんじょう》を見上げたまま言った。

「生徒の親たちから届《とど》いた、数えきれないほどの手紙を見せたじゃろう？　自分たちが学校にいたころのおまえのことをちゃんと覚えていて、もし、わしがおまえをクビにしたら、一言言わせてもらうと、はっきりそう書いてよこした――」

「全部が全部じゃねえです」ハグリッドの声はかすれていた。

「みんながみんな、俺《おれ》が残ることを望んではいねえです」

「それはの、ハグリッド、世界中の人に好かれようと思うのなら、残念ながらこの小屋にずっと長いこと閉《と》じこもっているほかあるまい」

ダンブルドアは半月めがねの上から、今度は厳《きび》しい目を向けていた。

「わしが校長になってから、学校運営《がっこううんえい》のことで、少なくとも週に一度はふくろう便が苦情《くじょう》を運んでくる。かといって、わしはどうすればよいのじゃ？　校長室に立てこもって、誰《だれ》とも話さんことにするかの？」

「そんでも――先生は半巨人《はんきょじん》じゃねえ！」ハグリッドがしわがれた声で言った。

「ハグリッド。じゃ、僕《ぼく》の親せきはどうなんだい！」

ハリーが怒《おこ》った。

「ダーズリー一家なんだよ！」

「よいところに気づいた」ダンブルドア校長が言った。

「わしの兄弟のアバーフォース、山羊《やぎ》に不適切《ふてきせつ》な呪文《じゅもん》をかけた咎《とが》で起訴《きそ》されての。あらゆる新聞に大きく出た。しかしアバーフォースが逃《に》げ隠《かく》れしたかの？　いや、しなかった！　頭をしゃんと上げ、いつものとおり仕事をした！　もっとも、字が読めるのかどうか定《さだ》かではない。したがって、勇気があったということにはならんかもしれんがのう……」

「戻《もど》ってきて、教えてよ、ハグリッド」

ハーマイオニーが静かに言った。

「お願いだから、戻《もど》ってきて。ハグリッドがいないと、私《わたし》たちほんとにさびしいわ」

ハグリッドがゴクッとのどを鳴らした。涙《なみだ》がボロボロとほおを伝い、もじゃもじゃのひげを伝った。ダンブルドアが立ち上がった。

「辞表は受け取れぬぞ、ハグリッド。月曜日に授業《じゅぎょう》に戻《もど》るのじゃ」

ダンブルドアが言った。

「明日の朝八時半に、大広間でわしと一緒《いっしょ》に朝食じゃ。言《い》い訳《わけ》は許《ゆる》さぬぞ。それではみな、元気での」

ダンブルドアは、ファングの耳をカリカリするのにちょっと立ち止まり、小屋を出ていった。その姿《すがた》を見送り、戸が閉《し》まると、ハグリッドはごみバケツのふたほどもある両手に顔をうずめてすすり泣きはじめた。ハーマイオニーはハグリッドの腕《うで》を軽くたたいてなぐさめた。やっと顔を上げたハグリッドは、目を真っ赤にして言った。

「偉大《いだい》なお方だ。ダンブルドアは……偉大《いだい》なお方だ……」

「うん、そうだね」

ロンが言った。

「ハグリッド、このケーキ、一つ食べてもいいかい？」

「ああ、やってくれ」

ハグリッドは手の甲《こう》で涙《なみだ》をぬぐった。

「ん。あのお方が正しい。そうだとも——おまえさんら、みんな正しい……俺《おれ》はバカだった……俺《おれ》の父ちゃんは、俺《おれ》がこんなことをしてるのを見たら、恥《は》ずかしいと思うにちげぇねえ……」

またしても涙《なみだ》があふれ出たが、ハグリッドはさっきよりきっぱりと涙《なみだ》をぬぐった。

「父ちゃんの写真を見せたことがなかったな？　どれ……」

ハグリッドは立ち上がって洋だんすの所へ行き、引き出しを開けて写真を取り出した。ハグリッドと同じくくしゃくしゃっとした真っ黒な目の、小柄《こがら》な魔法使《まほうつか》いが、ハグリッドの肩《かた》に乗っかってニコニコしていた。そばのりんごの木から判断《はんだん》して、ハグリッドは優《ゆう》に二メートル豊《ゆた》かだが、顔にはひげがなく、若《わか》くて、丸くて、つるつるだった——せいぜい十一歳《さい》だろう。

「ホグワーツに入学してすぐに撮《と》ったやつだ」ハグリッドはしわがれ声で言った。

「親父《おやじ》は大喜びでなあ……俺《おれ》が魔法使《まほうつか》いじゃねえかもしれんと思ってたからな。ほれ、おふくろのことがあるし……うん、まあ、もちろん、俺《おれ》はあんまり魔法《まほう》がうまくはなかったな。うん……しかし、少なくとも、親父《おやじ》は俺《おれ》が退学《たいがく》になるのを見ねえですんだ。死んじまったからな。二年生んときに……」

「親父《おやじ》が死んでから、俺《おれ》を支《ささ》えてくれなさったのがダンブルドアだ。森番の仕事をくださった……人をお信じなさる、あの方は。誰《だれ》にでもやり直しのチャンスをくださる……そこが、ダンブルドアとほかの校長とのちがうとこだ。才能《さいのう》さえあれば、ダンブルドアは誰《だれ》でもホグワーツに受け入れなさる。みんなちゃんと育つってことを知ってなさる。たとえ家系《かけい》が……その、なんだ……そんなに立派《りっぱ》じゃねえくてもだ。しかし、それが理解《りかい》できねえやつもいる。生まれ育ちを盾《たて》にとって、批判《ひはん》するやつが必ずいるもんだ……骨《ほね》が太いだけだなんて言うやつもいるな──『自分は自分だ。恥《は》ずかしくなんかねえ』ってきっぱり言って立ち上がるより、ごまかすんだ。『恥《は》じることはないぞ』って、俺《おれ》の父ちゃんはよく言ったもんだ。『そのことでおまえをたたくやつがいても、そんなやつはこっちが気にする価値《かち》もない』ってな。親父《おやじ》は正しかった。俺《おれ》がバカだった。**あの女**《ひと》のことも、もう気にせんぞ。約束する。骨《ほね》が太いだと……よう言うわ」

ハリー、ロン、ハーマイオニーはそわそわと顔を見合わせた。ハグリッドがマダム・マクシームに話しているのを聞いてしまったと認《みと》めるくらいなら、ハリーは尻尾爆発《しっぽばくはつ》スクリュート五十匹《ぴき》を散歩に連れていくほうがましだと思った。しかしハグリッドは、自分がいま、変なことを口走ったとも気づかないらしく、しゃべり続けていた。

「ハリー、あのなぁ」

父親の写真から目を上げたハグリッドが言った。目がキラキラ輝《かがや》いている。

「おまえさんにはじめて会ったときなぁ、昔の俺《おれ》に似《に》てると思った。父ちゃんも死んで、おまえさんはホグワーツなんかでやっていけねえと思っちょった。覚えとるか？　そんな資格《しかく》があるのかどうか、おまえさんは自信がなかったなぁ……ところが、ハリー、どうだ！　学校の代表選手だ！」

ハグリッドはハリーをじっと見つめ、それから真顔で言った。

「ハリーよ、俺《おれ》がいま、心から願っちょるのがなんだかわかるか？　おまえさんに勝ってほしい。ほんとうに勝ってほしい。みんなに見せてやれ……純血《じゅんけつ》じゃなくてもできるんだってな。自分の生まれを恥《は》じることはねえんだ。ダンブルドアが正しいんだっちゅうことを、みんなに見せてやれる。魔法《まほう》ができる者なら誰《だれ》でも入学させるのが正しいってな。ハリー、あの卵《たまご》はどうなってる？」

「大丈夫《だいじょうぶ》」ハリーが言った。「ほんとに大丈夫《だいじょうぶ》さ」

ハグリッドのしょぼくれた顔が、パッと涙《なみだ》まみれの笑顔《えがお》になった。

「それでこそ、俺《おれ》のハリーだ……目に物見せてやれ。ハリー、みんなに見せてやれ。みんなを負かしっちまえ」

ハグリッドにうそをつくのは、ほかの人にうそをつくのと同じではなかった。午後も遅《おそ》くなって、ロンとハーマイオニーと一緒《いっしょ》に城《しろ》に戻《もど》ったハリーの目に、ハリーが試合で優勝《ゆうしょう》する姿《すがた》を想像《そうぞう》したときに見せた、ひげもじゃハグリッドのあのうれしそうな顔が焼きついていた。その夜は、意味のわからない卵《たまご》がハリーの良心に一段《いちだん》と重くのしかかった。ベッドに入るとき、ハリーの心は決まっていた――プライドを一時忘《わす》れ、セドリックのヒントが役に立つかどうかを試《ため》してみる時が来た。

第二十五章 玉子と目玉

金の卵《たまご》の謎《なぞ》を解《と》き明《あ》かすのに、どのくらいの時間、風呂《ふろ》に入る必要があるのか見当がつかないので、ハリーは好きなだけ時間が取れるよう、夜になってから実行することにした。これ以上セドリックに借りを作るのは気が進まなかったが、ハリーは監督生用《かんとくせいよう》の浴室を使うことにした。かぎられた人しか入れない場所なので、そこなら誰《だれ》かに邪魔《じゃま》されることも少ないはずだ。

浴室行きを、ハリーは綿密《めんみつ》に計画した。前に一度、真夜中にベッドを抜《ぬ》け出《だ》し、禁止区域《きんしくいき》で管理人のフィルチに捕《つか》まったことがあるが、もう二度とあの経験《けいけん》はしたくない。もちろん、「透明《とうめい》マント」は欠かせない。さらに、用心のため、「忍《しの》びの地図《ちず》」も持っていくことにした。ハリーの持っている規則破《きそくやぶ》り用《よう》の道具の中では、透明《とうめい》マントの次に役立つのがこの地図だ。ホグワーツ全体の地図で、近道や秘密《ひみつ》の抜《ぬ》け道《みち》も描《か》いてあるし、もっとも重要なのは、城内《じょうない》にいる人が、廊下《ろうか》を動く小さな点で示《しめ》され、それぞれの点に名前がついていることだった。誰《だれ》かが浴室に近づけば、ハリーに

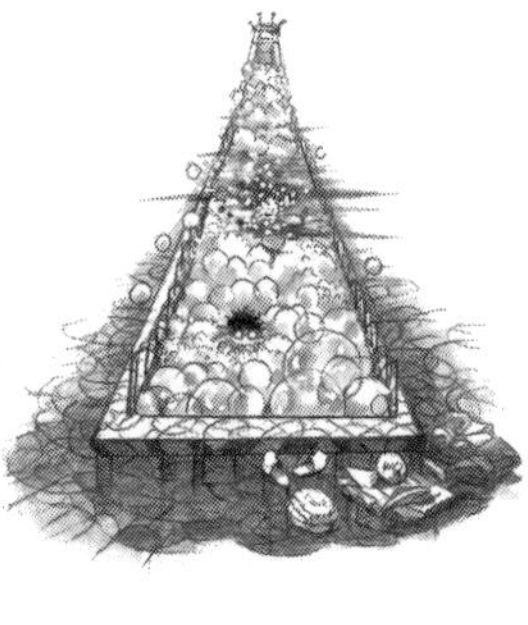

はこれで前もってわかる。

木曜の夜、ハリーはこっそりベッドを抜《ぬ》け出《だ》し、透明《とうめい》マントをかぶり、そうっと下に下りていった。ハグリッドがハリーにドラゴンを見せてくれたあの夜と同じように、ハリーは肖像画《しょうぞうが》が開くのを、内側で待った。今夜はロンが外側にいて、「太った婦人《レディ》」に合言葉を言った（「バナナ・フリッター」）。「がんばれよ」談話室に這《は》い上《あ》がりながら、ロンはすれちがいに出ていくハリーにささやいた。

今夜は、透明《とうめい》マントを着ていると動きにくかった。片腕《かたうで》に重い卵《たまご》を抱《かか》え、もう一方の手で地図を目の前に掲《かか》げているからだ。しかし、月明かりに照らされた廊下《ろうか》は閑散《かんさん》としていたし、肝心《かんじん》なところで地図をチェックすることで、出会いたくない人物に出会わないですんだ。「ボケのボリス」の像《ぞう》——手袋《てぶくろ》の右左をまちがえて着けている、ぼうっとした魔法使《まほうつか》いだ——にたどり着くと、ハリーは目指す扉《とびら》を見つけ、近づいて寄《よ》りかかり、セドリックに教えてもらったとおり、「パイン・フレッシュ」と合言葉を唱えた。

ドアがきしみながら開いた。ハリーは中にすべり込《こ》み、内側からかんぬきをかけ、透明《とうめい》マントを脱《ぬ》いで周りを見回した。

第一印象《だいいちいんしょう》は、こんな浴室を使えるなら、それだけで監督生《かんとくせい》になる価値《かち》がある、ということだった。ろうそくの灯《とも》った豪華《ごうか》なシャンデリアが一つ、白い大理石造《だいりせきづく》りの浴室をやわらかく照らしている。床《ゆか》の真ん中に埋《う》め込《こ》まれた、長方形のプールのような浴槽《よくそう》も白大理石だ。浴槽《よくそう》の周囲に、百本ほどの金の蛇口《じゃぐち》があり、取っ手の所に一つ一つ色のちがう宝石《ほうせき》がはめ込《こ》まれている。飛《と》び込《こ》み台《だい》もあった。窓《まど》には真っ白なリンネルの長いカーテンがかけられ、浴室の隅《すみ》にはふわふわの白いタオルが山のように積まれていた。壁《かべ》には金の額縁《がくぶち》の絵が一枚《まい》かけてある。ブロンドの人魚《マーメイド》の絵だ。岩の上でぐっすり眠《ねむ》っている。寝息《ねいき》を立てるたびに、長い髪《かみ》がその顔の上でひらひら揺《ゆ》れた。

ハリーは透明《とうめい》マントと卵《たまご》、地図を下に置き、あたりを見回しながらもっと中に入った。足音が壁《かべ》にこだました。

浴室は確《たし》かにすばらしかったが――それに、蛇口《じゃぐち》をいくつかひねってみたいという気持ちも強かったが――ここに来てみると、セドリックが自分を担《かつ》いだのではないかという気持ちが抑《おさ》えきれなかった。これがいったいどうして卵《たまご》の謎《なぞ》を解《と》くのに役立つというんだ？

それでも、ハリーは、ふわふわのタオルを一枚《まい》と、透明《とうめい》マント、地図、卵《たまご》を水泳プールのような浴槽《よくそう》の脇《わき》に置き、ひざまずいて蛇口《じゃぐち》を一、二本ひねってみた。

湯と一緒《いっしょ》に、蛇口《じゃぐち》によってちがう種類の入浴剤《にゅうよくざい》の泡《あわ》が出てくることがすぐわかった。しかも、これまでハリーが経験《けいけん》したことがないような泡《あわ》だった。ある蛇口《じゃぐち》からは、サッカーボールほどもあるピンクとブルーの泡《あわ》が噴《ふ》き出《だ》し、別の蛇口《じゃぐち》からは雪のように白い泡《あわ》が出てきた。白い泡《あわ》は細かくしっかりとしていて、試《ため》しにその上に乗ったら、体を支《ささ》えて浮《う》かしてくれそうだった。三本目の蛇《じゃ》口《ぐち》からは香《かお》りの強い紫《むらさき》の雲が出てきて、水面にたなびいた。

ハリーは蛇口《じゃぐち》を開けたり閉《し》めたりして、しばらく遊んだ。とりわけ、勢《いきお》いよく噴《ふ》き出《だ》した湯が、水面を大きく弧《こ》を描《えが》いて飛びはねる蛇口《じゃぐち》が楽しかった。

やがて、深い浴槽《よくそう》も湯と大小さまざまな泡《あわ》で満たされた（これだけ大きい浴槽《よくそう》にしては、かなり短い時間でいっぱいになった）。ハリーは蛇口《じゃぐち》を全部閉《し》め、ガウン、スリッパ、パジャマを脱《ぬ》ぎ、湯に浸《つ》かった。

浴槽《よくそう》はとても深く、足がやっと底に届《とど》くほどで、ハリーは浴槽《よくそう》の端《はし》から端《はし》まで二、三回泳ぎ、それから、浴槽《よくそう》の縁《ふち》まで泳いで戻《もど》り、立ち泳ぎをして、卵《たまご》をじっと見た。泡立《あわだ》った温かい湯の中を、色とりどりの湯気が立《た》ち昇《のぼ》る中で泳ぐのはすごく楽しかったが、抜《ぬ》き手《て》を切っても頭は切れず、なんのひらめきも思いつきも出てこなかった。

ハリーは腕《うで》を伸《の》ばして、濡《ぬ》れた手で卵《たまご》を持ち上げ、開けてみた。泣きわめくようなかん高い悲鳴が浴室いっぱいに広がり、大理石の壁《かべ》に反響《はんきょう》したが、相変わらずわけがわからない。それどころか、反響《はんきょう》でよけいわかりにくかった。

卵《たまご》をパチンと閉《と》じ、フィルチがこの音を聞きつけるのではないかと、ハリーは心配になった。もしかしたら、それがセドリックのねらいだったのでは――その時、誰《だれ》かの声がした。ハリーは驚《おどろ》いて飛び上がり、その拍子《ひょうし》に卵《たまご》が手を離《はな》れて、浴室の床《ゆか》をカンカンと転がっていった。

「わたしなら、それを水の**中に**入れてみるけど」

ハリーはショックで、しこたま泡《あわ》を飲《の》み込《こ》んでしまった。咳《せ》き込《こ》みながら立ち上がったハリーは、憂鬱《ゆううつ》な顔をした女の子のゴーストが蛇口《じゃぐち》の上にあぐらをかいて座《すわ》っているのを見た。いつもは、三階下のトイレの、S字パイプの中ですすり泣いている「嘆《なげ》きのマートル」だった。

「マートル！」

ハリーは憤慨《ふんがい》した。

「ぼ――僕《ぼく》は、裸《はだか》なんだよ！」

泡《あわ》が厚《あつ》く覆《おお》っていたので、それはあまり問題ではなかった。しかし、ハリーがここに来たときからずっと、マートルが蛇口《じゃぐち》の中からハリーの様子をうかがっていたのではないかと、いやな感じがしたのだ。

「あんたが浴槽《よくそう》に入るときは目をつぶってたわ」

マートルは分厚《ぶあつ》いめがねの奥《おく》でハリーに向かって目をパチパチさせた。

「**ずいぶん長いこと**、会いにきてくれなかったじゃない」

「うん……まあ……」

ハリーは、マートルに頭以外は絶対《ぜったい》なんにも見えないように、少しひざを曲げた。

「君のいるトイレには、僕《ぼく》、行けないだろ？　女子トイレだもの」

「前は、そんなこと気にしなかったじゃない」

マートルがみじめな声で言った。

「しょっちゅうあそこにいたじゃない」

そのとおりだった。ただ、それは、ハリー、ロン、ハーマイオニーが、隠《かく》れて「ポリジュース薬」を煎《せん》じるのに、マートルのいる故障中《こしょうちゅう》のトイレが好都合だったからだ。ポリジュース薬は禁《きん》じられた魔法薬《まほうやく》で、ハリーとロンがそれを飲み、一時間だけクラッブとゴイルに変身して、スリザリンの談話室に入《はい》り込《こ》むことができたのだ。

「あそこに行ったことで、叱《しか》られたんだよ」

ハリーが言った。それも半分ほんとうだった。ハリーがマートルのトイレから出てくるところを、パーシーに捕《つか》まったことがあった。

「そのあとは、もうあそこに行かないほうがいいと思ったんだ」

「ふーん……そう……」

マートルはむっつりとあごのにきびをつぶした。

「まあ……とにかく……卵《たまご》は水の中で試《ため》すことだわね……セドリック・ディゴリーはそうやったわ」

「セドリックのこともののぞき見してたのか?」

ハリーは憤然《ふんぜん》と言った。

「どういうつもりなんだ？　夜な夜なこっそりここに来て、監督生《かんとくせい》が風呂《ふろ》に入るところを見てるのか？」

「ときどきね」

マートルがちょっといたずらっぽく言った。

「だけど、出てきて話をしたことはないわ」

「光栄だね」

ハリーは不機嫌《ふきげん》な声を出した。

「目をつぶってて！」

マートルがめがねをきっちり覆《おお》うのを確認《かくにん》してから、ハリーは浴槽《よくそう》を出て、タオルをしっかり巻《ま》きつけて、卵《たまご》を取りにいった。

ハリーが湯に戻《もど》ると、マートルは指の間からのぞいて「さあ、それじゃ……水の中で開けて！」と言った。

ハリーは泡《あわ》だらけの湯の中に卵《たまご》を沈《しず》めて、開けた……すると、今度は泣き声ではなかった。ゴボゴボという歌声が聞こえてきた。水の中なので、ハリーには歌の文句《もんく》が聞き取れない。

「あんたも頭を沈《しず》めるの」

マートルはハリーに命令するのが楽しくてたまらない様子だ。

「さあ！」

ハリーは大きく息を吸《す》って、湯にもぐった――すると今度は、泡《あわ》がいっぱいの湯の中で、大理石の浴槽《よくそう》の底に座《すわ》ったハリーの耳に、両手に持った卵《たまご》から、不思議な声のコーラスが聞こえてきた。

探《さが》しにおいで　声を頼《たよ》りに
地上じゃ歌は　歌えない
探《さが》しながらも　考えよう
我《われ》らが捕《と》らえし　大切なもの
探《さが》す時間は　一時間
取り返すべし　大切なもの
一時間のその後は――もはや望みはありえない
遅《おそ》すぎたなら　そのものは　もはや二度とは戻《もど》らない

ハリーは浮上《ふじょう》して、泡《あわ》だらけの水面から顔を出し、目にかかった髪《かみ》を振《ふ》り払《はら》った。

「聞こえた？」マートルが聞いた。

「うん……『探《さが》しにおいで　声を頼《たよ》りに……』そして、探《さが》しにいく理由は……待って。もう一度聞かなきゃ……」ハリーはまたもぐった。

卵《たまご》の歌をそれから三回水中で聞き、ハリーはやっと歌詞《かし》を覚えた。それからしばらく立ち泳ぎをしながら、ハリーは必死で考えた。マートルは腰《こし》かけてハリーを眺《なが》めていた。

「地上では声が使えない人たちを探《さが》しにいかなくちゃならない……」

ハリーはしゃべりながら考えていた。

「うーん……誰《だれ》なんだろう？」

「鈍《にぶ》いのね」

こんなに楽しそうな「嘆《なげ》きのマートル」を見るのは初めてだった。ポリジュース薬が出来上がった日に、ハーマイオニーがそれを飲んで顔に毛が生え、猫《ねこ》のしっぽが生えたときも、やはり楽しそうだったが。

ハリーは考えながら浴室を見回した……水の中でしか声が聞こえないのなら、水中の生物だと考えれば筋道《すじみち》が立つ。マートルにこの考えを話すと、マートルはハリーに向かってニヤッと笑った。

「そうね。ディゴリーもそう考えたわ。そこに横になって、長々とひとり言を言ってた。長々とね……もう泡《あわ》がほとんど消えていたわ……」

「水中か……」

ハリーは考えた。

「マートル……湖には何が棲《す》んでる？　大イカのほかに」

「そりゃ、いろいろだわ」マートルが答えた。

「わたし、ときどき行くんだ……仕方なく行くこともあるわ。うっかりしてるときに、急に誰《だれ》かがトイレを流したりするとね……」

嘆《なげ》きのマートルがトイレの中身と一緒《いっしょ》にパイプを通って湖に流されていく様子を想像《そうぞう》しないようにしながら、ハリーが言った。

「そうだなあ、人の声を持っている生物がいるかい？　待てよ――」

ハリーは絵の中で寝息《ねいき》を立てている人魚に目をとめた。

「マートル、湖には**水中人**《マーピープル》《すいちゅうじん》がいるんだろう？」

「ウゥウ、やるじゃない」

マートルの分厚《ぶあつ》いめがねがキラキラした。

「ディゴリーはもっと長くかかったわ！　しかも、**あの女が**」――マートルは憂鬱《ゆううつ》な顔に大嫌《だいきら》いだという表情《ひょうじょう》を浮《う》かべて、人魚のほうをぐいとあごでしゃくった――「起きてるときだったんだ。クスクス笑ったり、見せびらかしたり、鰭《ひれ》をパタパタ振《ふ》ったりしてさ……」

「そうなんだね？」

ハリーは興奮《こうふん》した。

「第二の課題は、湖に入って水中人を見つけて、そして……そして……」

ハリーは急に自分が何を言っているのかに気づいた。すると、誰《だれ》かが突然《とつぜん》ハリーの胃袋《いぶくろ》の栓《せん》を引《ひ》き抜《ぬ》いたかのように、興奮《こうふん》が一度に流れ去った。ハリーは水泳が得意《とくい》ではなかった。あまり練習したことがなかったのだ。ダドリーは小さいときに水泳訓練を受けたが、ペチュニアおばさんもバーノンおじさんも、ハリーには訓練を受けさせようとしなかった。まちがいなく、ハリーがいつかおぼれればよいと願っていたのだろう。浴槽《よくそう》プールを二、三回往復《おうふく》するくらいならいい。しかし、あの湖はとても大きいし、とても深い……それに、水中人はきっと湖底に棲《す》んでいるはずだ……。

「マートル」

ハリーは考えながらしゃべっていた。

「どうやって**息をすれば**いいのかなあ？」

するとマートルの目に、またしても急に涙《なみだ》があふれた。

「ひどいわ！」

マートルはハンカチを探《さが》してローブをまさぐりながらつぶやいた。

「何が？」ハリーは当惑《とうわく》した。

「**わたしの**前で『息をする』って言うなんて！」

マートルのかん高い声が、浴室中にガンガン響《ひび》いた。

「わたしはできないのに……わたしは息をしてないのに……もう何年も……」

マートルはハンカチに顔をうずめ、グスグス鼻をすすった。

ハリーは、マートルが自分の死んだことに対していつも敏感《びんかん》だったということを思い出した。しかし、ハリーが知っているほかのゴーストは、誰《だれ》もそんな大騒《おおさわ》ぎはしない。

「ごめんよ」

ハリーはいらいらしながら言った。

「そんなつもりじゃ――ちょっと忘《わす》れてただけだ……」

「ええ、そうよ。マートルが死んだことなんか、簡単《かんたん》に忘《わす》れるんだわ」

マートルはのどをゴクンと鳴らし、泣《な》き腫《は》らした目でハリーを見た。

「生きてるときだって、わたしがいなくても誰《だれ》もさびしがらなかった。わたしの死体だって、何時間も何時間も気づかれずに放っておかれた――わたし知ってるわ。あそこに座《すわ》ってみんなを待ってたんだもの。オリーブ・ホーンビーがトイレに入ってきたわ――『マートル、あんた、またここにいるの？　すねちゃって』そう言ったの。『ディペット先生が、あんたを探《さが》してきなさいっておっしゃるから――』そして、オリーブはわたしの死体を見たわ……うぅぅー、オリーブは死ぬまでそのことを忘《わす》れなかった。わたしが忘《わす》れさせなかったもの……取《と》り憑《つ》いて、思い出させてやった。そうよ。オリーブの兄さんの結婚式《けっこんしき》のこと、覚えてるけど――」

しかし、ハリーは聞いていなかった。水中人の歌のことをもう一度考えていたのだ。**「我《われ》らが捕《と》らえし　大切なもの」**僕《ぼく》のものを何か盗《ぬす》むように聞こえる。僕《ぼく》が取り返さなくちゃならない何かを。何を盗《ぬす》むんだろう？

「――そして、もちろん、オリーブは魔法省《まほうしょう》に行って、わたしがストーカーするのをやめさせようとしたわ。だからわたしはここに戻《もど》って、トイレに棲《す》まなければならなくなったの」

「よかったね」

ハリーは上の空の受け答えをした。

「さあ、僕《ぼく》、さっきよりずいぶんいろいろわかった……また目を閉《と》じてよ。出るから」

ハリーは浴槽《よくそう》の底から卵《たまご》を取り上げ、浴槽《よくそう》から這《は》い出《で》て体をふき、元どおりパジャマとガウンを着た。

「いつかまた、わたしのトイレに来てくれる？」

ハリーが透明《とうめい》マントを取り上げると、嘆《なげ》きのマートルが悲しげに言った。

「ああ……できたらね」

内心ハリーは、今度マートルのトイレに行くときは、城《しろ》の中のほかのトイレが全部詰《つ》まったときだろうなと考えていた。

「それじゃね、マートル……助けてくれてありがとう」

「バイバイ」

マートルが憂鬱《ゆううつ》そうに言った。ハリーが透明《とうめい》マントを着ているとき、マートルが蛇口《じゃぐち》の中に戻《もど》っていくのが見えた。

暗い廊下《ろうか》に出て、ハリーは忍《しの》びの地図《ちず》を調べ、誰《だれ》もいないかどうかチェックした。大丈夫《だいじょうぶ》だ。フィルチとミセス・ノリスを示《しめ》す点は、フィルチの部屋にあるので安全だ……上の階のトロフィールームを跳《は》ね回《まわ》っているピーブズ以外は、何も動いている様子がない……ハリーがグリフィンドール塔《とう》に戻《もど》ろうと、一歩踏《ふ》み出《だ》したちょうどその時、地図上の何かが目にとまった……とてもおかしな何かが。

動いているのはピーブズだけでは**なかった**。左下の角の部屋で、一つの点があっちこっちと飛び回っている――スネイプの研究室だ。しかし、その点の名前は「**セブルス・スネイプ**」ではない……「バーテミウス・クラウチ」だ。

ハリーはその点を見つめた。クラウチ氏は、仕事にもクリスマス・ダンスパーティにも来られないほど病気が重いはずだ――何をしているのだろう？　ホグワーツに忍《しの》び込《こ》んで、夜中の一時に？　点があっちこっちで止まりながら部屋の中をぐるぐる動き回っているのを、ハリーはじっと見つめていた……。

ハリーは迷《まよ》った。考えた……そして、ついに好奇心《こうきしん》に勝てなかった。行き先を変え、ハリーは反対方向の一番近い階段《かいだん》へと進んだ。クラウチ氏が何をしているのかを見るつもりだ。

ハリーはできるだけ静かに階段《かいだん》を下りた。それでも、床板《ゆかいた》がきしむ音やパジャマのこすれる音に、肖像画《しょうぞうが》の顔がいくつか、不思議そうに振《ふ》り向《む》いた。

階下の廊下《ろうか》を忍《しの》び足《あし》で進み、真ん中あたりで壁《かべ》のタペストリーをめくり、より狭《せま》い階段《かいだん》を下りた。二階下まで下りられる近道だ。ハリーは地図をちらちら見ながら、考《かんが》え込《こ》んだ……クラウチ氏のような規則《きそく》を遵守《じゅんしゅ》する品行方正な人が、こんな夜中に他人の部屋をコソコソ歩くのは、どう考えても腑《ふ》に落ちない……。

階段《かいだん》を半分ほど下りたその時、クラウチ氏の奇妙《きみょう》な行動にばかり気を取られ、自分のことが上の空だったハリーは、突然《とつぜん》、だまし階段《かいだん》にずぶりと片足《かたあし》を突《つ》っ込《こ》んでしまった。ネビルがいつも飛《と》び越《こ》すのを忘《わす》れて引っかかる階段《かいだん》だ。

ハリーはぶざまにグラッとよろけ、まだ風呂《ふろ》でぬれたままの金の卵《たまご》が、抱《かか》えていた腕《うで》をすべり抜《ぬ》けた——ハリーは身を乗り出してなんとか取《と》り押《お》さえようとしたが遅《おそ》かった。卵《たまご》は長い階段《かいだん》を一段《だん》一段《だん》、バス・ドラムのような大音響《だいおんきょう》を上げて落ちていった——透明《とうめい》マントがずり落ちた——ハリーがあわてて押《お》さえたとたん、今度は忍《しの》びの地図《ちず》が手を離《はな》れ、六段下《だんした》まですべり落ちた。階段《かいだん》にひざ上まで沈《しず》んだハリーには届《とど》かない所だ。

金の卵《たまご》は階段下《かいだんした》のタペストリーを突《つ》き抜《ぬ》けて廊下《ろうか》に落ち、パックリ開いて、廊下中《ろうかじゅう》に響《ひび》く大きな泣き声を上げた。ハリーは杖《つえ》を取り出し、なんとか忍《しの》びの地図《ちず》に触《ふ》れて、白紙に戻《もど》そうとしたが、遠すぎて届《とど》かない――。

透明《とうめい》マントをきっちり巻《ま》きつけなおし、ハリーは身を起こして耳を澄《す》ました。ハリーの目は恐怖《きょうふ》で引きつっていた……ほとんど間髪《かんはつ》を容《い》れず――。

「ピーブズ！」

紛《まぎ》れもなく、管理人フィルチの狩《かり》の雄叫《おたけ》びだ。バタバタと駆《か》けつけてくるフィルチの足音がだんだん近くなる。怒《いか》りでゼイゼイ声を張《は》り上《あ》げている。

「この騒《さわ》ぎはなんだ？　城中《しろじゅう》を起こそうっていうのか？　取《と》っ捕《つか》まえてやる。ピーブズ。取《と》っ捕《つか》まえてやる。おまえは……こりゃ、なんだ？」

フィルチの足音が止まった。金属《きんぞく》と金属《きんぞく》が触《ふ》れ合《あ》うカチンという音がして、泣き声が止まった――フィルチが卵《たまご》を拾って閉《と》じたのだ。ハリーはじっとしていた。片足《かたあし》をだまし階段《かいだん》にがっちりはさまれたまま、聞き耳を立てた。いまにもフィルチが、タペストリーを押《お》し開《あ》けて、ピーブズを探《さが》すだろう……そして、ピーブズはいないのだ……しかし、フィルチが階段《かいだん》を上がってくれば、忍《しの》びの地図《ちず》が目に入る……透明《とうめい》マントだろうがなんだろうが、地図には「ハリー・ポッター」の位置が、まさにいまいる位置に示《しめ》されている。

「卵《たまご》？」

階段《かいだん》の下で、フィルチが低い声で言った。

「チビちゃん！」——ミセス・ノリスが一緒《いっしょ》にいるにちがいない——「こりゃあ、三校対抗試合《たいこうじあい》のヒントじゃないか！　代表選手の所持品だ！」

ハリーは気分が悪くなった。心臓《しんぞう》が早鐘《はやがね》を打っている——。

「**ピーブズ！**」

フィルチがうれしそうに大声を上げた。

「おまえは盗《ぬす》みを働いた！」

フィルチがタペストリーをめくり上げた。ハリーはぶくぶくたるんだフィルチの恐《おそ》ろしい顔と、飛び出た二つの薄青《うすあお》い目とが、誰《だれ》もいない（ように見える）階段《かいだん》をにらんでいるのが見えた。

「隠《かく》れてるんだな」

フィルチが低い声で言った。

「さぁ、取《と》っ捕《つか》まえてやるぞ、ピーブズ……三校対抗試合《たいこうじあい》のヒントを盗《ぬす》みに入ったな、ピーブズ……これでダンブルドアはおまえを追い出すぞ。くされこそ泥《どろ》ポルターガイストめ……」

ガリガリの汚《よご》れ色《いろ》の飼《か》い猫《ねこ》を足元に従《したが》え、フィルチは階段《かいだん》を上りはじめた。ミセス・ノリスのランプのような目が、飼《か》い主《ぬし》そっくりのその目が、しっかりとハリーをとらえていた。ハリーは前にも、透明《とうめい》マントが猫《ねこ》には効《き》かないのではないかと思ったことがある……。古ぼけた、ネルのガウンを着たフィルチがだんだん近づいてくるのを、ハリーは、不安で気分が悪くなりながら見つめていた――はさまれた足を必死で引《ひ》っ張《ぱ》ってはみたが、かえって深く沈《しず》むばかりだった――もうすぐだ。フィルチが地図を見つけるか、僕《ぼく》にぶつかるのは――。

「フィルチか？　何をしている？」

ハリーの所より数段下《すうだんした》で、フィルチは立ち止まり、振《ふ》り返《かえ》った。階段下《かいだんした》に立っている姿《すがた》は、ハリーのピンチをさらに悪化させることのできる唯一《ゆいいつ》の人物――スネイプだ。長い灰色《はいいろ》の寝《ね》巻《ま》きを着て、スネイプはひどく怒《おこ》っていた。

「スネイプ教授《きょうじゅ》、ピーブズです」

フィルチが毒々しくささやいた。

「あいつがこの卵《たまご》を、階段《かいだん》の上から転がして落としたのです」

スネイプは急いで階段《かいだん》を上り、フィルチのそばで止まった。ハリーは歯を食いしばった。心臓《しんぞう》のドキドキという大きな音が、いまにもハリーの居場所《いばしょ》を教えてしまうにちがいない。

「ピーブズだと？」

フィルチの手にした卵《たまご》を見つめながら、スネイプが低い声で言った。

「しかし、ピーブズは我輩《わがはい》の研究室に入れまい……」

「卵《たまご》は教授《きょうじゅ》の研究室にあったのでございますか？」

「もちろん、ちがう」

スネイプがバシッと言った。

「バンバンという音と、泣《な》き叫《さけ》ぶ声が聞こえたのだ――」

「はい、教授《きょうじゅ》、それは卵《たまご》が――」

「――我輩《わがはい》は調べにきたのだ――」

「――ピーブズめが投げたのです。教授《きょうじゅ》――」

「――そして、研究室の前を通ったとき、松明《たいまつ》の火が灯《とも》り、戸棚《とだな》の扉《とびら》が半開きになっているのを見つけたのだ！　誰《だれ》かが引っかきまわしていった」

「しかし、ピーブズめにはできないはずで――」

「そんなことはわかっておる！」

スネイプがまたバシッと言った。

「我輩《わがはい》の研究室は、呪文《じゅもん》で封印《ふういん》してある。魔法使《まほうつか》い以外は破《やぶ》れん！」

スネイプはハリーの体をまっすぐに通《とお》り抜《ぬ》ける視線《しせん》で階段《かいだん》を見上げた。それから下の廊下《ろうか》を見下ろした。

「フィルチ、一緒《いっしょ》に来て侵入者《しんにゅうしゃ》を捜索《そうさく》するのだ」

「私《わたし》は――はい、教授《きょうじゅ》――しかし――」

フィルチの目は、ハリーの体を通過《つうか》して、未練たっぷりに階段《かいだん》を見上げた。ピーブズを追《お》い詰《つ》めるチャンスを逃《のが》すのは無念だ、という顔だ。

「**行け**」とハリーは心の中で叫《さけ》んだ。「**スネイプと一緒《いっしょ》に行け……行くんだ……**」

ミセス・ノリスがフィルチの足の間からじいっと見ている……ハリーのにおいをかぎつけたにちがいない、とハリーははっきりそう思った……どうしてあんなにいっぱい、香《かお》りつきの泡《あわ》をお風呂《ふろ》に入れてしまったんだろう？

「お言葉ですが、教授《きょうじゅ》」

フィルチは哀願《あいがん》するように言った。

「校長は今度こそ私《わたし》の言い分をお聞きくださるはずです。ピーブズが生徒のものを盗《ぬす》んでいるのです。今度こそ、あいつをこの城《しろ》から永久《えいきゅう》に追い出す、またとないチャンスになるかもしれません――」

「フィルチ、あんな下劣《げれつ》なポルターガイストなどどうでもよい。問題は我輩《わがはい》の研究室だ――」

コツッ、**コツッ**、**コツッ**。スネイプはぱったり話をやめた。スネイプもフィルチも、階段《かいだん》の下を見下ろした。二人の頭の間のわずかなすきまから、マッド-アイ・ムーディが足を引きずりながら階段下《かいだんした》に姿《すがた》を現《あらわ》すのがハリーの目に入った。寝巻《ねま》きの上に古ぼけた旅行用マントをはおり、いつものようにステッキにすがっている。

「パジャマパーティかね？」ムーディは上を見上げて唸《うな》った。

「スネイプ教授《きょうじゅ》も私《わたし》も、物音を聞きつけたのです、ムーディ教授《きょうじゅ》」

フィルチがすぐさま答えた。

「ポルターガイストのピーブズめが、いつものように物を放り投げていて——それに、スネイプ教《きょう》授《じゅ》は誰《だれ》かが教授《きょうじゅ》の研究室に押《お》し入《い》ったのを発見され——」

「だまれ！」

スネイプが歯を食いしばったままフィルチに言った。

ムーディは階段下《かいだんした》へと一歩近づいた。ムーディの「魔法《まほう》の目」がスネイプに移《うつ》り、それから、紛《まぎ》れもなく、ハリーに注がれた。

ハリーの心臓《しんぞう》が激《はげ》しく揺《ゆ》れた。**ムーディは透明《とうめい》マントを見透《みとお》す**……ムーディだけがこの場の奇妙《きみょう》さを完全に見透《みとお》せる……スネイプは寝巻《ねま》き姿《すがた》、フィルチは卵《たまご》を抱《かか》え、そしてハリーは、その二人より上の段《だん》に足を取られている。ムーディのゆがんだ裂《さ》け目《め》のような口が、驚《おどろ》いてパックリ開いた。数秒間、ムーディとハリーは互《たが》いの目をじっと見つめた。それからムーディは口を閉《と》じ、青い「魔《ま》法《ほう》の目」を再《ふたた》びスネイプに向けた。

「スネイプ、いま聞いたことは確《たし》かか？」

ムーディが考えながらゆっくり聞いた。

「誰《だれ》かが君の研究室に押《お》し入《い》ったと？」

「たいしたことではない」スネイプが冷たく言った。

「いいや」ムーディが唸《うな》った。

「たいしたことだ。君の研究室に押《お》し入《い》る動機があるのは誰《だれ》だ？」

「おそらく、生徒の誰《だれ》かだ」

スネイプが答えた。スネイプのねっとりしたこめかみに、青筋《あおすじ》がピクピク走るのをハリーは見た。

「以前にもこういうことがあった。我輩《わがはい》の個人用《こじんよう》の薬材棚《やくざいだな》から、魔法薬《まほうやく》の材料がいくつか紛失《ふんしつ》した……生徒が何人か、禁《きん》じられた魔法薬《まほうやく》を作ろうとしたにちがいない……」

「魔法薬《まほうやく》の材料を探《さが》していたというんだな？　え？」ムーディが言った。

「ほかに何か研究室に隠《かく》してはいないな？　え？」

ハリーは、スネイプの土気色《つちけいろ》の顔の縁《ふち》が汚《きたな》いれんが色に変わり、こめかみの青筋《あおすじ》がますます激《はげ》しくピクピクするのを見た。

「我輩《わがはい》が何も隠《かく》していないのは知ってのとおりだ、ムーディ」

スネイプは低い、危険《きけん》をはらんだ声で答えた。

「君自身がかなり徹底的《てっていてき》に調べたはずだ」

ムーディの顔がニヤリとゆがんだ。

「闇祓《やみばら》いの特権《とっけん》でね、スネイプ。ダンブルドアがわしに警戒《けいかい》せよと――」

「そのダンブルドアは、たまたま我輩《わがはい》を信用なさっているのですがね」

スネイプは歯がみした。

「ダンブルドアが我輩《わがはい》の研究室を探《さぐ》れと命令したなどという話は、我輩《わがはい》には通じない!」

「それは、ダンブルドアのことだ。君を信用する」

ムーディが言った。

「人を信用する方だからな。やり直しのチャンスを与《あた》える人だ。しかしわしは――洗《あら》っても落ちないしみがあるものだ、というのが持論《じろん》だ。けっして消えないしみというものがある。どういうことか、わかるはずだな?」

スネイプは突然奇妙《とつぜんきみょう》な動きを見せた。発作的《ほっさてき》に右手で左の前腕《ぜんわん》をつかんだのだ。まるで左腕《ひだりうで》が痛《いた》むかのように。

ムーディが笑い声を上げた。

「ベッドに戻《もど》れ、スネイプ」

「君にどこへ行けと命令される覚えはない!」

スネイプは歯がみしたままそう言うと、自分に腹《はら》を立てるかのように右手を離《はな》した。

「我輩《わがはい》にも、君と同じに、暗くなってから校内を歩き回る権利《けんり》がある！」

「勝手に歩き回るがよい」

ムーディの声はたっぷりと脅《おど》しが効《き》いていた。

「そのうち、どこか暗い廊下《ろうか》で君と出会うのを楽しみにしている……ところで、何か落とし物だぞ……」

ムーディは、ハリーより六段下《だんした》の階段《かいだん》に転がったままの忍《しの》びの地図《ちず》を指していた。ハリーは恐怖《きょうふ》でグサリと刺《さ》し貫《つらぬ》かれたような気がした。スネイプとフィルチが振《ふ》り返《かえ》って地図を見た。ハリーは慎重《しんちょう》さをかなぐり捨《す》て、ムーディの注意を引こうと、透明《とうめい》マントの下で両腕《りょううで》を上げ、懸命《けんめい》に振《ふ》りながら、声を出さずに言った。

「それ僕《ぼく》のです！　**僕《ぼく》の！**」

スネイプが地図に手を伸《の》ばした。わかったぞ、という恐《おそ》ろしい表情《ひょうじょう》を浮《う》かべている――。

「アクシオ！　羊皮紙よ来い！」

羊皮紙は宙《ちゅう》を飛び、スネイプが伸《の》ばした指の間をかいくぐり、階段《かいだん》を舞《ま》い下《お》り、ムーディの手に収《おさ》まった。

「わしの勘《かん》ちがいだ」

ムーディが静かに言った。

「わしのものだった——前に落としたものらしい——」

しかし、スネイプの目は、フィルチの腕《うで》にある卵《たまご》から、ムーディの手にある地図へと矢のように走った。ハリーにはわかった。スネイプは、スネイプにだけわかるやり方で二つを結びつけているのだ……。

「ポッターだ」スネイプが低い声で言った。

「何かね？」

地図をポケットにしまい込《こ》みながら、ムーディが静かに言った。

「ポッターだ！」

スネイプが歯ぎしりした。そしてくるりと振《ふ》り返《かえ》り、突然《とつぜん》ハリーが見えたかのように、ハリーがいる場所をはったとにらんだ。

「その卵《たまご》はポッターのものだ。羊皮紙もポッターのものだ。以前に見たことがあるから我輩《わがはい》にはわかる！　ポッターがいるぞ！　ポッターだ。透明《とうめい》マントだ！」

スネイプは目が見えないかのように、両腕《りょううで》を前に突《つ》き出《だ》し、階段《かいだん》を上りはじめた。スネイプの特大の鼻の穴《あな》が、ハリーをかぎ出そうとさらに大きくなっている——足をはさまれたまま、ハリーは後ろにのけぞって、スネイプの指先に触《ふ》れまいとした。しかし、もはや時間の問題だ——。

「そこには何もないぞ、スネイプ！」ムーディが叫《さけ》んだ。

たかを！」

「しかし、校長には謹《つつし》んで伝えておこう。君の考えが、いかにすばやくハリー・ポッターに飛躍《ひやく》し

「どういう意味だ？」

スネイプがムーディを振《ふ》り返《かえ》って唸《うな》った。スネイプが伸《の》ばした両手は、ハリーの胸元《むなもと》からほんの数センチの所にあった。

「ダンブルドアは、誰《だれ》がハリーに恨《うら》みを持っているのか、大変興味《きょうみ》があるという意味だ！」

ムーディが足を引きずりながら、さらに階段下《かいだんした》に近づいた。

「わしも興味《きょうみ》があるぞ、スネイプ……大いにな……」

松明《たいまつ》がムーディの傷《きず》だらけの顔をチラチラと照らし、傷痕《きずあと》も、大きくそぎ取られた鼻も、いっそう際立《きわだ》って見えた。

スネイプはムーディを見下ろした。ハリーのほうからはスネイプの表情《ひょうじょう》が見えなくなった。しばらくの間、誰《だれ》も動かず、何も言わなかった。それから、スネイプがゆっくりと手を下ろした。

「我輩《わがはい》はただ」

スネイプが感情《かんじょう》を抑《おさ》え込《こ》んだ冷静な声で言った。

「ポッターがまた夜遅《よるおそ》く徘徊《はいかい》しているなら……それは、ポッターの嘆《なげ》かわしい習慣《しゅうかん》だ……やめさせなければならんと思っただけだ。あの子の、あの子自身の――安全のためにだ」

「なるほど」

ムーディが低い声で言った。

「ポッターのためを思ったと、そういうわけだな？」

一瞬《いっしゅん》、間があいた。スネイプとムーディはまだにらみ合ったままだ。ミセス・ノリスが大きくニャアと鳴いた。フィルチの足元からじいっと目を凝《こ》らし、風呂上《ふろあ》がりの泡《あわ》のにおいの源《みなもと》をかぎ出そうとしているようだ。

「我輩《わがはい》はベッドに戻《もど》ろう」スネイプはそれだけを言った。

「今晩《こんばん》君が考えた中では、最高の考えだな」ムーディが言った。

「さあ、フィルチ、その卵《たまご》をわしに渡《わた》せ――」

「ダメです！」

卵《たまご》がまるで初めて授《さず》かった自分の息子《むすこ》でもあるかのように、フィルチは離《はな》さなかった。

「ムーディ教授《きょうじゅ》、これはピーブズの窃盗《せっとう》の証拠《しょうこ》です！」

「その卵《たまご》は、ピーブズに盗《ぬす》まれた代表選手のものだ」ムーディが言った。

「さあ、渡《わた》すのだ」

スネイプはすばやく階段《かいだん》を下り、無言でムーディの脇《わき》を通《とお》り過《す》ぎた。フィルチはミセス・ノリスをチュッチュッと呼《よ》んだ。ミセス・ノリスはほんのしばらく、ハリーのほうをじっと見ていたが、きびすを返して主人のあとに従《したが》った。

ハリーはまだ動悸《どうき》が治まらないまま、スネイプが廊下《ろうか》を立ち去る音を聞き、フィルチが卵《たまご》をムーディに渡《わた》して姿《すがた》を消すのを見ていた。フィルチがミセス・ノリスにボソボソと話しかけていた。

「いいんだよ、チビちゃん……朝になったらダンブルドアに会いにいこう……ピーブズが何をやらかしたか、報告《ほうこく》しよう……」

扉《とびら》がバタンと閉《し》まった。残されたハリーは、ムーディを見下ろしていた。ムーディはステッキを一番下の階段《かいだん》に置き、体を引きずるように階段《かいだん》を上り、ハリーのほうにやってきた。一段《だん》おきに、**コツッ**という鈍《にぶ》い音がした。

「危《あぶ》なかったな、ポッター」ムーディがつぶやくように言った。

「ええ……僕《ぼく》――あの……ありがとうございました」ハリーが力なく言った。

「これは何かね？」

ムーディがポケットから忍《しの》びの地図《ちず》を引《ひ》っ張《ぱ》り出《だ》して広げた。

「ホグワーツの地図です」

ムーディが早く階段《かいだん》から引《ひ》っ張《ぱ》り出《だ》してくれないかと思いながら、ハリーは答えた。足が強く痛《いた》みだしていた。

「たまげた」

地図を見つめて、ムーディがつぶやいた。「魔法《まほう》の目」がぐるぐる回っている。

「これは……これは、ポッター、たいした地図だ！」

「ええ、この地図……とても便利です」

ハリーは痛《いた》みで涙《なみだ》が出てきた。

「あの——ムーディ先生。助けていただけないでしょうか——？」

「何？　おう！　ふむ……どうれ……」

ムーディはハリーの腕《うで》を抱《かか》えて引《ひ》っ張《ぱ》った。だまし階段《かいだん》から足が抜《ぬ》け、ハリーは一段上《だんうえ》に戻《もど》った。

ムーディはまだ地図を眺《なが》めていた。

「ポッター……」

ムーディがゆっくり口を開いた。

「スネイプの研究室に誰《だれ》が忍《しの》び込《こ》んだか、もしや、おまえ、見なんだか？　この地図の上でという意味だが？」

「え……あの、見ました……」

ハリーは正直に言った。

「クラウチさんでした」

ムーディの「魔法《まほう》の目」が、地図の隅々《すみずみ》まで飛ぶように眺《なが》めた。そして、突然警戒《とつぜんけいかい》するような表《ひょう》情《じょう》が浮《う》かんだ。

「クラウチとな？　それは――それは確《たし》かか？　ポッター？」

「まちがいありません」ハリーが答えた。

「ふむ。やつはもうここにはいない」

「魔法《まほう》の目」を地図の上に走らせたまま、ムーディが言った。

「クラウチ……それは、まっこと――まっこと、おもしろい……」

ムーディは地図をにらんだまま、それから一分ほど何も言わなかった。ハリーは、このニュースがムーディにとって何か特別な意味があるのだとわかった。それがなんなのか知りたくてたまらなかった。聞いてみようか？　ムーディはちょっと怖《こわ》い……でも、たったいま、ムーディは僕《ぼく》を大変な危機《きき》から救ってくれた……。

「あの……ムーディ先生……クラウチさんは、どうしてスネイプの研究室を探《さが》し回《まわ》っていたのでしょう？」

ムーディの「魔法《まほう》の目」が地図から離《はな》れ、プルプル揺《ゆ》れながらハリーを見すえた。鋭《するど》く突《つ》き抜《ぬ》けるような視線《しせん》だ。答えるべきか否《いな》か、どの程度《ていど》ハリーに話すべきなのか、ムーディはハリーの品定めをしているようだった。

「ポッター、つまり、こういうことだ」

ムーディがやっとぼそりと口を開いた。

「老いぼれマッドーアイは闇《やみ》の魔法使《まほうつか》いを捕《と》らえることに取《と》り憑《つ》かれている、と人は言う……しかし、わしなどはまだ小者《こもの》よ——**まったくの小者《こもの》よ**——バーティ・クラウチに比《くら》べれば」

ムーディは地図を見つめたままだった。ハリーはもっと知りたくてうずうずした。

「ムーディ先生？」ハリーはまた聞いた。

「もしかして……関係があるかどうか……クラウチさんは、何かが起こりつつあると考えたのでは……」

「どんなことかね？」ムーディが鋭《するど》く聞いた。

ハリーはどこまで言うべきか迷《まよ》った。ムーディに、ハリーにはホグワーツの外に情報源《じょうほうげん》があると、悟《さと》られたくなかった。それがシリウスに関する質問《しつもん》に結びついたりすると危険《きけん》だ。

「わかりません」ハリーがつぶやいた。

「最近変なことが起こっているでしょう？『日刊予言者新聞《にっかんよげんしゃしんぶん》』にのっています……ワールドカップでの『闇《やみ》の印《しるし》』とか、『死喰《しく》い人《びと》』とか……」

ムーディはちぐはぐな目を、両方とも見開いた。

「おまえは聡《さと》い子だ、ポッター」

そう言うと、ムーディの「魔法《まほう》の目」はまた忍《しの》びの地図《ちず》に戻《もど》った。

「クラウチもその線を追っているのだろう」

ムーディがゆっくりと言った。

「確《たし》かにそうかもしれない……最近奇妙《きみょう》なうわさが飛《と》び交《か》っておる――リータ・スキーターがあおっていることも確《たし》かだが。どうも、人心が動揺《どうよう》しておる」

ゆがんだ口元にぞっとするような笑いが浮《う》かんだ。

「いや、わしが一番憎《にく》いのは」

ムーディはハリーにというより、自分自身に言うようにつぶやいた。「魔法《まほう》の目」が地図の左下に釘《くぎ》づけになっている。

「野放しになっている『死喰《しく》い人《びと》』よ……」

ハリーはムーディを見つめた。ムーディが言ったことが、ハリーの考えるような意味だとしたら?

「さて、ポッター、今度はわしが**おまえに**聞く番だ」

ムーディが感情《かんじょう》抜《ぬ》きの言い方をした。

ハリーはドキリとした。こうなると思った。ムーディは、怪《あや》しげな魔法《まほう》の品であるこの地図をどこで手に入れたか、と聞くにちがいない――どうしてハリーの手に入ったかの経緯《けいい》を話せば、ハリーばかりでなく、ハリーの父親も、フレッドとジョージ・ウィーズリーも、去年「闇《やみ》の魔術《まじゅつ》に対《たい》する防衛術《ぼうえいじゅつ》」を教えたルーピン先生も巻《ま》き込《こ》むことになる。ムーディは地図をハリーの目の前で振《ふ》った。ハリーは身がまえた――。

「これを貸《か》してくれるか？」

「え？」

ハリーはこの地図が好きだった。しかし、ムーディが地図をどこで手に入れたかと聞かなかったので、大いにホッとした。それに、ムーディに借りがあるのも確《たし》かだ。

「ええ、いいですよ」

「いい子だ」ムーディが唸《うな》った。

「これはわしの役に立つ……**これこそ**、わしが求めていたものかもしれん……よし、ポッター、ベッドだ、さあ、行くか……」

二人で一緒《いっしょ》に階段《かいだん》を上った。ムーディは、こんなお宝《たから》は見たことがないというふうに、まだ地図に見入っていた。ムーディの部屋の入口まで二人はだまって歩いた。部屋の前で、ムーディは目を上げてハリーを見た。

「ポッター、おまえ、『闇祓《やみばら》い』の仕事に就《つ》くことを、考えたことがあるか？」

「いいえ」ハリーはぎくりとした。

「考えてみろ」ムーディは一人うなずきながら、考え深げにハリーを見た。

「うむ、まっこと……。ところで……おまえは、今夜、卵《たまご》を散歩に連れ出したわけではあるまい？」

「あの――いいえ」

ハリーはニヤリとした。

「ヒントを解《と》こうとしていました」

ムーディはハリーにウィンクした。「魔法《まほう》の目」が、またぐるぐる回った。

「いいアイデアを思いつくには、夜の散歩ほどよいものはないからな、ポッター……。また明日会おう……」

ムーディはまたしても忍《しの》びの地図《ちず》を眺《なが》めながら自分の部屋に入り、ドアを閉《し》めた。

ハリーは想《おも》いにふけりながら、ゆっくりとグリフィンドール塔《とう》に戻《もど》った。スネイプのこと、クラウチのこと、それらがどういう意味を持つのだろう……。クラウチは、好きなときにホグワーツに入《はい》り込《こ》めるなら、どうして仮病《けびょう》を使っているんだ？　スネイプの研究室に、何が隠《かく》してあると思ったんだ？

それに、ムーディは僕《ぼく》が闇祓《やみばら》いになるべきだと考えた　おもしろいかもしれない……。

しかし、十分後、卵《たまご》と透明《とうめい》マントを無事トランクに戻《もど》して、そっと四本柱のベッドにもぐり込《こ》んでから、ハリーは考えなおした。自分の仕事にすべきかどうかは、ほかの闇祓《やみばら》いたちが、どのぐらい傷《きず》だらけけかを調べてからにしよう。

第二十六章　第二の課題

「卵《たまご》の謎《なぞ》はもう解《と》いたって言ったじゃない！」ハーマイオニーが憤慨《ふんがい》した。
「大きな声を出さないで！」ハリーは不機嫌《ふきげん》に言った。
「ちょっと――仕上げが必要なだけなんだから。わかった？」
「呪文学《じゅもんがく》」の授業中《じゅぎょうちゅう》、ハリーとロン、ハーマイオニーは、教室の一番後ろに三人だけで机《つくえ》を一つ占《せん》領《りょう》していた。今日は「呼《よ》び寄《よ》せ呪文《じゅもん》」の反対呪文《はんたいじゅもん》――「追《お》い払《はら》い呪文《じゅもん》」――を練習することになっていた。いろいろな物体が教室を飛び回ると、始末の悪い事故《じこ》にならないともかぎらないので、フリットウィック先生は生徒一人にクッションひと山を与《あた》えて練習させた。理論的《りろんてき》には、たとえ目標をそれても、クッションなら誰《だれ》もけがをしないはずだった。理論《りろん》は立派《りっぱ》だったが、実際《じっさい》はそううまくはいかない。ネビルはけたちがいの的はずれで、そんなつもりでなくとも、クッションより重いものを教室のむこうまで飛ばしてしまった――たとえばフリットウィック先生だ。

「頼《たの》むよ。卵《たまご》のことはちょっと忘《わす》れて」

ハリーは小声で言った。ちょうどその時、フリットウィック先生が、あきらめ顔で三人のそばをヒューッと飛び去り、大きなキャビネットの上に着地した。

「スネイプとムーディのことを話そうとしてるんだから……」

私語《しご》をするには、このクラスはいい隠《かく》れみのだった。みんなおもしろがって、三人のことなど気にもとめていないからだ。ここ半時間ほど、ハリーは昨夜の冒険《ぼうけん》を少しずつ、ヒソヒソ声で話して聞かせていた。

「スネイプは、ムーディも研究室を捜索《そうさく》したって言ったのかい？」

ロンは興味津々《きょうみしんしん》で、目を輝《かがや》かせてささやいた。同時に、杖《つえ》をひと振《ふ》りして、クッションを一枚《まい》「追《お》い払《はら》い」した（クッションは宙《ちゅう》を飛び、パーバティの帽子《ぼうし》を吹《ふ》っ飛《と》ばした）。

「どうなんだろう……ムーディは、カルカロフだけじゃなく、スネイプも監視《かんし》するためにここにいるのかな？」

「ダンブルドアがそれを頼《たの》んだかどうかわからない。だけど、ムーディは絶対《ぜったい》そうしてるな」

ハリーが上の空で杖《つえ》を振《ふ》ったので、クッションが出来そこないの宙返《ちゅうがえ》りをして机《つくえ》から落ちた。

「ムーディが言ったけど、ダンブルドアがスネイプをここに置いているのは、やり直すチャンスを与《あた》えるためだとかなんだとか……」

「なんだって？」

ロンが目を丸くした。ロンの次のクッションが回転しながら高々と飛び上がり、シャンデリアにぶつかって跳《は》ね返《かえ》り、フリットウィック先生の机《つくえ》にドサリと落ちた。

「ハリー……もしかしたら、ムーディは**スネイプが**君の名前を『炎《ほのお》のゴブレット』に入れたと思ってるんだろう！」

「でもねえ、ロン」

ハーマイオニーがそうじゃないでしょうと首を振《ふ》りながら言った。

「前にも、スネイプがハリーを殺そうとしてるって思ったことがあったけど、あの時、スネイプはハリーの命を救おうとしてたのよ。覚えてる？」

ハーマイオニーはクッションを「追《お》い払《はら》い」した。クッションは教室を横切って飛び、決められた目的地の箱にスポッと着地した。ハリーはハーマイオニーを見ながら考えていた……確《たし》かに、スネイプは一度ハリーの命を救った。しかし、奇妙《きみょう》なことに、スネイプはハリーを毛嫌《けぎら》いしている。学生時代、同窓《どうそう》だったハリーの父親を毛嫌《けぎら》いしていたように。スネイプはハリーを減点処分《げんてんしょぶん》にするのが大好きだし、罰《ばつ》を与《あた》えるチャンスは逃《のが》さない。退学処分《たいがくしょぶん》にすべきだと提案《ていあん》することさえある。

「ムーディが何を言おうが私《わたし》は気にしないわ」

ハーマイオニーがしゃべり続けた。

「ダンブルドアはバカじゃないもの。ハグリッドやルーピン先生を信用なさったのも正しかった。あの人たちを雇《やと》おうとはしない人は山ほどいるけど。だから、ダンブルドアはスネイプについてもまちがってないはずだわ。たとえスネイプが少し――」

「――ワルでも」

ロンがすぐに言葉を引き取った。

「だけどさあ、ハーマイオニー、それならどうして『闇《やみ》の魔《ま》法使《ほうつか》い捕獲人《ほかくにん》』たちが、そろってあいつの研究室を捜索《そうさく》するんだい？」

「クラウチさんはどうして仮病《けびょう》なんか使うのかしら？」

ハーマイオニーはロンの言葉を無視《むし》した。

「ちょっと変よね。クリスマス・ダンスパーティには来られないのに、来たいと思えば、真夜中にここに来られるなんて、おかしくない？」

「君はクラウチが嫌《きら》いなんだろう？　しもべ妖精《ようせい》のウィンキーのことで」

クッションを窓《まど》のほうに吹《ふ》っ飛《と》ばしながら、ロンが言った。

「**あなたこそ**、スネイプに難癖《なんくせ》をつけたいんじゃない」

クッションをきっちり箱の中へと飛ばしながら、ハーマイオニーが言った。

「僕《ぼく》はただ、スネイプがやり直すチャンスをもらう前に、何をやったのか知りたいんだ」

ハリーが厳《きび》しい口調で言った。ハリーのクッションは、自分でも驚《おどろ》いたことに、まっすぐ教室を横切り、ハーマイオニーのクッションの上に見事に着地した。

ホグワーツで何か変わったことがあればすべて知りたいというシリウスの言葉に従《したが》い、ハリーはその夜、茶モリフクロウにシリウス宛《あて》の手紙を持たせた。クラウチがスネイプの研究室に忍《しの》び込《こ》んだことや、ムーディとスネイプの会話のことを記した。それからハリーは、自分にとって、より緊《きん》急《きゅう》な課題に真剣《しんけん》に取り組んだ。二月二十四日に一時間、どうやって水の中で生き延《い》《の》びるかだ。

ロンはまた「呼《よ》び寄《よ》せ呪文《じゅもん》」を使うというアイデアが気に入っていた――ハリーがアクアラングの説明をすると、ロンは、一番近くのマグルの町から、一式呼《よ》び寄《よ》せればいいのにと言った。ハーマイオニーはこの計画をたたきつぶした。一時間の制限時間内《せいげんじかんない》でハリーがアクアラングの使い方を習得《しゅうとく》することはありえないし、たとえそんなことができたにしても、「国際魔法秘密綱領《こくさいまほうひみつこうりょう》」に触《ふ》れて失格《しっかく》になるにちがいないというのだ。アクアラング一式がホグワーツ目指して田舎《いなか》の空をブンブン飛ぶのを、マグルが誰《だれ》も気づかないだろうと思うのは虫がよすぎる。

「もちろん、理想的な答えは、あなたが潜水艦《せんすいかん》か何かに変身することでしょうけど」

ハーマイオニーが言った。

「ヒトを変身させるところまで習ってたらよかったのに！　だけど、それは六年生まで待たないといけないし。生半可《なまはんか》に知らないことをやったら、とんでもないことになりかねないし……」

「うん、僕《ぼく》も、頭から潜望鏡《せんぼうきょう》を生やしたままうろうろするのはうれしくないしね」

ハリーが言った。

「ムーディの目の前で誰《だれ》かを襲《おそ》ったら、ムーディが僕《ぼく》を変身させてくれるかもしれないけど……」

「でも、何に変身したいか選ばせてくれるわけじゃないでしょ」

ハーマイオニーは真顔で言った。

「だめよ。やっぱり一番可能性《かのうせい》のあるのは、何かの呪文《じゅもん》だわね」

そしてハリーは、もう一生図書館を見たくないほどうんざりした気分になりながら、またしてもほこりっぽい本の山に埋《う》もれて、酸素《さんそ》なしでもヒトが生き残れる呪文《じゅもん》はないかと探《さが》した。ハリーも、ロンも、ハーマイオニーも、昼食時、夜、週末全部を通して探《さが》しまくったが——ハリーはマクゴナガル先生に願い出て、禁書《きんしょ》の棚《たな》を利用する許可《きょか》までもらったし、怒《おこ》りっぽい、ハゲタカに似《に》た司書のマダム・ピンスにさえ助けを求めたにもかかわらず——ハリーが水中で一時間生き延《い》《の》びて、それを後々の語り草にすることができるような手段《しゅだん》はまったく見つからなかった。

あの胸騒《むなさわ》ぎのような恐怖感《きょうふかん》が、またハリーを悩《なや》ませはじめ、授業《じゅぎょう》に集中することができなくなっていた。校庭の景色の一部として、なんの気なしに見ていた湖が、教室の窓近《まどちか》くに座《すわ》るたびにハリーの目を引いた。湖は、いまや鋼《はがね》のように灰色《はいいろ》の冷たい水をたたえた巨大《きょだい》な物体に見え、その暗く冷たい水底は、月ほどに遠く感じられた。

ホーンテールとの対決を控《ひか》えたときと同じく、時間がすべり抜《ぬ》けていった。誰《だれ》かが時計に魔法《まほう》をかけ、超特急《ちょうとっきゅう》で進めているかのようだった。二月二十四日まであと一週間（まだ時間はある）……あと五日（もうすぐ何かが見つかるはずだ）……あと三日（お願いだから、何か教えて……**お願い**……）。

あと二日に迫《せま》ったとき、ハリーはまた食欲《しょくよく》がなくなりはじめた。月曜の朝食でたった一つよかったのは、シリウスに送った茶モリフクロウが戻《もど》ってきたことだった。羊皮紙をもぎ取り、広げると、これまでのシリウスからの手紙の中で一番短いものだった。

　返信ふくろう便で、次のホグズミード行きの日を知らせよ。

ハリーはほかに何かないかと、羊皮紙をひっくり返したが、白紙だった。

ハリーの後ろからメモ書きを読んでいたハーマイオニーがささやいた。

「来週の週末よ」

「ほら——私《わたし》の羽根ペン使って、このふくろうですぐ返事を出しなさいよ」

ハリーはシリウスの手紙の裏《うら》に日づけを走り書きし、また茶モリフクロウの脚《あし》にそれを結びつけ、ふくろうが再《ふたた》び飛び立つのを見送った。僕《ぼく》は何を期待していたんだろう？　水中で生き残る方法のアドバイスか？　ハリーはスネイプとムーディのことをシリウスに教えるのに夢中《むちゅう》で、卵《たまご》のヒントに触《ふ》れるのをすっかり忘《わす》れていたのだ。

「次のホグズミード行きのこと、シリウスはどうして知りたいのかな？」ロンが言った。

「さあ」ハリーはのろのろと答えた。茶モリフクロウを見たときに一瞬《いっしゅん》心にはためいた幸福感が、しぼんでしまった。

「行こうか……『魔法生物飼育学《まほうせいぶつしいくがく》』に」

ハグリッドが「尻尾爆発《しっぽばくはつ》スクリュート」の埋《う》め合《あ》わせをするつもりなのか、スクリュートが二匹《ひき》しか残っていないせいなのか、それともグラブリー－プランク先生のやることくらい自分にもできると証明《しょうめい》したかったのか、ハリーにはわからなかった。しかし、ハグリッドは仕事に復帰《ふっき》してからずっと、ユニコーンの授業《じゅぎょう》を続けていた。ハグリッドが、怪物《かいぶつ》についてと同じくらいユニコーンにもくわしいことがわかった。ただ、ハグリッドが、ユニコーンに毒牙《どくが》がないのは残念だ、と思っていることは確《たし》かだった。

今日は、いったいどうやったのか、ハグリッドはユニコーンの赤ちゃんを二頭捕《と》らえていた。成獣《せいじゅう》とちがい、純粋《じゅんすい》な金色だ。パーバティとラベンダーは、二頭を見てうれしさのあまりぼうっと恍惚状態《こうこつじょうたい》になり、パンジー・パーキンソンでさえ、どんなに気に入ったか、感情《かんじょう》を隠《かく》しきれないでいた。

「大人より見つけやすいぞ」ハグリッドがみんなに教えた。

「二歳《さい》ぐれえになると、銀色になるんだ。そんでもって、四歳《さい》ぐれえで角が生えるな。すっかり大人になって、七歳《さい》ぐれえになるまでは、真っ白にはならねえ。赤《あか》ん坊《ぼう》のときは、少しばっかり人なつっこいな……男の子でもあんまりいやがらねえ……ほい、ちょっくら近くに来いや。なでたければなでてええぞ……この砂糖《さとう》の塊《かたまり》を少しやるとええ……」

「ハリー、大丈夫《だいじょうぶ》か？」

みんなが赤ちゃんユニコーンに群《むら》がっているとき、ハグリッドは少し脇《わき》によけ、声をひそめてハリーに聞いた。

「うん」ハリーが答えた。

「ちょいと心配か？　ん？」ハグリッドが言った。

「ちょっとね」ハリーが答えた。

「ハリー」

ハグリッドは巨大《きょだい》な手でハリーの肩《かた》をぽんとたたいた。衝撃《しょうげき》でハリーのひざがガクンとなった。

「おまえさんがホーンテールと渡《わた》り合《あ》うのを見る前は、俺《おれ》も心配しちょった。だがな、いまはわかっちょる。おまえさんはやろうと思ったらなんでもできるんだ。俺《おれ》はまったく心配しちょらんぞ。おまえさんは大丈夫《だいじょうぶ》だ。手がかりはわかったんだな？」

ハリーはうなずいた。しかし、うなずきながらも、湖の底で一時間、どうやって生き残るのかわからないのだと、ぶちまけてしまいたい狂《くる》おしい衝動《しょうどう》にかられた。ハリーはハグリッドを見上げた――もしかしたら、ハグリッドはときどき湖に出かけて、中にいる生物の面倒《めんどう》を見ることがあるのじゃないだろうか？　何しろ、地上の生物はなんでも面倒《めんどう》を見るのだから――。

「おまえさんは勝つ」

ハグリッドは唸《うな》るように言うと、もう一度ハリーの肩《かた》をぽんとたたいた。ハリーはやわらかい地面に数センチめり込《こ》むのが自分でもわかった。

「俺《おれ》にはわかる。感じるんだ。**おまえさんは勝つぞ、ハリー**」

ハグリッドの顔に浮《う》かんだ、幸せそうな確信《かくしん》に満ちた笑顔《えがお》をぬぐい去ることなんて、ハリーにはとてもできなかった。ハリーはつくろった笑顔《えがお》を返し、赤ちゃんユニコーンに興味《きょうみ》があるふりをして、ユニコーンをなでにみんなの所に近づいていった。

いよいよ第二の課題の前夜、ハリーは悪夢《あくむ》にとらわれたような気分だった。奇跡《きせき》でも起こって適《てき》切《せつ》な呪文《じゅもん》がわかったとしても、ひと晩《ばん》で習得《しゅうとく》するのは大仕事だとハリーは充分認識《じゅうぶんにんしき》していた。どうしてこんなことになってしまったのだろう？　もっと早く卵《たまご》の謎《なぞ》に取り組むべきだったのに。どうして授業《じゅぎょう》を受けるときぼんやりしていたんだろう？――先生が水中で呼吸《こきゅう》する方法をどこかで話していたかもしれないのに。

夕陽《ゆうひ》が落ちてからも、ハリー、ロン、ハーマイオニーは、図書館で互《たが》いに姿《すがた》が見えないほどうずたかく机《つくえ》に本を積み、憑《つ》かれたように呪文《じゅもん》のページをめくり続けていた。「水」という字が見つかるたびに、ハリーの心臓《しんぞう》は大きく飛び上がったが、たいていはこんな文章だった。「二パイントの水に、刻《きざ》んだマンドレイクの葉半ポンド、さらにイモリ……」

「不可能《ふかのう》なんじゃないかな」

机《つくえ》のむこう側から、ロンの投げやりな声がした。

「なんにもない。**なーんにも**。一番近いのでも、水たまりや池を干上《ひあ》がらせる『旱魃《かんばつ》の呪文《じゅもん》』だ。だけど、あの湖を干上《ひあ》がらせるには弱すぎて問題にならないよ」

「何かあるはずよ」

ハーマイオニーはろうそくを引《ひ》き寄《よ》せながらつぶやいた。ハーマイオニーは、つかれきった目をして、『忘《わす》れ去られた古い魔法《まほう》と呪文《じゅもん》』の細かい文字を、ページに鼻をくっつけるようにして、詳《しょう》細《さい》に読んでいた。

「不可能《ふかのう》な課題が出されるはずはないんだから」

「出されたね」ロンが言った。

「ハリー、あしたはとにかく湖に行け。いいか。頭を突《つ》っ込《こ》んで、水中人に向かって叫《さけ》べ。なんだか知らないけど、ちょろまかしたものを返せって。やつらが投げ返してくるかどうか様子を見よう。それっきゃないぜ、相棒《あいぼう》」

「何か方法はあるの！」

ハーマイオニーが不機嫌《ふきげん》な声を出した。

「何かあるはずなの！」

この問題に関して、図書館に役立つ情報《じょうほう》がないのは、ハーマイオニーにとって、自分が侮辱《ぶじょく》されたような気になるらしい。これまで図書館で見つからないことなどなかったのだ。

「僕《ぼく》、どうするべきだったのか、わかったよ」

『トリック好きのためのおいしいトリック』の上に突《つ》っ伏《ぶ》して休憩《きゅうけい》しながら、ハリーが言った。

「僕《ぼく》、シリウスみたいに、『動物もどき《アニメーガス》』になる方法を習えばよかった」

「うん。好きなときに金魚になれたろうに」ロンが言った。

「それともカエルだ」ハリーがあくびした。つかれきっていた。

「『動物もどき《アニメーガス》』になるには何年もかかるのよ。それから登録やら何やらしなきゃならないし」

ハーマイオニーもぼうっとしていた。今度は『奇妙《きみょう》な魔法《まほう》のジレンマとその解決法《かいけつほう》』の索引《さくいん》に目を凝《こ》らしている。

「マクゴナガル先生がおっしゃったわ。覚えてるでしょ……魔法不適正使用取締局《まほうふてきせいしようとりしまりきょく》に登録しなければならないって……どういう動物に変身するかとか、特徴《とくちょう》とか。濫用《らんよう》できないように……」

「ハーマイオニー、僕《ぼく》、冗談《じょうだん》で言ったんだよ」

ハリーがつかれた声で言った。

「あしたの朝までにカエルになるチャンスがないことぐらい、わかってる……」

「ああ、これは役に立たないわ」

ハーマイオニーは『奇妙《きみょう》な魔法《まほう》のジレンマとその解決法《かいけつほう》』をパタンと閉《と》じながら言った。

「鼻毛を伸《の》ばして小さな輪を作る、ですって。どこのどなたがそんなことしたがるっていうの?」

「俺《おれ》、やってもいいよ」

フレッド・ウィーズリーの声がした。

「話の種になるじゃないか」

ハリー、ロン、ハーマイオニーが顔を上げると、どこかの本棚《ほんだな》の陰《かげ》からフレッドとジョージが現《あらわ》れた。

「こんな所で、二人で何してるんだ?」ロンが聞いた。

「おまえたちを探《さが》してたのさ」ジョージが言った。

「マクゴナガルが呼《よ》んでるぞ、ロン。ハーマイオニー、君もだ」

「どうして?」ハーマイオニーは驚《おどろ》いた。

「知らん……少し深刻《しんこく》な顔してたけど」フレッドが言った。

「俺《おれ》たちが、二人をマクゴナガルの部屋に連れていくことになってる」

ジョージが言った。

ロンとハーマイオニーはハリーを見つめた。ハリーは胃袋《いぶくろ》が落《お》ち込《こ》むような気がした。マクゴナガル先生は、ロンとハーマイオニーを叱《しか》るのだろうか？　どうやって課題をこなすかは、僕一人《ぼくひとり》で考えなければならないのに、二人がどんなにたくさん手伝ってくれているかに気づいたのだろうか？

「談話室で会いましょう」

ハーマイオニーはハリーにそう言うと、ロンと一緒《いっしょ》に席を立った――二人ともとても心配そうだった。

「ここにある本、できるだけたくさん持ち帰ってね。いい？」

「わかった」ハリーも不安だった。

八時になると、マダム・ピンスがランプを全部消し、ハリーを巧《たく》みに図書館から追い出した。本を持てるだけ持って、重みでよろけながら、ハリーはグリフィンドールの談話室に戻《もど》った。テーブルを片隅《かたすみ》に引《ひ》っ張《ぱ》ってきて、ハリーはさらに調べ続けた。『突飛《とっぴ》な魔法戦士《まほうせんし》のための突飛《とっぴ》な魔法《まほう》』には何もない……『中世の魔術《まじゅつ》ガイドブック』もダメ……『十八世紀の呪文選集《じゅもんせんしゅう》』には水中での武《ぶ》勇伝《ゆうでん》は皆無《かいむ》だ……『深い水底の不可解《ふかかい》な住人』も、『気づかず持ってるあなたの力、気づいたいまはどう使う』にも何もない。

クルックシャンクスがハリーのひざに乗って丸くなり、低い声でのどを鳴らした。談話室のハリーの周りは、だんだん人がいなくなった。みんな、あしたはがんばれと、ハグリッドと同じように明るい、信じきった声で応援《おうえん》して出ていった。みんな、みんなが、第一の課題で見せたと同じ、目の覚めるような技《わざ》をハリーがくり出してくれるのだろうと、信じきっているようだ。ハリーは声援《せいえん》を受けても応《こた》えられなかった。ゴルフボールがのどに詰《つ》まったかのように、ただこっくりするだけだった。あと十分で真夜中というとき、談話室はハリーとクルックシャンクスだけになった。持ってきた本は全部調べた。しかし、ロンとハーマイオニーは戻《もど》ってきていない。

おしまいだ。ハリーは自分に言い聞かせた。できない。明日の朝、湖まで行って、審査員《しんさいん》にそう言うほかない……。

ハリーは、課題ができませんと審査員《しんさいん》に説明している自分の姿《すがた》を想像《そうぞう》した。バグマンが目を丸くして驚《おどろ》く顔が浮《う》かぶ。カルカロフは、満足げに黄色い歯を見せてほくそ笑《え》む。フラー・デラクールの声が聞こえるようだ。「**わたし、わかってまーした……あのいと、若《わか》すぎまーす。あのいと、まだ小さな子供《こども》でーす**」。マルフォイが観客席の最前列で、「**汚《きたな》いぞ、ポッター**」バッジをチカチカ光らせているのが見える。ハグリッドが、信じられないという顔で、打ちしおれている……。

クルックシャンクスがひざに乗っていることを忘《わす》れ、ハリーは突然《とつぜん》立ち上がった。クルックシャンクスは怒《おこ》ってシャーッと鳴きながら床《ゆか》に落ち、フンという目でハリーをにらみ、瓶洗《びんあら》いブラシのようなしっぽをピンと立てて、悠々《ゆうゆう》と立ち去った。しかし、ハリーはもう寝室《しんしつ》への螺旋階段《らせんかいだん》を駆《か》け上《あ》がっていた……早く透明《とうめい》マントを取って、図書館に戻《もど》るんだ。徹夜《てつや》でもなんでもやってやる……。

「ルーモス！　光よ！」

十五分後、ハリーは図書館の戸を開いていた。

杖灯《つえあか》りを頼《たよ》りに、ハリーは本棚《ほんだな》から本棚《ほんだな》へと忍《しの》び足《あし》で歩き、本を引《ひ》っ張《ぱ》り出《だ》した――呪《のろ》いの本、呪文《じゅもん》の本、水中人や水中怪獣《かいじゅう》の本、有名魔女《まじょ》・魔法使《まほうつか》いの本、魔法発明《まほうはつめい》の本、とにかく、一言でも水中でのサバイバルに触《ふ》れていればなんでもよかった。ハリーは全部の本を机《つくえ》に運び、調べにかかった。細い杖灯《つえあか》りの下で、ときどき腕時計《うでどけい》を見ながら、探《さが》しに探《さが》した……。

午前一時……午前二時……同じ言葉を、何度も何度も自分に言い聞かせて、ハリーは調べ続けた。**次の本にこそ……次こそ……次こそ……**。

監督生《かんとくせい》の浴室にかかった人魚の絵が、岩の上で笑っている。そのすぐそばの泡《あわ》だらけの水面に、ハリーはコルクのようにプカプカ浮《う》かんでいる。人魚がファイアボルトをハリーの頭上にかざした。

「ここまでおいで！」

人魚は意地悪くクスクス笑った。

「さあ、飛び上がるのよ！」

「僕《ぼく》、できない」

ファイアボルトを取《と》り戻《もど》そうと空《くう》を引っかき、沈《しず》むまいともがきながら、ハリーはあえいだ。

「返して！」

しかし、人魚は、ハリーに向かって笑いながら、箒《ほうき》の先でハリーの脇腹《わきばら》を痛《いた》いほどつっつくだけだった。

「痛《いた》いよ――やめて――アイタッ――」

「ハリー・ポッターは起きなくてはなりません！」

「つっつくのはやめて――」

「ドビーはハリー・ポッターをつっつかないといけません。ハリー・ポッターは目を覚まさなくてはいけません！」

ハリーは目を開けた。まだ図書館の中だった。寝《ね》ている間に、透明《とうめい》マントが頭からずり落ち、ハリーは『杖《つえ》あるところに道は開ける』の本のページにべったりほおをつけていた。ハリーは体を起こし、めがねをかけなおし、まぶしい陽《ひ》の光に目をパチパチさせた。

「ハリー・ポッターは急がないといけません！」

ドビーがキーキー声で言った。

「あと十分で第二の課題が始まります。そして、ハリー・ポッターは――」

「十分?」ハリーの声がかすれた。

「じっ――**十分?**」

ハリーは腕時計《うでどけい》を見た。ドビーの言うとおりだ。九時二十分すぎ。ハリーの胸《むね》から胃《い》へと、重苦しい大きなものがズーンと落ちていくようだった。

「急ぐのです。ハリー・ポッター!」

ドビーはハリーのそでを引《ひ》っ張《ぱ》りながら、キーキー叫《さけ》んだ。

「ほかの代表選手と一緒《いっしょ》に、湖のそばにいなければならないのです!」

「もう遅《おそ》いんだ、ドビー」

ハリーは絶望的《ぜつぼうてき》な声を出した。

「僕《ぼく》、第二の課題はやらない。どうやっていいか僕《ぼく》には――」

「ハリー・ポッターは、その課題を**やります!**」

妖精《ようせい》がキーキー言った。

「ドビーは、ハリー・ポッターが正しい本を見つけられなかったことを、知っていました。それで、ドビーは、かわりに見つけました!」

「えっ? だけど、**君は**第二の課題が何かを知らない――」ハリーが言った。

「ドビーは知っております！　ハリー・ポッターは、湖に入って、探《さが》さなければなりません。あなた様のウィージーを――」

「僕《ぼく》の、なんだって？」

「――そして、水中人からあなた様のウィージーを取《と》り戻《もど》すのです！」

「ウィージーってなんだい？」

「あなた様のウィージーでございます。ウィージー――ドビーにセーターをくださったウィージーでございます！」

「**なんだって？**」

ドビーはショートパンツの上に着ている縮《ちぢ》んだ栗色《くりいろ》のセーターをつまんでみせた。

ハリーは息をのんだ。

「水中人が取っていったのは……取っていったのは、**ロン？**」

「ハリー・ポッターが一番失いたくないものでございます！」

ドビーがキーキー言った。

「そして、一時間過《す》ぎると――」

「――『**もはや望みはありえない**』」

ハリーは恐怖《きょうふ》に打ちのめされ、目を見張《みは》って妖精《ようせい》を見ながら、あの歌をくり返した。

『遅《おそ》すぎたなら　そのものは　もはや二度とは戻《もど》らない……』ドビー――僕《ぼく》、何をすればいいんだろう？」

「あなた様は、これを食べるのです！」

妖精《ようせい》はキーキー言って、ショートパンツのポケットに手を突《つ》っ込《こ》み、ネズミのしっぽを団子《だんご》にしたような、灰緑色《かいりょくしょく》のぬるぬるしたものを取り出した。

「湖に入るすぐ前にでございます――ギリウィード、エラ昆布《こんぶ》です！」

「何するもの？」ハリーはエラ昆布《こんぶ》を見つめた。

「これは、ハリー・ポッターが水中で息ができるようにするのです！」

「ドビー」ハリーは必死だった。「ねー―ほんとにそうなの？」

以前にドビーがハリーを「助けよう」としたとき、結局右腕《みぎうで》が骨抜《ほねぬ》きになってしまったことを、ハリーは完全に忘《わす》れるわけにはいかなかった。

「ドビーは、ほんとにほんとでございます！」

妖精《ようせい》は大真面目だった。

「ドビーは耳利《みみき》きでございます。ドビーは屋敷妖精《やしきようせい》でございます。火をおこし、床《ゆか》にモップをかけ、ドビーは城《しろ》の隅々《すみずみ》まで行くのでございます。ドビーはマクゴナガル先生とムーディ先生が、職《しょく》員室《いんしつ》で次の課題を話しているのを耳にしたのでございます……ドビーはハリー・ポッターにウィージーを失わせるわけにはいかないのでございます！」

ハリーの疑《うたが》いは消えた。ハリーは勢《いきお》いよく立ち上がり、透明《とうめい》マントを脱《ぬ》いで鞄《かばん》に丸めて入れ、エラ昆布《こんぶ》をつかんでポケットに突《つ》っ込《こ》み、飛ぶように図書館を出た。ドビーがすぐあとについて出た。

「ドビーは厨房《ちゅうぼう》に戻《もど》らなければならないのでございます！」

二人でワッと廊下《ろうか》に飛び出したとき、ドビーがキーキー言った。

「ドビーがいないことに気づかれてしまいますから――がんばって、ハリー・ポッター、どうぞ、がんばって！」

「あとでね、ドビー！」

そう叫《さけ》ぶと、ハリーは全速力で廊下《ろうか》を駆《か》け抜《ぬ》け、階段《かいだん》を三段飛《だんと》ばしで下りた。

玄関《げんかん》ホールにはまだ数人まごまごしていた。みんな大広間での朝食を終え、樫《かし》の両開《りょうびら》き扉《とびら》を通って第二の課題を観戦しに出かけるところだった。ハリーがそのそばを矢のように駆《か》け抜《ぬ》け、石段《いしだん》を飛び下りる勢《いきお》いでコリンとデニス・クリービーを宙《ちゅう》に舞《ま》い上《あ》げ、まばゆい、肌寒《はだざむ》い校庭にダッシュしていくのを、みんなあっけに取られて見ていた。

芝生《しばふ》を踏《ふ》んで駆《か》け下《お》りながら、ハリーは、十一月にはドラゴンの囲い地の周りに作られていた観客席が、今度は湖の反対側の岸辺に沿《そ》って築《きず》かれているのを見た。何段《なんだん》にも組み上げられたスタンドは超満員《ちょうまんいん》で、下の湖に影《かげ》を映《うつ》していた。大観衆《だいかんしゅう》の興奮《こうふん》したガヤガヤ声が、湖面を渡《わた》って不思議に反響《はんきょう》するのを聞きながら、ハリーは全速力で湖の反対側に走《はし》り込《こ》み、審査員席《しんさいんせき》に近づいた。水際《みずぎわ》に金色の垂《た》れ布《ぬの》で覆《おお》われたテーブルが置かれ、審査員《しんさいん》が着席していた。セドリック、フラー、クラムが審査員席《しんさいんせき》のそばで、ハリーが疾走《しっそう》してくるのを見ていた。

「到着《とうちゃく》……しました……」

ハリーは泥《どろ》に足を取られながら急停止《きゅうていし》し、はずみでフラーのローブに泥《どろ》をはねてしまった。

「いったい、どこに行ってたんだ？」

いばった、非難《ひなん》がましい声がした。

「課題がまもなく始まるというのに！」

ハリーはきょろきょろ見回した。審査員席《しんさいんせき》に、パーシー・ウィーズリーが座《すわ》っていた――クラウチ氏はまたしても出席していない。

「まあまあ、パーシー！」

ルード・バグマンだ。ハリーを見て心底ホッとした様子だった。

「息ぐらいつかせてやれ！」

ダンブルドアはハリーにほほえみかけたが、カルカロフとマダム・マクシームは、ハリーの到着《とうちゃく》をまったく喜んでいなかった……ハリーはもう来ないだろうと思っていたことが、表情《ひょうじょう》からはっきり読み取れた。

ハリーは両手をひざに置き、前かがみになってゼイゼイと息を切らしていた。肋骨《ろっこつ》にナイフを差《さ》し込《こ》まれたかのように、脇腹《わきばら》がキリキリ痛《いた》んだ。しかし、治まるまで待っている時間はない。ルード・バグマンが代表選手の中を動き回り、湖の岸に沿《そ》って、三メートル間隔《かんかく》に選手を立たせた。ハリーは一番端《はし》で、クラムの隣《となり》だった。クラムは水泳パンツをはき、すでに杖《つえ》をかまえていた。

「大丈夫《だいじょうぶ》か？　ハリー？」

ハリーをクラムの三メートル隣《となり》からさらに数十センチ離《はな》して立たせながら、バグマンがささやいた。

「何をすべきか、わかってるね？」

「ええ」ハリーは胸《むね》をさすり、あえぎながら言った。

バグマンはハリーの肩《かた》をギュッと握《にぎ》り、審査員席《しんさいんせき》に戻《もど》った。そして、ワールドカップのときと同じように、杖《つえ》を自分ののどに向け、「ソノーラス！　響《ひび》け！」と言った。バグマンの声が暗い水面《みなも》を渡《わた》り、スタンドにとどろいた。

「さて、全選手の準備《じゅんび》ができました。第二の課題は私《わたし》のホイッスルを合図に始まります。選手たちは、きっちり一時間のうちに奪《うば》われたものを取り返します。では、三つ数えます。いーち……にー……**さん！**」

ホイッスルが冷たく静かな空気に鋭《するど》く鳴《な》り響《ひび》いた。スタンドは拍手《はくしゅ》と歓声《かんせい》でどよめいた。ほかの代表選手が何をしているかなど見もせずに、ハリーは靴《くつ》と靴下《くつした》を脱《ぬ》ぎ、エラ昆布《こんぶ》をひとつかみポケットから取り出し、口に押《お》し込《こ》み、湖に入っていった。

水は冷たく、氷水というより、両足の肌《はだ》をジリジリ焼く火のように感じられた。だんだん深みへと歩いていくと、水を吸《す》ったローブの重みで、ハリーは下に下にと引《ひ》っ張《ぱ》られた。もう水はひざまで来た。足はどんどん感覚がなくなり、泥砂《どろずな》やぬるぬるする平たい石ですべった。ハリーはエラ昆《こん》布《ぶ》をできるだけ急いで、しっかりかんだ。ぬるっとしたゴムのようないやな感触《かんしょく》で、タコの足のようだった。凍《こお》るような水が腰《こし》の高さに来たとき、ハリーは立ち止まって、エラ昆布《こんぶ》を飲《の》み込《こ》み、何かが起こるのを待った。

観衆《かんしゅう》の笑い声が聞こえた。なんの魔力《まりょく》を表す気配もなく湖の中をただ歩いている姿《すがた》は、きっとばかみたいに見えるのだろうと、ハリーはわかっていた。まだぬれていない皮膚《ひふ》には鳥肌《とりはだ》が立ち、氷のような水に半身を浸《ひた》し、情《なさ》け容赦《ようしゃ》ない風に髪《かみ》を逆立《さかだ》て、ハリーは激《はげ》しく震《ふる》えだした。ハリーはスタンドを見ないようにした。笑い声がますます大きくなった。スリザリン生が口笛を吹《ふ》いたり、やじったりしている……。

その時、まったく突然《とつぜん》、ハリーは、見えない枕《まくら》を口と鼻に押《お》しつけられたような気がした。息をしようとすると、頭がくらくらする。肺《はい》がからっぽだ。そして、急に首の両脇《りょうわき》に刺《さ》すような痛《いた》みを感じた――。

ハリーは両手でのどを押《お》さえた。すると、耳のすぐ下の大きな裂《さ》け目《め》に手が触《ふ》れた。冷たい空気の中で、パクパクしている……**エラがある**。なんのためらいもなくハリーは、これしかない、という行動をとった――水に飛《と》び込《こ》んだのだ。

ガブリと最初のひと口、氷のような湖の水は、命の水のように感じられた。頭のくらくらが止まった。もうひと口大きくガブリと飲んだ。水がエラをなめらかに通《とお》り抜《ぬ》け、脳《のう》に酸素《さんそ》を送《おく》り込《こ》むのを感じた。ハリーは両手を突《つ》き出《だ》して見つめた。水の中では緑色で半透明《はんとうめい》に見える。それに、水かきができている。身をよじってむき出しの足を見た――足は細長く伸《の》びて、やはり指の間に水かきがあった。まるで、鰭足《ひれあし》が生えたようだった。

水も、もう氷のようではない……それどころか、冷たさが心地《ここち》よく、とても軽かった……ハリーはもう一度水を蹴《け》ってみた。鰭足《ひれあし》が推進力《すいしんりょく》になり、驚《おどろ》くほど速く、遠くまで動ける。それに、なんてはっきり見えるんだろう。もう瞬《まばた》きをする必要もない。たちまち湖の岸からずっと離《はな》れ、もう湖底が見えないほど深い所に来ていた。ハリーは身をひるがえし、頭を下にして湖深くもぐっていった。

見たこともない暗い、霧《きり》のかかったような景色を下に見ながら、ハリーは泳ぎ続けた。静寂《せいじゃく》が鼓《こ》膜《まく》を押《お》した。視界《しかい》は周辺の二、三メートルなので、前へ前へと泳いでいくと、突然《とつぜん》新しい景色が前方の闇《やみ》からぬっと姿《すがた》を現《あらわ》した。もつれ合った黒い水草がゆらゆら揺《ゆ》れる森、泥《どろ》の中に鈍《にぶ》い光を放つ石が点々と転がる広い平原。ハリーは深みへ深みへと、湖の中心に向かって泳いだ。周囲の不可思《ふかし》議《ぎ》な灰色《はいいろ》に光る水を透《す》かして、目を大きく見開き、前方の半透明《はんとうめい》の水に映《うつ》る黒い影《かげ》を見つめながら、ハリーは進んだ。

小さな魚が、ハリーの脇《わき》を銀のダーツのようにキラッキラッと通《とお》り過《す》ぎていった。一、二度、行く手に何かやや大きいものが動いたように思ったが、近づくと、単に黒くなった大きな水中木だったり、水草の密生《みっせい》した茂《しげ》みだったりした。ほかの選手の姿《すがた》も、水中人もロンも、まったくその気配がない——それに、ありがたいことに、大イカの影《かげ》もない。

淡《あわ》い緑色の水草が、目の届《とど》くかぎり先まで広がっている。一メートル弱の高さに伸《の》び、草ぼうぼうの牧草地のようだった。薄暗《うすくら》がりの中を何か形のあるものを見つけようと、ハリーは瞬《まばた》きもせずに前方を見つめ続けた……すると、突如《とつじょ》、何かがハリーのくるぶしをつかんだ。

ハリーは体をひねって足元を見た。グリンデロー、水魔《すいま》だ。小さな、角のある魔物《まもの》で、水草の中から顔を出し、長い指でハリーの足をがっちりつかみ、とがった歯をむき出している——ハリーは水かきのついた手を急いでローブに突《つ》っ込《こ》み、杖《つえ》を探《さぐ》った——やっと杖《つえ》をつかんだときには、水魔《すいま》があと二匹《ひき》、水草の中から現《あらわ》れて、ハリーのローブをギュッと握《にぎ》り、ハリーを引きずり込《こ》もうとしていた。

「レラシオ！　放せ！」

ハリーは叫《さけ》んだ。ただ、音は出てこない……大きな泡《あわ》が一つ口から出てきた。杖《つえ》からは、水魔《すいま》目がけて火花が飛ぶかわりに、熱湯のようなものを噴射《ふんしゃ》して水魔《すいま》を連打した。水魔《すいま》に当たると、緑の皮膚《ひふ》に赤い斑点《はんてん》ができた。ハリーは水魔《すいま》に握《にぎ》られていた足を引《ひ》っ張《ぱ》って振《ふ》りほどき、ときどき、肩《かた》越《ご》しに、熱湯を当てずっぽうに噴射《ふんしゃ》しながら、できるだけ速く泳いだ。何度か水魔《すいま》がまた足をつかむのを感じたが、ハリーは思いきり蹴《け》飛《と》ばした。角のある頭が足に触《ふ》れたような気がして振《ふ》り返《かえ》ると、気絶《きぜつ》した水魔《すいま》が、白目をむいて流されていくところだった。仲間の水魔《すいま》はハリーに向かって拳《こぶし》を振《ふ》り上《あ》げながら、再《ふた》び水草の中にもぐっていった。

ハリーは少しスピードを落とし、杖《つえ》をローブにすべり込《こ》ませ、周りを見回して再《ふた》び耳を澄《す》ました。水の中で一回転すると、静寂《せいじゃく》が前にも増《ま》して強く鼓膜《こまく》を押《お》した。いまはもう、湖のずいぶん深い所にいるにちがいない。しかし、揺《ゆ》れる水草以外に動くものは何もなかった。

「うまくいってる？」

ハリーは心臓《しんぞう》が止まるかと思った。くるりと振《ふ》り返《かえ》ると、「嘆《なげ》きのマートル」だった。ハリーの目の前に、ぼんやりと浮《う》かび、分厚《ぶあつ》い半透明《はんとうめい》のめがねのむこうからハリーを見つめている。

「マートル！」

ハリーは叫《さけ》ぼうとした――しかし、またしても、口から出たのは大きな泡《あわ》一つだった。嘆《なげ》きのマートルは声を出してクスクス笑った。

「あっちを探《さが》してみなさいよ！」

マートルは指差しながら言った。

「わたしは一緒《いっしょ》に行かないわ……あの連中はあんまり好きじゃないんだ。わたしがあんまり近づくと、いっつも追いかけてくるのよね……」

ハリーは感謝《かんしゃ》の気持ちを表すのに親指を上げるしぐさをして、また泳ぎだした。水草にひそむ水魔《すいま》にまた捕《つか》まったりしないよう、今度は水草より少し高い所を泳ぐように気をつけた。

かれこれ二十分も泳ぎ続けたろうか。ハリーは、黒い泥地《どろち》が広々と続く場所を通《とお》り過《す》ぎていた。水をかくたびに黒い泥《どろ》が巻《ま》き上《あ》がり、あたりがにごった。そして、ついに、あの耳について離《はな》れない、水中人の歌が聞こえてきた。

探《さが》す時間は　一時間

取り返すべし　大切なもの……

ハリーは急いだ。まもなく、前方の泥《どろ》でにごった水の中に、大きな岩が見えてきた。岩には水中人の絵が描《か》いてあった。槍《やり》を手に、巨大《きょだい》イカのようなものを追っている。ハリーは水中人歌《マーピープルソング》を追って、岩を通《とお》り過《す》ぎた。

……時間は半分　ぐずぐずするな
求めるものが　朽《く》ちはてぬよう……

藻《も》に覆《おお》われたあらけずりの石の住居《じゅうきょ》の群《む》れが、薄暗《うすくら》がりの中から突然姿《とつぜんすがた》を現《あらわ》した。あちこちの暗い窓《まど》からのぞいている顔、顔……監督生《かんとくせい》の浴室にあった人魚の絵とは似《に》ても似《に》つかぬ顔が見えた。

水中人の肌《はだ》は灰色味《はいいろみ》を帯び、ぼうぼうとした長い暗緑色の髪《かみ》をしていた。目は黄色く、あちこち欠けた歯も黄色だった。首には丸石をつなげたロープを巻《ま》きつけていた。ハリーが泳いでいくのを、みんな横目で見送った。一人、二人は、力強い尾鰭《おひれ》で水を打ち、槍《やり》を手に洞窟《どうくつ》から出てきて、ハリーをもっとよく見ようとした。

ハリーは目を凝《こ》らしてあたりを見ながら、スピードを上げた。まもなく穴居《けっきょ》の数がもっと多くなった。家の周りに水草の庭がある所もあるし、ドアの外に水魔《すいま》をペットにして杭《くい》につないでいる所さえあった。いまや水中人が四方八方から近づいてきて、ハリーをしげしげ眺《なが》め、水かきのある手やエラを指差しては、口元を手で隠《かく》してヒソヒソ話をしていた。ハリーが急いで角を曲がると、不思議な光景が目に入った。

水中人村のお祭り広場のような所を囲んで家が立《た》ち並《なら》び、大勢《おおぜい》の水中人がたむろしていた。その真ん中で、水中人コーラス隊が歌い、代表選手を呼《よ》び寄《よ》せている。その後ろに、あらけずりの石像《せきぞう》が立っていた。大岩をけずった巨大《きょだい》な水中人の像《ぞう》だ。その像《ぞう》の尾《お》の部分に、四人の人間がしっかり縛《しば》りつけられていた。

ロンはチョウ・チャンとハーマイオニーの間に縛《しば》られている。もう一人の女の子はせいぜい八歳《さい》ぐらいで、銀色の豊《ゆた》かな髪《かみ》から、ハリーはフラー・デラクールの妹にちがいないと思った。四人ともぐっすり眠《ねむ》り込《こ》んでいるようだった。頭をだらりと肩《かた》にもたせかけ、口から細かい泡《あわ》をプクプク立《た》ち昇《のぼ》らせている。

ハリーは人質《ひとじち》のほうへと急いだ。水中人が槍《やり》をかまえてハリーを襲《おそ》うのではないかと半《なか》ば覚悟《かくご》していたが、何もしない。人質《ひとじち》を巨像《きょぞう》に縛《しば》りつけている水草のロープは、太く、ぬるぬるで、強靭《きょうじん》だった。一瞬《いっしゅん》、ハリーは、シリウスがクリスマスにくれたナイフのことを思った――遠く離《はな》れたホグワーツ城《じょう》のトランクに鍵《かぎ》をかけてしまってある。いまはなんの役にも立たない。

ハリーはあたりを見回した。周りの水中人の多くが槍《やり》を抱《かか》えている。ハリーは身《み》の丈《たけ》二メートル豊《ゆた》かの水中人の所に急いで泳いでいった。長い緑のあごひげをたくわえ、サメの歯をつないで首にかけている。ハリーは手まねで槍《やり》を貸《か》してくれと頼《たの》んだ。水中人は声を上げて笑い、首を横に振《ふ》った。

「我《われ》らは助けはせぬ」

厳《きび》しい、しわがれた声だ。

「**お願いだ！**」

ハリーは強い口調で言った（しかし、口から出るのは泡《あわ》ばかりだった）。槍《やり》を引《ひ》っ張《ぱ》って、水中人の手から奪《うば》い取ろうとしたが、水中人はぐいと引いて、首を振《ふ》りながらまだ笑っていた。

ハリーはぐるぐる回りながら、目を凝《こ》らしてあたりを見た。何かとがったものはないか……何かないか……。

湖底には石が散乱《さんらん》していた。ハリーはもぐって一番ギザギザした石を拾い、石像《せきぞう》の所へ戻《もど》った。ロンを縛《しば》りつけているロープに石を打ちつけ、数分間の苦労の末、ロープをたたき切った。ロンは気を失ったまま、湖底から十数センチの所に浮《う》かび、水の流れに乗ってゆらゆら漂《ただよ》っていた。

ハリーはきょろきょろあたりを見回した。ほかの代表選手が来る気配がない。何をもたもたしてるんだ？　どうして早く来ない？　ハリーはハーマイオニーのほうに向きなおり、同じ石で縄目《なわめ》をたたき切りはじめた――。

たちまち屈強《くっきょう》な灰色《はいいろ》の手が数本、ハリーを押《お》さえた。五、六人の水中人が、緑の髪《かみ》を振《ふ》り立《た》て、声を上げて笑いながら、ハリーをハーマイオニーから引《ひ》き離《はな》そうとしていた。

「自分の人質《ひとじち》だけを連れていけ」

一人が言った。

「ほかの者は放っておけ……」

「それは、できない！」

ハリーが激《はげ》しい口調で言った――しかし、大きな泡《あわ》が二つ出てきただけだった。

「おまえの課題は、自分の友人を取り返すことだ……ほかにかまうな……」

「**この子も**僕《ぼく》の友達だ！」

ハーマイオニーを指差して、ハリーが叫《さけ》んだ。巨大《きょだい》な銀色の泡《あわ》が一つ、音もなくハリーの唇《くちびる》から現《あらわ》れた。

「それに、**ほかの子たちも**死なせるわけにはいかない！」

チョウは、ハーマイオニーの肩《かた》に頭をもたせかけていた。銀色の髪《かみ》の小さな女の子は、透《す》きとおった真っ青な顔をしている。ハリーは水中人を振《ふ》り払《はら》おうともがいたが、水中人はますます大声で笑いながら、ハリーを押《お》さえつけた。ハリーは必死にあたりを見回した。いったいほかの選手はどうしたんだ？　ロンを湖面まで連れていってから、戻《もど》ってハーマイオニーやほかの人質《ひとじち》を助ける時間はあるだろうか？　戻《もど》ったときにまた人質《ひとじち》を見つけることができるだろうか？　ハリーはあとどのくらい時間が残っているか、腕時計《うでどけい》を見た――止まっている。

しかし、その時、水中人が興奮《こうふん》してハリーの頭上を指差した。見上げると、セドリックがこちらへ泳いでくる。頭の周りに大きな泡《あわ》がついている。セドリックの顔は、その中で奇妙《きみょう》に横に広がって見えた。

「道に迷《まよ》ったんだ！」

パニック状態《じょうたい》のセドリックの口が、そう言っている。

「フラーもクラムもいま来る！」

ハリーはホッとして、セドリックがナイフをポケットから取り出し、チョウの縄《なわ》を切るのを見ていた。セドリックはチョウを引《ひ》っ張《ぱ》り上《あ》げ、姿《すがた》を消した。

ハリーはあたりを見回しながら、待っていた。フラーとクラムはどこだろう？　時間は残り少なくなっている。歌によれば、一時間たつと人質《ひとじち》は永久《えいきゅう》に失われてしまう……。

水中人たちが興奮《こうふん》してギャーギャー騒《さわ》ぎだした。ハリーを押《お》さえていた手がゆるみ、水中人が振《ふ》り返《かえ》って背後《はいご》を見つめた。ハリーも振《ふ》り返《かえ》って見ると、水を切《き》り裂《さ》くように近づいてくる怪物《かいぶつ》のようなものが見えた。水泳パンツをはいた胴体《どうたい》にサメの頭……クラムだ。変身したらしい――ただし、やりそこないだ。

サメ男はまっすぐにハーマイオニーの所に来て、縄《なわ》にかみつき、かみ切りはじめた。残念ながら、クラムの新しい歯は、イルカより小さいものをかみ切るのには、非常《ひじょう》に不便な歯並《はなら》びだった。注意しないと、まちがいなく、ハーマイオニーを真っ二つにかみ切ってしまう。ハリーは飛び出して、クラムの肩《かた》を強くたたき、持っていたギザギザの石を差し出した。クラムはそれをつかみ、ハーマイオニーの縄《なわ》を切りはじめた。数秒で切り終えると、クラムはハーマイオニーの腰《こし》のあたりをむんずと抱《かか》え、ちらりとも振《ふ》り向《む》かず、湖面目指して急速浮上《きゅうそくふじょう》していった。

さあどうする？　ハリーは必死だった。フラーが来ると確信《かくしん》できるなら……しかし、そんな気配はまだない。もうどうしようもない……。

ハリーはクラムが捨《す》てていった石を拾い上げた。しかし、今度は水中人が、ロンと少女を取り囲み、ハリーに向かって首を横に振《ふ》った。

ハリーは杖《つえ》を取り出した。

「邪魔《じゃま》するな！」

ハリーの口からは泡《あわ》しか出てこなかったが、ハリーは手応《てごた》えを感じた。水中人は自分の言っていることがわかったらしい。急に笑うのをやめたからだ。黄色い目がハリーの杖《つえ》に釘《くぎ》づけになり、怖《こわ》がっているように見えた。水中人の数は、たった一人のハリーよりはるかに多い。しかし、水中人の表情《ひょうじょう》から、ハリーは、この人たちが魔法《まほう》については大イカと同じ程度《ていど》の知識《ちしき》しかないのだとわかった。

「三つ数えるまで待ってやる！」

ハリーが叫《さけ》んだ。ハリーの口から、ブクブクと泡《あわ》が噴《ふ》き出《だ》した。それでも、ハリーは指を三本立て、水中人に言いたいことをまちがいなく伝えようとした。

「ひとーつ……」（ハリーは指を一本折った）――。

「ふたーつ……」（二本折った）――。

水中人が散り散りになった。ハリーはすかさず飛《と》び込《こ》んで、少女を石像《せきぞう》に縛《しば》りつけている縄《なわ》をたき切りはじめた。ついに少女は自由になった。ハリーは少女の腰《こし》のあたりを抱《かか》え、ロンのローブの襟首《えりくび》をつかみ、湖底を蹴《け》った。

なんとものろのろとした作業だった。もう水かきのある手を使って前に進むことはできない。ハリーは鰭足《ひれあし》を激《はげ》しくばたつかせた。しかし、ロンとフラーの妹は、ジャガイモをいっぱいに詰《つ》め込《こ》んだ袋《ふくろ》のように重く、ハリーを引きずり下ろした……。湖面までの水は暗く、まだかなり深い所にいることはわかっていたが、ハリーはしっかりと天を見つめていた。

水中人がハリーと一緒《いっしょ》に上がってきた。ハリーが水と悪戦苦闘《あくせんくとう》するのを眺《なが》めながら、周りを楽々泳ぎ回っているのが見えた……。時間切れになったら、水中人はハリーを湖深く引《ひ》き戻《もど》すのだろうか？　水中人はヒトを食うんだっけ？　泳ぎつかれて、足がつりそうだった。ロンと少女を引《ひ》っ張《ぱ》り上《あ》げようとしているので、肩《かた》も激《はげ》しく痛《いた》んだ……。

息が苦しくなってきた。首の両脇《りょうわき》に、再《ふたた》び痛《いた》みを感じた……口の中で、水が重たくなったのが、はっきりわかった……闇《やみ》は確実《かくじつ》に薄《うす》らいできた……上に陽《ひ》の光が見えた……。

ハリーは鰭足《ひれあし》で強く蹴《け》った。しかし、足はもう普通《ふつう》の足だった……水が口に、そして肺《はい》にどっと流《なが》れ込《こ》んできた……目がくらむ。でも、光と空気はほんの三メートル上にある……たどり着くんだ……たどり着かなければ……。

ハリーは両足を思いきり強く、速くばたつかせて水を蹴《け》った。筋肉《きんにく》が抵抗《ていこう》の悲鳴を上げているような感じがした。頭の中が水浸《みずびた》しだ。息ができない。酸素《さんそ》が欲《ほ》しい。やめることはできない。やめてたまるか――。

その時、頭が水面を突《つ》き破《やぶ》るのを感じた。すばらしい、冷たい、澄《す》んだ空気が、ハリーのぬれた顔をチクチクと刺《さ》すようだった。ハリーは思いっきり空気を吸《す》い込《こ》んだ。これまで一度もちゃんと息を吸《す》ったことがなかったような気がした。そして、あえぎあえぎ、ハリーはロンと少女を引き上げた。ハリーの周りをぐるりと囲んで、ぼうぼうとした緑の髪《かみ》の頭が、いっせいに水面に現《あらわ》れた。みんなハリーに笑いかけている。

スタンドの観衆《かんしゅう》が大騒《おおさわ》ぎしていた。叫《さけ》んだり、悲鳴を上げたり、総立《そうだ》ちになっているようだ。みんな、ロンと少女が死んだと思っているのだろうと、ハリーは思った。みんなまちがっている……二人とも目を開けた。少女は混乱《こんらん》して怖《こわ》がっていたが、ロンはピューッと水を吐《は》き出《だ》し、明るい陽《ひ》射《ざ》しに目をパチクリさせ、ハリーのほうを見て言った。

「びしょびしょだな、こりゃ」

たったそれだけだ。それからフラーの妹に目をとめ、ロンが言った。

「なんのためにこの子を連れてきたんだい？」

「フラーが現《あらわ》れなかったんだ。僕《ぼく》、この子を残しておけなかった」

ハリーがゼイゼイ言った。

「ハリー、ドジだな」ロンが言った。「あの歌を真に受けたのか？　ダンブルドアが僕《ぼく》たちをおぼれさせるわけないだろ！」

「だけど、歌が――」

「制限時間内《せいげんじかんない》に君がまちがいなく戻《もど》れるように歌ってただけなんだ！」

ロンが言った。

「英雄気取《えいゆうきど》りで、湖の底で時間をむだにしたんじゃないだろうな！」

ハリーは自分のばかさかげんとロンの言い方の両方にいや気がさした。ロンはそれでいいだろう。**君はずっと**眠《ねむ》っていたんだから。やすやすと人を殺《あや》めそうな、槍《やり》を持った水中人に取り囲まれて、湖の底でどんなに不気味な思いをしたか、君は知らずにすんだのだから。

「行こう」

ハリーはぽつんと言った。

「この子を連れてゆくのを手伝って。あんまり泳げないようだから」

フラーの妹を引《ひ》っ張《ぱ》り、二人は岸へと泳いだ。岸辺には審査員《しんさいん》が立って眺《なが》めている。二十人の水中人が、護衛兵《ごえいへい》のようにハリーとロンに付《つ》き添《そ》い、恐《おそ》ろしい悲鳴のような歌を歌っていた。

マダム・ポンフリーが、せかせかと、ハーマイオニー、クラム、セドリック、チョウの世話をしているのが見えた。みんな厚《あつ》い毛布《もうふ》にくるまっている。ダンブルドアとルード・バグマンが岸辺に立ち、近づいてくるハリーとロンにニッコリ笑いかけていた。しかし、パーシーは蒼白《そうはく》な顔で、なぜかいつもよりずっと幼《おさな》く見えた。パーシーが水しぶきを上げて二人に駆《か》け寄《よ》った。マダム・マクシームは、湖に戻《もど》ろうと半狂乱《はんきょうらん》で必死にもがいているフラー・デラクールを抑《おさ》えようとしていた。

「ガブリエル！　**ガブリエル！　あの子は生きているの？　けがしてないの？**」

「大丈夫《だいじょうぶ》だよ！」

　ハリーはそう伝えようとした。しかし、疲労困憊《ひろうこんぱい》で、ほとんど口をきくこともできない。まして や大声を出すことはできなかった。

　パーシーはロンをつかみ、岸まで引《ひ》っ張《ぱ》っていこうとした（「放せよ、パーシー。僕《ぼく》、なんともないんだから！」）。ダンブルドアとバグマンがハリーに手を貸《か》して立たせた。フラーはマダム・マクシームの制止《せいし》を振《ふ》りきって、妹をしっかり抱《だ》きしめた。

「水魔《すいま》なの……わたし、襲《おそ》われて……ああ、ガブリエル、もうだめかと……だめかと……」

「こっちへ。ほら」

　マダム・ポンフリーの声がした。ハリーを捕《つか》まえると、マダム・ポンフリーは、ハーマイオニーやほかの人がいる所にハリーを引《ひ》っ張《ぱ》ってきて、毛布《もうふ》にくるんだ。あまりにきっちりくるまれて、ハリーは身動きができなかった。熱い煎《せん》じ薬《くすり》を一杯《ぱい》、のどに流《なが》し込《こ》まれると、ハリーの耳から湯気が噴《ふ》き出《だ》した。

「よくやったわ、ハリー！」

ハーマイオニーが叫《さけ》んだ。

「できたのね。自分一人でやり方を見つけたのね！」

「えーと――」

ハリーは口ごもった。ドビーのことを話すつもりだった。しかし、その時、カルカロフがハリーを見つめているのに気づいた。カルカロフはただ一人、審査員席《しんさいんせき》を離《はな》れていない。ハリー、ロン、フラーの妹が無事戻《もど》ったことに、カルカロフだけが、喜びも安堵《あんど》したそぶりも見せていない。

「うん、そうさ」

ハリーは、カルカロフに聞こえるように、少し声を張《は》り上《あ》げた。

「髪《かみ》にゲンゴロウがついているよ、ハーム - オウン - ニニー」クラムが言った。

クラムはハーマイオニーの関心を取《と》り戻《もど》そうとしている、とハリーは感じた。たったいま、湖から君を救い出したのは僕《ぼく》だよ、と言いたいのだろう。しかし、ハーマイオニーは、うるさそうにゲンゴロウを髪《かみ》から払《はら》いのけ、こう言った。

「でも、あなた、制限時間《せいげんじかん》をずいぶんオーバーしたのよ、ハリー……私《わたし》たちを見つけるのに、そんなに長くかかったの？」

「ううん……ちゃんと見つけたけど……」

ばかだったという気持ちがつのった。ダンブルドアが安全対策《あんぜんたいさく》を講《こう》じていて、代表選手が現《あらわ》れなかったからといって、人質《ひとじち》を死なせたりするはずがない。水から上がってみると、そんなことは明々白々だと思えた。ロンだけを取り返して戻《もど》ってくればよかったのに。自分が一番で戻《もど》れたのに……。セドリックやクラムは、ほかの人質《ひとじち》のことを心配して時間をむだにしたりしなかった。水中人の歌を真に受けたりしなかった……。

ダンブルドアは水際《みずぎわ》にかがみ込《こ》んで、水中人の長《おさ》らしい、ひときわ荒々《あらあら》しく、恐《おそ》ろしい顔つきの女の水中人と話《はな》し込《こ》んでいた。水中人は水から出ると悲鳴のような声を発するが、ダンブルドアもいま、同じような音で話している。ダンブルドアはマーミッシュ語が話せたのだ。やっとダンブルドアが立ち上がり、審査員《しんさいん》に向かってこう言った。

「どうやら、点数をつける前に、協議じゃ」

審査員《しんさいん》が秘密会議《ひみつかいぎ》に入った。マダム・ポンフリーが、パーシーにがっちり捕《つか》まっているロンを救出に行った。ハリーやほかのみんながいる所にロンを連れてくると、マダム・ポンフリーはロンに毛布《もうふ》をかけ、「元気爆発薬《げんきばくはつぐすり》」を飲ませ、それからフラーと妹を迎《むか》えにいった。フラーは顔や腕《うで》が切《き》り傷《きず》だらけで、ローブも破《やぶ》れていたが、まったく気にかけない様子で、マダム・ポンフリーがきれいにしようとしても断《ことわ》った。

「ガブリエルの面倒《めんどう》を見て」

フラーはそう言うと、ハリーのほうを見た。

「あなた、妹を助けました」

フラーは声を詰《つ》まらせた。

「あの子があなたのいとじちではなかったのに」

「うん」

ハリーは女の子を三人全部、石像《せきぞう》に縛《しば》られたまま残してくればよかったと、いま、心からそう思っていた。

フラーは身をかがめて、ハリーの両ほおに二回ずつキスした（ハリーは顔が燃《も》えるかと思った。また耳から湯気が出てもおかしくないと思った）。それからフラーはロンに言った。

「それに、あなたもです――エルプしてくれました――」

「うん」

ロンは何か期待しているように見えた。

「ちょっとだけね――」

フラーはロンの上にかがみ込《こ》んで、ロンにもキスした。ハーマイオニーはプンプン怒《おこ》っている顔だ。しかし、その時、ルード・バグマンの魔法《まほう》で拡大《かくだい》された声がすぐそばでとどろき、みんなが飛び上がった。スタンドの観衆《かんしゅう》はしんとなった。

「レディーズ・アンド・ジェントルメン。審査結果《しんさけっか》が出ました。水中人の女長《おんなおさ》、マーカスが、湖底で何があったかを仔細《しさい》に話してくれました。そこで、五〇点満点で、各代表選手は次のような得点《とくてん》となりました……」

「ミス・デラクール。すばらしい『泡頭呪文《あぶくあたまじゅもん》』を使いましたが、水魔《すいま》に襲《おそ》われ、ゴールにたどり着けず、人質《ひとじち》を取り返すことができませんでした。得点《とくてん》は二五点」

スタンドから拍手《はくしゅ》が沸《わ》いた。

「わたしは零点《れいてん》のいとです」

見事な髪《かみ》の頭を横に振《ふ》りながら、フラーがのどを詰《つ》まらせた。

「セドリック・ディゴリー君。やはり『泡頭呪文《あぶくあたまじゅもん》』を使い、最初に人質《ひとじち》を連れて帰ってきました。ただし、制限時間《せいげんじかん》の一時間を一分オーバー」

ハッフルパフから大きな声援《せいえん》が沸《わ》いた。チョウがセドリックに熱い視線《しせん》を送ったのをハリーは見た。

「そこで、四七点を与《あた》えます」

ハリーはがっくりした。セドリックが一分オーバーなら、ハリーは絶対《ぜったい》オーバーだ。

「ビクトール・クラム君は変身術《へんしんじゅつ》が中途半端《ちゅうとはんぱ》でしたが、効果的《こうかてき》なことには変わりありません。人質《ひとじち》を連《つ》れ戻《もど》したのは二番目でした。得点《とくてん》は四〇点」

カルカロフが得意顔《とくいがお》で、特に大きく拍手《はくしゅ》した。

「ハリー・ポッター君の『エラ昆布《こんぶ》』は特に効果《こうか》が大きい」

バグマンの解説《かいせつ》は続いた。

「戻《もど》ってきたのは最後でしたし、一時間の制限時間《せいげんじかん》を大きくオーバーしていました。しかし、水中人の長《おさ》の報告《ほうこく》によれば、ポッター君は最初に人質《ひとじち》に到着《とうちゃく》したとのことです。遅《おく》れたのは、自分の人《ひと》質《じち》だけではなく、全部の人質《ひとじち》を安全に戻《もど》らせようと決意したせいだとのことです」

ロンとハーマイオニーは半ばあきれ、半ば同情《どうじょう》するような目でハリーを見た。

「ほとんどの審査員《しんさいん》が」――と、ここでバグマンは、カルカロフをじろりと見た――「これこそ道徳的な力を示《しめ》すものであり、五〇点満点に値《あたい》するとの意見でした。しかしながら……ポッター君の得点《とくてん》は四五点です」

ハリーは胃袋《いぶくろ》が飛び上がった――これで、セドリックと同点一位になった。ロンとハーマイオニーは、きょとんとしてハリーを見つめたが、すぐに笑いだして、観衆《かんしゅう》と一緒《いっしょ》に力いっぱい拍手《はくしゅ》した。

「やったぜ、ハリー！」

ロンが歓声《かんせい》に負けじと声を張《は》り上《あ》げた。

「君は結局まぬけじゃなかったんだ――道徳的な力を見せたんだ！」

フラーも大きな拍手《はくしゅ》を送っていた。しかし、クラムはまったくうれしそうではなかった。なんとかハーマイオニーと話そうとしていたが、ハーマイオニーはハリーに声援《せいえん》を送るのに夢中《むちゅう》で、クラムの話など耳に入らなかった。

「第三の課題、最終課題は、六月二十四日の夕暮《ゆうぐ》れ時《どき》に行われます」

引き続きバグマンの声がした。

「代表選手は、そのきっかり一か月前に、課題の内容《ないよう》を知らされることになります。諸君《しょくん》、代表選手の応援《おうえん》をありがとう」

終わった。ぼうっとした頭でハリーはそう思った。マダム・ポンフリーは代表選手と人質《ひとじち》にぬれた服を着替《きが》えさせるために、みんなを引率《いんそつ》して城《しろ》へと歩きだしたところだった。……終わったんだ。通過《つうか》したんだ……六月二十四日までは、もう何も心配する必要はないんだ……。

城《しろ》に入る石段《いしだん》を上りながら、ハリーは心に決めた。今度ホグズミードに行ったら、ドビーに、一日一足として、一年分の靴下《くつした》を買ってきてやろう。

第二十七章 パッドフット帰る

第二の課題の余波《よは》で、一つよかったのは、湖の底で何が起こったのか、誰《だれ》もがくわしく聞きたがったことだ。つまり、初めてロンが、ハリーと一緒《いっしょ》に脚光《きゃっこう》を浴びることになったのだ。

ロンが話す事件《じけん》の経緯《けいい》が毎回微妙《びみょう》にちがうことに、ハリーは気づいた。最初は、真実だと思われる話をしていた。少なくともハーマイオニーの話と一致《いっち》していた——マクゴナガル先生の部屋で、ダンブルドアが、人質全員《ひとじちぜんいん》が安全であること、水から上がったときに目覚めるのだということを全員に保証《ほしょう》し、それからみんなに眠《ねむ》りの魔法《まほう》をかけた。ところが一週間後には、ロンの話がスリルに満ちた誘拐《ゆうかい》の話に変わっていた。ロンがたった一人で、五十人もの武装《ぶそう》した水中人と戦い、さんざん打ちのめされて服従《ふくじゅう》させられ、縛《しば》り上《あ》げられたという。

「だけど、僕《ぼく》、そでに杖《つえ》を隠《かく》してたんだ」

ロンがパドマ・パチルに話して聞かせた。パドマは、ロンが注目の的になっているので、前より

ずっと関心を持ったらしく、廊下《ろうか》ですれちがうたびにロンに話しかけた。

「やろうと思えばいつでも、バカ水中人なんかやっつけられたんだ」

「どうやるつもりだったの？　いびきでも吹《ふ》っかけてやるつもりだった？」

ハーマイオニーはピリッと皮肉った。ビクトール・クラムが一番失いたくないものがハーマイオニーだったことを、みんながからかうので、かなり気が立っていたのだ。

ロンは耳元を赤らめ、それからは元の「魔法《まほう》の眠《ねむ》り」版《ばん》に話を戻《もど》した。

三月に入ると、天気はからっとしてきたが、校庭に出ると冷たい風が情《なさ》け容赦《ようしゃ》なく手や顔を真っ赤にした。ふくろうが吹《ふ》き飛《と》ばされて進路をそれるので、郵便《ゆうびん》も遅《おく》れた。ホグズミード行きの日にちをシリウスに知らせる手紙をたくしたふくろうは、金曜の朝食のときに戻《もど》ってきた。全身の羽根の半分が逆立《さかだ》っていた。ハリーがシリウスの返信をはずすや否《いな》や、茶モリフクロウは飛び去った。また配達に出されてはかなわないと思ったにちがいない。

シリウスの手紙は前のと同じくらい短かった。


ホグズミードから出る道に、柵《さく》が立っている（ダービシュ・アンド・バングズ店を過《す》ぎた所だ）。土曜日の午後二時に、そこにいること。食べ物を持てるだけ持ってきてくれ。

「まさかホグズミードに帰ってきたんじゃないだろうな?」

ロンが信じられないという顔をした。

「帰ってきたみたいじゃない?」ハーマイオニーが言った。

「そんなばかな」ハリーは緊張《きんちょう》した。「捕《つか》まったらどうするつもり……」

「これまでは大丈夫《だいじょうぶ》だったみたいだ」ロンが言った。

「それに、あそこはもう、吸魂鬼《きゅうこんきディメンター》がうじゃうじゃというわけじゃないし」

ハリーは手紙を折りたたみ、あれこれ考えた。正直言って、ハリーはシリウスにまた会いたくてたまらない。だから、午後の最後の授業《じゅぎょう》に出かけるときも——二時限続《じげんつづ》きの「魔法薬学《まほうやくがく》」の授業《じゅぎょう》だ——地下牢教室《ちかろうきょうしつ》への階段《かいだん》を下りながら、いつもよりずっと心がはずんでいた。

マルフォイ、クラッブ、ゴイルが、パンジー・パーキンソン率《ひき》いるスリザリンの女子学生と一緒《いっしょ》に、教室のドアの前に群《むら》がっていた。ハリーの所からは見えない何かを見て、みんなで思いっきりクスクス笑いをしている。ハリー、ロン、ハーマイオニーが近づくと、ゴイルのだだっ広い背中《せなか》の陰《かげ》から、パンジーのパグ犬そっくりの顔が、興奮《こうふん》してこっちをのぞいた。

「来た、来た!」

パンジーがクスクス笑った。すると固まっていたスリザリン生の群《む》れがパッと割《わ》れた。パンジーが手にした雑誌《ざっし》が、ハリーの目に入った——『週刊魔女《しゅうかんまじょ》』だ。表紙の動く写真は巻《ま》き毛《げ》の魔女《まじょ》で、ニッコリ歯を見せて笑い、杖《つえ》で大きなスポンジケーキを指している。

「あなたの関心がありそうな記事がのってるわよ、グレンジャー！」

パンジーが大声でそう言いながら、雑誌《ざっし》をハーマイオニーに投げてよこした。ハーマイオニーは驚《おど》いたような顔で受け取った。その時、地下牢《ちかろう》のドアが開いて、スネイプがみんなに入れと合図した。

ハーマイオニー、ハリー、ロンは、いつものように地下牢教室《ちかろうきょうしつ》の一番後ろに向かった。スネイプが、今日の魔法薬《まほうやく》の材料を黒板に書くのに後ろを向いたとたん、ハーマイオニーは急いで机《つくえ》の下で雑誌《ざっし》をパラパラめくった。ついに、真ん中のページに、ハーマイオニーは探《さが》していた記事を見つけた。ハリーとロンも横からのぞき込《こ》んだ。ハリーのカラー写真の下に、短い記事がのり、「**ハリー・ポッターの密《ひそ》やかな胸《むね》の痛《いた》み**」と題がついている。


ほかの少年とはちがう。そうかもしれない――しかしやはり少年だ。あらゆる青春の痛《いた》みを感じている。と、リータ・スキーターは書いている。両親の悲劇的《ひげきてき》な死以来、愛を奪《うば》われた十四歳《さい》のハリー・ポッターは、ホグワーツでマグル出身のハーマイオニー・グレンジャーというガールフレンドを得《え》て、安らぎを見出《みいだ》していた。すでに痛《いた》みに満ちたその人生で、やがてまた一つの心の痛手《いたで》を味わうことになろうとは、少年は知る由《よし》もなかったのである。

ミス・グレンジャーは、美しいとは言いがたいが、有名な魔法使《まほうつか》いがお好みの野心家で、ハリーだけでは満足できないらしい。先ごろ行われたクィディッチ・ワールドカップのヒーローで、ブルガリアのシーカー、ビクトール・クラムがホグワーツにやってきて以来、ミス・グレンジャーは二人の少年の愛情《あいじょう》をもてあそんできた。クラムが、このすれっからしのミス・グレンジャーに首ったけなのは公《おおやけ》の事実で、夏休みにブルガリアに来てくれとすでに招待《しょうたい》している。クラムは、「こんな気持ちをほかの女の子に感じたことはない」とはっきり言った。

しかしながら、この不幸な少年たちの心をつかんだのは、ミス・グレンジャーの自然な魅力《みりょく》（それもたいした魅力《みりょく》ではないが）ではないかもしれない。

「あの子、ブスよ」活発でかわいらしい四年生のパンジー・パーキンソンは、そう言う。「だけど、『愛《あい》の妙薬《みょうやく》』を調合することは考えたかもしれない。頭でっかちだから。たぶん、そうしたんだと思うわ」

「愛《あい》の妙薬《みょうやく》」は、もちろんホグワーツでは禁《きん》じられている。アルバス・ダンブルドアは、この件《けん》の調査《ちょうさ》に乗り出すべきであろう。しばらくの間、ハリーの応援団《おうえんだん》としては、次にはもっとふさわしい相手に心を捧《ささ》げることを、願うばかりである。

「だから言ったじゃないか！」

記事をじっと見下ろしているハーマイオニーに、ロンが歯ぎしりしながらささやいた。

「リータ・スキーターにかまうなって、そう**言ったろう！** あいつ、君のことを、なんていうか――緋色《ひいろ》のおべべ扱《あつか》いだ！」

愕然《がくぜん》としていたハーマイオニーの表情《ひょうじょう》が崩《くず》れ、プッと噴《ふ》き出《だ》した。

「**緋色《ひいろ》のおべべ？**」

ハーマイオニーはロンのほうを見て、体を震《ふる》わせてクスクス笑いをこらえていた。

「ママがそう呼《よ》ぶんだ。その手の女の人を」

ロンはまた耳元を真っ赤にしてボソボソつぶやいた。

「せいぜいこの程度《ていど》なら、リータもおとろえたものね」

ハーマイオニーはまだクスクス笑いながら、隣《となり》の空いた椅子《いす》に『週刊魔女《しゅうかんまじょ》』を放り出した。

「バカバカしいの一言だわ」

ハーマイオニーはスリザリンのほうを見た。スリザリン生はみな、記事のいやがらせ効果《こうか》は上がったかと、教室のむこうから、ハーマイオニーとハリーの様子をじっとうかがっていた。ハーマイオニーは皮肉っぽくほほえんで、手を振《ふ》った。そして、ハーマイオニー、ハリー、ロンは「頭冴《あたまさ》え薬《ぐすり》」に必要な材料を広げはじめた。

「だけど、ちょっと変だわね」

十分後、タマオシコガネの入った乳鉢《にゅうばち》の上で乳棒《にゅうぼう》を持った手を休め、ハーマイオニーが言った。

「リータ・スキーターはどうして知ってたのかしら……？」

「何を？」ロンが聞き返した。「君、**まさか**『愛《あい》の妙薬《みょうやく》』、調合してなかったろうな」

「バカ言わないで」

ハーマイオニーはビシッと言って、またタマオシコガネをトントンつぶしはじめた。

「ちがうわよ。ただ……夏休みに来てくれって、ビクトールが私《わたし》に言ったこと、どうして知ってるのかしら？」

そう言いながら、ハーマイオニーの顔が緋色《ひいろ》になった。そして、意識的《いしきてき》にロンの目をさけていた。

「えーっ？」

ロンは乳棒《にゅうぼう》をガチャンと取り落とした。

「湖から引き上げてくれたすぐあとにそう言ったの」

ハーマイオニーが口ごもった。

「サメ頭を取ったあとに。マダム・ポンフリーが私《わたし》たちに毛布《もうふ》をくれて、それから、ビクトールが、審査員《しんさいん》に聞こえないように、私《わたし》をちょっと脇《わき》に引《ひ》っ張《ぱ》っていって、それで言ったの。夏休みに特に計画がないなら、よかったら来ないかって――」

「それで、なんて答えたんだ?」

ロンは乳棒《にゅうぼう》を拾い上げ、乳鉢《にゅうばち》から十五センチも離《はな》れた机《つくえ》をゴリゴリすっていた。ハーマイオニーを見ていたからだ。

「そして、**確《たし》かに**言ったわよ。こんな気持ちをほかの女《ひと》に感じたことはないって」

ハーマイオニーは燃《も》えるように赤くなり、ハリーはそこからの熱を感じたくらいだった。

「だけど、リータ・スキーターはどうやってあの人の言うことを聞いたのかしら? あそこにはいなかったし……それともいたのかしら? 透明《とうめい》マントを**ほんとうに**持っているのかもしれない。第二の課題を見るのに、こっそり校庭に忍《しの》び込《こ》んだのかもしれない……」

「それで、なんて**答えた**んだ?」

ロンがくり返し聞いた。乳棒《にゅうぼう》であまりに強くたたいたので、机《つくえ》がへこんだ。

「それは、私《わたし》、あなたやハリーが無事かどうか見るほうが忙《いそが》しくて、とても——」

「君の個人生活《こじんせいかつ》のお話は、確《たし》かにめくるめくものではあるが、ミス・グレンジャー」

氷のような声が三人のすぐ後ろから聞こえた。

「我輩《わがはい》の授業《じゅぎょう》では、そういう話はご遠慮《えんりょ》願いたいですな。グリフィンドール、一〇点減点《げんてん》」

三人が話《はな》し込《こ》んでいる間に、スネイプが音もなく三人の机《つくえ》の所まで来ていたのだ。クラス中が三人を振《ふ》り返《かえ》って見ていた。マルフォイは、すかさず、「**汚《きたな》いぞ、ポッター**」のバッジを点滅《てんめつ》させ、地下牢《ちかろう》のむこうからハリーに見せつけた。

「ふむ……その上、机《つくえ》の下で雑誌《ざっし》を読んでいたな?」

スネイプは『週刊魔女《しゅうかんまじょ》』をサッと取り上げた。

「グリフィンドール、もう一〇点減点《げんてん》……ふむ、しかし、なるほど……」

リータ・スキーターの記事に目をとめ、スネイプの暗い目がギラギラ光った。

「ポッターは自分の記事を読むのに忙《いそが》しいようだな……」

地下牢《ちかろう》にスリザリン生の笑い声が響《ひび》いた。スネイプの薄《うす》い唇《くちびる》がゆがみ、不快《ふかい》な笑いが浮《う》かんだ。

ハリーが怒《おこ》るのを尻目《しりめ》に、スネイプは声を出して記事を読みはじめた。

「『**ハリー・ポッターの密《ひそ》やかな胸《むね》の痛《いた》み**』……おう、おう、ポッター、今度はなんの病気かね?

『**ほかの少年とはちがう**』。**そうかもしれない……**」

ハリーは顔から火が出そうだった。スネイプは一文読むごとに間を取って、スリザリン生がさんざん笑えるようにした。スネイプが読むと、十倍もひどい記事に聞こえた。

「『……**ハリーの応援団《おうえんだん》としては、次にはもっとふさわしい相手に心を捧《ささ》げることを、願うばかりである**』。感動的ではないか」

スリザリン生の大爆笑《だいばくしょう》が続く中、スネイプは雑誌《ざっし》を丸めながら鼻先で笑った。

「さて、三人を別々に座《すわ》らせたほうがよさそうだ。もつれた恋愛関係《れんあいかんけい》より、魔法薬《まほうやく》のほうに集中できるようにな。ウィーズリー、ここに残れ。ミス・グレンジャー、こっちへ。ミス・パーキンソンの横に。ポッター――我輩《わがはい》の机《つくえ》の前のテーブルへ。移動《いどう》だ。さあ」

怒《いか》りに震《ふる》えながら、ハリーは材料と鞄《かばん》を大鍋《おおなべ》に放《ほう》り込《こ》み、空席になっている地下牢教室《ちかろうきょうしつ》の一番前のテーブルに鍋《なべ》を引きずっていった。スネイプがあとからついてきて、自分の机《つくえ》の前に座《すわ》り、ハリーが鍋《なべ》の中身を出すのをじっと見ていた。わざとスネイプと目を合わさないようにしながら、ハリーはタマオシコガネつぶしを続けた。タマオシコガネの一つ一つをスネイプの顔だと思いながらつぶした。

「マスコミに注目されて、おまえのデッカチ頭がさらにふくれ上がったようだな。ポッター」

クラスが落ち着きを取《と》り戻《もど》すと、スネイプが低い声で言った。

ハリーは答えなかった。スネイプが挑発《ちょうはつ》しようとしているのはわかっていた。これが初めてではない。授業《じゅぎょう》が終わる前に、グリフィンドールからまるまる五〇点減点《げんてん》する口実を作りたいにちがいない。

「魔法界全体《まほうかいぜんたい》が君に感服しているという妄想《もうそう》に取《と》り憑《つ》かれているのだろう」

スネイプはハリー以外には聞こえないような低い声で話し続けた（タマオシコガネはもう細かい粉《こな》になっていたが、ハリーはまだたたきつぶし続けていた）。

「しかし、我輩《わがはい》は、おまえの写真が何度新聞にのろうと、なんとも思わん。我輩《わがはい》にとって、ポッター、おまえは単に、規則《きそく》を見下している性悪《しょうわる》の小童《こわっぱ》だ」

ハリーはタマオシコガネの粉末《ふんまつ》を大鍋《おおなべ》にあけ、根生姜《ねしょうが》を刻《きざ》みはじめた。怒《いか》りで手が少し震《ふる》えていたが、目を伏《ふ》せ、スネイプの言うことが聞こえないふりをしていた。

「そこで、きちんと警告《けいこく》しておくぞ、ポッター」

スネイプはますます声を落とし、一段《いちだん》と危険《きけん》な声で話し続けた。

「小粒《こつぶ》でもピリリの有名人であろうがなんだろうが――今度我輩《わがはい》の研究室に忍《しの》び込《こ》んだところを捕《つか》まえたら――」

「僕《ぼく》、先生の研究室に近づいたことなどありません」

聞こえないふりも忘《わす》れ、ハリーは怒《おこ》ったように言った。

「我輩《わがはい》にうそは通じない」

スネイプは歯を食いしばったまま言った。底知れない暗い目が、ハリーの目をえぐるようにのぞき込《こ》んだ。

「毒《どく》ツルヘビの皮。エラ昆布《こんぶ》。どちらも我輩《わがはい》個人《こじん》の保管庫《ほかんこ》のものだ。誰《だれ》が盗《ぬす》んだかはわかっている」

ハリーはじっとスネイプを見つめ返した。瞬《まばた》きもせず、後ろめたい様子も見せまいとつっぱった。事実、そのどちらも、スネイプから盗《ぬす》んだのはハリーではない。毒《どく》ツルヘビの皮は、二年生のときハーマイオニーが盗《と》った――ポリジュース薬を煎《せん》じるのに必要だったのだ――あの時、スネイプはハリーを疑《うたが》ったが、証拠《しょうこ》がなかった。エラ昆布《こんぶ》を盗《ぬす》んだのは、当然ドビーだ。

「なんのことか僕《ぼく》にはわかりません」

ハリーは冷静にうそをついた。

「おまえは、我輩《わがはい》の研究室に侵入者《しんにゅうしゃ》があった夜、ベッドを抜《ぬ》け出《だ》していた！」

スネイプのヒソヒソ声が続いた。

「わかっているぞ、ポッター！　今度はマッドーアイ・ムーディがおまえのファンクラブに入ったらしいが、我輩《わがはい》はおまえの行動を許《ゆる》さん！　今度我輩《わがはい》の研究室に、夜中に入《はい》り込《こ》むことがあれば、ポッター、つけを払《はら》うはめになるぞ！」

「わかりました」

ハリーは冷静にそう言うと、根生姜刻《ねしょうがきざ》みに戻《もど》った。

「どうしてもそこに行きたいという気持ちになることがあれば、覚えておきます」

スネイプの目が光り、黒いローブに手を突《つ》っ込《こ》んだ。一瞬《いっしゅん》ハリーはどきりとした。スネイプが杖《つえ》を取り出し、ハリーに呪《のろ》いをかけるのではないかと思ったのだ——しかし、スネイプが取り出したのは、透《す》きとおった液体《えきたい》の入った小さなクリスタルの瓶《びん》だった。ハリーはじっと瓶《びん》を見つめた。

「なんだかわかるか、ポッター」

スネイプの目が再《ふたた》び怪《あや》しげに光った。

「いいえ」

今度は真っ正直に答えた。

「ベリタセラム――真実薬《しんじつやく》だ。強力で、三滴《てき》あれば、おまえは心の奥底《おくそこ》にある秘密《ひみつ》を、このクラス中に聞こえるようにしゃべることになる」

スネイプが毒々しく言った。

「さて、この薬の使用は、魔法省《まほうしょう》の指針《ししん》で厳《きび》しく制限《せいげん》されている。しかし、おまえが足元に気をつけないと、我輩《わがはい》の手が**すべる**ことになるぞ――」

スネイプはクリスタルの瓶《びん》をわずかに振《ふ》った。

「――おまえの夕食のかぼちゃジュースの真上で。そうすれば、ポッター……そうすれば、おまえが我輩《わがはい》の研究室に入ったかどうかわかるだろう」

ハリーはだまっていた。もう一度根生姜《ねしょうが》の作業に戻《もど》り、ナイフを取って薄切《うすぎ》りにしはじめた。「真実薬」なんて、いやなことを聞いた。スネイプなら手がすべって飲ませるくらいのことはやりかねない。そんなことになったら、自分の口から何がもれるか、ハリーは考えるだけで震《ふる》えが来るのをやっと抑《おさ》えつけた……。いろんな人をトラブルに巻《ま》き込《こ》んでしまう――手始めにハーマイオニーとドビーのことだ――そればかりか、ほかにも隠《かく》していることはたくさんある……シリウスと連絡《れんらく》を取り合っていること……それに――チョウへの思い――そう考えると内臓《ないぞう》がよじれた……。

ハリーは根生姜《ねしょうが》も大鍋《おおなべ》に入れた。ムーディを見習うべきかもしれない、とハリーは思った。これからは自分用の携帯瓶《けいたいびん》からしか飲まないようにするのだ。

地下牢教室《ちかろうきょうしつ》の戸をノックする音がした。

「入れ」スネイプがいつもどおりの声で言った。

戸が開くのをクラス全員が振《ふ》り返《かえ》って見た。カルカロフ校長だった。スネイプの机《つくえ》に向かって歩いてくるのを、みんなが見つめた。山羊《やぎ》ひげを指でひねりひねり、カルカロフは何やら興奮《こうふん》していた。

「話がある」

カルカロフはスネイプの所まで来ると、出《だ》し抜《ぬ》けに言った。自分の言っていることを誰《だれ》にも聞かれないように、カルカロフはほとんど唇《くちびる》を動かさずにしゃべっていた。下手な腹話術師《ふくわじゅつし》のようだった。ハリーは根生姜《ねしょうが》に目を落としたまま、耳をそばだてた。

「授業《じゅぎょう》が終わってから話そう、カルカロフ――」

スネイプがつぶやくように言った。しかし、カルカロフはそれをさえぎった。

「いま話したい。セブルス、君が逃《に》げられないときに。君は私《わたし》をさけ続けている」

「授業《じゅぎょう》のあとだ」

スネイプがピシャリと言った。

アルマジロの胆汁《たんじゅう》の量が正しかったかどうか見るふりをして、ハリーは計量カップを持ち上げ、二人を横目でちらりと見た。カルカロフは極度に心配そうな顔で、スネイプは怒《おこ》っているようだった。カルカロフは二時限続《じげんつづ》きの授業《じゅぎょう》の間、ずっとスネイプの机《つくえ》の後ろでうろうろしていた。授業《じゅぎょう》が終わったとき、スネイプが逃《に》げるのを、どうあっても阻止《そし》するかまえだ。カルカロフがいったい何を言いたいのか聞きたくて、終業ベルが鳴る二分前、ハリーはわざとアルマジロの胆汁《たんじゅう》の瓶《びん》をひっくり返した。これで、大鍋《おおなべ》の陰《かげ》にしゃがみ込《こ》む口実ができた。ほかの生徒がガヤガヤとドアに向かっているとき、ハリーは床《ゆか》をふいていた。

「何がそんなに緊急《きんきゅう》なんだ？」

スネイプがヒソヒソ声でカルカロフに言うのが聞こえた。

「**これだ**」カルカロフが答えた。

ハリーは大鍋《おおなべ》の端《はし》からのぞき見た。カルカロフがローブの左そでをまくり上げ、腕《うで》の内側にある何かをスネイプに見せているのが見えた。

「どうだ？」

カルカロフは、依然《いぜん》として、懸命《けんめい》に唇《くちびる》を動かさないようにしていた。

「見たか？　こんなにはっきりしたのは初めてだ。あれ以来——」

「しまえ！」スネイプが唸《うな》った。暗い目が教室全体をサッと見た。

「君も気づいているはずだ——」カルカロフの声が興奮《こうふん》している。

「あとで話そう、カルカロフ！」スネイプが吐《は》き捨《す》てるように言った。

「ポッター！　何をしているんだ？」

「アルマジロの胆汁《たんじゅう》をふき取っています、先生」

ハリーは何事もなかったかのように、立ち上がって、汚《よご》れた雑巾《ぞうきん》をスネイプに見せた。

カルカロフはきびすを返し、大股《おおまた》で地下牢《ちかろう》を出ていった。心配と怒《いか》りが入りまじったような表情《ひょうじょう》だった。怒《いか》り心頭《しんとう》のスネイプと二人きりになるのは願い下げだ。ハリーは教科書と材料を鞄《かばん》に投げ入れ、猛《もう》スピードでその場を離《はな》れた。たったいま目撃《もくげき》したことを、ロンとハーマイオニーに話さなければ。


翌日《よくじつ》、三人は正午に城《しろ》を出た。校庭を淡《あわ》い銀色の太陽が照らしていた。これまでになくおだやかな天気で、ホグズミードに着くころには、三人ともマントを脱《ぬ》いで片方《かたほう》の肩《かた》に引っかけていた。シリウスが持ってこいと言った食料は、ハリーの鞄《かばん》に入っている。鳥の足を十二本、パン一本、かぼちゃジュースひと瓶《びん》を、昼食のテーブルからくすねておいたのだ。

三人で「グラドラグス魔法《まほう》ファッション店」に入り、ドビーへのみやげを買った。思いっきりけばけばしい靴下《くつした》を選ぶのはおもしろかった。金と銀の星が点滅《てんめつ》する柄《がら》や、あんまり臭《くさ》くなると大声で叫《さけ》ぶ靴下《くつした》もあった。一時半、三人はハイストリート通りを歩き、ダービシュ・アンド・バングズ店を通《とお》り過《す》ぎ、村のはずれに向かっていた。

ハリーはこっちのほうには来たことがなかった。曲がりくねった小道が、ホグズミードを囲む荒《こう》涼《りょう》とした郊外《こうがい》へと続いていた。住宅《じゅうたく》もこのあたりはまばらで、庭は大きめだった。三人は山のふもとに向かって歩いていた。ホグズミードはその山ふところにあるのだ。そこで角を曲がると、道のはずれに柵《さく》があった。柵《さく》の一番高い所に二本の前脚《まえあし》をのせ、新聞らしいものを口にくわえて三人を待っている大きな、毛むくじゃらの黒い犬。見覚えのある、なつかしい姿《すがた》……。

「やあ、シリウスおじさん」

そばまで行って、ハリーが挨拶《あいさつ》した。

黒い犬はハリーの鞄《かばん》を夢中《むちゅう》でかぎ、しっぽを一度だけ振《ふ》り、向きを変えてトコトコ走りだした。あたりは低木が茂《しげ》り、上り坂で、行く手は岩だらけの山のふもとだ。ハリー、ロン、ハーマイオニーは、柵《さく》を乗《の》り越《こ》えてあとを追った。

シリウスは三人を山のすぐ下まで導《みちび》いた。あたり一面岩石で覆《おお》われている。四本足なら苦もなく歩けるが、ハリー、ロン、ハーマイオニーはたちまち息切れした。三人は、シリウスについて山を登った。およそ三十分、三人はシリウスの振《ふ》るしっぽに従《したが》い、太陽に照らされて汗《あせ》をかきながら、曲がりくねった険《けわ》しい石ころだらけの道を登っていった。ハリーの肩《かた》に、鞄《かばん》のベルトが食《く》い込《こ》んだ。

そして、最後に、シリウスがスルリと視界《しかい》から消えた。三人がその姿《すがた》の消えた場所まで行くと、狭《せま》い岩の裂《さ》け目《め》があった。裂《さ》け目《め》に体を押《お》し込《こ》むようにして入ると、中は薄暗《うすぐら》い涼《すず》しい洞窟《どうくつ》だった。一番奥《おく》に、大きな岩にロープを回してつながれているのは、ヒッポグリフのバックビークだ。下半身は灰色《はいいろ》の馬、上半身は巨大《きょだい》な鷲《わし》のバックビークは、三人の姿《すがた》を見ると、獰猛《どうもう》なオレンジ色の目をギラギラさせた。三人がていねいにおじぎをすると、バックビークは一瞬尊大《いっしゅんそんだい》な目つきで三人を見たが、うろこに覆《おお》われた前脚《まえあし》を折って挨拶《あいさつ》した。ハーマイオニーは駆《か》け寄《よ》って、羽毛の生えた首をなでた。ハリーは、黒い犬が名付け親の姿《すがた》に戻《もど》るのを見ていた。

シリウスはぼろぼろの灰色《はいいろ》のローブを着ていた。アズカバンを脱出《だっしゅつ》したときと同じローブだ。黒い髪《かみ》は、暖炉《だんろ》の火の中に現《あらわ》れたときより伸《の》びて、また昔のようにぼうぼうともつれていた。とてもやせたように見えた。

「チキン！」

くわえていた「日刊予言者新聞《にっかんよげんしゃしんぶん》」の古新聞を口から離《はな》し、洞窟《どうくつ》の床《ゆか》に落としたあと、シリウスはかすれた声で言った。

ハリーは鞄《かばん》をパッと開け、鳥の足をひとつかみと、パンを渡《わた》した。

「ありがとう」

そう言うなり、シリウスは包みを開け、鳥の足をつかみ、洞窟《どうくつ》の床《ゆか》に座《すわ》り込《こ》んで、歯で大きく食いちぎった。

「ほとんどネズミばかり食べて生きていた。ホグズミードからあまりたくさん食べ物を盗《ぬす》むわけにもいかない。注意を引くことになるからね」

シリウスはハリーにニッコリした。ハリーも笑いを返したが、心から笑う気持ちにはなれなかった。

「シリウスおじさん、どうしてこんな所にいるの？」ハリーが言った。

「名付け親としての役目をはたしている」

シリウスは、犬のようなしぐさで鳥の骨《ほね》をかじった。

「私《わたし》のことは心配しなくていい。愛すべき野良犬《のらいぬ》のふりをしているから」

シリウスはまだほほえんでいた。しかし、ハリーの心配そうな表情《ひょうじょう》を見て、さらに真剣《しんけん》に言葉を続けた。

「私《わたし》は現場《げんば》にいたいのだ。君が最後にくれた手紙……そう、ますますきな臭《くさ》くなっているとだけ言っておこう。誰《だれ》かが新聞を捨《す》てるたびに拾っていたのだが、どうやら、心配しているのは私《わたし》だけではないようだ」

シリウスは洞窟《どうくつ》の床《ゆか》にある、黄色く変色した「日刊予言者新聞《にっかんよげんしゃしんぶん》」をあごで指した。ロンが何枚《なんまい》か拾い上げて広げた。

しかし、ハリーはまだシリウスを見つめ続けていた。

「捕《つか》まったらどうするの？　姿《すがた》を見られたら？」

「私《わたし》が『動物《アニメーガス》もどき』だと知っているのは、ここでは君たち三人とダンブルドアだけだ」

シリウスは肩《かた》をすくめ、鳥の足を貪《むさぼ》り続けた。

ロンがハリーをこづいて、「日刊予言者新聞《にっかんよげんしゃしんぶん》」を渡《わた》した。二枚《まい》あった。最初の記事の見出しは、「**魔法省《まほうしょう》の魔女《まじょ》、いまだに行方不明《ゆくえふめい》**」、二つ目の記事は「**バーテミウス・クラウチの不可解《ふかかい》な病気——いよいよ魔法大臣《まほうだいじん》自ら乗り出す**」とあった。

ハリーはクラウチの記事をざっと読んだ。切れ切れの文章が目に飛《と》び込《こ》んできた。

十一月以来、公《おおやけ》の場に現《あらわ》れず……家に人影《ひとかげ》はなく……聖《せい》マンゴ魔法疾患傷害病院《まほうしっかんしょうがいびょういん》はコメントを拒否《きょひ》……魔法省《まほうしょう》は重症《じゅうしょう》のうわさを否定《ひてい》……。

「まるでクラウチが死にかけているみたいだ」

ハリーは考《かんが》え込《こ》んだ。

「だけど、ここまで来られる人がそんなに重い病気のはずないし……」

「僕《ぼく》の兄さんが、クラウチの秘書《ひしょ》なんだ」

ロンがシリウスに教えた。

「兄さんは、クラウチが働きすぎだって言ってる」

「だけど、あの人、僕《ぼく》が最後に近くで見たときは、**ほんとに病気**みたいだった」

ハリーはまだ新聞を読みながら、ゆっくりと言った。

「僕《ぼく》の名前がゴブレットから出てきたあの晩《ばん》だけど……」

「ウィンキーをクビにした当然の報《むく》いじゃない？」

ハーマイオニーが冷たく言った。ハーマイオニーは、シリウスの食べ残した鳥の骨《ほね》をバリバリかんでいるバックビークをなでていた。

「クビにしなきゃよかったって、きっと後悔《こうかい》してるのよ――世話してくれるウィンキーがいないと、どんなに困《こま》るかわかったんだわ」

「ハーマイオニーは屋敷《やしき》しもべに取《と》り憑《つ》かれてるのさ」

ロンがハーマイオニーに困《こま》ったもんだという目を向けながら、シリウスにささやいた。

しかし、シリウスは関心を持ったようだった。

「クラウチが屋敷《やしき》しもべをクビに？」

「うん、クィディッチ・ワールドカップのとき」

ハリーは「闇《やみ》の印《しるし》」が現《あらわ》れたこと、ウィンキーがハリーの杖《つえ》を握《にぎ》りしめたまま発見されたこと、クラウチ氏が激怒《げきど》したことを話しはじめた。

話し終えると、シリウスは再《ふたた》び立ち上がり、洞窟《どうくつ》を往《い》ったり来たりしはじめた。

「整理してみよう」

しばらくすると、鳥の足をもう一本持って振《ふ》りながら、シリウスが言った。

「はじめはしもべ妖精《ようせい》が、貴賓席《きひんせき》に座《すわ》っていた。クラウチの席を取っていた。そうだね？」

「そう」

ハリー、ロン、ハーマイオニーが同時に答えた。

「しかし、クラウチは試合には現《あらわ》れなかった？」

「うん」ハリーが言った。「あの人、忙《いそが》しすぎて来られなかったって言ったと思う」

シリウスは洞窟中《どうくつじゅう》をだまって歩き回った。それから口を開いた。

「ハリー、貴賓席《きひんせき》を離《はな》れたとき、杖《つえ》があるかどうかポケットの中を探《さぐ》ってみたか？」

「うーん……」

ハリーは考《かんが》え込《こ》んだ。そしてやっと答えが出た。

「ううん。森に入るまでは使う必要がなかった。そこでポケットに手を入れたら、『万眼鏡《まんがんきょう》《オムニオキュラー》』しかなかったんだ」

ハリーはシリウスを見つめた。

「『闇《やみ》の印《しるし》』を創《つく》り出《だ》した誰《だれ》かが、僕《ぼく》の杖《つえ》を貴賓席《きひんせき》で盗《ぬす》んだってこと？」

「その可能性《かのうせい》はある」シリウスが言った。

「ウィンキーは杖《つえ》を盗《ぬす》んだりしないわ！」ハーマイオニーが鋭《するど》い声を出した。

「貴賓席《きひんせき》にいたのは妖精《ようせい》だけじゃない」

シリウスは眉根《まゆね》にしわを寄《よ》せて、歩き回っていた。

「君の後ろには誰《だれ》がいたのかね？」

「いっぱい、いた」ハリーが答えた。

「ブルガリアの大臣たちとか……コーネリウス・ファッジとか……マルフォイ一家……」

「マルフォイ一家だ！」

ロンが突然《とつぜん》叫《さけ》んだ。あまりに大きな声を出したので、洞窟中《どうくつじゅう》に反響《はんきょう》し、バックビークが神経質《しんけいしつ》に首を振《ふ》り立《た》てた。

「絶対《ぜったい》、ルシウス・マルフォイだ！」

「ほかには？」シリウスが聞いた。

「ほかにはいない」ハリーが言った。

「いたわ。いたわよ、ルード・バグマンが」

ハーマイオニーがハリーに教えた。

「ああ、そうだった……」

「バグマンのことはよく知らないな。ウィムボーン・ワスプスのビーターだったこと以外は」

シリウスはまだ歩き続けながら言った。

「どんな人だ?」

「あの人は大丈夫《だいじょうぶ》だよ」ハリーが言った。

「三校対抗試合《たいこうじあい》で、いつも僕《ぼく》を助けたいって言うんだ」

「そんなことを言うのか?」

シリウスはますます眉根《まゆね》にしわを寄《よ》せた。

「なぜそんなことをするのだろう?」

「僕《ぼく》のことを気に入ったって言うんだ」ハリーが言った。

「ふぅむ」シリウスは考《かんが》え込《こ》んだ。

「『闇《やみ》の印《しるし》』が現《あらわ》れる直前に、私《わたし》たち森でバグマンに出会ったわ」

ハーマイオニーがシリウスに教えた。

「覚えてる?」

ハーマイオニーはハリーとロンに言った。

「うん。でも、バグマンは森に残ったわけじゃないだろ?」ロンが言った。

「騒《さわ》ぎのことを言ったら、バグマンはすぐにキャンプ場に行ったよ」

「どうしてそう言える?」

ハーマイオニーが切り返した。

「『姿《すがた》くらまし』したのに、どうして行き先がわかるの?」

「やめろよ」

ロンは信じられないという口調だ。

「ルード・バグマンが『闇《やみ》の印《しるし》』を創《つく》り出《だ》したと言いたいのか?」

「ウィンキーよりは可能性《かのうせい》があるわ」ハーマイオニーは頑固《がんこ》に言《い》い張《は》った。

「言ったよね?」

ロンが意味ありげにシリウスを見た。

「言ったよね。ハーマイオニーが取《と》り憑《つ》かれてるって、屋敷《やしき》――」

しかし、シリウスは手を上げてロンをだまらせた。

「『闇《やみ》の印《しるし》』が現《あらわ》れて、妖精《ようせい》がハリーの杖《つえ》を持ったまま発見されたとき、クラウチは何をしたかね?」

「茂《しげ》みの様子を見にいった」ハリーが答えた。「でも、そこにはなんにもなかった」

「そうだろうとも」

シリウスは、往《い》ったり来たりしながらつぶやいた。

「そうだろうとも。クラウチは自分のしもべ妖精《ようせい》以外《いがい》の誰《だれ》かだと決めつけたかっただろうな……それで、しもべ妖精《ようせい》をクビにしたのかね?」

「そうよ」

ハーマイオニーの声が熱くなった。

「クビにしたのよ。テントに残って、踏《ふ》みつぶされるままになっていなかったのがいけないっていうわけ――」

「ハーマイオニー、**頼《たの》むよ**、妖精《ようせい》のことはちょっとほっといてくれ！」ロンが言った。

しかし、シリウスは頭《かぶり》を振《ふ》ってこう言った。

「クラウチのことは、ハーマイオニーのほうがよく見ているぞ、ロン。人となりを知るには、その人が、自分と同等の者より目下の者をどう扱《あつか》うかをよく見ることだ」

シリウスはひげの伸《の》びた顔をなでながら、考えに没頭《ぼっとう》しているようだった。

「バーティ・クラウチがずっと不在《ふざい》だ……わざわざしもべ妖精《ようせい》にクィディッチ・ワールドカップの席を取らせておきながら、観戦しなかった。三校対抗試合《たいこうじあい》の復活《ふっかつ》にずいぶん尽力《じんりょく》したのに、それにも来なくなった……クラウチらしくない。これまでのあいつなら、一日たりとも病気で欠勤《けっきん》したりしない。そんなことがあったら、私《わたし》はバックビークを食ってみせるよ」

「それじゃ、クラウチを知ってるの？」ハリーが聞いた。

シリウスの顔が曇《くも》った。突然《とつぜん》、ハリーが最初に会ったときのシリウスの顔のように、ハリーがシリウスを殺人者だと信じていたあの夜のように、恐《おそ》ろしげな顔になった。

「ああ、クラウチのことはよく知っている」シリウスが静かに言った。「私《わたし》をアズカバンに送れと命令を出したやつだ——裁判《さいばん》もせずに」

「**えっ？**」ロンとハーマイオニーが同時に叫《さけ》んだ。

「うそでしょう！」ハリーが言った。

「いや、うそではない」

シリウスはまた大きくひと口、チキンにかぶりついた。

「クラウチは当時、魔法省《まほうしょう》の警察《けいさつ》である『魔法法執行部《まほうほうしっこうぶ》』の部長だった。知らなかったのか？」

ハリー、ロン、ハーマイオニーは首を横に振《ふ》った。

「次の魔法大臣《まほうだいじん》とうわさされていた」シリウスが言った。

「すばらしい魔法使《まほうつか》いだ、バーティ・クラウチは。強力な魔法力《まほうりょく》——それに、権力欲《けんりょくよく》だ。ああ、ヴォルデモートの支持者《しじしゃ》だったことはない」

ハリーの顔を読んで、シリウスがつけ加えた。

「それはない。バーティ・クラウチは常《つね》に闇《やみ》の陣営《じんえい》にはっきり対抗《たいこう》していた。しかし、闇《やみ》の陣営《じんえい》に反対を唱えていた多くの者が……いや、君たちにはわかるまい……あの時は、まだ小さかったから……」

「僕《ぼく》のパパもワールドカップでそう言ったんだ」

ロンが、声にいらいらをにじませて言った。

「わかるかどうか、僕《ぼく》たちを試《ため》してくれないかな？」

シリウスのやせた顔がニコッとほころびた。

「いいだろう。試《ため》してみよう……」

シリウスは洞窟《どうくつ》の奥《おく》まで歩いていき、また戻《もど》ってきて話しはじめた。

「ヴォルデモートが、いま、強大だと考えてごらん。誰《だれ》が支持者《しじしゃ》なのかわからない。誰《だれ》があやつに仕え、誰《だれ》がそうではないのか、わからない。あやつには人を操《あやつ》る力がある。誰《だれ》もが、自分では止めることができずに、恐《おそ》ろしいことをやってしまう。自分で自分が怖《こわ》くなる。家族や友達でさえ怖《こわ》くなる。毎週、毎週、またしても死人や、行方不明《ゆくえふめい》や、拷問《ごうもん》のニュースが入ってくる……魔法省《まほうしょう》は大《だい》混乱《こんらん》だ。どうしてよいやらわからない。すべてをマグルから隠《かく》そうとするが、一方でマグルも死んでゆく。いたるところ恐怖《きょうふ》だ……パニック……混乱《こんらん》……そういう状態《じょうたい》だった」

「いや、そういうときにこそ、最良の面を発揮《はっき》する者もいれば、最悪の面が出る者もある。クラウチの主義主張《しゅぎしゅちょう》は、最初はよいものだったのだろう――私《わたし》にはわからないが。あいつは魔法省《まほうしょう》でたちまち頭角を現《あらわ》し、ヴォルデモートに従《したが》う者に極《きわ》めて厳《きび》しい措置《そち》を取りはじめた。『闇祓《やみばら》い』たちに新しい権力《けんりょく》が与《あた》えられた――たとえば、捕《つか》まえるのでなく、殺してもいいという権力《けんりょく》だ。裁判《さいばん》なしに吸魂鬼《きゅうこんき》の手に渡《わた》されたのは、私《わたし》だけではない。クラウチは、暴力《ぼうりょく》には暴力《ぼうりょく》をもって立ち向かい、疑《うたが》わしい者に対して、『許《ゆる》されざる呪文《じゅもん》』を使用することを許可《きょか》した。あいつは、多くの闇《やみ》の陣営《じんえい》の輩《やから》と同じように、冷酷無情《れいこくむじょう》になってしまったと言える。確《たし》かに、あいつを支持《しじ》する者もいた――あいつのやり方が正しいと思う者もたくさんいたし、多くの魔法使《まほうつか》いたちが、あいつを魔法大臣《まほうだいじん》にせよと叫《さけ》んでいた。ヴォルデモートがいなくなったとき、クラウチがその最高の職《しょく》に就《つ》くのは時間の問題だと思われた。しかし、その時不幸な事件《じけん》があった……」

シリウスがニヤリと笑った。

「クラウチの息子《むすこ》が『死喰《しく》い人《びと》』の一味と一緒《いっしょ》に捕《つか》まった。この一味は、言葉巧《ことばたく》みにアズカバンを逃《のが》れた者たちで、ヴォルデモートを探《さが》し出《だ》して権力《けんりょく》の座《ざ》に復帰《ふっき》させようとしていた」

「クラウチの**息子《むすこ》が**捕《つか》まった？」ハーマイオニーが息をのんだ。

「そう」

シリウスは鳥の骨《ほね》をバックビークに投《な》げ与《あた》え、自分は飛びつくようにパンの横に座《すわ》り込《こ》み、パンを半分に引きちぎった。

「あのパーティにとっては、相当きついショックだっただろうね。もう少し家にいて、家族と一緒《いっしょ》に過《す》ごすべきだった。そうだろう？　たまには早く仕事を切り上げて帰るべきだった……自分の息《むす》子《こ》をよく知るべきだったのだ」

シリウスは大きなパンの塊《かたまり》を、がつがつ食らいはじめた。

「自分の息子《むすこ》が**ほんとうに**死喰《しく》い人《びと》だったの？」ハリーが聞いた。

「わからない」

シリウスはまだパンを貪《むさぼ》っていた。

「息子《むすこ》がアズカバンに連れてこられたとき、私自身《わたしじしん》もアズカバンにいたから、いま話していることは、大部分アズカバンを出てからわかったことだ。あの時牢《ろう》に入れられたのは、確《たし》かに死喰《しく》い人《びと》たちだった。私《わたし》の首を賭《か》けてもいい。あの子はその連中と一緒《いっしょ》に捕《つか》まったのだ――しかし、屋敷《やしき》しもべと同じように、単に、運悪くその場に居合《いあ》わせただけかもしれない」

「クラウチは自分の息子《むすこ》に罰《ばつ》を逃《のが》れさせようとしたの？」

ハーマイオニーが小さな声で聞いた。

シリウスは犬の吠《ほ》え声《ごえ》のような笑い方をした。

「クラウチが自分の息子《むすこ》に罰《ばつ》を逃《のが》れさせる？　ハーマイオニー、君にはあいつの本性《ほんしょう》がわかっていると思ったんだが？　少しでも自分の評判《ひょうばん》を傷《きず》つけるようなことは消してしまうやつだ。魔法大臣《まほうだいじん》になることに一生をかけてきた男だよ。献身的《けんしんてき》なしもべ妖精《ようせい》をクビにするのを見ただろう。しもべ妖精《ようせい》が、またしても自分と『闇《やみ》の印《しるし》』とを結びつけるようなことをしたからだ――それでやつの正体がわかるだろう？　クラウチがせいぜい父親らしい愛情《あいじょう》を見せたのは、息子《むすこ》を裁判《さいばん》にかけることだった。それとて、どう考えても、クラウチがどんなにその子を憎《にく》んでいるかを公《おおやけ》に見せるための口実にすぎなかった……それから息子《むすこ》をまっすぐアズカバン送りにした」

「自分の息子《むすこ》を吸魂鬼《きゅうこんき》に？」ハリーは声を落とした。

「そのとおり」

シリウスはもう笑ってはいなかった。

「吸魂鬼《きゅうこんき》が息子《むすこ》を連れてくるのを見たよ、独房《どくぼう》の鉄格子《てつごうし》を通して。十九歳《さい》になるかならないかだったろう。私《わたし》の房《ぼう》に近い独房《どくぼう》に入れられた。その日が暮《く》れるころには、母親を呼《よ》んで泣《な》き叫《さけ》んだ。二、三日するとおとなしくなったがね……みんなしまいには静かになったものだ……眠《ねむ》っているときに悲鳴を上げる以外は……」

一瞬《いっしゅん》、シリウスの目に生気がなくなった。まるで目の奥《おく》にシャッターが下りたような暗さだ。

「それじゃ、息子《むすこ》はまだアズカバンにいるの？」ハリーが聞いた。

「いや」

シリウスがゆっくり答えた。

「いや。あそこにはもういない。連れてこられてから約一年後に死んだ」

「**死んだ？**」

「あの子だけじゃない」

シリウスが苦々しげに答えた。

「たいがい精神《せいしん》に異常《いじょう》をきたす。最後には何も食べなくなる者が多い。生きる意志《いし》を失うのだ。死が近づくと、まちがいなくそれがわかる。吸魂鬼《きゅうこんき》がそれをかぎつけて興奮《こうふん》するからだ。あの子は収《しゅう》監《かん》されたときから病気のようだった。クラウチは魔法省《まほうしょう》の重要人物だから、奥方《おくがた》と一緒《いっしょ》に息子《むすこ》の死《し》に際《ぎわ》に面会を許《ゆる》された。それが、私《わたし》がバーティ・クラウチに会った最後だった。奥方《おくがた》を半分抱《だ》きかかえるようにして私《わたし》の独房《どくぼう》の前を通《とお》り過《す》ぎていった。奥方《おくがた》はどうやらそれからまもなく死んでしまったらしい。嘆《なげ》き悲しんで。息子《むすこ》と同じように、憔悴《しょうすい》していったらしい。クラウチは息子《むすこ》の遺体《いたい》を引き取りにこなかった。吸魂鬼《きゅうこんき》が監獄《かんごく》の外に埋葬《まいそう》した。私《わたし》はそれを目撃《もくげき》している」

シリウスは口元まで持っていったパンを脇《わき》に放り出し、かわりにかぼちゃジュースの瓶《びん》を取って飲《の》み干《ほ》した。

「そして、あのクラウチは、すべてをやりとげたと思ったときに、すべてを失った」

シリウスは手のこうで口をぬぐいながら話し続けた。

「一時は、魔法大臣《まほうだいじん》と目されたヒーローだった……次の瞬間《しゅんかん》、息子《むすこ》は死に、奥方《おくがた》も亡《な》くなり、家名は汚《けが》された。そして、私《わたし》がアズカバンを出てから聞いたのだが、人気も大きく落《お》ち込《こ》んだ。あの子が亡《な》くなると、みんながあの子に少し同情《どうじょう》しはじめた。れっきとした家柄《いえがら》の、立派《りっぱ》な若者《わかもの》が、なぜそこまで大きく道をあやまったのかと、人々は疑問《ぎもん》に思いはじめた。結論《けつろん》は、父親が息子《むすこ》をかまってやらなかったからだ、ということになった。そこで、コーネリウス・ファッジが最高の地位に就《つ》き、クラウチは『国際魔法協力部《こくさいまほうきょうりょくぶ》』などという傍流《ぼうりゅう》に押《お》しやられた」

長い沈黙《ちんもく》が流れた。ハリーは、クィディッチ・ワールドカップのとき、森の中で、自分に従《したが》わなかった屋敷《やしき》しもべ妖精《ようせい》を見下ろしたときの、目が飛び出したクラウチの顔を思《おも》い浮《う》かべていた。すると、ウィンキーが「闇《やみ》の印《しるし》」の下で発見されたとき、クラウチが過剰《かじょう》な反応《はんのう》を示《しめ》したのには、こんな事情《じじょう》があったのか。息子《むすこ》の思い出が、昔の醜聞《しゅうぶん》が、そして魔法省《まほうしょう》での没落《ぼつらく》がよみがえったのか。

「ムーディは、クラウチが闇《やみ》の魔法使《まほうつか》いを捕《つか》まえることに取《と》り憑《つ》かれているって言ってた」

ハリーがシリウスに話した。

「ああ、ほとんど病的だと聞いた」シリウスはうなずいた。

「私《わたし》の推測《すいそく》では、あいつは、もう一人死喰《しく》い人《びと》を捕《つか》まえれば昔の人気を取《と》り戻《もど》せると、まだそんなふうに考えているのだ」

「そして、学校に忍《しの》び込《こ》んで、スネイプの研究室を家捜《やさが》ししたんだ！」

ロンがハーマイオニーを見ながら、勝《か》ち誇《ほこ》ったように言った。

「そうだ。それがまったく理屈《りくつ》に合わない」シリウスが言った。

「理屈《りくつ》に合うよ！」ロンが興奮《こうふん》して言った。

しかし、シリウスは頭《かぶり》を振《ふ》った。

「いいかい。クラウチがスネイプを調べたいなら、試合の審査員《しんさいん》として来ればいい。しょっちゅうホグワーツに来て、スネイプを見張《みは》る格好《かっこう》の口実ができるじゃないか」

「それじゃ、スネイプが何かたくらんでいるって、そう思うの?」

ハリーが聞いた。が、ハーマイオニーが口をはさんだ。

「いいこと? あなたがなんと言おうと、ダンブルドアがスネイプを信用なさっているのだから――」

「まったく、いいかげんにしろよ、ハーマイオニー」

ロンがいらいらした。

「ダンブルドアは、そりゃ、すばらしいよ。だけど、ほんとにずる賢《がしこ》い闇《やみ》の魔法使《まほうつか》いなら、ダンブルドアをだませないわけじゃない――」

「だったら、そもそもどうしてスネイプは、一年生のときハリーの命を救ったりしたの? どうしてあのままハリーを死なせてしまわなかったの?」

「知るかよ――ダンブルドアに追い出されるかもしれないと思ったんだろ――」

「どう思う? シリウス?」

ハリーが声を張《は》り上《あ》げ、ロンとハーマイオニーは、ののしり合うのをやめて、耳を傾《かたむ》けた。

「二人ともそれぞれいい点を突《つ》いている」

シリウスがロンとハーマイオニーを見て、考え深げに言った。

「スネイプがここで教えていると知って以来、私《わたし》は、どうしてダンブルドアがスネイプをやとったのかと不思議に思っていた。スネイプはいつも闇《やみ》の魔術《まじゅつ》に魅《み》せられていて、学校ではそれで有名だった。気味の悪い、べっとりと脂《あぶら》っこい髪《かみ》をした子供《こども》だったよ、あいつは」

シリウスがそう言うと、ハリーとロンは顔を見合わせてニヤッとした。

「スネイプは学校に入ったとき、もう七年生の大半の生徒より多くの呪《のろ》いを知っていた。スリザリン生の中で、後にほとんど全員が死喰《しく》い人《びと》になったグループがあり、スネイプはその一員だった」

シリウスは手を前に出し、指を折って名前を挙げた。

「ロジエールとウィルクス——両方ともヴォルデモートが失墜《しっつい》する前の年に、闇祓《やみばら》いに殺された。レストレンジたち——夫婦《ふうふ》だが——アズカバンにいる。エイブリー——聞いたところでは、『服従《ふくじゅう》の呪文《じゅもん》』で動かされていたと言って、からくも難《なん》を逃《のが》れたそうだ——まだ捕《つか》まっていない。だが、私《わたし》の知るかぎり、スネイプは死喰《しく》い人《びと》だと非難《ひなん》されたことはない——それだからどうと言うのではないが。死喰《しく》い人《びと》の多くが一度も捕《つか》まっていないのだから。しかも、スネイプは、確《たし》かに難《なん》を逃《のが》れるだけの狡猾《こうかつ》さを備《そな》えている」

「スネイプはカルカロフをよく知っているよ。でもそれを隠《かく》したがってる」

ロンが言った。

「うん。カルカロフがきのう、『魔法薬《まほうやく》』の教室に来たときの、スネイプの顔を見せたかった！」

ハリーが急いで言葉を継《つ》いだ。

「カルカロフはスネイプに話があったんだ。スネイプが自分をさけているってカルカロフが言ってた。カルカロフはとっても心配そうだった。スネイプに自分の腕《うで》の何かを見せていたけど、なんだか、僕《ぼく》には見えなかった」

「スネイプに自分の腕《うで》の何かを見せた？」

シリウスはすっかり当惑《とうわく》した表情《ひょうじょう》だった。何かに気を取られたように汚《よご》れた髪《かみ》を指でかきむしり、それからまた肩《かた》をすくめた。

「さあ、私《わたし》にはなんのことやらさっぱりわからない……しかし、もしカルカロフが真剣《しんけん》に心配していて、スネイプに答えを求めたとすれば……」

シリウスは洞窟《どうくつ》の壁《かべ》を見つめ、それから焦燥感《しょうそうかん》で顔をしかめた。

「それでも、ダンブルドアがスネイプを信用しているというのは事実だ。ほかの者なら信用しないような場合でも、ダンブルドアなら信用するということもわかっている。しかし、もしもスネイプがヴォルデモートのために働いたことがあるなら、ホグワーツで教えるのをダンブルドアが許《ゆる》すとはとても考えられない」

「それなら、ムーディとクラウチは、どうしてそんなにスネイプの研究室に入りたがるんだろう」

ロンがしつこく言った。

「そうだな」

シリウスは考えながら答えた。

「マッドーアイのことだ。ホグワーツに来たとき、教師全員《きょうしぜんいん》の部屋を捜索《そうさく》するぐらいのことはやりかねない。ムーディは『闇《やみ》の魔術《まじゅつ》に対《たい》する防衛術《ぼうえいじゅつ》』を真剣《しんけん》に受け止めている。ダンブルドアとちがい、**ムーディのほうは**誰《だれ》も信用しないのかもしれない。ムーディが見てきたことを考えれば、当然だろう。しかし、これだけはムーディのために言っておこう。あの人は、殺さずにすむときは殺さなかった。できるだけ生《い》け捕《ど》りにした。厳《きび》しい人だが、死喰《しく》い人《びと》のレベルまで身を落とすことはなかった。しかし、クラウチは……クラウチはまた別だ……ほんとうに病気か？　病気なら、なぜそんな身を引きずってまでスネイプの研究室に入《はい》り込《こ》んだ？　病気でないなら……何がねらいだ？　ワールドカップで、貴賓席《きひんせき》に来られないほど重要なことをしていたのか？　三校対抗試合《たいこうじあい》の審査《しんさ》をするべきときに、何をやっていたんだ？」

シリウスは、洞窟《どうくつ》の壁《かべ》を見つめたまま、だまり込《こ》んだ。バックビークは見逃《みのが》した骨《ほね》はないかと、岩の床《ゆか》をあちこちほじくっている。

シリウスがやっと顔を上げ、ロンを見た。

「君の兄さんがクラウチの秘書《ひしょ》だと言ったね？　最近クラウチを見かけたかどうか、聞くチャンスはあるか？」

「やってみるけど」

ロンは自信なさそうに言った。

「でも、クラウチが何か怪《あや》しげなことをたくらんでいる、なんていうふうに取られる言い方はしないほうがいいな。パーシーはクラウチが大好きだから」

「それに、ついでだから、バーサ・ジョーキンズの手がかりがつかめたかどうか聞き出してみるといい」

シリウスは別な「日刊予言者新聞《にっかんよげんしゃしんぶん》」を指した。

「バグマンは僕《ぼく》に、まだつかんでないって教えてくれた」ハリーが言った。

「ああ、バグマンの言葉がそこに引用されている」

シリウスは新聞のほうを向いてうなずいた。

「バーサがどんなに忘《わす》れっぽいかとわめいている。まあ、私《わたし》の知っていたころのバーサとは変わっているかもしれないが、私《わたし》の記憶《きおく》では、バーサは忘《わす》れっぽくはなかった――むしろ逆《ぎゃく》だ。ちょっとぼんやりしていたが、ゴシップとなると、すばらしい記憶力《きおくりょく》だった。それで、よく災《わざわ》いに巻《ま》き込《こ》まれたものだ。いつ口を閉《と》じるべきなのかを知らない女だった。魔法省《まほうしょう》では少々やっかい者だっただろう……だからバグマンが長い間探《さが》そうともしなかったのだろう……」

シリウスは大きなため息をつき、落ちくぼんだ目をこすりながら聞いた。

「何時かな？」

ハリーは腕時計《うでどけい》を見たが、湖の中で一時間を過《す》ごしてから、ずっと止まったままだったことを思い出した。

「三時半よ」ハーマイオニーが答えた。

「もう学校に戻《もど》ったほうがいい」

シリウスが立ち上がりながら、そう言った。

「いいか。よく聞きなさい……」シリウスは特にハリーをじっと見た――「君たちは、私《わたし》に会うために学校を抜《ぬ》け出《だ》したりしないでくれ。いいね？　ここ宛《あて》にメモを送ってくれ。これからも、おかしなことがあったら知りたい。しかし許可《きょか》なしにホグワーツを出たりしないように。誰《だれ》かが君たちを襲《おそ》う格好《かっこう》のチャンスになってしまうから」

「僕《ぼく》を襲《おそ》おうとした人なんて誰《だれ》もいない。ドラゴンと水魔《すいま》が数匹《すうひき》だけだよ」

ハリーが言った。

しかし、シリウスはハリーをにらんだ。

「そんなことじゃない……この試合が終われば、私《わたし》はまた安心して息ができる。つまり六月まではだめだ。それから、大切なことが一つ。君たちの間で私《わたし》の話をするときは、『スナッフルズ』と呼《よ》びなさい。いいかい？」

シリウスはナプキンとからになったジュースの瓶《びん》をハリーに返し、バックビークを「ちょっと出かけてくるよ」となでた。

「村境《むらざかい》まで送っていこう」シリウスが言った。「新聞が拾えるかもしれない」

洞窟《どうくつ》を出る前に、シリウスは巨大《きょだい》な黒い犬に変身した。三人は犬と一緒《いっしょ》に岩だらけの山道を下って、柵《さく》の所まで戻《もど》った。そこで犬は三人にかわるがわる頭をなでさせ、それから村はずれを走り去っていった。

ハリー、ロン、ハーマイオニーはホグズミードへ、そしてホグワーツへと向かった。

「パーシーのやつ、クラウチのいろんなことを全部知ってるのかなあ？」

城《しろ》への道を歩きながら、ロンが言った。

「でも、たぶん、気にしないだろうな……クラウチをもっと崇拝《すうはい》するようになるだけかもな。うん、パーシーは規則《きそく》ってやつが好きだからな。クラウチはたとえ息子《むすこ》のためでも規則《きそく》を破《やぶ》るのを拒《こば》んだのだって、きっとそう言うだろう」

「パーシーは自分の家族を吸魂鬼《きゅうこんき》の手に渡《わた》すなんてことしないわ」

ハーマイオニーが厳《きび》しい口調で言った。

「わかんねえぞ」ロンが言った。「僕《ぼく》たちがパーシーの出世の邪魔《じゃま》になるとわかったら……あいつ、ほんとに野心家なんだから……」

三人は玄関《げんかん》ホールへの石段《いしだん》を上った。大広間からおいしそうなにおいが漂《ただよ》ってきた。

「かわいそうなスナッフルズ」

ロンが大きくにおいを吸《す》い込《こ》んだ。

「あの人って、ほんとうに君のことをかわいがっているんだね、ハリー……ネズミを食って生《い》き延《の》びてまで」

第二十八章　クラウチ氏の狂《きょう》気《き》

日曜の朝食のあと、ハリー、ロン、ハーマイオニーはふくろう小屋に行き、パーシーに手紙を送った。シリウスの提案《ていあん》どおり、最近クラウチ氏を見かけたかどうかを尋《たず》ねる手紙だ。ヘドウィグにはずいぶん長いこと仕事を頼《たの》んでいなかったので、この手紙はヘドウィグにたくすことにした。ふくろう小屋の窓《まど》から、ヘドウィグの姿《すがた》が見えなくなるまで見送ってから、三人は、ドビーに新しい靴下《くつした》をプレゼントするために厨房《ちゅうぼう》まで下りていった。

屋敷《やしき》しもべ妖精《ようせい》たちは、大はしゃぎで三人を迎《むか》え、おじぎしたり、ひざをちょっと折り曲げる宮《きゅう》廷風《ていふう》の挨拶《あいさつ》をしたり、お茶を出そうと走り回ったりした。プレゼントを手にしたドビーは、うれしくて恍惚状態《こうこつじょうたい》だった。

「ハリー・ポッターはドビーにやさしすぎます！」

ドビーは巨大《きょだい》な目からこぼれる大粒《おおつぶ》の涙《なみだ》をぬぐいながら、キーキー言った。

「君の『エラ昆布《こんぶ》』のおかげで、僕《ぼく》、命拾いした。ドビー、ほんとだよ」ハリーが言った。

「この前のエクレア、もうないかなぁ？」

ニッコリしたり、おじぎしたりしているしもべ妖精《ようせい》を見回しながら、ロンが言った。

「いま、朝食を食べたばかりでしょう！」

ハーマイオニーがあきれ顔で言った。しかしその時にはもう、エクレアの入った大きな銀の盆《ぼん》が、四人の妖精《ようせい》に支《ささ》えられて、飛ぶようにこちらに向かって来るところだった。

「スナッフルズに何か少し送らなくちゃ」ハリーがつぶやいた。

「そうだよ」ロンが言った。

「ピッグにも仕事をさせよう。ねえ、少し食べ物を分けてくれるかなぁ？」

周りを囲んでいる妖精《ようせい》にそう言うと、みんな喜んでおじぎし、急いでまた食べ物を取りにいった。

「ドビー、ウィンキーはどこ？」ハーマイオニーがきょろきょろした。

「ウィンキーは、暖炉《だんろ》のそばです。お嬢《じょう》さま」

ドビーはそっと答えた。ドビーの耳が少し垂《た》れ下《さ》がった。

「まあ……」

ウィンキーを見つけたハーマイオニーが声を上げた。

ハリーも暖炉《だんろ》のほうを見た。ウィンキーは前に見たのと同じ丸椅子《まるいす》に座《すわ》っていたが、汚《よご》れ放題《ほうだい》で、後ろの黒くすすけたれんがとすぐには見分けがつかなかった。洋服はぼろぼろで洗濯《せんたく》もしていない。バタービールの瓶《びん》を握《にぎ》り、暖炉《だんろ》の火を見つめて、わずかに体を揺《ゆ》らしている。ハリーたちが見ている間に、ウィンキーは大きく「ヒック」としゃくり上げた。

「ウィンキーはこのごろ一日六本も飲みます」ドビーがハリーにささやいた。

「でも、そんなに強くないよ、あれは」ハリーが言った。

しかしドビーは頭《かぶり》を振《ふ》った。

「屋敷妖精《やしきようせい》には強すぎるのでございます」

ウィンキーがまたしゃっくりした。エクレアを運んできた妖精《ようせい》たちが、非難《ひなん》がましい目でウィンキーをにらみ、持ち場に戻《もど》った。

「ウィンキーは嘆《なげ》き暮《く》らしているのでございます。ハリー・ポッター」

ドビーが悲しそうにささやいた。

「ウィンキーは家に帰りたいのです。ウィンキーはいまでもクラウチ様をご主人だと思っているのでございます。ダンブルドア校長先生がいまのご主人様だと、ドビーがどんなに言っても聞かないのでございます」

「やあ、ウィンキー」

ハリーは突然《とつぜん》ある考えがひらめき、ウィンキーに近づいて、腰《こし》をかがめて話しかけた。

「クラウチさんがどうしてるか知らないかな？　三校対抗試合《たいこうじあい》の審査《しんさ》をしに来なくなっちゃったんだけど」

ウィンキーの目がチラチラッと光った。大きな瞳《ひとみ》が、ぴたりとハリーをとらえた。もう一度ふらりと体を揺《ゆ》らしてから、ウィンキーが言った。

「ご――ご主人さまが――**ヒック**――来ない――来なくなった？」

「うん」ハリーが言った。

「第一の課題のときからずっと姿《すがた》を見てない。『日刊予言者新聞《にっかんよげんしゃしんぶん》』には病気だって書いてあるよ」

ウィンキーがまたふらふらっと体を揺《ゆ》らし、とろんとした目でハリーを見つめた。

「ご主人さま――**ヒック**――ご病気？」

ウィンキーの下唇《したくちびる》がわなわな震《ふる》えはじめた。

「だけど、ほんとうかどうか、私《わたし》たちにはわからないのよ」

ハーマイオニーが急いで言った。

「ご主人さまには必要なのです――**ヒック**――このウィンキーが！」

妖精《ようせい》は涙声《なみだごえ》で言った。

「ご主人さまは――**ヒック**――一人では――**ヒック**――おできになりません……」

「ほかの人は、自分のことは自分でできるのよ、ウィンキー」

ハーマイオニーは厳《きび》しく言った。

「ウィンキーは——**ヒック**——ただ——**ヒック**——クラウチさまの家事だけをやっているのではありません！」

ウィンキーは怒《おこ》ったようにキーキー叫《さけ》び、体がもっと激《はげ》しく揺《ゆ》れて、しみだらけになってしまったブラウスに、バタービールをぼとぼとこぼした。

「ご主人さまは——**ヒック**——ウィンキーを信じて、預《あず》けています——**ヒック**——一番大事な——**ヒック**——一番秘密《ひみつ》の——」

「何を？」ハリーが聞いた。

しかしウィンキーは激《はげ》しく頭《かぶり》を振《ふ》り、またまたバタービールをこぼした。

「ウィンキーは守ります——**ヒック**——ご主人さまの秘密《ひみつ》を」

反抗的《はんこうてき》にそう言うと、ウィンキーは、今度は激《はげ》しく体を揺《ゆ》すり、寄《よ》り目《め》でハリーをにらみつけた。

「あなたは——**ヒック**——おせっかいなのでございます。あなたは」

「ウィンキーはハリー・ポッターにそんな口をきいてはいけないのです！」

ドビーが怒《おこ》った。

「ハリー・ポッターは勇敢《ゆうかん》で気高いのです。ハリー・ポッターはおせっかいではないのです！」

「あたしのご主人さまの——**ヒック**——秘密《ひみつ》を——**ヒック**——のぞこうとしています——**ヒッ**

ク――ウィンキーはよい屋敷《やしき》しもべです――**ヒック**――ウィンキーはだまります――**ヒック**――みんながいろいろ――**ヒック**――根掘《ねほ》り葉掘《はほ》り――**ヒック**――」

ウィンキーのまぶたが垂《た》れ下《さ》がり、突然丸椅子《とつぜんまるいす》からずり落ちて、暖炉《だんろ》の前で大いびきをかきはじめた。からになったバタービールの瓶《びん》が、石畳《いしだたみ》の床《ゆか》を転がった。

五、六人のしもべ妖精《ようせい》が、愛想《あいそ》が尽《つ》きたという顔で、急いで駆《か》け寄《よ》った。一人が瓶《びん》を拾い、ほかの妖精《ようせい》がウィンキーを大きなチェックのテーブルクロスで覆《おお》い、端《はし》をきれいにたくし込《こ》んで、ウィンキーの姿《すがた》が見えないようにした。

「お見苦しいところをお見せして、あたくしたちは申し訳《わけ》なく思っていらっしゃいます、い、い、ます！」

すぐそばにいた一人の妖精《ようせい》が、頭《かぶり》を振《ふ》り、恥《は》ずかしそうな顔でキーキー言った。

「お嬢《じょう》さま、お坊《ぼっ》ちゃま方、ウィンキーを見て、あたくしたちみんながそうだと思わないようにお願いなさいい、い、ます！」

「ウィンキーは不幸なのよ！」

ハーマイオニーが憤然《ふんぜん》として言った。

「隠《かく》したりせずに、どうして元気づけてあげないの？」

「お言葉を返しますが、お嬢《じょう》さま」

同じしもべ妖精《ようせい》が、また深々とおじぎしながら言った。

「でも屋敷《やしき》しもべ妖精《ようせい》は、やるべき仕事があり、お仕えするご主人がいるときに、不幸になる権利《けんり》がありません」

「なんてばかげてるの！」ハーマイオニーが怒《おこ》った。

「みんな、よく聞いて！　みんなは、魔法使《まほうつか》いとまったく同じように、不幸になる権利《けんり》があるの！　賃金《ちんぎん》や休暇《きゅうか》、ちゃんとした服をもらう権利《けんり》があるの。何もかも言われたとおりにしている必要はないわ——ドビーをごらんなさい！」

「お嬢《じょう》さま、どうぞ、ドビーのことは別にしてくださいませ」

ドビーは怖《こわ》くなったようにもごもご言った。厨房中《ちゅうぼうじゅう》のしもべ妖精《ようせい》の顔から、楽しそうな笑顔《えがお》が消えていた。急にみんなが、ハーマイオニーをおかしな危険人物《きけんじんぶつ》を見るような目で見ていた。

「食べ物を余分《よぶん》に持っていらっしゃいまし、！」

ハリーのひじの所で、妖精《ようせい》がキーキー言った。そして、大きなハム、ケーキ一ダース、果物少々をハリーの腕《うで》に押《お》しつけた。

「さようなら！」

屋敷《やしき》しもべ妖精《ようせい》たちがハリー、ロン、ハーマイオニーの周りに群《むら》がって、三人を厨房《ちゅうぼう》から追い出しはじめた。たくさんの小さな手が三人の腰《こし》を押《お》した。

「ソックス、ありがとうございました、ハリー・ポッター！」

ウィンキーをくるんで盛《も》り上《あ》がっているテーブルクロスの脇《わき》に立って、ドビーが情《なさ》けなさそうな声で言った。

「君って、どうしてだまってられないんだ？ ハーマイオニー？」

厨房《ちゅうぼう》の戸が背後《はいご》でバタンと閉《し》まったとたん、ロンが怒《おこ》りだした。

「連中は、僕《ぼく》たちにもうここに来てほしくないと思ってるぞ！ ウィンキーからクラウチのことをもっと聞き出せたのに！」

「あら、まるでそれが気になってるみたいな言い方ね！」

ハーマイオニーが混《ま》ぜっ返《かえ》した。

「食べ物に釣《つ》られてここに下りてきたいだけのくせに！」

そのあとはとげとげしい一日になった。談話室で、ロンとハーマイオニーが宿題をしながら口論《こうろん》に火花を散らすのを聞くのにつかれ、その晩《ばん》ハリーは、シリウスへの食べ物を持って、一人でふくろう小屋に向かった。

ピッグウィジョンは小さすぎて、一羽では大きなハムをまるまる山まで運びきれないので、ハリーは、メンフクロウ二羽を介助役《かいじょやく》に頼《たの》むことにした。夕暮《ゆうぐ》れの空に、三羽は飛び立った。一緒《いっしょ》に大きな包みを運ぶ姿《すがた》が、なんとも奇妙《きみょう》だった。

ハリーは窓枠《まどわく》にもたれて校庭を見ていた。禁《きん》じられた森《もり》の暗い梢《こずえ》がざわめき、ダームストラングの船の帆《ほ》がはためいている。一羽のワシミミズクが、ハグリッドの小屋の煙突《えんとつ》からくるくると立ち昇《のぼ》る煙《けむり》をくぐり抜《ぬ》けて飛んできた。そして城《しろ》のほうに舞《ま》い下《お》り、ふくろう小屋の周りを旋回《せんかい》して姿《すがた》を消した。見下ろすと、ハグリッドが小屋の前で、せっせと土を掘《ほ》り起《お》こしていた。何をしているのだろう。新しい野菜畑を作っているようにも見える。ハリーが見ていると、マダム・マクシームがボーバトンの馬車から現《あらわ》れ、ハグリッドのほうに歩いていった。ハグリッドと話したがっている様子だ。ハグリッドは鍬《くわ》に寄《よ》りかかって手を休めたが、長く話す気はなかったらしい。ほどなくマダム・マクシームは馬車に戻《もど》っていった。

グリフィンドール塔《とう》に戻《もど》って、ロンとハーマイオニーのいがみ合いを聞く気にはなれず、ハリーは闇《やみ》がハグリッドの姿《すがた》を飲《の》み込《こ》んでしまうまで、その耕《たがや》す姿《すがた》を眺《なが》めていた。やがて周りのふくろうが目を覚ましはじめ、ハリーのそばを音もなく飛んで夜空に消え去った。

翌日《よくじつ》の朝食までには、ロンとハーマイオニーの険悪《けんあく》なムードも燃《も》え尽《つ》きたようだった。ハーマイオニーがしもべ妖精《ようせい》たちを侮辱《ぶじょく》したから、グリフィンドールの食事はお粗末《そまつ》なものが出る、というロンの暗い予想ははずれたので、ハリーはホッとした。ベーコン、卵《たまご》、燻製《くんせい》ニシン、どれもいつものようにおいしかった。

伝書ふくろうが郵便《ゆうびん》を持ってやってくると、ハーマイオニーは熱心に見上げた。何かを待っているようだ。

「パーシーはまだ返事を書く時間がないよ」ロンが言った。

「きのうヘドウィグを送ったばかりだもの」

「そうじゃないの」ハーマイオニーが言った。

「『日刊予言者新聞《にっかんよげんしゃしんぶん》』を新しく購読予約《こうどくよやく》したの。何もかもスリザリン生から聞かされるのは、もううんざりよ」

「いい考えだ！」

ハリーもふくろうたちを見上げた。

「あれっ、ハーマイオニー、君、ついてるかもしれないよ――」

灰色《はいいろ》モリフクロウが、ハーマイオニーのほうにスイーッと舞《ま》い降《お》りてきた。

「でも、新聞を持ってないわ」

ハーマイオニーががっかりしたように言った。

「これって――」

しかし、驚《おどろ》くハーマイオニーをよそに、灰色《はいいろ》モリフクロウがハーマイオニーの皿の前に降《お》り、そのすぐあとにメンフクロウが四羽、茶モリフクロウが二羽、続いて舞《ま》い降《お》りた。

「いったい何部申《もう》し込《こ》んだの？」

ハリーはふくろうの群《む》れにひっくり返されないよう、ハーマイオニーのゴブレットを押《お》さえた。ふくろうたちは、自分の手紙を一番先に渡《わた》そうと、押《お》し合《あ》いへし合いハーマイオニーに近づこうとしていた。

「いったいなんの騒《さわ》ぎ――?」

ハーマイオニーは灰色《はいいろ》モリフクロウから手紙をはずし、開けて読みはじめた。

「まあ、なんてことを!」

ハーマイオニーは顔を赤くし、急《せ》き込《こ》んで言った。

「どうした?」ロンが言った。

「これ――まったく、なんてバカな――」

ハーマイオニーは手紙をハリーに押《お》しやった。手書きでなく、「日刊予言者新聞《にっかんよげんしゃしんぶん》」を切《き》り抜《ぬ》いたような文字が貼《は》りつけてあった。

おまえは　わるい　おんなだ……ハリー・ポッターには　もっと　いい子が　ふさわしい
マグルよ戻《もど》れ　もと居《い》た　ところへ

「みんなおんなじようなものだわ!」

次々と手紙を開けながら、ハーマイオニーがやりきれなさそうに言った。

「『ハリー・ポッターは、おまえみたいなやつよりもっとましな子を見つける……』『おまえなんか、カエルの卵《たまご》と一緒《いっしょ》にゆでてしまうのがいいんだ……』。**アイタッ！**」

最後の封筒《ふうとう》を開けると、強烈《きょうれつ》な石油のにおいがする黄緑色の液体《えきたい》が噴《ふ》き出《だ》し、ハーマイオニーの手にかかった。両手に大きな黄色い腫《は》れ物《もの》がブツブツふくれ上がった。

「『腫《は》れ草《ぐさ》』の膿《うみ》の薄《うす》めてないやつだ！」

ロンが恐《おそ》る恐《おそ》る封筒《ふうとう》を拾い上げてにおいをかぎながら言った。

「あー！」

ナプキンでふき取りながら、ハーマイオニーの目から涙《なみだ》がこぼれだした。指が腫《は》れ物《もの》だらけで痛々《いたいた》しく、まるで分厚《ぶあつ》いボコボコの手袋《てぶくろ》をはめているようだ。

「医務室《いむしつ》に行ったほうがいいよ」

ハーマイオニーの周りのふくろうが飛び立ったとき、ハリーが言った。

「スプラウト先生には、僕《ぼく》たちがそう言っておくから……」

「だから言ったんだ！」

ハーマイオニーが手をかばいながら急いで大広間から出ていくのを見ながら、ロンが言った。

「リータ・スキーターにはかまうなって、忠告《ちゅうこく》したんだ！　これを見ろよ……」

ロンはハーマイオニーが置いていった手紙の一つを読み上げた。

「**『あんたのことは「週刊魔女《しゅうかんまじょ》」で読みましたよ。ハリーをだましてるって。あの子はもう充分《じゅうぶん》につらい思いをしてきたのに。大きな封筒《ふうとう》が見つかりしだい、次のふくろう便で呪《のろ》いを送りますからね**』。たいへんだ。ハーマイオニー、気をつけないといけないよ」

ハーマイオニーは「薬草学」の授業《じゅぎょう》に出てこなかった。ハリーとロンが温室を出て「魔法生物飼育学《まほうせいぶつしいくがく》」の授業《じゅぎょう》に向かうとき、マルフォイ、クラッブ、ゴイルが城《しろ》の石段《いしだん》を下りてくるのが見えた。その後ろで、パンジー・パーキンソンが、スリザリンの女子軍団《じょしぐんだん》と一緒《いっしょ》にクスクス笑っている。ハリーを見つけると、パンジーが大声で言った。

「ポッター、ガールフレンドと別れちゃったの？　あの子、朝食のとき、どうしてあんなにあわててたの？」

ハリーは無視《むし》した。『週刊魔女《しゅうかんまじょ》』の記事がこんなにトラブルを引き起こしたなんて、パンジーに教えて、喜ばせるのはいやだった。

ハグリッドは先週の授業《じゅぎょう》で、もうユニコーンはおしまいだと言っていたが、今日は小屋の外で、新しい、ふたなしの木箱をいくつか足元に置いて待っていた。木箱を見てハリーは気落ちした――まさかまたスクリュートが孵《かえ》ったのでは？――しかし、中が見えるくらいに近づくと、そこには鼻の長い、ふわふわの黒い生き物が何匹《なんびき》もいるだけだった。前脚《まえあし》がまるで鍬《くわ》のようにペタンと平たく、みんなに見つめられて、不思議そうに、おとなしく生徒たちを見上げて目をパチクリさせている。

「ニフラーだ」

みんなが集まるとハグリッドが言った。

「だいたい鉱山《こうざん》に棲《す》んどるな。光るものが好きだ……ほれ、見てみろ」

一匹《ぴき》が突然《とつぜん》跳《と》び上《あ》がって、パンジー・パーキンソンの腕時計《うでどけい》をかみ切ろうとした。パンジーが金切り声を上げて飛びのいた。

「宝探《たからさが》しにちょいと役立つぞ」

ハグリッドがうれしそうに言った。

「今日はこいつらで遊ぼうと思ってな。あそこが見えるか？」

ハグリッドは耕《たがや》されたばかりの広い場所を指差した。ハリーがふくろう小屋から見ていたときに
ハグリッドが掘《ほ》っていた所だ。

「金貨を何枚《なんまい》か埋《う》めておいたからな。自分のニフラーに金貨を一番たくさん見つけさせた者にほうびをやろう。自分の貴重品《きちょうひん》ははずしておけ。そんでもって、自分のニフラーを選んで、放してやる準備《じゅんび》をしろ」

ハリーは自分の腕時計《うでどけい》をはずしてポケットに入れた。動いていない時計だが、ただ習慣《しゅうかん》ではめていたのだ。それからニフラーを一匹《ぴき》選んだ。ニフラーはハリーの耳に長い鼻をくっつけ、夢中《むちゅう》でク

ンクンかいだ。抱《だ》きしめたいようなかわいさだ。

「ちょっと待て」木箱をのぞき込《こ》んでハグリッドが言った。

「一匹余《ぴきあま》っちょるぞ……誰《だれ》がいない？　ハーマイオニーはどうした？」

「医務室《いむしつ》に行かなきゃならなくて」ロンが言った。

「あとで説明するよ」

パンジー・パーキンソンが聞き耳を立てていたので、ハリーはボソボソと言った。

いままでの「魔法生物飼育学《まほうせいぶつしいくがく》」で最高に楽しい授業《じゅぎょう》だった。ニフラーは、まるで水に飛《と》び込《こ》むようにやすやすと土の中にもぐり込《こ》み、這《は》い出《だ》しては、自分を放してくれた生徒の所に大急ぎで駆《か》け戻《もど》って、その手に金貨を吐《は》き出《だ》した。ロンのニフラーが特に優秀《ゆうしゅう》で、ロンのひざはあっという間に金貨で埋《う》まった。

「こいつら、ペットとして買えるのかな、ハグリッド？」

ニフラーが自分のローブに泥《どろ》をはね返して飛《と》び込《こ》むのを見ながら、ロンが興奮《こうふん》して言った。

「おふくろさんは喜ばねえぞ、ロン」

ハグリッドがニヤッと笑った。

「家の中を掘《ほ》り返《かえ》すからな、ニフラーってやつは。さーて、そろそろ全部掘《ほ》り出《だ》したな」

ハグリッドはあたりを歩き回りながら言った。その間もニフラーはまだもぐり続けていた。

「金貨は百枚《まい》しか埋《う》めとらん。おう、来たか、ハーマイオニー！」

ハーマイオニーが芝生《しばふ》を横切ってこちらに歩いてきた。両手を包帯でぐるぐる巻《ま》きにして、みじめな顔をしている。パンジー・パーキンソンが詮索《せんさく》するようにハーマイオニーを見た。

「さーて、どれだけ取れたか調べるか！」

ハグリッドが言った。

「金貨を数えろや！　そんでもって、盗《ぬす》んでもだめだぞ、ゴイル」

ハグリッドはコガネムシのような黒い目を細めた。

「レプラコーンの金貨だ。数時間で消えるわい」

ゴイルはぶすっとしてポケットをひっくり返した。結局、ロンのニフラーが、一番成績《せいせき》がよかった。ハグリッドは賞品《しょうひん》として、ロンに「ハニーデュークス菓子店《かしてん》」の大きな板チョコを与《あた》えた。校庭のむこうで鐘《かね》が鳴り、昼食を知らせた。みんなは城《しろ》に向かったが、ハリー、ロン、ハーマイオニーは残って、ハグリッドがニフラーを箱に入れるのを手伝った。マダム・マクシームが馬車の窓《まど》からこちらを見ているのに、ハリーは気がついた。

「手をどうした？　ハーマイオニー？」

ハグリッドが心配そうに聞いた。

ハーマイオニーは、今朝受け取ったいやがらせの手紙と、「腫《は》れ草《ぐさ》」の膿《うみ》が詰《つ》まった封筒《ふうとう》の事件《じけん》を話した。

「あぁー、心配するな」

ハグリッドがハーマイオニーを見下ろしてやさしく言った。

「俺《おれ》も、リータ・スキーターが俺《おれ》のおふくろのことを書いたあとにな、そんな手紙だのなんだの、来たもんだ。『おまえは怪物《かいぶつ》だ。やられてしまえ』とか、『おまえの母親は罪《つみ》もない人たちを殺した。恥《はじ》を知って湖に飛《と》び込《こ》め』とか」

「そんな！」

ハーマイオニーはショックを受けた顔をした。

「ほんとだ」

ハグリッドはニフラーの木箱をよいしょと小屋の壁際《かべぎわ》に運んだ。

「やつらは、頭がおかしいんだ。ハーマイオニー、また来るようだったら、もう開けるな。すぐ暖《だん》炉《ろ》に放《ほう》り込《こ》め」

「せっかくいい授業《じゅぎょう》だったのに、残念だったね」

城《しろ》に戻《もど》る道々、ハリーがハーマイオニーに言った。

「いいよね、ロン？　ニフラーってさ」

しかし、ロンは、顔をしかめてハグリッドがくれたチョコレートを見ていた。すっかり気分を害した様子だ。

「どうしたんだい？」ハリーが聞いた。「味が気に入らないの？」

「ううん」

ロンはぶっきらぼうに言った。

「金貨のこと、どうして話してくれなかったんだ？」

「なんの金貨？」ハリーが聞いた。

「クィディッチ・ワールドカップで僕《ぼく》が君にやった金貨さ」

ロンが答えた。

「『万眼鏡《まんがんきょう》』のかわりに君にやった、レプラコーンの金貨。貴賓席《きひんせき》で。あれが消えちゃったって、どうして言ってくれなかったんだ？」

ハリーはロンの言っていることがなんなのか、しばらく考えないとわからなかった。

「あぁ……」

やっと記憶《きおく》が戻《もど》ってきた。

「さあ、どうしてか……なくなったことにちっとも気がつかなかった。杖《つえ》のことばっかり心配してたから。そうだろ？」

三人は玄関《げんかん》ホールへの階段《かいだん》を上り、昼食をとりに大広間に入った。

「いいなぁ」

席に着き、ローストビーフとヨークシャー・プディングを取り分けながら、ロンが出《だ》し抜《ぬ》けに言った。

「ポケットいっぱいのガリオン金貨が消えたことにも気づかないぐらい、お金をたくさん持ってるなんて」

「あの晩《ばん》は、ほかのことで頭がいっぱいだったんだって、そう言っただろ!」

ハリーはいらいらした。

「僕《ぼく》たち全員、そうだった。そうだろう?」

「レプラコーンの金貨が消えちゃうなんて、知らなかった」

ロンがつぶやいた。

「君に支払《しはら》い済《ず》みだと思ってた。君、クリスマスプレゼントにチャドリー・キャノンズの帽子《ぼうし》を僕《ぼく》にくれちゃいけなかったんだ」

「そんなこと、もういいじゃないか」ハリーが言った。

ロンはフォークの先で突《つ》き刺《さ》したローストポテトをにらみつけた。

「貧乏《びんぼう》って、いやだな」

ハリーとハーマイオニーは顔を見合わせた。二人とも、なんと言っていいかわからなかった。

「みじめだよ」

ロンはポテトをにらみつけたままだった。

「フレッドやジョージが少しでもお金をかせごうとしてる気持ち、わかるよ。僕《ぼく》もかせげたらいいのに。僕《ぼく》、ニフラーが欲《ほ》しい」

「じゃあ、次のクリスマスにあなたにプレゼントするもの、決まったわね」

ハーマイオニーが明るく言った。ロンがまだ暗い顔をしているので、ハーマイオニーがまた言った。

「さあ、ロン、あなたなんか、まだいいほうよ。だいたい指が膿《うみ》だらけじゃないだけましじゃない」

ハーマイオニーは指がこわばって腫《は》れ上《あ》がり、ナイフとフォークを使うのに苦労していた。

「あのスキーターって女、**憎《にく》たらしい！**」

ハーマイオニーは腹立《はらだ》たしげに言った。

「何がなんでもこの仕返しはさせていただくわ！」

いやがらせメールはそれから一週間、とぎれることなくハーマイオニーに届《とど》いた。ハグリッドに言われたとおり、ハーマイオニーはもう開封《かいふう》しなかったが、いやがらせ屋の中には「吠《ほ》えメール」を送ってくる者もいた。グリフィンドールのテーブルでメールが爆発《ばくはつ》し、大広間全体に聞こえるような音でハーマイオニーを侮辱《ぶじょく》した。『週刊魔女《しゅうかんまじょ》』を読まなかった生徒でさえ、いまやハリー、クラム、ハーマイオニーのうわさの三角関係のすべてを知ることになった。ハリーは、ハーマイオニーはガールフレンドじゃないと訂正《ていせい》するのにうんざりしてきた。

「そのうち収《おさ》まるよ」

ハリーがハーマイオニーに言った。

「僕《ぼく》たちが無視《むし》してさえいればね……前にあの女が僕《ぼく》のことを書いた記事だって、みんなあきてしまったし――」

「学校に出入り禁止《きんし》になってるのに、どうして個人的《こじんてき》な会話を立ち聞きできるのか、私《わたし》、それが知りたいわ！」

ハーマイオニーは腹《はら》を立てていた。

次の「闇《やみ》の魔術《まじゅつ》に対《たい》する防衛術《ぼうえいじゅつ》」の授業《じゅぎょう》で、ハーマイオニーはムーディ先生に何か質問《しつもん》するために教室に残った。ほかの生徒は早く教室から出たがった。ムーディが「呪《のろ》いそらし」の厳《きび》しいテストをしたので、生徒の多くが軽い傷《きず》をさすっていた。ハリーは「耳ヒクヒク」の症状《しょうじょう》がひどく、両手で耳を押《お》さえつけながら教室を出る始末だった。

ハーマイオニーは五分後に、玄関《げんかん》ホールで、息をはずませながらハリーとロンに追いついた。

「ねえ、リータは絶対《ぜったい》、透明《とうめい》マントを使ってないわ！」

ハーマイオニーが、ハリーに聞こえるように、ハリーの片手《かたて》をヒクヒク耳から引きはがしながら言った。

「ムーディは、第二の課題のとき、審査員席《しんさいんせき》の近くであの女を見てないし、湖の近くでも見なかったって言ったわ！」

「ハーマイオニー、そんなことやめろって言ってもむだか？」ロンが言った。

「むだ！」

ハーマイオニーが頑固《がんこ》に言った。

「私《わたし》がビクトールに話してたのを、あの女がどうやって聞いたのか、知りたいの！　**それに**、ハグリッドのお母さんのことをどうやって知ったのかもよ」

「もしかして、君に虫をつけたんじゃないかな」ハリーが言った。

「虫をつけた？」ロンがポカンとした。

「なんだい、それ……ハーマイオニーにノミでもくっつけるのか？」

ハリーは「虫」と呼《よ》ばれる盗聴《とうちょう》マイクや録音装置《ろくおんそうち》について説明しはじめた。

ロンは夢中《むちゅう》になって聞いたが、ハーマイオニーは話をさえぎった。

「二人とも、**いつになったら**『**ホグワーツの歴史**』を読むの？」

「そんな必要あるか？」ロンが言った。

「君が全部暗記してるもの。僕《ぼく》たちは君に聞けばいいじゃないか」

「マグルが魔法《まほう》の代用品に使うものは――電気だとかコンピュータ、レーダー、そのほかいろいろだけど――ホグワーツでは全部めちゃめちゃ狂《くる》うの。空気中の魔法《まほう》が強すぎるから。だから、ちがうわ。リータは盗聴《とうちょう》の魔法《まほう》を使ってるのよ。そうにちがいないわ……それがなんなのかつかめたらなぁ……うーん、それが非合法《ひごうほう》だったら、もうこっちのものだわ……」

「ほかにも心配することがたくさんあるだろ？」

ロンが言った。

「この上リータ・スキーターへの復讐劇《ふくしゅうげき》までおっぱじめる必要があるのかい？」

「何も手伝ってくれなんて言ってないわ！」

ハーマイオニーがきっぱり言った。

「一人でやります！」

ハーマイオニーは大理石の階段《かいだん》を、振《ふ》り返《かえ》りもせずどんどん上っていった。ハリーは、図書館に行くにちがいないと思った。

「賭《か》けようか？　あいつが『**リータ・スキーター大嫌《だいきら》い**』ってバッジの箱を持って戻《もど》ってくるかどうか」ロンが言った。

しかし、ハーマイオニーはリータ・スキーターの復讐《ふくしゅう》にハリーやロンの手を借りようとはしなかった。二人にとってそれはありがたいことだった。何しろイースター休暇《きゅうか》をひかえ、勉強の量が増《ふ》える一方だったからだ。こんなにやることがあるのに、ハーマイオニーはその上どうやって盗聴《とうちょう》の魔法《まほう》を調べることができるのか、ハリーは正直、感心していた。宿題をこなすだけでもハリーは目いっぱいだったが、定期的に山の洞窟《どうくつ》にいるシリウスに食べ物を送ることだけはやめなかった。去年の夏以来、ハリーは、いつも空腹《くうふく》だということがどんな状態《じょうたい》なのかを忘《わす》れてはいなかった。ハリーはシリウスへのメモを同封《どうふう》して、何も異常《いじょう》なことは起きていないことや、パーシーからの返事をまだ待っていることなどを書いておいた。

ヘドウィグはイースター休暇《きゅうか》が終わってからやっと戻《もど》ってきた。パーシーの返事は、ウィーズリーおばさんお手製《てせい》のチョコレートでできた「イースター卵《たまご》」の包みの中に入っていた。ハリーとロンの卵《たまご》はドラゴンの卵《たまご》ほど大きく、中には手作りのヌガーがぎっしり入っていた。しかし、ハーマイオニーの卵《たまご》は鶏《にわとり》の卵《たまご》より小さい。見たとたん、ハーマイオニーはがっかりした顔になった。

「あなたのお母さん、もしかしたら『週刊魔女《しゅうかんまじょ》』を読んでる？　ロン？」

ハーマイオニーが小さな声で聞いた。

「ああ」

口いっぱいにヌガーをほお張《ば》って、ロンが答えた。

「料理のページを見るのにね」

ハーマイオニーは悲しそうに小さなチョコレート卵《たまご》を見た。

「パーシーがなんて書いてきたか、見たくない？」ハリーが急いで言った。

パーシーの手紙は短く、いらいらした調子だった。


「日刊予言者新聞《にっかんよげんしゃしんぶん》」にもしょっちゅうそう言っているのだが、クラウチ氏は当然取るべき休暇《きゅうか》を取っている。クラウチ氏は定期的にふくろう便で仕事の指示《しじ》を送ってよこす。実際《じっさい》にお姿《すがた》は見ていないが、私《わたし》はまちがいなく自分の上司の筆跡《ひっせき》を見分けることくらいできる。そもそも私《わたし》はいま、仕事が手いっぱいで、ばかなうわさをもみ消しているひまはないくらいなのだ。よほど大切なこと以外で、私《わたし》をわずらわせないでくれ。

ハッピー・イースター。


イースターが終わると夏学期が始まる。いつもならハリーは、シーズン最後のクィディッチ試合に備《そな》えて猛練習《もうれんしゅう》している時期だ。しかし、今年は三校対抗試合《たいこうじあい》の最終課題があり、その準備《じゅんび》が必要だ。もっとも、ハリーはどんな課題なのかをまだ知らなかった。五月の最後の週に、やっと、マクゴナガル先生が「変身術《へんしんじゅつ》」の授業《じゅぎょう》のあとでハリーを呼び止《よと》めた。

「ポッター、今夜九時にクィディッチ競技場《きょうぎじょう》に行きなさい。そこで、バグマンさんが第三の課題を代表選手に説明します」

そこで、夜の八時半、ハリーはロンやハーマイオニーと別れて、グリフィンドール塔《とう》をあとにし、階段《かいだん》を下りていった。玄関《げんかん》ホールを横切る途中《とちゅう》、ハッフルパフの談話室から出てきたセドリックに会った。

「今度はなんだと思う?」

二人で石段《いしだん》を下りながら、セドリックがハリーに聞いた。外は曇《くも》り空《ぞら》だった。

「フラーは地下トンネルのことばかり話すんだ。宝探《たからさが》しをやらされると思ってるんだよ」

「それならいいけど」

ハグリッドからニフラーを借りて、自分のかわりに探《さが》させればいいとハリーは思った。

二人は暗い芝生《しばふ》を、クィディッチ競技場《きょうぎじょう》へと歩き、スタンドのすきまを通ってピッチに出た。

「いったい何をしたんだ?」

セドリックが憤慨《ふんがい》してその場に立ちすくんだ。

平らでなめらかだったクィディッチ・ピッチが様変わりしている。誰《だれ》かが、そこに、長い低い壁《かべ》を張《は》りめぐらせたようだ。壁《かべ》は曲がりくねり、四方八方に入り組んでいる。

「生《い》け垣《がき》だ!」

かがんで一番近くの壁《かべ》を調べたハリーが言った。

「よう、よう!」元気な声がした。

ルード・バグマンがピッチの真ん中に立っていた。クラムとフラーもいる。ハリーとセドリックは、生《い》け垣《がき》を乗《の》り越《こ》え乗《の》り越《こ》え、バグマンたちのほうに行った。だんだん近づくと、フラーがハリーに笑いかけた。湖からフラーの妹を助け出して以来、フラーのハリーに対する態度《たいど》がまったく変わっていた。

「さあ、どう思うね?」

ハリーとセドリックが最後の垣根《かきね》を乗《の》り越《こ》えると、バグマンがうれしそうに言った。

「しっかり育ってるだろう? あと一か月もすれば、ハグリッドが六メートルほどの高さにしてくれるはずだ。いや、心配ご無用」

ハリーとセドリックが気に入らないという顔をしているのを見て取って、バグマンがニコニコしながら言った。

「課題が終われば、クィディッチ・ピッチは元どおりにして返すよ さて、私《わたし》たちがここに何を作っているのか、想像《そうぞう》できるかね?」

一瞬誰《いっしゅんだれ》も何も言わなかった。そして――。

「迷路《めいろ》」クラムが唸《うな》るように言った。

「そのとおり!」

バグマンが言った。

「迷路《めいろ》だ。第三の課題は、極《きわ》めて明快《めいかい》だ。迷路《めいろ》の中心に三校対抗優勝杯《たいこうゆうしょうはい》が置かれる。最初にその優《ゆう》勝杯《しょうはい》に触《ふ》れた者が満点だ」

「迷路《めいろ》をあやく抜《ぬ》けるだーけですか？」フラーが聞いた。

「障害物《しょうがいぶつ》がある」

バグマンはうれしそうに、体をはずませながら言った。

「ハグリッドがいろんな生き物を置く……それに、いろいろ呪《のろ》いを破《やぶ》らないと進めない……まあ、そんなとこだ。さて、これまでの成績《せいせき》でリードしている選手が先にスタートして迷路《めいろ》に入る」

バグマンがハリーとセドリックに向かってニッコリした。

「次にミスター・クラムが入る……それからミス・デラクールだ。しかし、全員に優勝《ゆうしょう》のチャンスはある。障害物《しょうがいぶつ》をどううまく切《き》り抜《ぬ》けるか、それしだいだ。おもしろいだろう、え？」

ハグリッドがこういうイベントにどんな生き物を置きそうか、ハリーはよく知っている。とても「おもしろい」とは思えなかったが、ほかの代表選手と同じく、礼儀正《れいぎただ》しくうなずいた。

「よろしい……質問《しつもん》がなければ、城《しろ》に戻《もど》るとしようか。少し冷えるようだ……」

みんなが育ちかけの迷路《めいろ》を抜《ぬ》けて外に出ようとすると、バグマンが急いでハリーに近づいてきた。バグマンがハリーに、助けてやろうとまた申し出るような感じがした。しかし、ちょうどその時、クラムがハリーの肩《かた》をたたいた。

「ちょっと話したいんだけど？」

「ああ、いいよ」ハリーはちょっと驚《おどろ》いた。

「ヴぉくと一緒《いっしょ》に来てくれないか？」

「オッケー」ハリーはいったいなんだろうと思った。

バグマンは少し戸惑《とまど》った表情《ひょうじょう》だった。

「ハリー、ここで待っていようか？」

「いいえ、バグマンさん、大丈夫《だいじょうぶ》です」

ハリーは笑いをこらえて言った。

「ありがとうございます。でも、城《しろ》には一人で帰れますから」

ハリーとクラムは一緒《いっしょ》に競技場《きょうぎじょう》を出た。しかしクラムはダームストラングの船に戻《もど》る道はとらず、禁《きん》じられた森《もり》に向かって歩きだした。

「どうしてこっちのほうに行くんだい？」

ハグリッドの小屋や、照明に照らされたボーバトンの馬車を通《とお》り過《す》ぎながら、ハリーが聞いた。

「盗《ぬす》み聞《ぎ》きされたくヴぁない」クラムが短く答えた。

ボーバトンの馬のパドックから少し離《はな》れた静かな空き地にたどり着くと、ようやくクラムは木陰《こかげ》で足を止め、ハリーのほうに顔を向けた。

「知りたいのだ」クラムがにらんだ。

「君とハーミー-オウン-ニニーの間にヴぁ、何かあるのか」

クラムの秘密《ひみつ》めいたやり方からして、何かもっと深刻《しんこく》なことを予想していたハリーは、拍子《ひょうし》抜《ぬ》けしてクラムをまじまじと見た。

「なんにもないよ」ハリーが答えた。

しかし、クラムはまだにらみつけている。なぜか、ハリーは、クラムがとても背《せ》が高いことに改めて気づき、説明をつけ足した。

「僕《ぼく》たち、友達だ。ハーマイオニーはいま、僕《ぼく》のガールフレンドじゃないし、これまで一度もそうだったことはない。スキーターって女がでっち上げただけだ」

「ハーミー-オウン-ニニーヴぁ、しょっちゅう君のことをヴぁ《わ》題にする」

クラムは疑《うたが》うような目でハリーを見た。

「ああ。それは、**ともだち**だからさ」ハリーが言った。

国際的《こくさいてき》に有名なクィディッチの選手、ビクトール・クラムとこんな話をしていることが、ハリーにはなんだか信じられなかった。まるで、十八歳《さい》のクラムが、僕《ぼく》を同等に扱《あつか》っているようじゃないか——ほんとうのライバルのように——。

「君たちヴぁ一度も……これまで一度も……」

「一度もない」ハリーはきっぱり答えた。

クラムは少し気が晴れたような顔をした。ハリーをじっと見つめ、それからこう言った。

「君ヴぁ飛ぶのがうまいな。第一の課題のとき、ヴぉく、見ていたよ」

「ありがとう」

ハリーはニッコリした。そして、急に自分も背《せ》が高くなったような気がした。

「僕《ぼく》、クィディッチ・ワールドカップで、君のこと見たよ。ウロンスキー・フェイント。君ってほんとうに――」

その時、クラムの背後《はいご》の木立の中で、何かが動いた。禁《きん》じられた森《もり》にうごめくものについては、いささか経験《けいけん》のあるハリーは、本能的《ほんのうてき》にクラムの腕《うで》をつかみ、くるりと体の向きを変えさせた。

「なんだ？」クラムが言った。

ハリーはわからないというふうに首を振《ふ》り、動きの見えた場所をじっと見た。そしてローブに手をすべり込《こ》ませ、杖《つえ》をつかんだ。

大きな樫《かし》の木の陰《かげ》から、突然《とつぜん》男が一人、よろよろと現《あらわ》れた。一瞬《いっしゅん》、ハリーには誰《だれ》だかわからなかった……そして、気づいた。クラウチ氏だ。

クラウチ氏は何日も旅をしてきたように見えた。ローブのひざが破《やぶ》れ、血がにじんでいる。顔は傷《きず》だらけで、無精《ぶしょう》ひげが伸《の》び、つかれきって灰色《はいいろ》だ。きっちりと分けてあった髪《かみ》も、口ひげも、ぼさばさに伸《の》び、汚《よご》れ放題《ほうだい》だ。しかし、その奇妙《きみょう》な格好《かっこう》も、クラウチ氏の行動の奇妙《きみょう》さに比《くら》べればなんでもない。ブツブツ言いながら、身振《みぶ》り手振《てぶ》りで、クラウチ氏は自分にしか見えない誰《だれ》かと話しているようだった。ダーズリーたちと一緒《いっしょ》に買い物に行ったときに、一度見たことがある浮浪者《ふろうしゃ》を、ハリーはまざまざと思い出した。その浮浪者《ふろうしゃ》も、空に向かってわめき散らしていた。ペチュニアおばさんはダドリーの手をつかんで、道の反対側に引《ひ》っ張《ぱ》っていき、浮浪者《ふろうしゃ》をさけようとした。そのあと、バーノンおじさんは、自分なら物乞《ものご》いや浮浪者《ふろうしゃ》みたいなやつらをどう始末するか、家族全員に長々と説教したものだ。

「審査員《しんさいん》の一人でヴぁないのか？」

クラムはクラウチ氏をじっと見た。

「あの人ヴぁ、こっちの魔法省《まほうしょう》の人だろう？」

ハリーはうなずいた。一瞬迷《いっしゅんまよ》ったが、ハリーはそれから、ゆっくりとクラウチ氏に近づいた。クラウチ氏はハリーには目もくれず、近くの木に話し続けている。

「……それが終わったら、ウェーザビー、ダンブルドアにふくろう便を送って、試合に出席するダームストラングの生徒の数を確認《かくにん》してくれ。カルカロフがたったいま、十二人だと言ってきたところだが……」

「クラウチさん？」

ハリーは慎重《しんちょう》に声をかけた。

「……それから、マダム・マクシームにもふくろう便を送るのだ。カルカロフが一ダースという切りのいい数にしたと知ったら、マダムのほうも生徒の数を増《ふ》やしたいと言うかもしれない……そうしてくれ、ウェーザビー、頼《たの》んだぞ。頼《たの》ん……」

クラウチ氏の目が飛び出ていた。じっと木を見つめて立ったまま、声も出さず口だけもごもご動かして木に話しかけている。それからよろよろと脇《わき》にそれ、崩《くず》れ落《お》ちるようにひざをついた。

「クラウチさん？」

ハリーが大声で呼《よ》んだ。

「大丈夫《だいじょうぶ》ですか？」

クラウチ氏の目がぐるぐる回っている。ハリーは振《ふ》り返《かえ》ってクラムを見た。クラムもハリーについて木立に入り、驚《おどろ》いてクラウチ氏を見下ろしていた。

「この人ヴぁ、いったいどうしたの？」

「わからない」ハリーがつぶやいた。

「君、誰《だれ》かを連れてきてくれないか——」

「ダンブルドア！」

クラウチ氏があえいだ。手を伸《の》ばし、ハリーのローブをぐっと握《にぎ》り、引《ひ》き寄《よ》せた。しかし、その目はハリーの頭を通《とお》り越《こ》して、あらぬほうを見つめている。

「私《わたし》は……会わなければ……ダンブルドアに……」

「いいですよ」ハリーが言った。

「立てますか、クラウチさん。一緒《いっしょ》に行きます――」

「私《わたし》は……ばかなことを……してしまった……」

クラウチ氏が低い声で言った。完全に様子がおかしい。目は飛び出し、ぐるぐる回り、よだれがひと筋《すじ》、だらりとあごまで流れている。一言一言、言葉を発することさえ苦しそうだ。

「どうしても……話す……ダンブルドアに……」

「立ってください、クラウチさん」

ハリーは大声ではっきりと言った。

「立つんです。ダンブルドアの所へお連れします！」

クラウチ氏の目がぐるりと回ってハリーを見た。

「誰《だれ》だ……君は？」ささやくような声だ。

「僕《ぼく》、この学校の生徒です」

ハリーは、助けを求めてクラムを振《ふ》り返《かえ》ったが、クラムは後ろに突《つ》っ立《た》ったまま、ますます心配そうな顔をしているだけだった。

「君はまさか……彼《かれ》の？」

クラウチ氏は口をだらりと開け、ささやくように言った。

「ちがいます」

ハリーはクラウチ氏が何を言っているのか見当もつかなかったが、そう答えた。

「ダンブルドアの？」

「そうです」ハリーが答えた。

クラウチ氏はハリーをもっと引《ひ》き寄《よ》せた。ハリーはローブを握《にぎ》っているクラウチ氏の手をゆるめようとしたが、できなかった。恐《おそ》ろしい力だった。

「警告《けいこく》を……ダンブルドアに……」

「放してくれたら、ダンブルドアを連れてきます。クラウチさん、放してください。そしたら連れてきますから……」

「ありがとう、ウェーザビー。それが終わったら、紅茶《こうちゃ》を一杯《ぱい》もらおうか。妻《つま》と息子《むすこ》がまもなくやってくるのでね。今夜はファッジご夫妻《ふさい》とコンサートに行くのだ」

クラウチ氏は再《ふたた》び木に向かって流暢《りゅうちょう》に話しはじめた。ハリーがそこにいることなどまったく気づいていないようだ。ハリーはあんまり驚《おどろ》いたので、クラウチ氏が手を離《はな》したことにも気づかなかった。

「そうなんだよ。息子《むすこ》は最近『O《ふ》・W《く》・L《ろう》試験《しけん》』で十二科目もパスしてね。満足だよ。いや、ありがとう。いや、まったく鼻が高い。さてと、アンドラの魔法大臣《まほうだいじん》のメモを持ってきてくれるかな。返事を書く時間ぐらいあるだろう……」

「君はこの人と一緒《いっしょ》にここにいてくれ!」

ハリーはクラムに言った。

「僕《ぼく》がダンブルドアを連れてくる。僕《ぼく》が行くほうが早い。校長室がどこにあるかを知ってるから――」

「この人、狂《くる》ってる」

木をパーシーだと思《おも》い込《こ》んでいるらしく、べらべら木に話しかけているクラウチ氏を見下ろして、クラムはうさんくさそうに言った。

「一緒《いっしょ》にいるだけだから」

ハリーは立ち上がりかけた。するとその動きに刺激《しげき》されてか、クラウチ氏がまた急変した。ハリーのひざをつかみ、再《ふたた》び地べたに引きずり下ろしたのだ。

「私《わたし》を……置いて……行かないで!」

ささやくような声だ。また目が飛び出している。

「逃《に》げてきた……警告《けいこく》しないと……言わないと……ダンブルドアに会う……私《わたし》のせいだ……みんな私《わたし》のせいだ……バーサ……死んだ……みんな私《わたし》のせいだ……息子《むすこ》……私《わたし》のせいだ……ダンブルドア

に言う……ハリー・ポッター……闇《やみ》の帝王《ていおう》……より強くなった……ハリー・ポッター……」

「ダンブルドアを連れてきます。行かせてください。クラウチさん！」

ハリーは夢中《むちゅう》でクラムを振《ふ》り返《かえ》った。

「手伝って。お願いだ」

クラムは恐《おそ》る恐《おそ》る近寄《ちかよ》り、クラウチ氏の脇《わき》にしゃがんだ。

「ここで見ていてくれればいいから」

ハリーはクラウチ氏を振《ふ》りほどきながら言った。

「ダンブルドアを連れて戻《もど》るよ」

「急いでくれよ？」

クラムが呼《よ》びかける声を背《せ》に、ハリーは禁《きん》じられた森《もり》を飛び出し、暗い校庭を抜《ぬ》けて全速力で走った。校庭にはもう誰《だれ》もいない。バグマン、セドリック、フラーの姿《すがた》もない。ハリーは飛ぶように石段《いしだん》を上がり、樫《かし》の木の正面扉《しょうめんとびら》を抜《ぬ》け、大理石の階段《かいだん》を上がって、三階へと疾走《しっそう》した。

五分後、ハリーは、三階の誰《だれ》もいない廊下《ろうか》の中ほどに立つ、怪獣《ガーゴイル》《かいじゅう》の石像《せきぞう》目がけて突進《とっしん》していた。

「レ――レモン・キャンディ！」

ハリーは息せき切って石像《せきぞう》に叫《さけ》んだ。

これがダンブルドアの部屋に通じる隠《かく》れた階段《かいだん》への合言葉だった――いや、少なくとも二年前まではそうだった。しかし、どうやら、合言葉は変わったらしい。石の怪獣《ガーゴイル》は命を吹《ふ》き込《こ》まれてピョンと飛びのくはずだったが、じっと動かず、意地の悪い目でハリーをにらむばかりだった。

「動け！」

ハリーは像《ぞう》に向かってどなった。

「頼《たの》むよ！」

しかし、ホグワーツでは、どなられたからといって動くものは一つもない。どうせだめだと、ハリーにはわかっていた。ハリーは暗い廊下《ろうか》を端《はし》から端《はし》まで見た。もしかしたら、ダンブルドアは職《しょく》員室《いんしつ》かな？　ハリーは階段《かいだん》に向かって全速力で駆《か》けだした。

「**ポッター！**」

ハリーは急停止《きゅうていし》してあたりを見回した。

スネイプが石の怪獣《ガーゴイル》の裏《うら》の隠《かく》れ階段《かいだん》から姿《すがた》を現《あらわ》したところだった。スネイプがハリーに戻《もど》れと合図する間に、背後《はいご》の壁《かべ》がするすると閉《し》まった。

「ここで何をしているのだ？　ポッター？」

「ダンブルドア先生にお目にかからないと！」

ハリーは廊下《ろうか》を駆《か》け戻《もど》り、スネイプの前で急停止《きゅうていし》した。

「クラウチさんです……たったいま、現《あらわ》れたんです……禁《きん》じられた森《もり》にいます……クラウチさんの頼《たの》みで――」

「寝《ね》ぼけたことを」

　スネイプの暗い目がギラギラ光った。

「なんの話だ？」

「クラウチさんです！」

　ハリーは叫《さけ》んだ。

「魔法省《まほうしょう》の！　あの人は病気か何かです――禁《きん》じられた森《もり》にいます。ダンブルドア先生に会いたがっています！　教えてください。そこの合言葉を――」

「校長は忙《いそが》しいのだ。ポッター」

　スネイプの薄《うす》い唇《くちびる》がゆがんで、不ゆかいな笑いが浮《う》かんだ。

「ダンブルドア先生に伝えないといけないんです！」ハリーが大声で叫《さけ》んだ。

「聞こえなかったのか？　ポッター？」

　ハリーが必死になっているときに、ハリーの欲《ほ》しいものを拒《こば》むのは、スネイプにとってこの上ない楽しみなのだと、ハリーにはわかった。

「スネイプ先生」

　ハリーは腹《はら》が立った。

「クラウチさんは普通《ふつう》じゃありません――あの人は――あの人は正気じゃないんです――警告《けいこく》したいって、そう言ってるんです――」

スネイプの背後《はいご》の石壁《いしかべ》がするすると開いた。長い緑のローブを着て、少し物問いたげな表情《ひょうじょう》で、ダンブルドアが立っていた。

「何か問題があるのかね？」

ダンブルドアがハリーとスネイプを見比《みくら》べながら聞いた。

「先生！」

スネイプが口を開く前に、ハリーがスネイプの横に進み出た。

「クラウチさんがいるんです……禁《きん》じられた森《もり》です。ダンブルドア先生と話したがっています！」

ハリーはダンブルドアが何か質問《しつもん》するだろうと身がまえた。しかし、ダンブルドアはいっさい何も聞かなかった。ハリーはホッとした。

「案内するのじゃ」

ダンブルドアはすぐさまそう言うと、ハリーのあとからすべるように廊下《ろうか》を急いだ。あとに残されたスネイプが、怪獣《ガーゴイル》の石像《せきぞう》と並《なら》んで、怪獣《ガーゴイル》の二倍も醜《みにく》い顔で立っていた。

「クラウチ氏はなんと言ったのかね？　ハリー？」

大理石の階段《かいだん》をすばやく下りながら、ダンブルドアが聞いた。

「先生に警告《けいこく》したいと……ひどいことをやってきたとも言いました……息子《むすこ》さんのことも……それに、バーサ・ジョーキンズのこと……それに――それにヴォルデモートのこと……ヴォルデモートが強力になってきているとか……」

「なるほど」

ダンブルドアは足を速めた。二人は真《ま》っ暗闇《くらやみ》の中へと急いだ。

「あの人の行動は普通《ふつう》じゃありません」

ハリーはダンブルドアと並《なら》んで急ぎながら言った。

「自分がどこにいるのかもわからない様子で、パーシー・ウィーズリーがその場にいるかのように話しかけてみたかと思えば、また急に変わって、ダンブルドア先生に会わなくちゃって言うんです……ビクトール・クラムを一緒《いっしょ》に残してきました」

「残した？」

ダンブルドアの声が鋭《するど》くなり、いっそう大股《おおまた》に歩きはじめた。ハリーは遅《おく》れないよう、小走りになった。

「誰《だれ》かほかにはクラウチ氏を見たかの？」

「いいえ」ハリーが答えた。

「僕《ぼく》、クラムと話をしていました。バグマンさんが僕《ぼく》たちに第三の課題について話をしたすぐあとで、僕《ぼく》たちだけが残って、それで、クラウチさんが森から出てきたのを見ました――」

「どこじゃ？」

ボーバトンの馬車が暗闇《くらやみ》から浮《う》き出《だ》して見えてきたとき、ダンブルドアが聞いた。

「あっちです」

ハリーはダンブルドアの前に立ち、木立の中を案内した。クラウチ氏の声はもう聞こえなかったが、ハリーはどこに行けばいいかわかっていた。ボーバトンの馬車からそう離《はな》れてはいなかった……どこかこのあたりだ……。

「ビクトール？」ハリーが大声で呼《よ》びかけた。

応《こた》えがない。

「ここにいたんです」

ハリーがダンブルドアに言った。

「絶対《ぜったい》このあたりにいたんです……」

「ルーモス、光よ」

ダンブルドアが杖《つえ》に灯《あか》りをともし、上にかざした。

細い光が地面を照らし、黒い木の幹《みき》を一本、また一本と照らし出した。そして、二本の足の上で光が止まった。

ハリーとダンブルドアが駆《か》け寄《よ》った。クラムが地面に大の字に倒《たお》れている。意識《いしき》がないらしい。

クラウチ氏の影《かげ》も形もない。ダンブルドアはクラムの上にかがみ込《こ》み、片方《かたほう》のまぶたをそっと開けた。

「『失神術《しっしんじゅつ》』にかかっておる」

ダンブルドアは静かに言った。周りの木々を透《す》かすように見回すダンブルドアの半月めがねが、
杖灯《つえあか》りにキラリと光った。

「誰《だれ》か呼《よ》んできましょうか？」ハリーが言った。

「マダム・ポンフリーを？」

「いや」ダンブルドアがすぐに答えた。「ここにおるのじゃ」

ダンブルドアは杖《つえ》を宙《ちゅう》に上げ、ハグリッドの小屋を指した。杖《つえ》から何か銀色のものが飛び出し、
半透明《はんとうめい》な鳥のゴーストのように、それは木々の間をすり抜《ぬ》け、飛び去った。それからダンブルドア
は再《ふたた》びクラムの上にかがみ込《こ》み、杖《つえ》をクラムに向けて唱えた。

「リナベイト、蘇生《そせい》せよ」

クラムが目を開けた。ぼんやりしている。ダンブルドアを見ると、クラムは起き上がろうとし
た。しかし、ダンブルドアはクラムの肩《かた》を押《お》さえ、横にならせた。

「あいつがヴぉくを襲《おそ》った！」

クラムが頭を片手《かたて》で押《お》さえながらつぶやいた。

「あの狂《くる》った男がヴぉくを襲《おそ》った！　ヴぉくが、ポッターはどこへ行ったかと振《ふ》り返《かえ》ったら、あいつが、後ろからヴぉくを襲《おそ》った！」

「しばらくじっと横になっているがよい」ダンブルドアが言った。

雷《かみなり》のような足音が近づいてきた。ハグリッドがファングを従《したが》え、息せき切ってやってきた。石弓を背負《せお》っている。

「ダ、ダンブルドア先生さま！」

ハグリッドは目を大きく見開いた。

「ハリー――いってえ、これは――？」

「ハグリッド、カルカロフ校長を呼《よ》んできてくれんか」

ダンブルドアが言った。

「カルカロフの生徒が襲《おそ》われたのじゃ。それがすんだら、ご苦労じゃが、ムーディ先生に警告《けいこく》を――」

「それにはおよばん、ダンブルドア」

ゼイゼイという唸《うな》り声《ごえ》がした。

「ここにおる」

ムーディがステッキにすがり、杖灯《つえあか》りをともし、足を引きずってやってきた。

「この足め」

ムーディが腹立《はらだ》たしげに言った。

「もっと早く来られたものを……何事だ？　スネイプが、クラウチがどうのと言っておったが——」

「クラウチ？」ハグリッドがポカンとした。

「カルカロフを早く、ハグリッド！」ダンブルドアの鋭《するど》い声が飛んだ。

「あ、へえ……わかりました、先生さま……」

そう言うなり、くるりと背《せ》を向け、ハグリッドは暗い木立の中に消えていった。ファングが駆《か》け足《あし》であとに従《したが》った。

「バーティ・クラウチがどこに行ったのか、わからんのじゃが」

ダンブルドアがムーディに話しかけた。

「しかし、なんとしても探《さが》し出《だ》すことが大事じゃ」

「承知《しょうち》した」

ムーディは唸《うな》るようにそう言うと、杖《つえ》をかまえなおし、足を引きずりながら禁《きん》じられた森《もり》へと去った。

それからしばらく、ダンブルドアもハリーも無言だった。やがて、紛《まぎ》れもなく、ハグリッドとファングの戻《もど》ってくる音がした。カルカロフがそのあとから急いでやってきた。なめらかなシルバーの毛皮をはおり、青ざめて、動揺《どうよう》しているように見えた。

「いったいこれは？」

クラムが地面に横たわり、ダンブルドアとハリーがそばにいるのを見て、カルカロフが叫《さけ》んだ。

「これは何事だ？」

「ヴぉく、襲《おそ》われました！」

クラムが今度は身を起こし、頭をさすった。

「クラウチ氏とかなんとかいう名前の――」

「クラウチが君を襲《おそ》った？ **クラウチが**襲《おそ》った？ 対校試合の審査員《しんさいん》が？」

「イゴール」

ダンブルドアが口を開いた。しかしカルカロフは身がまえ、激怒《げきど》した様子で、毛皮をギュッと体に巻《ま》きつけた。

「裏切《うらぎ》りだ！」

ダンブルドアを指差し、カルカロフがわめいた。

「罠《わな》だ！ 君と魔法省《まほうしょう》とで、私《わたし》をここにおびきよせるために、にせの口実を仕組んだな、ダンブルドア！ はじめから平等な試合ではないのだ！ 最初は、年齢制限以下《ねんれいせいげんいか》なのに、ポッターを試合にもぐり込《こ》ませた！ 今度は魔法省《まほうしょう》の君の仲間の一人が、**私《わたし》の**代表選手を動けなくしようとした！ 何もかも裏取引《うらとりひき》と腐敗《ふはい》のにおいがするぞ、ダンブルドア。魔法使《まほうつか》いの国際連携《こくさいれんけい》を深めるの、旧交《きゅうこう》を温めるの、昔の対立を水に流すのと、口先ばかりだ――**おまえなんか**、こうしてやる！」

カルカロフはダンブルドアの足元にペッとつばを吐《は》いた。そのとたん、ハグリッドがあっという間にカルカロフの毛皮の胸《むな》ぐらをつかみ、宙吊《ちゅうづ》りにしてそばの木にたたきつけた。

「謝《あやま》れ！」

ハグリッドが唸《うな》った。ハグリッドの巨大《きょだい》な拳《こぶし》をのど元に突《つ》きつけられ、カルカロフは息が詰《つ》まり、両足は宙《ちゅう》に浮《う》いてぶらぶらしていた。

「ハグリッド、**やめるのじゃ！**」

ダンブルドアが叫《さけ》んだ。目がピカリと光った。

ハグリッドはカルカロフを木に押《お》しつけていた手を離《はな》した。カルカロフはずるずる木の幹《みき》に沿《そ》ってずり落ち、ぶざまに丸まって木の根元にドサリと落ちた。小枝《こえだ》や木の葉がバラバラとカルカロフの頭上に降《ふ》りかかった。

「ご苦労じゃが、ハグリッド、ハリーを城《しろ》まで送ってやってくれ」

ダンブルドアが鋭《するど》い口調で言った。

ハグリッドは息を荒《あら》らげ、カルカロフを恐《おそ》ろしい顔でにらみつけた。

「俺《おれ》は、ここにいたほうがいいんではねえでしょうか、校長先生さま……」

「ハリーを学校に連れていくのじゃ、ハグリッド」

ダンブルドアが、きっぱりとくり返した。

「まっすぐにグリフィンドール塔《とう》へ連れていくのじゃ。そして、ハリー――動くでないぞ。何かしたくとも――ふくろう便を送りたくとも――明日の朝まで待つのじゃ。わかったかな？」

「あの――はい」

ハリーはダンブルドアをじっと見た。たったいま、ピッグウィジョンをシリウスの所に送って、何が起こったかを知らせようと思っていたのに、ダンブルドアはどうしてそれがわかったんだろう？

「ファングを残していきますだ、校長先生さま」

ハグリッドがカルカロフを脅《おど》すようににらみつけながら言った。カルカロフは毛皮と木の根とにもつれて、まだ木の根元に伸《の》びていた。

「ファング、ステイ。ハリー、行こう」

二人はだまったまま、ボーバトンの馬車を通《とお》り過《す》ぎ、城《しろ》に向かって歩いた。

「あいつ、よくも」

急ぎ足で湖を通《とお》り過《す》ぎながら、ハグリッドが唸《うな》った。

「ダンブルドアを責《せ》めるなんて、よくも。そんなことをダンブルドアがしたみてえに。ダンブルドアが**おまえさんを**、はじめから試合に出したかったみてえに。心配なさってるんだ！　ここんとこ、ずっとだ。ダンブルドアがこんなに心配なさるのをいままでに見たことがねえ。それにおまえもおまえだ！」

ハグリッドが急にハリーに怒《いか》りを向けた。ハリーはびっくりしてハグリッドを見た。

「クラムみてえな野郎《やろう》とほっつき歩いて、何しとったんだ？　やつはダームストラングだぞ、ハリー！　あそこでおまえさんに呪《のろ》いをかけることもできただろうが。え？　ムーディから何も学ばんかったのか？　一人でのこのこやつにおびき出されるたあ――」

「クラムはそんな人じゃない！」

玄関《げんかん》ホールの石段《いしだん》を上りながら、ハリーが言った。

「僕《ぼく》に呪《のろ》いをかけようとなんかしなかった。ただ、ハーマイオニーのことを話したかっただけなんだ――」

「ハーマイオニーとも少し話をせにゃならんな」

石段《いしだん》をドシンドシン踏《ふ》みしめながら、ハグリッドが暗い顔をした。

「よそ者とはなるべくかかわらんほうがええ。そのほうが身のためだ。誰《だれ》も信用できん」

「ハグリッドだって、マダム・マクシームと仲よくやってたじゃない」

ハリーはちょっとかんにさわった。

「あの女《ひと》の話は、もうせんでくれ！」

ハグリッドは一瞬怖《いっしゅんこわ》い顔をした。

「もう腹《はら》は読めとる！　俺《おれ》に取り入ろうとしちょる。第三の課題がなんなのか聞き出そうとしとる。へん！　あいつら、誰《だれ》も信用できん！」

ハグリッドの機嫌《きげん》が最悪だったので、「太った婦人《レディ》」の前でおやすみを言ったとき、ハリーはとてもホッとした。

肖像画《しょうぞうが》の穴《あな》を這《は》い上《あ》がって談話室に入ると、ハリーはまっすぐ、ロンとハーマイオニーのいる部屋の隅《すみ》に急いだ。今夜の出来事を二人に話さなければ。

第二十九章　夢《ゆめ》

「つまり、こういうことになるわね」

ハーマイオニーが額《ひたい》をこすりながら言った。

「クラウチさんがビクトールを襲《おそ》ったか、それとも、ビクトールがよそ見をしているときに、別の誰《だれ》かが二人を襲《おそ》ったかだわ」

「クラウチに決まってる」

ロンがすかさず突《つ》っ込《こ》んだ。

「だから、ハリーとダンブルドアが現場《げんば》に行ったときに、クラウチはいなかった。とんずらしたんだ」

「ちがうと思うな」ハリーが首を振《ふ》った。

「クラウチはとっても弱っていたみたいだ――『姿《すがた》くらまし』なんかもできなかったと思う」

「ホグワーツの敷地内《しきちない》では、『姿《すがた》くらまし』は**できないの**。何度も言ったでしょ？」

ハーマイオニーが言った。

「よし……こんな説はどうだ」ロンが興奮《こうふん》しながら言った。

「クラムがクラウチを襲《おそ》った――いや、ちょっと待って――それから自分自身に『失神術《しっしんじゅつ》』をかけた！」

「そして、クラウチさんは蒸発《じょうはつ》した。そういうわけ？」ハーマイオニーが冷たく言い放った。

「ああ、そうか……」

夜明けだった。ハリー、ロン、ハーマイオニーは朝早く、こっそり寮《りょう》を抜《ぬ》け出《だ》し、シリウスに手紙を送るために、急いでふくろう小屋にやってきたところだった。いま、三人は朝靄《あさもや》の立《た》ち込《こ》める校庭を眺《なが》めながら話をしていた。夜遅《よるおそ》くまでクラウチ氏の話をしていたので、三人とも顔色が悪く、腫《は》れぼったい目をしていた。

「ハリー、もう一回話してちょうだい」ハーマイオニーが言った。

「クラウチさんは、何をしゃべったの？」

「もう話しただろ。わけのわからないことだったって」ハリーが言った。

「ダンブルドアに何かを警告《けいこく》したいって言ってた。バーサ・ジョーキンズの名前ははっきり言ってた。もう死んでると思ってるらしいよ。何かが、自分のせいだって、何度もくり返してた……自分の息子《むすこ》のことを言った」

「そりゃ、**確かに**《たし》あの人のせいだわ」ハーマイオニーはつっけんどんに言った。

「あの人、正気じゃなかった」ハリーが言った。

「話の半分ぐらいは、奥《おく》さんと息子《むすこ》がまだ生きているつもりで話してたし、パーシーに仕事のことばかり話しかけて、命令していた」

「それと……『例のあの人』についてはなんて言ったんだっけ？」

ロンが聞きたいような、聞きたくないような言い方をした。

「もう話しただろ」

ハリーはのろのろとくり返した。

「より強くなっていって、そう言ってたんだ」

みんなだまり込《こ》んだ。

それから、ロンがから元気を振《ふ》りしぼって言った。

「だけど、クラウチは正気じゃなかったんだ。そう言ったよね。だから、半分ぐらいはたぶんうわ言さ……」

「ヴォルデモートのことをしゃべろうとしたときは、一番正気だったよ」

ハリーは、ロンがヴォルデモートの名前だけでぎくりとするのを無視《むし》した。

「言葉を二つつなぐことさえやっとだったのに、このことになると、自分がどこにいて何をしたいのかがわかってたみたいなんだ。ダンブルドアに会わなきゃって、そればっかり言ってた」

ハリーは窓《まど》から目を離《はな》し、天井《てんじょう》の垂木《たるき》を見上げた。ふくろうのいない止まり木が多かった。ときどき一羽、また一羽と、夜の狩《かり》から戻《もど》ったふくろうが、ネズミをくわえてスイーッと窓《まど》から入ってきた。

「スネイプに邪魔《じゃま》されなけりゃ」ハリーは悔《くや》しそうに言った。「間に合ってたかもしれないのに。『校長は忙《いそが》しいのだ、ポッター……寝《ね》ぼけたことを！』だってさ。邪魔《じゃま》せずにほっといてくれればよかったんだ」

「もしかしたら、君を現場《げんば》に行かせたくなかったんだ！」

ロンが急《せ》き込《こ》んで言った。

「たぶん――待てよ――スネイプが禁《きん》じられた森《もり》に行くとしたら、どのくらい早く行けたと思う？　君やダンブルドアを追《お》い抜《ぬ》けたと思うか？」

「コウモリか何かに変身しないと無理だ」ハリーが言った。

「それもありだな」ロンがつぶやいた。

「ムーディ先生に会わなきゃ」ハーマイオニーが言った。

「クラウチさんを見つけたかどうか、確《たし》かめなきゃ」

「ムーディがあの時『忍《しの》びの地図《ちず》』を持っていたら、簡単《かんたん》だったろうけど」ハリーが言った。

「ただし、クラウチが校庭から外に出てしまっていなければだけどな」ロンが言った。「だって、あれは学校の境界線《きょうかいせん》の中しか見せてくれないはずだし――」

「シッ！」

突然《とつぜん》ハーマイオニーが制《せい》した。

階段《かいだん》を上がって誰《だれ》かがふくろう小屋に来る。ハリーの耳に、二人で口論《こうろん》する声がだんだん近づいてくるのが聞こえた。

「――脅迫《きょうはく》だよ、それは。それじゃ、面倒《めんどう》なことになるかもしれないぜ――」

「――これまでは行儀《ぎょうぎ》よくやってきたんだ。もう汚《きたな》い手に出る時だ。やつとおんなじに。やつは、自分のやったことを、魔法省《まほうしょう》に知られたくないだろうから――」

「それを書いたら、脅迫状《きょうはくじょう》になるって、そう言ってるんだよ！」

「そうさ。だけど、そのおかげでどっさりおいしい見返りがあるなら、おまえだって文句《もんく》はないだろう？」

ふくろう小屋の戸がバーンと開き、フレッドとジョージが敷居《しきい》をまたいで入ってきた。そして、ハリー、ロン、ハーマイオニーを見つけ、その場に凍《こお》りついた。

「こんなとこで何してるんだ？」ロンとフレッドが同時に叫《さけ》んだ。

「ふくろう便を出しに」ハリーとジョージが同時に答えた。

「え？　こんな時間に？」ハーマイオニーとフレッドが言った。

フレッドがニヤッとした。

「いいさ――君たちが何も聞かなけりゃ、俺《おれ》たちも君たちが何しているか聞かないことにしよう」

フレッドは封書《ふうしょ》を手に持っていた。ハリーがちらりと見ると、フレッドは偶然《ぐうぜん》か、わざとか、手をもぞもぞさせて宛名《あてな》を隠《かく》した。

「さあ、みなさんをお引きとめはいたしませんよ」

フレッドが出口を指差しながら、おどけたようにおじぎした。

ロンは動かなかった。

「誰《だれ》を脅迫《きょうはく》するんだい？」ロンが聞いた。

フレッドの顔からニヤリが消えた。ハリーが見ていると、ジョージがちらっとフレッドを横目で見て、それからロンに笑いかけた。

「バカ言うな。単なる冗談《じょうだん》さ」ジョージがなんでもなさそうに言った。

「そうは聞こえなかったぞ」ロンが言った。

フレッドとジョージが顔を見合わせた。

それから、ふいにフレッドが言った。

「前にも言ったけどな、ロン、鼻の形を変えたくなかったら、引《ひ》っ込《こ》んでろ。もっとも鼻の形は変えたほうがいいかもしれないけどな──」

「誰《だれ》かを脅迫《きょうはく》しようとしてるなら、僕《ぼく》にだって関係があるんだ」

ロンが言った。

「ジョージの言うとおりだよ。そんなことしたら、すごく面倒《めんどう》なことになるかもしれないぞ」

「冗談《じょうだん》だって、言ったじゃないか」ジョージが言った。

ジョージはフレッドの手から手紙をもぎ取り、一番近くにいたメンフクロウの脚《あし》にくりつけはじめた。

「おまえ、少しあのなつかしの兄貴《あにき》に似《に》てきたぞ、ロン。そのままいけば、おまえも監督生《かんとくせい》になれる」

「そんなのになるもんか！」ロンが熱くなった。

ジョージはメンフクロウを窓際《まどぎわ》に連れていって、飛び立たせた。

そして、振《ふ》り返《かえ》ってロンにニヤッと笑いかけた。

「そうか、それなら他人に何しろかにしろと、うるさく言うな。じゃあな」

フレッドとジョージはふくろう小屋を出ていった。ハリー、ロン、ハーマイオニーは互《たが》いに顔を見合わせた。

「あの二人、何か知ってるのかしら？　ハーマイオニーがささやいた。

「クラウチのこととか、いろいろ」

「いいや」ハリーが言った。

「それぐらい深刻《しんこく》なことなら、二人とも誰《だれ》かに話してるはずだ。ダンブルドアに話すだろう」

しかし、ロンはなんだか落ち着かない。

「どうしたの？」ハーマイオニーが聞いた。

「あのさ……」

ロンが言いにくそうに言った。

「あの二人が誰《だれ》かに話すかどうか、僕《ぼく》、わかんない。あの二人……あの二人、最近金もうけに取《と》り憑《つ》かれてるんだ。僕《ぼく》、あの連中にくっついて歩いていたときにそのことに気づいたんだ――ほら、あの時だよ――ほら――」

「僕《ぼく》たちが口をきかなかったときだね」

ハリーがロンのかわりに言った。

「わかったよ。だけど、脅迫《きょうはく》なんて……」

「あの『いたずら専門店《せんもんてん》』のことさ」ロンが言った。

「僕《ぼく》、あの二人が、ママを困《こま》らせるために店のことを言ってるんだと思ってた。そしたら、真剣《しんけん》なんだよ。二人で店を始めたいんだ。ホグワーツ卒業まであと一年しかないし、将来《しょうらい》のことを考える時だって。パパは二人を援助《えんじょ》することができないし、だから二人は、店を始めるのに金貨が必要だって、いつもそう言ってるんだ」

今度はハーマイオニーが落ち着かなくなった。

「そう。でも……あの二人は、金貨のために法律《ほうりつ》に反するようなことしないでしょう？」

「しないかなぁ」

ロンが疑《うたが》わしそうに言った。

「わかんない……規則破《きそくやぶ》りを気にするような二人じゃないだろ？」

「そうだけど、今度《こんど》は**法律**《ほうりつ》なのよ」

ハーマイオニーは恐《おそ》ろしそうに言った。

「ばかげた校則《こうそく》とはちがうわ……脅迫《きょうはく》したら、居残《いのこ》り罰《ばつ》じゃすまないわよ！　ロン……パーシーに言ったほうがいいんじゃないかしら……」

「正気か？」ロンが言った。

「パーシーに言う？　あいつ、クラウチとおんなじように、弟を突《つ》き出《だ》すぜ」

ロンはフレッドとジョージがふくろうを放った窓《まど》をじっと見た。

「さあ、行こうか。朝食だ」

「ムーディ先生にお目にかかるのには早すぎると思う？」

螺旋階段《らせんかいだん》を下りながら、ハーマイオニーが言った。

「うん」ハリーが答えた。「こんな夜明けに起こしたら、僕《ぼく》たちドアごと吹《ふ》っ飛《と》ばされると思うな。ムーディの寝込《ねこ》みを襲《おそ》ったと思われちゃうよ。休み時間まで待ったほうがいい」

「魔法史《まほうし》」の授業《じゅぎょう》がこんなにのろのろ感じられるのもめずらしかった。ハリーは自分の腕時計《うでどけい》をついに捨《す》ててしまったので、ロンの腕時計《うでどけい》をのぞき込《こ》んでばかりいた。しかしロンの時計の進みがあまりに遅《おそ》いので、きっとこれも壊《こわ》れているにちがいないと思った。三人ともつかれはてていたので、机《つくえ》に頭をのせたら、気持ちよく眠《ねむ》り込《こ》んでしまっただろう。ハーマイオニーでさえ、いつものようにノートを取る様子もなく、片手《かたて》で頭を支《ささ》え、ビンズ先生をとろんとした目で見つめているだけだった。

やっと終業のベルが鳴ると、三人は廊下《ろうか》に飛び出し、「闇《やみ》の魔術《まじゅつ》」の教室に急いだ。ムーディは教室から出るところだった。ムーディも、三人と同じようにつかれた様子だった。普通《ふつう》の目のまぶたが垂《た》れ下《さ》がり、いつもに増《ま》してひん曲がった顔に見えた。

「ムーディ先生？」

生徒たちをかき分けてムーディに近づきながら、ハリーが呼《よ》びかけた。

「おお、ポッター」

ムーディが唸《うな》った。「魔法《まほう》の目」が、通《とお》り過《す》ぎていく二、三人の一年生を追っていた。一年生はびくびくしながら足を速めて通《とお》り過《す》ぎた。「魔法《まほう》の目」が、背後《はいご》を見るようにひっくり返り、一年生が角を曲がるのを見届《みとど》け、それからムーディが口を開いた。

「こっちへ来い」

ムーディは少し後ろに下がって、からになった教室に三人を招《しょう》じ入《い》れ、そのあとで自分も入ってドアを閉《し》めた。

「見つけたのですか？」

ハリーは前置きなしに聞いた。

「クラウチさんを？」

「いや」

そう言うと、ムーディは自分の机《つくえ》まで行って腰《こし》かけ、小さくうめきながら義足《ぎそく》を伸《の》ばし、携帯用《けいたいよう》酒瓶《さかびん》を引《ひ》っ張《ぱ》り出《だ》した。

「あの地図を使いましたか？」ハリーが聞いた。

「もちろんだ」

ムーディは酒瓶《さかびん》を口にしてぐいと飲んだ。

「おまえのまねをしてな、ポッター。『呼《よ》び寄《よ》せ呪文《じゅもん》』でわしの部屋から禁《きん》じられた森《もり》まで、地図を呼《よ》び出《だ》した。クラウチは地図のどこにもいなかった」

「それじゃ、**やっぱり『姿《すがた》くらまし』術《じゅつ》？」**ロンが言った。

「**ロン！　学校の敷地内《しきちない》では、『姿《すがた》くらまし』はできないの！**」ハーマイオニーが言った。

「消えるには、何かほかの方法があるんですね？　先生？」

ムーディの「魔法《まほう》の目」が、ハーマイオニーを見すえて、笑うように震《ふる》えた。

「おまえもプロの闇祓《やみばら》いになることを考えてもよい一人だな」

ムーディが言った。

「グレンジャー、考えることが筋道立《すじみちだ》っておる」

ハーマイオニーがうれしそうにほおを赤らめた。

「うーん、クラウチは透明《とうめい》ではなかったし」

ハリーが言った。

「あの地図は透明《とうめい》でも現《あらわ》れます。それじゃ、きっと学校の敷地《しきち》から出てしまったのでしょう」

「だけど、自分一人の力で？」

ハーマイオニーの声に熱がこもった。

「それとも、誰《だれ》かがそうさせたのかしら？」

「そうだ。誰《だれ》かがやったかも――箒《ほうき》に乗せて、一緒《いっしょ》に飛んでいった。ちがうかな？」

ロンは急いでそう言うと、期待のこもった目でムーディを見た。自分も闇祓《やみばら》いの素質《そしつ》があると言ってもらいたそうな顔だった。

「さらわれた可能性《かのうせい》は皆無《かいむ》ではない」ムーディが唸《うな》った。

「じゃ」ロンが続けた。「クラウチはホグズミードのどこかにいると?」

「どこにいてもおかしくはないが」

ムーディが頭《かぶり》を振《ふ》った。

「確実《かくじつ》なのは、ここにはいないということだ」

ムーディは大きなあくびをした。傷痕《きずあと》が引《ひ》っ張《ぱ》られて伸《の》びた。ひん曲がった口の中で、歯が数本欠けているのが見えた。

「さーて、ダンブルドアが言っておったが、おまえたち三人は探偵《たんてい》ごっこをしておるようだな。クラウチはおまえたちの手には負えん。魔法省《まほうしょう》が捜索《そうさく》に乗り出すだろう。ダンブルドアが知らせたのでな。ポッター、おまえは第三の課題に集中することだ」

「え?」ハリーは不意をつかれた。「ああ、ええ……」

あの迷路《めいろ》のことは、昨夜クラムと一緒《いっしょ》にあの場を離《はな》れてから一度も考えなかった。

「お手の物だろう、これは」

ムーディは傷《きず》だらけの無精《ぶしょう》ひげの生えたあごをさすりながら、ハリーを見上げた。

「ダンブルドアの話では、おまえはこの手のものは何度もやってのけたらしいな。一年生のとき、賢者《けんじゃ》の石《いし》を守る障害《しょうがい》の数々を破《やぶ》ったとか。そうだろうが？」

「僕《ぼく》たちが手伝ったんだ」ロンが急いで言った。「僕《ぼく》とハーマイオニーが手伝った」

ムーディがニヤリと笑った。

「ふむ。今度のも練習を手伝うがよい。今度はポッターが勝って当然だ。当面は……ポッター、警《けい》戒《かい》をおこたるな。油断大敵《ゆだんたいてき》だ」

ムーディは携帯用酒瓶《けいたいようさかびん》からまたぐいーっと大きくひと飲みし、「魔法《まほう》の目」を窓《まど》のほうにくるりと回した。ダームストラング船の一番上の帆《ほ》が窓《まど》から見えていた。

「おまえたち二人は」――ムーディの普通《ふつう》の目がロンとハーマイオニーを見ていた――「ポッターから離《はな》れるでないぞ。いいか？　わしも目を光らせているが、それにしてもだ……警戒《けいかい》の目は多すぎて困《こま》るということはない」


翌朝《よくあさ》には、シリウスが同じふくろうで返事をよこした。ハリーのそばにそのふくろうが舞《ま》い降《お》りると同時に、モリフクロウが一羽、くちばしに「日刊予言者新聞《にっかんよげんしゃしんぶん》」をくわえて、ハーマイオニーの前に降《お》りてきた。新聞の最初の二、三面を斜《なな》め読《よ》みしたハーマイオニーが「フン！　あの女、クラウチのことはまだかぎつけてないわ！」と言った。それから、ロン、ハリーと一緒《いっしょ》に、シリウスがおとといの夜の不可思議《ふかしぎ》な事件《じけん》について、なんと言ってきたのかを読んだ。

ハリー——いったい何を考えているんだ？　ビクトール・クラムと一緒《いっしょ》に禁《きん》じられた森《もり》に入るなんて。誰《だれ》かと夜に出歩くなんて、二度としないと返事のふくろう便で約束してくれ。ホグワーツには、誰《だれ》か極《きわ》めて危険《きけん》な人物がいる。クラウチがダンブルドアに会うのを、そいつが止めようとしたのは明らかだ。そいつは、暗闇《くらやみ》の中で、君のすぐ近くにいたはずだ。殺されていたかもしれないのだぞ。

君の名前が「炎《ほのお》のゴブレット」に入っていたのも、偶然《ぐうぜん》ではない。誰《だれ》かが君を襲《おそ》おうとしているなら、これからが最後のチャンスだ。ロンやハーマイオニーから離《はな》れるな。夜にグリフィンドール塔《とう》から出るな。そして、第三の課題のために準備《じゅんび》するのだ。「失神呪文《しっしんじゅもん》」「武《ぶ》装解除呪文《そうかいじょじゅもん》」を練習すること。呪《のろ》いをいくつか覚えておいても損《そん》はない。クラウチに関しては、君の出る幕《まく》ではない。おとなしくして、自分のことだけを考えるのだ。もう変な所へ出ていかないと、約束の手紙を送ってくれ。待っている。

シリウスより

「変な所に行くなって、僕《ぼく》に説教する資格《しかく》がある？」

ハリーは少し腹《はら》を立てながらシリウスの手紙を折りたたんでローブにしまった。

「学校時代に自分がやったことを棚《たな》に上げて！」

「あなたのことを心配してるんじゃない！」

ハーマイオニーが厳《きび》しい声で言った。

「ムーディもハグリッドもそうよ！　ちゃんと言うことを聞きなさい！」

「この一年、誰《だれ》も僕《ぼく》を襲《おそ》おうとしてないよ」ハリーが言った。

「誰《だれ》も、なーんにもしやしない――」

「あなたの名前を『炎《ほのお》のゴブレット』に入れた以外はね」

ハーマイオニーが言った。

「それに、ちゃんと理由があってそうしたにちがいないのよ、ハリー。スナッフルズが正しいわ。きっとやつは時を待ってるんだわ。たぶん、今度の課題であなたに手を下すつもりよ」

「いいかい」ハリーはいらいらと言った。

「スナッフルズが正しいとするよ。誰《だれ》かがクラムに『失神呪文《しっしんじゅもん》』をかけて、クラウチをさらったとするよ。なら、そいつは僕《ぼく》らの近くの木陰《こかげ》に**いたはずだ**。そうだろう？　だけど僕《ぼく》がいなくなるまで何もしなかった。そうじゃないか？　だったら、僕《ぼく》がねらいってわけじゃないだろう？」

「禁《きん》じられた森《もり》であなたを殺したら、事故《じこ》に見せかけることができないじゃない！」

ハーマイオニーが言った。

「だけど、もしあなたが課題の最中に死んだら――」

「クラムのことは平気で襲《おそ》ったじゃないか」

ハリーが言い返した。

「僕《ぼく》のことも一緒《いっしょ》に消しちゃえばよかっただろ？　クラムと僕《ぼく》が決闘《けっとう》かなんかしたように見せかけることもできたのに」

「ハリー、私《わたし》にもわからないのよ」

ハーマイオニーが弱りはてたように言った。

「おかしなことがたくさん起こっていることだけはわかってる。それが気に入らないわ……ムーディは正しい――スナッフルズも正しい――あなたはすぐにでも第三の課題のトレーニングを始めるべきだわ。それに、すぐにスナッフルズに返事を書いて、二度と一人で抜《ぬ》け出《だ》したりしないと約束しなきゃ」


城《しろ》の中にこもっていなければならないとなると、ホグワーツの校庭はますます強く誘《さそ》いかけてくるようだった。二、三日は、ハリーもハーマイオニーやロンと図書館に行って呪《のろ》いを探《さが》したり、からっぽの教室に三人で忍《しの》び込《こ》んで練習をしたりして自由時間を過《す》ごした。ハリーはこれまで使ったことのない「失神呪文《しっしんじゅもん》」に集中していた。困《こま》ったことには、練習をすると、ロンかハーマイオニーがある程度犠牲《ていどぎせい》になるのだった。

「ミセス・ノリスをさらってこれないか？」

月曜の昼食時に、「呪文学《じゅもんがく》」の教室に大の字になって倒《たお》れたまま、ロンが提案《ていあん》した。五回連続で「失神呪文《しっしんじゅもん》」にかけられ、ハリーに目をさまさせられた直後のことだ。

「ちょっとあいつに『失神術《しっしんじゅつ》』をかけてやろうよ。じゃなきゃ、ハリー、ドビーを使えばいい。君のためならなんでもすると思うよ。僕《ぼく》、文句《もんく》を言ってるわけじゃないけどさ」――ロンは尻《しり》をさすりながらそろそろと立ち上がった――「だけど、あっちこっち痛《いた》くて……」

「だって、あなた、クッションの所に倒《たお》れないんだもの！」

ハーマイオニーがもどかしそうに言いながら、クッションの山を並《なら》べなおした。「追《お》い払《はら》い呪文《じゅもん》」の練習に使ったクッションを、フリットウィック先生が戸棚《とだな》に入れたままにしておいたのだ。

「後ろにばったり倒《たお》れなさいよ」

「『失神』させられたら、ハーマイオニー、ねらい定めて倒《たお》れられるかよ！」

ロンが怒《おこ》った。

「今度は君がやれば？」

「いずれにしても、ハリーはもうコツをつかんだと思うわ」

ハーマイオニーがあわてて言った。

「それに、『武装解除《ぶそうかいじょ》』のほうは心配ないわ。ハリーはずいぶん前からこれを使ってるし……今夜はここにある呪《のろ》いのどれかに取りかかったほうがいいわね」

ハーマイオニーは、図書館で三人で作ったリストを眺《なが》めた。

「この呪《のろ》いなんかよさそうだわ。『妨害の呪《ぼうがいののろ》い』。あなたを襲《おそ》うもののスピードを遅《おそ》くします。ハリー、この呪《のろ》いから始めましょう」

ベルが鳴った。三人はフリットウィック先生の戸棚《とだな》に急いでクッションを押《お》し込《こ》み、そっと教室を抜《ぬ》け出《だ》した。

「それじゃ、夕食のときにね！」

ハーマイオニーはそう言うと「数占《かずうらな》い」の授業《じゅぎょう》に行った。ハリーとロンは北塔《きたとう》の「占《うらな》い学《がく》」の教室に向かった。金色のまぶしい日光が高窓《たかまど》から射《さ》し込《こ》み、廊下《ろうか》に太い縞模様《しまもよう》を描《えが》いていた。空はエナメルを塗《ぬ》ったかのように、明るいブルー一色だった。

「トレローニーの部屋は蒸《む》し風呂《ぶろ》だぞ。あの暖炉《だんろ》の火を消したことがないからな」

天井《てんじょう》の跳《は》ね戸《ど》の下に伸《の》びる銀のはしごに向かって、階段《かいだん》を上りながらロンが言った。

そのとおりだった。ぼんやりと灯《あか》りのともった部屋はうだるような暑さだった。香料入《こうりょうい》りの火から立《た》ち昇《のぼ》る香気《こうき》はいつもより強く、ハリーは頭がくらくらしながら、カーテンを閉《し》めきった窓《まど》に向かって歩いていった。トレローニー先生がランプに引っかかったショールをはずすのにむこうを向いたすきに、ハリーはほんのわずか窓《まど》を開け、チンツ張《ば》りのひじかけ椅子《いす》に背《せ》をもたせ、そよ風が顔の回りをなでるようにした。とても心地《ここち》よかった。

「みなさま」

トレローニー先生は、ヘッドレストつきのひじかけ椅子《いす》に座《すわ》り、生徒と向き合い、めがねで奇妙《きみょう》に拡大《かくだい》された目でぐるりとみんなを見回した。

「星座占《せいざうらな》いはもうほとんど終わりました。ただし、今日は、火星の位置がとても興味深《きょうみぶか》い所にございましてね。その支配力《しはいりょく》を調べるのにはすばらしい機会ですの。こちらをごらんあそばせ。灯《あか》りを落としますわ……」

先生が杖《つえ》を振《ふ》ると、ランプが消えた。暖炉《だんろ》の火だけが明るかった。トレローニー先生はかがんで、自分の椅子《いす》の下から、ガラスのドームに入った、太陽系《たいようけい》のミニチュア模型《もけい》を取り上げた。それは美しいものだった。九個《こ》の惑星《わくせい》の周りにはそれぞれの月が輝《かがや》き、燃《も》えるような太陽があり、その全部が、ガラスの中にぽっかりと浮《う》いている。トレローニー先生が、火星と海王星がほれぼれするような角度を構成《こうせい》していると説明しはじめたのを、ハリーはぼんやりと眺《なが》めていた。むっとするような香気《こうき》が押《お》し寄《よ》せ、窓《まど》からのそよ風が顔をなでた。どこかカーテンの陰《かげ》で、虫がやさしく鳴いているのが聞こえた。ハリーのまぶたが重くなってきた……。

ハリーはワシミミズクの背《せ》に乗って、澄《す》みきったブルーの空高く舞《ま》い上《あ》がり、高い丘《おか》の上に立つ蔦《つた》のからんだ古い屋敷《やしき》へと向かっていた。だんだん低く飛ぶと、心地《ここち》よい風がハリーの顔をなでた。

そしてハリーは、館の上の階の暗い破《やぶ》れた窓《まど》にたどり着き、中に入った。いま、ハリーとワシミミズクは、一番奥《おく》の部屋を目指して、薄暗《うすぐら》い廊下《ろうか》を飛んでいる……ドアから暗い部屋に入ると、部屋の窓《まど》は板が打ちつけてあった……。

ハリーはワシミミズクから降《お》りた……ワシミミズクが部屋を横切り、ハリーに背《せ》を向けた椅子《いす》のほうへと飛んでいくのを、ハリーは見ていた……椅子《いす》のそばの床《ゆか》に、二つの黒い影《かげ》が見える……二つの影《かげ》がうごめいている……。

一つは巨大《きょだい》な蛇《へび》……もう一つは男……はげかけた頭、薄《うす》い水色の目、とがった鼻の小男だ……男は暖炉《だんろ》マットの上で、ゼイゼイ声を上げ、すすり泣いている……。

「ワームテール、貴様《きさま》は運のいいやつよ」

冷たい、かん高い声が、ワシミミズクのとまったひじかけ椅子《いす》の奥《おく》のほうから聞こえた。

「まったく運のいいやつよ。貴様《きさま》はしくじったが、すべてがだいなしにはならなかった。やつは死んだ」

「ご主人様！」床《ゆか》に平伏《ひれふ》した男があえいだ。

「ご主人様。わたくしめは……わたくしめは、まことにうれしゅうございます……まことに申《もう》し訳《わけ》なく……」

「ナギニ」冷たい声が言った。「おまえは運が悪い。結局、ワームテールをおまえの餌食《えじき》にはしない……しかし、心配するな。よいか……まだ、ハリー・ポッターがおるわ……」

蛇《へび》はシューッシューッと音を出した。舌《した》がチロチロするのを、ハリーは見た。

「さて、ワームテールよ」冷たい声が言った。「おまえの失態《しったい》はもう二度と許《ゆる》さん。そのわけを、もう一度おまえの体に覚えさせよう」

「ご主人様……どうか……お許《ゆる》しを……」

椅子《いす》の奥《おく》のほうから杖《つえ》の先端《せんたん》が出てきた。ワームテールに向けられている。

「クルーシオ、苦しめ」冷たい声が言った。

ワームテールは悲鳴を上げた。体中の神経《しんけい》が燃《も》えているような悲鳴だ。悲鳴がハリーの耳をつんざき、額《ひたい》の傷《きず》が焼きごてを当てられたように痛《いた》んだ。ハリーも叫《さけ》んでいた……。ヴォルデモートが聞いたら、ハリーがそこにいることに気づかれてしまう……。

「ハリー！　**ハリー！**」

ハリーは目を開けた。ハリーは、両手で顔を覆《おお》い、トレローニー先生の教室の床《ゆか》に倒《たお》れていた。

傷痕《きずあと》がまだひどく痛み、目がうるんでいる。痛《いた》みは夢《ゆめ》ではなかった。クラス全員がハリーを囲んで立っていた。ロンはすぐそばにひざをつき、恐怖《きょうふ》の色を浮《う》かべていた。

「大丈夫《だいじょうぶ》か?」ロンが聞いた。

「大丈夫《だいじょうぶ》なはずありませんわ!」トレローニー先生は興奮《こうふん》しきっていた。大きな目がハリーに近づき、じっとのぞき込《こ》んだ。

「ポッター、どうなさったの? 不吉《ふきつ》な予兆? 亡霊《ぼうれい》? 何が見えましたの?」

「なんにも」

ハリーはうそをついて、身を起こした。自分が震《ふる》えているのがわかった。周りを見回し、自分の後ろの暗がりを振《ふ》り返《かえ》らずにはいられなかった。ヴォルデモートの声があれほど間近に聞こえていた……。

「あなたは自分の傷《きず》をしっかり押《お》さえていましたわ!」トレローニー先生が言った。

「傷《きず》を押《お》さえつけて、床《ゆか》を転げ回ったのですよ! さあ、ポッター、こういうことには、あたくし、経験《けいけん》がありましてよ!」

ハリーは先生を見上げた。

「医務室《いむしつ》に行ったほうがいいと思います」ハリーが言った。「ひどい頭痛《ずつう》がします」

「まあ。あなたはまちがいなく、あたくしの部屋の、透視霊気《とうしれいき》の強さに刺激《しげき》を受けたのですわ！」

トレローニー先生が言った。

「いまここを出ていけば、せっかくの機会を失いますわよ。これまでに見たことのないほどの透《とう》視《し》――」

「頭痛《ずつう》の治療薬《ちりょうやく》以外《いがい》には何も見たくありません」ハリーが言った。

ハリーが立ち上がった。クラス中が、たじたじとあとずさりした。

「じゃ、あとでね」

ロンにそうささやき、ハリーは鞄《かばん》を取り、トレローニー先生には目もくれず、跳《は》ね戸《ど》へと向かった。先生はせっかくのごちそうを食べそこねたような、欲求不満《よっきゅうふまん》の顔をしていた。

教室から伸《の》びるはしごの一番下まで下りたハリーは、しかし、医務室《いむしつ》へは行かなかった。行くつもりははじめからなかった。また傷痕《きずあと》が痛《いた》んだらどうすべきか、シリウスが教えてくれていた。ハリーはそれに従《したが》うつもりだった。まっすぐにダンブルドアの校長室に行くのだ。夢《ゆめ》に見たことを考えながら、ハリーは廊下《ろうか》をただ一心に歩いた……プリベット通りで目が覚めたときの夢《ゆめ》と同じように、今度の夢《ゆめ》も生々しかった……ハリーは頭の中で夢《ゆめ》の細かいところまで思い返し、忘《わす》れないようにした……ヴォルデモートがワームテールのしくじりを責《せ》めているのを聞いた……しかし、ワシミミズクはいい知らせを持っていったのだ。へまはつくろわれ、誰《だれ》かが死んだ……それで、ワームテールは蛇《へび》の餌食《えじき》にならずにすんだ……そのかわり、僕《ぼく》が蛇《へび》の餌食《えじき》になる……。

ダンブルドアの部屋への入口を守る怪獣《ガーゴイル》の石像《せきぞう》を、ハリーはうっかり通《とお》り過《す》ぎてしまった。ハッとして、あたりを見回し、自分が何をしてしまったかに気づいて、ハリーはあと戻《もど》りした。石像《せきぞう》の前に立つと、ハリーは合言葉を知らなかったことを思い出した。

「レモン・キャンディ？」だめかな、と思いながら言ってみた。

怪獣像《ガーゴイル》はピクリともしない。

「よーし」ハリーは石像《せきぞう》をにらんだ。

「梨飴《なしあめ》。えーと、杖形甘草飴《つえがたかんぞうあめ》。フィフィ・フィズビー。どんどんふくらむドルーブルの風船ガム。バーティ・ボッツの百味ビーンズ……あ、ちがったかな。ダンブルドアはこれ、嫌《きら》いだったっけ？……えーい、開いてくれよ。だめ？」

ハリーは怒《おこ》った。

「どうしてもダンブルドアに会わなきゃならないんだ。緊急《きんきゅう》なんだ！」

怪獣像《ガーゴイル》は不動の姿勢《しせい》だ。

ハリーは石像《せきぞう》を蹴飛《けと》ばした。足の親指が死ぬほど痛《いた》かっただけだった。

「蛙《かえる》チョコレート！」

ハリーは片足《かたあし》だけで立って、腹《はら》を立てながら叫《さけ》んだ。

「砂糖羽根《さとうはね》ペン！　ゴキブリゴソゴソ豆板！」

怪獣像《ガーゴイル》に命が吹《ふ》き込《こ》まれ、脇《わき》に飛びのいた。ハリーは目をパチクリした。

「ゴキブリゴソゴソ豆板？」

ハリーは驚《おどろ》いた。

「冗談《じょうだん》のつもりだったのに……」

ハリーは壁《かべ》のすきまを急いで通《とお》り抜《ぬ》け、石の螺旋階段《らせんかいだん》に足をかけた。すると階段《かいだん》はゆっくり上に動きはじめ、ハリーの背後《はいご》で壁《かべ》が閉《し》まった。動く螺旋階段《らせんかいだん》は、ハリーを磨《みが》き上《あ》げられた樫《かし》の扉《とびら》の前まで連れていった。扉《とびら》には真鍮《しんちゅう》のノッカーがついていて、それを扉《とびら》に打ちつけて客の来訪《らいほう》を知らせるようになっていた。

部屋の中から人声が聞こえた。動く螺旋階段《らせんかいだん》から降《お》りたハリーは、ちょっとためらいながら人声を聞いた。

「ダンブルドア、私《わたし》にはどうもつながりがわかりませんよ。まったくわかりませんな！」

魔法大臣《まほうだいじん》、コーネリウス・ファッジの声だ。

「ルードが言うには、バーサの場合は行方不明《ゆくえふめい》になっても、まったくおかしくはない。確《たし》かに、いまごろはもうとっくにバーサを発見しているはずではあったが、それにしても、なんら怪《あや》しげなことが起きているという証拠《しょうこ》はないですぞ、ダンブルドア。まったくない。バーサが消えたことと、バーティ・クラウチの失踪《しっそう》を結びつける証拠《しょうこ》となると、なおさらない！」

「それでは、大臣。バーティ・クラウチに何が起こったとお考えかな？」ムーディの唸《うな》り声《ごえ》が聞こえた。

「アラスター、可能性《かのうせい》は二つある」ファッジが言った。

「クラウチはついに正気を失ったか――大いにありうることだ。あなた方にもご同意いただけるとは思うが、クラウチのこれまでの経歴《けいれき》を考えれば――心身喪失《しんしんそうしつ》で、どこかをさまよっている――」

「もしそれなれば、ずいぶんと短い時間に、遠くまでさまよい出たものじゃ」

ダンブルドアが冷静に言った。

「もしくは――いや……」

ファッジは困惑《こんわく》したような声を出した。

「いや、クラウチが見つかった現場《げんば》を見るまでは、判断《はんだん》をひかえよう。しかし、ボーバトンの馬車を過《す》ぎたあたりだとおっしゃいましたかな？　ダンブルドア、あの女が何者なのか、ご存《ぞん》じか？」

「非常《ひじょう》に有能《ゆうのう》な校長だと考えておるよ――それにダンスがすばらしくお上手じゃ」

ダンブルドアが静かに言った。

「ダンブルドア、よせ！」ファッジが怒《おこ》った。

「あなたは、ハグリッドのことがあるので、偏見《へんけん》からあの女に甘《あま》いのではないのか？　連中は全部が全部無害ではない――もっとも、あの異常《いじょう》な怪物好《かいぶつず》きのハグリッドを無害と言うのならの話だが――」

「わしはハグリッドと同じように、マダム・マクシームをも疑《うたが》っておらんよ」

ダンブルドアは依然《いぜん》として平静だった。

「コーネリウス、偏見《へんけん》があるのは、あなたのほうかもしれんのう」

「議論《ぎろん》はもうやめぬか？」ムーディが唸《うな》った。

「そうそう。それでは外に行こう」コーネリウスのいらいらした声が聞こえた。

「いや、そうではないのだ」ムーディが言った。

「ポッターが話があるらしいぞ、ダンブルドア。扉《とびら》の外におる」

第三十章　ペンシーブ

扉《とびら》が開いた。

「よう、ポッター」ムーディが言った。「さあ、入れ」

ハリーは中に入った。ダンブルドアの部屋には前に一度来たことがある。そこは、とても美しい円形の部屋で、ホグワーツの歴代校長の写真がずらりと飾《かざ》ってある。どの写真もぐっすり眠《ねむ》り込《こ》んで、胸《むね》が静かに上下していた。

コーネリウス・ファッジは、いつもの細縞《ほそじま》のマントを着て、ライムのような黄緑色の山高帽《やまたかぼう》を手に、ダンブルドアの机《つくえ》の脇《わき》に立っていた。

「ハリー！」ファッジは愛想《あいそ》よく呼《よ》びかけながら、近づいてきた。

「元気かね？」

「はい」ハリーはうそをついた。

「いま、ちょうど、クラウチ氏が学校に現《あらわ》れた夜のことを話していたところだ」ファッジが言った。

「見つけたのは君だったね？」

「はい」

そう答えながら、いまみんなが話していたことを聞かなかったふりをしても仕方がないと思い、ハリーは言葉を続けた。

「でも、僕《ぼく》、マダム・マクシームはどこにも見かけませんでした。あの方は隠《かく》れるのは難《むずか》しいのじゃないでしょうか？」

ダンブルドアはファッジの背後《はいご》で、目をキラキラさせながらほほえんだ。

「まあ、そうだが」ファッジはバツの悪そうな顔をした。

「いまからちょっと校庭に出てみようと思っていたところなんでね、ハリー、すまんが……。授業《じゅぎょう》に戻《もど》ってはどうかね――」

「僕《ぼく》、校長先生にお話ししたいのです」

ダンブルドアを見ながら、ハリーが急いで言った。ダンブルドアがすばやく、探《さぐ》るようにハリーを見た。

「ハリー、ここで待っているがよい」ダンブルドアが言った。

「我々《われわれ》の現場調査《げんばちょうさ》は、そう長くはかからんじゃろう」

三人はだまりこくって、ぞろぞろとハリーの横を通《とお》り過《す》ぎ、扉《とびら》を閉《し》めた。しばらくして、ハリーの耳に、下の廊下《ろうか》をコツッコツッと遠ざかっていくムーディの義足《ぎそく》の音が聞こえてきた。ハリーはあたりを見回した。

「やあ、フォークス」ハリーが言った。

フォークスはダンブルドアの飼《か》っている不死鳥で、扉《とびら》の脇《わき》の金の止まり木に止まっていた。白鳥ぐらいの大きさの、真紅《しんく》と金色《こんじき》のすばらしい羽を持った雄《おす》の不死鳥で、長い尾《お》をシュッと振《ふ》り、ハリーを見てやさしく目をパチクリした。

ハリーはダンブルドアの机《つくえ》の前の椅子《いす》に座《すわ》った。しばらくの間、ハリーはただ座《すわ》って、いまもれ聞いたことを考え、傷痕《きずあと》を指でなぞりながら、額《がく》の中ですやすや眠《ねむ》る歴代の校長たちを眺《なが》めていた。もう痛《いた》みは止まっていた。

こうしてダンブルドアの部屋にいて、まもなくダンブルドアに夢《ゆめ》の話を聞いてもらえると思うと、ハリーはなぜかずっと落ち着いた気分になった。ハリーは机《つくえ》の後ろの壁《かべ》を見上げた。継《つ》ぎはぎだらけのぼろぼろの組分《くみわ》け帽子《ぼうし》が、棚《たな》に置いてある。その隣《となり》のガラスケースには、柄《つか》に大きなルビーをはめ込《こ》んだ、見事な銀の剣《つるぎ》が収《おさ》められている。二年生のとき、組分《くみわ》け帽子《ぼうし》の中からハリー自身が取り出した、あの剣《つるぎ》だ。かつてこの剣《つるぎ》は、ハリーの寮《りょう》の創始者《そうししゃ》、ゴドリック・グリフィンドールの持ち物だった。剣《つるぎ》をじっと見つめながら、ハリーは剣《つるぎ》が助けにきてくれたときのことを、すべての望みが絶《た》たれたと思ったあの時のことを思い出していた。すると、ガラスケースに、銀色の光が反射《はんしゃ》し、踊《おど》るようにチラチラ揺《ゆ》れているのに気づいた。ハリーは光の射《さ》してくるほうを見た。ハリーの背後《はいご》の黒い戸棚《とだな》からひと筋《すじ》、まばゆいばかりの銀色の光が射《さ》しているのが見えた。戸棚《とだな》の戸がきっちり閉《し》まっていなかったのだ。ハリーは戸惑《とまど》いながらフォークスを見た。それから立ち上がって、戸棚《とだな》の所へ行って戸を開けた。

浅い石の水盆《すいぼん》が置かれていた。縁《ふち》にぐるりと不思議な彫《ほ》り物《もの》がほどこしてある。ルーン文字と、ハリーの知らない記号だ。銀の光は、水盆《すいぼん》の中から射《さ》している。中にはハリーが見たこともない何かが入っていた。液体《えきたい》なのか、気体なのか、ハリーにはわからなかった。明るい白っぽい銀色の物質《しつ》で、絶《た》え間《ま》なく動いている。水面に風が渡《わた》るように、表面にさざなみが立ったかと思うと、雲のようにちぎれ、なめらかに渦《うず》巻《ま》いた。まるで光が液体《えきたい》になったかのような——風が固体になったかのような——ハリーにはどちらとも判断《はんだん》がつかなかった。

ハリーは触《ふ》れてみたかった。どんなものか、感じてみたかった。しかし、もう魔法界《まほうかい》での経験《けいけん》も四年近くになれば、得体《えたい》の知れない物質《ぶっしつ》の充満《じゅうまん》した水盆《すいぼん》に手を突《つ》っ込《こ》んでみるのがどんなに愚《おろ》かしいことか、ハリーにもわかるようになっていた。そこでハリーは、ローブから杖《つえ》を取り出し、校長室を恐《おそ》る恐《おそ》る見回し、また水盆《すいぼん》の中身に目を戻《もど》し、つついてみた。水盆《すいぼん》の中の、何か銀色のものの表面が、急速に渦《うず》巻《ま》きはじめた。

ハリーは頭を戸棚《とだな》に突《つ》っ込《こ》んで、水盆《すいぼん》に顔を近づけた。銀色の物質《ぶっしつ》は透明《とうめい》になっていた。ガラスのようだ。ハリーは、石の底が見えるかと思いながら、中をのぞき込《こ》んだ――ところが、不可思議《ふかしぎ》な物質《ぶっしつ》の表面を通して見えたのは、底ではなく、大きな部屋だった。その部屋の天井《てんじょう》の丸窓《まるまど》から中を見下ろしているような感じだった。

薄明《うすあ》かりの部屋だ。ハリーは地下室ではないかと思ったくらいだ。窓《まど》がない。ホグワーツ城《じょう》の壁《かべ》の照明と同じように、腕木《うでぎ》に松明《たいまつ》が灯《とも》っているだけだ。ハリーは、ガラス状《じょう》の物質《ぶっしつ》に、ほとんど鼻がくっつくほど顔を近づけた。部屋の壁《かべ》にぐるりと、ベンチのようなものが階段状《かいだんじょう》に並《なら》び、どの段《だん》にも魔法使《まほうつか》いや魔女《まじょ》たちがびっしりと座《すわ》っている。部屋のちょうど中央に椅子《いす》が一脚《きゃく》置いてある。その椅子《いす》を見ると、なぜかハリーは不吉《ふきつ》な胸騒《むなさわ》ぎを覚えた。椅子《いす》のひじの所に鎖《くさり》が巻《ま》きつけてあり、椅子《いす》に座《すわ》る者をいつも縛《しば》りつけておくかのようだった。

ここはどこだろう？　ホグワーツじゃないことは確《たし》かだ。城《しろ》の中でこんな部屋は見たことがない。それに、水盆《すいぼん》の底の不可思議《ふかしぎ》な部屋にいる大勢《おおぜい》の魔法使《まほうつか》いたちは、大人ばかりだ。ホグワーツにはこんなにたくさんの先生がいないことを、ハリーは知っている。みんな、何かを待っているようだ。かぶっている帽子《ぼうし》の先しか見えなかったが、全員が同じ方向を向き、誰一人《だれひとり》として話をしている者がいない。

水盆《すいぼん》は円形だが、中の部屋は四角で、隅《すみ》のほうで何が起こっているかは、ハリーにはわからない。ハリーは首をひねるようにして、もっと顔を近づけた。なんとか見たい……。のぞき込《こ》んでいる得体《えたい》の知れない物質《ぶっしつ》に、ハリーの鼻の先が触《ふ》れた。ダンブルドアの部屋が、ぐらりと大きく揺《ゆ》れた——ハリーはつんのめり、水盆《すいぼん》の中の何かに頭から突っ込《こ》んだ——。

しかし、ハリーは石の底に頭を打ちつけはしなかった。何か氷のように冷たい黒いものの中を落ちていった。暗い渦《うず》の中に吸《す》い込《こ》まれるように——。

そして、突然《とつぜん》、ハリーは水盆《すいぼん》の中の部屋の隅《すみ》で、ベンチに座《すわ》っていた。ほかのベンチより一段《いちだん》と高い場所だ。たったいまのぞき込《こ》んでいた丸窓《まるまど》が見えるはずだと、ハリーは高い石の天井《てんじょう》を見上げた。しかし、そこには暗い硬《かた》い石があるだけだった。

息を激《はげ》しくはずませながら、ハリーは周りを見回した。部屋にいる魔法使《まほうつか》いたちは（少なくとも二百人はいる）、誰《だれ》もハリーを見ていない。十四歳《さい》の男の子が、たったいま天井《てんじょう》からみんなのただ中に落ちてきたことなど、誰一人《だれひとり》気づいていないようだ。同じベンチの隣《となり》に座《すわ》っている魔法使《まほうつか》いのほうを見たハリーは、驚《おどろ》きのあまり大声を上げ、その叫《さけ》び声《ごえ》がしんとした部屋に響《ひび》き渡《わた》った。

ハリーはアルバス・ダンブルドアの隣《となり》に座《すわ》っていた。

「校長先生！」

ハリーはのどをしめつけられたような声でささやいた。

「すみません——僕《ぼく》、そんなつもりじゃなかったんです——戸棚《とだな》の中にあった水盆《すいぼん》を見ていただけなんです——僕《ぼく》——ここはどこですか?」

しかし、ダンブルドアは身動きもせず、話もしない。ハリーをまったく無視《むし》している。ベンチに座《すわ》っているほかの魔法使《まほうつか》いたちと同じように、ダンブルドアも部屋の一番隅《すみ》のほうを見つめている。そこにドアがあった。

ハリーは、ぼうぜんとしてダンブルドアを見つめ、だまりこくって何かを待っている、大勢《おおぜい》の魔《ま》法使《ほうつか》いたちを見つめ、またダンブルドアを見つめた。そして、ハッと気づいた……。

前に一度、こんな場面に出くわしたことがあった。誰《だれ》もハリーを見てもいないし、聞いてもいなかった。あの時は、呪《のろ》いのかかった日記帳の一ページの中に落《お》ち込《こ》んだのだ。誰《だれ》かの記憶《きおく》のただ中に……そして、ハリーの考えがそうまちがっていなければ、また同じようなことが起こったのだ……。

ハリーは右手を上げ、ちょっとためらったが、ダンブルドアの目の前で激《はげ》しく手を振《ふ》ってみた。ダンブルドアは瞬《まばた》きもせず、ハリーを振《ふ》り返《かえ》りもせず、身動き一つしなかった。これではっきりした、とハリーは思った。ダンブルドアならこんなふうにハリーを無視《むし》したりするはずがない。ハリーは「記憶《きおく》」の中にいるのだ。ここにいるのは現在《げんざい》のダンブルドアではない。しかし、それほど昔のことではないはずだ……隣《となり》に座《すわ》ったダンブルドアは、いまと同じように銀色の髪《かみ》をしている。

それにしても、ここはどこなのだろう？　みんな、何を待っているのだろう？

ハリーはもっとしっかりあたりを見回した。上からのぞいていたときに感じたように、この部屋はほとんど地下室にまちがいなかった——部屋というより、むしろ地下牢《ちかろう》のようだ。なんとなく陰《いん》気《き》な、不吉《ふきつ》な空気が漂《ただよ》っている。壁《かべ》には絵もなく、なんの飾《かざ》りもない。四方の壁《かべ》にびっしりと、ベンチが階段状《かいだんじょう》に並《なら》んでいるだけだ。部屋のどこからでも、ひじの所に鎖《くさり》のついた椅子《いす》がはっきり見えるようにベンチが並《なら》んでいる。

ここがどこなのか、まだ何も結論《けつろん》が出ないうちに、足音が聞こえた。地下牢《ちかろう》の隅《すみ》にあるドアが開いた。そして三人の人影《ひとかげ》が入ってきた——いや、むしろ男が一人と、二人の吸魂鬼《きゅうこんき》だ。

ハリーは体の芯《しん》が冷たくなった。吸魂鬼《きゅうこんき》は、フードで顔を隠《かく》した背《せ》の高い生き物だ。それぞれが、腐《くさ》った死人のような手で男の腕《うで》をつかみ、部屋の中央にある椅子《いす》に向かってするするとゆっくりすべるように動いていた。中にはさまれた男は気を失いかけている。無理もない……記《き》憶《おく》の中では、吸魂鬼《きゅうこんき》はハリーに手出しはできないとわかってはいた。しかし、ハリーは吸魂鬼《きゅうこんき》の恐《おそ》ろしい力をまざまざと覚えている。見つめる魔法使《まほうつか》いたちがギクリと身を引く中、吸魂鬼《きゅうこんき》が鎖《くさり》つきの椅子《いす》に男を座《すわ》らせ、するすると下がって部屋から出ていった。ドアがバタンと閉《し》まった。

ハリーは鎖《くさり》の椅子《いす》に座《すわ》らされた男を見下ろした。カルカロフだ。

ダンブルドアとちがい、カルカロフはずっと若《わか》く見えた。髪《かみ》も山羊《やぎ》ひげも黒々としている。なめらかな毛皮ではなく、ぼろぼろの薄《うす》いローブを着ている。震《ふる》えている。ハリーが見ているうちに、椅子《いす》のひじの鎖《くさり》が急に金色に輝《かがや》き、くねくね這《は》い上《あ》がってカルカロフの腕《うで》に巻《ま》きつき、椅子《いす》に縛《しば》りつけた。

「イゴール・カルカロフ」

ハリーの左手できびきびした声がした。振《ふ》り向《む》くと、クラウチ氏がハリーの隣《となり》のベンチの真ん中で立ち上がっていた。髪《かみ》は黒く、しわもずっと少なく、健康そうでさえていた。

「おまえは魔法省《まほうしょう》に証拠《しょうこ》を提供《ていきょう》するために、アズカバンからここに連れてこられた。おまえが、我々《われわれ》にとって重要な情報《じょうほう》を提示《ていじ》すると理解《りかい》している」

カルカロフは椅子《いす》にしっかり縛《しば》りつけられながらも、できるかぎり背筋《せすじ》を伸《の》ばした。

「そのとおりです。閣下《かっか》」

恐怖《きょうふ》にかられた声だったが、それでもそのねっとりした言い方には聞き覚えがあった。

「私《わたし》は魔法省《まほうしょう》のお役に立ちたいのです。手を貸《か》したいのです――私《わたし》は魔法省《まほうしょう》がやろうとしていることを知っております――闇《やみ》の帝王《ていおう》の残党《ざんとう》を一網打尽《いちもうだじん》にしようとしていることを。私《わたし》にできることでしたら、なんでも喜んで……」

ベンチからザワザワと声が上がった。カルカロフに関心を持って品定めをする者もあれば、不信感をあらわにする者もいた。その時、ダンブルドアのむこう隣《どなり》から、聞き覚えのある唸《うな》り声《ごえ》が、はっきり聞こえた。

「汚《きたな》いやつ」

ハリーはダンブルドアのむこう側を見ようと、身を乗り出した。マッドーアイ・ムーディがそこに座《すわ》っていた――ただし、姿形《すがたかたち》がいまとははっきりとちがう。「魔法《まほう》の目」はなく、両眼《りょうがん》とも普通《ふつう》の目だ。激《はげ》しい嫌悪《けんお》に目を細め、両眼《りょうがん》でカルカロフを見下ろしている。

「クラウチはやつを釈放《しゃくほう》するつもりだ」

ムーディが低い声でダンブルドアにささやいた。

「やつと取引したのだ。六か月もかかってやつを追《お》い詰《つ》めたのに、仲間の名前をたくさん吐《は》けば、クラウチはやつを解《と》き放《はな》つつもりだ。いいだろう。情報《じょうほう》とやらを聞こうじゃないか。それからまたまっすぐ吸魂鬼《きゅうこんき》の所へぶち込《こ》め」

ダンブルドアは高い折れ曲がった鼻から、小さく、賛成《さんせい》しかねるという音を出した。

「ああ、忘《わす》れておった……あなたは吸魂鬼《きゅうこんき》がお嫌《きら》いでしたな、アルバス」

ムーディはちゃかすように鼻先で笑った。

「さよう」

ダンブルドアが静かに言った。

「確《たし》かに嫌《きら》いじゃ。魔法省《まほうしょう》があのような生き物と結託《けったく》するのはまちがいじゃと、わしは前々からそう思っておった」

「しかし、このような悪党《あくとう》めには……」ムーディが低い声で言った。

「カルカロフ、仲間の名前を明かすと言うのだな」クラウチが言った。

「聞こう。さあ」

「ご理解《りかい》いただかなければなりませんが」カルカロフが急いで言った。

「『名前を言ってはいけないあの人』は、いつも極秘《ごくひ》に事を運びました……あの人は、むしろ我々《われわれ》が――あの人の支持者《しじしゃ》がという意味ですが――それに、私《わたし》は、一度でもその仲間だったことを深く悔《く》いておりますが――」

「さっさと言え」ムーディがあざけった。

「――我々《われわれ》は仲間の名前を全部知ることはありませんでした――全員を把握《はあく》していたのはあの人だけでした――」

「それは賢《かしこ》い手だ。カルカロフ、おまえのようなやつが、全員を売ることを防《ふせ》いだからな」

ムーディがつぶやいた。

「それでも、**何人かの**名前を言うことはできるというわけだな？」クラウチが言った。

「そ――そうです」カルカロフがあえぎながら言った。

「しかも、申《もう》し添《そ》えますが、主だった支持者《しじしゃ》たちです。あの人の命令を実行しているのを、この目で見ました。この情報《じょうほう》を提供《ていきょう》いたしますのは、私《わたし》が全面的にあの人を否定《ひてい》し、たえがたいほどに深く後悔《こうかい》していることの証《あかし》として――」

「名前は？」クラウチが鋭《するど》く聞いた。

カルカロフは息を深く吸《す》い込《こ》んだ。

「アントニン・ドロホフ。私《わたし》は――この者がマグルを、そして――そして闇《やみ》の帝王《ていおう》に従《したが》わぬ者を、数えきれぬほど拷問《ごうもん》したのを見ました」

「その上、その者を手伝ったのだろうが」ムーディがつぶやいた。

「我々《われわれ》はすでにドロホフを逮捕《たいほ》した」クラウチが言った。

「おまえのすぐあとに捕《つか》まっている」

「まことに？」カルカロフは目を丸くした。

「そ――それは喜ばしい！」

言葉どおりには見えなかった。カルカロフにとって、これは大きな痛手《いたで》だったと、ハリーにはわかった。せっかくの名前が一つむだになったのだ。

「ほかには？」クラウチが冷たく言った。

「も、もちろん……ロジエール」カルカロフがあわてて言った。「エバン・ロジエール」

「ロジエールは死んだ」クラウチが言った。

「彼《かれ》もおまえの直後に捕《つか》まった。おめおめ捕《つか》まるより戦うことを選び、抵抗《ていこう》して殺された」

「わしの一部を奪《うば》いおったがな」

ムーディがハリーの右隣《みぎどなり》のダンブルドアにささやいた。ハリーはもう一度振《ふ》り返《かえ》ってムーディを見た。ムーディが、大きく欠けた鼻を指《さ》し示《しめ》しているのが見えた。

「それは——それは当然の報《むく》いで！」

カルカロフの声が、今度は明らかにあわてふためいていた。自分の情報《じょうほう》が魔法省《まほうしょう》にとってなんの役にも立たないのではと心配になりはじめたことが、ハリーにもわかった。カルカロフの目が、サッと部屋の隅《すみ》のドアに走った。そのむこう側に、まちがいなく吸魂鬼《きゅうこんき》が待ちかまえている。

「ほかには？」クラウチが言った。

「あります！」カルカロフが答えた。

「トラバース——マッキノン一家の殺害に手を貸《か》しました！　マルシベール——『服従《ふくじゅう》の呪文《じゅもん》』を得意《とくい》とし、数えきれないほどの者に恐《おそ》ろしいことをさせました！　ルックウッドはスパイです。魔《ま》法省《ほうしょう》の内部から、『名前を言ってはいけないあの人』に有用な情報《じょうほう》を流しました！」

カルカロフは今度こそ金脈《きんみゃく》を当てた、とハリーは思った。見ている魔法使《まほうつか》いたちが、いっせいに何かつぶやいたからだ。

「ルックウッド？」

クラウチは前に座《すわ》っている魔女《まじょ》にうなずいて合図し、魔女《まじょ》は羊皮紙に何かを走り書きした。

「神秘部《しんぴぶ》のオーガスタス・ルックウッドか？」

「その者です」カルカロフが熱っぽく言った。

「ルックウッドは魔法省《まほうしょう》の内にも外にも、うまい場所に魔法使《まほうつか》いを配し、そのネットワークを使って情報《じょうほう》を集めたものと思います――」

「しかし、トラバースやマルシベールはもう我々《われわれ》が握《にぎ》っている」

クラウチが言った。

「よかろう。カルカロフ、これで全部なら、おまえはアズカバンに逆戻《ぎゃくもど》りしてもらう。我々《われわれ》が決定を――」

「まだ終わっていません！」カルカロフは必死の面持《おもも》ちだ。「待ってください。まだあります！」

ハリーの目に、松明《たいまつ》の明かりでカルカロフの脂汗《あぶらあせ》が見えた。血の気のない顔が、黒い髪《かみ》やひげとくっきり対照的だ。

「スネイプ！」カルカロフが叫《さけ》んだ。「セブルス・スネイプ！」

「この評議会《ひょうぎかい》はスネイプを無罪《むざい》とした」

クラウチがさげすむように言った。

「アルバス・ダンブルドアが保証人《ほしょうにん》になっている」

「ちがう！」

自分を椅子《いす》に縛《しば》りつけている鎖《くさり》を引《ひ》っ張《ぱ》るようにもがきながら、カルカロフは叫《さけ》んだ。

「誓《ちか》ってもいい！　セブルス・スネイプは死喰《しく》い人《びと》だ！」

ダンブルドアが立ち上がった。

「この件《けん》に関しては、わしがすでに証明《しょうめい》しておる」静かな口調だ。

「セブルス・スネイプは確《たし》かに死喰《しく》い人《びと》ではあったが、ヴォルデモートの失脚《しっきゃく》より前に我《われ》らの側に戻《もど》り、自ら大きな危険《きけん》をおかして我々《われわれ》の密偵《みってい》になってくれたのじゃ。わしが死喰《しく》い人《びと》ではないのと同じように、いまやスネイプも死喰《しく》い人《びと》ではないぞ」

ハリーはマッドーアイ・ムーディを振《ふ》り返《かえ》った。ムーディはダンブルドアの背後《はいご》で、はなはだしく疑《うたが》わしいという顔をしている。

「よろしい、カルカロフ」クラウチが冷たく言った。「おまえは役に立ってくれた。おまえの件《けん》は検討《けんとう》しておこう。その間、アズカバンに戻《もど》っておれ……」

クラウチの声がだんだん遠ざかっていった。ハリーは周りを見回した。地下牢《ちかろう》が、煙《けむり》でできているかのように消えかかっていた。すべてがぼんやりしてきて、自分の体しか見えなかった。あたりは渦巻《うずま》く暗闇《くらやみ》……。

そして、地下牢《ちかろう》がまた戻《もど》ってきた。ハリーは別の席に座《すわ》っていた。やはり一番上のベンチだが、今度はクラウチ氏の左隣《ひだりどなり》だった。雰囲気《ふんいき》ががらりと変わり、リラックスして、楽しげでさえあった。壁《かべ》に沿《そ》ってぐるりと座《すわ》っている魔法使《まほうつか》いたちは、何かスポーツの観戦でもするように、ペチャクチャしゃべっている。ハリーのむかい側のベンチで、ちょうど中間くらいの高さの所にいる魔女《まじょ》が、ハリーの目をとらえた。短い金髪《きんぱつ》に、赤紫色《あかむらさきいろ》のローブを着て、黄緑色の羽根ペンの先をなめている。まちがいなく、若《わか》いころのリータ・スキーターだ。ハリーは周りを見回した。ダンブルドアが、前とはちがうローブを着て、また隣《となり》に座《すわ》っていた。クラウチ氏は前よりつかれて見え、なぜか前よりやつれ、より厳《きび》しい顔つきに見える……。そうか、これはちがう記憶《きおく》なんだ。ちがう日の……ちがう裁判《さいばん》だ。

部屋の隅《すみ》のドアが開き、ルード・バグマンが入ってきた。

しかし、このバグマンは、盛《さか》りを過《す》ぎた姿《すがた》ではなかった。クィディッチの選手として最高潮《さいこうちょう》のときにちがいない。まだ鼻は折れていない。背《せ》が高く、筋肉質《きんにくしつ》の引きしまった体だ。バグマンはおどおどしながら、鎖《くさり》のついた椅子《いす》に腰《こし》かけたが、カルカロフのときのように鎖《くさり》が巻《ま》きついて縛《しば》り上《あ》げたりはしなかった。それで元気を取《と》り戻《もど》したのか、バグマンは傍聴席《ぼうちょうせき》をざっと眺《なが》め、何人かに手を振《ふ》り、ちょっと笑顔《えがお》さえ見せた。

「ルード・バグマン。おまえは、『死喰《しく》い人《びと》』の活動にかかわる罪状《ざいじょう》で、答弁《とうべん》するため、魔法法律《まほうほうりつ》評議会《ひょうぎかい》に出頭したのだ」クラウチが言った。

「すでに、おまえに不利な証拠《しょうこ》を聴取《ちょうしゅ》している。まもなく我々《われわれ》の評決《ひょうけつ》が出る。評決《ひょうけつ》を言《い》い渡《わた》す前に、何か自分の証言《しょうげん》につけ加えることはないか？」

ハリーは耳を疑《うたが》った。**ルード・バグマンが「死喰《しく》い人《びと》」？**

「ただ」バグマンはバツが悪そうに笑いながら言った。

「あの――私《わたし》はちょっとバカでした――」

近くの席にいた魔法使《まほうつか》いたちが、一人、二人、寛大《かんだい》にほほえんだ。クラウチは同調する気にはなれないらしかった。厳格《げんかく》そのもの、嫌悪感《けんおかん》むき出しの表情《ひょうじょう》で、ルード・バグマンをぐいと見下ろしている。

「若僧《わかぞう》め、ほんとうのことを言いおったわい」

ハリーの背後《はいご》から、誰《だれ》かがダンブルドアに辛辣《しんらつ》な口調でささやいた。ハリーが振《ふ》り向《む》くと、またそこにムーディが座《すわ》っていた。

「あいつがもともとトロいやつだということを知らなければ、ブラッジャーを食らって、永久的《えいきゅうてき》に脳《のう》みそをやられたと言うところだがな……」

「ルドビッチ・バグマン。おまえはヴォルデモート卿《きょう》の支持者《しじしゃ》たちに情報《じょうほう》を渡《わた》したとして逮捕《たいほ》された」クラウチが言った。

「この咎《とが》により、アズカバンに収監《しゅうかん》するのが適当《てきとう》である。期間は最低でも――」

しかし、周りのベンチから怒号《どごう》が飛んだ。魔法使《まほうつか》いや魔女《まじょ》が壁《かべ》を背《せ》に数人立ち上がり、クラウチに対して首を振《ふ》ったり、拳《こぶし》を振《ふ》り上《あ》げたりしている。

「しかし、申し上げたとおり、私《わたし》は知らなかったのです！」

傍聴席《ぼうちょうせき》のざわめきに消されないように声を張《は》り上《あ》げ、バグマンが丸いブルーの目をまん丸にして、熱っぽく言った。

「まったく知らなかった！　ルックウッドは私《わたし》の父親の古い友人で……『例のあの人』の一味とは、考えたこともなかった！　私《わたし》は味方のために情報《じょうほう》を集めてるのだとばっかり思っていた！　それに、ルックウッドは、将来私《しょうらいわたし》に魔法省《まほうしょう》の仕事を世話してやると、いつもそう言っていたのです……クィディッチの選手生命が終わったら、ですがね……そりゃ、死ぬまでブラッジャーにたたかれ続けているわけにはいかないでしょう？」

傍聴席《ぼうちょうせき》から忍《しの》び笑《わら》いが上がった。

「評決《ひょうけつ》を取る」クラウチが冷たく言った。

地下牢《ちかろう》の右手に向かって、クラウチ氏が呼《よ》びかけた。

「陪審《ばいしん》は挙手願いたい……禁固刑《きんこけい》に賛成《さんせい》の者……」

ハリーは地下牢《ちかろう》の右手を見た。誰《だれ》も手を挙げていない。壁《かべ》を囲む席で、多くの魔法使《まほうつか》いたちが拍《はく》手《しゅ》しはじめた。陪審席《ばいしんせき》の魔女《まじょ》が一人立ち上がった。

「何かね？」クラウチが声を張《は》り上《あ》げた。

「先週の土曜に行われたクィディッチのイングランド対トルコ戦で、バグマンさんがすばらしい活躍《かつやく》をなさいましたことに、お祝いを申し上げたいと思いますわ」

魔女《まじょ》が一気に言った。

クラウチはカンカンに怒《おこ》っているようだ。地下牢《ちかろう》は、いまや拍手喝采《はくしゅかっさい》だった。バグマンは、立ち上がり、ニッコリ笑っておじぎした。

「情《なさ》けない」

バグマンが地下牢《ちかろう》から出ていくと、クラウチが席に着き、吐《は》きすてるようにダンブルドアに言った。

「ルックウッドが仕事を世話すると？……ルード・バグマンが入省する日は、魔法省《まほうしょう》にとって悲しむべき日になるだろう……」

地下牢《ちかろう》がまたぼやけてきた。三度《みたび》はっきりしてきたとき、ハリーはあたりを見回した。ハリーとダンブルドアはまたクラウチ氏の隣《となり》に座《すわ》っていたが、あたりの様子は、これほどちがうかと思うほど様変わりしていた。しんと静まりかえり、クラウチ氏の隣《となり》の席にいる、弱々しい、はかなげな魔《ま》女《じょ》の、涙《なみだ》も枯《か》れはてたすすり泣きが時折聞こえるだけだ。魔女《まじょ》は両手で口にハンカチを押《お》し当《あ》て、その手が細かく震《ふる》えている。ハリーはクラウチ氏を見上げた。いっそうやつれ、白髪《しらが》がぐっと増《ふ》えたように見えた。こめかみがピクピク引きつっている。

「連れてこい」

クラウチ氏の声が地下牢《ちかろう》の静寂《せいじゃく》に響《ひび》き渡《わた》った。

隅《すみ》のドアが、三度《みたび》開いた。今度は四人の被告《ひこく》を、六人の吸魂鬼《きゅうこんき》が連行している。傍聴席《ぼうちょうせき》の目がいっせいにクラウチ氏に注がれるのを、ハリーは見た。ヒソヒソささやき合っている者も何人かいる。

地下牢《ちかろう》の床《ゆか》に、今度は鎖《くさり》つきの椅子《いす》が四脚並《きゃくなら》び、吸魂鬼《きゅうこんき》は四人を別々に座《すわ》らせた。がっしりした体つきの男は、うつろな目でクラウチを見つめ、それより少しやせて、より神経質《しんけいしつ》そうな感じの男は、傍聴席《ぼうちょうせき》のあちこちにすばやく目を走らせている。豊《ゆた》かなつやのある黒髪《くろかみ》の魔女《まじょ》は、鎖《くさり》つきの椅《い》子《す》が王座《おうざ》でもあるかのようにふんぞり返り、目を半眼《はんがん》に開いていた。最後は十八、九の少年で、恐《きょう》怖《ふ》に凍《こお》りついている。ブルブル震《ふる》え、薄茶色《うすちゃいろ》の髪《かみ》が乱《みだ》れて顔にかかり、そばかすだらけの肌《はだ》がろうのように白くなっていた。クラウチの脇《わき》のか細い小柄《こがら》な女性《じょせい》は、ハンカチにおえつをもらし、椅子《いす》に座《すわ》ったまま、体をわななかせて泣きはじめた。

クラウチが立ち上がった。目の前の四人を見下ろすクラウチの顔には、まじりけなしの憎《にく》しみが表れていた。

「おまえたちは魔法法律評議会《まほうほうりつひょうぎかい》に出頭している」クラウチが明確《めいかく》に言った。

「この評議会《ひょうぎかい》は、おまえたちに評決《ひょうけつ》を申《もう》し渡《わた》す。罪状《ざいじょう》は極悪非道《ごくあくひどう》の――」

「お父さん」薄茶色《うすちゃいろ》の髪《かみ》の少年が呼《よ》びかけた。「お父さん……お願い……」

「――この評議会《ひょうぎかい》でも類のないほどの犯罪《はんざい》である」

クラウチはいっそう声を張《は》り上《あ》げ、息子《むすこ》の声を押《お》しつぶした。

「四人の罪《つみ》に対する証拠《しょうこ》の陳述《ちんじゅつ》はすでに終わっている。おまえたちは一人の闇祓《やみばら》い――フランク・ロングボトム――を捕《と》らえ、『磔《はりつけ》の呪《のろ》い』にかけた咎《とが》で訴追《そつい》されている。ロングボトムが、逃亡中《とうぼうちゅう》のおまえたちの主人である『名前を言ってはいけないあの人』の消息を知っていると思《おも》い込《こ》み、この者に呪《のろ》いをかけた咎《とが》である――」

「お父さん、僕《ぼく》はやっていません！」

鎖《くさり》につながれたまま、少年は上に向かって声を振《ふ》りしぼった。

「お父さん、僕《ぼく》は、誓《ちか》って、やっていません。吸魂鬼《きゅうこんき》の所へ送り返さないで――」

「さらなる罪状《ざいじょう》は」クラウチが大声を出した。

「フランク・ロングボトムが情報《じょうほう》を吐《は》こうとしなかったとき、その妻《つま》に対して『磔《はりつけ》の呪《のろ》い』をかけた咎《とが》である。おまえたちは『名前を言ってはいけないあの人』の権力《けんりょく》を回復《かいふく》せしめんとし、その者が強力だった時代を、おまえたちの暴力《ぼうりょく》の日々を、復活《ふっかつ》せしめんとした。ここで陪審《ばいしん》の評決《ひょうけつ》を――」

「お母さん！」

上を振《ふ》り仰《あお》ぎ少年が叫《さけ》んだ。クラウチの脇《わき》のか細い小柄《こがら》な魔女《まじょ》が、体を揺《ゆ》すりながらすすり泣きはじめた。

「お母さん、お父さんを止めてください。お母さん。僕《ぼく》はやっていない。あれは僕《ぼく》じゃなかったんだ！」

「ここで陪審《ばいしん》の評決《ひょうけつ》を」クラウチが叫《さけ》んだ。

「これらの罪《つみ》は、アズカバンでの終身刑《しゅうしんけい》に値《あたい》すると、私《わたし》はそう信ずるが、それに賛成《さんせい》の陪審員《ばいしんいん》は挙手願いたい」

地下牢《ちかろう》の右手に並《なら》んだ魔法使《まほうつか》いや魔女《まじょ》たちが、いっせいに手を挙げた。バグマンのときと同じように、壁《かべ》に沿《そ》って並《なら》ぶ傍聴席《ぼうちょうせき》から拍手《はくしゅ》が沸《わ》き起《お》こった。どの顔も、勝《か》ち誇《ほこ》った残忍《ざんにん》さに満ちている。少年が泣《な》き叫《さけ》んだ。

「いやだ！　お母さん、いやだ！　僕《ぼく》、やっていない。やっていない。知らなかったんだ！　あそこに送らないで。お父さんを止めて！」

吸魂鬼《きゅうこんき》がするすると部屋に戻《もど》ってきた。少年の三人の仲間は、だまって椅子《いす》から立ち上がった。半眼《はんがん》の魔女《まじょ》が、クラウチを見上げて叫《さけ》んだ。

「クラウチ、闇《やみ》の帝王《ていおう》は再《ふたた》び立ち上がるぞ！　我々《われわれ》をアズカバンに放《ほう》り込《こ》むがよい。我々《われわれ》は待つのみ！　あの方はよみがえり、我々《われわれ》を迎《むか》えにおいでになる。ほかの従者《じゅうしゃ》の誰《だれ》よりも、我々《われわれ》をおほめくださるであろう！　我々《われわれ》のみが忠実《ちゅうじつ》であった！　我々《われわれ》だけがあの方をお探《さが》し申し上げた！」

しかし、少年はもがいていた。ハリーには、吸魂鬼《きゅうこんき》の冷たい、心をなえさせる力が、すでに少年を襲《おそ》っているのがわかったが、それでも少年は、吸魂鬼《きゅうこんき》を追《お》い払《はら》おうとしていた。魔女《まじょ》が堂々と地《ち》下牢《かろう》から出ていき、少年が抵抗《ていこう》し続けるのを、聴衆《ちょうしゅう》はあざけり笑い、立ち上がって見物している者もいた。

「僕《ぼく》はあなたの息子《むすこ》だ！」少年がクラウチに向かって叫《さけ》んだ。

「あなたの息子《むすこ》なのに！」

「おまえは私《わたし》の息子《むすこ》などではない！」

クラウチがどなった。突然《とつぜん》、目が飛び出した。

「私《わたし》には息子《むすこ》はいない！」

クラウチの隣《となり》のはかなげな魔女《まじょ》が、大きく息をのみ、椅子《いす》にくずおれた。気絶《きぜつ》していた。クラウチは気づくそぶりも見せない。

「連れていけ！」

クラウチが、吸魂鬼《きゅうこんき》に向かって口角泡《こうかくあわ》を飛ばしながら叫《さけ》んだ。

「連れていくのだ。そいつらはあそこでくさりはてるがいい！」

「お父さん　お父さん、僕《ぼく》は仲間じゃない！　いや！　いやだ！　お父さん、助けて！」

「ハリー、そろそろわしの部屋に戻《もど》る時間じゃろう」

ハリーの耳に静かな声が聞こえた。

ハリーは目を見張《みは》った。周りを見回した。それから自分の隣《となり》を見た。

ハリーの右手に座《すわ》ったアルバス・ダンブルドアは、クラウチの息子《むすこ》が吸魂鬼《きゅうこんき》に引きずられていくのをじっと見ている――そして、ハリーの左手には、ハリーをじっと見つめるアルバス・ダンブルドアがいた。

「おいで」

左手のダンブルドアが言った。そして、ハリーのひじを抱《かか》え上《あ》げた。ハリーは体が空中を昇《のぼ》っていくのを感じた。地下牢《ちかろう》が自分の周りでぼやけていく。一瞬《いっしゅん》、すべてが真っ暗になり、それから、まるでゆっくりと宙返《ちゅうがえ》りを打ったような気分がして、突然《とつぜん》どこかにぴたりと着地した。どうやら、陽射《ひざ》しのあふれるダンブルドアの部屋のまばゆい光の中だ。目の前の戸棚《とだな》の中で、石の水盆《すいぼん》がチラチラと淡《あわ》い光を放っている。アルバス・ダンブルドアがハリーのかたわらに立っていた。

「校長先生」ハリーは息をのんだ。

「いけないことをしたのはわかっています――そのつもりはなかったのです――戸棚《とだな》の戸がちょっと開いていて、それで――」

「わかっておる」

ダンブルドアは水盆《すいぼん》を持ち上げ、自分の机《つくえ》まで運び、ピカピカの机《つくえ》の上にのせた。そして、椅子《いす》に腰《こし》かけ、ハリーにむかい側に座《すわ》るようにと合図した。

ハリーは言われるままに、石の水盆《すいぼん》を見つめながら座《すわ》った。中身は白っぽい銀色の物質《ぶっしつ》に戻《もど》り、目を凝《こ》らして見ている間にも、渦巻《うずま》いたり、波立ったりしている。

「これはなんですか?」ハリーは恐《おそ》る恐《おそ》る聞いた。

「これか? これはの、ペンシーブ、『憂《うれ》いの篩《ふるい》』じゃ」

ダンブルドアが答えた。

「ときどき感じるのじゃが、この気持ちは君にもわかると思うがの、考えることや思い出があまりにもいろいろあって、頭の中がいっぱいになってしまったような気がするのじゃ」

「あの」ハリーは正直に言って、そんな気持ちになったことがあるとは言えなかった。

「そんなときにはの」

ダンブルドアが石の水盆《すいぼん》を指差した。

「この篩《ふるい》を使うのじゃ。あふれた想《おも》いを、頭の中からこの中に注《そそ》ぎ込《こ》んで、時間のあるときにゆっくり吟味《ぎんみ》するのじゃよ。このような形にしておくとな、わかると思うが、物事のパターンや関連性《かんれんせい》がわかりやすくなるのじゃ」

「それじゃ……この中身は、先生の『**憂《うれ》い**』なのですか?」

ハリーは水盆《すいぼん》に渦巻《うずま》く白い物質《ぶっしつ》を改めて見つめた。

「そのとおりじゃ」ダンブルドアが言った。

「見せてあげよう」

ダンブルドアはローブから杖《つえ》を取り出し、その先端《せんたん》を、こめかみのあたりの銀色の髪《かみ》に当てた。杖《つえ》をそこから離《はな》すと、髪《かみ》の毛がくっついているように見えた――しかし、よく見ると、それは、「憂《うれ》いの篩《ふるい》」を満たしているのと同じ白っぽい銀色の不思議な物質《ぶっしつ》が、糸状《いとじょう》になって光っているのだった。ダンブルドアは、水盆《すいぼん》に新しい「憂《うれ》い」を加えたのだ。驚《おどろ》いたことに、ハリーの顔が水盆《すいぼん》の表面に浮《う》かんでいた。

ダンブルドアは、長い両手でペンシーブの両端《りょうたん》を持ち、篩《ふる》った。ちょうど、砂金掘《さきんほ》りが砂金《さきん》を篩《ふる》い分《わ》けるようなしぐさだ……ハリーの顔が、いつの間にかスネイプの顔になり、口を開いて、天井《てんじょう》に向かって話しだした。声が少し反響《はんきょう》している。

「あれが戻《もど》ってきています……カルカロフのもです……これまでよりずっと強く、はっきりと……」

「篩《ふるい》の力を借りずとも、わしが自分で結びつけられたじゃろう」

ダンブルドアがため息をついた。

「しかし、それはそれでよい」

ダンブルドアは半月めがねの上から、ハリーをじっと見た。ハリーは口をあんぐり開けて、水盆《すいぼん》の中で回り続けるスネイプの顔を見ていた。

「ファッジ大臣が会合に見えられたとき、ちょうどペンシーブを使っておっての。急いで片《かた》づけたのじゃ。どうも戸棚《とだな》の戸をしっかり閉《し》めなかったようじゃ。当然、君の注意を引いてしまったことじゃろう」

「ごめんなさい」ハリーが口ごもった。

ダンブルドアは首を振《ふ》った。

「好奇心《こうきしん》は罪《つみ》ではない。しかし好奇心《こうきしん》は慎重《しんちょう》に扱《あつか》わんとな……まことに、そうなのじゃよ……」

ダンブルドアは少し眉《まゆ》をひそめ、杖《つえ》の先で水盆《すいぼん》の中の「憂《うれ》い」をつついた。すると、たちまち、十六歳《さい》くらいの小太りの女の子が、怒《おこ》った顔をして現《あらわ》れた。両足を水盆《すいぼん》に入れたまま、女の子はゆっくり回転しはじめた。ハリーにもダンブルドアにも無頓着《むとんちゃく》だ。話しはじめると、その声はスネイプの声と同じように反響《はんきょう》した。まるで、石の水盆《すいぼん》の奥底《おくそこ》から聞こえてくるようだ。

「ダンブルドア先生、あいつ、私《わたし》に呪《のろ》いをかけたんです。私《わたし》、ただちょっとあいつをからかっただけなのに。先週の木曜に、温室の陰《かげ》でフローレンスにキスしてたのを見たわよって言っただけなのに……」

「じゃが、バーサ、君はどうして」

ダンブルドアが女の子を見ながら、悲しそうにひとり言を言った。女の子は、すでにだまり込《こ》んで回転し続けている。

「どうして、そもそもあの子のあとをつけたりしたのじゃ？」

「バーサ？」ハリーが女の子を見てつぶやいた。

「この子がバーサ？——昔のバーサ・ジョーキンズ？」

「そうじゃ」

ダンブルドアはそう言うと、再《ふたた》び水盆《すいぼん》の「憂《うれ》い」をつついた。バーサの姿《すがた》はその中に沈《しず》み込《こ》み、水盆《すいぼん》の「憂《うれ》い」はまた不透明《ふとうめい》の銀色の物質《ぶっしつ》に戻《もど》った。

「わしが覚えておるバーサの学生時代の姿《すがた》じゃ」

「憂《うれ》いの篩《ふるい》」から出る銀色の光が、ダンブルドアの顔を照らした。その顔があまりに老《ふ》け込《こ》んで見えるのに、ハリーは突然《とつぜん》気づいた。もちろん、頭では、ダンブルドアが相当の年だとはわかっていたが、なぜかこれまでただの一度も、老人だとは思わなかった。

「さて、ハリー」ダンブルドアが静かに言った。

「君がわしの『憂《うれ》い』にとらわれてしまわないうちに、何か言いたいことがあったはずじゃな」

「はい。先生——ついさっき『占《うらな》い学《がく》』の授業《じゅぎょう》にいて——そして——あの——居眠《いねむ》りしました」

ハリーは叱《しか》られるのではないかと思い、ちょっと口ごもった。が、ダンブルドアは「ようわかるぞ。続けるがよい」とだけ言った。

「それで、夢《ゆめ》を見ました」ハリーが続けた。

「ヴォルデモート卿《きょう》の夢《ゆめ》です。ワームテールを……先生はワームテールが誰《だれ》か、ご存《ぞん》じですよね……拷問《ごうもん》していました――」

「知っておるとも」ダンブルドアはすぐに答えた。「さあ、お続け」

「ヴォルデモートはふくろうから手紙を受け取りました。確《たし》か、ワームテールの失態《しったい》はつぐなわれた、とか言いました。誰《だれ》かが死んだと言いました。それから、ワームテールは蛇《へび》の餌食《えじき》にはしないと――ヴォルデモートの椅子《いす》のそばに蛇《へび》がいました。それから――それから、こう言いました。そのかわりに僕《ぼく》を餌食《えじき》にするって。そして、ワームテールに『磔《はりつけ》の呪《のろ》い』をかけました――僕《ぼく》の傷《きず》痕《あと》が痛《いた》みました」ハリーは一気に言った。「それで目が覚めたのです。とても痛《いた》くて」

ダンブルドアはただハリーを見ていた。

「あの――それでおしまいです」ハリーが言った。

「なるほど」ダンブルドアが静かに言った。

「なるほど。さて、今年になって、ほかに傷痕《きずあと》が痛《いた》んだことがあるかの？　夏休みに、君の目を覚ませたとき以外にじゃが？」

「いいえ、僕《ぼく》――夏休みに、それで目が覚めたことを、どうしてご存《ぞん》じなのですか？」

ハリーは驚愕《きょうがく》した。

「シリウスと連絡《れんらく》を取り合っているのは、君だけではない」ダンブルドアが言った。

「わしも、昨年、シリウスがホグワーツを離《はな》れて以来、ずっと接触《せっしょく》を続けてきたのじゃ。一番安全な隠《かく》れ場所《ばしょ》として、あの山中の洞穴《ほらあな》を勧《すす》めたのはわしじゃ」

ダンブルドアは立ち上がり、机《つくえ》のむこうで往《い》ったり来たり歩きはじめた。ときどきこめかみに杖《つえ》先《さき》を当て、キラキラ光る銀色の想《おも》いを取り出しては、「憂《うれ》いの篩《ふるい》」に入れた。中の「憂《うれ》い」が急速に渦巻《うずま》きはじめ、ハリーにはもう何もはっきりしたものが見えなくなった。それはただ、ぼやけた色の渦《うず》になっていた。

「校長先生？」数分後、ハリーが静かに問いかけた。

ダンブルドアは歩き回るのをやめ、ハリーを見た。

「すまなかったのう」ダンブルドアは静かにそう言うと、再《ふたた》び机《つくえ》の前に座《すわ》った。

「あの――あの、どうして僕《ぼく》の傷痕《きずあと》が痛《いた》んだのでしょう？」

ダンブルドアは一瞬《いっしゅん》、じっとハリーを見つめ、それから口を開いた。

「一つの仮説《かせつ》じゃが、仮説《かせつ》にすぎんが……わしの考えでは、君の傷痕《きずあと》が痛《いた》むのは、ヴォルデモート卿《きょう》が君の近くにいるとき、もしくは、極《きわ》めて強烈《きょうれつ》な憎《にく》しみにかられているときじゃろう」

「でも……どうして？」

「それは、君とヴォルデモートが、かけそこねた呪《のろ》いを通してつながっているからじゃ」

ダンブルドアが答えた。

「その傷痕《きずあと》は、ただの傷痕《きずあと》ではない」

「では先生は……あの夢《ゆめ》が……ほんとうに起こったことだと？」

「その可能性《かのうせい》はある」ダンブルドアが言った。

「むしろ――その可能性《かのうせい》が高い。ハリー――ヴォルデモートを見たかの？」

「いいえ。椅子《いす》の背中《せなか》だけです。でも――何も見えるものはなかったのではないでしょうか？　あの、身体《からだ》がないのでしょう？　でも……でも、それならどうやって杖《つえ》を持ったんだろう？」

ハリーは考《かんが》え込《こ》んだ。

「まさに、どうやって？」ダンブルドアがつぶやいた。「まさに、どうやって……」

ダンブルドアもハリーもしばらくだまり込《こ》んだ。ダンブルドアは部屋の隅《すみ》を見つめ、ときどきこめかみに杖先《つえさき》を当て、またしても銀色に輝《かがや》く想《おも》いをザワザワと波立つ「憂《うれ》いの篩《ふるい》」に加えていった。

「先生」しばらくして、ハリーが言った。

「あの人が強くなってきたとお考えですか？」

「ヴォルデモートがかね？」

ダンブルドアが「憂《うれ》いの篩《ふるい》」のむこうから、ハリーを見つめた。以前にも何度か、ダンブルドアはこういう独特《どくとく》の鋭《するど》いまなざしでハリーを見つめたことがある。ハリーはいつも、心の奥底《おくそこ》まで見《み》透《す》かされているような気になるのだ。ムーディの「魔法《まほう》の目」でさえ、これはできないことだと思えた。

「これもまた、ハリー、わしの仮説《かせつ》にすぎんが」

ダンブルドアは大きなため息をついた。その顔は、いままでになく年老いて、つかれて見えた。

「ヴォルデモートが権力《けんりょく》の座《ざ》に上《のぼ》り詰《つ》めていたあの時代」ダンブルドアが話しはじめた。

「いろいろな者が姿《すがた》を消した。それが、一つの特徴《とくちょう》じゃった。バーサ・ジョーキンズは、ヴォルデモートが確《たし》かに最後にいたと思われる場所で、跡形《あとかた》もなく消えた。クラウチ氏もまた、姿《すがた》を消した……しかもこの学校の敷地内《しきちない》で。それに、第三の行方不明者《ゆくえふめいしゃ》がいるのじゃ。残念ながら、これはマグルのことなので、魔法省《まほうしょう》は重要視《じゅうようし》しておらぬ。フランク・ブライスという名の男で、ヴォルデモートの父親が育った村に住んでおった。八月以来、この男の姿《すがた》を見た者がない。わしは、魔法省《まほうしょう》の友人たちとちがい、のう、マグルの新聞を読むのじゃよ」

ダンブルドアは真剣《しんけん》な目でハリーを見た。

「これらの失踪事件《しっそうじけん》は、わしには関連性《かんれんせい》があるように思えるのじゃ。魔法省《まほうしょう》は賛成《さんせい》せんが——君は部屋の外で待っているときに聞いたかもしれぬがの」

ハリーはうなずいた。二人はまただまり込《こ》んだ。ダンブルドアは時折想《おも》いを引《ひ》き抜《ぬ》いていた。ハリーはもう出ていかなければと思いながら、好奇心《こうきしん》で椅子《いす》から離《はな》れられなかった。

「先生?」ハリーがまた呼《よ》びかけた。

「なんじゃね、ハリー」ダンブルドアが答えた。

「あの……お聞きしてもよろしいでしょうか……僕《ぼく》が入《はい》り込《こ》んだ、あの法廷《ほうてい》のような……あの『憂《うれ》いの篩《ふるい》』の中のことで？」

「よかろう」ダンブルドアの声は重かった。

「わしは何度も裁判《さいばん》に出席しておるが、その中でも、ことさら鮮明《せんめい》によみがえってくるのがいくつかある……特にいまになってのう……」

「あの――先生が僕《ぼく》を見つけた、あの裁判《さいばん》のことですが。クラウチ氏の息子《むすこ》の。おわかりですよね？　あの……ネビルのご両親のことを話していたのでしょうか？」

ダンブルドアは鋭《するど》い視線《しせん》でハリーを見た。

「ネビルは、なぜおばあさんに育てられたのかを、君に一度も話してないのかね？」

ハリーは首を横に振《ふ》った。もう知り合って四年にもなるのに、どうしてこのことを、ネビルに聞いてみようとしなかったのかと、ハリーは首を振《ふ》りながらいぶかしく思った。

「そうじゃ。あそこでは、ネビルの両親のことを話しておったのじゃ」

ダンブルドアが答えた。

「父親のフランクは、ムーディ先生と同じように、闇祓《やみばら》いじゃった。君が聞いたとおり、ヴォルデモートの失脚《しっきゃく》のあと、その消息を吐《は》けと、母親ともども拷問《ごうもん》されたのじゃ」

「それで、二人は死んでしまったのですか？」ハリーは小さな声で聞いた。

「いや」

ダンブルドアの声は苦々しさに満ちていた。ハリーはそんなダンブルドアの声を一度も聞いたことがなかった。

「正気を失ったのじゃ。二人とも、聖《せい》マンゴ魔法疾患傷害病院《まほうしっかんしょうがいびょういん》に入っておる。ネビルは休暇《きゅうか》になると、おばあさんに連れられて見舞《みま》いに行っているはずじゃ。二人には息子《むすこ》だということもわからんのじゃが」

ハリーは恐怖《きょうふ》に打ちのめされ、その場にただ座《すわ》っていた。知らなかった……この四年間、知ろうともしなかった……。

「ロングボトム夫妻《ふさい》は、人望があった」

ダンブルドアの話が続いた。

「ヴォルデモートの失脚後《しっきゃくご》、みんながもう安全だと思ったときに、二人が襲《おそ》われたのじゃ。この事件《じけん》に関しては、わしがそれまで知らなかったような、激《はげ》しい怒《いか》りの波が巻《ま》き起《お》こった。魔法省《まほうしょう》には、二人を襲《おそ》った者たちを是《ぜ》が非《ひ》でも逮捕《たいほ》しなければならないというプレッシャーがかかっておった。残念ながら、ロングボトム夫妻《ふさい》の証言《しょうげん》は――二人があういう状態《じょうたい》じゃったから――ほとんど信《しん》憑性《ぴょうせい》がなかった」

「それじゃ、クラウチさんの息子《むすこ》は、関係してなかったかもしれないのですか?」

ハリーは言葉をかみしめながら聞いた。

ダンブルドアが首を振《ふ》った。

「それについては、わしにはなんとも言えん」

ハリーは再《ふたた》びだまって「憂《うれ》いの篩《ふるい》」を見つめたまま座《すわ》っていた。どうしても聞きたい質問《しつもん》が、あと二つあった……しかし、それは、まだ生きている人たちの罪《つみ》に関する疑問《ぎもん》だった……。

「あの」ハリーが言った。「バグマンさんは……」

「……あれ以来、一度も闇《やみ》の活動で罪《つみ》に問われたことはない」

ダンブルドアは落ち着いた声で答えた。

「そうですね」

ハリーは急いでそう言うと、また「憂《うれ》いの篩《ふるい》」の中身を見つめた。ダンブルドアが想《おも》いを入れるのをやめたので、いまは渦《うず》がゆっくりと動いていた。

「それから……あの……」

「憂《うれ》いの篩《ふるい》」がハリーのかわりに質問《しつもん》しているかのように、スネイプの顔が再《ふたた》び浮《う》かんで揺《ゆ》れた。

ダンブルドアはそれを見下ろし、それから目を上げてハリーを見た。

「スネイプ先生も同じことじゃ」ダンブルドアが言った。

ハリーはダンブルドアの明るいブルーの瞳《ひとみ》を見つめた。そして、ほんとうに知りたかった疑問《ぎもん》が、思わず口をついて出てしまった。

「校長先生？　先生はどうして、スネイプ先生がほんとうにヴォルデモートに従《したが》うのをやめたのだと思われたのですか？」

ダンブルドアは、ハリーの食い入るようなまなざしを、数秒間じっと受け止めていた。そしてこう言った。

「それはの、ハリー、スネイプ先生とわしとの問題じゃ」

ハリーはこれでダンブルドアとの話は終わりだと悟《さと》った。ダンブルドアは怒《おこ》っているようには見えなかったが、そのきっぱりとした口調が、ハリーに、もう帰りなさいと言っていた。ハリーは立ち上がった。ダンブルドアも立ち上がった。

「ハリー」

ハリーが扉《とびら》の所まで行くと、ダンブルドアが呼《よ》びかけた。

「ネビルの両親のことは、誰《だれ》にも明かすではないぞ。みんなにいつ話すかは、あの子が決めることじゃ。その時が来ればの」

「わかりました、先生」ハリーは立ち去ろうとした。

「それと――」

ハリーは振《ふ》り返《かえ》った。

ダンブルドアは「憂《うれ》いの篩《ふるい》」をのぞき込《こ》むように立っていた。銀色の丸い光が下からダンブルドアの顔を照らし、これまでになく老け込《こ》んで見えた。ダンブルドアは一瞬《いっしゅん》ハリーを見つめ、それからおもむろに言った。

「第三の課題じゃが、幸運を祈《いの》っておるぞ」

第三十一章 第三の課題

「ダンブルドアも、『例のあの人』が強大になりつつあるって、そう考えてるのかい？」

ロンがささやくように言った。

「憂《うれ》いの篩《ふるい》」で見てきたことの全部と、ダンブルドアがそのあとでハリーに話したり、見せたりしてくれたことのほとんどすべてを、ハリーはもう、ロンとハーマイオニーに話し終わっていた——もちろん、シリウスにも教えた。ダンブルドアの部屋を出るとすぐに、ハリーはシリウスにふくろう便を送っていた。ハリー、ロン、ハーマイオニーは、その夜、またしても遅《おそ》くまで談話室に残り、納得《なっとく》のいくまで同じ話をくり返した。最後にはハリーは頭がぐらぐらしてきた。ダンブルドアが、いろいろな想《おも》いで頭がいっぱいになり、あふれた分を取り出すとホッとする、と言った気持ちがハリーにもよくわかった。

ロンは談話室の暖炉《だんろ》の火をじっと見つめていた。それほど寒い夜でもないのに、ロンがブルッと震《ふる》えるのを、ハリーは見たような気がした。

「それに、スネイプを信用してるのか？」ロンが言った。

「死喰《しく》い人《びと》だったって知ってても、ほんとにスネイプを信用してるのかい？」

「うん」ハリーが言った。

ハーマイオニーはもう十分間もだまり込《こ》んだままだった。額《ひたい》を両手で押《お》さえ、自分のひざを見つめたまま座《すわ》っている。ハリーは、ハーマイオニーも「憂《うれ》いの篩《ふるい》」が必要みたいだと思った。

「リータ・スキーター」

やっと、ハーマイオニーがつぶやいた。

「なんでいまのいま、あんな女のことを心配してられるんだ？」ロンはあきれたという口調だ。

「あの女のことで心配してるんじゃないの」

ハーマイオニーは自分のひざに向かって言った。

「ただ、ちょっと思いついたのよ……『三本の箒《ほうき》』であの女が私《わたし》に言ったこと、覚えてる？『ルード・バグマンについちゃ、あんたの髪《かみ》の毛が縮《ちぢ》み上《あ》がるようなことをつかんでいるんだ』って。今回のことがあの女の言ってた意味じゃないかしら？　スキーターはバグマンの裁判《さいばん》の記事を書いたし、死喰《しく》い人《びと》にバグマンが情報《じょうほう》を流したって、知ってた。それに、ウィンキーもよ。覚えてるでしょ……『バグマンさんは悪い魔法使《まほうつか》い』って。クラウチさんはバグマンが刑《けい》を逃《のが》れたことでカンカンだってでしょうし、そのことを家で話したはずよ」

「うん。だけど、バグマンはわざと情報《じょうほう》を流したわけじゃないだろ?」

ハーマイオニーは「わからないわ」とばかりに肩《かた》をすくめた。

「それに、ファッジは**マダム・マクシームが**クラウチを襲《おそ》ったと考えたのかい?」

ロンがハリーのほうを向いた。

「うん。だけど、それはクラウチがボーバトンの馬車のそばで消えたから、そう言っただけだよ」

「僕《ぼく》たちはマダムのことなんて、考えもしなかったよな?」

ロンが考《かんが》え込《こ》むように言った。

「ただし、マダムは絶対《ぜったい》に巨人《きょじん》の血が入ってる。あの人は認《みと》めたがらないけど――」

「そりゃそうよ」

ハーマイオニーが目を上げて、きっぱり言った。

「リータがハグリッドのお母さんのことを書いたとき、どうなったか知ってるでしょ。ファッジを見てよ。マダムが半巨人《はんきょじん》だからって、すぐにそんな結論《けつろん》に飛びつくなんて。偏見《へんけん》もいいとこじゃない? ほんとうのことを言った結果そんなことになるなら、私《わたし》だってきっと『骨《ほね》が太いだけだ』って言うわよ」

ハーマイオニーが腕時計《うでどけい》を見た。

「まだなんにも練習してないわ！」

ハーマイオニーは「ショック！」という顔をした。

「『妨害《ぼうがい》の呪《のろ》い』を練習するつもりだったのに！　あしたは絶対《ぜったい》にやるわよ！　さあ、ハリー、少し寝《ね》ておかなきゃ」

ハリーとロンはのろのろと寝室《しんしつ》への階段《かいだん》を上がった。パジャマに着替《きが》えながら、ハリーはネビルのベッドのほうを見た。ダンブルドアとの約束どおり、ハリーはロンにもハーマイオニーにもネビルの両親のことを話さなかった。めがねをはずし、四本柱のベッドに這《は》い上《あ》がりながら、ハリーは、両親が生きていても、子供《こども》である自分をわかってもらえなかったら、どんな気持ちだろうと思いやった。ハリーは知らない人から、孤児《こじ》でかわいそうだと同情《どうじょう》されることがしばしばあるが、ネビルのほうがもっと同情《どうじょう》されてもいいんだ。ネビルのいびきを聞きながら、ハリーはそう思った。ベッドに横になり、暗闇《くらやみ》の中で、ハリーはロングボトム夫妻《ふさい》を拷問《ごうもん》した連中への怒《いか》りと憎《にく》しみがどっと押《お》し寄《よ》せてくるのを感じた……法廷《ほうてい》からクラウチの息子《むすこ》が、仲間と一緒《いっしょ》に吸魂鬼《きゅうこんき》に引きずられていくときに、聴衆《ちょうしゅう》が罵倒《ばとう》する声を、ハリーは思い出していた……その気持ちがわかった……そして、蒼白《そうはく》になって泣《な》き叫《さけ》んでいた少年の顔を思い出した。あの少年が、あれから一年後には死んだのだと気づいて、ハリーはどきりとした……。

ヴォルデモートだ。暗闇《くらやみ》の中で、ベッドの天蓋《てんがい》を見つめながら、ハリーは思った。すべてヴォルデモートのせいなのだ……家族をバラバラにし、いろいろな人生をめちゃめちゃにしたのは、ヴォルデモートなのだ……。

ロンとハーマイオニーは、期末試験の勉強をしなければならないはずだ。第三の課題が行われる日に試験が終わる予定だ。にもかかわらず、二人はハリーの準備《じゅんび》を手伝うほうにほとんどの時間を費《つい》やしていた。

「心配しないで」

ハリーがそのことを指摘《してき》し、しばらくは自分一人で練習するから、と言うと、ハーマイオニーはそう答えた。

「少なくとも、『闇《やみ》の魔術《まじゅつ》に対《たい》する防衛術《ぼうえいじゅつ》』では、私《わたし》たち、きっと最高点を取るわよ。授業《じゅぎょう》じゃ、こんなにいろいろな呪文《じゅもん》は絶対《ぜったい》勉強できなかったわ」

「僕《ぼく》たち全員が闇祓《やみばら》いになるときのための、いい訓練さ」

ロンは教室にブンブン迷《まよ》い込《こ》んだスズメバチに「妨害《ぼうがい》の呪《のろ》い」をかけ、空中でぴたりと動きを止めながら、興奮《こうふん》したように言った。

六月に入ると、ホグワーツ城《じょう》にまたしても興奮《こうふん》と緊張《きんちょう》がみなぎった。学期が終わる一週間前に行われる第三の課題を、誰《だれ》もが心待ちにしていた。ハリーは機会あるごとに「呪《のろ》い」を練習していた。これまでの課題より、今度の課題には自信があった。もちろん、今度も危険《きけん》で難《むずか》しいにはちがいないが、ムーディの言うとおり、ハリーにはこれまでの実績《じっせき》がある。いままでもハリーは、怪物《かいぶつ》や魔法《まほう》の障害物《しょうがいぶつ》をなんとか乗《の》り越《こ》えてきた。今度は前もって知らされている分だけ、準備《じゅんび》するチャンスがある。

学校中いたる所で、ハリーたち三人にばったりでくわすのにうんざりしたマクゴナガル先生が、空いている「変身術《へんしんじゅつ》」の教室を昼休みに使ってよろしいと、ハリーに許可《きょか》を与《あた》えた。ハリーはまもなくいろいろな呪文《じゅもん》を習得《しゅうとく》した。「妨害の呪い《ぼうがいののろい》」は、攻撃《こうげき》してくる者の動きを鈍《にぶ》らせて妨害《ぼうがい》する術《じゅつ》。「粉々呪文《こなごなじゅもん》」は、硬《かた》いものを吹《ふ》き飛《と》ばして通り道をあける術《じゅつ》。「四方位呪文《しほういじゅもん》」はハーマイオニーが見つけてきた便利な術《じゅつ》で、杖《つえ》で北の方角を指させ、迷路《めいろ》の中で正しい方向に進んでいるかどうかをチェックすることができる。しかし、「盾の呪文《たてのじゅもん》」はうまくできなかった。一時的に自分の周りに見えない壁《かべ》を築《きず》き、弱い呪《のろ》いなら跳《は》ね返《かえ》すことができるはずの呪文《じゅもん》だが、ハーマイオニーは、ねらい定めた「くらげ足の呪《のろ》い」で、見事に見えない壁《かべ》を粉々にした。ハーマイオニーが反対呪文《はんたいじゅもん》を探《さが》している十分ぐらいの間、ハリーはクニャクニャする足で教室を歩き回るはめになった。

「でも、なかなかいい線行ってるわよ」

ハーマイオニーはリストを見て、習得《しゅうとく》した呪文《じゅもん》を×印で消しながら励《はげ》ました。

「このうちのどれかは必ず役に立つはずよ」

「あれ見ろよ」

ロンが窓際《まどぎわ》に立って呼《よ》んだ。校庭を見下ろしている。

「マルフォイのやつ、何やってるんだ？」

ハリーとハーマイオニーが見にいった。マルフォイ、クラッブ、ゴイルが校庭の木陰《こかげ》に立っていた。クラッブとゴイルは見張《みは》りに立っているようだ。二人ともニヤニヤしている。マルフォイは口の所に手をかざして、その手に向かって何かしゃべっていた。

「トランシーバーで話してるみたいだな」ハリーが変だなあという顔をした。

「そんなはずないわ」ハーマイオニーが言った。

「言ったでしょ。そんなものはホグワーツの中では通じないのよ。さあ、ハリー」

ハーマイオニーはきびきびとそう言い、窓《まど》から離《はな》れて教室の中央に戻《もど》った。

「もう一度やりましょ。『盾《たて》の呪文《じゅもん》』」


シリウスはいまや毎日のようにふくろう便をよこした。ハーマイオニーと同じように、ハリーはまず最後の課題をパスすることに集中し、それ以外は後回しにするように、という考えらしい。ハリーへの手紙に、ホグワーツの敷地外《しきちがい》で起こっていることは、なんであれ、ハリーの責任《せきにん》ではないし、ハリーの力ではどうすることもできないのだからと、毎回書いてよこした。

ヴォルデモートがほんとうに再《ふたた》び力をつけてきているにせよ、私《わたし》にとっては、君の安全を確保《かくほ》するのが第一だ。ダンブルドアの保護《ほご》の下《もと》にあるかぎり、やつはとうてい君に手出しはできない。しかし、いずれにしても危険《きけん》をおかさないように。迷路《めいろ》を安全に通過《つうか》することだけに集中すること。ほかのことは、そのあとで気にすればよい。

六月二十四日が近づくにつれ、ハリーは神経《しんけい》がたかぶってきた。しかし、第一と第二の課題のときほどひどくはなかった。一つには、今度はできるかぎりの準備《じゅんび》はした、という自信があった。もう一つには、これが最後のハードルだからだ。うまくいこうがいくまいが、ようやく試合は終わる。そうしたらどんなにホッとすることか。

第三の課題が行われる日の朝、グリフィンドールの朝食のテーブルは大にぎわいだった。伝書ふくろうが飛んできて、ハリーにシリウスからの「がんばれ」カードを渡《わた》した。羊皮紙一枚《まい》を折りたたみ、中に泥《どろ》んこの犬の足型《あしがた》が押《お》してあるだけだったが、ハリーにとってはとてもうれしいカードだった。コノハズクが、いつものように「日刊予言者新聞《にっかんよげんしゃしんぶん》」の朝刊《ちょうかん》を持って、ハーマイオニーの所にやってきた。新聞を広げて一面に目を通したハーマイオニーが、口いっぱいにふくんだかぼちゃジュースを新聞に吐《は》きかけた。

「どうしたの？」

ハリーとロンがハーマイオニーを見つめて、同時に言った。

「なんでもないわ」

ハーマイオニーはあわててそう言うと、新聞を隠《かく》そうとした。が、ロンが引ったくった。

見出しを見たロンが目を丸くした。

「なんてこった。よりによって今日かよ。あの**ばばぁ**」

「なんだい？」ハリーが聞いた。「またリーター・スキーター？」

「いいや」ロンもハーマイオニーと同じように、新聞を隠《かく》そうとした。

「僕《ぼく》のことなんだね？」ハリーが言った。

「ちがうよ」ロンのうそは見え見えだった。

ハリーが新聞を見せてと言う前に、ドラコ・マルフォイが、大広間のむこうのスリザリンのテーブルから大声で呼《よ》びかけた。

「おーい、ポッター！　**ポッター！**　頭は大丈夫《だいじょうぶ》か？　気分は悪くないか？　まさか暴《あば》れだして僕《ぼく》たちを襲《おそ》ったりしないだろうね？」

マルフォイも「日刊予言者新聞《にっかんよげんしゃしんぶん》」を手にしていた。スリザリンのテーブルは、端《はし》から端《はし》までクスクス笑いながら、座《すわ》ったままで身をひねり、ハリーの反応《はんのう》を見ようとしている。

「見せてよ」ハリーがロンに言った。

「貸《か》して」

ロンはしぶしぶ新聞を渡《わた》した。ハリーが開いてみると、大見出しの下で、自分の写真がこっちを見つめていた。

ハリー・ポッターの「危険《きけん》な奇行《きこう》」

「名前を言ってはいけないあの人」を破《やぶ》ったあの少年が、情緒不安定《じょうちょふあんてい》、もしくは危険《きけん》な状態《じょうたい》にある。と、本紙の特派員《とくはいん》、リータ・スキーターが書いている。

ハリー・ポッターの奇行《きこう》に関する驚《おどろ》くべき証拠《しょうこ》が最近明るみに出た。三校対抗試合《たいこうじあい》のような過酷《かこく》な試合に出ることの是非《ぜひ》が問われるばかりか、ホグワーツに在籍《ざいせき》すること自体が疑問視《ぎもんし》されている。

本紙の独占情報《どくせんじょうほう》によれば、ポッターは学校でひんぱんに失神し、額《ひたい》の傷痕《きずあと》（「例のあの人」がハリー・ポッターを殺そうとした呪《のろ》いの遺物《いぶつ》）の痛《いた》みを訴《うった》えることもしばしばだという。去る月曜日、「占《うらな》い学《がく》」の授業中《じゅぎょうちゅう》、ポッターが、傷痕《きずあと》の痛《いた》みがたえがたく授業《じゅぎょう》を続けることができないと言って、教室から飛び出していくのを本紙記者が目撃《もくげき》した。

聖《せい》マンゴ魔法疾患傷害病院《まほうしっかんしょうがいびょういん》の最高権威《さいこうけんい》の専門医《せんもんい》たちによれば、「例のあの人」に襲《おそ》われた傷《きず》が、ポッターの脳《のう》に影響《えいきょう》を与《あた》えている可能性《かのうせい》があるという。また、傷《きず》がまだ痛《いた》むというポッターの主張《しゅちょう》は、根深い錯乱状態《さくらんじょうたい》の表れである可能性《かのうせい》があるという。

「痛《いた》いふりをしているかもしれませんね」専門医《せんもんい》の一人が語った。「気を引きたいという願望の表れであるかもしれません」

日刊予言者新聞《にっかんよげんしゃしんぶん》は、ホグワーツ校の校長、アルバス・ダンブルドアが魔法社会《まほうしゃかい》からひた隠《かく》しにしてきた、ハリー・ポッターに関する憂慮《ゆうりょ》すべき事実をつかんだ。

「ポッターは蛇語《へびご》を話せます」ホグワーツ校四年生の、ドラコ・マルフォイが明かした。「二、三年前、生徒が大勢襲《おおぜいおそ》われました。『決闘《けっとう》クラブ』で、ポッターがかんしゃくを起こし、ほかの男子学生に蛇《へび》をけしかけてからは、ほとんどみんなが、事件《じけん》の裏《うら》にポッターがいると考えていました。でも、すべてはもみ消されたのです。しかし、ポッターは狼人間《おおかみにんげん》や巨人《きょじん》とも友達です。少しでも権力《けんりょく》を得《え》るためには、あいつはなんでもやると思います」

蛇語《へびご》とは、蛇《へび》と話す能力《のうりょく》のことで、これまでずっと、闇《やみ》の魔術《まじゅつ》の一つと考えられてきた。現代《げんだい》の最も有名な蛇語使《へびごつか》いは、誰《だれ》あろう、「例のあの人」その人である。匿名希望《とくめいきぼう》の

「闇《やみ》の魔術《まじゅつ》に対《たい》する防衛術連盟《ぼうえいじゅつれんめい》」の会員は、蛇語《へびご》を話す者は、誰《だれ》であれ「尋問《じんもん》する価値《かち》がある」と語った。「個人的《こじんてき》には、蛇《へび》と会話することができるような者は、みんな非常《ひじょう》に怪《あや》しいと思いますね。何しろ、蛇《へび》というのは、闇《やみ》の魔術《まじゅつ》の中でも最悪の術《じゅつ》に使われることが多いですし、歴史的にも邪悪《じゃあく》な者たちとの関連性《かんれんせい》がありますからね」。また、「狼人間《おおかみにんげん》や巨人《きょじん》など、邪悪《じゃあく》な生き物との親交を求めるようなやつは、暴力《ぼうりょく》を好む傾向《けいこう》があるように思えますね」とも語った。

アルバス・ダンブルドアはこのような少年に三校対抗試合《たいこうじあい》への出場を許《ゆる》すべきかどうか、当然考慮《こうりょ》すべきであろう。試合に是《ぜ》が非《ひ》でも勝ちたいばかりに、ポッターが闇《やみ》の魔《ま》術《じゅつ》を使うのではないかと恐《おそ》れる者もいる。その試合の第三の課題は今夕《こんせき》行われる。

「僕《ぼく》にちょっと愛想《あいそ》が尽《つ》きたみたいだね」

ハリーは新聞をたたみながら、気軽に言った。

むこうのスリザリンのテーブルでは、マルフォイ、クラッブ、ゴイルがハリーに向かって、ゲラゲラ笑い、頭を指でたたいたり、気味の悪いバカ顔をして見せたり、舌《した》を蛇《へび》のようにチラチラ震《ふる》わせたりしていた。

「あの女、『占《うらな》い学《がく》』で傷痕《きずあと》が痛《いた》んだこと、どうして知ってたのかなぁ?」ロンが言った。

「どうやったって、あそこにはいたはずないし、絶対《ぜったい》あいつに聞こえたはずないよ――」

「窓《まど》が開いてた」ハリーが言った。

「息がつけなかったから、開けたんだ」

「あなた、北塔《きたとう》のてっぺんにいたのよ！」ハーマイオニーが言った。

「あなたの声がずーっと下の校庭に届《とど》くはずないわ！」

「まあね。魔法《まほう》で盗聴《とうちょう》する方法は、君が見つけるはずだったよ！」ハリーが言った。

「あいつがどうやったか、君が教えてくれよ！」

「ずっと調べてるわ！」ハーマイオニーが言った。

「でも私《わたし》……でもね……」

ハーマイオニーの顔に、夢見《ゆめみ》るような不思議な表情《ひょうじょう》が浮《う》かんだ。ゆっくりと片手《かたて》を上げ、指で髪《かみ》をくしけずった。

「大丈夫《だいじょうぶ》か？」ロンが顔をしかめてハーマイオニーを見た。

「ええ」ハーマイオニーがひっそりと言った。もう一度指で髪《かみ》をすくようになで、それからその手を、見えないトランシーバーに話しているかのように口元に持っていった。ハリーとロンは顔を見合わせた。

「もしかしたら」

ハーマイオニーが宙《ちゅう》を見つめて言った。

「たぶんそうだわ……。それだったら誰《だれ》にも見えないし……ムーディだって見えない……。それに、窓《まど》の桟《さん》にだって乗れる……。でもあの女は許《ゆる》されてない……**絶対《ぜったい》に**許可《きょか》されていない……まちがいない。あの女を追《お》い詰《つ》めたわよ！　ちょっと図書館に行かせて──確《たし》かめるわ！」

そう言うと、ハーマイオニーは鞄《かばん》をつかみ、大広間を飛び出していった。

「おい！」後ろからロンが呼《よ》びかけた。「あと十分で『魔法史《まほうし》』の試験だぞ！　おったまげー」

ロンがハリーを振《ふ》り返《かえ》った。

「試験に遅《おく》れるかもしれないのに、それでも行くなんて、よっぽどあのスキーターのやつを嫌《きら》ってるんだな。君、ビンズのクラスでどうやって時間をつぶすつもりだ？──また本を読むか？」

対抗試合《たいこうじあい》の代表選手は期末試験を免除《めんじょ》されていたので、ハリーはこれまで、試験の時間には教室の一番後ろに座《すわ》り、第三の課題のために新しい呪文《じゅもん》を探《さが》していた。

「だろうな」

ハリーが答えた。ちょうどその時、マクゴナガル先生がグリフィンドールのテーブル沿《ぞ》いに、ハリーに近づいてきた。

「ポッター、代表選手は朝食後に大広間の脇《わき》の小部屋に集合です」先生が言った。

「でも、競技《きょうぎ》は今夜です！」

時間をまちがえたのではないかと不安になり、ハリーは炒《い》り卵《たまご》をうっかりローブにこぼしてしまった。

「それはわかっています、ポッター」マクゴナガル先生が言った。「いいですか、代表選手の家族が招待《しょうたい》されて最終課題の観戦に来ています。みなさんにご挨拶《あいさつ》する機会だというだけです」

マクゴナガル先生が立ち去り、ハリーはその後ろであぜんとしていた。

「まさか、マクゴナガル先生、ダーズリーたちが来ると思っているんじゃないだろうな？」

ハリーがロンに向かってぼうぜんと問いかけた。

「さあ」ロンが言った。

「ハリー、僕《ぼく》、急がなくちゃ。ビンズのに遅《おく》れちゃう。あとでな」

ほとんど人がいなくなった大広間で、ハリーは朝食をすました。フラー・デラクールがレイブンクローのテーブルから立ち上がり、大広間から脇《わき》の小部屋に向かっているセドリックと一緒《いっしょ》に部屋に入った。クラムもすぐあとに前かがみになって入っていった。ハリーは動かなかった。やはり小部屋に入りたくなかった。家族なんていない――少なくとも、ハリーが命を危険《きけん》にさらして戦うのを見にきてくれる家族はいない。しかし、図書館にでも行ってもうちょっと呪文《じゅもん》の復習《ふくしゅう》をしようかと、立ち上がりかけたその時、小部屋のドアが開いて、セドリックが顔を突《つ》き出《だ》した。

「ハリー、来いよ。みんな君を待ってるよ！」

ハリーはまったく当惑《とうわく》しながら立ち上がった。ダーズリーたちが来るなんて、ありうるだろうか？　大広間を横切り、ハリーは小部屋のドアを開けた。

ドアのすぐ内側にセドリックと両親がいた。ビクトール・クラムは、隅《すみ》のほうで黒い髪《かみ》の父親、母親とブルガリア語で早口に話している。クラムの鉤鼻《かぎばな》は父親ゆずりだ。部屋の反対側で、フラーが母親とフランス語でペチャクチャしゃべっている。フラーの妹のガブリエルが母親と手をつないでいた。ハリーを見て手を振《ふ》ったので、ハリーも手を振《ふ》った。それから、暖炉《だんろ》の前でハリーにニッコリ笑いかけているウィーズリーおばさんとビルが目に入った。

「びっくりでしょ！」

ハリーがニコニコしながら近づいていくと、ウィーズリーおばさんが興奮《こうふん》しながら言った。

「あなたを見にきたかったのよ、ハリー！」

おばさんはかがんでハリーのほおにキスした。

「元気かい？」

ビルがハリーに笑いかけながら握手《あくしゅ》した。

「チャーリーも来たかったんだけど、休みが取れなくてね。ホーンテールとの対戦のときの君はすごかったって言ってたよ」

フラー・デラクールが、相当関心がありそうな目で、母親の肩越《かたご》しに、ビルをちらちら見ているのにハリーは気がついた。フラーにとっては、長髪《ちょうはつ》も牙《きば》のイヤリングもまったく問題ではないのだと、ハリーにもわかった。

「ほんとうにうれしいです」

ハリーは口ごもりながらウィーズリーおばさんに言った。

「僕《ぼく》、一瞬《いっしゅん》、考えちゃった――ダーズリー一家かと――」

「ンンン」

ウィーズリーおばさんが口をキュッと結んだ。おばさんはいつも、ハリーの前でダーズリー一家を批判《ひはん》するのはひかえていたが、その名前を聞くたびに目がピカッと光るのだった。

「学校はなつかしいよ」

ビルが小部屋の中を見回した（「太った婦人《レディ》」の友達のバイオレットが、絵の中からビルにウィンクした）。

「もう五年も来てないな。あのいかれた騎士《きし》の絵、まだあるかい？　カドガン卿《きょう》の？」

「ある、ある」ハリーが答えた。ハリーは去年カドガン卿《きょう》に会っていた。

「『太った婦人《レディ》』は？」ビルが聞いた。

「あの婦人《レディ》は母さんの時代からいるわ」おばさんが言った。

「ある晩《ばん》、朝の四時に寮《りょう》に戻《もど》ったら、こっぴどく叱《しか》られたわ――」

「朝の四時まで、母さん、寮《りょう》の外で何してたの？」ビルが驚《おどろ》いて母親を探《さぐ》るような目で見た。

ウィーズリーおばさんは目をキラキラさせてふくみ笑いをした。

「あなたのお父さんと二人で夜の散歩をしてたのよ」おばさんが答えた。

「そしたら、お父さん、アポリオン・プリングルに捕《つか》まってね――あのころの管理人よ――お父さんはいまでもおしおきの痕《あと》が残ってるわ」

「案内してくれるか、ハリー？」ビルが言った。

「ああ、いいよ」三人は大広間に出るドアのほうに歩いていった。

エイモス・ディゴリーのそばを通《とお》り過《す》ぎようとすると、ディゴリーが振《ふ》り向《む》いた。

「よう、よう、いたな」

ディゴリーはハリーを上から下までじろじろ見た。

「セドリックが同点に追いついたので、そうそういい気にもなっていられないだろう？」

「なんのこと？」ハリーが聞いた。

「気にするな」

セドリックが父親の背後《はいご》で顔をしかめながらハリーにささやいた。

「リータ・スキーターの三大魔法学校対抗試合《まほうがっこうたいこうじあい》の記事以来、ずっと腹《はら》を立てているんだ――ほら、君がホグワーツでただ一人の代表選手みたいな書き方をしたから」

「訂正《ていせい》しようともしなかっただろうが？」

エイモス・ディゴリーが、ウィーズリーおばさんやビルと一緒《いっしょ》にドアから出ながら、ハリーに聞こえるように大声で言った。

「しかし……セド、目に物見せてやれ。一度あの子を負かしたろうが？」

「エイモス！　リータ・スキーターは、ごたごたを引き起こすためにはなんでもやるのよ」

ウィーズリーおばさんが腹立《はらだ》たしげに言った。

「そのぐらいのこと、あなた、魔法省《まほうしょう》に勤《つと》めてたらおわかりのはずでしょう！」

ディゴリー氏は怒《おこ》って何か言いたそうな顔をしたが、奥《おく》さんがその腕《うで》を押《お》さえるように手を置くと、ちょっと肩《かた》をすくめただけで顔をそむけた。

陽光がいっぱいの校庭を、ビルやウィーズリーおばさんを案内して回り、ボーバトンの馬車やダームストラングの船を見せたりして、ハリーはとても楽しく午前中を過《す》ごした。おばさんは、卒業後に植えられた「暴《あば》れ柳《やなぎ》」にとても興味《きょうみ》を持ったし、ハグリッドの前の森番、オッグの思い出を長々と話してくれた。

「パーシーは元気？」

温室の周りを散歩しながら、ハリーが聞いた。

「よくないね」ビルが言った。

「とってもうろたえてるの」おばさんはあたりを見回しながら声を低めて言った。「魔法省《まほうしょう》は、クラウチさんが消えたことを伏《ふ》せておきたいわけ。でも、パーシーは、クラウチさんの送ってきていた指令についての尋問《じんもん》に呼《よ》び出《だ》されてね。本人が書いたものではない可能性《かのうせい》があるって、魔法省《まほうしょう》はそう思っているらしいの。パーシーはストレス状態《じょうたい》だわ。魔法省《まほうしょう》では、今夜の試合の五番目の審査員《しんさいん》として、パーシーにクラウチさんの代理を務《つと》めさせてくれないの。コーネリウス・ファッジが審査員《しんさいん》になるわ」

三人は昼食をとりに城《しろ》に戻《もど》った。

「ママ──ビル！」

グリフィンドールのテーブルに着いたロンが驚《おどろ》いて言った。

「こんな所で、どうしたの？」

「ハリーの最後の競技《きょうぎ》を見にきたのよ！」

ウィーズリーおばさんが楽しそうに言った。

「お料理をしなくていいってのは、ほんと、たまにはいいものね。試験はどうだったの？」

「あ……大丈夫《だいじょうぶ》さ」ロンが言った。

「小鬼《ゴブリン》の反逆者《はんぎゃくしゃ》の名前を全部は思い出せなかったから、いくつかでっち上げたけど、問題ないよ」

ウィーズリーおばさんの厳《きび》しい顔をよそに、ロンはミートパイを皿に取った。

「みんなおんなじような名前だから。ボロひげのボドロッドとか、薄汚《うすぎたな》いウルグだとかさ。難《むずか》しくなかったよ」

フレッド、ジョージ、ジニーもやってきて、隣《となり》に座《すわ》った。ハリーはまるで「隠《かく》れ穴《あな》」に戻《もど》ったかのような楽しい気分だった。夕方の試合を心配することさえ忘《わす》れていたが、昼食も半ばを過《す》ぎたころ、ハーマイオニーが現《あらわ》れて、ハッと思い出した。リータ・スキーターのことで、ハーマイオニーが何かひらめいたことがあったはずだ。

「何かわかった？　例の——」

ハーマイオニーは、ウィーズリーおばさんのほうをちらりと見て、「言っちゃダメよ」というふうに首を振《ふ》った。

「こんにちは、ハーマイオニー」

ウィーズリーおばさんの言い方がいつもとちがって堅《かた》かった。

「こんにちは」

ウィーズリーおばさんの冷たい表情《ひょうじょう》を見て、ハーマイオニーの笑顔《えがお》がこわばった。

ハリーは二人を見比《みくら》べた。

「ウィーズリーおばさん、リータ・スキーターが『週刊魔女《しゅうかんまじょ》』に書いたあのバカな記事を本気にしたりしてませんよね？　だって、ハーマイオニーは僕《ぼく》のガールフレンドじゃないもの」

「あら！」おばさんが言った。「ええ——もちろん本気にしてませんよ！」

しかし、そのあとは、おばさんのハーマイオニーに対する態度《たいど》がずっと温かくなった。

ハリー、ビル、ウィーズリーおばさんの三人は、城《しろ》の周りをぶらぶら散歩して午後を過《す》ごし、晩《ばん》餐会《さんかい》に大広間に戻《もど》った。今度はルード・バグマンとコーネリウス・ファッジが教職員《きょうしょくいん》テーブルに着いていた。バグマンはうきうきしているようだったが、コーネリウス・ファッジは、マダム・マクシームの隣《となり》で、厳《きび》しい表情《ひょうじょう》でだまりこくっていた。マダム・マクシームは食事に没頭《ぼっとう》していたが、ハリーはマダムの目が赤いように思った。ハグリッドが同じテーブルの端《はし》からしょっちゅうマダムのほうに目を走らせていた。

食事はいつもより品数が多かったが、ハリーはいまや本格的《ほんかくてき》に気がたかぶりはじめ、あまり食べられなかった。魔《ま》法《ほう》をかけられた天井《てんじょう》が、ブルーから日暮《ひぐ》れの紫《むらさき》に変わりはじめたとき、ダンブルドアが教職員《きょうしょくいん》テーブルで立ち上がった。大広間がシーンとなった。

「紳《しん》士《し》、淑女《しゅくじょ》のみなさん。あと五分たつと、みなさんにクィディッチ競技場《きょうぎじょう》に行くように、わしからお願いすることになる。三大魔法学校対抗試合《まほうがっこうたいこうじあい》、最後の課題が行われる。代表選手は、バグマン氏に従《したが》って、いますぐ競技場《きょうぎじょう》に行くのじゃ」

ハリーは立ち上がった。グリフィンドールのテーブルからいっせいに拍手《はくしゅ》が起こった。ウィーズリー一家とハーマイオニーに激励《げきれい》され、ハリーはセドリック、フラー、クラムと一緒《いっしょ》に大広間を出た。

「ハリー、落ち着いてるか？」

校庭に下りる石段《いしだん》の所で、バグマンが話しかけた。

「自信があるかね？」

「大丈夫《だいじょうぶ》です」

ハリーが答えた。ある程度《ていど》ほんとうだった。神経《しんけい》はとがっていたが、こうして歩きながらも頭の中で、これまで練習してきた呪《のろ》いや呪文《じゅもん》を何度もくり返していたし、全部思い出すことができるので、気分が楽になっていた。

全員でクィディッチ競技場《きょうぎじょう》へと歩いたが、いまはとても競技場《きょうぎじょう》には見えなかった。六メートルほどの高さの生《い》け垣《がき》が周りをぐるりと囲み、正面にすきまが空いている。巨大《きょだい》な迷路《めいろ》への入口だ。中の通路は、暗く、薄気味悪《うすきみわる》かった。

五分後に、スタンドに人が入りはじめた。何百人という生徒が次々に着席し、あたりは興奮《こうふん》した声と、ドヤドヤと大勢《おおぜい》の足音で満たされた。空はいまや澄《す》んだ濃紺《のうこん》に変わり、一番星が瞬《また》きはじめた。ハグリッド、ムーディ先生、マクゴナガル先生、フリットウィック先生が競技場《きょうぎじょう》に入場し、バグマンと選手の所へやってきた。全員、大きな赤く光る星を帽子《ぼうし》につけていたが、ハグリッドだけは、モールスキンのチョッキの背《せ》につけていた。

「私《わたくし》たちが迷路《めいろ》の外側を巡回《じゅんかい》しています」

マクゴナガル先生が代表選手に言った。

「何か危険《きけん》に巻《ま》き込《こ》まれて、助けを求めたいときには、空中に赤い火花を打ち上げなさい。私《わたくし》たちのうち誰《だれ》かが救出します。おわかりですか？」

代表選手たちがうなずいた。

「では、持ち場についてください！」

バグマンが元気よく四人の巡回者《じゅんかいしゃ》に号令した。

「がんばれよ、ハリー」

ハグリッドがささやいた。そして四人は、迷路《めいろ》のどこかの持ち場につくため、バラバラな方向へと歩きだした。バグマンが杖《つえ》をのど元に当て、「ソノーラス！　響《ひび》け！」と唱えると、魔法《まほう》で拡大《かくだい》された声がスタンドに響《ひび》き渡《わた》った。

「紳士《しんし》、淑女《しゅくじょ》のみなさん。第三の課題、そして、三大魔法学校対抗試合《まほうがっこうたいこうじあい》最後の課題がまもなく始まります！　現在《げんざい》の得点状況《とくてんじょうきょう》をもう一度お知らせしましょう。同点一位、得点《とくてん》八五点――セドリック・ディゴリー君とハリー・ポッター君。両名ともホグワーツ校！」

大歓声《だいかんせい》と拍手《はくしゅ》に驚《おどろ》き、禁《きん》じられた森《もり》の鳥たちが、暮《く》れかかった空にバタバタと飛び上がった。

「三位、八〇点――ビクトール・クラム君。ダームストラング専門学校《せんもんがっこう》！」

また拍手《はくしゅ》が沸《わ》いた。

「そして、四位――フラー・デラクール嬢《じょう》、ボーバトン・アカデミー！」

ウィーズリーおばさんとビル、ロン、ハーマイオニーが、観客席の中ほどの段《だん》でフラーに礼儀正《れいぎただ》しく拍手《はくしゅ》を送っているのが、かろうじて見えた。ハリーが手を振《ふ》ると、四人がニッコリと手を振り返《かえ》した。

「では……ホイッスルが鳴ったら、ハリーとセドリック！」バグマンが言った。

「三――二――一――」

バグマンがピッと笛を鳴らした。ハリーとセドリックが急いで迷路《めいろ》に入った。

そびえるような生《い》け垣《がき》が、通路に黒い影《かげ》を落としていた。高く分厚《ぶあつ》い生《い》け垣《がき》のせいか、魔法《まほう》がけられているからなのか、いったん迷路《めいろ》に入ると、周りの観衆《かんしゅう》の音はまったく聞こえなくなった。ハリーはまた水の中にいるような気がしたほどだ。杖《つえ》を取り出し、「ルーモス、光よ」とつぶやくと、セドリックもハリーの後ろで同じことをつぶやいているのが聞こえてきた。

五十メートルも進むと、分かれ道に出た。二人は顔を見合わせた。

「じゃあね」

ハリーはそう言うと左の道に入った。セドリックは右をとった。

ハリーは、バグマンが二度目のホイッスルを鳴らす音を聞いた。クラムが迷路《めいろ》に入ったのだ。ハリーは速度を上げた。ハリーの選んだ道は、まったく何もいないようだった。右に曲がり、急ぎ足で、杖《つえ》を頭上に高くかかげ、なるべく先のほうが見えるようにして歩いた。しかし、見えるものは何もない。

遠くで、バグマンのホイッスルが鳴った。これで代表選手全員が迷路《めいろ》に入ったことになる。ハリーはしょっちゅう後ろを振《ふ》り返《かえ》った。またしても誰《だれ》かに見られているような、あの感覚に襲《おそ》われていた。空がだんだん群青色《ぐんじょういろ》になり、迷路《めいろ》は刻一刻《こくいっこく》と暗くなってきた。ハリーは二つ目の分かれ道に出た。

「方角示《しめ》せ」

ハリーは杖《つえ》を手のひらに平らにのせてつぶやいた。

杖《つえ》はくるりと一回転し、右を示《しめ》した。そこは生《い》け垣《がき》が密生《みっせい》している。そっちが北だ。迷路《めいろ》の中心に行くには、北西の方角に進む必要があるということはわかっている。一番よいのは、ここで左の道を行き、なるべく早く右に折れることだ。

左の道もがらんとしていた。ハリーは右折する道を見つけて曲がった。ここでも何も障害物《しょうがいぶつ》がない。しかし、何も障害《しょうがい》がないことが、なぜか、かえって不安な気持ちにさせた。これまでに絶対《ぜったい》何かに出会っているはずではないのか？　迷路《めいろ》が、まやかしの安心感でハリーを誘《さそ》い込《こ》んでいるかのようだ。その時、ハリーはすぐ後ろで何かが動く気配を感じ、杖《つえ》を突《つ》き出《だ》し、攻撃《こうげき》の体勢《たいせい》を取った。しかし、杖灯《つえあか》りの先にいたのは、セドリックだった。右側の道から急いで現《あらわ》れたところだった。ひどくショックを受けている様子で、ローブのそでがくすぶっている。

「ハグリッドの尻尾爆発《しっぽばくはつ》スクリュートだ！」

セドリックが歯を食いしばって言った。

「ものすごく大きいやつらだ――やっと振《ふ》り切《き》った！」

セドリックは頭《かぶり》を振《ふ》り、たちまち別の道へと飛《と》び込《こ》み、姿《すがた》を消した。スクリュートとの距離《きょり》を充《じゅう》分《ぶん》に取らなければと、ハリーは再《ふたた》び急いだ。そして、角を曲がったとたん、目に入ったのは――。

吸魂鬼《きゅうこんき》がするすると近づいてくる。身《み》の丈《たけ》四メートル、顔はフードで隠《かく》れ、くさったかさぶただらけの両手を伸《の》ばし、見えない目で、ハリーのほうを探《さぐ》るような手つきで近づいてくる。ゴロゴロと末期《まつご》の息のような息づかいが聞こえる。じとっと冷《ひ》や汗《あせ》が流れる気持ちの悪さがハリーを襲《おそ》った。しかし、どうすればよいか、ハリーにはわかっていた……。

ハリーはできるだけ幸福な瞬間《しゅんかん》を思《おも》い浮《う》かべた。迷路《めいろ》から抜《ぬ》け出《だ》し、ロンやハーマイオニーと喜び合っている自分の姿《すがた》に全神経《ぜんしんけい》を集中した。そして杖《つえ》を上げ、叫《さけ》んだ。

「エクスペクト　パトローナム！　守護霊《しゅごれい》よ来たれ！」

銀色の牡鹿《おじか》がハリーの杖先《つえさき》から噴《ふ》き出《だ》し、吸魂鬼《きゅうこんき》めがけてかけていった。吸魂鬼《きゅうこんき》はあとずさりし、ローブのすそを踏《ふ》んづけてよろめいた……ハリーは吸魂鬼《きゅうこんき》が転びかける姿《すがた》を初めて見た。

「待て！」

銀の守護霊《しゅごれい》のあとから前進しながら、ハリーが叫《さけ》んだ。

「おまえはまね妖怪《ようかい》だ！　リディクラス！　ばかばかしい！」

ポンと大きな音《ボガート》がして、形態模写《けいたいもしゃ》をする妖怪《ようかい》は爆発《ばくはつ》し、あとには霞《かすみ》が残った。銀色の牡鹿《おじか》も霞《かす》んで見えなくなった。一緒《いっしょ》にいてほしかった……道連れができたのに……。しかし、ハリーは進んだ。できるだけ早く、静かに、耳を澄《す》まし、再《ふたた》び杖《つえ》を高く掲《かか》げて進んだ。

左……右……また左……袋小路《ふくろこうじ》に二度突《つ》き当《あ》たった。また「四方位呪文《しほういじゅもん》」を使い、東に寄《よ》りすぎていることがわかった。引き返してまた右に曲がると、前方に奇妙《きみょう》な金色の霧《きり》が漂《ただよ》っているのが見えた。

ハリーは杖灯《つえあか》りをそれに当てながら、慎重《しんちょう》に近づいた。魔性《ましょう》の誘《さそ》いのように見える。霧《きり》を吹《ふ》き飛《と》ばして道をあけることができるものかどうか、ハリーは迷《まよ》った。

「レダクト！　粉々！」ハリーが唱えた。

呪文《じゅもん》は霧《きり》の真ん中を突《つ》き抜《ぬ》けて、なんの変化もなかった。それもそのはずだ、とハリーは気づいた。「粉々呪文《こなごなじゅもん》」は固体に効《き》くものだ。霧《きり》の中を歩いて抜《ぬ》けたらどうなるだろう？　試《ため》してみる価《か》値《ち》があるだろうか？　それとも引き返そうか？

迷《まよ》っていると、静けさを破《やぶ》って悲鳴が聞こえた。

「フラー？」ハリーが叫《さけ》んだ。

深閑《しんかん》としている。ハリーは周りをぐるりと見回した。フラーの身に何が起こったのだろう？　悲鳴は前方のどこからか聞こえてきたようだ。ハリーは息を深く吸《す》い込《こ》み、魔《ま》の霧《きり》の中に走《はし》り込《こ》んだ。

天地が逆《さか》さまになった。ハリーは地面からぶら下がり、髪《かみ》は垂《た》れ、めがねは鼻からずり落ち、底なしの空に落ちていきそうだった。めがねを鼻先に押《お》しつけ、逆《さか》さまにぶら下がったまま、ハリーは恐怖《きょうふ》におちいっていた。芝生《しばふ》がいまや天井《てんじょう》になり、両足が芝生《しばふ》に貼《は》りつけられているかのようだった。頭の下には星の散りばめられた暗い空がはてしなく広がっていた。片足《かたあし》を動かそうとすれば、完全に地上から落ちてしまうような感じがした。

「考えろ」

体中の血が頭に逆流《ぎゃくりゅう》してくる中で、ハリーは自分に言い聞かせた。

「考えるんだ……」

しかし、練習した呪文《じゅもん》の中には、天と地が急に逆転《ぎゃくてん》する現象《げんしょう》と戦うためのものは一つもなかった。思いきって足を動かしてみようか？　耳の中で、血液《けつえき》がドクンドクンと脈打《みゃくう》つ音が聞こえた。道は二つに一つ――試《ため》しに動いてみること。さもなければ赤い火花を打ち上げて救出してもらい、失格《しっかく》すること。

ハリーは目を閉《と》じて、下に広がる無限《むげん》の虚空《こくう》が見えないようにした。そして、力いっぱい芝生《しばふ》の天井《てんじょう》から右足を引《ひ》き抜《ぬ》いた。

とたんに、世界は元に戻《もど》った。ハリーは前かがみにのめり、すばらしく硬《かた》い地面の上に両ひざをついていた。ショックで、ハリーは一時的に足がなえたように感じた。気を落ち着かせるため、ハリーは深く息を吸《す》い込《こ》み、再《ふたた》び立ち上がり、前方へと急いだ。駆《か》けだしながら肩越《かたご》しに振《ふ》り返《かえ》ると、金色の霧《きり》は何事もなかったかのように、月明かりを受けてキラキラとハリーに向かってきらめいていた。

道が二股《ふたまた》に分かれている場所でハリーは立ち止まり、どこかにフラーがいないかと見回した。叫《さけ》んだのはフラーにちがいなかった。フラーは何に出会ったのだろう？　大丈夫《だいじょうぶ》だろうか？　赤い火花が上がった気配はない――フラーが自分で切《き》り抜《ぬ》けたということだろうか？　それとも、杖《つえ》を取ることができないほどたいへんな目にあっているのだろうか？　だんだん不安をつのらせながら、ハリーは二股《ふたまた》の道を右にとった……しかし、同時にハリーは、ある思いを振《ふ》り切《き》ることができなかった。**代表選手が一人落伍《らくご》した……**。

優勝杯《ゆうしょうはい》はどこか近くにある。フラーはもう落伍《らくご》してしまったようだ。僕《ぼく》はここまで来たんだ。ほんとうに優勝《ゆうしょう》したら？　ほんの一瞬《いっしゅん》――期せずして代表選手になってしまってから初めてだったが――全校の前で三校対抗試合《たいこうじあい》の優勝杯《ゆうしょうはい》を差し上げている自分の姿《すがた》が再《ふたた》び目に浮《う》かんだ……。

それから十分間、ハリーは、袋小路《ふくろこうじ》以外《いがい》はなんの障害《しょうがい》にもあわなかった。同じ場所で、二度同じように曲がり方をまちがえたが、やっと新しいルートを見つけ、その道を駆《か》け足《あし》で進んだ。杖灯《つえあか》りが波打ち、生《い》け垣《がき》に映《うつ》った自分の影《かげ》が、チラチラ揺《ゆ》れ、ゆがんだ。一つ角を曲がった所で、ハリーはとうとう一匹《ぴき》の尻尾爆発《しっぽばくはつ》スクリュートに出くわしてしまった。

セドリックの言うとおりだった——**ものすごく**大きい。長さ三メートルはある。むしろ巨大《きょだい》なサソリにそっくりだった。長いとげを背中《せなか》のほうに丸《まる》め込《こ》んでいる。ハリーが杖灯《つえあか》りを向けると、その光で分厚《ぶあつ》い甲殻《こうかく》がギラリと光った。

「ステューピファイ！　まひせよ！」

呪文《じゅもん》はスクリュートの殻《から》に当たって跳《は》ね返《かえ》った。ハリーは間一髪《かんいっぱつ》でそれをかわしたが、髪《かみ》が焦《こ》げるにおいがした。呪文《じゅもん》が頭のてっぺんの毛を焦《こ》がしたのだ。スクリュートがしっぽから火を噴《ふ》き、ハリーめがけて飛びかかってきた。

「インペディメンタ！　妨害《ぼうがい》せよ！」ハリーが叫《さけ》んだ。

呪文《じゅもん》はまたスクリュートの殻《から》に当たって、跳《は》ね返《かえ》った。ハリーは数歩よろけて倒《たお》れた。

「インペディメンタ！」

スクリュートはハリーからほんの数センチの所で動かなくなった——かろうじて殻《から》のない下腹部《かふくぶ》の肉の部分に呪文《じゅもん》を当てたのだ。ハリーはハァハァと息を切らしてスクリュートから離《はな》れ、必死で逆方向《ぎゃくほうこう》へと走った——妨害呪文《ぼうがいじゅもん》は一時的なもので、スクリュートはすぐにも肢《あし》が動くようになるはずだ。

ハリーは左の道をとった。行き止まりだった。右の道もまたそうだった。心臓《しんぞう》をドキドキさせながら、ハリーはその場に踏《ふ》みとどまり、もう一度「四方位呪文《しほういじゅもん》」を使った。そしてもと来た道を戻《もど》り、北西に向かう道を選んだ。

新しい道を急ぎ足で数分歩いたとき、その道と平行に走る道で何かが聞こえ、ハリーはぴたりと足を止めた。

「何をする気だ？」セドリックが叫《さけ》んでいる。「いったい何をする気なんだ？」

それからクラムの声が聞こえた。

「クルーシオ！　苦しめ！」

突然《とつぜん》、セドリックの悲鳴があたりに響《ひび》き渡《わた》った。ハリーはぞっとした。なんとかセドリックのほうに行く道を見つけようと、前方に向かって走った。しかし、見つからない。ハリーはもう一度「粉々呪文《こなごなじゅもん》」を使った。あまり効《き》き目《め》はなかったが、それでも生《い》け垣《がき》に小さな焼《や》け焦《こ》げ穴《あな》が開いた。ハリーはそこに足を突《つ》っ込《こ》み、うっそうとからみ合った茨《いばら》や小枝《こえだ》を蹴《け》って、その穴《あな》を大きくした。ローブが破《やぶ》れたが、無理やりその穴《あな》を通《とお》り抜《ぬ》け、右側を見ると、セドリックが地面でのたうち回っていた。クラムが覆《おお》いかぶさるように立っている。

ハリーは体勢《たいせい》を立てなおし、クラムに杖《つえ》を向けた。その時クラムが目を上げ、背《せ》を向けて走りだした。

「ステューピファイ！　まひせよ！」ハリーが叫《さけ》んだ。

呪文《じゅもん》はクラムの背中《せなか》に当たった。クラムはその場でぴたりと止まり、芝生《しばふ》の上にうつ伏《ぶ》せに倒《たお》れ、ピクリとも動かなくなった。ハリーはセドリックの所へ駆《か》けつけた。もうけいれんは止まっていたが、両手で顔を覆《おお》い、ハァハァ息をはずませながら横たわっていた。

「大丈夫《だいじょうぶ》か？」ハリーはセドリックの腕《うで》をつかみ、大声で聞いた。

「ああ」セドリックがあえぎながら言った。

「ああ……信じられないよ……クラムが後ろから忍《しの》び寄《よ》って……音に気づいて振《ふ》り返《かえ》ったんだ。そしたら、クラムが僕《ぼく》に杖《つえ》を向けて……」

セドリックが立ち上がった。まだ震《ふる》えている。セドリックとハリーはクラムを見下ろした。

「信じられない……クラムは大丈夫《だいじょうぶ》だと思ったのに」

クラムを見つめながら、ハリーが言った。

「僕《ぼく》もだ」セドリックが言った。

「さっき、フラーの悲鳴が聞こえた？」ハリーが聞いた。

「ああ」セドリックが言った。

「クラムがフラーもやったと思うかい？」

「わからない」ハリーは考《かんが》え込《こ》んだ。

「このままここに残して行こうか？」セドリックがつぶやいた。

「だめだ」ハリーが言った。

「赤い火花を上げるべきだと思う。誰《だれ》かが来てクラムを拾ってくれる……じゃないと、たぶんスクリュートに食われちゃう」

「当然の報《むく》いだ」

セドリックがつぶやいた。しかし、それでも自分の杖《つえ》を上げ、空中に赤い火花を打ち上げた。火花は空高く漂《ただよ》い、クラムの倒《たお》れている場所を知らせた。

ハリーとセドリックは暗い中であたりを見回しながら、しばらくたたずんでいた。それからセドリックが口を開いた。

「さあ……そろそろ行こうか……」

「えっ？　ああ……うん……そうだね……」

奇妙《きみょう》な瞬間《しゅんかん》だった。ハリーとセドリックは、ほんのしばらくだったが、クラムに対抗《たいこう》することで手を組んでいた――いま、互《たが》いに競争相手だという事実がよみがえってきた。二人とも無言で暗い道を歩いた。そしてハリーは左へ、セドリックは右へと分かれた。セドリックの足音はまもなく消えていった。

ハリーは「四方位呪文《しほういじゅもん》」を使って、正しい方向を確《たし》かめながら進んだ。勝負はハリーかセドリックにしぼられた。優勝杯《ゆうしょうはい》に先にたどり着きたいという思いが、いままでになく強く燃《も》え上《あ》がった。しかし、ハリーはたったいま目撃《もくげき》した、クラムの行動が信じられなかった。「許《ゆる》されざる呪文《じゅもん》」を同類であるヒトに使うことは、アズカバンでの終身刑《しゅうしんけい》に値《あたい》すると、ムーディに教わった。クラムはそこまでして三校対抗優勝杯《たいこうゆうしょうはい》が欲《ほ》しいと思うはずがない……ハリーは足を速めた。

ときどき袋小路《ふくろこうじ》にぶつかったが、だんだん闇《やみ》が濃《こ》くなることから、ハリーは迷路《めいろ》の中心に近づいているとはっきり感じた。長いまっすぐな道を、ハリーは勢《いきお》いよくずんずん歩いた。すると、また何かうごめくものが見えた。杖灯《つえあか》りに照らし出されたのは、とてつもない生き物だった。『怪物的《かいぶつてき》な怪物《かいぶつ》の本』で、絵だけでしか見たことのない生き物だ。

スフィンクスだ。巨大《きょだい》なライオンの胴体《どうたい》、見事な爪《つめ》を持つ四肢《しし》、長い黄色味を帯びた尾《お》の先は茶色の房《ふさ》になっている。しかし、その頭部は女性《じょせい》だった。ハリーが近づくと、スフィンクスは切れ長のアーモンド形の目を向けた。ハリーは戸惑《とまど》いながら杖《つえ》を上げた。スフィンクスは伏《ふ》せて飛びかかろうという姿勢《しせい》ではなく、左右に往《い》ったり来たりしてハリーの行く手をふさいでいた。

スフィンクスが、深いしわがれた声で話しかけた。

「おまえはゴールのすぐ近くにいる。一番の近道はわたしを通《とお》り越《こ》していく道だ」

「それじゃ……それじゃ、どうか、道をあけてくれませんか？」

答えはわかっていたが、それでもハリーは言ってみた。

「だめだ」

スフィンクスは往《い》ったり来たりをやめない。

「通りたければ、わたしのなぞなぞに答えるのだ。一度で正しく答えれば——通してあげよう。答えをまちがえば——おまえを襲《おそ》う。黙《もく》して答えなければ——わたしの所から返してあげよう。無傷《むきず》で」

ハリーは胃袋《いぶくろ》がガクガクと数段《すうだん》落《お》ち込《こ》むような気がした。こういうのが得意《とくい》なのはハーマイオニーだ。僕《ぼく》じゃない。ハリーは勝算を計った。謎《なぞ》が難《むずか》しければだまっていよう。無傷《むきず》で帰れる。そして、中心部への別なルートを探《さが》そう。

「了解《りょうかい》」ハリーが言った。「なぞなぞを出してくれますか？」

スフィンクスは道の真ん中で、後脚《あとあし》を折って座《すわ》り、謎《なぞ》をかけた。

最初のヒント。変装《へんそう》して生きるひと誰《だれ》だ
秘密《ひみつ》の取引、うそばかりつくひと誰《だれ》だ
二つ目のヒント。誰《だれ》でもはじめに持っていて
途中《とちゅう》にまだまだ持っていて、なんだのさいごはなんだ？

最後のヒントはただの音。言葉《ことば》探《さが》しに苦労して
よく出す音はなんの音

つないでごらん。答えてごらん。

キスしたくない生き物はなんだ？


ハリーは、口をあんぐり開けてスフィンクスを見た。

「もう一度言ってくれる？……もっとゆっくり」ハリーはおずおずと頼《たの》んだ。

スフィンクスはハリーを見て瞬《まばた》きし、ほほえんで、なぞなぞをくり返した。

「全部のヒントを集めると、キスしたくない生き物の名前になるんだね？」ハリーが聞いた。

スフィンクスはただ謎《なぞ》めいたほほえみを見せただけだった。ハリーはそれを「イエス」だと取った。ハリーは知恵《ちえ》をしぼった。キスしたくない動物ならたくさんいる。すぐに尻尾爆発《しっぽばくはつ》スクリュートを思いついたが、これが答えではないと、なんとなくわかった。ヒントを解《と》かなければならないはずだ……。

「変装《へんそう》した人」

ハリーはスフィンクスを見つめながらつぶやいた。

「うそをつく人……アー……それは――ペテン師《し》。ちがうよ、まだこれが答えじゃないよ！　アー――スパイ？　あとでもう一回考えよう……二つ目のヒントをもう一回言ってもらえますか？」

　スフィンクスはなぞなぞの二つ目のヒントをくり返した。

「誰《だれ》でもはじめに持っていて」ハリーはくり返した。「アー……わかんない……途中《とちゅう》にまだまだ持っていて……最後のヒントをもう一度？」

　スフィンクスが最後の四行をくり返した。

「ただの音。言葉《ことば》探《さが》しに苦労して」ハリーはくり返した。「アー……それは……アー……待てよ――『アー』！　『アー』っていう音だ！」

　スフィンクスはハリーにほほえんだ。

「スパイ……アー……スパイ……アー……」

　ハリーも左右に往《い》ったり来たりしていた。

「キスしたくない生き物……スパイダァー！　**クモだ！**」

　スフィンクスは前よりもっとニッコリして、立ち上がり、前脚《まえあし》をぐんと伸《の》ばし、脇《わき》によけてハリーに道をあけた。

「ありがとう！」

ハリーは自分の頭がさえているのに感心しながら全速力で先に進んだ。

もうすぐそこにちがいない。そうにちがいない……杖《つえ》の方位が、この道はぴったり合っていることを示《しめ》している。何か恐《おそ》ろしいものにさえ出合わなければ、勝つチャンスはある……。

分かれ道に出た。道を選ばなければならない。

「方角示《しめ》せ！」

ハリーがまた杖《つえ》にささやくと、杖《つえ》はくるりと回って右手の道を示《しめ》した。ハリーがその道を大急ぎで進むと、前方に明かりが見えた。

三校対抗試合優勝杯《たいこうじあいゆうしょうはい》が百メートルほど先の台座《だいざ》で輝《かがや》いている。ハリーが駆《か》けだしたその時、黒い影《かげ》がハリーの行く手に飛び出した。セドリックが、優勝杯《ゆうしょうはい》目指して全速力で走っていた。セドリックが先にあそこに着くだろう。ハリーは絶対《ぜったい》に追いつけるはずがない。セドリックのほうがずっと背《せ》が高いし、足も長い――。

その時ハリーは、何か巨大《きょだい》なものが、左手の生《い》け垣《がき》のむこう側にいるのを見つけた。ハリーの行く手と交差する道に沿《そ》って、急速に動いている。あまりにも速い。このままではセドリックが衝突《しょうとつ》する。セドリックは優勝杯《ゆうしょうはい》だけを見ているので、それに気づいていない――。

「セドリック！」ハリーが叫《さけ》んだ。「左を見て！」

セドリックが左のほうを見て、間一髪《かんいっぱつ》で身をひるがえし、衝突《しょうとつ》をさけた。しかし、あわてて足がもつれ、転んだ。ハリーはセドリックの杖《つえ》が手を離《はな》れて飛ぶのを見た。同時に、巨大《きょだい》な蜘蛛《くも》が行く手の道に現《あらわ》れ、セドリックにのしかかろうとした。

「ステューピファイ！　まひせよ！」

ハリーが叫《さけ》んだ。呪文《じゅもん》は毛むくじゃらの黒い巨体《きょたい》を直撃《ちょくげき》したが、せいぜい小石を投げつけたくらいの効果《こうか》しかなかった。蜘蛛《くも》はぐいと身を引き、ガサガサと向きを変えて、今度はハリーに向かってきた。

「まひせよ！　妨害《ぼうがい》せよ！　まひせよ！」

なんの効《き》き目《め》もない――蜘蛛《くも》が大きすぎるせいか、魔力《まりょく》が強いせいか、呪文《じゅもん》をかけても蜘蛛《くも》を怒《おこ》らせるばかりだ――。ギラギラした恐《おそ》ろしい八つの黒い目と、かみそりのような鋏《はさみ》がちらりと見えた次の瞬間《しゅんかん》、蜘蛛《くも》はハリーに覆《おお》いかぶさっていた。

ハリーは蜘蛛《くも》の前肢《まえあし》にはさまれ、宙吊《ちゅうづ》りになってもがいていた。蜘蛛《くも》を蹴飛《けと》ばそうとして片足《かたあし》が鋏《はさみ》に触《ふ》れた瞬間《しゅんかん》、ハリーは激痛《げきつう》に襲《おそ》われた――セドリックが「まひせよ！」と叫《さけ》んでいるのが聞こえたが、ハリーの呪文《じゅもん》と同じく、効《き》き目《め》はなかった――蜘蛛《くも》が鋏《はさみ》をもう一度開いたとき、ハリーは杖《つえ》を上げて叫《さけ》んだ。

「エクスペリアームス！　武器《ぶき》よ去れ！」

効《き》いた――「武装解除呪文《ぶそうかいじょじゅもん》」で蜘蛛《くも》はハリーを取り落とした。そのかわり、ハリーは四メートルの高みから、足から先に落下した。体の下で、すでに傷《きず》ついていた脚《あし》が、ぐにゃりとつぶれた。考える間もなく、ハリーは、スクリュートのときと同じように、蜘蛛《くも》の下腹部《かふくぶ》めがけて杖《つえ》を高くかまえ、叫《さけ》んだ。

「ステューピファイ！　まひせよ！」同時にセドリックも同じ呪文《じゅもん》を叫《さけ》んだ。

一つの呪文《じゅもん》ではできなかったことが、二つ呪文《じゅもん》が重なることで効果《こうか》を上げた――蜘蛛《くも》はごろんと横倒《よこだお》しになり、そばの生《い》け垣《がき》を押《お》しつぶし、もつれた毛むくじゃらの肢《あし》を道に投げ出していた。

「ハリー！」

セドリックの叫《さけ》ぶ声が聞こえた。

「大丈夫《だいじょうぶ》か？　蜘蛛《くも》の下敷《したじ》きか？」

「いいや」

ハリーがあえぎながら答えた。脚《あし》を見ると、おびただしい出血だ。破《やぶ》れたローブに、蜘蛛《くも》の鋏《はさみ》のべっとりとした糊《のり》のような分泌物《ぶんぴつぶつ》がこびりついているのが見えた。立とうとしたが、片足《かたあし》がぐらぐらして、体の重みを支《ささ》えきれなかった。ハリーは生《い》け垣《がき》に寄《よ》りかかって、あえぎながら周りを見た。セドリックが三校対抗優勝杯《たいこうゆうしょうはい》のすぐそばに立っていた。優勝杯《ゆうしょうはい》はその背後《はいご》で輝《かがや》いている。

「さあ、それを取れよ」

ハリーが息を切らしながらセドリックに言った。

「さあ、取れよ。君が先に着いたんだから」

しかし、セドリックは動かなかった。ただそこに立ってハリーを見ている。それから振《ふ》り返《かえ》って優勝杯《ゆうしょうはい》を見た。金色の光に浮《う》かんだセドリックの顔が、どんなに欲《ほ》しいかを語っている。セドリックはもう一度こちらを振《ふ》り向《む》き、生《い》け垣《がき》で体を支《ささ》えているハリーを見た。

セドリックは深く息を吸《す》った。

「君が取れよ。君が優勝《ゆうしょう》するべきだ。迷路《めいろ》の中で、君は僕《ぼく》を二度も救ってくれた」

「そういうルールじゃない」

ハリーはそう言いながら腹《はら》が立った。脚《あし》がひどく痛《いた》む。蜘蛛《くも》を振《ふ》り払《はら》おうと戦って、体中がずきずきする。こんなに努力したのに、セドリックが僕《ぼく》よりひと足早かった。チョウをダンスパーティに誘《さそ》ったときにハリーを出《だ》し抜《ぬ》いたのと同じだ。

「優勝杯《ゆうしょうはい》に先に到着《とうちゃく》した者が得点《とくてん》するんだ。君だ。僕《ぼく》、こんな足じゃ、どんなに走ったって勝てっこない」

セドリックは首を振《ふ》りながら、優勝杯《ゆうしょうはい》から離《はな》れ、「失神」させられている大蜘蛛《おおぐも》のほうに二、三歩近づいた。

「できない」

「かっこつけるな」ハリーはじれったそうに言った。

「取れよ。そして二人ともここから出るんだ」

セドリックは生け垣《いがき》にしがみついてやっと体を支《ささ》えているハリーをじっと見た。

「君はドラゴンのことを教えてくれた」セドリックが言った。

「あの時前もって知らなかったら、僕《ぼく》は第一の課題でもう落伍《らくご》していたろう」

「あれは、僕《ぼく》も人に助けてもらったんだ」

ハリーは血だらけの脚《あし》をローブでぬぐおうとしながら、そっけなく言った。

「君も卵《たまご》のことで助けてくれた――あいこだよ」

「卵《たまご》のことは、僕《ぼく》もはじめから人に助けてもらったんだ」

「それでもあいこだ」

ハリーはそっと足を試《ため》しながら言った。体重をその足にかけると、ぐらぐらした。蜘蛛《くも》がハリーを取り落としたとき、くじいてしまったのだ。

「第二の課題のとき、君はもっと高い得点《とくてん》を取るべきだった」セドリックは頑固《がんこ》だった。

「君は人質全員《ひとじちぜんいん》が助かるようにあとに残った。僕《ぼく》もそうするべきだった」

「僕《ぼく》だけがバカだから、あの歌を本気にしたんだ！」ハリーは苦々しげに言った。

「いいから優勝杯《ゆうしょうはい》を取れよ！」

「できない」セドリックが言った。

セドリックはもつれた蜘蛛《くも》の肢《あし》をまたいでハリーの所にやってきた。ハリーはまじまじとセドリックを見つめた。セドリックは本気なんだ。ハッフルパフがこの何百年間も手にしたことのないような栄光から身を引こうとしている。

「さあ、行くんだ」

セドリックが言った。ありったけの意志《いし》を最後の一滴《いってき》まで振《ふ》りしぼって言った言葉のようだった。しかし、断固《だんこ》とした表情《ひょうじょう》で腕組《うでぐ》みし、セドリックの決心は揺《ゆ》るがないようだ。

ハリーはセドリックを見て、優勝杯《ゆうしょうはい》を見た。一瞬《いっしゅん》、まばゆいばかりの一瞬《いっしゅん》、ハリーは優勝杯《ゆうしょうはい》を持って迷路《めいろ》から出ていく自分の姿《すがた》を思《おも》い浮《う》かべた。高々と優勝杯《ゆうしょうはい》を掲《かか》げ、観衆《かんしゅう》の歓声《かんせい》が聞こえ、チョウの顔が称讃《しょうさん》で輝《かがや》く。光景がこれまでよりはっきりと目に浮《う》かんだ……そして、すぐにその光景は消え去り、ハリーは影《かげ》の中に浮《う》かぶセドリックのかたくなな顔を見つめていた。

「二人ともだ」ハリーが言った。

「えっ？」

「二人一緒《いっしょ》に取ろう。ホグワーツの優勝《ゆうしょう》に変わりはない。二人引き分けだ」

セドリックはハリーをじっと見た。組んでいた腕《うで》を解《と》いた。

「君――君、それでいいのか？」

「ああ」ハリーが答えた。

「ああ……僕《ぼく》たち助け合ったよね？　二人ともここにたどり着いた。一緒《いっしょ》に取ろう」

一瞬《いっしゅん》、セドリックは耳を疑《うたが》うような顔をした。それからニッコリ笑った。

「話は決まった」セドリックが言った。

「さあここへ」

セドリックはハリーの肩《かた》を抱《だ》くように抱《かか》え、優勝杯《ゆうしょうはい》ののった台まで足を引きずって歩くのを支《ささ》えた。たどり着くと、優勝杯《ゆうしょうはい》の輝《かがや》く取っ手にそれぞれ片手《かたて》を伸《の》ばした。

「三つ数えて、いいね？」ハリーが言った。

「一――二――三――」

ハリーとセドリックが同時に取っ手をつかんだ。

とたんに、ハリーはへその裏側《うらがわ》のあたりがぐいと引《ひ》っ張《ぱ》られるように感じた。両足が地面を離《はな》れた。優勝杯《ゆうしょうはい》の取っ手から手がはずれない。風の唸《うな》り、色の渦《うず》の中を、優勝杯《ゆうしょうはい》はハリーを引《ひ》っ張《ぱ》っていく。セドリックも一緒《いっしょ》に。

第三十二章 骨《こつ》肉《にく》そして血

ハリーは足が地面を打つのを感じた。けがした片足《かたあし》がくずおれ、前のめりに倒《たお》れた。優勝杯《ゆうしょうはい》からやっと手が離《はな》れた。ハリーは顔を上げた。

「ここはどこだろう？」ハリーが言った。

セドリックは首を横に振《ふ》り、立ち上がってハリーを助け起こした。二人はあたりを見回した。

ホグワーツからは完全に離《はな》れていた。何キロも――いや、もしかしたら何百キロも――遠くまで来てしまったのは確《たし》かだ。城《しろ》を取り囲む山々さえ見えなかった。二人は、暗い、草ぼうぼうの墓場《はかば》に立っていた。右手にイチイの大木があり、そのむこうに小さな教会の黒い輪郭《りんかく》が見えた。左手には丘《おか》がそびえ、その斜面《しゃめん》に堂々とした古い館が立っている。ハリーには、かろうじて館の輪郭《りんかく》だけが見えた。

セドリックは三校対抗《たいこう》優勝杯《ゆうしょうはい》を見下ろし、それからハリーを見た。

「優勝杯《ゆうしょうはい》が『移動《ポート》キー』になっているって、**君は**誰《だれ》かから聞いていたか？」

「全然」ハリーが墓場《はかば》を見回しながら言った。深閑《しんかん》と静まり返り、薄気味《うすきみ》が悪い。

「これも課題の続きなのかな？」

「わからない」セドリックは少し不安げな声で言った。

「杖《つえ》を出しておいたほうがいいだろうな？」

「ああ」ハリーが言った。

セドリックのほうが先に杖《つえ》のことを言ったのが、ハリーにはうれしかった。

二人は杖《つえ》を取り出した。ハリーはずっとあたりを見回し続けていた。またしても、誰《だれ》かに見られているという、奇妙《きみょう》な感じがしていた。

「誰《だれ》か来る」ハリーが突然《とつぜん》言った。

暗がりでじっと目を凝《こ》らすと、墓石《はかいし》の間を、まちがいなくこちらに近づいてくる人影《ひとかげ》がある。顔までは見分けられなかったが、歩き方や腕《うで》の組み方から、何かを抱《かか》えていることだけはわかった。誰《だれ》かはわからないが、小柄《こがら》で、フードつきのマントをすっぽりかぶって顔を隠《かく》している。そして——その姿《すがた》がさらに数歩近づき、二人との距離《きょり》が一段《いちだん》と狭《せば》まってきたとき——ハリーはその影《かげ》が抱《かか》えているものが、赤《あか》ん坊《ぼう》のように見えた……それとも単にローブを丸めただけのものだろうか？

ハリーは杖《つえ》を少し下ろし、横目でセドリックをちらりと見た。セドリックもハリーにいぶかしげな視線《しせん》を返した。そして二人とも近づく影《かげ》に目を戻《もど》した。

その影《かげ》は、二人からわずか二メートルほど先の、丈高《たけだか》の大理石の墓石《はかいし》のそばで止まった。一瞬《いっしゅん》、ハリー、セドリック、そしてその小柄《こがら》な姿《すがた》が互《たが》いに見つめ合った。

その時、なんの前触《まえぶ》れもなしに、ハリーの傷痕《きずあと》に激痛《げきつう》が走った。これまで一度も感じたことがないような苦痛《くつう》だった。両手で顔を覆《おお》ったハリーの指の間から、杖《つえ》がすべり落ち、ハリーはがっくりひざを折った。地面に座《すわ》り込《こ》み、痛《いた》みでまったく何も見えず、いまにも頭が割《わ》れそうだった。

ハリーの頭の上で、どこか遠くのほうから聞こえるようなかん高い冷たい声がした。

「よけいなやつは殺せ！」

シュッという音とともに、もう一つ別のかん高い声が夜の闇《やみ》をつんざいた。

「アバダ　ケダブラ！」

緑の閃光《せんこう》がハリーの閉《と》じたまぶたの裏《うら》で光った。何か重いものがハリーの脇《わき》の地面に倒《たお》れる音がした。あまりの傷痕《きずあと》の痛《いた》さに吐《は》き気《け》がした。その時、ふと痛《いた》みが薄《うす》らいだ。何が見えるかと思うと、目を開けることさえ恐《おそ》ろしかったが、ハリーはじんじん痛《いた》む目を開けた。

セドリックがハリーの足元に大の字に倒《たお》れていた。死んでいる。

一瞬《いっしゅん》が永遠《えいえん》に感じられた。ハリーはセドリックの顔を見つめた。うつろに見開かれた、廃屋《はいおく》の窓《まど》ガラスのように無表情《むひょうじょう》なセドリックの灰色《はいいろ》の目を。少し驚《おどろ》いたように半開きになったセドリックの口元を。信じられなかった。受け入れられなかった。信じられないという思いのほかは、感覚がまひしていた。誰《だれ》かが自分を引きずっていく。

フードをかぶった小柄《こがら》な男が、手にした包みを下に置き、杖灯《つえあか》りをつけ、ハリーを大理石の墓石《はかいし》のほうに引きずっていった。

杖灯《つえあか》りにちらりと照らし出された墓碑銘《ぼひめい》を目にした。そのとたん、ハリーは無理やり後ろ向きにされ、背中《せなか》をその墓石《はかいし》に押《お》しつけられた。

トム・リドル

フードの男は、今度は杖《つえ》から頑丈《がんじょう》な縄《なわ》を出し、ハリーを首から足首まで墓石《はかいし》にぐるぐる巻《ま》きに縛《しば》りつけはじめた。ハッハッと、浅く荒《あら》い息づかいがフードの奥《おく》から聞こえた。抵抗《ていこう》するハリーを、男がなぐった——男の手は指が一本欠けている。ハリーはフードの下の男が誰《だれ》なのかがわかった。

ワームテールだ。

「おまえだったのか！」ハリーは絶句《ぜっく》した。

しかし、ワームテールは答えなかった。縄《なわ》を巻《ま》きつけ終わると、縄目《なわめ》の固さを確《たし》かめるのに余念《よねん》がなかった。結び目をあちこち不器用にさわりながら、ワームテールの指が、止めようもなく小刻《こきざ》みに震《ふる》えていた。ハリーが墓石《はかいし》にしっかり縛《しば》りつけられ、びくともできない状態《じょうたい》だと確《たし》かめると、ワームテールはマントから黒い布《ぬの》をひと握《にぎ》り取り出し、乱暴《らんぼう》にハリーの口に押《お》し込《こ》んだ。それから、一言も言わず、ハリーに背《せ》を向け、急いで立ち去った。ハリーは声も出せず、ワームテールがどこへ行ったのかを見ることもできなかった。墓石《はかいし》の裏《うら》を見ようとしても、首が回せない。ハリーは真正面しか見ることができなかった。

セドリックのなきがらが五、六メートルほど先に横たわっている。そこから少し離《はな》れた所に、優《ゆう》勝杯《しょうはい》が星明かりを受けて冷たく光りながら転がっていた。ハリーの杖《つえ》はセドリックの足元に落ちている。ハリーが赤《あか》ん坊《ぼう》だと思ったローブの包みは、墓《はか》のすぐ前にあった。包みはじれったそうに動いているようだ。包みを見つめると、ハリーの傷痕《きずあと》が再《ふたた》び焼けるように痛《いた》んだ……その時、ハリーはハッと気づいた。ローブの包みの中身は見たくない……包みは開けないでくれ。

足元で音がした。見下ろすと、ハリーが縛《しば》りつけられている墓石《はかいし》を包囲するように、巨大《きょだい》な蛇《へび》が草むらを這《は》いずり回っている。ワームテールのゼイゼイという荒《あら》い息づかいがまた一段《いちだん》と大きくなってきた。何か重いものを押《お》し動《うご》かしているようだ。やがてワームテールがハリーの視野《しや》の中に入ってきた。石の大鍋《おおなべ》を押《お》して、墓《はか》の前まで運んでいた。何か水のようなものでなみなみと満たされている――ピシャピシャとはねる音が聞こえた――ハリーがこれまで使ったどの鍋《なべ》よりも大きい。巨大《きょだい》な石鍋《いしなべ》の胴《どう》は大人一人が充分《じゅうぶん》、中に座《すわ》れるほどの大きさだ。

地上に置かれた包みは、何かが中から出たがっているように、ますます絶《た》え間《ま》なくもぞもぞと動いていた。ワームテールは、今度は鍋《なべ》の底の所で杖《つえ》を使い、忙《いそが》しく動いていた。突然《とつぜん》パチパチと鍋《なべ》底《ぞこ》に火が燃《も》え上《あ》がった。大蛇《だいじゃ》はずるずると暗闇《くらやみ》に消えていった。

鍋《なべ》の中の液体《えきたい》はすぐに熱くなった。表面がボコボコ沸騰《ふっとう》しはじめたばかりでなく、それ自身が燃《も》えているかのように火の粉《ひこ》が散りはじめた。湯気が濃《こ》くなり、火かげんを見るワームテールの輪郭《りんかく》がぼやけた。包みの中の動きがますます激《はげ》しくなった。ハリーの耳に、再《ふた》びあのかん高い冷たい声が聞こえた。

「急げ！」

いまや液面全体《えきめんぜんたい》が火花でまばゆいばかりだった。ダイヤモンドを散りばめてあるかのようだ。

「準備《じゅんび》ができました。ご主人様」

「さあ……」冷たい声が言った。

ワームテールが地上に置かれた包みを開き、中にあるものがあらわになった。ハリーは絶叫《ぜっきょう》したが、口の詰《つ》め物《もの》が声を押《お》し殺《ころ》した。

まるでワームテールが地面の石をひっくり返し、その下から、醜《みにく》い、べっとりした、目の見えない何かをむき出しにしたようだった――いや、その百倍も悪い。ワームテールが抱《かか》えていたものは、縮《ちぢ》こまった人間の子供《こども》のようだった。ただし、こんなに子供《こども》らしくないものは見たことがない。髪《かみ》の毛はなく、うろこに覆《おお》われたような、赤むけのどす黒いものだ。手足は細く弱々しく、その顔は――この世にこんな顔をした子供《こども》がいるはずがない――のっぺりと蛇《へび》のような顔で、赤い目がギラギラしている。

そのものは、ほとんど無力に見えた。細い両手を上げ、ワームテールの首に巻《ま》きつけると、ワームテールがそれを持ち上げた。その時フードが頭からずれ落ち、ワームテールの弱々しい青白い顔が火に照らされた。その生き物を大鍋《おおなべ》の縁《ふち》まで運ぶとき、ワームテールの顔に激《はげ》しい嫌悪感《けんおかん》が浮《う》かんだのをハリーは見た。一瞬《いっしゅん》、液体《えきたい》の表面に踊《おど》る火花が、生き物の邪悪《じゃあく》なのっぺりした顔を照らし出すのを見た。それから、ワームテールはその生き物を大鍋《おおなべ》に入れた。ジュッという音とともに、その姿《すがた》は液面《えきめん》から見えなくなった。弱々しい体がコツンと小さな音を立てて、鍋底《なべぞこ》に落ちたのをハリーは聞いた。

おぼれてしまいますように――ハリーは願った。傷痕《きずあと》の焼けるような痛《いた》みはほとんど限界《げんかい》を超《こ》えていた。おぼれてしまえ……お願いだ……。

ワームテールが何か言葉を発している。声は震《ふる》え、恐怖《きょうふ》で分別もつかないかのように見えた。杖《つえ》を上げ、両目を閉《と》じ、ワームテールは夜の闇《やみ》に向かって唱えた。

「**父親の骨《ほね》、知らぬ間に与《あた》えられん。父親は息子《むすこ》をよみがえらせん!**」

ハリーの足元の墓《はか》の表面がパックリ割《わ》れた。ワームテールの命ずるままに、細かい塵《ちり》、芥《あくた》が宙《ちゅう》を飛び、静かに鍋《なべ》の中に降《ふ》り注《そそ》ぐのを、ハリーは恐怖《きょうふ》にかられながら見ていた。ダイヤモンドのような液面《えきめん》が割《わ》れ、シュウシュウと音がした。四方八方に火花を散らし、液体《えきたい》は鮮《あざ》やかな毒々しい青に変わった。

ワームテールは、今度はヒイヒイ泣きながら、マントから細長い銀色に光る短剣《たんけん》を取り出した。

ワームテールの声が恐怖《きょうふ》に凍《こお》りついたようなすすり泣きに変わった。

「**下僕《しもべ》の――肉、よ、喜んで差し出されん。――下僕《しもべ》は――ご主人様を――よみがえらせん**」

ワームテールは右手を前に出した――指が欠けた手だ。左手にしっかり短剣《たんけん》を握《にぎ》り――振《ふ》り上《あ》げた。

ハリーはワームテールが何をしようとしているかを、事の直前に悟《さと》った――ハリーは両目をできるだけ固く閉《と》じた。が、夜をつんざく悲鳴に耳をふさぐことができなかった。まるでハリー自身が短剣《たんけん》に刺《さ》されたかのように、ワームテールの絶叫《ぜっきょう》がハリーを貫《つらぬ》いた。何かが地面に倒《たお》れる音、ワームテールの苦しみあえぐ声、何かが大鍋《おおなべ》に落ちるバシャッといういやな音が聞こえた。ハリーは目を開ける気になれなかった……しかし液体《えきたい》はその間に燃《も》えるような赤になり、その明かりが、ハリーの閉《と》じたまぶたを通して入ってきた。

ワームテールは苦痛《くつう》にあえぎ、うめき続けていた。その苦しそうな息がハリーの顔にかかって、初めてハリーは、ワームテールがすぐ目の前にいることに気づいた。

「**敵《かたき》の血、……力ずくで奪《うば》われん。……汝《なんじ》は……敵《かたき》をよみがえらせん**」

ハリーにはどうすることもできない。あまりにもきつく縛《しば》りつけられていた……。目を細め、縄《なわ》目《め》がどうにもならないと知りながらも、もがき、ハリーは銀色に光る短剣《たんけん》が、ワームテールの残った一本の手の中で震《ふる》えているのを見た。そして、その切っ先が、右腕《みぎうで》のひじの内側を貫《つらぬ》くのを感じた。鮮血《せんけつ》が切れたローブのそでににじみ、滴《したた》り落《お》ちた。ワームテールは痛《いた》みにあえぎ続けながら、ポケットからガラスの薬瓶《くすりびん》を取り出し、ハリーの傷口《きずぐち》に押《お》し当《あ》て、滴《したた》る血を受けた。

ハリーの血を持ち、ワームテールはよろめきながら大鍋《おおなべ》に戻《もど》り、その中に血を注いだ。鍋《なべ》の液体《えきたい》はたちまち目もくらむような白に変わった。任務《にんむ》を終えたワームテールは、がっくりと鍋《なべ》のそばにひざをつき、くずおれるように横ざまに倒《たお》れた。手首を切り落とされて血を流している腕《うで》を抱《かか》えて地面に転がり、ワームテールはあえぎ、すすり泣いていた。

大鍋《おおなべ》はぐつぐつと煮《に》え立《た》ち、四方八方にダイヤモンドのような閃光《せんこう》を放っている。その目もくらむような明るさに、周りのものすべてが真っ黒なビロードで覆《おお》われてしまったように見えた。何事も起こらない……。

おぼれてしまえ。ハリーはそう願った。失敗しますように……。

突然《とつぜん》、大鍋《おおなべ》から出ていた火花が消えた。そのかわり、濛々《もうもう》たる白い蒸気《じょうき》がうねりながら立《た》ち昇《のぼ》ってきた。濃《こ》い蒸気《じょうき》がハリーの目の前のすべてのものを隠《かく》した。立《た》ち込《こ》める蒸気《じょうき》で、ワームテールも、セドリックも、何も見えない……失敗だ。ハリーは思った……おぼれたんだ……どうか……どうかあれを死なせて……。

しかし、その時、目の前の靄《もや》の中にハリーが見たものは、氷のような恐怖《きょうふ》をかき立てた。大鍋《おおなべ》の中から、ゆっくりと立ち上がったのは、がいこつのようにやせ細った、背《せ》の高い男の黒い影《かげ》だった。

「ローブを着せろ」

蒸気《じょうき》のむこうから、かん高い冷たい声がした。ワームテールは、すすり泣き、うめき、手首のなくなった腕《うで》をかばいながらも、あわてて地面に置いてあった黒いローブを拾い、立ち上がって片手《かたて》でローブを持ち上げ、ご主人様の頭からかぶせた。

やせた男は、ハリーをじっと見ながら大鍋《おおなべ》をまたいだ……ハリーも見つめ返した。その顔は、この三年間ハリーを悪夢《あくむ》で悩《なや》ませ続けた顔だった。がいこつよりも白い顔、細長い、真っ赤な不気味な目、蛇《へび》のように平らな鼻、切《き》れ込《こ》みを入れたような鼻の穴《あな》……。

ヴォルデモート卿《きょう》は復活《ふっかつ》した。

第三十三章 死喰い人《デス・イーター》

ヴォルデモートはハリーから目をそらし、自分の身体《からだ》を調べはじめた。手はまるで大きな蒼《あお》ざめた蜘蛛《くも》のようだ。ヴォルデモートは蒼白《あおじろ》い長い指で自分の胸《むね》を、腕《うで》を、顔をいとおしむようになでた。赤い目の瞳孔《どうこう》は、猫《ねこ》の目のように縦《たて》に細く切れ、暗闇《くらやみ》でさらに明るくギラギラしていた。両手を上げて指を折り曲げるヴォルデモートの顔は、うっとりと勝《か》ち誇《ほこ》っていた。地面に横たわり、ピクピクけいれんしながら血を流しているワームテールのことも、いつの間にか戻《もど》ってきて、シャーッ、シャーッと音を立てながらハリーの周りを這《は》い回《まわ》っている大蛇《だいじゃ》のことも、まるで気にとめていない。ヴォルデモートは、不自然に長い指のついた手をポケットの奥《おく》に突《つ》っ込《こ》み、杖《つえ》を取り出した。いつくしむようにやさしく杖《つえ》をなで、それから杖《つえ》を上げてワームテールに向けた。ワームテールは地上から浮《う》き上《あ》がり、ハリーが縛《しば》りつけられている墓石《はかいし》にたたきつけられ、その足元にくしゃくしゃになって泣きわめきながら転がった。ヴォルデモートは冷たい、無慈悲《むじひ》な高笑いを上

げ、真っ赤な目をハリーに向けた。

ワームテールのローブはいまや血糊《ちのり》でテカテカ光っていた。手を切り落とした腕《うで》をローブで覆《おお》っている。

「ご主人様……」ワームテールは声を詰《つ》まらせた。

「ご主人様……あなた様はお約束なさった……確《たし》かにお約束なさいました……」

「腕《うで》を伸《の》ばせ」ヴォルデモートが物憂《ものう》げに言った。

「おお、ご主人様……ありがとうございます、ご主人様……」

ワームテールは血の滴《したた》る腕《うで》を突《つ》き出《だ》した。しかし、ヴォルデモートはまたしても笑った。

「ワームテールよ。別なほうの腕《うで》だ」

「ご主人様、どうか……**それだけは**……」

ヴォルデモートはかがみ込《こ》んでワームテールの左手を引《ひ》っ張《ぱ》り、ワームテールのローブのそでを、ぐいとひじの上までめくり上げた。その肌《はだ》に、生々しい赤い入《い》れ墨《ずみ》のようなものをハリーは見た——どくろだ。口から蛇《へび》が飛び出している——クィディッチ・ワールドカップで空に現《あらわ》れたあの形と同じだ。闇《やみ》の印《しるし》。ヴォルデモートはワームテールが止めどなく泣き続けるのを無視《むし》して、その印をていねいに調べた。

「戻《もど》っているな」ヴォルデモートが低く言った。

「全員が、これに気づいたはずだ……そして、いまこそ、わかるのだ……いまこそ、はっきりするのだ……」

ヴォルデモートは長い蒼白《あおじろ》い人差し指を、ワームテールの腕《うで》の印に押《お》し当てた。ハリーの額《ひたい》の傷痕《きずあと》がまたしても焼けるように鋭《するど》く痛《いた》んだ。ワームテールがまた新たに叫《さけ》び声《ごえ》を上げた。ヴォルデモートがワームテールの腕《うで》の印から指を離《はな》すと、その印が真っ黒に変わっているのをハリーは見た。

ヴォルデモートは残忍《ざんにん》な満足の表情《ひょうじょう》を浮《う》かべて立ち上がり、頭をぐいとのけぞらせると、暗い墓《はか》場《ば》をひとわたり眺《なが》め回《まわ》した。

「それを感じたとき、戻《もど》る勇気のある者が何人いるか」

ヴォルデモートは赤い目をギラつかせて星を見すえながらつぶやいた。

「そして、離《はな》れようとする愚《おろ》か者《もの》が何人いるか」

ヴォルデモートはハリーとワームテールの前を、往《い》ったり来たりしはじめた。その目はずっと墓《はか》場《ば》を見渡《みわた》し続けている。一、二分たったころ、ヴォルデモートは再《ふた》びハリーを見下ろした。蛇《へび》のような顔が残忍《ざんにん》な笑いにゆがんだ。

「ハリー・ポッター、おまえは、俺様《おれさま》の父の遺骸《いがい》の上におるのだ」

ヴォルデモートが歯を食いしばったまま、低い声で言った。

「マグルの愚《おろ》か者《もの》よ……ちょうどおまえの母親のように。しかし、どちらも使い道はあったわけだな？　おまえの母親は子供《こども》を護《まも》って死んだ……俺様《おれさま》は父親を殺した。死んだ父親がどんなに役立ったか、見てのとおりだ……」

ヴォルデモートがまた笑った。往《い》ったり来たりしながら、ヴォルデモートはあたりを見回し、蛇《へび》は相変わらず草地に円を描《えが》いて這《は》いずっていた。

「丘《おか》の上の館が見えるか、ポッター？　俺様《おれさま》の父親はあそこに住んでいた。母親はこの村に住む魔《ま》女《じょ》で、父親と恋《こい》に落ちた。しかし、正体を打ち明けたとき、父は母を捨《す》てた……父は、俺様《おれさま》の父親は、魔《ま》法《ほう》を嫌《きら》っていた……」

「やつは母を捨《す》て、マグルの両親の元に戻《もど》った。俺様《おれさま》が生まれる前のことだ、ポッター。そして母は、俺様《おれさま》を産むと死んだ。残された俺様《おれさま》は、マグルの孤児院《こじいん》で育った……しかし、俺様《おれさま》はやつを見つけると誓《ちか》った……復讐《ふくしゅう》してやった。俺様《おれさま》に自分の名前をつけた、あの愚《おろ》か者《もの》に……**トム・リドル**……」

ヴォルデモートは、墓《はか》から墓《はか》へとすばやく目を走らせながら、歩き回り続けていた。

「俺様《おれさま》が自分の家族の歴史を物語るとは……」ヴォルデモートが低い声で言った。

「なんと、俺様《おれさま》も感傷的《かんしょうてき》になったものよ……しかし、見ろ、ハリー！　俺様《おれさま》の**真の**家族が戻《もど》ってきた……」

マントをひるがえす音があたりにみなぎった。墓《はか》と墓《はか》の間から、イチイの木の陰《かげ》から、暗がりという暗がりから、魔法使《まほうつか》いが「姿《すがた》あらわし」していた。全員がフードをかぶり、仮面《かめん》をつけている。そして、一人また一人と、全員が近づいてきた……ゆっくりと、慎重《しんちょう》に、まるでわが目を疑《うたが》うというふうに……。ヴォルデモートはだまってそこに立ち、全員を待った。その時、死喰《しく》い人《びと》の一人が、ひざまずき、ヴォルデモートに這《は》い寄《よ》ってその黒いローブのすそにキスした。

「ご主人様……ご主人様……」その死喰《しく》い人《びと》がつぶやいた。

その後ろにいた死喰《しく》い人《びと》たちが、同じようにひざまずいてヴォルデモートの前に這《は》い寄《よ》り、ローブにキスした。それから後ろに退《しりぞ》き、無言のまま全員が輪になって立った。その輪は、トム・リドルの墓《はか》を囲み、ハリー、ヴォルデモート、そしてすすり泣き、ピクピクけいれんしている塊《かたまり》――ワームテールを取り囲んだ。しかし、輪には切れ目があった。まるであとから来る者を待つかのようだった。ヴォルデモートはしかし、これ以上来るとは思っていないようだ。ヴォルデモートがフードをかぶった顔をぐるりと見渡《みわた》した。すると、風もないのに、輪がガサガサと震《ふる》えた。

「よう来た。死喰《しく》い人《びと》たちよ」

ヴォルデモートが静かに言った。

「十三年……最後に我々《われわれ》が会ってから十三年だ。しかしおまえたちは、それがきのうのことであったかのように、俺様《おれさま》の呼《よ》びかけに応《こた》えた……さすれば、我々《われわれ》はいまだに『闇《やみ》の印《しるし》』の下《もと》に結ばれている！　**それにちがいないか？**」

ヴォルデモートは恐《おそ》ろしい顔をのけぞらせ、切《き》れ込《こ》みを入れたような鼻腔《びくう》をふくらませた。

「罪《つみ》のにおいがする」ヴォルデモートが言った。

「あたりに罪《つみ》のにおいが流れているぞ」

輪の中に、二度目の震《ふる》えが走った。誰《だれ》もがヴォルデモートからあとずさりしたくてたまらないのに、どうしてもそれができない、という震《ふる》えだった。

「おまえたち全員が、無傷《むきず》で健《すこ》やかだ。魔力《まりょく》も失われていない——こんなにすばやく現《あらわ》れるとは！——そこで俺様《おれさま》は自問する……この魔法使《まほうつか》いの一団《いちだん》は、ご主人様に永遠《えいえん》の忠誠《ちゅうせい》を誓《ちか》ったのに、なぜ、そのご主人様を助けに来なかったのか？」

誰《だれ》も口をきかなかった。地上に転がり、腕《うで》から血を流しながら、まだすすり泣いているワームテール以外は、動く者もない。

「そして、自答するのだ」

ヴォルデモートがささやくように言った。

「やつらは俺様《おれさま》が敗れたと信じたのにちがいない。いなくなったと思ったのだろう。やつらは俺様《おれさま》の敵《てき》の間にスルリと立《た》ち戻《もど》り、無罪《むざい》を、無知を、そして呪縛《じゅばく》されていたことを申し立てたのだ……」

「それなれば、と俺様《おれさま》は自問する。なぜやつらは、俺様《おれさま》が再《ふたた》び立つとは思わなかったのか？　俺様《おれさま》がとっくの昔に、死から身を護《まも》る手段《しゅだん》を講《こう》じていたと知っているおまえたちが、なぜ？　生ける魔法《まほう》使《つか》いの誰《だれ》よりも、俺様《おれさま》の力が強かったとき、その絶大《ぜつだい》なる力の証《あかし》を見てきたおまえたちが、なぜ？」

「そして俺様《おれさま》は自ら答える。たぶんやつらは、より偉大《いだい》な力が――ヴォルデモート卿《きょう》をさえ打ち負かす力が存在《そんざい》するのではないかと、信じたのであろう……たぶんやつらは、いまや、ほかの者に忠《ちゅう》誠《せい》を尽《つ》くしているのだろう……たぶんあの凡人《ぼんじん》の、穢《けが》れた血《ち》の、そしてマグルの味方、アルバス・ダンブルドアにか？」

ダンブルドアの名が出ると、輪になった死喰《しく》い人《びと》たちが動揺《どうよう》し、あるものは頭《かぶり》を振《ふ》り、ブツブツつぶやいた。

ヴォルデモートは無視《むし》した。

「俺様《おれさま》は失望した……失望させられたと告白《こくはく》する……」

一人の死喰《しく》い人《びと》が突然《とつぜん》、輪を崩《くず》して前に飛び出した。頭からつま先まで震《ふる》えながら、その死喰《しく》い人《びと》はヴォルデモートの足元にひれ伏《ふ》した。

「ご主人様！」死喰《しく》い人《びと》が悲鳴のような声を上げた。

「ご主人様、お許《ゆる》しを！　我々全員《われわれぜんいん》をお許《ゆる》しください！」

ヴォルデモートが笑いだした。そして杖《つえ》を上げた。

「クルーシオ！　苦しめ！」

その死喰《しく》い人《びと》は地面をのたうって悲鳴を上げた。ハリーはその声が周囲の家まで聞こえるにちがいないと思った……警察《けいさつ》が来るといい。ハリーは必死に願った……誰《だれ》でもいい……なんでもいいから……。

ヴォルデモートは杖《つえ》を下げた。拷問《ごうもん》された死喰《しく》い人《びと》は、息も絶《た》え絶《だ》えに地面に横たわっていた。

「起きろ、エイブリー」

ヴォルデモートが低い声で言った。

「立て。許《ゆる》しを請《こ》うだと？　俺様《おれさま》は許《ゆる》さぬ。俺様《おれさま》は忘《わす》れぬ。十三年もの長い間だ……おまえを許《ゆる》す前に十三年分のつけを払《はら》ってもらうぞ。ワームテールはすでに借りの一部を返した。ワームテール、そうだな？」

ヴォルデモートは泣き続けているワームテールを見下ろした。

「貴様《きさま》が俺様《おれさま》の下《もと》に戻《もど》ったのは、忠誠心《ちゅうせいしん》からではなく、かつての仲間たちを恐《おそ》れたからだ。ワームテールよ、この苦痛《くつう》は当然の報《むく》いだ。わかっているな？」

「はい、ご主人様」ワームテールがうめいた。

「どうか、ご主人様……お願いです……」

「しかし、貴様《きさま》は俺様《おれさま》が身体《からだ》を取《と》り戻《もど》すのを助けた」

　ヴォルデモートは地べたですすり泣くワームテールを眺《なが》めながら、冷たく言った。

「虫けらのような裏切《うらぎ》り者《もの》だが、貴様《きさま》は俺様《おれさま》を助けた……ヴォルデモート卿《きょう》は助ける者にはほうびを与《あた》える……」

　ヴォルデモートは再《ふたた》び杖《つえ》を上げ、空中でくるくる回した。回した跡《あと》に、溶《と》けた銀のようなものがひと筋《すじ》、輝《かがや》きながら宙《ちゅう》に浮《う》いていた。一瞬《いっしゅん》、なんの形もなくよじれるように動いていたが、やがてそれは、人の手の形になり、月光のように明るく輝《かがや》きながら舞《ま》い下《お》りて、血を流しているワームテールの手首にはまった。

　ワームテールは急に泣きやんだ。息づかいは荒《あら》く、とぎれがちだったが、ワームテールは顔を上げ、信じられないという面持《おもも》ちで、銀の手を見つめた。まるで輝《かがや》く銀の手袋《てぶくろ》をはめたように、その手は継《つ》ぎ目《め》なく腕《うで》についていた。ワームテールは輝《かがや》く指を曲《ま》げ伸《の》ばしした。それから、震《ふる》えながら地面の小枝《こえだ》をつまみ上げ、もみ砕《くだ》いて粉々にした。

「わが君」ワームテールがささやいた。

「ご主人様……すばらしい……ありがとうございます……**ありがとうございます……**」

　ワームテールはひざまずいたまま、急いでヴォルデモートのそばににじり寄《よ》り、ローブのすそにキスした。

「ワームテールよ、貴様《きさま》の忠誠心《ちゅうせいしん》が二度と揺《ゆ》るがぬよう」

「わが君、けっして……けっしてそんなことは……」

ワームテールは立ち上がり、顔に涙《なみだ》の跡《あと》を光らせ、新しい力強い手を見つめながら輪の中に入った。ヴォルデモートは、今度はワームテールの右側の男に近づいた。

「ルシウス、抜《ぬ》け目《め》のない友よ」

男の前で立ち止まったヴォルデモートがささやいた。

「世間的には立派《りっぱ》な体面を保《たも》ちながら、おまえは昔のやり方を捨《す》ててはいないと聞きおよぶ。いまでも先頭に立って、マグルいじめを楽しんでいるようだが？　しかし、ルシウス、おまえは一度たりとも俺様《おれさま》を探《さが》そうとはしなかった……クィディッチ・ワールドカップでのおまえのたくらみは、さぞかしおもしろかっただろうな……しかし、そのエネルギーを、おまえのご主人様を探《さが》し、助けるほうに向けたほうがよかったのではないのか？」

「わが君、私《わたくし》は常《つね》に準備《じゅんび》しておりました」

フードの下から、ルシウス・マルフォイの声が、すばやく答えた。

「あなた様のなんらかの印があれば、あなた様のご消息がちらとでも耳に入れば、私《わたくし》はすぐにおそばに馳《は》せ参《さん》じるつもりでございました。何物も、私《わたくし》を止めることはできなかったでしょう――」

「それなのに、おまえは、この夏、忠実《ちゅうじつ》なる死喰《しく》い人《びと》が空に打ち上げた俺様《おれさま》の印を見て、逃《に》げたというのか？」

ヴォルデモートはけだるそうに言った。マルフォイ氏は突然《とつぜん》口をつぐんだ。

「そうだ。ルシウスよ、俺様《おれさま》はすべてを知っているぞ……おまえには失望した……これからはもっと忠実《ちゅうじつ》に仕えてもらうぞ」

「もちろんでございます、わが君、もちろんですとも……お慈悲《じひ》を感謝《かんしゃ》いたします……」

ヴォルデモートは先へと進み、マルフォイの隣《となり》に空いている空間を――ゆうに二人分の大きな空間を――立ち止まってじっと見つめた。

「レストレンジたちがここに立つはずだった」ヴォルデモートが静かに言った。

「しかし、あの二人はアズカバンに葬《ほうむ》られている。忠実《ちゅうじつ》な者たちだった。俺様《おれさま》を見捨《みす》てるよりはアズカバン行きを選んだ……アズカバンが開放されたときには、レストレンジたちは最高の栄誉《えいよ》を受けるであろう。吸魂鬼《きゅうこんき》も我々《われわれ》に味方するであろう……あの者たちは、生来我《せいらいわれ》らが仲間なのだ……追放された巨人《きょじん》たちも呼《よ》び戻《もど》そう……忠実《ちゅうじつ》なる下僕《しもべ》たちのすべてを、そして、誰《だれ》もが震撼《しんかん》する生き物たちの群《む》れを、俺様《おれさま》の下《もと》に帰らせようぞ……」

ヴォルデモートはさらに歩を進めた。何人かの死喰《しく》い人《びと》の前をだまって通《とお》り過《す》ぎ、何人かの前では立ち止まって話しかけた。

「マクネア……いまでは魔法省《まほうしょう》で危険生物《きけんせいぶつ》の処分《しょぶん》をしておるとワームテールが話していたが？　マクネアよ、ヴォルデモート卿《きょう》が、まもなくもっといい犠牲者《ぎせいしゃ》を与《あた》えてつかわす……」

「ご主人様、ありがたき幸せ……ありがたき幸せ」マクネアがつぶやくように言った。

「そしておまえたち」

ヴォルデモートはフードをかぶった一番大きい二人の前に移動《いどう》した。

「クラッブだな……今度はましなことをしてくれるのだろうな？　クラッブ？　そして、おまえ、ゴイル？」

二人はぎこちなく頭を下げ、のろのろとつぶやいた。

「はい、ご主人様……」

「そういたします。ご主人様……」

「おまえもそうだ、ノットよ」

ゴイル氏の影《かげ》の中で前かがみになっている姿《すがた》の前を通《とお》り過《す》ぎながら、ヴォルデモートが言った。

「わが君、私《わたくし》はあなた様の前にひれ伏《ふ》します。私《わたくし》めは最も忠実《ちゅうじつ》なる――」

「もうよい」ヴォルデモートが言った。

ヴォルデモートは輪の一番大きく空いている所に立ち、まるでそこに立つ死喰《しく》い人《びと》が見えるかのように、うつろな赤い目でその空間を見回した。

「そしてここには、六人の死喰《しく》い人《びと》が欠けている……三人は俺様《おれさま》の任務《にんむ》で死んだ。一人は臆病風《おくびょうかぜ》に吹《ふ》かれて戻《もど》らぬ……思い知ることになるだろう。一人は永遠《えいえん》に俺様《おれさま》の下《もと》を去った……もちろん、死あるのみ……そして、もう一人、最も忠実《ちゅうじつ》なる下僕《しもべ》であり続けた者は、すでに任務《にんむ》に就《つ》いている」

死喰《しく》い人《びと》たちがざわめいた。仮面《かめん》の下から、横目づかいで互《たが》いにすばやく目を見交《みか》わしているのを、ハリーは見た。

「その忠実《ちゅうじつ》なる下僕《しもべ》はホグワーツにあり、その者の尽力《じんりょく》により今夜は我《われ》らが若《わか》き友人をお迎《むか》えした……」

「そうれ」ヴォルデモートの唇《くちびる》のない口がニヤリと笑い、死喰《しく》い人《びと》の目がハリーのほうにサッと飛んだ。

「ハリー・ポッターが、俺様《おれさま》のよみがえりのパーティにわざわざご参加くださった。俺様《おれさま》の賓客《ひんきゃく》と言いきってもよかろう」

沈黙《ちんもく》が流れた。そしてワームテールの右側の死喰《しく》い人《びと》が前に進み出た。ルシウス・マルフォイの声が、仮面《かめん》の下から聞こえた。

「ご主人様、我々《われわれ》は知りたくてなりません……どうぞお教えください……どのようにして成しとげられたのでございましょう……この奇跡《きせき》を……どのようにして、あなた様は我々《われわれ》のもとにお戻《もど》りになられたのでございましょう……」

「ああ、それは、ルシウス、長い話だ」ヴォルデモートが言った。

「その始まりは――そしてその終わりは――ここにおられる若《わか》き友人なのだ」

ヴォルデモートは悠々《ゆうゆう》とハリーの隣《となり》に来て立ち、輪の全員の目が自分とハリーの二人に注がれるようにした。大蛇《だいじゃ》は相変わらずぐるぐると円を描《えが》いていた。

「おまえたちも知ってのとおり、世間はこの小僧《こぞう》が俺様《おれさま》の凋落《ちょうらく》の原因《げんいん》だと言ったな？」

ヴォルデモートが赤い目をハリーに向け、低い声で言った。ハリーの傷痕《きずあと》が焼けるように痛《いた》みはじめ、あまりの激痛《げきつう》にハリーは悲鳴を上げそうになった。

「おまえたち全員が知ってのとおり、俺様《おれさま》が力と身体《からだ》を失ったあの夜、俺様《おれさま》はこの小僧《こぞう》を殺そうとした。母親が、この小僧《こぞう》を救おうとして死んだ――そして、母親は、自分でも知らずに、こやつを、この俺様《おれさま》にも予想だにつかなかったやり方で護《まも》った……俺様《おれさま》はこやつに触《ふ》れることができなかった」

ヴォルデモートは、蒼白《あおじろ》い長い指の一本を、ハリーのほおに近づけた。

「この小僧《こぞう》の母親は、自らの犠牲《ぎせい》の印をこやつに残した……昔からある魔法《まほう》だ。俺様《おれさま》はそれに気づくべきだった。見逃《みのが》したのは不覚だった……しかし、それはもういい。いまはこの小僧《こぞう》に触《ふ》れることができるのだ」

ハリーは冷やりとした蒼白《あおじろ》い長い指の先が触《ふ》れるのを感じ、傷痕《きずあと》の痛《いた》みで頭が割《わ》れるかと思うほどだった。

ヴォルデモートはハリーの耳元で低く笑い、指を離《はな》した。そして死喰《しく》い人《びと》に向かって話し続けた。

「わが朋輩《ほうばい》よ、俺様《おれさま》の誤算《ごさん》だった。認《みと》めよう。俺様《おれさま》の呪《のろ》いは、あの女の愚《おろ》かな犠牲《ぎせい》のおかげで跳《は》ね返《かえ》り、わが身《み》を襲《おそ》った。あぁぁー……痛《いた》みを超《こ》えた痛《いた》み、朋輩《ほうばい》よ、これほどの苦しみとは思わなかった。俺様《おれさま》は肉体から引《ひ》き裂《さ》かれ、霊魂《れいこん》にも満たない、ゴーストの端《はし》くれにも劣《おと》るものになった……しかし、俺様《おれさま》はまだ生きていた。それをなんと呼《よ》ぶか、俺様《おれさま》にもわからぬ……誰《だれ》よりも深く不死の道へと入《はい》り込《こ》んでいたこの俺様《おれさま》が、そういう状態《じょうたい》になったのだ。おまえたちは、俺様《おれさま》の目指すものを知っておろう──死の克服《こくふく》だ。そしていま、俺様《おれさま》は証明《しょうめい》した。俺様《おれさま》の実験のどれかが効《こう》を奏《そう》したらしい……あの呪《のろ》いは俺様《おれさま》を殺していたはずなのだが、俺様《おれさま》は死ななかったのだ。しかしながら、俺様《おれさま》は最も弱い生き物よりも力なく、自らを救う術《すべ》もなかった……肉体を持たない身だからだ。自らを救うに役立つかもしれぬ呪文《じゅもん》のすべては、杖《つえ》を使う必要があったのだ……」

「あのころ、俺様《おれさま》は、眠《ねむ》ることもなく、一秒一秒を、はてしなく、ただ存在《そんざい》し続けることに力を尽《つ》くした……遠く離《はな》れた地で、森の中に住みつき、俺様《おれさま》は待った……誰《だれ》か忠実《ちゅうじつ》な死喰《しく》い人《びと》が、俺様《おれさま》を見つけようとするにちがいない……誰《だれ》かがやってきて、俺様自身《おれさまじしん》ではできない魔法《まほう》を使い、俺様《おれさま》の身体《からだ》を復活《ふっかつ》させるにちがいない……しかし、待つだけむだだった……」

聞き入る死喰《しく》い人《びと》の中に、またしても震《ふる》えが走った。ヴォルデモートは、その恐怖《きょうふ》の沈黙《ちんもく》がうねり高まるのを待って話を続けた。

「俺様《おれさま》に残されたただ一つの力があった。誰《だれ》かの肉体に取《と》り憑《つ》くことだ。しかし、ヒトどもがうじゃうじゃしている所はさすがに避《さ》けた。『闇祓《やみばら》い』どもがまだあちこちで俺様《おれさま》を探《さが》していることを知っていたからな。時には動物に取《と》り憑《つ》いた——もちろん、蛇《へび》が俺様《おれさま》の好みだが——しかし、動物の体内にいても、霊魂《れいこん》だけで過《す》ごすのとあまり変わりはなかった。あいつらの体は、魔法《まほう》を行うのには向いていない……それに、俺様《おれさま》が取《と》り憑《つ》くと、あいつらの命を縮《ちぢ》めた。どれも長続きしなかった……」

「そして……四年前のことだ……俺様《おれさま》のよみがえりが確実《かくじつ》になったかに見えた。ある魔法使《まほうつか》いが——若造《わかぞう》で、愚《おろ》かな、だまされやすいやつだったが——わが住処《すみか》としていた森に迷《まよ》い込《こ》んできて、俺様《おれさま》に出会った。ああ、あの男こそ、夢《ゆめ》にまで見た千載一遇《せんざいいちぐう》の機会に見えた……何しろ、その魔法使《まほうつか》いはダンブルドアの学校の教師《きょうし》だった……その男は、やすやすと俺様《おれさま》の思いのままになった……その男が俺様《おれさま》をこの国に連れ戻《もど》り、やがて俺様《おれさま》はその男の肉体に取《と》り憑《つ》いた。そして、わが命令をその男が実行するのを、身近で監視《かんし》した。しかしわが計画はついえた。賢者《けんじゃ》の石を奪《うば》うことができなかったのだ。永遠《えいえん》の命を確保《かくほ》することができなかった。邪魔《じゃま》が入った……またしてもくじかれた。ハリー・ポッターに……」

再《ふた》び沈黙《ちんもく》が訪《おとず》れた。動くものは何一つない。イチイの木の葉さえ動かない。死喰《しく》い人《びと》たちは、仮面《かめん》の中からギラギラした視線《しせん》をヴォルデモートとハリーに注ぎ、じっと動かなかった。

「下僕《しもべ》は、俺様《おれさま》がその体を離《はな》れたときに死んだ。そして俺様《おれさま》は、またしても元のように弱くなった」

ヴォルデモートは語り続けた。

「俺様《おれさま》は、元の隠《かく》れ家《が》に戻《もど》った。二度と力を取《と》り戻《もど》せないのではないかと恐《おそ》れたことを隠《かく》しはすまい……そうだ。あれは俺様《おれさま》の最悪のときであったかもしれぬ……もはや取《と》り憑《つ》くべき魔法使《まほうつか》いが都合よく現《あらわ》れるとは思えなかった……わが死喰《しく》い人《びと》たちの誰《だれ》かが、俺様《おれさま》の消息を気にかけるであろうという望みを、その時、俺様《おれさま》はもう捨《す》てていた……」

輪の中の仮面《かめん》の魔法使《まほうつか》いが、一人二人、バツが悪そうにもぞもぞしたが、ヴォルデモートは気にもとめない。

「そして、ほとんど望みを失いかけたとき、ついに事は起こった。その時からまだ一年とたっていないのだが……一人の下僕《しもべ》が戻《もど》ってきた。ここにいるワームテールだ。この男は、法の裁《さば》きを逃《のが》れるため、自らの死を偽装《ぎそう》したが、かつては友として親しんだ者たちから隠《かく》れ家《が》を追われ、ご主人様の下《もと》に帰ろうと決心したのだ。俺様《おれさま》が隠《かく》れていると長年うわさされていた国で、ワームテールは俺《おれ》様《さま》を探《さが》した……もちろん途中《とちゅう》で出会ったネズミに助けられたのだ。ワームテールよ、貴様《きさま》はネズミと妙《みょう》に親密《しんみつ》なのだな？　こやつの薄汚《うすぎたな》い友人たちが、アルバニアの森の奥深《おくふか》くに、ネズミもさける場所があると、こやつに教えたのだ。やつらのような小動物が暗い影《かげ》に取《と》り憑《つ》かれて死んでゆく場所があるとな……」

「しかし、こやつが俺様《おれさま》の下《もと》に戻《もど》る旅は、たやすいものではなかった。そうだな？　ワームテールよ。ある晩《ばん》、俺様《おれさま》を見つけられるかと期待していた森のはずれで、腹《はら》を空《す》かせ、こやつは愚《おろ》かにも、食べ物欲《ほ》しさにある旅籠《はたご》に立《た》ち寄《よ》った……そこで出会ったのは、こともあろうに、魔法省《まほうしょう》の魔《ま》女《じょ》、バーサ・ジョーキンズだ。そうだったな？」

「さて、運命が、ヴォルデモート卿《きょう》にどのように幸いしたかだ。ワームテールにとっては、ここで見つかったのは運の尽《つ》き、そして俺様《おれさま》にとっては、よみがえりの最後の望みを断《た》たれるところだった。しかし、ワームテールは、こやつにそんな才覚があったかと思わせるような機転を働かせた──こやつはバーサ・ジョーキンズを丸《まる》め込《こ》んで、夜の散歩に誘《さそ》い出《だ》した。こやつはバーサをねじ伏《ふ》せた……その女を俺様《おれさま》のもとへ連れてきたのだ。そして、すべてを破滅《はめつ》させるかもしれなかったバーサ・ジョーキンズが、逆《ぎゃく》に俺様《おれさま》にとって、思いもかけない贈《おく》り物《もの》となってくれた……というのは──ほんのわずか説得《せっとく》しただけで──この女はまさに情報《じょうほう》の宝庫《ほうこ》になってくれた」

「この女は、三校対抗試合《たいこうじあい》が今年ホグワーツで行われると話してくれた。俺様《おれさま》が連絡《れんらく》を取りさえすれば、喜んで俺様《おれさま》を助けるであろう一人の忠実《ちゅうじつ》な死喰《しく》い人《びと》を知っているとも言った。いろいろ教えてくれたものだ……しかし、この女にかけられていた『忘却術《ぼうきゃくじゅつ》』を破《やぶ》るのに俺様《おれさま》が使った方法は強力だった。そこで、有益《ゆうえき》な情報《じょうほう》を引き出してしまったあとは、この女の心も体も、修復不能《しゅうふくふのう》なまでに破壊《はかい》されてしまっていた。この女はもう用済《ようず》みだった。俺様《おれさま》が取《と》り憑《つ》くこともできなかった。俺《おれ》様《さま》はこの女を処分《しょぶん》した」

ヴォルデモートはゾクッとするような笑《え》みを浮《う》かべた。その赤い目はうつろで残虐《ざんぎゃく》だった。

「ワームテールの体は、言うまでもなく、取《と》り憑《つ》くのには適《てき》していなかった。こやつは死んだことになっているので、顔を見られたら、あまりに注意を引きすぎる。しかし、こやつは肉体を使う能《のう》力《りょく》があった。俺様《おれさま》の召使《めしつか》いにはそれが必要だったのだ。魔法使《まほうつか》いとしてはお粗末《そまつ》なやつだが、ワームテールは俺様《おれさま》の指示《しじ》に従《したが》う能力《のうりょく》はあった。俺様《おれさま》は、未発達で虚弱《きょじゃく》な者であれ、まがりなりにも自分自身の身体《からだ》を得《え》るための指示《しじ》をこやつに与《あた》えた。真の再生《さいせい》に不可欠《ふかけつ》な材料がそろうまで仮《かり》の住処《すみか》にする身体《からだ》だ……俺様《おれさま》が発明した呪《のろ》いを一つ、二つ……それと、かわいいナギニの助けを少し借り」――ヴォルデモートの赤い目があたりをぐるぐる回り続けている蛇《へび》をとらえた――「一角獣《ユニコーン》の血と、ナギニから絞《しぼ》った蛇《へび》の毒から作り上げた魔法薬《まほうやく》……俺様《おれさま》はまもなくほとんど人の形にまで戻《もど》り、旅ができるまで力を取《と》り戻《もど》した」

「もはや賢者《けんじゃ》の石を奪《うば》うことはかなわぬ。ダンブルドアが石を破壊《はかい》するように取り計らったことを俺様《おれさま》は知っていたからだ。しかし俺様《おれさま》は不死を求める前に、滅《めっ》する命をもう一度受け入れるつもりだった。目標を低くしたのだ……昔の身体《からだ》と昔の力で妥協《だきょう》してもよいと」

「それを達成するには――古い闇《やみ》の魔術《まじゅつ》だが、今宵俺様《こよいおれさま》をよみがえらせた魔法薬《まほうやく》には――強力な材料が三つ必要だということはわかっていた。さて、その一つはすでに手の内にあった。ワームテール、そうだな？　下僕《しもべ》の与《あた》える肉だ……」

「わが父の骨《ほね》。当然それは、ここに来ることを意味した。父親の骨《ほね》が埋《う》まっている所だ。しかし、敵《かたき》の血は……ワームテールは適当《てきとう》な魔法使《まほうつか》いを使わせようとした。そうだな？　ワームテールよ。俺様《おれさま》を憎《にく》んでいた魔法使《まほうつか》いなら誰《だれ》でもいい……憎《にく》んでいる者はまだ大勢《おおぜい》いるからな。しかし、失脚《しっきゃく》のときより強力になってよみがえるには、俺様《おれさま》が使わなければならないのはただ一人だと、俺様《おれさま》は知っていた。ハリー・ポッターの血が欲《ほ》しかったのだ。十三年前、わが力を奪《うば》い去った者の血が欲《ほ》しかった。さすれば、母親がかつてこの小僧《こぞう》に与《あた》えた護《まも》りの力の名残《なごり》が、俺様《おれさま》の血管にも流れることになるだろう……」

「しかし、どうやってハリー・ポッターを手に入れるか？　ハリー・ポッターは自身でさえ気づかないほど、この小僧《こぞう》はしっかり護《まも》られている。その昔、ダンブルドアが、この小僧《こぞう》の将来《しょうらい》に備《そな》える措《そ》置《ち》を任《まか》されたときに、ダンブルドア自身が工夫したある方法で護《まも》られている。ダンブルドアは古い魔法《まほう》を使った。親せきの庇護《ひご》の下《もと》にあるかぎり、この小僧《こぞう》は確実《かくじつ》に保護《ほご》される。こやつがあそこにいれば、この俺様《おれさま》でさえ手出しができない……しかし、クィディッチ・ワールドカップがあるではないか……そこでは親せきからも、ダンブルドアからも離《はな》れ、保護《ほご》は弱まると、俺様《おれさま》は考えた。しかし、魔法省《まほうしょう》の魔法使《まほうつか》いたちが集結しているただ中で誘拐《ゆうかい》を試みるほど、俺様《おれさま》の力はまだ回復《かいふく》していなかった。そのあとになると、この小僧《こぞう》はホグワーツに帰ってしまう。そこでは、朝から晩《ばん》まで、あの鼻曲がりの、マグルびいきのばか者の庇護《ひご》の下《もと》だ。それではどうやってハリー・ポッターを手に入れるか？」

「そうだ……もちろん、バーサ・ジョーキンズの情報《じょうほう》を使う。ホグワーツに送《おく》り込《こ》んだ、わが忠実《ちゅうじつ》な死喰《しく》い人《びと》を使うのだ。この小僧《こぞう》の名前が『炎《ほのお》のゴブレット』に入るように取り計らうのだ。わが死喰《しく》い人《びと》を使い、ハリーが試合に必ず勝つようにする——ハリー・ポッターが最初に優勝杯《ゆうしょうはい》に触《ふ》れるようにする——優勝杯《ゆうしょうはい》はわが死喰《しく》い人《びと》が『移動《ポー》キー《ト》』に変えておき、それがこやつをここまで連れてくる。ダンブルドアの助けも保護《ほご》も届《とど》かない所へ、そして待ち受ける俺様《おれさま》の両腕《りょううで》の中に連れてくるのだ。このとおり、小僧《こぞう》はここにいる……俺様《おれさま》の凋落《ちょうらく》の元になったと信じられている、その小《こ》僧《ぞう》が……」

ヴォルデモートはゆっくり進み出て、ハリーのほうに向きなおった。杖《つえ》を上げた。

「クルーシオ！　苦しめ！」

これまで経験《けいけん》したどんな痛《いた》みをも超《こ》える痛《いた》みだった。自分の骨《ほね》が燃《も》えている。額《ひたい》の傷痕《きずあと》に沿《そ》って頭が割《わ》れているにちがいない。両目が頭の中でぐるぐる狂《くる》ったように回っている。終わってほしい……気を失ってしまいたい……死んだほうがましだ……。

するとそれは過《す》ぎ去《さ》った。ハリーはヴォルデモートの父親の墓石《はかいし》に縛《しば》りつけられたまま、ぐったりと縄目《なわめ》にもたれ、霧《きり》のかかったような視界《しかい》の中で、ギラギラ輝《かがや》く赤い目を見上げていた。死喰《しく》い人《びと》の笑い声が夜の闇《やみ》を満たして響《ひび》いている。

「見たか。この小僧《こぞう》がただの一度でも俺様《おれさま》より強かったなどと考えるのは、なんと愚《おろ》かしいことだったか」ヴォルデモートが言った。

「しかし、誰《だれ》の心にも絶対《ぜったい》にまちがいがないようにしておきたい。ハリー・ポッターがわが手を逃《のが》れたのは、単なる幸運だったのだ。いま、ここで、おまえたち全員の前でこやつを殺すことで、俺《おれ》様《さま》の力を示《しめ》そう。ダンブルドアの助けもなく、この小僧《こぞう》のために死んでゆく母親もない。だが、俺《おれ》様《さま》はこやつにチャンスをやろう。戦うことを許《ゆる》そう。そうすれば、どちらが強いのか、おまえたちの心に一点の疑《うたが》いも残るまい。もう少し待て、ナギニ」

ヴォルデモートがささやくと、蛇《へび》はするすると、死喰《しく》い人《びと》が立《た》ち並《なら》んで見つめている草むらのあたりに消えた。

「さあ、縄目《なわめ》を解《と》け、ワームテール。そして、こやつの杖《つえ》を返してやれ」

第三十四章 直《ちょく》前《ぜん》呪《じゅ》文《もん》

ワームテールがハリーに近づいた。縄目《なわめ》が解《と》かれる前になんとか自分の体を支《ささ》えようと、ハリーは足を踏《ふ》ん張《ば》った。ワームテールはできたばかりの銀の手を上げ、ハリーの口をふさいでいた布《ぬの》を引《ひ》っ張《ぱ》り出《だ》し、ハリーを墓石《はかいし》に縛《しば》りつけていた縄目《なわめ》を、手のひと振《ふ》りで切《き》り離《はな》した。

ほんの一瞬《いっしゅん》のすきがあった。そのすきにハリーは逃《に》げることを考えられたかもしれない。しかし、草ぼうぼうの墓場《はかば》に立ち上がったとき、ハリーの傷《きず》ついた足がぐらついた。死喰《しく》い人《びと》の輪が、ハリーとヴォルデモートを囲んで小さくなり、現《あらわ》れなかった死喰《しく》い人《びと》の空間も埋《う》まってしまった。

ワームテールが輪の外に出て、セドリックのなきがらが横たわっている所まで行き、ハリーの杖《つえ》を持って戻《もど》ってきた。ワームテールは、ハリーの目をさけるようにして、杖《つえ》をハリーの手に乱暴《らんぼう》に押《お》しつけ、それから見物している死喰《しく》い人《びと》の輪に戻《もど》った。

「ハリー・ポッター、決闘《けっとう》のやり方は学んでいるな？」

闇《やみ》の中で赤い目をギラギラさせながら、ヴォルデモートが低い声で言った。

その言葉で、ハリーは、二年前にほんの少し参加したホグワーツの決闘《けっとう》クラブのことを、まるで前世の出来事のように思い出した。……ハリーがそこで学んだのは、「エクスペリアームス、武器《ぶき》よ去れ」という武装解除《ぶそうかいじょ》の呪文《じゅもん》だけだった。……それがなんになるというのか？　たとえヴォルデモートから杖《つえ》を奪《うば》ったとしても、死喰《しく》い人《びと》に取り囲まれて、少なく見ても三十対一の多勢《たぜい》に無勢《ぶぜい》だ。こんな場面に対処《たいしょ》できるようなものは、いっさい何も習っていない。

これこそムーディが常《つね》に警告《けいこく》していた場面なのだと、ハリーにはわかった……防《ふせ》ぎようのない「アバダ　ケダブラ」の呪文《じゅもん》だ――それに、ヴォルデモートの言うとおりだ――今度は、僕《ぼく》のために死んでくれる母さんはいない……僕《ぼく》は無防備《むぼうび》だ……。

「ハリー、互《たが》いにおじぎをするのだ」

ヴォルデモートは軽く腰《こし》を折ったが、蛇《へび》のような顔をまっすぐハリーに向けたままだった。

「さあ、儀式《ぎしき》の詳細《しょうさい》には従《したが》わねばならぬ……ダンブルドアはおまえに礼儀《れいぎ》を守ってほしかろう……死におじぎをするのだ、ハリー」

死喰《しく》い人《びと》たちはまた笑っていた。ヴォルデモートの唇《くちびる》のない口がほくそ笑《え》んでいた。ハリーはおじぎをしなかった。殺される前にヴォルデモートにもてあそばれてなるものか……そんな楽しみを与《あた》えてやるものか……。

「**おじぎをしろ**と言ったはずだ」

ヴォルデモートが杖《つえ》を上げた——すると、巨大《きょだい》な見えない手がハリーを容赦《ようしゃ》なく前に曲げているかのように、背骨《せぼね》が丸まるのを感じた。死喰《しく》い人《びと》がいっそう大笑いした。

「よろしい」

ヴォルデモートがまた杖《つえ》を上げながら、低い声で言った。ハリーの背《せ》を押《お》していた力もなくなった。

「さあ、今度は、男らしく俺様《おれさま》のほうを向け……背筋《せすじ》を伸《の》ばし、誇《ほこ》り高く、おまえの父親が死んだときのように……」

「さあ——決闘《けっとう》だ」

ヴォルデモートが杖《つえ》を上げると、ハリーがなんら身を護《まも》る手段《しゅだん》を取る間もなく、身動きすらできないうちに、またしても「磔《はりつけ》の呪《のろ》い」がハリーを襲《おそ》った。あまりに激《はげ》しい、全身を消耗《しょうもう》させる痛《いた》みに、ハリーはもはや自分がどこにいるのかもわからなかった……白熱したナイフが全身の皮膚《ひふ》を一寸刻《いっすんきざ》みにした。頭が激痛《げきつう》で爆発《ばくはつ》しそうだ。ハリーはこれまでの生涯《しょうがい》でこんな大声で叫《さけ》んだことがないというほど、大きな悲鳴を上げていた——。

そして、痛《いた》みが止まった。ハリーは地面を転がり、よろよろと立ち上がった。自分の手を切り落としたあの時のワームテールと同じように、ハリーはどうしようもなく体が震《ふる》えていた。見物している死喰《しく》い人《びと》の輪に、ハリーはふらふらと横ざまに倒《たお》れ込《こ》んだが、死喰《しく》い人《びと》はハリーをヴォルデモートのほうへ押《お》し戻《もど》した。

「ひと休みだ」

ヴォルデモートの切《き》れ込《こ》みのような鼻の穴《あな》が、興奮《こうふん》でふくらんでいた。

「ほんのひと休みだ……ハリー、痛《いた》かったろう？　もう二度としてほしくないだろう？」

ハリーは答えなかった。僕《ぼく》はセドリックと同じように死ぬのだ。情《なさ》け容赦《ようしゃ》のない赤い目がそう語っていた……僕《ぼく》は死ぬんだ。しかも、何もできずに……しかし、もてあそばせはしない。ヴォルデモートの言いなりになどなるものか……命乞《いのちご》いなどしない……。

「もう一度やってほしいかどうか聞いているのだが？」ヴォルデモートが静かに言った。

「答えるのだ！　インペリオ！　服従《ふくじゅう》せよ！」

そしてハリーは、生涯《しょうがい》で三度目のあの状態《じょうたい》を感じた。すべての思考が停止《ていし》し、頭がからっぽになるあの感覚だ……ああ、考えないのは、なんという至福《しふく》。ふわふわと浮《う》かび、夢《ゆめ》を見ているようだ……。

「いやだ」と答えればいいのだ……「いやだ」と言え……「いやだ」と言いさえすればいいのだ……。

「僕《ぼく》は言わないぞ」ハリーの頭の片隅《かたすみ》で、強い声がした。

「答えるものか……」

「いやだ」と言えばいいのだ……。

答えない。答えないぞ……。

「いやだ」と言えばいいのだ……。

「僕《ぼく》は言わないぞ！」

言葉がハリーの口から飛び出し、墓場中《はかばじゅう》に響《ひび》き渡《わた》った。そして冷水を浴びせられたかのように、突然夢見心地《とつぜんゆめみごこち》が消え去った――同時に、体中に残っていた「磔《はりつけ》の呪《のろ》い」の痛《いた》みがどっと戻《もど》ってきた――そして、自分がどこにいるのか、何が自分を待ちかまえているのかも……。

「言わないだと？」

ヴォルデモートが静かに言った。死喰《しく》い人《びと》はもう笑ってはいなかった。

「『いやだ』と言わないのか？　ハリー、従順《じゅうじゅん》さは徳《とく》だと、死ぬ前に教える必要があるな……もう一度痛《いた》い薬をやったらどうかな？」

ヴォルデモートが杖《つえ》を上げた。しかし、今度はハリーも用意ができていた。クィディッチできえた反射神経《はんしゃしんけい》で、ハリーは横っ飛びに地上に伏《ふ》せた。ヴォルデモートの父親の大理石の墓石《はかいし》の裏側《うらがわ》に転《ころ》がり込《こ》むと、ハリーを捕《と》らえそこねた呪文《じゅもん》が墓石《はかいし》をバリッと割《わ》る音が聞こえた。

「隠《かく》れんぼじゃないぞ、ハリー」

ヴォルデモートの冷たい猫《ねこ》なで声《ごえ》がだんだん近づいてきた。死喰《しく》い人《びと》が笑っている。

「俺様《おれさま》から隠《かく》れられるものか。もう決闘《けっとう》はあきたのか？　ハリー、いますぐ息の根を止めてほしいのか？　出てこい、ハリー……出てきて遊ぼうじゃないか……あっという間だ……痛《いた》みもないかもしれぬ……俺様《おれさま》にはわかるはずもないが……死んだことがないからな……」

ハリーは墓石《はかいし》の陰《かげ》でうずくまり、最期《さいご》が来たことを悟《さと》った。望みはない……助けは来ない。ヴォルデモートがさらに近づく気配を感じながら、ハリーはただ一つのことを思いつめていた。恐《おそ》れをも、理性《りせい》をも超《こ》えた一つのことを――子供《こども》の隠《かく》れんぼのようにここにうずくまったまま死ぬものか。ヴォルデモートの足元にひざまずいて死ぬものか……父さんのように、堂々と立ち上がって死ぬのだ。たとえ防衛《ぼうえい》が不可能《ふかのう》でも、僕《ぼく》は身を護《まも》るために戦って死ぬのだ……。

ヴォルデモートの、蛇《へび》のような顔が墓石《はかいし》のむこうからのぞき込《こ》む前に、ハリーは立ち上がった……杖《つえ》をしっかり握《にぎ》りしめ、体の前にすっとかまえ、ハリーは墓石《はかいし》をくるりと回《まわ》り込《こ》んで、ヴォルデモートと向き合った。

ヴォルデモートも用意ができていた。ハリーが「エクスペリアームス！」と叫《さけ》ぶと同時に、ヴォルデモートが「アバダ　ケダブラ！」と叫《さけ》んだ。

ヴォルデモートの杖《つえ》から緑の閃光《せんこう》が走ったのと、ハリーの杖《つえ》から赤い閃光《せんこう》が飛び出したのと、同時だった――二つの閃光《せんこう》が空中でぶつかった――そして、突然《とつぜん》、ハリーの杖《つえ》が、電流が貫《つらぬ》いたかのように振動《しんどう》しはじめた。ハリーの手は杖《つえ》を握《にぎ》ったまま動かなかった。いや、手を離《はな》したくても離《はな》せなかった——そして、細いひと筋《すじ》の光が、もはや赤でもなく、緑でもなく、まばゆい濃《こ》い金色の糸のように、二つの杖《つえ》を結んだ——驚《おどろ》いてその光を目で追ったハリーは、その先にヴォルデモートの蒼白《あおじろ》い長い指を見た。同じように震《ふる》え、振動《しんどう》している杖《つえ》を握《にぎ》りしめたままだ。

そして——ハリーの予想もしていなかったことが起きた——足が地上を離《はな》れるのを感じたのだ。杖同士《つえどうし》が金色に輝《かがや》く糸に結ばれたまま、ハリーとヴォルデモートの二人は、空中に浮《う》き上《あ》がっていった。二人はヴォルデモートの父親の墓石《はかいし》から離《はな》れて、すべるように飛び、墓石《はかいし》も何もない場所に着地した……。死喰《しく》い人《びと》は口々に叫《さけ》び、ヴォルデモートに指示《しじ》を仰《あお》いでいた。死喰《しく》い人《びと》がまた近づいてきて、ハリーとヴォルデモートの周りに輪を作りなおした。そのすぐあとを蛇《へび》がするすると這《は》ってきた。何人かの死喰《しく》い人《びと》が杖《つえ》を取り出した——。

ハリーとヴォルデモートをつないでいた金色の糸が裂《さ》けた。杖同士《つえどうし》をつないだまま、光が一千本あまりに分かれ、ハリーとヴォルデモートの上に高々と弧《こ》を描《えが》き、二人の周りを縦横《じゅうおう》に交差し、やがて二人は、金色のドーム形の網《あみ》、光のかごですっぽり覆《おお》われた。その外側を死喰《しく》い人《びと》がジャッカルのように取《と》り巻《ま》いていたが、その叫《さけ》び声《ごえ》は、いまは不思議に遠くに聞こえた……。

「手を出すな！」

ヴォルデモートが死喰《しく》い人《びと》に向かって叫《さけ》んだ。その赤い目が、いままさに起こっていることに驚愕《きょうがく》してカッと見開かれ、二人の杖《つえ》をいまだにつないだままの光の糸を断《た》ち切《き》ろうともがいている。

ハリーはますます強く、両手で杖《つえ》にしがみついた。そして、金色の糸は切れることなくつながっていた。

「命令するまで何もするな！」

ヴォルデモートが死喰《しく》い人《びと》に向かって叫《さけ》んだ。

その時、この世のものとも思えない美しい調べがあたりを満たした……その調べは、ハリーとヴォルデモートを包んで振動《しんどう》している、光が織《お》りなす網《あみ》の、一本一本の糸から聞こえてくる。ハリーはそれが何の調べかわかっていた。これまで生涯《しょうがい》で一度しか聞いたことはなかったが……不死鳥の歌だ……。

ハリーにとって、それは希望の調べだった……これまでの生涯《しょうがい》に聞いた中で、最も美しく、最もうれしい響《ひび》きだった……その歌が、ハリーの周囲にだけではなく、体の中に響《ひび》くように感じられた……ハリーにダンブルドアを思い出させる調べだった。そして、その音は、まるで友人がハリーの耳元に話しかけているようだった……。

糸を切るでないぞ。

わかっています。ハリーはその調べに語りかけた。切ってはいけないことは……。しかし、そう思ったとたん、切らないということが難《むずか》しくなった。ハリーの杖《つえ》がこれまでよりずっと激《はげ》しく振動《しんどう》しはじめた……。そして、ハリーとヴォルデモートをつなぐ光の糸も、いまや変化していた……。

それは、まるで、いくつもの大きな光の玉が、二本の杖《つえ》の間をすべって、往《い》ったり来たりしているようだった——光の玉がゆっくり、着実にハリーの杖《つえ》のほうにすべってくると、ハリーの手の中で杖《つえ》が身震《みぶる》いするのが感じられた。光線はいま、ヴォルデモートからハリーに向かって動いている。そして、杖《つえ》が怒《いか》りに震《ふる》えている。ハリーはそんな気がした……。

一番近くの光の玉がハリーの杖先《つえさき》にさらに近づくと、指の下で、杖《つえ》の柄《え》が熱くなり、そのあまりの熱さに、火を噴《ふ》いて燃《も》えるのではないかと思った。その玉が近づけば近づくほど、ハリーの杖《つえ》は激《はげ》しく震《ふる》えた。その玉に触《ふ》れたら、杖《つえ》はそれ以上たえられないにちがいないとハリーは思った。ハリーの手の中で、杖《つえ》はいまにも砕《くだ》けそうだった——。

ハリーはその玉をヴォルデモートのほうに押《お》し返《かえ》そうと、気力を最後の一滴《いってき》まで振《ふ》りしぼった。耳には不死鳥の歌をいっぱいに響《ひび》かせ、目は激《はげ》しく、しっかり玉を凝視《ぎょうし》して……すると、ゆっくりと、非常《ひじょう》にゆっくりと、光の玉の列が震《ふる》えて止まった。そして、また同じようにゆっくりと、反対の方向へ動きだした……今度はヴォルデモートの杖《つえ》が異常《いじょう》に激《はげ》しく震《ふる》える番だった……ヴォルデモートは驚《おどろ》き、そして恐怖《きょうふ》の色さえ見せた……。

光の玉の一つがヴォルデモートの杖先《つえさき》からほんの数センチの所でヒクヒク震《ふる》えていた。ハリーは自分でもなぜそんなことをするのかわからず、それがどんな結果をもたらすのかも知らなかった……しかし、ハリーはいま、これまでに一度もやったことがないくらい神経《しんけい》を集中し、その光の玉を、ヴォルデモートの杖《つえ》に押《お》し込《こ》もうとしていた……そして、ゆっくりと……非常にゆっくりと……その玉は金の糸に沿《そ》って動いた……一瞬《いっしゅん》、玉が震《ふる》えた……そして、その玉が杖先《つえさき》に触《ふ》れた……。

たちまち、ヴォルデモートの杖《つえ》が、あたりに響《ひび》き渡《わた》る苦痛《くつう》の叫《さけ》びを上げはじめた……そして——ヴォルデモートはぎょっとして、赤い目をカッと見開いた——濃《こ》い煙《けむり》のような手が杖先《つえさき》から飛び出し、消えた……ヴォルデモートがワームテールに与《あた》えた手のゴースト……さらに苦痛《くつう》の悲鳴……そして、ずっと大きい何かがヴォルデモートの杖先《つえさき》から、花が開くように出てきた。何か灰色《はいいろ》がかった大きなもの、濃《こ》い煙《けむり》の塊《かたまり》のようなものだ……それは頭部だった……次は胴体《どうたい》、腕《うで》……セドリックの上半身だ。

ハリーがショックで杖《つえ》を取り落とすとしたら、きっとこの時だったろう。しかし、ハリーは、金色の光の糸がつながり続けるよう、本能的《ほんのうてき》にしっかり杖《つえ》を握《にぎ》りしめていた。ヴォルデモートの杖先《つえさき》から、セドリック・ディゴリーの濃《こ》い灰色《はいいろ》のゴーストが（**ほんとうに**ゴーストだったろうか？　あまりにしっかりした体だ）、まるで狭《せま》いトンネルを無理やり抜《ぬ》け出《だ》してきたように、その全身を現《あらわ》したときも、ハリーは杖《つえ》を離《はな》さなかった……セドリックの影《かげ》はその場に立ち、金色の光の糸を端《はし》から端《はし》まで眺《なが》め、口を開いた。

「ハリー、がんばれ」

その声は遠くから聞こえ、反響《はんきょう》していた。ハリーはヴォルデモートを見た……大きく見開いた赤い目はまだ驚愕《きょうがく》していた……ハリーと同じように、ヴォルデモートにもこれは予想外だったのだ……そして、ハリーは、金色のドームの外側をうろうろしている死喰《しく》い人《びと》たちの恐《おそ》れおののく叫《さけ》びをかすかに聞いた……。

杖《つえ》がまたしても苦痛《くつう》の叫《さけ》びを上げた……すると杖先《つえさき》から、また何かが現《あらわ》れた……またしても濃《こ》い影《かげ》のような頭部だった。そのすぐあとに腕《うで》と胴体《どうたい》が続いた……ハリーが夢《ゆめ》で見たあの年老いた男が、セドリックと同じように、杖先《つえさき》から自分をしぼり出すようにして出てきた……そのゴーストは、いやその影《かげ》は、いやそのなんだかわからないものは、セドリックの隣《となり》に落ち、ステッキに寄《よ》りかかって、ちょっと驚《おどろ》いたように、ハリーとヴォルデモートを、金色の網《あみ》を、そして二本の結ばれた杖《つえ》をじろじろ眺《なが》めた。

「そんじゃ、あいつはほんとの魔法使《まほうつか》いだったのか?」

老人はヴォルデモートを見ながらそう言った。

「俺《おれ》を殺しやがった。あいつが……。やっつけろ、坊《ぼう》や……」

その時すでに、もう一つの頭が現《あらわ》れていた……灰色《はいいろ》の煙《けむり》の像《ぞう》のような頭部は、今度は女性《じょせい》のものだ……杖《つえ》が動かないようにしっかり押《お》さえて、両腕《りょううで》をぶるぶる震《ふる》わせながら、ハリーはその女性《じょせい》が地上に落ちるのを見ていた。女性《じょせい》はほかの影《かげ》たちと同じように立ち上がり、目を見張《みは》った……。

バーサ・ジョーキンズの影《かげ》は、目の前の戦いを、目を丸くして眺《なが》めた。

「離《はな》すんじゃないよ。絶対《ぜったい》！」

その声も、セドリックのと同じように、遠くから聞こえてくるように反響《はんきょう》した。

「あいつにやられるんじゃないよ、ハリー――杖《つえ》を離《はな》すんじゃないよ！」

バーサも、ほかの二つの影《かげ》のような姿《すがた》も、金色の網《あみ》の内側に沿《そ》って歩きはじめた。死喰《しく》い人《びと》が外側を右往左往《うおうさおう》している……ヴォルデモートに殺された犠牲者《ぎせいしゃ》たちは、二人の決闘者《けっとうしゃ》の周りを回りながら、ささやいた。ハリーには激励《げきれい》の言葉をささやき、ハリーの所までは届《とど》かない低い声で、ヴォルデモートをののしっていた。

そしてまた、別の頭がヴォルデモートの杖先《つえさき》から現《あらわ》れた……一目見て、ハリーにはそれが誰《だれ》なのかがわかった……セドリックが杖《つえ》から現《あらわ》れた瞬間《しゅんかん》からずっとそれを待っていたかのように、ハリーにはわかっていた……この夜ハリーが、ほかの誰《だれ》よりも強く心に思っていた女性《じょせい》なのだから……。

髪《かみ》の長い若《わか》い女性《じょせい》の煙《けむり》のような影《かげ》が、バーサと同じように地上に落ち、すっと立ってハリーを見つめた……。ハリーの腕《うで》はいまやどうにもならないほど激《はげ》しく震《ふる》えていたが、ハリーも母親のゴーストを見つめ返した。

「お父さんが来ますよ……」女性《じょせい》が静かに言った。

「あなたに会いに……大丈夫《だいじょうぶ》……がんばって……」

そして、父親がやってきた……。最初は頭が、それから体が……背《せ》の高い、ハリーと同じくしゃくしゃな髪《かみ》。ジェームズ・ポッターの煙《けむり》のような姿《すがた》が、ヴォルデモートの杖先《つえさき》から花開くように現《あらわ》れた。その姿《すがた》は地上に落ち、妻《つま》と同じようにすっくと立った。そしてハリーのほうに近づき、ハリーを見下ろして、ほかの影《かげ》と同じように遠くから響《ひび》くような声で、静かに話しかけた。殺戮《さつりく》の犠《ぎ》牲者《せいしゃ》に周りを徘徊《はいかい》され、恐怖《きょうふ》で鉛色《なまりいろ》の顔をしたヴォルデモートに聞こえないよう、低い声だった……。

「つながりが切れると、私《わたし》たちはほんの少しの間しかとどまっていられない……それでもおまえのために時間をかせいであげよう……移動《ポート》キーの所まで行きなさい。それがおまえをホグワーツに連れ帰ってくれる……ハリー、わかったね？」

「はい」

手の中ですべり、抜《ぬ》け落《お》ちそうになる杖《つえ》を必死でつかみながら、ハリーはあえぎあえぎ答えた。

「ハリー……」セドリックの影《かげ》がささやいた。

「僕《ぼく》の体を連れて帰ってくれないか？　僕《ぼく》の両親の所へ……」

「わかった」ハリーは杖《つえ》を離《はな》さないために、顔がゆがむほど力を込《こ》めていた。

「さあ、やりなさい」父親の声がささやいた。

「走る準備《じゅんび》をして……さあ、いまだ……」

「**行くぞ！**」

ハリーが叫《さけ》んだ。どっちにせよ、もう一刻《いっこく》も杖《つえ》をつかんでいることはできないと思った――ハリーは渾身《こんしん》の力で杖《つえ》を上にねじ上げた。すると金色の糸が切れた。光のかごが消え去り、不死鳥の歌がふっつりとやんだ――しかし、ヴォルデモートの犠牲者《ぎせいしゃ》の影《かげ》は消えていなかった――ハリーの姿《すがた》をヴォルデモートの目から隠《かく》すように、ヴォルデモートに迫《せま》っていった。

ハリーは走った。こんなに走ったことはないと思えるほど走った。途中《とちゅう》であっけにとられている死喰《しく》い人《びと》を二人跳《は》ね飛《と》ばした。墓石《はかいし》で身をかばいながら、ジグザグと走った。死喰《しく》い人《びと》の呪《のろ》いが追いかけてくるのを感じながら、呪《のろ》いが墓石《はかいし》に当たる音を聞きながら走った――呪《のろ》いと墓石《はかいし》をかわしながら、ハリーはセドリックのなきがらに向かって飛ぶように走った。足の痛《いた》みももはや感じない。やらなければならないことに、全身全霊《ぜんしんぜんれい》を傾《かたむ》けて走った――。

「**やつを『失神』させろ！**」ヴォルデモートの叫《さけ》びが聞こえた。

セドリックまであと三メートル。ハリーは赤い閃光《せんこう》をよけて大理石の天使の像《ぞう》の陰《かげ》に飛《と》び込《こ》んだ。呪文《じゅもん》が像《ぞう》に当たり、天使の片翼《かたよく》の先が粉々になった。杖《つえ》をいっそう固く握《にぎ》りしめ、ハリーは天使の陰《かげ》から飛び出した――。

「インペディメンタ！　妨害《ぼうがい》せよ！」

杖《つえ》を肩《かた》に担《かつ》ぎ、追いかけてくる死喰《しく》い人《びと》に、当てずっぽうに杖先《つえさき》を向けながら、ハリーが叫《さけ》んだ。わめき声がくぐもったので、少なくとも一人は阻止《そし》できたと思ったが、振《ふ》り返《かえ》って確《たし》かめているひまはない。ハリーは優勝杯《ゆうしょうはい》を飛《と》び越《こ》え、後ろでいよいよ盛《さか》んに杖《つえ》が炸裂《さくれつ》するのを聞きながら、身を伏《ふ》せた。倒《たお》れ込《こ》むと同時に、ますます多くの閃光《せんこう》が頭上を飛《と》び越《こ》していった。ハリーはセドリックの腕《うで》をつかもうと手を伸《の》ばした――。

「どけ！　俺様《おれさま》が殺してやる！　やつは俺様《おれさま》のものだ！」ヴォルデモートがかん高く叫《さけ》んだ。

ハリーの手がセドリックの手首をつかんだ。ハリーとヴォルデモートとの間には墓石《はかいし》一つしかない。しかし、セドリックは重すぎて、運べない。優勝杯《ゆうしょうはい》に手が届《とど》かない――。

暗闇《くらやみ》の中で、ヴォルデモートの真っ赤な目がメラメラと燃《も》えた。ハリーに向けて杖《つえ》をかまえ、口元がニヤリとゆがむのを、ハリーは見た。

「アクシオ！　来い！」ハリーは優勝杯《ゆうしょうはい》に杖《つえ》を向けて叫《さけ》んだ。

優勝杯《ゆうしょうはい》がすっと浮《う》き上《あ》がり、ハリーに向かって飛んできた――ハリーは、その取っ手をつかんだ――。

ヴォルデモートの怒《いか》りの叫《さけ》びが聞こえたと同時に、ハリーはへその裏側《うらがわ》がぐいと引《ひ》っ張《ぱ》られるのを感じた。「移動キー《ポートキー》」が作動したのだ――風と色の渦《うず》の中を、移動キー《ポートキー》はぐんぐんハリーを連れ去った。セドリックも一緒《いっしょ》に……二人は、帰っていく……。

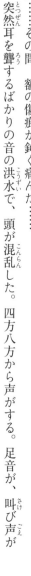

第三十五章 真実薬《ベリタセラム》

ハリーは地面にたたきつけられるのを感じた。顔が芝生《しばふ》に押《お》しつけられ、草いきれが鼻腔《びくう》を満たした。「移動《ポート》キー」に運ばれている間、ハリーは目を閉《と》じていた。そしていまも、そのまま目を閉《と》じていた。ハリーは動かなかった。体中の力が抜《ぬ》けてしまったようだった。頭がひどくくらくらして、体の下で地面が、船のデッキのように揺《ゆ》れているような感じがした。体を安定させるため、ハリーはそれまでしっかりつかんでいた二つのものを、いっそう強く握《にぎ》りしめた――なめらかな冷たい優勝杯《ゆうしょうはい》の取っ手と、セドリックのなきがらだ。どちらかを離《はな》せば、脳《のう》みその端《はし》に広がってきた真《ま》っ暗闇《くらやみ》の中にすべり込《こ》んでいきそうな気がした。ショックと疲労《ひろう》で、ハリーは地面に横たわったまま、草の香《かお》りを吸《す》い込《こ》んで、待った……誰《だれ》かが何かをするのを待った……何かが起こるのを待った……その間、額《ひたい》の傷痕《きずあと》が鈍《にぶ》く痛《いた》んだ……。

突然《とつぜん》耳を聾《ろう》するばかりの音の洪水《こうずい》で、頭が混乱《こんらん》した。四方八方から声がする。足音が、叫《さけ》び声《ごえ》がする……ハリーは騒音《そうおん》に顔をしかめながらじっとしていた。悪夢《あくむ》が過《す》ぎ去るのを待つかのように……。

二本の手が乱暴《らんぼう》にハリーをつかみ、仰向《あおむ》けにした。

「ハリー！　**ハリー！**」

ハリーは目を開けた。

見上げる空に星が瞬《またた》き、アルバス・ダンブルドアがかがんでハリーをのぞき込《こ》んでいた。大勢《おおぜい》の黒い影《かげ》が、二人の周りを取り囲み、だんだん近づいてきた。みんなの足音で、頭の下の地面が振動《しんどう》しているような気がした。

ハリーは迷路《めいろ》の入口に戻《もど》ってきていた。スタンドが上のほうに見え、そこにうごめく人影《ひとかげ》が見え、その上に星が見えた。

ハリーは優勝杯《ゆうしょうはい》を離《はな》したが、セドリックはますますしっかりと引《ひ》き寄《よ》せた。空いたほうの手を上げ、ハリーはダンブルドアの手首をとらえた。ダンブルドアの顔がときどきぼうっと霞《かす》んだ。

「あの人が戻《もど》ってきました」ハリーがささやいた。

「戻《もど》ったんです。ヴォルデモートが」

「何事かね？　何が起こったのかね？」

コーネリウス・ファッジの顔が逆《さか》さまになって、ハリーの上に現《あらわ》れた。愕然《がくぜん》として蒼白《そうはく》だった。

「なんたることだ――ディゴリー！」ファッジの顔がささやいた。

「ダンブルドア――死んでいるぞ！」

同じ言葉がくり返された。周りに集まってきた人々の影《かげ》が、息をのみ、自分の周りに同じ言葉を伝えた……叫《さけ》ぶように伝える者――金切り声で伝える者――言葉が夜の闇《やみ》に伝播《でんぱ》した――「死んでいる！」「**死んでいる！**」「セドリック・ディゴリーが！　**死んでいる！**」

「ハリー、手を離《はな》しなさい」

ファッジの言う声が聞こえ、ぐったりしたセドリックの体から、ハリーの手を指で引きはがそうとしているのを感じた。しかし、ハリーはセドリックを離《はな》さなかった。

するとダンブルドアの顔が――まだぼやけ、霧《きり》がかかっているような顔が近づいてきた。

「ハリー、もう助けることはできんのじゃ。終わったのじゃよ。放しなさい」

「セドリックは、僕《ぼく》に連れて帰ってくれと言いました」

ハリーがつぶやいた――大切なことなんだ。説明しなければと思った。

「セドリックは僕《ぼく》に、ご両親の所に連れて帰ってくれと言いました……」

「もうよい、ハリー……さあ、離《はな》しなさい……」

ダンブルドアはかがみ込《こ》んで、やせた老人とは思えない力でハリーを抱《だ》き起《お》こし、立たせた。ハリーはよろめいた。頭がずきずきした。傷《いた》んだ足は、もはや体を支《ささ》えることができなかった。周りの群集《ぐんしゅう》がもっと近づこうと、押《お》し合《あ》いへし合いしながら、暗い顔でハリーを取り囲んだ。「どうしたんだ？」「どこか悪いのか？」「**ディゴリーが死んでる！**」

「医務室《いむしつ》に連れていかなければ！」ファッジが大声で言った。

「この子は病気だ。けがしている――ダンブルドア、ディゴリーの両親を。二人ともここに来ている。スタンドに……」

「ダンブルドア、私《わたし》がハリーを医務室《いむしつ》に連れていこう。私《わたし》が連れていく――」

「いや、むしろここに――」

「ダンブルドア、エイモス・ディゴリーが走ってくるぞ……こちらに来る……話したほうがいいのじゃないかね――ディゴリーの目に入る前に――？」

「ハリー、ここにじっとしているのじゃ――」

女の子たちが泣きわめき、ヒステリー気味にしゃくり上げていた……。ハリーの目にその光景が、奇妙《きみょう》に映《うつ》ったり消えたりしている……。

「大丈夫《だいじょうぶ》だ、ハリー。わしがついているぞ……行くのだ……医務室《いむしつ》へ……」

「ダンブルドアがここを動くなって言った」

ハリーは頑固《がんこ》に言《い》い張《は》った。傷痕《きずあと》がずきずきして、いまにも吐《は》きそうだった。目の前がますますぼんやりしてきた。

「おまえは横になっていなければ……さあ、行くのだ……」

ハリーより大きくて強い誰《だれ》かが、ハリーを半ば引きずるように、半ば抱《かか》えるようにして、おびえる群集《ぐんしゅう》の中を進んだ。その誰《だれ》かがハリーを支《ささ》え、人垣《ひとがき》を押《お》しのけるようにして城《しろ》に向かう途中《とちゅう》、周囲から息をのむ声、悲鳴、叫《さけ》び声《ごえ》がハリーの耳に入ってきた。芝生《しばふ》を横切り、湖やダームストラングの船を通《とお》り過《す》ぎた。ハリーには、自分を支《ささ》えて歩かせているその男の荒《あら》い息づかい以外は何も聞こえなかった。

「ハリー、何があったのだ？」

しばらくして、ハリーを抱《かか》え上《あ》げて石段《いしだん》を上りながら、その男が聞いた。**コツッ、コツッ、コツッ**。マッド－アイ・ムーディだ。

「優勝杯《ゆうしょうはい》は『移動《ポート》キー』でした」

玄関《げんかん》ホールを横切りながら、ハリーが言った。

「僕《ぼく》とセドリックを墓場《はかば》に連れていって……そして、そこにヴォルデモートがいた……ヴォルデモート卿《きょう》が……」

コツッ、コツッ、コツッ。大理石の階段《かいだん》を上がって……。

「闇《やみ》の帝王《ていおう》がそこにいたと？　それからどうした？」

「セドリックを殺して……あの連中がセドリックを殺したんだ……」

「それで?」

コツッ、コツッ、コツッ。廊下《ろうか》を渡《わた》って……。

「薬を作って……身体《からだ》を取《と》り戻《もど》した……」

「闇《やみ》の帝王《ていおう》が身体《からだ》を取《と》り戻《もど》したと? あの人が戻《もど》ってきたと?」

「それに、死喰《しく》い人《びと》たちも来た……。そして僕《ぼく》、決闘《けっとう》をして……」

「おまえが、闇《やみ》の帝王《ていおう》と決闘《けっとう》した?」

「逃《のが》れた……。僕《ぼく》の杖《つえ》が……何か不思議なことをして……。僕《ぼく》、父さんと母さんを見た……ヴォルデモートの杖《つえ》から出てきたんだ……」

「さあ、ハリー、ここに……。ここに来て、座《すわ》って……もう大丈夫《だいじょうぶ》だ……。これを飲め……」

ハリーは鍵《かぎ》がカチャリとかかる音を聞き、コップが手に押《お》しつけられるのを感じた。

「飲むんだ……。気分がよくなるから……。さあ、ハリー、いったい何が起こったのか、わしは正《せい》確《かく》に知っておきたい……」

ムーディはハリーが薬を飲《の》み干《ほ》すのを手伝った。のどが焼けるような胡椒味《こしょうあじ》で、ハリーは咳《せ》き込《こ》んだ。ムーディの部屋が、そしてムーディ自身が少しはっきり見えてきた……ムーディはファッジと同じくらい蒼白《そうはく》に見え、両眼《りょうがん》が瞬《まばた》きもせずしっかりとハリーを見すえていた。

「ヴォルデモートが戻《もど》ったのか? ハリー? それは確《たし》かか? どうやって戻《もど》ったのだ?」

「あいつは父親の墓《はか》からと、ワームテールと僕《ぼく》から材料を取った」

ハリーが言った。頭はだんだんはっきりしてきたし、傷痕《きずあと》の痛《いた》みもそうひどくはなかった。ムーディの部屋が暗かったにもかかわらず、いまはその顔がはっきりと見えた。遠くのクィディッチ競《きょう》技場《ぎじょう》から、まだ悲鳴や叫《さけ》び声《ごえ》が聞こえてきた。

「闇《やみ》の帝王《ていおう》はおまえから何を取ったのだ？」ムーディが聞いた。

「血を」

ハリーは腕《うで》を上げた。ワームテールが短剣《たんけん》で切《き》り裂《さ》いたそでが破《やぶ》れていた。

ムーディはシューッと長い息をもらした。

「それで、死喰《しく》い人《びと》は？　やつらは戻《もど》ってきたのか？」

「はい」ハリーが答えた。「大勢《おおぜい》……」

「あの人は死喰《しく》い人《びと》をどんなふうに扱《あつか》ったかね？」ムーディが静かに聞いた。

「許《ゆる》したか？」

しかし、ハリーはハッと気づいた。ダンブルドアに話すべきだった。あの時、すぐに話すべきだった――「ホグワーツに死喰《しく》い人《びと》がいるんです！　ここに、死喰《しく》い人《びと》がいる――そいつが僕《ぼく》の名前を『炎《ほのお》のゴブレット』に入れて、僕《ぼく》に最後までやりとげさせたんだ――」

ハリーは起き上がろうとした。しかし、ムーディが押《お》し戻《もど》した。

「誰《だれ》が死喰《しく》い人《びと》か、わしは知っている」ムーディが落ち着いて言った。

「カルカロフ？」ハリーが興奮《こうふん》して言った。「どこにいるんです？　もう捕《つか》まえたんですか？　閉《と》じ込《こ》めてあるんですか？」

「カルカロフ？」

ムーディは奇妙《きみょう》な笑い声を上げた。

「カルカロフは今夜逃《に》げ出《だ》したわ。腕《うで》についた闇《やみ》の印《しるし》が焼けるのを感じてな。闇《やみ》の帝王《ていおう》の忠実《ちゅうじつ》なる支持者《しじしゃ》を、あれだけ多く裏切《うらぎ》ったやつだ。連中に会いたくはなかろう……しかし、そう遠くへは逃《に》げられまい。闇《やみ》の帝王《ていおう》には敵《てき》を追跡《ついせき》するやり方がある」

「カルカロフが**いなくなった？**　逃《に》げた？　でも、それじゃ――僕《ぼく》の名前をゴブレットに入れたのは、カルカロフじゃないの？」

「ちがう」

ムーディは言葉をかみしめるように言った。

「ちがう。あいつではない。わしがやったのだ」

ハリーはその言葉を聞いた。しかし、飲《の》み込《こ》めなかった。

「まさか、ちがう」ハリーが言った。

「先生じゃない……先生がするはずがない……」

「わしがやった。確《たし》かだ」

ムーディの「魔法《まほう》の目」がぐるりと動き、ぴたっとドアを見すえた。外に誰《だれ》もいないことを確《たし》かめているのだと、ハリーにはわかった。同時にムーディは杖《つえ》を出してハリーに向けた。

「それでは、あのお方はやつらを許《ゆる》したのだな？　自由の身になっていた死喰《しく》い人《びと》の連中を？　アズカバンをまぬかれたやつらを？」

「なんですって？」

ハリーはムーディが突《つ》きつけている杖《つえ》の先を見ていた。悪い冗談《じょうだん》だ。きっとそうだ。

「聞いているのだ」ムーディが低い声で言った。

「あのお方をお探《さが》ししようともしなかったカスどもを、あのお方はお許《ゆる》しになったのかと、聞いているのだ。あのお方のためにアズカバンに入るという勇気もなかった、裏切《うらぎ》りの臆病者《おくびょうもの》たちを。クィディッチ・ワールドカップで仮面《かめん》をかぶってはしゃぐ勇気はあっても、この俺《おれ》が空に打ち上げた闇《やみ》の印《しるし》を見て逃《に》げ出《だ》した、不実な、役にも立たないうじ虫どもを」

「**先生が**打ち上げた……いったい何をおっしゃっているのですか……？」

「ハリー、俺《おれ》は言ったはずだ……言っただろう。俺《おれ》が何よりも憎《にく》むのは、自由の身になった死喰《しく》い人《びと》だ。一番必要とされていたその時に、ご主人様に背《せ》を向けたやつらだ。あのお方がやつらを罰《ばっ》せられることを、俺《おれ》は期待していた。ご主人様が、あいつらを拷問《ごうもん》なさることを期待した。ハリー、あのお方が連中を痛《いた》い目《め》にあわせたと言ってくれ……」

ムーディは突然狂気《とつぜんきょうき》の笑《え》みを浮《う》かべ、顔を輝《かがや》かせた。

「言ってくれ。あのお方が、俺《おれ》だけが忠実《ちゅうじつ》であり続けたとおっしゃったと……あらゆる危険《きけん》をおかして、俺《おれ》は、あのお方が何よりも欲《ほ》しがっておいでだったものを、御前《ごぜん》にお届《とど》けしようとした……**おまえをな**」

「ちがう……あ――あなたのはずがない……」

「別な学校の名前を使って、『炎《ほのお》のゴブレット』におまえの名前を入れたのは誰《だれ》だ？　この俺《おれ》だ。おまえを傷《きず》つけたり、試合でおまえが優勝《ゆうしょう》するのを邪魔《じゃま》するおそれがあれば、そいつらを全員脅《おど》しつけたのは誰《だれ》だ？　この俺《おれ》だ。ハグリッドをそそのかして、ドラゴンをおまえに見せるように仕向けたのは誰《だれ》だ？　この俺《おれ》だ。おまえがドラゴンをやっつけるにはこれしかないという方法を思いつかせたのは誰《だれ》だ？　**この俺《おれ》だ**」

ムーディの「魔法《まほう》の目」がドアから離《はな》れ、ハリーを見すえた。ゆがんだ口が、ますます大きくひん曲がった。

「簡単《かんたん》ではなかったぞ、ハリー。怪《あや》しまれずに、おまえが課題を成しとげるように誘導《ゆうどう》するのはな。おまえの成功の陰《かげ》に俺《おれ》の手が見えないようにするには、俺《おれ》の狡猾《こうかつ》さを、余《あま》すところなく使わなければならなかった。おまえがあまりにやすやすと全部の課題をやってのければ、ダンブルドアは大いに疑《うたが》っただろう。おまえがいったん迷路《めいろ》に入れば、そして、できればかなりハンディをつけて先発してくれれば――その時は、ほかの代表選手を取《と》り除《のぞ》き、おまえの行く手になんの障害《しょうがい》もないようにするチャンスはある。そう思っていた。しかし、俺《おれ》はおまえのばかさかげんとも戦わなければならなかった。第二の課題……しくじるのではないかと、俺《おれ》が最も恐《おそ》れていたときだ。俺《おれ》はおまえをしっかり見張《みは》っていた。おまえが卵《たまご》の謎《なぞ》を解《と》けないでいたことを、俺《おれ》は知っていた。そこで、またおまえにヒントをくれてやらねばならなかった――」

「もらわなかった」ハリーはかすれた声で言った。

「セドリックがヒントをくれたんだ――」

「水の中で開けとセドリックに教えたのは誰《だれ》だ？　それは俺《おれ》だ。セドリックがおまえにそれを教えるにちがいないと、確信《かくしん》があった。ポッター、誠実《せいじつ》な人間は扱《あつか》いやすい。セドリックが、おまえにドラゴンのことを教えてもらった礼をしたいだろうと、俺《おれ》はそう考えた。セドリックはそのとおりにした。それでも、ポッター、おまえは失敗しそうだった。俺《おれ》はいつも見張《みは》っていた……図書館にいる間もずっとだ。おまえの必要としていた本が、はじめからおまえの寮《りょう》にあったことに、気づかなかったのか？　俺《おれ》はずいぶん前から仕組んでおいたのだ。あのロングボトムの小僧《こぞう》にやった。覚えていないのか？『地中海の水生《すいせい》魔《ま》法植物《ほうしょくぶつ》とその特性《とくせい》』の本を。あの本が、『エラ昆布《こんぶ》』について、おまえが必要なことを、全部教えてくれたろうに。おまえは誰《だれ》にでも聞くだろう、誰《だれ》にでも助けを求めるだろうと、俺《おれ》は期待していた。ロングボトムなら、すぐにでもおまえに教えてくれたろうに。しかし、おまえはそうしなかった……聞かなかった……。おまえには、自尊心《じそんしん》の強い、なんでも一人でやろうとするところがある。おかげで、何もかもだめになってしまうところだった」

「それでは俺《おれ》はどうすればよいのか？　どこか疑《うたが》われない所から、おまえに情報《じょうほう》を吹《ふ》き込《こ》むしかない。おまえはクリスマス・ダンスパーティのとき、ドビーという屋敷《やしき》しもべ妖精《ようせい》がプレゼントをくれたと俺《おれ》に言った。俺《おれ》は、洗濯物《せんたくもの》のローブを取りに来るよう、しもべ妖精《ようせい》を職員室《しょくいんしつ》に呼《よ》んだ。そして、やつの前でひと芝居《しばい》打って、マクゴナガル先生と大声で話をした。誰《だれ》が人質《ひとじち》になったかとか、ポッターは『エラ昆布《こんぶ》』を使うことを思いつくだろうか、と話した。するとおまえのかわいい妖精《ようせい》の友人は、すぐさまスネイプの研究室の戸棚《とだな》に飛んでいき、それから急いでおまえを探《さが》した……」

ムーディの杖《つえ》は、依然《いぜん》としてまっすぐにハリーの心臓《しんぞう》を指していた。ムーディの肩越《かたご》しに、壁《かべ》にかかった「敵鏡《てきかがみ》」が見え、煙《けむり》のような影《かげ》がいくつかうごめいていた。

「ポッター、おまえはあの湖で、ずいぶん長い時間かかっていた。おぼれてしまったのかと思ったぐらいだ。しかし、ダンブルドアは、おまえの愚《おろ》かさを高潔《こうけつ》さだと考え、高い点をつけた。俺《おれ》はまたホッとした」

「今夜の迷路《めいろ》も、本来なら、おまえはもっと苦労するはずだった」

ムーディが言った。

「楽だったのは、俺《おれ》が巡回《じゅんかい》していて、生《い》け垣《がき》の外側から中を見透《みす》かし、おまえの行く手の障害物《しょうがいぶつ》を呪文《じゅもん》で取《と》り除《のぞ》くことができたからだ。フラー・デラクールは、通《とお》り過《す》ぎたときに呪文《じゅもん》で『失神』させた。クラムにはディゴリーをやっつけさせ、おまえの優勝杯《ゆうしょうはい》への道をすっきりさせようと、『服《ふく》従《じゅう》の呪文《じゅもん》』をかけた」

ハリーはムーディを見つめた。この人が……ダンブルドアの友人で、有名な「闇祓《やみばら》い」のこの人が……多くの死喰《しく》い人《びと》を捕《と》らえたというこの人が……こんなことを……わけがわからない……つじつまが合わない……。

「敵鏡《てきかがみ》」に映《うつ》った煙《けむり》のような影《かげ》がしだいにはっきりしてきて、姿《すがた》が明瞭《めいりょう》になってきた。ムーディの肩越《かたご》しに、三人の輪郭《りんかく》がだんだん近づいてくるのが見えた。しかし、ムーディは見ていない。「魔《ま》法《ほう》の目」はハリーを見すえている。

「闇《やみ》の帝王《ていおう》は、おまえを殺しそこねた。ポッター、あのお方は、それを強くお望みだった」

ムーディがささやいた。

「かわりに俺《おれ》がやりとげたら、あのお方がどんなに俺《おれ》をほめてくださることか。俺《おれ》はおまえをあのお方に差し上げたのだ——あのお方が、よみがえりのために何よりも必要だったおまえを——そして、あのお方のためにおまえを殺せば、俺《おれ》は、ほかのどの死喰《しく》い人《びと》よりも高い名誉《めいよ》を受けるだろう。俺《おれ》はあのお方の、最もいとしく、最も身近な支持者《しじしゃ》になるだろう……息子《むすこ》よりも身近な……」

ムーディの普通《ふつう》の目がふくれ上がり、「魔法《まほう》の目」はハリーをにらみつけていた。ドアはかんぬきがかかっている。自分の杖《つえ》を取ろうとしても、絶対《ぜったい》に間に合わないと、ハリーにはわかっていた……。

「闇《やみ》の帝王《ていおう》と俺《おれ》は」

ムーディはしゃべり続けた。いまや、ハリーの前にぬっと立ってハリーを毒々しい目つきで見下ろしているムーディは、まったく正気を失っているように見えた。

「……共通点が多い。二人とも、たとえば、父親に失望していた……まったく幻滅《げんめつ》していた。二人とも、父親と同じ名前をつけられるという屈辱《くつじょく》を味わった。そして二人とも、同じ楽しみを味わった……まったくのすばらしい楽しみだ……自分の父親を殺し、闇《やみ》の秩序《ちつじょ》が確実《かくじつ》に隆盛《りゅうせい》し続けるようにしたのだ！」

「狂《くる》ってる」

ハリーが叫《さけ》んだ――叫《さけ》ばずにはいられなかった――。

「おまえは狂《くる》っている！」

「狂《くる》っている？　俺《おれ》が？」

ムーディの声が止めどなく高くなってきた。

「いまにわかる！　闇《やみ》の帝王《ていおう》がお戻《もど》りになり、俺《おれ》があのお方のおそばにいるいま、どっちが狂《くる》っているか、わかるようになる。あのお方が戻《もど》られた。ハリー・ポッター、おまえはあのお方を征服《せいふく》してはいない――そしていま――俺《おれ》がおまえを征服《せいふく》する！」

ムーディは杖《つえ》を上げた。口を開いた。ハリーはローブに手を突《つ》っ込《こ》んだ――。

「ステューピファイ！　まひせよ！」

目もくらむような赤い閃光《せんこう》が飛び、バリバリ、メキメキと轟音《ごうおん》を上げて、ムーディの部屋の戸が吹《ふ》っ飛《と》んだ――。

ムーディはのけぞるように吹《ふ》き飛《と》ばされ、床《ゆか》に投げ出された。ハリーは、ついいましがたまでムーディの顔があった所を見つめた。「敵鏡《てきかがみ》」の中からハリーを見つめ返している姿《すがた》があった。アルバス・ダンブルドア、スネイプ先生、マクゴナガル先生の姿《すがた》だ。振《ふ》り向《む》くと、三人が戸口に立ち、ダンブルドアが先頭で杖《つえ》をかまえていた。

その瞬間《しゅんかん》、ハリーは初めてわかった。ダンブルドアが、ヴォルデモートの恐《おそ》れる唯一人《ただひとり》の魔法使《まほうつか》いだという意味が。気を失ったマッドｰアイ・ムーディの姿《すがた》を見下ろすダンブルドアの形相は、ハリーが想像《そうぞう》もしたことがないほどすさまじかった。あの柔和《にゅうわ》なほほえみは消え、めがねのむこうの目には、踊《おど》るようなキラキラした光はない。年を経《へ》た顔のしわの一本一本に、冷たい怒《いか》りが刻《きざ》まれていた。体が焼けるような熱を発しているかのように、ダンブルドアの体からエネルギーが周囲に放たれていた。

ダンブルドアは部屋に入り、意識《いしき》を失ったムーディの体の下に足を入れ、蹴《け》り上《あ》げて顔がよく見えるようにした。スネイプがあとから入ってきて、自分の顔がまだ映《うつ》っている「敵鏡《てきかがみ》」をのぞき込《こ》んだ。鏡の中の顔が、部屋の中をじろりと見た。

マクゴナガル先生はまっすぐハリーの所へやってきた。

「さあ、いらっしゃい。ポッター」

マクゴナガル先生がささやいた。真一文字の薄《うす》い唇《くちびる》が、いまにも泣き出しそうにヒクヒクしていた。

「さあ、行きましょう……医務室《いむしつ》へ……」

「待て」ダンブルドアが鋭《するど》く言った。

「ダンブルドア、この子は行かなければ――ごらんなさい――今夜ひと晩《ばん》で、もうどんな目にあったか――」

「ミネルバ、その子はここにとどまるのじゃ。ハリーに納得《なっとく》させる必要がある」

ダンブルドアはきっぱり言った。

「納得《なっとく》してこそ初めて受け入れられるのじゃ。受け入れてこそ初めて回復《かいふく》がある。この子は知らねばならん。今夜自分をこのような苦しい目にあわせたのがいったい何者で、なぜなのかを」

「ムーディが」

ハリーが言った。まだまったく信じられない気持ちだった。

「いったいどうしてムーディが?」

「こやつはアラスター・ムーディではない」ダンブルドアが静かに言った。

「ハリー、君はアラスター・ムーディに会ったことがない。本物のムーディなら、今夜のようなことが起こったあとで、わしの目の届《とど》く所から君を連れ去るはずがないのじゃ。こやつが君を連れていった瞬間《しゅんかん》、わしにはわかった——そして、あとを追ったのじゃ」

ダンブルドアはぐったりしたムーディの上にかがみ込《こ》み、そのローブの中に手を入れた。そして、ムーディの携帯用酒瓶《けいたいようさかびん》と鍵束《かぎたば》を取り出し、マクゴナガル先生とスネイプのほうを振《ふ》り向《む》いた。

「セブルス、君の持っている『真実薬《しんじつやく》』の中で一番強力なのを持ってきてくれぬか。それから厨房《ちゅうぼう》に行き、ウィンキーという屋敷妖精《やしきようせい》を連れてくるよう。ミネルバ、ハグリッドの小屋に行ってくださらんか。大きな黒い犬がかぼちゃ畑にいるはずじゃ。犬をわしの部屋に連れていき、まもなくわしも行くからとその犬に伝え、それからここに戻《もど》ってくるのじゃ」

スネイプもマクゴナガルも、奇妙《きみょう》な指示《しじ》もあるものだと思ったかもしれない。しかし、二人ともそんなそぶりは見せなかった。二人はすぐさまきびすを返し、部屋から出ていった。ダンブルドアは七つの錠前《じょうまえ》がついたトランクの所へ歩いていき、一本目の鍵《かぎ》を錠前《じょうまえ》に差《さ》し込《こ》んでトランクを開けた。中には呪文《じゅもん》の本がぎっしり詰《つ》まっていた。ダンブルドアはトランクを閉《し》め、二本目の鍵《かぎ》を二つ目の錠前に差し込み、再びトランクを開けた。呪文《じゅもん》の本は消えていた。今度は壊《こわ》れた「かくれん防《ぼう》止器《しき》」や、羊皮紙、羽根ペン、銀色の透明《とうめい》マントらしいものが入っていた。ダンブルドアが三つ目、四つ目、五つ目、六つ目と、次々に鍵《かぎ》を合わせ、トランクを開くのを、ハリーは驚《おどろ》いて見つめていた。開くたびに、トランクの中身がちがっていた。七番目の鍵《かぎ》が錠前《じょうまえ》に差《さ》し込《こ》まれ、ふたがパッと開いた。ハリーは驚《おどろ》いて叫《さけ》び声《ごえ》をもらした。

たて穴《あな》のような、地下室のようなものが見下ろせた。三メートルほど下の床《ゆか》に横たわり、深々と眠《ねむ》っている、やせおとろえ飢《う》えた姿《すがた》。それが本物のマッド－アイ・ムーディだった。木製《もくせい》の義足《ぎそく》はなく、「魔法《まほう》の目」が入っているはずの眼窩《がんか》は、閉《と》じたまぶたの下でからっぽのようだった。白髪《しらが》まじりの髪《かみ》の一部がなくなっていた。ハリーは雷《かみなり》に打たれたかのように、トランクの中で眠《ねむ》るムーディと、気を失って床《ゆか》に転がっているムーディをまじまじと見比《みくら》べた。

ダンブルドアはトランクの縁《ふち》をまたぎ、中に入って、眠《ねむ》っているムーディのかたわらの床《ゆか》に軽々と着地し、ムーディの上に身をかがめた。

「『失神術《しっしんじゅつ》』じゃ――『服従《ふくじゅう》の呪文《じゅもん》』で従《したが》わされておるな――非常《ひじょう》に弱っておる」

ダンブルドアが言った。

「もちろん、ムーディを生かしておく必要があったじゃろう。ハリー、そのペテン師《し》のマントを投げてよこすのじゃ。ムーディは凍《こご》えておる。マダム・ポンフリーに看《み》てもらわねば。しかし急を要するほどではなさそうじゃ」

ハリーは言われたとおりにした。ダンブルドアはムーディにマントをかけ、端《はし》を折《お》り込《こ》んで包み、再《ふたた》びトランクをまたいで出てきた。それから机《つくえ》の上に立てておいた携帯用酒瓶《けいたいようさかびん》を取り、ふたを開けてひっくり返した。床《ゆか》にねばねばした濃厚《のうこう》な液体《えきたい》がこぼれ落ちた。

「ポリジュース薬じゃ、ハリー」ダンブルドアが言った。

「単純《たんじゅん》でしかも見事な手口じゃ。ムーディは、**けっして**、自分の携帯用酒瓶《けいたいようさかびん》からでないと飲まなかった。そのことはよく知られていた。このペテン師《し》は、当然のことじゃが、ポリジュース薬を作り続けるのに、本物のムーディをそばに置く必要があった。ムーディの髪《かみ》をごらん……」

ダンブルドアはトランクの中のムーディを見下ろした。

「ペテン師《し》はこの一年間、ムーディの髪《かみ》を切り取り続けた。髪《かみ》が不ぞろいになっている所が見えるか？　しかし、偽《にせ》ムーディは、今夜は興奮《こうふん》のあまり、これまでのようにひんぱんに飲むのを忘《わす》れていた可能性《かのうせい》がある……一時間ごとに……きっちり毎時間……いまにわかるじゃろう……」

ダンブルドアは机《つくえ》の所にあった椅子《いす》を引き、腰《こし》かけて、床《ゆか》のムーディをじっと見た。ハリーもじっと見た。何分間かの沈黙《ちんもく》が流れた……。

すると、ハリーの目の前で、床《ゆか》の男の顔が変わりはじめた。傷痕《きずあと》は消え、肌《はだ》がなめらかになり、そがれた鼻はまともになり、小さくなりはじめた。長いたてがみのような白髪《しらが》まじりの髪《かみ》は、頭皮の中に引《ひ》き込《こ》まれていき、色が薄茶《うすちゃ》に変わった。突然《とつぜん》**ガタン**と大きな音がして、木製《もくせい》の義足《ぎそく》が落ち、足がその場所に生え出てきた。次の瞬間《しゅんかん》、「魔法《まほう》の目」が男の顔から飛び出し、そのかわりに本物の目玉が現《あらわ》れた。「魔法《まほう》の目」は床《ゆか》を転がっていき、くるくるとあらゆる方向に回り続けていた。目の前に横たわる、少しそばかすのある、色白の、薄茶色《うすちゃいろ》の髪《かみ》をした男を、ハリーは見た。ハリーはこの男が誰《だれ》かを知っていた。ダンブルドアの「憂《うれ》いの篩《ふるい》」で見たことがある。クラウチ氏に、無実を訴《うった》えながら、吸魂鬼《きゅうこんき》に法廷《ほうてい》から連れ出されていった……しかし、いまは目の周りにしわがあり、ずっと老《ふ》けて見えた。

廊下《ろうか》を急ぎ足でやってくる足音がした。スネイプが足元にウィンキーを従《したが》えて戻《もど》ってきた。そのすぐ後ろにマクゴナガル先生がいた。

「クラウチ！」スネイプが、戸口で立ちすくんだ。「バーティ・クラウチ！」

「なんてことでしょう」

マクゴナガル先生も、立ちすくんで床《ゆか》の男を見つめた。

汚《よご》れきって、よれよれのウィンキーが、スネイプの足元からのぞき込《こ》んだ。ウィンキーは口をあんぐり開け、金切り声を上げた。

「バーティさま、バーティさま、こんな所で何を？」

ウィンキーは飛び出して、その若《わか》い男の胸《むね》にすがった。

「あなたたちはこの人を殺されい、ました！　この人を殺されい、ました！　ご主人さまの坊《ぼっ》ちゃまを！」

「『失神術《しっしんじゅつ》』にかかっているだけじゃ、ウィンキー」

ダンブルドアが言った。

「どいておくれ。セブルス、薬は持っておるか？」

スネイプがダンブルドアに、澄《す》みきった透明《とうめい》な液体《えきたい》の入った小さなガラス瓶《びん》を渡《わた》した。授業中《じゅぎょうちゅう》に、ハリーに飲ませるとスネイプが脅《おど》した、ベリタセラム、真実薬だ。ダンブルドアは立ち上がり、床《ゆか》の男の上にかがみ込《こ》み、男の上半身を起こして「敵鏡《てきかがみ》」の下の壁《かべ》に寄《よ》りかからせた。「敵鏡《てきかがみ》」にはダンブルドア、スネイプ、マクゴナガルの影《かげ》がまだ映《うつ》っていて、部屋にいる全員をにらんでいた。ウィンキーはひざまずいたまま、顔を手で覆《おお》って震《ふる》えている。ダンブルドアは男の口をこじ開け、薬を三滴流《てきなが》し込《こ》んだ。それから杖《つえ》を男の胸《むね》に向け、「リナベイト、蘇生《そせい》せよ」と唱えた。

クラウチの息子《むすこ》は目を開けた。顔がゆるみ、焦点《しょうてん》の合わない目をしている。ダンブルドアは、顔と顔が同じ高さになるように男の前にひざをついた。

「聞こえるかね？」ダンブルドアが静かに聞いた。

男はまぶたをパチパチさせた。

「はい」男がつぶやいた。

「話してほしいのじゃ」ダンブルドアがやさしく言った。

「どうやってここに来たのかを。どうやってアズカバンを逃《のが》れたのじゃ？」

クラウチは深く身を震《ふる》わせて、深々と息を吸《す》い込《こ》み、抑揚《よくよう》のない、感情《かんじょう》のない声で話しはじめた。

「母が助けてくれた。母は自分がまもなく死ぬことを知っていたのだ。母の最後の願いとして俺《おれ》を救出するように父を説《と》き伏《ふ》せた。俺《おれ》をけっして愛してくれなかった父だが、母を愛していた。父は承知《しょうち》した。二人が訪《たず》ねてきた。俺《おれ》に、母の髪《かみ》を一本入れたポリジュース薬をくれた。母は俺《おれ》の髪《かみ》を入れたものを飲んだ。俺《おれ》と母の姿《すがた》が入《い》れ替《か》わった」

ウィンキーが震《ふる》えながら頭《かぶり》を振《ふ》った。

「もう、それ以上言わないで、バーティ坊《ぼっ》ちゃま、どうかそれ以上は。お父さまが困《こま》らせられい、ます！」

しかし、クラウチはまた深く息を吸《す》い込《こ》み、相変わらず一本調子で話し続けた。

「吸魂鬼《きゅうこんき》は目が見えない。健康な者が一名と、死にかけた者が一名、アズカバンに入るのを感じ取っていた。健康な者一名と、死にかけた者一名が出ていくのも感じ取った。父は囚人《しゅうじん》の誰《だれ》かが独房《どくぼう》の戸のすきまから見ていたりする場合のことを考え、俺《おれ》に母の姿《すがた》をさせて、密《ひそ》かに連れ出したのだ」

「母はまもなくアズカバンで死んだ。最後までポリジュース薬を飲み続けるように気をつけていた。母は俺《おれ》の名前で、俺《おれ》の姿《すがた》のまま埋葬《まいそう》された。誰《だれ》もが母を俺《おれ》だと思った」

男のまぶたがパチパチした。

「そして、君の父親は、君を家に連れ帰ってから、どうしたのだね？」

ダンブルドアが静かに聞いた。

「母の死を装《よそお》った。静かな、身内だけの葬式《そうしき》だった。母の墓《はか》はからっぽだ。屋敷《やしき》しもべ妖精《ようせい》の世話で、俺《おれ》は健康を取《と》り戻《もど》した。それから俺《おれ》は隠《かく》され、管理されなければならなかった。父は俺《おれ》をおとなしくさせるためにいくつかの呪文《じゅもん》を使わなければならなかった。俺《おれ》は、元気を取《と》り戻《もど》したとき、ご主人様を探《さが》し出《だ》すことしか考えなかった……ご主人様の下《もと》で仕えることしか考えなかった」

「お父上は君をどうやっておとなしくさせたのじゃ？」ダンブルドアが聞いた。

「『服従の呪文《ふくじゅうのじゅもん》』だ」男が答えた。

「俺《おれ》は父に管理されていた。昼も夜も無理やり透明《とうめい》マントを着せられた。いつも、俺《おれ》はしもべ妖精《ようせい》と一緒《いっしょ》だった。しもべ妖精《ようせい》が俺《おれ》を監視《かんし》し、世話した。妖精《ようせい》は俺《おれ》を哀《あわ》れんだ。ときどきは気晴らしさせるようにと、妖精《ようせい》が父を説《と》き伏《ふ》せた。おとなしくしていたらそのほうびとして」

「バーティ坊《ぼっ》ちゃま。バーティ坊《ぼっ》ちゃま」

ウィンキーは顔を覆《おお》ったまますすり泣いた。

「この人たちにお話ししてはならないでございます。あたしたちは困《こま》らせられます、い、い、……」

「君がまだ生きていることを、誰《だれ》かに見つかったことがあるのかね？」

ダンブルドアがやさしく聞いた。

「君のお父上と屋敷妖精《やしきようせい》以外《いがい》に、誰《だれ》か知っていたかね？」

「はい」クラウチが言った。まぶたがまたパチパチした。

「父の役所の魔女《まじょ》で、バーサ・ジョーキンズ。あの女が、父のサインをもらいに書類を持って家に来た。父は不在《ふざい》だった。ウィンキーが中に通して、台所に戻《もど》った。俺《おれ》の所に。しかし、バーサ・ジョーキンズはウィンキーが俺《おれ》に話をしているのを聞いた。あの女は調べに入ってきた。透明《とうめい》マントに隠《かく》れているのが誰《だれ》なのかを充分想像《じゅうぶんそうぞう》することができるほどの、話の内容《ないよう》を聞いてしまった。父が帰宅《きたく》した。あの女が父を問いつめた。父は、あの女が知ってしまったことを忘《わす》れさせるのに、強力な『忘却術《ぼうきゃくじゅつ》』をかけた。あまりに強すぎて、あの女の記憶《きおく》は永久《えいきゅう》にそこなわれたと父が言った」

「あの女の人はどうしてご主人さまの個人的《こじんてき》なことにおせっかいを焼くのでしょう?」

ウィンキーがすすり泣いた。

「どうしてあの女の人は、あたしたちをそっとしておかないのでしょう?」

「クィディッチ・ワールドカップについて話しておくれ」ダンブルドアが言った。

「ウィンキーが父を説《と》き伏《ふ》せた」クラウチが依然《いぜん》として抑揚《よくよう》のない声で言った。

「何か月もかけて父を説《と》き伏《ふ》せた。俺《おれ》は何年も家から出ていなかった。俺《おれ》はクィディッチが好きだった。ウィンキーが、行かせてやってくれと頼《たの》んだ。透明《とうめい》マントを着せるから、観戦できると。もう一度新鮮《しんせん》な空気を吸《す》わせてあげてくれと。ウィンキーは、お母さまもきっとそれをお望みですと言った。母が俺《おれ》を自由にするために死んだのだと父に言った。お母さまが坊《ぼっ》ちゃまを救ったのは、生涯幽閉《しょうがいゆうへい》の身にするためではありませんと、ウィンキーが言った。父はついに折れた」

「計画は慎重《しんちょう》だった。父は、俺《おれ》とウィンキーを、まだ早いうちに貴賓席《きひんせき》に連れていった。ウィンキーが父の席を取っているという手はずだった。姿《すがた》の見えない俺《おれ》がそこに座《すわ》った。みんながいなくなってから俺《おれ》たちが退席《たいせき》すればよい。ウィンキーは一人で座《すわ》っているように見える。誰《だれ》も気づかないだろう」

「しかし、ウィンキーは、俺《おれ》がだんだん強くなっていることを知らなかった。父の『服従《ふくじゅう》の呪文《じゅもん》』を、俺《おれ》は破《やぶ》りはじめていた。ときどきほとんど自分自身に戻《もど》ることがあった。短い間だが、父の管理を逃《のが》れたと思えるときがあった。それが、ちょうど貴賓席《きひんせき》にいるときに起こった。深い眠《ねむ》りから覚めたような感じだ。俺《おれ》は公衆《こうしゅう》の中にいた。試合の真っ最中だ。そして、前の男の子のポケットから杖《つえ》が突《つ》き出《だ》しているのが見えた。アズカバンに行く前から、ずっと杖《つえ》は許《ゆる》されていなかった。俺《おれ》はその杖《つえ》を盗《ぬす》んだ。ウィンキーは知らなかった。ウィンキーは高所恐怖症《こうしょきょうふしょう》だ。顔を隠《かく》していた」

「バーティ坊《ぼっ》ちゃま、悪い子です！」

ウィンキーが指の間からボロボロ涙《なみだ》をこぼしながら、小さな声で言った。

「それで、杖《つえ》を取ったのじゃな」ダンブルドアが言った。

「そして、杖《つえ》で何をしたのじゃ？」

「俺《おれ》たちはテントに戻《もど》った」クラウチが言った。

「その時やつらの騒《さわ》ぎを聞いた。死喰《しく》い人《びと》の騒《さわ》ぎを。アズカバンに入ったことがない連中だ。あのお方に背《せ》を向けたやつらだ。あのお方のために苦しんだことがないやつらだ。あいつらは、俺《おれ》のようにつながれてはいなかった。やつらは自由にあのお方をお探《さが》しできたのに、そうしなかった。マグルをもてあそんでいただけだ。やつらの声が俺《おれ》を呼《よ》び覚《さ》ました。ここ何年もなかったほど、俺《おれ》の頭ははっきりしていた。俺《おれ》は怒《おこ》った。手には杖《つえ》があった。俺《おれ》は、ご主人様に忠義《ちゅうぎ》を尽《つ》くさなかったやつらを襲《おそ》いたかった。父はテントにいなかった。マグルを助けに行ったあとだった。ウィンキーは俺《おれ》が怒《おこ》っているのを見て心配した。ウィンキーは自分なりの魔法《まほう》を使って俺《おれ》を自分の体に縛《しば》りつけた。ウィンキーは俺《おれ》をテントから引《ひ》っ張《ぱ》り出《だ》し、死喰《しく》い人《びと》から遠ざけようと森へ引《ひ》っ張《ぱ》っていった。俺《おれ》はウィンキーを引き止めようとした。俺《おれ》はキャンプ場に戻《もど》りたかった。死喰《しく》い人《びと》の連中に、闇《やみ》の帝王《ていおう》への忠義《ちゅうぎ》とは何かを見せつけてやりたかった。そして不忠者《ふちゅうもの》を罰《ばっ》したかった。俺《おれ》は盗《ぬす》んだ杖《つえ》で空に『闇《やみ》の印《しるし》』を打ち上げた」

「魔法省《まほうしょう》の役人がやってきた。四方八方に『失神《しっしん》の呪文《じゅもん》』が発射《はっしゃ》された。そのうちの一つが木の間から俺《おれ》とウィンキーが立っている所に届《とど》いた。俺《おれ》たち二人を結んでいた絆《きずな》が切れた。二人とも『失神』させられた」

「ウィンキーが見つかったとき、父は必ず俺《おれ》がそばにいると知っていた。ウィンキーが見つかった潅木《かんぼく》の中を探《さが》し、父は俺《おれ》が倒《たお》れているのをさわって確《たし》かめた。父は魔法省《まほうしょう》の役人たちが森からいなくなるのを待った。そして俺《おれ》に『服従の呪文《ふくじゅうのじゅもん》』をかけ、家に連れ帰った。父はウィンキーを解雇《かいこ》した。ウィンキーは父の期待に添《そ》えなかった。俺《おれ》に杖《つえ》を持たせたし、もう少しで俺《おれ》を逃《に》がすところだった」

ウィンキーは絶望的《ぜつぼうてき》な泣き声を上げた。

「家にはもう、父と俺《おれ》だけになった。そして……そしてその時……」

クラウチの頭が、首の上でぐるりと回り、その顔に狂気《きょうき》の笑いが広がった。

「ご主人様が俺《おれ》を探《さが》しにおいでになった……」

「ある夜遅《よるおそ》く、ご主人様は下僕《しもべ》のワームテールの腕《うで》に抱《だ》かれて、俺《おれ》の家にお着きになった。俺《おれ》がまだ生きていることがおわかりになったのだ。ご主人様はアルバニアでバーサ・ジョーキンズを捕《と》らえ、拷問《ごうもん》した。あの女はいろいろとご主人様に話した。三大魔法学校対抗試合《まほうがっこうたいこうじあい》のこと、闇祓《やみばら》いのムーディがホグワーツで教えることになったことも話した。ご主人様は、父があの女にかけた『忘却呪文《ぼうきゃくじゅもん》』さえ破《やぶ》るほどに拷問《ごうもん》した。あの女は俺《おれ》がアズカバンから逃《に》げたことを話した。父が俺《おれ》を幽閉《ゆうへい》し、ご主人様を探《さが》し求《もと》めないようにしていると、あの女が話した。そこでご主人様は、俺《おれ》がまだ忠実《ちゅうじつ》な従者《じゅうしゃ》であることが——たぶん最も忠実《ちゅうじつ》な者であることが——おわかりになった。ご主人様はバーサの情報《じょうほう》に基《もと》づいて、ある計画を練られた。俺《おれ》が必要だった。ご主人様は真夜中近くにおいでになった。父が玄関《げんかん》に出た」

人生で一番楽しいときを思い出すかのように、クラウチの顔にますます笑《え》みが広がった。ウィンキーの指の間から、恐怖《きょうふ》で凍《こお》りついた茶色の目がのぞいていた。驚《おどろ》きのあまり口もきけない様子だ。

「あっという間だった。父はご主人様の『服従《ふくじゅう》の呪文《じゅもん》』にかかった。今度は父が幽閉《ゆうへい》され、管理される立場だった。ご主人様は、父がいつものように仕事を続け、何事もなかったかのように振《ふ》る舞《ま》うように服従《ふくじゅう》させた。そして俺《おれ》は解放《かいほう》され、目覚めた。俺《おれ》はまた自分を取《と》り戻《もど》した。ここ何年もなかったほど生き生きした」

「そして、ヴォルデモート卿《きょう》は君に何をさせたのかね？」ダンブルドアが聞いた。

「あのお方のために、あらゆる危険《きけん》をおかす覚悟《かくご》があるかと、俺《おれ》にお聞きになった。もちろんだ。あのお方にお仕えして、俺《おれ》の力をあのお方に認《みと》めていただくのが、俺《おれ》の最大の夢《ゆめ》、最大の望みだった。あのお方はホグワーツに忠実《ちゅうじつ》な召使《めしつか》いを送《おく》り込《こ》む必要があると、俺《おれ》におっしゃった。三校対抗《たいこう》試合《じあい》の間、それと気取《けど》られずに、ハリー・ポッターを誘導《ゆうどう》する召使《めしつか》いが必要だった。ハリー・ポッターを監視《かんし》する召使《めしつか》い。ハリー・ポッターが確実《かくじつ》に優勝杯《ゆうしょうはい》にたどり着くようにする召使《めしつか》い。優勝杯《ゆうしょうはい》を移動《ポート》キーにし、最初にそれに触《ふ》れたものをご主人様の下《もと》に連れていくようにする召使《めしつか》い。しかし、その前に――」

「君にはアラスター・ムーディが必要だった」

ダンブルドアの声は相変わらず落ち着いていたが、そのブルーの目は、メラメラと燃《も》えていた。

「ワームテールと俺《おれ》がやった。その前にポリジュース薬を準備《じゅんび》しておいた。ムーディの家に出かけた。ムーディは抵抗《ていこう》した。騒《さわ》ぎが起こった。なんとか間に合ってやつをおとなしくさせた。あいつ自身の魔法《まほう》のトランクの一室にあいつを押《お》し込《こ》んだ。あいつの髪《かみ》の毛を少し取って、薬に入れた。あいつ俺《おれ》がそれを飲んで、ムーディになりすました。俺《おれ》はあいつの義足《ぎそく》と『魔法《まほう》の目』をつけた。準備《じゅんび》を整えて、騒《さわ》ぎを聞きつけてマグルの処理《しょり》に駆《か》けつけたアーサー・ウィーズリーに会った。俺《おれ》はごみバケツを庭で暴《あば》れさせ、アーサー・ウィーズリーに、何者かが庭に忍《しの》び込《こ》んだのでごみバケツが警《けい》報《ほう》を発したと言った。それから俺《おれ》は、ムーディの服や闇《やみ》の検知器《けんちき》をムーディと一緒《いっしょ》にトランクに詰《つ》め、ホグワーツに出発した。ムーディは『服従《ふくじゅう》の呪文《じゅもん》』にかけて生かしておいた。あいつに質問《しつもん》したいことがあった。ダンブルドアでさえだますことができるよう、あいつの過去《かこ》も、くせも学ばなければならなかった。ポリジュース薬を作るのに、あいつの髪《かみ》の毛も必要だった。ほかの材料は簡《かん》単《たん》だった。毒《どく》ツルヘビの皮は地下牢《ちかろう》から盗《ぬす》んだ。魔法薬《まほうやく》の先生に研究室で見つかったときは、捜索《そうさく》命令《めいれい》を執行《しっこう》しているのだと言った」

「ムーディを襲《おそ》ったあと、ワームテールはどうしたのかね?」ダンブルドアが聞いた。

「ワームテールは、ご主人様の世話と父の監視《かんし》のために父の家に戻《もど》った」

「しかしお父上は逃《に》げ出《だ》した」ダンブルドアが言った。

「そうだ。しばらくして、俺《おれ》がやったと同じように、父は『服従《ふくじゅう》の呪文《じゅもん》』に抵抗《ていこう》しはじめた。何が起こっているのか、父はときどき気がついた。ご主人様は、父が家を出るのはもはや安全ではないとお考えになった。ご主人様は父に魔法省《まほうしょう》への手紙を書かせることにした。父に命じて、病気だという手紙を書かせた。しかし、ワームテールは義務《ぎむ》をおこたった。充分《じゅうぶん》に警戒《けいかい》していなかった。父は逃《に》げ出《だ》した。ご主人様は父がホグワーツに向かったと判断《はんだん》なさった。父はダンブルドアにすべてを打ち明け、告白《こくはく》するつもりだった。俺《おれ》をアズカバンからこっそり連れ出したと自白するつもりだった」

「ご主人様は父が逃《に》げたと知らせをよこした。あのお方は、なんとしてでも父を止めるようにとおっしゃった。そこで俺《おれ》は待機して見張《みは》っていた。ハリー・ポッターから手に入れた地図を使った。もう少しですべてをだいなしにしてしまうかもしれなかった、あの地図だ」

「地図？」ダンブルドアが急いで聞いた。

「なんの地図じゃ？」

「ポッターのホグワーツ地図だ。ポッターは俺《おれ》をその地図で見つけた。ポッターは、ある晩《ばん》、俺《おれ》がポリジュースの材料をスネイプの研究室から盗《ぬす》むところを地図で見た。俺《おれ》は父と同じ名前なので、ポッターは俺《おれ》を父だと思った。俺《おれ》はその夜、ポッターから地図を取り上げた。俺《おれ》はポッターに、『クラウチ氏は闇《やみ》の魔法使《まほうつか》いを憎《にく》んでいる』と言った。ポッターは父がスネイプを追っていると思ったようだ」

「一週間、俺《おれ》は父がホグワーツに着くのを待った。ついにある晩《ばん》、父が校庭内に入ってくるのを、地図が示《しめ》した。俺《おれ》は透明《とうめい》マントをかぶり、父に会いに出ていった。父は禁《きん》じられた森《もり》の周りを歩いていた。その時ポッターが来た。クラムもだ。俺《おれ》は待った。ポッターにけがをさせるわけにはいかない。ご主人様がポッターを必要としている。ポッターがダンブルドアを迎《むか》えに走った。俺《おれ》はクラムに『失神術《しっしんじゅつ》』をかけ、父を殺した」

「**あぁぁぁぁ!**」ウィンキーが嘆《なげ》き叫《さけ》んだ。

「坊《ぼっ》ちゃま、バーティ坊《ぼっ》ちゃま、何をおっしゃるのです?」

「君はお父上を殺したのじゃな」

ダンブルドアが依然《いぜん》として静かな声で言った。

「遺体《いたい》はどうしたのじゃ?」

「禁《きん》じられた森《もり》の中に運んだ。透明《とうめい》マントで覆《おお》った。その時俺《おれ》は、地図を持っていた。地図で、ポッターが城《しろ》に駆《か》け込《こ》むのが見えた。ポッターはスネイプに出会った。ダンブルドアが加わった。ポッターがダンブルドアを連れて城《しろ》から出てくるのを見た。俺《おれ》は森から出て、二人の後ろに回り、現場《げんば》に戻《もど》って二人に会った。ダンブルドアには、スネイプが俺《おれ》に現場《げんば》を教えてくれたと言った」

「ダンブルドアは俺《おれ》に、クラウチ氏を探《さが》せと言った。俺《おれ》は父親の遺体《いたい》の所に戻《もど》り、地図を見ていた。みんながいなくなってから、俺《おれ》は父の遺体《いたい》を変身させ、骨《ほね》に変えた……。透明《とうめい》マントを着て、その骨《ほね》を、ハグリッドの小屋の前の、掘《ほ》り返《かえ》されたばかりの場所に埋《う》めた」

すすり泣きを続けるウィンキーの声以外は、物音一つしない。

やがて、ダンブルドアが言った。

「そして、今夜……」

「俺《おれ》は夕食前に、優勝杯《ゆうしょうはい》を迷路《めいろ》に運《はこ》び込《こ》む仕事を買って出た」

バーティ・クラウチがささやくように言った。

「俺《おれ》はそれを移動キー《ポートキー》に変えた。ご主人様の計画はうまくいった。あのお方は権力《けんりょく》の座《ざ》に戻《もど》ったのだ。そして俺《おれ》は、ほかの魔法使《まほうつか》いが夢見《ゆめみ》ることもかなわぬ栄誉《えいよ》を、あのお方から与《あた》えられるだろう」

狂気《きょうき》の笑《え》みが再《ふたた》び顔を輝《かがや》かせ、クラウチは頭をだらりと肩《かた》にもたせかけた。そのかたわらで、ウィンキーがさめざめと泣き続けていた。

第三十六章　決別

ダンブルドアが立ち上がった。嫌悪《けんお》の色を顔に浮《う》かべ、しばらくバーティ・クラウチを見つめていた。そしてもう一度杖《つえ》を上げると、杖先《つえさき》から飛び出した縄《なわ》が、ひとりでにバーティ・クラウチにぐるぐる巻《ま》きついてしっかり縛《しば》り上《あ》げた。

ダンブルドアがマクゴナガル先生のほうを見た。

「ミネルバ、ハリーを上に連れていく間、ここで見張《みは》りを頼《たの》んでもよいかの？」

「もちろんですわ」

マクゴナガル先生が答えた。たったいま誰《だれ》かが嘔吐《おうと》するのを見て、自分も吐《は》きたくなったような顔をしていた。しかし、杖《つえ》を取り出してバーティ・クラウチに向けたとき、その手はしっかりしていた。

「セブルス」ダンブルドアがスネイプのほうを向いた。

「マダム・ポンフリーに、ここに下りてくるように頼《たの》んでくれんか？　アラスター・ムーディを医《い》務室《むしつ》に運ばねばならん。そのあとで校庭に行き、コーネリウス・ファッジを探《さが》して、この部屋に連れてきてくれ。ファッジはまちがいなく、自分でクラウチを尋問《じんもん》したいことじゃろう。ファッジに、わしに用があれば、あと半時間もしたら、わしは医務室《いむしつ》に行っておると伝えてくれ」

スネイプはうなずき、無言でサッと部屋を出ていった。

「ハリー？」ダンブルドアがやさしく言った。

ハリーは立ち上がったが、またぐらりとした。クラウチの話を聞いている間は気づかなかった痛《いた》みが、いま完全に戻《もど》ってきた。その上、体が震《ふる》えているのに気づいた。ダンブルドアはハリーの腕《うで》をつかみ、介助《かいじょ》しながら暗い廊下《ろうか》に出た。

「ハリー、まずわしの部屋に来てほしい」

ダンブルドアは廊下《ろうか》を歩きながら静かに言った。

「シリウスがそこで待っておる」

ハリーはうなずいた。一種の無感覚状態《むかんかくじょうたい》と非現実感《ひげんじつかん》とが、ハリーを襲《おそ》っていた。しかし、ハリーは気にならなかった。むしろうれしかった。優勝杯《ゆうしょうはい》に触《ふ》れてから起こったことについて、何も考えたくなかった。写真のように鮮《あざ》やかに、くっきりと、頭の中に明滅《めいめつ》する記憶《きおく》をじっくり調べてみる気にはなれなかった。トランクの中のマッド－アイ・ムーディ、手首のない腕《うで》をかばいながら地面にへたり込《こ》んでいるワームテール、湯気の立《た》ち昇《のぼ》る大鍋《おおなべ》からよみがえったヴォルデモート、セドリック……死んでいる……両親の元に返してくれと頼《たの》んだセドリック……。

「校長先生」ハリーが口ごもった。「ディゴリーさんご夫妻《ふさい》はどこに？」

「スプラウト先生と一緒《いっしょ》じゃ」

ダンブルドアが言った。バーティ・クラウチを尋問《じんもん》している間、ずっと平静だったダンブルドアの声が、初めてわずかに震《ふる》えた。

「スプラウト先生はセドリックの寮《りょう》の寮監《りょうかん》じゃ。あの子のことを一番よくご存《ぞん》じじゃ」

怪獣《ガーゴイル》の石像《せきぞう》の前に来た。ダンブルドアが合言葉を言うと、石像《せきぞう》が脇《わき》に飛びのいた。ダンブルドアとハリーは、動く螺旋階段《らせんかいだん》で樫《かし》の扉《とびら》まで上っていった。ダンブルドアが扉《とびら》を押《お》し開《あ》けた。

そこに、シリウスが立っていた。アズカバンから逃亡《とうぼう》してきたときのように、蒼白《そうはく》でやつれた顔をしている。シリウスは一気に部屋を横切ってやってきた。

「ハリー、大丈夫《だいじょうぶ》か？　私《わたし》の思ったとおりだ――こんなことになるのではないかと思っていた――いったい何があった？」

ハリーを介助《かいじょ》して机《つくえ》の前の椅子《いす》に座《すわ》らせながら、シリウスの手が震《ふる》えていた。

「いったい何があったのだ？」シリウスがいっそう急《せ》き込《こ》んで尋《たず》ねた。

ダンブルドアがバーティ・クラウチの話を、一部始終シリウスに語りはじめた。ハリーは半分しか聞いていなかった。つかれはて、体中の骨《ほね》が痛《いた》んだ。眠《ねむ》りに落ちて何も考えず、何も感じなくなるまで、何時間も何時間も、邪魔《じゃま》されず、ひたすらそこに座《すわ》っていたかった。

やわらかな羽音がした。不死鳥のフォークスが、止まり木を離《はな》れ、部屋のむこうから飛んできて、ハリーのひざに止まった。

「やあ、フォークス」

ハリーは小さな声でそう言うと、不死鳥の真紅《しんく》と金色《こんじき》の美しい羽をなでた。フォークスは安らかに瞬《まばた》きしながらハリーを見上げた。ひざに感じる温もりと重みが心を癒《い》やした。

ダンブルドアが話し終えた。そして、机《つくえ》のむこう側に、ハリーと向き合って座《すわ》った。ダンブルドアはハリーを見つめた。ハリーはその目をさけた。――ダンブルドアは僕《ぼく》に質問《しつもん》するつもりだ。僕《ぼく》に、すべてをもう一度思い出させようとしている。

「ハリー、迷路《めいろ》の移動《ポート》キーに触《ふ》れてから、何が起こったのか、わしは知る必要があるのじゃ」

ダンブルドアが言った。

「ダンブルドア、明日の朝まで待てませんか？」

シリウスが厳《きび》しい声で言った。シリウスは片方《かたほう》の手をハリーの肩《かた》に置いていた。

「眠《ねむ》らせてやりましょう。休ませてやりましょう」

ハリーはシリウスへの感謝《かんしゃ》の気持ちがどっとあふれるのを感じた。しかし、ダンブルドアはシリウスの言葉を無視《むし》した。ダンブルドアがハリーのほうに身を乗り出した。ハリーは気が進まないままに顔を上げ、ダンブルドアのブルーの瞳《ひとみ》を見つめた。

「それで救えるのなら」ダンブルドアがやさしく言った。「君を魔法《まほう》の眠《ねむ》りにつかせ、今夜の出来事を考えるのを先延《さきの》ばしにすることで君を救えるなら、わしはそうするじゃろう。しかし、そうではないのじゃ。一時的に痛《いた》みをまひさせれば、あとになって感じる痛《いた》みは、もっとひどい。君は、わしの期待をはるかに超《こ》える勇気を示《しめ》した。もう一度その勇気を示《しめ》してほしい。何が起きたか、わしらに聞かせてくれ」

不死鳥がひと声、やわらかに震《ふる》える声で鳴いた。その声が空気を震《ふる》わせると、ハリーは、熱い液《えき》体《たい》が一滴《てき》、のどを通り、胃《い》に入り、体が温まり、力が湧《わ》いてくるような気がした。

ハリーは深く息を吸《す》い込《こ》み、話しはじめた。話しながら、その夜の光景の一つ一つが、目の前にくり広げられるように感じられた。ヴォルデモートをよみがえらせたあの液体《えきたい》から出る火花。周囲の墓《はか》と墓《はか》の間から「姿《すがた》あらわし」してくる死喰《しく》い人《びと》。優勝杯《ゆうしょうはい》のそばに横たわるセドリックのなきがら。

ハリーの肩《かた》をしっかりつかんだまま、一、二度、シリウスが何か言いたそうな声を出した。しかし、ダンブルドアは手を上げてそれを制《せい》した。ハリーにはそのほうがうれしかった。話しだしてしまえば、続けて話してしまうほうが楽だった。ホッとすると言ってもよかった。何か毒のようなものが体から抜《ぬ》き取《と》られていくような気分でさえあった。話し続けるには、ハリーの意志《いし》のすべてを振《ふ》りしぼらなければならなかった。それでも、話し終われば、気持ちがすっきりするような予感がした。

ワームテールが短剣《たんけん》でハリーの腕《うで》を突《つ》き刺《さ》した件《くだり》になると、シリウスが激《はげ》しくののしった。ダンブルドアがあまりにすばやく立ち上がったので、ハリーは驚《おどろ》いた。ダンブルドアは机《つくえ》を回《まわ》り込《こ》んでやってきて、ハリーに腕《うで》を出して見せるように言った。ハリーは、切《き》り裂《さ》かれたローブと、その下の傷《きず》を二人に見せた。

「僕《ぼく》の血が、ほかの誰《だれ》の血よりも、あの人を強くすると、ヴォルデモートが言ってました」

ハリーがダンブルドアに言った。

「僕《ぼく》を護《まも》っているものが――僕《ぼく》の母が残してくれたものが――あの人にも入るのだと言ってました。そのとおりでした――ヴォルデモートは僕《ぼく》にさわっても傷《きず》つきませんでした。僕《ぼく》の顔をさわったんです」

ほんの一瞬《いっしゅん》、ハリーはダンブルドアの目に勝《か》ち誇《ほこ》ったような光を見たような気がした。しかし、次の瞬間《しゅんかん》、ハリーはきっと勘《かん》ちがいだったんだと思った。机《つくえ》のむこう側に戻《もど》ったダンブルドアが、ハリーがこれまで見たこともないほど老《ふ》け込《こ》んで、つかれて見えたからだ。

「なるほど」

ダンブルドアは再《ふたた》び腰《こし》をかけた。

「ヴォルデモートはその障害《しょうがい》については克服《こくふく》したというわけじゃな。ハリー、続けるのじゃ」

ハリーは話し続けた。ヴォルデモートが大鍋《おおなべ》からどのようによみがえったのかを語り、死喰い人《しくいびと》たちへのヴォルデモートの演説《えんぜつ》を、思い出せるかぎり話して聞かせた。それから、ヴォルデモートがハリーの縄目《なわめ》を解《と》き、杖《つえ》を返し、決闘《けっとう》しようとしたことを話した。

しかし、金色の光がハリーとヴォルデモートの杖同士《つえどうし》をつないだ件《くだり》では、ハリーはのどを詰《つ》まらせた。話し続けようとしても、ヴォルデモートの杖《つえ》から現《あらわ》れたものの記憶《きおく》が、どっとあふれ、胸《むね》がいっぱいになってしまったのだ。セドリックが出てくるのが見える。年老いた男が、バーサ・ジョーキンズが……母が……父が……。

シリウスが沈黙《ちんもく》を破《やぶ》ってくれたのが、ハリーにはありがたかった。

「杖《つえ》がつながった？」シリウスはハリーを見て、ダンブルドアを見た。

「なぜなんだ？」

ハリーも再《ふたた》びダンブルドアを見上げた。ダンブルドアは何かに強く魅《ひ》かれた顔をしていた。

「直前呪文《ちょくぜんじゅもん》じゃな」ダンブルドアがつぶやいた。

ダンブルドアの目がハリーの目をじっと見つめた。二人の間に、目に見えない光線が走り、理解《りかい》し合ったかのようだった。

「呪文逆戻《じゅもんぎゃくもど》し効果《こうか》？」シリウスが鋭《するど》い声で言った。

「さよう」ダンブルドアが言った。「ハリーの杖《つえ》とヴォルデモートの杖《つえ》には共通の芯《しん》が使ってある。それぞれに同じ不死鳥の尾羽根《おばね》が一枚《まい》ずつ入っている。じつは、**この**不死鳥なのじゃ」

ダンブルドアはハリーのひざに安らかに止まっている真紅《しんく》と金色《こんじき》の鳥を指差した。

「僕《ぼく》の杖《つえ》の羽根は、フォークスの？」ハリーは驚《おどろ》いた。

「そうじゃ」ダンブルドアが答えた。「四年前、オリバンダー翁《おう》が、君があの店を出た直後に手紙をくれての、君が二本目の杖《つえ》を買ったと教えてくれたのじゃ」

「すると、杖《つえ》が兄弟杖《きょうだいづえ》に出会うと、何が起こるのだろう？」シリウスが言った。

「お互《たが》いに相手に対して正常《せいじょう》に作動しない」ダンブルドアが言った。「しかし、杖《つえ》の持ち主が、二つを無理に戦わせると……非常《ひじょう》に稀《まれ》な現象《げんしょう》が起こる」

「どちらか一本が、もう一本に対して、それまでにかけた呪文《じゅもん》を吐《は》き出《だ》させる——逆《ぎゃく》の順序《じゅんじょ》で。一番新しい呪文《じゅもん》を最初に……そしてそれ以前にかけたものを次々に……」

ダンブルドアが確《たし》かめるような目でハリーを見た。ハリーがうなずいた。

「ということは」ダンブルドアがハリーの顔から目を離《はな》さず、ゆっくりと言った。「セドリックがなんらかの形で現《あらわ》れたのじゃな？」

ハリーがまたうなずいた。

「ディゴリーが生き返った？」シリウスが鋭《するど》い声で言った。

「どんな呪文《じゅもん》をもってしても、死者を呼《よ》び覚《さ》ますことはできぬ」

ダンブルドアが重苦しく言った。

「こだまが逆《ぎゃく》の順序《じゅんじょ》で返ってくるようなことが起こったのじゃろう。生きていたときのセドリックの姿《すがた》の影《かげ》が杖《つえ》から出てきた……そうじゃな、ハリー？」

「セドリックが僕《ぼく》に話しかけました」ハリーが言った。急にまた体が震《ふる》えだした。

「ゴースト……セドリックのゴースト、それとも、なんだったのでしょう。それが僕《ぼく》に話しかけました」

「こだまじゃ」ダンブルドアが言った。

「セドリックの外見や性格《せいかく》をそっくり保《たも》っておる。おそらく、ほかにも同じような姿《すがた》が現《あらわ》れたのであろうと想像《そうぞう》するが……もっと以前にヴォルデモートの杖《つえ》の犠牲《ぎせい》になった者たちが……」

「老人が」ハリーはまだのどがしめつけられているようだった。

「バーサ・ジョーキンズが。それから……」

「ご両親じゃな？」ダンブルドアが静かに言った。

「はい」

ハリーの肩《かた》をつかんだシリウスの手に力が入り、痛《いた》いくらいだった。

「杖《つえ》が殺《あや》めた最後の犠牲者《ぎせいしゃ》たちじゃ」ダンブルドアがうなずきながら言った。

「殺《あや》めた順序《じゅんじょ》と逆《ぎゃく》に。もちろん、杖《つえ》のつながりをもっと長く保《たも》っていれば、もっと多くの者が現《あらわ》れてきたはずじゃ。よろしい、ハリー、このこだまたち、影《かげ》たちは……何をしたのかね？」

ハリーは話した。杖《つえ》から現《あらわ》れた姿《すがた》が、金色のかごの内側を徘徊《はいかい》したこと、ヴォルデモートが影《かげ》たちを恐《おそ》れていたこと、ハリーの父親の影《かげ》がどうしたらよいか教えてくれたこと、セドリックの最後の願いのこと。

そこまで話したとき、ハリーはもうそれ以上は続けられないと思った。シリウスを振《ふ》り返《かえ》ると、シリウスは両手に顔をうずめていた。

ふと気がつくと、フォークスはもうハリーのひざを離《はな》れていた。不死鳥は床《ゆか》に舞《ま》い降《お》りていた。そして、その美しい頭をハリーの傷《きず》ついた脚《あし》にもたせかけ、その目からは真珠《しんじゅ》のようなとろりとした涙《なみだ》が、蜘蛛《くも》が残した脚《あし》の傷《きず》にこぼれ落ちていた。痛《いた》みが消えた。皮膚《ひふ》は元どおりになり、脚《あし》は癒《い》えた。

「もう一度言う」

不死鳥が舞《ま》い上《あ》がり、扉《とびら》のそばの止まり木に戻《もど》ると、ダンブルドアが言った。

「ハリー、今夜、君は、わしの期待をはるかに超《こ》える勇気を示《しめ》した。君は、ヴォルデモートの力が最も強かった時代に戦って死んだ者たちに劣《おと》らぬ勇気を示《しめ》した。一人前の魔法使《まほうつか》いに匹敵《ひってき》する重荷を背負《せお》い、大人に勝《まさ》るとも劣《おと》らぬ君自身を見出《みいだ》したのじゃ――さらに君はいま、我々《われわれ》が知るべきことをすべて話してくれた。わしと一緒《いっしょ》に医務室《いむしつ》に行こうぞ。今夜は寮《りょう》に戻《もど》らぬほうがよい。魔法睡《まほうすい》眠薬《みんやく》、それに安静じゃ……。シリウス、ハリーと一緒《いっしょ》にいてくれるかの？」

シリウスがうなずいて立ち上がった。そして黒い犬に変身し、ハリー、ダンブルドアと一緒《いっしょ》に部屋を出て、階段《かいだん》を下り、医務室《いむしつ》までついていった。

ダンブルドアが医務室《いむしつ》のドアを開けると、そこには、ウィーズリーおばさん、ビル、ロン、ハーマイオニーが、弱りきった顔をしたマダム・ポンフリーを取り囲んでいた。どうやら、「ハリーはどこか」「ハリーの身に何が起こったか」と問《と》い詰《つ》めていた様子だ。

ハリー、ダンブルドア、そして黒い犬が入ってくると、みんないっせいに振《ふ》り返《かえ》った。ウィーズリーおばさんは声を詰《つ》まらせて叫《さけ》んだ。

「ハリー！　ああ、ハリー！」

おばさんはハリーに駆《か》け寄《よ》ろうとしたが、ダンブルドアが二人の間に立ちふさがった。

「モリー」ダンブルドアが手で制《せい》した。

「ちょっと聞いておくれ。ハリーは今夜、恐《おそ》ろしい試練をくぐり抜《ぬ》けてきた。それをわしのために、もう一度再現《さいげん》してくれたばかりじゃ。いまハリーに必要なのは、安らかに、静かに、眠《ねむ》ることじゃ。もしハリーが、みんなにここにいてほしければ」

ダンブルドアはロン、ハーマイオニー、そしてビルと見回した。

「そうしてよろしい。しかし、ハリーが答えられる状態《じょうたい》になるまでは、質問《しつもん》をしてはならぬぞ。今夜は絶対《ぜったい》に、質問《しつもん》してはならぬ」

ウィーズリーおばさんが、真っ青な顔でうなずいた。

おばさんは、まるでロン、ハーマイオニー、ビルがうるさくしていたかのように、シーッと言って三人を叱《しか》った。

「わかったの？　ハリーは安静が必要なのよ！」

「校長先生」マダム・ポンフリーが、シリウスの変身した黒い大きな犬をにらみながら言った。

「いったいこれは――？」

「この犬はしばらくハリーのそばにいる」ダンブルドアはさらりと言った。

「わしが保証《ほしょう》する。この犬はたいそうしつけがよい。ハリー――わしは君がベッドに入るまでここにおるぞ」

ダンブルドアがみんなに質問《しつもん》を禁《きん》じてくれたことに、ハリーは言葉に言い表せないほど感謝《かんしゃ》していた。みんなに、ここにいてほしくないというわけではない。しかし、もう一度あれをまざまざと思い出し、再《ふたた》び説明することなど、ハリーにはとてもたえられない。

「ハリー、わしは、ファッジに会ったらすぐに戻《もど》ってこよう」ダンブルドアが言った。「明日、わしが学校のみなに話をする。それまで、明日もここにおるのじゃぞ」

そして、ダンブルドアはその場を去った。

マダム・ポンフリーはハリーを近くのベッドに連れていった。一番隅《すみ》のベッドに、本物のムーディが死んだように横たわっているのがちらりと見えた。木製《もくせい》の義足《ぎそく》と「魔法《まほう》の目」が、ベッド脇《わき》のテーブルに置いてある。

「あの人は大丈夫《だいじょうぶ》ですか？」ハリーが聞いた。

「大丈夫《だいじょうぶ》ですよ」

マダム・ポンフリーがハリーにパジャマを渡《わた》し、ベッドの周りのカーテンを閉《し》めながら言った。ハリーはローブを脱《ぬ》ぎ、パジャマを着てベッドに入った。ロン、ハーマイオニー、ビル、ウィーズリーおばさん、そして黒い犬がカーテンを回《まわ》り込《こ》んで入ってきて、ベッドの両側に座《すわ》った。ロンとハーマイオニーは、まるで怖《こわ》いものでも見るように、恐《おそ》る恐《おそ》るハリーを見た。

「僕《ぼく》、大丈夫《だいじょうぶ》」ハリーが二人に言った。「つかれてるだけ」

ウィーズリーおばさんは、必要もないのにベッドカバーのしわを伸《の》ばしながら、目にいっぱい涙《なみだ》を浮《う》かべていた。

マダム・ポンフリーは、いったんせかせかと事務室《じむしつ》に行ったが、戻《もど》ってきたときには、手にゴブレットと紫色《むらさきいろ》の薬が入った小瓶《こびん》を持っていた。

「ハリー、これを全部飲まないといけません」マダム・ポンフリーが言った。

「この薬で、夢《ゆめ》を見ずに眠《ねむ》ることができます」

ハリーはゴブレットを取り、二口、三口飲んでみた。すぐに眠《ねむ》くなってきた。周りのものすべてがぼやけてきた。医務室中《いむしつじゅう》のランプが、カーテンを通して、親しげにウィンクしているような気がした。羽根布団《はねぶとん》の温《ぬく》もりの中に、全身が深々と沈《しず》んでいくようだった。薬を飲《の》み干《ほ》す前に、一言も口をきく間もなく、疲労《ひろう》がハリーを眠《ねむ》りへと引《ひ》き込《こ》んでいた。


目覚めたとき、あまりに温かく、まだとても眠《ねむ》かったので、もうひと眠《ねむ》りしようと、ハリーは目を開けなかった。部屋はぼんやりと灯《あか》りがともっていた。きっとまだ夜で、あまり長い時間は眠《ねむ》っていないのだろうと思った。

その時、そばでヒソヒソ話す声が聞こえた。

「あの人たち、静かにしてもらわないと、この子を起こしてしまうわ！」

「いったい何をわめいてるんだろう？　また何か起こるなんて、ありえないよね？」

ハリーは薄目《うすめ》を開けた。誰《だれ》かがハリーのめがねをはずしたらしい。すぐそばにいるウィーズリーおばさんとビルの姿《すがた》がぼんやり見えた。おばさんは立ち上がっている。

「ファッジの声だわ」おばさんがささやいた。

「それと、ミネルバ・マクゴナガルだわね。いったい何を言い争ってるのかしら」

もうハリーにも聞こえた。誰《だれ》かがどなり合いながら医務室《いむしつ》に向かって走ってくる。

「残念だが、ミネルバ、仕方がない――」

コーネリウス・ファッジのわめき声がする。

「絶対《ぜったい》に、あれを城《しろ》の中に入れてはならなかったのです！」

マクゴナガル先生が叫《さけ》んでいる。

「ダンブルドアが知ったら――」

ハリーは医務室《いむしつ》のドアがバーンと開く音を聞いた。ビルがカーテンを開け、みんながドアのほうを見つめた。ハリーはベッドの周りの誰《だれ》にも気づかれずに、起き上がって、めがねをかけた。

ファッジがドカドカと医務室《いむしつ》に入ってきた。すぐ後ろにマクゴナガル先生とスネイプ先生がいた。

「ダンブルドアはどこかね？」

ファッジがウィーズリーおばさんに詰《つ》め寄《よ》った。

「ここにはいらっしゃいませんわ」ウィーズリーおばさんが怒《おこ》ったように答えた。

「大臣、ここは医務室《いむしつ》です。少しお静かに――」

しかし、その時ドアが開き、ダンブルドアがサッと入ってきた。

「何事じゃ」

ダンブルドアは鋭《するど》い目でファッジを、そしてマクゴナガル先生を見た。

「病人たちに迷惑《めいわく》じゃろう？　ミネルバ、あなたらしくもない――バーティ・クラウチを監視《かんし》するようにお願いしたはずじゃが――」

「もう見張《みは》る必要がなくなりました。ダンブルドア！」マクゴナガル先生が叫《さけ》んだ。

「大臣がその必要がないようになさったのです！」

ハリーはマクゴナガル先生がこんなに取《と》り乱《みだ》した姿《すがた》を初めて見た。怒《いか》りのあまりほおはまだらに赤くなり、両手は拳《こぶし》を握《にぎ》りしめ、わなわなと震《ふる》えている。

「今夜の事件《じけん》を引き起こした死喰《しく》い人《びと》を捕《と》らえたと、ファッジ大臣にご報告《ほうこく》したのですが」

スネイプが低い声で言った。

「すると、大臣はご自分の身が危険《きけん》だと思われたらしく、城《しろ》に入るのに吸魂鬼《きゅうこんき》を一人呼《よ》んで自分に付《つ》き添《そ》わせると主張《しゅちょう》なさったのです。大臣はバーティ・クラウチのいる部屋に、吸魂鬼《きゅうこんき》を連れて入った――」

「ダンブルドア、私《わたくし》はあなたが反対なさるだろうと大臣に申し上げました！」

マクゴナガル先生がいきり立った。

「申し上げましたとも。吸魂鬼《きゅうこんき》が一歩たりとも城内《じょうない》に入ることは、あなたがお許《ゆる》しになりませんと。それなのに――」

「失礼だが！」

ファッジもわめき返した。ファッジもまた、こんなに怒《おこ》っている姿《すがた》をハリーは初めて見た。

「魔法大臣《まほうだいじん》として、護衛《ごえい》を連れていくかどうかは私《わたし》が決めることだ。尋問《じんもん》する相手が危険性《きけんせい》のある者であれば――」

しかし、マクゴナガル先生の声がファッジの声を圧倒《あっとう》した。

「あの――あのものが部屋に入った瞬間《しゅんかん》」

マクゴナガル先生は、全身をわなわなと震《ふる》わせ、ファッジを指差して叫《さけ》んだ。

「クラウチに覆《おお》いかぶさって、そして――そして――」

マクゴナガル先生が、何が起こったのかを説明する言葉を必死に探《さが》している間、ハリーは胃《い》が凍《こお》っていくような気がした。マクゴナガル先生が最後まで言うまでもない。ハリーは吸魂鬼《きゅうこんき》が何をやったのかわかっていた。バーティ・クラウチに死の接吻《キス》をほどこしたのだ。口から魂《たましい》を吸《す》い取《と》ったのだ。クラウチは死よりもむごい姿《すがた》になった。

「どのみち、クラウチがどうなろうと、なんの損失《そんしつ》にもなりはせん！」

ファッジがどなり散らした。

「どうせやつは、もう何人も殺しているんだ！」

「しかし、コーネリウス、もはや証言《しょうげん》ができまい」

ダンブルドアが言った。まるで初めてはっきりとファッジを見たかのように、ダンブルドアはじっと見つめていた。

「なぜ何人も殺したのか、クラウチはなんら証言《しょうげん》できまい」

「なぜ殺したか？　ああ、そんなことは秘密《ひみつ》でもなんでもなかろう？」ファッジがわめいた。「あいつは支離滅裂《しりめつれつ》だ！　ミネルバやセブルスの話では、やつは、すべて『例のあの人』の命令でやったと思《おも》い込《こ》んでいたらしい！」

「**確《たし》かに**、ヴォルデモート卿《きょう》が命令していたのじゃ、コーネリウス」

ダンブルドアが言った。

「何人かが殺されたのは、ヴォルデモートが再《ふたた》び完全に勢力《せいりょく》を回復《かいふく》する計画の布石《ふせき》にすぎなかったのじゃ。計画は成功した。ヴォルデモートは肉体を取《と》り戻《もど》した」

ファッジは誰《だれ》かに重たいもので顔をなぐりつけられたような顔をした。ぼうぜんとして目をしばたたきながら、ファッジはダンブルドアを見つめ返した。いま聞いたことが、にわかには信じがたいという顔だ。

目を見開いてダンブルドアを見つめたまま、ファッジはブツブツ言いはじめた。

「『例のあの人』が……復活《ふっかつ》した？　バカバカしい。おいおい、ダンブルドア……」

「ミネルバもセブルスもあなたにお話ししたことと思うが」ダンブルドアが言った。「わしらはバーティ・クラウチの告白《こくはく》を聞いた。真実薬の効《き》き目《め》で、クラウチは、わしらにいろいろ語ってくれたのじゃ。アズカバンからどのようにして隠密《おんみつ》に連れ出されたか、ヴォルデモートが――クラウチがまだ生きていることをバーサ・ジョーキンズから聞き出し――クラウチを、どのように父親から解放《かいほう》するにいたったか、そして、ハリーを捕《つか》まえるのに、ヴォルデモートがいかにクラウチを利用したかをじゃ。計画はうまくいった。よいか、クラウチはヴォルデモートの復活《ふっかつ》に力を貸《か》したのじゃ」

「いいか、ダンブルドア」ファッジが言った。

驚《おどろ》いたことに、ファッジの顔にはかすかな笑いさえ漂《ただよ》っていた。

「まさか――まさかそんなことを本気にしているのではあるまいね。『例のあの人』が――戻《もど》った？　まあ、まあ、落ち着け……まったく。クラウチは『例のあの人』の命令で働いていると、**思《おも》い込《こ》んでいた**のだろう――しかし、そんなたわ言を真に受けるとは、ダンブルドア……」

「今夜ハリーが優勝杯《ゆうしょうはい》に触《ふ》れたとき、まっすぐにヴォルデモートの所に運ばれていったのじゃ」

ダンブルドアはたじろぎもせずに話した。

「ハリーが、ヴォルデモートのよみがえるのを目撃《もくげき》した。わしの部屋まで来てくだされば、一部始終お話しいたしますぞ」

ダンブルドアはハリーをちらりと見て、ハリーが目覚めているのに気づいた。しかし、ダンブルドアは首を横に振《ふ》った。

「今夜はハリーに質問《しつもん》するのを許《ゆる》すわけにはゆかぬ」

ファッジは、奇妙《きみょう》な笑いを漂《ただよ》わせていた。

ファッジもハリーをちらりと見て、それからダンブルドアに視線《しせん》を戻《もど》した。

「ダンブルドア、あなたは――アー――本件《ほんけん》に関して、ハリーの言葉を信じるというわけですな？」

一瞬《いっしゅん》、沈黙《ちんもく》が流れた。静寂《せいじゃく》を破《やぶ》って、シリウスが唸《うな》った。毛を逆立《さかだ》て、ファッジに向かって歯をむいて唸《うな》った。

「もちろんじゃ。わしはハリーを信じる」

ダンブルドアの目が、いまやメラメラと燃《も》えていた。

「わしはクラウチの告白《こくはく》を聞き、優勝杯《ゆうしょうはい》に触《ふ》れてからの出来事をハリーから聞いた。二人の話はつじつまが合う。バーサ・ジョーキンズがこの夏に消えてから起こったことのすべてが説明できる」

ファッジは相変わらず変な笑いを浮《う》かべている。もう一度ハリーをちらりと見て、ファッジは答えた。

「あなたはヴォルデモート卿《きょう》が帰ってきたことを信じるおつもりらしい。異常《いじょう》な殺人者と、こんな少年の、しかも……いや……」

ファッジはもう一度すばやくハリーを見た。ハリーは突然《とつぜん》ピンときた。

「ファッジ大臣、あなたはリータ・スキーターの記事を読んでいらっしゃるのですね」

ハリーが静かに言った。

ロン、ハーマイオニー、ウィーズリーおばさん、ビルが全員飛び上がった。ハリーが起きていることに、誰《だれ》も気づいていなかったからだ。

ファッジはちょっと顔を赤らめたが、すぐに、挑戦的《ちょうせんてき》で、意固地な表情《ひょうじょう》になった。

「だとしたら、どうだというのかね？」

ダンブルドアを見ながら、ファッジが言った。

「あなたはこの子に関する事実をいくつか隠《かく》していた。そのことを私《わたし》が知ったとしたらどうなるかね？　蛇語使《へびごつか》いだって、え？　それに、城《しろ》のいたる所でおかしな発作《ほっさ》を起こすとか――」

「ハリーの傷痕《きずあと》が痛《いた》んだことを言いたいのじゃな？」ダンブルドアが冷静に言った。

「では、ハリーがそういう痛《いた》みを感じていたと認《みと》めるわけだな？」

すかさずファッジが言った。

「頭痛《ずつう》か？　悪夢《あくむ》か？　もしかしたら――幻覚《げんかく》か？」

「コーネリウス、聞くがいい」

ダンブルドアがファッジに一歩詰《つ》め寄《よ》った。クラウチの息子《むすこ》に「失神術《しっしんじゅつ》」をかけた直後にハリーが感じた、あのなんとも形容《けいよう》しがたい力が、またしてもダンブルドアから発散しているようだった。

「ハリーは正常《せいじょう》じゃ。あなたやわしと同じように。額《ひたい》の傷痕《きずあと》は、この子の頭脳《ずのう》を乱《みだ》してはおらぬ。ヴォルデモート卿《きょう》が近づいたとき、もしくはことさらに残忍《ざんにん》な気持ちになったとき、この子の傷痕《きずあと》が痛《いた》むのだと、わしはそう信じておる」

ファッジはダンブルドアから半歩あとずさりしたが、意固地な表情《ひょうじょう》は変わらなかった。

「お言葉だが、ダンブルドア、呪《のろ》いの傷痕《きずあと》が警鐘《けいしょう》となるなどという話は、これまでついぞ聞いたことが……」

「でも、僕《ぼく》はヴォルデモートが復活《ふっかつ》するのを、見たんだ！」ハリーが叫《さけ》んだ。

ハリーはベッドから出ようとしたが、ウィーズリーおばさんが押《お》し戻《もど》した。

「僕《ぼく》は、死喰《しく》い人《びと》を見たんだ！　名前をみんな挙げることだってできる！　ルシウス・マルフォイ――」

スネイプがピクリと動いた。しかし、ハリーがスネイプを見たときには、スネイプの目はすばやくファッジに戻《もど》っていた。

「マルフォイの潔白《けっぱく》は証明済《しょうめいず》みだ！」

ファッジはあからさまに感情《かんじょう》を害していた。

「由緒《ゆいしょ》ある家柄《いえがら》だ――いろいろと立派《りっぱ》な寄付《きふ》をしている――」

「マクネア！」ハリーが続けた。

「これも潔白《けっぱく》！　いまは魔法省《まほうしょう》で働いている！」

「エイブリー――ノット――クラッブ――ゴイル――」

「君は十三年前に死喰《しく》い人《びと》の汚名《おめい》をそそいだ者の名前をくり返しているだけだ！」

ファッジが怒《おこ》った。

「そんな名前は、古い裁判記録《さいばんきろく》で見つけたのだろう！　たわけたことを。ダンブルドア――この子は去年も学期末に、さんざんわけのわからん話をしていた――話がだんだん大げさになってくる。それなのにあなたは、まだそんな話をうのみにしている――この子は蛇《へび》と話ができるのだぞ、ダンブルドア、それなのに、まだ信用できると思うのか？」

「愚《おろ》か者《もの》！」マクゴナガル先生が叫《さけ》んだ。

「セドリック・ディゴリー！　クラウチ氏！　この二人の死が、狂気《きょうき》の無差別殺人だとでも言うのですか！」

「反証《はんしょう》はない！」

ファッジの怒《いか》りもマクゴナガル先生に負《ま》けず劣《おと》らずで、顔を真っ赤にして叫《さけ》んだ。

「どうやら諸君《しょくん》は、この十三年間、我々《われわれ》が営々《えいえい》として築《きず》いてきたものを、すべて覆《くつがえ》すような大混《だいこん》乱《らん》を引き起こそうという所存《しょぞん》だな！」

ハリーは耳を疑《うたが》った。ファッジはハリーにとって、常《つね》に親切な人だった。少しどなり散らすところも、尊大《そんだい》なところもあるが、根は善人《ぜんにん》だと思っていた。しかし、いま目の前に立っている小柄《こがら》な怒《いか》れる魔法使《まほうつか》いは、心地《ここち》よい秩序《ちつじょ》だった自分の世界が崩壊《ほうかい》するかもしれないという予測《よそく》を、頭から拒否《きょひ》し、受け入れまいとしている――ヴォルデモートが復活《ふっかつ》したことを信じまいとしている。

「ヴォルデモートは帰ってきた」ダンブルドアがくり返した。「ファッジ、あなたがその事実をすぐさま認《みと》め、必要な措置《そち》を講《こう》じれば、我々《われわれ》はまだこの状況《じょうきょう》を救えるかもしれぬ。最初に取るべき重要な措置《そち》は、アズカバンを吸魂鬼《きゅうこんき》の支配《しはい》から解《と》き放《はな》つことじゃ――」

「とんでもない！」ファッジが再《ふたた》び叫《さけ》んだ。「吸魂鬼《きゅうこんき》を取《と》り除《のぞ》けと！　そんな提案《ていあん》をしようものなら、私《わたし》は大臣職《だいじんしょく》から蹴《け》り落《お》とされる！　魔法《まほう》使《つか》いの半数が、夜安眠《あんみん》できるのは、吸魂鬼《きゅうこんき》がアズカバンの警備《けいび》に当たっていることを知っているからなのだ！」

「コーネリウス、あとの半分は、安眠《あんみん》できるどころではない！　あの生き物に看視《かんし》されているのは、ヴォルデモート卿《きょう》の最も危険《きけん》な支持者《しじしゃ》たちだ。そしてあの吸魂鬼《きゅうこんき》は、ヴォルデモートのひと声で、たちまちヴォルデモートと手を組むであろう」ダンブルドアが言った。

「連中はいつまでもあなたに忠誠《ちゅうせい》を尽《つ》くしたりはしませんぞ、ファッジ！　ヴォルデモートはやつらに、あなたが与《あた》えているよりずっと広範囲《こうはんい》な力と楽しみを与《あた》えることができる！　吸魂鬼《きゅうこんき》を味方につけ、昔の支持者《しじしゃ》がヴォルデモートの下《もと》に帰れば、ヴォルデモートが十三年前のような力を取《と》り戻《もど》すのを阻止《そし》するのは、至難《しなん》の業《わざ》ですぞ！」

ファッジは、怒《いか》りを表す言葉が見つからないかのように、口をパクパクさせていた。

「第二に取るべき措置《そち》は――」ダンブルドアが迫《せま》った。

「巨人《きょじん》に使者を送ることじゃ。しかも早急に」

「巨人《きょじん》に使者？」

ファッジがかん高く叫《さけ》んだ。舌《した》が戻《もど》ってきたらしい。

「狂気《きょうき》の沙汰《さた》だ！」

「友好の手を差《さ》し伸《の》べるのじゃ、いますぐ、手遅《ておく》れにならぬうちに」ダンブルドアが言った。

「さもないと、ヴォルデモートが、以前にもやったように、巨人《きょじん》を説得《せっとく》するじゃろう。魔法使《まほうつか》いの中で自分だけが、巨人《きょじん》に権利《けんり》と自由を与《あた》えるのだと言うてな！」

「ま、まさか本気でそんなことを！」

ファッジは息をのみ、頭《かぶり》を振《ふ》り振り、さらにダンブルドアから遠ざかった。

「私《わたし》が巨人《きょじん》と接触《せっしょく》したなどと、魔法界《まほうかい》にうわさが流れたら――ダンブルドア、みんな巨人《きょじん》を毛嫌《けぎら》いしているのに――私《わたし》の政治生命《せいじせいめい》は終わりだ――」

「あなたは、物事が見えなくなっている」

いまやダンブルドアは声を荒《あら》らげていた。手で触《ふ》れられそうなほど強烈《きょうれつ》なパワーのオーラが体から発散し、その目は再《ふたた》びメラメラと燃《も》えている。

「自分の役職《やくしょく》に恋々《れんれん》としているからじゃ、コーネリウス！　あなたはいつでも、いわゆる純血《じゅんけつ》をあまりにも大切に考えてきた。大事なのはどう生まれついたかではなく、どう育ったかなのだということを、認《みと》めることができなかった！　あなたの連れてきた吸魂鬼《きゅうこんき》が、たったいま、純血《じゅんけつ》の家柄《いえがら》の中でも旧家《きゅうか》とされる家系《かけい》の、最後の生存者《せいぞんしゃ》を破壊《はかい》した――しかも、その男は、その人生でいったい何をしようとしたか！　いま、ここではっきり言おう――わしの言う措置《そち》を取るのじゃ。そうすれば、大臣職《だいじんしょく》にとどまろうが、去ろうが、あなたは歴代の魔法大臣《まほうだいじん》の中で、最も勇敢《ゆうかん》で偉大《いだい》な大臣として名を残すであろう。もし、行動しなければ――歴史はあなたを、営々《えいえい》と再建《さいけん》してきた世界をヴォルデモートが破壊《はかい》するのを、ただ傍観《ぼうかん》しただけの男として記憶《きおく》するじゃろう！」

「正気の沙汰《さた》ではない」

またしても退《しりぞ》きながら、ファッジが小声で言った。

「狂《くる》っている……」

そして、沈黙《ちんもく》が流れた。マダム・ポンフリーがハリーのベッドの足元で、口を手で覆《おお》い、凍《こお》りついたように突《つ》っ立《た》っていた。ウィーズリーおばさんはハリーに覆《おお》いかぶさるようにして、ハリーの肩《かた》を手で押《お》さえ、立ち上がらないようにしていた。ビル、ロン、ハーマイオニーはファッジをにらみつけていた。

「目をつぶろうという決意がそれほど固いなら、コーネリウス」ダンブルドアが言った。「たもとを分かつ時が来た。あなたはあなたの考えどおりにするがよい。そして、わしは――わしの考えどおりに行動する」

ダンブルドアの声には威嚇《いかく》の響《ひび》きはみじんもなかった。淡々《たんたん》とした言葉だった。しかし、ファッジは、ダンブルドアが杖《つえ》を持って迫《せま》ってきたかのように、毛を逆立《さかだ》てた。

「いいか、言っておくが、ダンブルドア」

ファッジは人差し指を立て、脅《おど》すように指を振《ふ》った。

「私《わたし》はいつだってあなたの好きなように、自由にやらせてきた。あなたを非常《ひじょう》に尊敬《そんけい》してきた。あなたの決定に同意しないことがあっても何も言わなかった。魔法省《まほうしょう》に相談なしに、狼人間《おおかみにんげん》をやとったり、ハグリッドをここに置いておいたり、生徒に何を教えるかを決めたり、そうしたことをだまってやらせておく者はそう多くないぞ。しかし、あなたがその私《わたし》に逆《さか》らうというのなら――」

「わしが逆《さか》らう相手は一人しかいない」

ダンブルドアが言った。

「ヴォルデモート卿《きょう》だ。あなたもやつに逆《さか》らうのなら、コーネリウス、我々《われわれ》は同じ陣営《じんえい》じゃ」

ファッジはどう答えていいのか思いつかないようだった。しばらくの間、小さな足の上で、体を前後に揺《ゆ》すり、山高帽《やまたかぼう》を両手でくるくる回していた。

ついに、ファッジが弁解《べんかい》がましい口調で言った。

「戻《もど》ってくるはずがない。ダンブルドア、そんなことはありえない……」

スネイプが左のそでをまくり上げながら、ずいっとダンブルドアの前に出た。そして腕《うで》を突《つ》き出《だ》し、ファッジに見せた。ファッジがひるんだ。

「見るがいい」スネイプが厳《きび》しい声で言った。

「さあ、闇《やみ》の印《しるし》だ。一時間ほど前には、黒く焼《や》け焦《こ》げて、もっとはっきりしていた。しかし、いまでも見えるはずだ。死喰《しく》い人《びと》はみなこの印を闇《やみ》の帝王《ていおう》によって焼きつけられている。互《たが》いに見分ける手段《しゅだん》でもあり、我々《われわれ》を召集《しょうしゅう》する手段《しゅだん》でもあった。あの人が誰《だれ》か一人の死《し》喰《く》い人《びと》の印に触《ふ》れたときは、全員が『姿《すがた》くらまし』し、すぐさまあの人の下《もと》に『姿《すがた》あらわし』することになっていた。この印が、今年になってからずっと、鮮明《せんめい》になってきていた。カルカロフのもだ。カルカロフはなぜ今夜逃《に》げ出《だ》したと思うか？　我々《われわれ》は二人ともこの印が焼けるのを感じたのだ。二人ともあの人が戻《もど》ってきたことを知ったのだ。カルカロフは闇《やみ》の帝王《ていおう》の復讐《ふくしゅう》を恐《おそ》れた。やつはあまりに多くの仲間の死《し》喰《く》い人《びと》を裏切《うらぎ》った。仲間として歓迎《かんげい》されるはずがない」

ファッジはスネイプからもあとずさりした。頭《かぶり》を振《ふ》っている。スネイプの言ったことの意味がわかっていないようだった。スネイプの腕《うで》の醜《みにく》い印《しるし》に嫌悪感《けんおかん》を抱《いだ》いたらしく、じっと見つめて、それからダンブルドアを見上げ、ささやくように言った。

「あなたも先生方も、いったい何をふざけているのやら、ダンブルドア、私《わたし》にはさっぱり。しかし、もう聞くだけ聞いた。私《わたし》も、もう何も言うことはない。この学校の経営《けいえい》について話があるので、ダンブルドア、明日連絡《れんらく》する。私《わたし》は省に戻《もど》らねばならん」

ファッジはほとんどドアを出るところまで行ったが、そこで立ち止まった。向きを変え、つかつかと医務室《いむしつ》を横切り、ハリーのベッドの前まで戻《もど》って止まった。

「君の賞金《しょうきん》だ」

ファッジは大きな金貨の袋《ふくろ》をポケットから取り出し、そっけなくそう言うと、袋《ふくろ》をベッド脇《わき》のテーブルにドサリと置いた。

「一千ガリオンだ。授賞式《じゅしょうしき》が行われる予定だったが、この状況《じょうきょう》では……」

ファッジは山高帽《やまたかぼう》をぐいとかぶり、ドアをバタンと閉《し》めて部屋から出ていった。その姿《すがた》が消えるや否《いな》や、ダンブルドアがハリーのベッドの周りにいる人々のほうに向きなおった。

「やるべきことがある」ダンブルドアが言った。

「モリー……あなたとアーサーは頼《たよ》りにできると考えてよいかな？」

「もちろんですわ」

ウィーズリーおばさんが言った。唇《くちびる》まで真っ青だったが、決然とした面持《おもも》ちだった。

「ファッジがどんな魔法使《まほうつか》いか、アーサーはよく知ってますわ。アーサーはマグルが好きだから、ここ何年も魔法省《まほうしょう》で昇進《しょうしん》できなかったのです。ファッジは、アーサーが魔法使《まほうつか》いとしてのプライドに欠けると考えていますわ」

「ではアーサーに伝言を送らねばならぬ」ダンブルドアが言った。

「真実が何かを納得《なっとく》させることができる者には、ただちに知らさなければならぬ。魔法省内部《まほうしょうないぶ》で、コーネリウスとちがって先を見通せる者たちと接触《せっしょく》するには、アーサーは格好《かっこう》の位置にいる」

「僕《ぼく》が父の所に行きます」ビルが立ち上がった。「すぐ出発します」

「それは上々じゃ」ダンブルドアが言った。

「アーサーに、何が起こったかを伝えてほしい。近々わしが直接連絡《ちょくせつれんらく》すると言うてくれ。ただし、アーサーは目立たぬように事を運ばねばならぬ。わしが魔法省《まほうしょう》の内政干渉《ないせいかんしょう》をしていると、ファッジにそう思われると――」

「僕《ぼく》に任《まか》せてください」ビルが言った。

ビルはハリーの肩《かた》をポンとたたき、母親のほおにキスすると、マントを着て、足早に部屋を出ていった。

「ミネルバ」ダンブルドアがマクゴナガル先生のほうを見た。

「わしの部屋で、できるだけ早くハグリッドに会いたい。それから――もし、来ていただけるようなら――マダム・マクシームも」

マクゴナガル先生はうなずいて、だまって部屋を出ていった。

「ポピー」ダンブルドアがマダム・ポンフリーに言った。「頼《たの》みがある。ムーディ先生の部屋に行って、そこに、ウィンキーという屋敷妖精《やしきようせい》がひどく落《お》ち込《こ》んでいるはずじゃから、探《さが》してくれるか？　できるだけの手を尽《つ》くして、それから厨房《ちゅうぼう》に連れて帰ってくれ。ドビーが面倒《めんどう》を見てくれるはずじゃ」

「は、はい」

驚《おどろ》いたような顔をして、マダム・ポンフリーも出ていった。

ダンブルドアはドアが閉《し》まっていることを確認《かくにん》し、マダム・ポンフリーの足音が消え去るまで待ってから、再《ふたた》び口を開いた。

「さて、そこでじゃ。ここにいる者の中で二名の者が、お互《たが》いに真の姿《すがた》で認《みと》め合《あ》うべき時が来た。シリウス……普通《ふつう》の姿《すがた》に戻《もど》ってくれぬか」

大きな黒い犬がダンブルドアを見上げ、一瞬《いっしゅん》で男の姿《すがた》に戻《もど》った。

ウィーズリーおばさんが叫《さけ》び声《ごえ》を上げてベッドから飛びのいた。

「シリウス・ブラック！」おばさんがシリウスを指差して金切り声を上げた。

「ママ、静かにして！」ロンが声を張《は》り上《あ》げた。「大丈夫《だいじょうぶ》だから！」

スネイプは叫《さけ》びもせず、飛びのきもしなかったが、怒《いか》りと恐怖《きょうふ》の入りまじった表情《ひょうじょう》だった。

「こやつ！」

スネイプに負《ま》けず劣《おと》らず嫌悪《けんお》の表情《ひょうじょう》を見せているシリウスを見つめながら、スネイプが唸《うな》った。

「やつがなんでここにいるのだ？」

「わしが招待《しょうたい》したのじゃ」

ダンブルドアが二人を交互《こうご》に見ながら言った。

「セブルス、君もわしの招待《しょうたい》じゃ。わしは二人とも信頼《しんらい》しておる。そろそろ二人とも、昔のいざこざは水に流し、お互《たが》いに信頼《しんらい》し合《あ》うべき時じゃ」

ハリーには、ダンブルドアがほとんど奇跡《きせき》を願っているように思えた。シリウスとスネイプは、互《たが》いにこれ以上の憎《にく》しみはないという目つきでにらみ合っている。

「妥協《だきょう》するとしよう」

ダンブルドアの声が少しいらいらしていた。

「あからさまな敵意《てきい》をしばらく棚上《たなあ》げにするということでもよい。握手《あくしゅ》をするのじゃ。君たちは同じ陣営《じんえい》なのじゃから。時間がない。真実を知る数少ない我々《われわれ》が、結束して事に当たらねば、望みはないのじゃ」

ゆっくりと――しかし、互《たが》いの不幸を願っているかのようにギラギラとにらみ合い――シリウスとスネイプが歩《あゆ》み寄《よ》り、握手《あくしゅ》した。そして、あっという間に手を離《はな》した。

「当座《とうざ》はそれで充分《じゅうぶん》じゃ」ダンブルドアが再《ふた》び二人の間に立った。

「さて、それぞれにやってもらいたいことがある。予想していなかったわけではないが、ファッジがあのような態度《たいど》を取るのであれば、すべてが変わってくる。シリウス、君にはすぐに出発してもらいたい。昔の仲間に警戒体制《けいかいたいせい》を取るように伝えてくれ――リーマス・ルーピン、アラベラ・フィッグ、マンダンガス・フレッチャー。しばらくはルーピンの所に潜伏《せんぷく》していてくれ。わしからそこに連絡《れんらく》する」

「でも――」ハリーが言った。

シリウスにいてほしかった。こんなに早くお別れを言いたくなかった。

「またすぐ会えるよ、ハリー」シリウスがハリーを見て言った。

「約束する。しかし、私《わたし》は自分にできることをしなければならない。わかるね？」

「うん」ハリーが答えた。「うん……もちろん、わかります」

シリウスはハリーの手をギュッと握《にぎ》り、ダンブルドアのほうにうなずくと、再《ふた》び黒い犬に変身して、ひと飛びにドアに駆《か》け寄《よ》り、前脚《まえあし》で取っ手を回した。そしてシリウスもいなくなった。

「セブルス」ダンブルドアがスネイプのほうを向いた。

「君に何を頼《たの》まねばならぬのか、もうわかっておろう。もし、準備《じゅんび》ができているなら……もし、やってくれるなら……」

「大丈夫《だいじょうぶ》です」

スネイプはいつもより青ざめて見えた。冷たい暗い目が、不思議な光を放っていた。

「それでは、幸運を祈《いの》る」

ダンブルドアはそう言うと、スネイプの後《うし》ろ姿《すがた》を、かすかに心配そうな色を浮《う》かべて見送った。

スネイプはシリウスのあとから、無言で、サッと立ち去った。

ダンブルドアが再《ふたた》び口を開いたのは、それから数分がたってからだった。

「下に行かねばなるまい」ようやくダンブルドアが言った。

「ディゴリー夫妻《ふさい》に会わなければのう。ハリー、残っている薬を飲むのじゃ。みんな、またあとでの」

ダンブルドアがいなくなると、ハリーはまたベッドに倒《たお》れ込《こ》んだ。ハーマイオニー、ロン、ウィーズリーおばさんが、みんなハリーを見ている。長い間、誰《だれ》も口をきかなかった。

「残りのお薬を飲まないといけませんよ、ハリー」

ウィーズリーおばさんがやっと口を開いた。おばさんが、薬瓶《くすりびん》とゴブレットに手を伸《の》ばしたとき、ベッド脇《わき》のテーブルに置いてあった金貨の袋《ふくろ》に手が触《ふ》れた。

「ゆっくりお休み。しばらくは何かほかのことを考えるのよ……賞金《しょうきん》で何を買うかを考えなさいな！」

「金貨なんかいらない」抑揚《よくよう》のない声でハリーが言った。「あげます。誰《だれ》でも欲《ほ》しい人にあげる。僕《ぼく》がもらっちゃいけなかったんだ。セドリックのものだったんだ」

迷路《めいろ》を出てからずっと、必死に抑《おさ》えつけてきたものが、どっとあふれそうだった。鼻の奥《おく》がツンとして、目頭が熱くなった。ハリーは目をしばたたいて、天井《てんじょう》を見つめた。

「あなたのせいじゃないわ、ハリー」ウィーズリーおばさんがささやいた。

「僕《ぼく》と一緒《いっしょ》に優勝杯《ゆうしょうはい》を握《にぎ》ろうって、僕《ぼく》が言ったんだ」ハリーが言った。

熱い想《おも》いがのどを詰《つ》まらせた。ハリーは、ロンが目をそらしてくれればいいのにと思った。

ウィーズリーおばさんは、薬をテーブルに置いてかがみ込《こ》み、両腕《りょううで》でハリーを包《つつ》み込《こ》んだ。ハリーはこんなふうに、抱《だ》きしめられた記憶《きおく》がなかった。母さんみたいだ。ウィーズリーおばさんの胸《むね》に抱《だ》かれていると、今晩《こんばん》見たすべてのものの重みが、どっとのしかかってくるようだった。母さんの顔、父さんの声、地上に冷たくなって横たわるセドリックの姿《すがた》。すべてが頭の中でくるくると回りはじめ、ハリーはもうがまんできなかった。胸《むね》を突《つ》き破《やぶ》って飛び出しそうな哀《かな》しい叫《さけ》びをもらすまいと、ハリーは顔をくしゃくしゃにしてがんばった。

パーンと大きな音がした。ウィーズリーおばさんとハリーがパッと離《はな》れた。ハーマイオニーが窓《まど》辺《べ》に立っていた。何かをしっかり握《にぎ》りしめている。

「ごめんなさい」

ハーマイオニーが小さな声で言った。

「お薬ですよ、ハリー」

ウィーズリーおばさんは、急いで手のこうで涙《なみだ》をぬぐいながら言った。

ハリーは一気に飲《の》み干《ほ》した。たちまち効《き》き目《め》が現《あらわ》れた。夢《ゆめ》を見ない深い眠《ねむ》りが、抵抗《ていこう》しがたい波のように押《お》し寄《よ》せた。ハリーは枕《まくら》に倒《たお》れ込《こ》み、もう何も考えなかった。

第三十七章 始まり

一か月たってから振《ふ》り返《かえ》ってみても、あれから数日のことは、ハリーには切れ切れにしか思い出せなかった。これ以上はとても受け入れるのが無理だというくらい、あまりにいろいろなことが起こった。断片的《だんぺんてき》な記憶《きおく》も、みな痛々《いたいた》しいものだった。一番つらかったのは、たぶん、次の朝にディゴリー夫妻《ふさい》に会ったことだろう。

二人とも、あの出来事に対して、ハリーを責《せ》めなかった。それどころか、セドリックの遺体《いたい》を二人の元に返してくれたことを感謝《かんしゃ》した。ハリーに会っている間、ディゴリー氏はほとんどずっとすすり泣きしていたし、夫人は、涙《なみだ》もかれはてるほどの嘆《なげ》き悲《かな》しみようだった。

「それでは、あの子はほとんど苦しまなかったのですね」

ハリーがセドリックの死んだときの様子を話すと、夫人がそう言った。

「ねえ、あなた……結局あの子は、試合に勝ったその時に死んだのですもの。きっと幸せだったに

ちがいありませんわ」

二人が立ち上がったとき、夫人はハリーを見下ろして言った。

「どうぞ、お大事にね」

ハリーはベッド脇《わき》のテーブルにあった金貨の袋《ふくろ》をつかんだ。

「どうぞ、受け取ってください」ハリーが夫人に向かってつぶやいた。

「これはセドリックのものになるはずでした。セドリックが一番先に着いたんです。受け取ってください――」

しかし、夫人はあとずさりして言った。

「まあ。いいえ、それはあなたのものですよ。私《わたし》はとても受け取れません……あなたがお取りなさい」

翌日《よくじつ》の夜、ハリーはグリフィンドール塔《とう》に戻《もど》った。ハーマイオニーやロンの話によれば、ダンブルドアが、その日の朝、朝食の席で学校のみんなに話をしたそうだ。ハリーをそっとしておくよう、迷路《めいろ》で何が起こったかと質問《しつもん》したり、話をせがんだりしないようにとさとしただけだったという。大多数の生徒が、ハリーに廊下《ろうか》で出会うと、目を合わせないようにしてさけて通るのに、ハリーは気づいた。ハリーが通ったあとで、手で口を覆《おお》いながらヒソヒソと話をする者もいた。リータ・スキーターが書いた記事で、ハリーが錯乱《さくらん》していて、危険性《きけんせい》があるということを信じている生徒が多いのだろうと、ハリーは想像《そうぞう》した。たぶん、みんな、セドリックがどんなふうに死んだのか、自分勝手な説を作り上げているのだろう。しかし、ハリーはあまり気にならなかった。ロンやハーマイオニーと一緒《いっしょ》にいるのが一番好きだった。三人でたわいのないことをしゃべったり、二人がチェスをするのを、ハリーがだまってそばで見ていたり、そんな時間が好きだった。三人とも、言葉に出さなくても一つの了解《りょうかい》に達していると感じていた。つまり、三人とも、ホグワーツの外で起こっていることのなんらかの印、なんらかの便りを待っているということ——そして、何か確《たし》かなことがわかるまでは、あれこれ詮索《せんさく》しても仕方がないということだ。一度だけ三人がこの話題に触《ふ》れたのは、ウィーズリーおばさんが家に帰る前に、ダンブルドアと会ったことを、ロンが話したときだった。

「ママは、ダンブルドアに聞きにいったんだ。君が夏休みに、まっすぐ僕《ぼく》んちに来ていいかって」

ロンが言った。

「だけど、ダンブルドアは、少なくとも最初だけは君がダーズリーの所に帰ってほしいんだって」

「どうして？」ハリーが聞いた。

「ママは、ダンブルドアにはダンブルドアなりの考えがあるって言うんだ」

ロンはやれやれと頭《かぶり》を振《ふ》った。

「ダンブルドアを信じるしかないんじゃないか？」

ハリーが、ロンとハーマイオニー以外に話ができると思えたのは、ハグリッドだけだった。「闇《やみ》の魔術《まじゅつ》に対《たい》する防衛術《ぼうえいじゅつ》」の先生はもういないので、その授業《じゅぎょう》は自由時間だった。木曜日の午後、その時間を利用して、三人はハグリッドの小屋を訪《たず》ねた。明るい、よく晴れた日だった。三人が小屋の近くまで来ると、ファングが吠《ほ》えながら、しっぽをちぎれんばかりに振《ふ》って、開け放したドアから飛び出してきた。

「誰《だれ》だ？」ハグリッドが戸口に姿《すがた》を見せた。

「**ハリー！**」

ハグリッドは大股《おおまた》で外に出てきて、ハリーを片腕《かたうで》で抱《だ》きしめ、髪《かみ》をくしゃくしゃっとなでた。

「よう来たな、おい。よう来た」

三人が中に入ると、暖炉前《だんろまえ》の木のテーブルに、バケツほどのカップと、受け皿がふた組置いてあった。

「オリンぺとお茶を飲んどったんじゃ」ハグリッドが言った。

「たったいま帰ったところだ」

「誰《だれ》と？」ロンが興味津々《きょうみしんしん》で聞いた。

「マダム・マクシームに決まっとろうが」ハグリッドが言った。

「お二人さん、仲なおりしたんだね？」ロンが言った。

「なんのこった？」

ハグリッドが食器棚《しょっきだな》からみんなのカップを取り出しながら、すっとぼけた。お茶をいれ、生焼けのビスケットをひとわたり勧《すす》めると、ハグリッドは椅子《いす》の背《せ》に寄《よ》りかかり、コガネムシのような真っ黒な目で、ハリーをじっと観察した。

「大丈夫《だいじょうぶ》か？」ハグリッドがぶっきらぼうに聞いた。

「うん」ハリーが答えた。

「いや、大丈夫《だいじょうぶ》なはずはねえ」ハグリッドが言った。

「そりゃ当然だ。しかし、じきに大丈夫《だいじょうぶ》になる」

ハリーは何も言わなかった。

「やつが戻《もど》ってくると、わかっとった」

ハグリッドが言った。ハリー、ロン、ハーマイオニーは、驚《おどろ》いてハグリッドを見上げた。

「何年も前からわかっとったんだ、ハリー。あいつはどこかにいた。時を待っとった。いずれこうなるはずだった。そんで、いま、こうなったんだ。俺《おれ》たちゃ、それを受け止めるしかねえ。戦うんだ。あいつが大きな力を持つ前に食い止められるかもしれん。とにかく、それがダンブルドアの計画だ。偉大《いだい》なお人だ、ダンブルドアは。俺《おれ》たちにダンブルドアがいるかぎり、俺《おれ》はあんまり心配してねえ」

三人が信じられないという顔をしているので、ハグリッドはぼさぼさ眉《まゆ》をピクピク上げた。

「くよくよ心配しても始まらん」ハグリッドが言った。

「来るもんは来る。来たときに受けて立ちゃええ。ダンブルドアが、おまえさんのやったことを話してくれたぞ、ハリー」

ハリーを見ながら、ハグリッドの胸《むね》が誇《ほこ》らしげにふくらんだ。

「おまえさんは、おまえの父さんと同じぐらいたいしたことをやってのけた。これ以上のほめ言葉は、俺《おれ》にはねえ」

ハリーはハグリッドにニッコリほほえみ返した。ここ何日かで初めての笑顔《えがお》だった。

「ダンブルドアは、ハグリッドに何を頼《たの》んだの？」ハリーが聞いた。

「ダンブルドアはマクゴナガル先生に、ハグリッドとマダム・マクシームに会いたいと伝えるようにって……あの晩《ばん》」

「この夏にやる仕事をちょっくら頼《たの》まれた」ハグリッドが答えた。

「だけんど、秘密《ひみつ》だ。しゃべっちゃなんねえ。おまえさんたちにでもだめだ。オリンペも――おまえさんたちにはマダム・マクシームだな――俺《おれ》と一緒《いっしょ》に来るかもしれん。来ると思う。俺《おれ》が説得《せっとく》できたと思う」

「ヴォルデモートと関係があるの？」

ハグリッドはその名前の響《ひび》きにたじろいだ。

「かもな」はぐらかした。

「さて……俺《おれ》と一緒《いっしょ》に、最後の一匹《ぴき》になったスクリュートを見にいきたいもんはおるか？　いや、冗談《じょうだん》――冗談《じょうだん》だ！」

みんなの顔を見て、ハグリッドがあわててつけ加えた。


プリベット通りに帰る前夜、ハリーは寮《りょう》でトランクを詰《つ》めながら、気が重かった。お別れの宴《うたげ》が怖《こわ》かった。例年なら、学期末のパーティは、寮対抗《りょうたいこう》の優勝《ゆうしょう》が発表される祝いの宴《うたげ》だった。ハリーは医務室《いむしつ》を出て以来、大広間がいっぱいのときはさけていた。ほかの生徒にじろじろ見られるのがいやで、ほとんど人がいなくなってから食事をするようにしていた。

ハリー、ロン、ハーマイオニーが大広間に入ると、すぐに、いつもの飾《かざ》りつけがないことに気づいた。お別れの宴《うたげ》のときは、いつも、優勝《ゆうしょう》した寮《りょう》の色で大広間を飾《かざ》りつける。しかし、今夜は、教職員《しょくいん》テーブルの後ろの壁《かべ》に黒の垂《た》れ幕《まく》がかかっている。ハリーはすぐに、それがセドリックの喪《も》に服している印だと気づいた。

本物のマッド-アイ・ムーディが教職員《きょうしょくいん》テーブルに着いていた。木製《もくせい》の義足《ぎそく》も、「魔法《まほう》の目」も元《もと》に戻《もど》っている。ムーディは神経過敏《しんけいかびん》になっていて、誰《だれ》かが話しかけるたびに飛び上がっていた。

無理もない、とハリーは思った。もともと襲撃《しゅうげき》に対する恐怖心《きょうふしん》があったものが、自分自身のトランクに十か月も閉じ込《とこ》められて、ますますひどくなったにちがいない。カルカロフ校長の席はからっぽだった。カルカロフはいったいいま、どこにいるのだろう、ヴォルデモートが捕《つか》まえたのだろうか。グリフィンドール生と一緒《いっしょ》にテーブルに着きながら、ハリーはそんなことを考えていた。

マダム・マクシームはまだ残っていた。ハグリッドの隣《となり》に座《すわ》っている。二人で静かに話していた。その二人から少し離《はな》れて、マクゴナガル先生の隣《となり》にスネイプがいた。ハリーがスネイプを見ると、スネイプの目が一瞬《いっしゅん》ハリーを見た。表情《ひょうじょう》を読むのは難《むずか》しかった。いつもと変わらず辛辣《しんらつ》で不機《ふき》嫌《げん》な表情《ひょうじょう》に見えた。スネイプが目をそらしたあとも、ハリーはしばらくスネイプを見つめていた。

ヴォルデモートの復活《ふっかつ》の夜、ダンブルドアの命を受けてスネイプは何をしたのだろう？

それに、どうして……**どうして**……ダンブルドアはスネイプが味方だと信じているのだろう？　スネイプは味方のスパイだったと、ダンブルドアが「憂《うれ》いの篩《ふるい》」の中で言っていた。スネイプは「大きな身の危険《きけん》をおかして」スパイになり、ヴォルデモートに対抗《たいこう》した。またしてもその任務《にんむ》に就《つ》くのだろうか？　もしかして、死喰《しく》い人《びと》たちと接触《せっしょく》したのだろうか？　本心からダンブルドアに寝返《ねがえ》ったわけではない、ヴォルデモート自身と同じように、時の来るのを待っていたのだというふりをして？

ダンブルドア校長が教職員《きょうしょくいん》テーブルで立ち上がり、ハリーは物思いから覚めた。大広間は、いずれにしても、いつものお別れの宴《うたげ》よりずっと静かだったのだが、水を打ったように静かになった。

「今年度も」

ダンブルドアがみんなを見回した。

「終わりがやってきた」

ひと息置いて、ダンブルドアの目がハッフルパフのテーブルで止まった。ダンブルドアが立ち上がるまで、このテーブルが最も打《う》ち沈《しず》んでいたし、大広間のどのテーブルより哀《かな》しげな青い顔が並《なら》んでいた。

「今夜はみなにいろいろと話したいことがある」ダンブルドアが言った。

「しかし、まずはじめに、一人の立派《りっぱ》な生徒を失ったことを悼《いた》もう。本来ならここに座《すわ》って」――ダンブルドアはハッフルパフのテーブルのほうを向いた――「みなと一緒《いっしょ》にこの宴《うたげ》を楽しんでいるはずじゃった。さあ、みんな起立して、杯《さかずき》を挙げよう。セドリック・ディゴリーのために」

全員がその言葉に従《したが》った。椅子《いす》が床《ゆか》をする音がして、大広間の全員が起立した。全員がゴブレットを挙げ、沈《しず》んだ声が集まり、一つの大きな低い響《ひび》きとなった。

「セドリック・ディゴリー」

ハリーは大勢《おおぜい》の中から、チョウの顔をのぞき見た。涙《なみだ》が静かにチョウのほおを伝っていた。みんなと一緒《いっしょ》に着席しながら、ハリーはうなだれてテーブルを見ていた。

「セドリックはハッフルパフ寮《りょう》の特性《とくせい》の多くを備《そな》えた、模範的《もはんてき》な生徒じゃった」

ダンブルドアが話を続けた。

「忠実《ちゅうじつ》なよき友であり、勤勉《きんべん》であり、フェアプレーを尊《たっと》んだ。セドリックをよく知る者にも、そうでない者にも、セドリックの死はみなそれぞれに影響《えいきょう》を与《あた》えた。それ故《ゆえ》、わしは、その死がどのようにしてもたらされたものかを、みなが正確《せいかく》に知る権利《けんり》があると思う」

ハリーは顔を上げ、ダンブルドアを見つめた。

「セドリック・ディゴリーはヴォルデモート卿《きょう》に殺された」

大広間に、恐怖《きょうふ》にかられたざわめきが走った。みんないっせいに、まさかという面持《おもも》ちで、恐《おそ》ろしそうにダンブルドアを見つめていた。みんながひとしきりざわめき、また静かになるまで、ダンブルドアは平静そのものだった。

「魔法省《まほうしょう》は」

ダンブルドアが続けた。

「わしがこのことをみなに話すことを望んでおらぬ。みなのご両親の中には、わしが話したということで驚愕《きょうがく》なさる方もおられるじゃろう――その理由は、ヴォルデモート卿《きょう》の復活《ふっかつ》を信じられぬから、または、みなのようにまだ年端《としは》もゆかぬ者に話すべきではないと考えるからじゃ。しかし、わしは、たいていの場合、真実はうそに勝《まさ》ると信じておる。さらに、セドリックが事故《じこ》や、自らの失敗で死んだと取りつくろうことは、セドリックの名誉《めいよ》を汚《けが》すものだと信ずる」

驚《おどろ》き、恐《おそ》れながら、いまや大広間の顔という顔がダンブルドアを見ていた……ほとんど全員の顔が。スリザリンのテーブルでは、ドラコ・マルフォイがクラッブとゴイルに何事かコソコソ言っているのを、ハリーは目にした。むかむかする熱い怒《いか》りがハリーの胃《い》にあふれた。ハリーは無理やりダンブルドアのほうに視線《しせん》を戻《もど》した。

「セドリックの死に関連して、もう一人の名前を挙げねばなるまい」

ダンブルドアの話は続いた。

「もちろん、ハリー・ポッターのことじゃ」

大広間にさざなみのようなざわめきが広がった。何人かがハリーのほうを見て、また急いでダンブルドアに視線《しせん》を戻《もど》した。

「ハリー・ポッターは、からくもヴォルデモート卿《きょう》の手を逃《のが》れた」ダンブルドアが言った。「自分の命を賭《と》して、ハリー・ポッターは、セドリックのなきがらをホグワーツに連れ帰ったのじゃ。ヴォルデモート卿《きょう》に対峙《たいじ》した魔法使《まほうつか》いの中で、あらゆる意味でこれほどの勇気を示《しめ》した者は、そう多くはない。そういう勇気を、ハリー・ポッターは見せてくれた。それが故《ゆえ》に、わしはハリー・ポッターをたたえたい」

ダンブルドアは厳《おごそ》かにハリーのほうを向き、もう一度ゴブレットを挙げた。大広間のほとんどすべての者がダンブルドアに続いた。セドリックのときと同じく、みんながハリーの名を唱和し、杯《さかずき》を挙げた。しかし、起立した生徒たちの間から、ハリーはマルフォイ、クラッブ、ゴイル、それにスリザリンのほかの多くの生徒が、かたくなに席に着いたまま、ゴブレットに手も触《ふ》れずにいるのを見た。ダンブルドアでも、「魔法《まほう》の目」を持たない以上、それは見えなかった。

みんなが再《ふたた》び席に着くと、ダンブルドアは話を続けた。

「三大魔法学校対抗試合《まほうがっこうたいこうじあい》の目的は、魔法界《まほうかい》の相互理解《そうごりかい》を深め、進めることじゃ。このたびの出来事――ヴォルデモート卿《きょう》の復活《ふっかつ》じゃが――それに照らせば、そのような絆《きずな》は以前にも増《ま》して重要になる」

ダンブルドアは、マダム・マクシームからハグリッドへ、フラー・デラクールからボーバトンの生徒たちへ、スリザリンのテーブルのビクトール・クラムからダームストラング生へと、視線《しせん》を移《うつ》していった。ダンブルドアが厳《きび》しいことを言うのではないかと恐《おそ》れているかのように、クラムが目をそらしているのをハリーは見た。

「この大広間にいるすべての客人は」

ダンブルドアは視線《しせん》をダームストラングの生徒たちにとどめながら言った。

「好きなときにいつでもまた、おいでくだされ。みなにもう一度言おう――ヴォルデモート卿《きょう》の復《ふっ》活《かつ》に鑑《かんが》みて、我々《われわれ》は結束すれば強く、バラバラでは弱い」

「ヴォルデモート卿《きょう》は、不和と敵対感情《てきたいかんじょう》を蔓延《まんえん》させる能力《のうりょく》に長《た》けておる。それと戦うには、同じぐらい強い友情《ゆうじょう》と信頼《しんらい》の絆《きずな》を示《しめ》すしかない。目的を同じくし、心を開くならば、習慣《しゅうかん》や言葉のちがいはまったく問題にはならぬ」

「わしの考えでは——まちがいであってくれればと、これほど強く願ったことはないのじゃが——我々《われわれ》は暗く困難《こんなん》な時を迎《むか》えようとしている。この大広間にいる者の中にも、すでに直接《ちょくせつ》ヴォルデモート卿《きょう》の手にかかって苦しんだ者もおる。みなの中にも、家族を引《ひ》き裂《さ》かれた者も多くいる。一週間前、一人の生徒が我々《われわれ》のただ中から奪《うば》い去《さ》られた」

「セドリックを忘《わす》れるでないぞ。正しきことと、易《やす》きことのどちらかの選択《せんたく》を迫《せま》られたとき、思い出すのじゃ。一人の善良《ぜんりょう》な、親切で勇敢《ゆうかん》な少年の身に何が起こったかを。たまたまヴォルデモート卿《きょう》の通り道に迷《まよ》い出《で》たばかりに。セドリック・ディゴリーを忘《わす》れるでないぞ」

ハリーはトランクを詰《つ》め終《お》わった。ヘドウィグはかごに収《おさ》まり、トランクの上だ。ハリー、ロン、ハーマイオニーは、混《こ》み合《あ》った玄関《げんかん》ホールでほかの四年生と一緒《いっしょ》に馬車を待った。馬車はホグズミード駅までみんなを運んでくれる。今日もまた、美しい夏の一日だった。夕方プリベット通りに着くころは、暑くて、緑が濃《こ》く、花壇《かだん》は色とりどりの花が咲《さ》き乱《みだ》れているだろうと、ハリーは思った。そう思っても、なんの喜びも湧《わ》いてこなかった。

「アリー！」

ハリーはあたりを見回した。フラー・デラクールが急ぎ足で石段《いしだん》を上ってくるところだった。その後ろの、校庭のずっとむこうで、ハリーは、ハグリッドがマダム・マクシームを手伝って巨大《きょだい》な馬たちの中の二頭に馬具をつけているのを見た。ボーバトンの馬車が、まもなく出発するところだった。

「まーた、会いましょーね」

フラーが近づいて、ハリーに片手《かたて》を差し出しながら言った。

「わたーし、英語が上手になりたーいので、ここであたらけるようにのぞんでいます」

「もう充分《じゅうぶん》に上手だよ」

ロンがのどをしめつけられたような声を出した。フラーがロンにほほえんだ。ハーマイオニーが顔をしかめた。

「さようなら、アリー」フラーは帰りかけながら言った。

「あなたに会えて、おんとによかった！」

ハリーは少し気分が明るくなって、フラーを見送った。フラーは太陽に輝《かがや》くシルバーブロンドの髪《かみ》を波打たせ、急いで芝生《しばふ》を横切り、マダム・マクシームの所へ戻《もど》っていった。

「ダームストラングの生徒はどうやって帰るんだろ？」ロンが言った。

「カルカロフがいなくても、あの船の舵取《かじと》りができると思うか？」

「カルカロフヴぁ、舵《かじ》を取っていなかった」ぶっきらぼうな声がした。

「あの人ヴぁ、自分がキャビンにいて、ヴぉくたちに仕事をさせた」

クラムはハーマイオニーに別れを言いに来たのだ。

「ちょっと、いいかな？」クラムが頼《たの》んだ。

「え……ええ……いいわよ」

ハーマイオニーは少しうろたえた様子で、クラムについて人混《ひとご》みの中に姿《すがた》を消した。

「急げよ！」ロンが大声でその後《うし》ろ姿《すがた》に呼《よ》びかけた。「もうすぐ馬車が来るぞ！」

そのくせ、ロンはハリーに馬車が来るかどうかを見張《みは》らせて、自分はそれから数分間、クラムとハーマイオニーがいったい何をしているのかと、人群《ひとむ》れの上に首を伸《の》ばしていた。

二人はすぐに戻《もど》ってきた。ロンはハーマイオニーをじろじろ見たが、ハーマイオニーは平然としていた。

「ヴぉく、ディゴリーが好きだった」突然《とつぜん》クラムがハリーに言った。

「ヴぉくに対して、いつも礼儀正《れいぎただ》しかった。いつも。ヴぉくがダームストラングから来ているのに──カルカロフと一緒《いっしょ》に」

クラムは顔をしかめた。

「新しい校長はまだ決まってないの？」ハリーが聞いた。

クラムは肩《かた》をすぼめて、知らないというしぐさをした。クラムもフラーと同じように手を差し出して、ハリーと握手《あくしゅ》し、それからロンと握手《あくしゅ》した。

ロンは何やら内心の葛藤《かっとう》に苦しんでいるような顔をした。クラムがもう歩きだしたとき、ロンが突然叫《とつぜんさけ》んだ。

「サイン、もらえないかな？」

ハーマイオニーが横を向き、ちょうど馬車道を近づいてきた馬なしの馬車のほうを見てほほえんだ。クラムは驚《おどろ》いたような顔をしたが、うれしそうに羊皮紙の切れ端《きはし》にサインした。


キングズ・クロス駅に向かう戻《もど》り旅《たび》の今日の天気は、一年前の九月にホグワーツに来たときと天と地ほどにちがっていた。空には雲一つない。ハリー、ロン、ハーマイオニーは、なんとか三人だけで一つのコンパートメントを独占《どくせん》できた。ホーホーと鳴き続けるピッグウィジョンをだまらせるために、またしてもロンのドレスローブがかごを覆《おお》っていた。ヘドウィグは頭を羽にうずめてうとうとしていた。クルックシャンクスは空いている席に丸まって、オレンジ色の大きなふわふわのクッションのようだ。

列車が南に向かって速度を上げだすと、ハリー、ロン、ハーマイオニーは、ここ一週間なかったほど自由に、たくさんの話をした。ダンブルドアのお別れの宴《うたげ》での話が、なぜかハリーの胸《むね》に詰《つ》まっていたものを取《と》り除《のぞ》いてくれたような気がした。いまは、あの時の出来事を話すのがそれほど苦痛《くつう》ではなかった。三人は、ダンブルドアがヴォルデモートを阻止《そし》するのに、いまこの時にもどんな措置《そち》を取っているだろうかと、ランチのカートが回ってくるまで話し続けた。

ハーマイオニーがカートから戻《もど》り、お釣《つ》りを鞄《かばん》にしまうとき、そこにはさんであった「日刊予言《にっかんよげん》者新聞《しゃしんぶん》」が落ちた。

読みたいような読みたくないような気分で、ハリーは新聞に目をやった。それに気づいたハーマイオニーが、落ち着いて言った。

「なんにも書いてないわ。自分で見てごらんなさい。でもほんとになんにもないわ。私《わたし》、毎日チェックしてたの。第三の課題が終わった次の日に、小さな記事で、あなたが優勝《ゆうしょう》したって書いてあっただけ。セドリックのことさえ書いてない。あのことについては、なあんにもないわ、私《わたし》の見るところじゃ。ファッジがだまらせてるのよ」

「ファッジはリータをだまらせられないよ」ハリーが言った。「こういう話だもの、無理だ」

「あら、リータは第三の課題以来、なんにも書いてないわ」

ハーマイオニーが変に抑《おさ》えた声で言った。

「実はね」

ハーマイオニーの声が、今度は少し震《ふる》えていた。

「リータ・スキーターはしばらくの間、何も書かないわ。私《わたし》に**自分の**秘密《ひみつ》をばらされたくないならね」

「どういうことだい？」ロンが聞いた。

「学校の敷地《しきち》に入っちゃいけないはずなのに、あの女がどうやって個人的《こじんてき》な会話を盗《ぬす》み聞《ぎ》きしたのか、私《わたし》、突《つ》き止《と》めたの」ハーマイオニーが一気に言った。

ハーマイオニーは、ここ数日、これが言いたくてうずうずしていたのだろう。しかしほかの出来事の重大さから判断《はんだん》して、ずっとがまんしてきたのだろう、とハリーは思った。

「どうやって聞いてたの？」ハリーがすぐさま聞いた。

「君、どうやって突《つ》き止《と》めたんだ？」ロンがハーマイオニーをまじまじと見た。

「そうね、実は、ハリー、あなたがヒントをくれたのよ」ハーマイオニーが言った。

「僕《ぼく》が？」ハリーは面食らった。「どうやって？」

「**盗聴器**《とうちょうき》、つまり『虫』よ」ハーマイオニーがうれしそうに言った。

「だけど、君、それはできないって言ったじゃない――」

「ああ、**機械の**虫じゃないのよ。そうじゃなくて、あのね……リータ・スキーターは」ハーマイオニーは、静かな勝利の喜びに声を震《ふる》わせていた――「無登録の『動物もどき《アニメーガス》』なの。あの女は変身して――」

ハーマイオニーは鞄《かばん》から密封《みっぷう》した小さなガラスの広口瓶《ひろくちびん》を取り出した。

「――コガネムシになるの」

「うそだろう」ロンが言った。「まさか君……あの女がまさか……」

「いいえ、そうなのよ」

ハーマイオニーが、ガラス瓶《びん》を二人の前で見せびらかしながら、うれしそうに言った。中には小枝《こえだ》や木の葉と一緒《いっしょ》に、大きな太ったコガネムシが一匹《ぴき》入っていた。

「まさかこいつが――君、冗談《じょうだん》だろ――」

ロンが小声でそう言いながら、瓶《びん》を目の高さに持ち上げた。

「いいえ、本気よ」ハーマイオニーがニッコリした。「医務室《いむしつ》の窓枠《まどわく》の所で捕《つか》まえたの。よく見て。触角《しょっかく》の周りの模様《もよう》が、あの女がかけていたいやらしいめがねにそっくりだから」

ハリーがのぞくと、確《たし》かにハーマイオニーの言うとおりだった。それに、思い出したことがあった。

「ハグリッドがマダム・マクシームに自分のお母さんのことを話すのを、僕《ぼく》たちが聞いちゃったあの夜、石像《せきぞう》にコガネムシが止まってたっけ！」

「そうなのよ」ハーマイオニーが言った。

「それに、ビクトールが湖のそばで私《わたし》と話したあとで、私《わたし》の髪《かみ》から、ゲンゴロウだと言ってコガネムシを取《と》り除《のぞ》いてくれたわ。それに、私《わたし》の考えがまちがってなければ、あなたの傷痕《きずあと》が痛《いた》んだ日、『占《うらな》い学《がく》』の教室の窓枠《まどわく》にリータが止まっていたはずよ。この女、この一年、ずっとネタ探《さが》しにブンブン飛び回っていたんだわ」

「僕《ぼく》たちが木の下にいるマルフォイを見かけたとき……」ロンが考えながら言った。

「マルフォイは手の中のリータに話していたのよ」ハーマイオニーが言った。

「マルフォイはもちろん、知ってたんだわ。だからリータはスリザリンの連中からあんなにいろいろおあつらえ向きのインタビューが取れたのよ。スリザリンは、私《わたし》たちやハグリッドのとんでもない話をリータに吹《ふ》き込《こ》めるなら、あの女が違法《いほう》なことをしようがどうしようが、気にしないんだわ」

ハーマイオニーはロンから広口瓶《ひろくちびん》を取《と》り戻《もど》し、コガネムシに向かってニッコリした。コガネムシは怒《おこ》ったように、ブンブン言いながらガラスにぶつかった。

「私《わたし》、ロンドンに着いたら出してあげるって、リータに言ったの」ハーマイオニーが言った。「ガラス瓶《びん》に『破《やぶ》れない呪文《じゅもん》』をかけたの。ね、だから、リータは変身できないの。それから、私《わたし》、これから一年間、羽根ペンは持たないようにって言ったの。他人のことで嘘八百《うそはっぴゃく》を書くくせが治るかどうか見るのよ」

落《お》ち着《つ》き払《はら》ってほほえみながら、ハーマイオニーはコガネムシを鞄《かばん》に戻《もど》した。

コンパートメントのドアがすうっと開いた。

「なかなかやるじゃないか、グレンジャー」ドラコ・マルフォイだった。

クラッブとゴイルがその後ろに立っている。三人とも、これまで以上に自信たっぷりで、傲慢《ごうまん》で、威嚇的《いかくてき》だった。

「それじゃ」

マルフォイはおもむろにそう言いながら、コンパートメントに少し入《はい》り込《こ》み、唇《くちびる》の端《はし》に薄笑《うすわら》いを浮《う》かべて、中を見回した。

「哀《あわ》れな新聞記者を捕《と》らえたってわけだ。そしてポッターはまたしてもダンブルドアのお気に入りか。けっこうなことだ」

マルフォイのニヤニヤ笑いがますます広がった。クラッブとゴイルは横目で見ている。

「考えないようにすればいいってわけかい？」

マルフォイが三人を見回して、低い声で言った。

「なんにも起こらなかった。そういうふりをするわけかい？」

「出ていけ」ハリーが言った。

ダンブルドアがセドリックの話をしている最中に、マルフォイがクラッブとゴイルにヒソヒソと話していたのを見て以来、ハリーは初めてマルフォイとこんなに近くで顔を合わせた。ハリーはじんじん耳鳴りがするような気がした。ローブの下で、ハリーは杖《つえ》を握《にぎ》りしめた。

「君は負け組を選んだんだ、ポッター！　言ったはずだぞ！　友達は慎重《しんちょう》に選んだほうがいいと、僕《ぼく》が言ったはずだ。覚えてるか？　ホグワーツに来る最初の日に、列車の中で出会ったときのことを？　まちがったのとはつき合わないことだって、そう言ったはずだ！」

マルフォイがロンとハーマイオニーのほうをあごでしゃくった。

「もう手遅《ておく》れだ、ポッター！　闇《やみ》の帝王《ていおう》が戻《もど》ってきたからには、そいつらは最初にやられる！　穢《けが》れた血《ち》やマグル好きが最初だ！　いや――二番目か――ディゴリーが最――」

誰《だれ》かがコンパートメントで花火をひと箱爆発《ばくはつ》させたような音がした。四方八方から発射《はっしゃ》された呪《じゅ》文《もん》の、目のくらむような光、バンバンと連続して耳をつんざく音。ハリーは目をパチパチさせながら床《ゆか》を見た。

ドアの所に、マルフォイ、クラッブ、ゴイルが三人とも気を失って転がっていた。

ハリー、ロン、ハーマイオニーの三人とも立ち上がって、別々の呪《のろ》いをかけていた。しかもやったのは三人だけではなかった。

「こいつら三人が何をやってるのか、見てやろうと思ったんだよ」

フレッドがゴイルを踏《ふ》みつけてコンパートメントに入りながら、ごくあたりまえの顔で言った。杖《つえ》を手にしていた。ジョージもそうだった。フレッドに続いてコンパートメントに入るとき、絶対《ぜったい》にマルフォイを踏《ふ》んづけるように気をつけた。

「おもしろい効果《こうか》が出たなあ」

クラッブを見下ろして、ジョージが言った。

「誰《だれ》だい、『できもの』の呪《のろ》いをかけたのは？」

「僕《ぼく》」ハリーが言った。

「変だな」

ジョージが気楽な調子で言った。

「俺《おれ》は『くらげ足』を使ったんだがなあ。どうもこの二つは一緒《いっしょ》に使ってはいけないらしい。こいつ、顔中にくらげの足が生えてるぜ。おい、こいつらここに置いとかないほうがいいぞ。装飾《そうしょく》には向かないからな」

ロン、ハリー、ジョージが気絶《きぜつ》しているマルフォイ、クラッブ、ゴイルを――呪《のろ》いがごた混《ま》ぜにかかって、一人一人が相当ひどいありさまになっていたが――蹴飛《けと》ばしたり、転がしたり、押《お》したりして廊下《ろうか》に運び出し、それからコンパートメントに戻《もど》ってドアを閉《し》めた。

「爆発《ばくはつ》スナップして遊ばないか？」フレッドがカードを取り出した。

五回目のゲームの途中《とちゅう》で、ハリーは思いきって聞いてみた。

「ねえ、教えてくれないか？」ハリーがジョージに言った。

「誰《だれ》を脅迫《きょうはく》していたの？」

「あぁ」ジョージが暗い顔をした。「**あのこと**」

「なんでもないさ」フレッドがいらいらと頭《かぶり》を振《ふ》った。

「たいしたことじゃない。少なくともいまはね」

「俺《おれ》たちあきらめたのさ」ジョージが肩《かた》をすくめた。

しかし、ハリー、ロン、ハーマイオニーはしつこく聞いた。ついにフレッドが言った。

「わかった、わかった。そんなに知りたいのなら……ルード・バグマンさ」

「バグマン？」

ハリーが鋭《するど》く聞いた。

「ルードが関係してたっていうこと？」

「いーや」ジョージが暗い声を出した。

「そんな深刻《しんこく》なことじゃない。あのマヌケ。あいつにそんなことにかかわる脳《のう》みそはないよ」

「それじゃ、どういうこと？」ロンが聞いた。

フレッドはためらったが、ついに言った。

「俺《おれ》たちがあいつと賭《か》けをしたこと、覚えてるか？　クィディッチ・ワールドカップで？　アイルランドが勝つけど、クラムがスニッチを捕《と》るって？」

「うん」ハリーとロンが思い出しながら返事した。

「それが、あのろくでなし、アイルランドのマスコットのレプラコーンが降《ふ》らせた金貨で俺《おれ》たちに支払《しはら》ったんだ」

「それで？」

「それで」

フレッドがいらいらと言った。

「消えたよ、そうだろ？　次の朝にはパーさ！」

「だけど――まちがいってこともあるんじゃない？」ハーマイオニーが言った。

ジョージが苦々しく笑った。

「ああ、俺《おれ》たちも最初はそう思った。あいつに手紙を書いて、まちがってましたよって言えば、しぶしぶ払《はら》ってくれると思ったさ。ところが、全然だめ。手紙は無視《むし》された。ホグワーツでも何度も話をつけようとしたけど、そのたびに口実を作って俺《おれ》たちから逃《に》げたんだ」

「とうとう、あいつ、相当汚《きたな》い手に出た」フレッドが言った。

「俺《おれ》たちは賭《か》け事《ごと》をするには若《わか》すぎる、だからなんにも払《はら》う気《き》がないって言うのさ」

「だから俺《おれ》たちは、元金を返してくれって頼《たの》んだんだ」ジョージが苦い顔をした。

「まさか断《ことわ》らないわよね！」ハーマイオニーが息をのんだ。

「そのまさかだ」フレッドが言った。

「だって、あれは全財産《ぜんざいさん》だったじゃないか！」ロンが言った。

「言ってくれるじゃないか」ジョージが言った。

「もちろん、俺《おれ》たちも最後にゃ、わけがわかったさ。リー・ジョーダンの父さんもバグマンから取り立てるのにちょっとトラブったことがあるらしい。バグマンは小鬼《ゴブリン》たちと大きな問題を起こしてたってことがわかったんだ。大金を借りてた。小鬼《ゴブリン》の一団《いちだん》がワールドカップのあとでバグマンを森で追《お》い詰《つ》めて、持ってた金貨を全部ごっそり取り上げた。それでも借金の穴埋《あなう》めには足りなかったんだ。小鬼《ゴブリン》たちがホグワーツまではるばる追ってきて、バグマンを監視《かんし》してた。バグマンはギャンブルで、すっからかんになってた。財布《さいふ》を逆《さか》さに振《ふ》ってもなんにも出ない。それであのバカ、どうやって小鬼《ゴブリン》に返済《へんさい》しようとしたか、わかるか？」

「どうやったの？」ハリーが聞いた。

「君を賭《か》けにしたのさ」フレッドが言った。

「君が試合に優勝《ゆうしょう》するほうに、大金を賭《か》けたんだ。小鬼《ゴブリン》を相手にね」

「そうか。**それで**バグマンは僕《ぼく》が勝つように助けようとしてたんだ！」ハリーが言った。

「でも――僕《ぼく》、勝ったよね？　それじゃ、バグマンは君たちに金貨を支払《しはら》ったんだよね！」

「どういたしまして」ジョージが首を振《ふ》った。

「小鬼《ゴブリン》もさる者。あいつらは、君とディゴリーが引き分けに終わったって言《い》い張《は》ったんだ。バグマンは君の単独優勝《たんどくゆうしょう》に賭《か》けた。だから、バグマンは、逃《に》げ出《だ》すしかない。第三の課題が終わった直後に、トンズラしたよ」

ジョージは深いため息をついて、またカードを配りはじめた。

残りの旅は楽しかった。事実、ハリーはこのままで夏が過《す》ぎればいい、キングズ・クロスに着かないでほしいと思った……しかし、ハリーが今年苦しい経験《けいけん》から学んだように、何かいやなことが待ち受けているときには、時間はけっしてゆっくり過《す》ぎてはくれない。あっという間に、ホグワーツ特急は九と四分の三番線に入線していた。生徒が列車を降《お》りるときの、いつもの混雑《こんざつ》と騒音《そうおん》が廊《ろう》下《か》にあふれた。ロンとハーマイオニーは、トランクを抱《かか》えてマルフォイ、クラッブ、ゴイルをまたぐのに苦労していた。しかし、ハリーはじっとしていた。

「フレッド――ジョージ――ちょっと待って」

双子《ふたご》が振《ふ》り返《かえ》った。ハリーはトランクを開けて、対抗試合《たいこうじあい》の賞金《しょうきん》を取り出した。

「受け取って」ハリーはジョージの手に袋《ふくろ》を押《お》しつけた。

「なんだって?」フレッドがびっくり仰天《ぎょうてん》した。

「受け取ってよ」ハリーがきっぱりとくり返した。

「僕《ぼく》、いらないんだ」

「狂《くる》ったか」ジョージが袋《ふくろ》をハリーに押《お》し返《かえ》そうとした。

「ううん、狂《くる》ってない」ハリーが言った。

「君たちが受け取って、発明を続けてよ。これ、いたずら専門店《せんもんてん》のためさ」

「**やっぱり**狂《くる》ってるぜ」フレッドがほとんど畏《おそ》れをなしたように言った。

「いいかい」ハリーが断固《だんこ》として言った。

「君たちが受け取ってくれないなら、僕《ぼく》、これをどぶに捨《す》てちゃう。僕《ぼく》、欲《ほ》しくないし、必要ないんだ。でも、僕《ぼく》、少し笑わせてほしい。僕《ぼく》たち全員、笑いが必要なんだ。僕《ぼく》の感じでは、まもなく、僕《ぼく》たち、これまでよりもっと笑いが必要になる」

「ハリー」

ジョージが両手で袋《ふくろ》の重みを量りながら、小さい声で言った。

「これ、一千ガリオンもあるはずだ」

「そうさ」ハリーがニヤリと笑った。

「カナリア・クリームがいくつ作れるかな」

双子《ふたご》が目を見張《みは》ってハリーを見た。

「ただ、おばさんにはどこから手に入れたか、内緒《ないしょ》にして……。もっとも、考えてみれば、おばさんはもう、君たちを魔法省《まほうしょう》に入れることには、そんなに興味《きょうみ》がないはずだけど……」

「ハリー」フレッドが何か言おうとした。しかし、ハリーは杖《つえ》を取り出した。

「さあ」ハリーがきっぱりと言った。

「受け取れ、さもないと呪《のろ》いをかけるぞ。いまならすごい呪《のろ》いを知ってるんだから。ただ、一つだけお願いがあるんだけど、いいかな？ ロンに新しいドレスローブを買ってあげて。君たちからだと言って」

二人が二の句《く》が継《つ》げないでいるうちに、ハリーはマルフォイ、クラッブ、ゴイルをまたぎ、コンパートメントの外に出た。三人とも全身呪《のろ》いの痕《あと》だらけで、まだ廊下《ろうか》に転がっていた。

壁《かべ》のむこうでバーノンおじさんが待っていた。ウィーズリーおばさんがそのすぐそばにいた。おばさんはハリーを見るとしっかり抱《だ》きしめ、耳元でささやいた。

「夏休みの後半は、あなたが家に来ることを、ダンブルドアが許《ゆる》してくださると思うわ。連絡《れんらく》をちょうだいね、ハリー」

「じゃあな、ハリー」ロンがハリーの背中《せなか》をたたいた。

「さよなら、ハリー！」

ハーマイオニーは、これまで一度もしたことのないことをした。ハリーのほおにキスしたのだ。

「ハリー――ありがと」

ジョージがもごもご言う隣《となり》で、フレッドが猛烈《もうれつ》にうなずいていた。

ハリーは二人にウィンクして、バーノンおじさんのほうに向かい、だまっておじさんのあとについて駅を出た。いま心配してもしかたがない。ダーズリー家の車の後部座席《こうぶざせき》に乗り込《の こ》みながら、ハリーは自分に言い聞かせた。

ハグリッドの言うとおりだ。来るもんは来る……来たときに受けて立てばいいんだ。

作者紹介

J.K.ローリング

「ハリー・ポッター」シリーズで数々の文学賞を受賞し、多くの記録を打ち立てた作家。世界中の読者を夢中にさせ、80以上の言語に翻訳されて5億部を売り上げるベストセラーとなったこの物語は、8 本の映画も大ヒット作となった。また、副読本として『クィディッチ今昔』『幻の動物とその生息地』（ともにコミックリリーフに寄付）、『吟遊詩人ビードルの物語』（ルーモスに寄付）の３作品をチャリティのための本として執筆しており、『幻の動物とその生息地』から派生した映画の脚本も手掛けている。この映画はその後5部作シリーズとなる。さらに、舞台『ハリー・ポッターと呪の子 第一部・第二部』の共同制作に携わり、2016 年の夏にロンドンのウエストエンドを皮切りに公演がスタート。2018年にはブロードウェイでの公演も始まった。2012 年に発足したウェブサイト会社「ポッターモア」では、ファンはニュースや特別記事、ローリングの新作などを楽しむことができる。また、大人向けの小説『カジュアル・ベイカンシー　突然の空席』、さらにロバート・ガルブレイスのペンネームで書かれた犯罪小説「私立探偵コーモラン・ストライク」シリーズの著者でもある。児童文学への貢献によりOBE（大英帝国勲章）を受けたほか、コンパニオン・オブ・オーダーズ勲章、フランスのレジオンドヌール勲章など、多くの名誉章を授与され、国際アンデルセン賞をはじめ数多くの賞を受賞している。

訳者紹介

松岡 佑子（まつおか・ゆうこ）
翻訳家。国際基督教大学卒、モントレー国際大学院大学国際政治学修士。日本ペンクラブ会員。スイス在住。訳書に「ハリー・ポッター」シリーズ全7巻のほか、「少年冒険家トム」シリーズ全3巻、『ブーツをはいたキティのおはなし』、『ファンタスティック・ビーストと魔法使いの旅』、『とても良い人生のために』（以上静山社）がある。

ハリー・ポッターと炎《ほのお》のゴブレット 下

2020年3月10日　第1刷発行

著者　J.K.ローリング
訳者　松岡佑子
発行者　松岡佑子
発行所　株式会社静山社
〒102-0073　東京都千代田区九段北1-15-15
電話・営業　03-5210-7221
https://www.sayzansha.com

日本語版デザイン　坂川栄治+鳴田小夜子（坂川事務所）
日本語版装画・挿画　佐竹美保
組版　アジュール
印刷・製本　中央精版印刷株式会社

Published by Say-zan-sha Publications, Ltd.
ISBN978-4-86389-524-9 Printed in Japan